卡夫卡小说全集

失踪者·诉讼

DER VERSCHOLLENE·DER PROZEß

张荣昌 译

上海译文出版社

目　录

译本序

《失踪者》（Der Verschollene），又译《美国》（Amerika），是卡夫卡文学创作处于旺盛期后于1912年至1914年写的第一部长篇小说。卡夫卡生前没有去过美国，但他对那里的社会状况颇有兴趣，也经常提到他的“美国小说”，马克斯·布罗德据此把这部小说题为《美国》。但卡夫卡在他的日记中提到它时又称《失踪者》。1994年11月由德国菲舍尔出版社出版的此书即以后者为书名。这个译本也照此起名。

比起后期两部长篇小说来，《失踪者》用笔较轻快，色彩较明亮，更加满怀希望。此时卡夫卡的艺术个性似乎尚未完全定性，所以他还有创作一部狄更斯式的小说的想法。然而，其时卡夫卡已是写出了《判决》、《变形记》等名篇的作家，在短篇小说创作中已显露出的艺术特色，在这部长篇小说中也露出了端倪，例如主人公被抛弃与被损害的境遇，他的孤独感与陌生感，以及作者对环境描写的怪诞情趣，等等。因此，这部作品在卡夫卡的创作整体中的地位是不容忽视的。书中的第一章《司炉》，作者曾将其抽出作为短篇小说单独发表，可见作者对其何等珍视。

在这里，我们不妨引述卡夫卡的一则日记，其中有一段是评论这部长篇小说的，从中也可以看出卡夫卡在批评狄更斯所采取的既钦佩又尖锐的语言，是经过深思熟虑的，他从不因看到一个诗人的优点就头晕目眩得看不到阴暗面，在看到一个人在另一方面公开表现出来的坏习惯和缺点的同时，他从不对此人的优点视而不见。这一页的日记是这样写的：

> 狄更斯的科波菲尔，箱子的故事，令人高兴和令人着迷的人，低贱的工作，庄园的情人，肮脏的房屋，等等(《司炉》明显地模仿了狄更斯，计划中的长篇小说尤甚)。据我现在看来，我的意图是写一部狄更斯式的长篇小说，仅仅是多了些更明亮的灯光，这是我从时代中提取出来的，还多了些更黯淡的灯光，这是我自己加上的。狄更斯的丰富才思，它毫无顾虑地汹涌奔流，但因此就有了可怕的软弱无力的地段，他在这些地方只是疲倦地将已经获得的东西乱搅一气。荒唐的整体之印象是不纯的，一种文体上的不规范。情感泛滥的表现手法的后面是冷酷无情。这是一些粗糙刻画性格的原木，在每一个人那儿都人为地打入了这种原木，没有这种原木狄更斯就没有能力攀缘到他的故事上去。

*　　*　　*

《诉讼》是卡夫卡的第二部长篇小说，作于1914年至1918年，是断断续续写就的。完成《失踪者》的那一年，正好是《诉讼》创作的起始年。

主人公约瑟夫 · K 做了什么了，小说中没有说，按市民的标准来衡量，他是无辜的，他“无可非议或没有多少可非议之处”。然而他还是“完全无罪却如同恶魔”。他不知怎么的符合不了一种正确生活的法则。他被一个神秘的法庭追究责任，他去法院申诉，法院的无关紧要人员一一登场，但真正顶事的法官却似有若无。而正是这种看不见的法官对被告构成了无形而又有感的威胁。它威严、冷漠、无情。不管被告怎样求神拜佛，屈尊俯就，却始终没有人过问他的案情，也没有人能够倾听他的申诉。在这里，任何申诉书递上去都只能石沉大海，因为在这里，“只要一个人说你有罪，你就永远洗不清”。你越洗，拢住你的绳索就收缩得越紧。约瑟夫 · K 就这样一步步走向毁灭。

在《诉讼》中，事情的整个进程非常不像可能发生的样子，以致看来像是带有某种普遍性的寓言，可其中却没有任何一点(或几乎找不到任何一点)使人觉得完全不可能。一个富裕城市的法庭竟然设在又暗又脏的阁楼里。人们往自己的办公楼的杂物间里一看，竟然发现两个法庭看守正在遭受鞭打。主人公只能猜测自己被判决了，但几乎没问过判了什么刑，有时他甚至怀疑是不是判了刑，他继续活下去，他没有耽误恋爱、饮食和读报，直到有一天来了两个衣冠楚楚、文质彬彬的人，请他跟着他们走，他们极有礼貌地把他引到一个荒凉的郊外，把他杀了。这时读者会发现一个佯谬，这个佯谬是显而易见的：主人公的遭遇越是不寻常，故事便越显得自然而然；这正符合人生的庞杂性与此人借以承担此种生活的质朴性之间的明显差距。看来，正是这样，我们才确切地感受到《诉讼》所要陈述的是什么。我们不妨可以说，它正是人的境遇的一个复本。

《诉讼》“在大教堂里”那一章，有一处写到神父对K讲的一个寓意深奥的故事。这可以说是《诉讼》的画龙点睛之笔。一个乡下人想进法的大门找法，苦等了一辈子也不得而入。从理论上讲，“法”代表公平和公正。在现实生活中，法的形式或法的大厦随处可见。然而在卡夫卡看来，真正的法是可等而不可及，可望而不可及的，事实上是根本不存在的！

张荣昌

失 踪 者

司 炉

十六岁的卡尔·罗斯曼受家里一个女仆的引诱，这女仆为他生了一个孩子，因此他被他可怜的父母送往美国。当他乘坐的船只徐徐驶入纽约港时，他一眼就看见了那座久已受到注目的自由女神雕像，它矗立在骤然明亮起来的阳光下。女神持剑的手臂兀然伸向天空，她的身躯被自由的清风吹拂着。

“好高呀！”他暗自思忖，因为根本就没想到要下船，所以就让从他身旁经过的越来越膨胀的提着行李的人汇成的人流慢慢挤到了甲板上的栏杆旁。

一个与他在旅途中有过一面之交的年轻小伙子一边从他身旁走过一边说：“喂，您还不想下船？”“我这就下船。”卡尔朝他笑笑说，随即便顽皮地把箱子举到肩上，显出自己是个强壮的小伙子。可是正当他眼看着他的熟人轻轻挥动着木棍随同他人一道离去的时候，他惊恐地发现自己的雨伞落在下面船舱里了。他马上叫住那个熟人，求他照看一下自己的箱子，那人似乎并不怎么乐意。他察看着周围情况，熟悉一下回来的路，便匆匆离去。不巧，大概是为了送客上岸的缘故，他发现底舱里那条本来可以使他少走不少路的过道头一次被堵死，便不得不穿过曲里拐弯的走廊，穿过一间只放着一张孤零零写字台的空落落的房间，费劲地寻找那一层又一层的楼梯，直至他确确实实完全迷失了方向，因为这条路他只走过一两次，而且都是跟着好多人一起走。在一筹莫展的情况下，而且由于他看不见一个人影，只听见头顶上成千人脚步擦地时发出的沙沙声和从远处传来机器终于停止运转时发出的好似一种喘息的声音，他便随着寻路脚步之所至，不假思索地对着随便一扇什么小门敲了起来。

“门开着呢。”屋里有人喊，卡尔舒了一口气打开门。“您为什么这样发疯似地敲门？”一个彪形大汉问，他几乎瞧都没瞧卡尔一眼。透过船舱里什么地方的一扇天窗，一束混浊的、被上面的烟雾和灰尘弄得昏暗不堪的光线落进这间凄凉的舱房。舱房内一张床、一个柜子、一把沙发椅和这汉子挨在一起站着，活像入库的物件。“我迷路了，”卡尔说，“乘船的时候我根本没注意，现在才知道这艘船大得了不得。”“可不是，您说得对。”大汉有些自豪地说，不停地摆弄着一只小箱子上的锁，他用双手一再关压那箱子，听锁簧扣入的声响。“您倒是进来呀！”大汉继续说，“您别站在门外嘛！”“我不打扰您吗？”卡尔问。“啊，看您说到哪里去了！”“您是德国人吗？”卡尔还试图确认一下，因为他听说过许多有关新来美国的人受坏人威胁、尤其是受爱尔兰人威胁的事。“是的，是的。”大汉说。卡尔仍还犹豫。于是，大汉猝然抓住门把手，就势把门这么一拉，迅速把门关上，将卡尔拉进房间，拉到自己身边。“我受不了别人在过道上往里瞧我，”大汉说，他又在鼓捣他的箱子，“每个人从旁边走过，都往这里面瞧一眼，鬼才受得了呢！”“可是过道里现在空空如也嘛。”

卡尔说，他颇不舒服地挤在床杆旁边站着。“是呀，现在，”大汉说。“说的就是现在嘛，”卡尔心想，“这个人真难说话。”“您躺到床上去吧，还是床上地方大一点。”此人说。卡尔尽量小心翼翼爬上床去，边爬边大声嬉笑头一次企图一跃而上的徒劳尝试。可是他刚一上床，他便叫喊：“天哪，我把我的箱子完全给忘记了！”“箱子在哪儿？”“上面甲板上，一个熟人在照看。可是他叫什么名字来着？”说着，他从他母亲为他这次旅行特意在上衣的衬里上缝制的暗口袋里掏出一张名片。“布特尔鲍姆，弗兰茨·布特尔鲍姆。”“您急需这只箱子吗？”“当然喽。”“噢，那您为什么把它交给一个陌生人呢？”“我把雨伞忘在下面了，就赶紧跑来取伞，可又不愿意随身扛着箱子。后来我竟然还在这儿迷了路。”“您独自一个人？没有个伴儿？”“嗯，一个人。”“或许我可以求这个人帮帮忙，”卡尔在脑子里转悠，“我到哪儿能马上找到一个更好的朋友呢？”“现在您把箱子也给弄丢了。雨伞就更甭提了。”此人坐到沙发椅上，卡尔的事情似乎多少引起他关注了。“可是我相信，箱子还没有丢。”“我才不信呢，”大汉说，使劲搔他的那一头短而密的黑头发，“码头变了，船上的风尚也跟着变。在汉堡您的布特尔鲍姆也许会照看箱子，在这儿八成是两样都没影儿了。”“那我可得赶快上去看看，”卡尔一边说，一边环视四周，看他怎样才能出去。“您待着吧，”此人说，并用一只手朝他的胸脯简直是狠狠地一推，把他推回到床上。“为什么？”卡尔生气地问。“因为这样做毫无意义，”这人说，“过一会儿我也走，到时候我们一起走。箱子要么已被偷走，再找也无济于事；要么那人把它放在原地了，等旅客统统上岸后，我们很容易就能把它找到。您的雨伞也是这样。”“您熟悉这艘船？”卡尔怀疑地问，他觉得，在空船上最容易找到他的东西，这个想法在平时令人信服，如今却似乎隐伏着什么麻烦。“我是船上的司炉。”此人说。“您是船上的司炉！”卡尔高兴地叫了起来，简直是喜出望外了，并撑着双肘，仔细端详这个汉子。“我和那个斯洛伐克人同睡一个房间，就在那房间前面开了一个舱口，从那舱口我可以看到机房里面。”“不错，我就在那儿干活，”司炉说。“我一向对技术感兴趣，”卡尔顺着自己原有的思路说，“假如我不是必须来美国的话，今后我一定能成为一名工程师。”“那您为什么非来美国不可呢？”“噢，甭提了！”卡尔说，一挥手做了个轻蔑的不屑一谈的手势。与此同时，他面带微笑望着司炉，似乎是在请求对方谅解自己不便说出的苦衷。“事出有因嘛，”司炉说，不太清楚他这么说是要卡尔说出事因还是不要他说出。“现在我也可以当司炉了，”卡尔说，“我当什么，我父母现在完全管不着了。”“我的职务快要空下来了，”司炉说，充分意识到这一点似的将双手插进裤袋，皱巴巴铁灰色皮裤里的双腿一跃便上了床，想舒展舒展双腿。卡尔不得不朝墙边挪动一下身子。“您要离开这艘船？”“是的，我们今天开路。”“这究竟为什么呢？您不喜欢当司炉？”“噢，这要看具体情况，喜欢还是不喜欢，这并不总是起决定性的作用。不过，也让您说对了，我也是不喜欢。您大概不是真的想当司炉，可是这样却偏偏最容易就当上司炉。我坚决劝您别干这个。既然您曾想在欧洲上大学，为什么您不可以在这儿上大学呢？美国的大学比欧洲的强多了。”“这完全可能，”卡尔说，“可是我根本没有钱上大学。我读到过一个人的事迹，这个人白天在一家店铺干活，晚上一直学习到深夜，后来成了博士，还当上了市长呢，我想，这可是需要很大的毅力，对不对？我怕，我没有这个毅力。另外，我上中学时功课并不特别好，离开学校时我心里确实没感到难过。这儿的学校也许更严。英语我几乎一点儿都不会。我看，这儿的人压根儿对外来人都有偏见。”“这您也领教过了？嗬，那就好嘛。那您就是我的人啦。您瞧，我们在一艘德国船上，它属于汉堡——美国航线，为什么这儿不全是我们德国人？为什么司炉长是个罗马尼亚人？他叫舒巴尔。这简直让人无法相信。而这狗娘养的居然在一艘德国船上欺压我们德国人！您别以为，"——他喘不过气来，他摇摇手——"我是为发牢骚而发牢骚。我知道，您没有什么势力，本身又是个穷小子。但这家伙欺人太甚！"说罢，他用拳头多次敲击桌子，敲打时目不转睛地盯着自己的拳头。"我在那么多的船上干过活，"——他像说一个词儿似的一口气接连举出二十条船名，把卡尔听得头昏脑涨——"干得很出色，受过嘉奖，是个合乎船长们口味的工人，我甚至在同一艘商船上连续干了好几年，"——他站起来，好像这是他一生的顶峰——"而这儿在这艘船上，一切都得循规蹈矩，用不着动半点儿脑筋，在这里我毫无用处，在这里我总是碍舒巴尔的事，是个懒汉，只配让人给撵出去，拿到的工资是别人的恩赐。您懂这个吗？我不懂。""您决不要容忍这样的事。"卡尔激动地说。他几乎已经失去了自己是在一艘船的不安全的甲板上、在一个陌生的大陆的海岸上的感觉，在这里在司炉的床上他倒觉得就像在家里一样。"您找过船长了吗？您向他摆过您的理了吗？""啊，您走吧，您最好还是走开。我不希望您待在我这儿。您不注意听我说什么，却给我出主意。我怎么可以去找船长呢！"说罢，司炉又颓然坐下，两手捂住脸。

"我没法给他出更好的主意。"卡尔暗自思忖。他根本就觉得，他本来就应该去取自己的箱子的，不该在这里出什么主意，人家还认为这都是馊主意呢。当父亲把箱子永远交给他的时候，父亲曾开玩笑问他："你能把它保存多久？"而现在这只珍贵的箱子也许当真已经丢失了。惟一的安慰是，即使父亲查询起来，也无从了解他现在的情况。他一直随船到达纽约，轮船公司能说的无非也就是这句话而已。可是令卡尔感到惋惜的是，箱子里的衣物他几乎都还没动用过，尽管他譬如早就应该换换衬衫了。这么说来，他是白节省了；现在，自己的生涯刚刚开始，正需要穿戴得干干净净的时候，他却不得不穿着这件肮脏的衬衫抛头露面。不然的话，丢失这只箱子也就没什么了不起的了，因为他身上穿着的这套西服比箱里的那套还好，箱里的那套本来只是临时应急穿的，就在动身前不久妈妈还不得不把它缝补了一下。现在他也回忆起，行李箱里还有一段意大利味罗那腊肠，那是他妈妈特意给他装进去的，旅途中他毫无胃口，况且船舱里分发的汤也足够他吃的了，所以他只吃了其中最小的一节。可是现在他却巴不得手上能有这段腊肠，好把它孝敬给这位司炉。因为给这样的人随便塞点小玩意儿就能把他们争取过来，这一点卡尔是从他父亲那儿得知的，父亲就是用撒雪茄的办法而赢得那些跟他有业务关系的下级职员的支持。现在卡尔可以赠送的也就只有他随身带着的钱了，而这钱他暂时还不愿意动用，万一他真的把行李箱丢了呢。他的思绪又回到他的行李箱上，现在他确实无法理解，既然现在这只行李箱他这样轻易地就让人给拿走了，那么一路上他又何苦那样小心翼翼看守它，弄得自己晚上几乎都无法合眼呢。他回想起那五个夜晚，一个小个子斯洛伐克人睡在他左边离他两个床位的地方，他一直怀疑这个斯洛伐克人在打自己的行李箱的主意。这个斯洛伐克人一直在暗中窥伺，只要卡尔终于犯困打一小会儿盹儿，他就可以用那根白天一直拿在手里玩弄或练习着的长棒把行李箱钩到他那边去。白天，这个斯洛伐克人看上去相当天真无邪，可是夜幕刚刚降临，他就不时地从自己的铺位上坐起来，忧伤地朝卡尔的行李箱这边望过来。这一切卡尔看得一清二楚，因为尽管船章明令禁止，时不时仍有人怀着移民的焦灼不安点燃一个小火，试图努力读懂移民管理处的难懂的移民须知。若近处有一个这样的火光，卡尔就可以稍稍闭闭眼，若火光在远处，或漆黑一团，那他就得睁大着眼睛。这个劳累的差使弄得他精疲力竭，现在看来他完全是白受这份劳累了。这个布特尔鲍姆，别叫他在什么地方碰上他！

就在这时，从外面远处传来一阵阵短促的敲击声，打破了迄今为止的完全的寂静，这声音像从孩子的脚发出，越来越响，越来越近，最后变成男人们节奏均匀的脚步声。他们显然排成单行前进，这在这条狭窄的通道里是自然而然的事，人们听见了有如武器碰击的丁当声。正想在床上摊开四肢、摆脱掉箱子和斯洛伐克人带来的种种忧愁睡一睡的卡尔，吓了一跳，推了推司炉，提醒他务必注意，因为这队人的排头似乎已经到达门口了。“这是船上的乐队，”司炉说，“他们已在上面演奏过了，现在正去收拾行装。现在时机已到，我们可以走了。您来吧！”他抓住卡尔的手，在最后一刻还急忙从床头墙上取下一帧配上镜框的圣母像，将它塞进上衣胸前的里袋，拿起他的行李箱，带着卡尔匆匆离开了舱房。

“现在我到办公室里，我要向那些先生们摆摆我的看法。船上没旅客了，不必有什么顾忌。”这话司炉颠来倒去说了好几遍，行走中向旁边一脚，想踢死一只在脚跟前跑过的老鼠，但是他这一脚也只不过是把这只还算及时抵达洞口的老鼠更快地踢进洞里罢了。他压根儿就动作迟缓，虽说他长着一双长腿，可是这两条腿却太笨重。

他们穿过厨房的一个隔间，那儿有几个姑娘身穿脏围裙——她们故意用水溅他们——在大圆桶里洗涤餐具。司炉将某个叫莉娜的叫到身边，用手臂搂住她的腰，带着她走了一段路，她撒娇地在他的臂弯里挣扎着。“现在付工资，你愿意一起去吗？”他问。“为什么要我费这个劲呢，你把钱给我送来不就得了。”她回答，从他的胳臂下溜脱，跑了。“你哪儿捡到了这个漂亮男孩？”她还喊着，但是没等得到回答便离去了。人们听见姑娘们的笑声，她们都停下了手上的活儿。

他们却继续往前走，走到一扇门前，门的上方有一个三角楣饰，由一些镀金小女像柱托着。作为一种船上设施，这看上去相当奢侈。卡尔这才发现，他从来没有来过这个地方，多半是行船期间只有一二等舱的旅客才有资格到此地来，现在船上即将进行大扫除，隔离门已经给拆卸走了。他们也果真已经遇见过几个扛着扫帚并和司炉打了招呼的男人。卡尔对这种热闹的景象感到惊讶，他在自己的统舱里对此当然很少有所了解。也有电话线沿走道延伸，人们不时听见一只小钟的响声。

司炉必恭必敬地敲门，听到有人喊“进来！”后便一挥手要卡尔不用害怕只管进去。卡尔也就走了进去，但是就在门旁便站住了。透过房间的三扇窗户他看到了大海的波浪，在观看波浪欢快地起伏跳动时，他的心也怦怦跳动，仿佛他没有在漫长的五天里不停地看过大海似的。一艘艘大船来往穿梭，浪花拍击着船身。眯起双眼望去，这些船似乎只是由于自身的重力而在摇晃。船的桅杆上挂着窄而长的旗帜，在行驶时它们虽然绷紧了，但是仍然还在猎猎飘动。兴许是从军舰上传来了礼炮声，在不远处驶过一艘这样的军舰，它的炮筒在其钢外壳的反射光下闪闪发亮，像是在接受平稳而不呈水平方向行驶的军舰的爱抚。人们只能，至少从门这儿，远远地观看那些小船和舢板，看它们怎样成群结队驶入大船之间的缝隙之中。而纽约城则矗立在这一切的后面，并用其摩天大楼的万千窗户凝视着卡尔。是的，在这个房间里你知道，你到了哪里了。

在一张圆桌旁坐着三位先生，一位是身穿蓝色船员制服的高级船员，另外两位是着黑色美国制服的港务局官员。桌上高高地堆放着各式各样的文件，高级船员手里拿着笔先粗略阅读那些文件，然后再将它们递给另外两个人，那两位时而读，时而作摘录，时而把文件放进他们的公文包里，假如其中的一个，几乎不停地发出轻轻磨牙声的那个，不是恰好口授什么要他的同事作记录的话。

窗口一张写字台旁边，背对着房门，坐着一位个子比较矮小的先生，他正在翻阅几本大账本，它们齐头高并排放在他面前一块结实的木板上。他身旁放着一只敞开着的、至少第一眼看去空空如也的钱箱。

第二扇窗户毫无遮拦，窗外的景色一览无余。但是在第三扇窗户近旁却站着两位先生，正小声地交谈着。其中一位倚在窗边，也穿一身船员制服，手上把玩着佩剑柄。与他谈着话的那位面对着窗，时不时一动身子而使得另一位胸前挂着的一排勋章露出几枚。他穿一身便服，手持一根细细的竹手杖，由于他两手紧紧叉着腰，所以这竹杖也像一把斜挂着的佩剑。

卡尔无暇一一细看，因为不久便有一位仆役向他们迎面走来，用一种仿佛在责备他不该来这儿的目光问司炉，他到这儿来有什么事。司炉用与发问者一样轻的声音回答说，他想和出纳课长先生谈谈。仆役做了一个手势表示他本人拒绝这个请求，但是却仍然踮着脚尖，走一条大弧线绕过圆桌，向翻阅大账本的那位先生那儿走去。听了仆役的话，这位先生——这一点人们看得清清楚楚——简直惊呆了，但是终于向这个想找他谈话的人转过身来，随后就以严词拒绝的态度，向司炉并且为了牢靠起见也向仆役一挥手。仆役当即返回司炉身边并用一种像是向他透露什么机密似的声调说：“您立刻离开这个房间！”

听到这答复后司炉低头看着卡尔，好像卡尔是他的心，他正向它默默诉说着自己的不幸。没有多加思索卡尔便撒腿跑起来，横穿过房间，甚至轻轻地擦过高级船员的沙发椅，仆役弯腰伸出抓人的双臂追赶，宛如驱赶一只害虫，但是卡尔先到出纳课长的桌旁，他牢牢抓住桌子，以防仆役将他拖走。

房间里当然顿时就热闹了起来。桌旁的高级船员已经跳将起来，港务局的先生们冷静而聚精会神地作壁上观，窗边的那两位先生已经并排走到一起，仆人则向后退了回去，他以为，既然这事已引起了大人先生们的注意，他就不宜再过问了。站在门口的司炉紧张地等待着需要他出面讲话的时刻的到来。出纳课长终于在他的沙发椅里做了一个大的向右转动作。

卡尔从他的暗口袋里掏出他的旅行护照，他丝毫也不怕这些人看见这只暗口袋，他没多作什么自我介绍，而是径直将护照打开放到桌上。出纳课长似乎觉得这护照无关紧要，因为他用两个指头把它弹到一边，随后卡尔便仿佛觉得这一手续已经办妥似的将护照重新放进口袋。

“我冒昧地说几句，”卡尔开腔道，“我认为司炉先生受了冤屈。这儿有个叫舒巴尔的人，这个人骑在他的头上。他本人曾在许多船上干过活，各方面对他都十分满意，他可以一一举出这些船的名字，他勤奋，干起活来认真负责，所以我实在不明白，譬如比起商船上来，这船上的活儿不算过分艰难，可是他为什么偏偏在这艘船上会干不好呢。所以这只能是中伤，这种中伤妨碍他取得进步，使他得不到本来完全应该得到的赏识。以上我只讲了有关这件事的一般情况，具体情况由他本人来向诸位申述。”这一席话卡尔是向在场的所有的先生们讲的，因为事实上也果真所有的人都在注意地听着，而且他们当中很可能会有一个主持公道的人，虽然这个主持公道的人不一定非得是出纳课长不可。此外，卡尔机智地避而不谈他才刚刚认识司炉不久。再者，如果卡尔没有被那位拿着小竹手杖的红脸先生搅乱了思路的话，他还会讲得更精彩，从他现在站着的位置上，他第一次看见这张红脸。

“他说的句句都是真话。”司炉抢着接茬说，虽然这时还没有人问起他，甚至压根儿还没有人瞥过他一眼。司炉这样急于插话本来也许会酿成大错，倘若不是这位佩戴勋章的先生，这位卡尔现在豁然开朗觉得准是船长的人，已经拿定主意要听司炉申述的话。他伸出手，对司炉喊道：“您过来！”这声音铿锵有力，简直可以斩钉截铁。现在全看司炉的了，因为正义在他的一边，对此卡尔并不怀疑。

在这件事上值得庆幸的是，司炉显出自己是个见过世面的人。他镇定自若地一下就从他的小行李箱里拿出来一小叠纸和一个笔记本，仿佛这是不言而喻似的。完全没把出纳课长放在眼里拿着它们便径直向船长走去，将他的证明材料摊开在窗台上。出纳课长没有别的办法，只好自己讪讪地凑近过去。“这个人是个出名的爱找碴儿的人，”他解释说，“他泡在账房间里的时间比在机房里干活的时间还多。他把舒巴尔这个心平气和的人弄得完全无所适从了。您听着！”他转身对司炉说，“您胡搅蛮缠得实在太过分了。人们已经不知多少次把您从账房间里赶了出去，您拿完完全全、毫无例外都是不合理的要求纠缠不休，活该被赶出去！从账房到总会计室您来回跑了多少趟！我们好心好意告诉过您多少遍了，舒巴尔是您的顶头上司，您作为一个下属应该听从他的吩咐！而现在，趁船长先生在这儿，您竟然跑到这儿来，恬不知耻地缠住他，还肆无忌惮地把这个小家伙带来，作为您的荒唐指控的训练有素的传声筒，这小鬼我根本是第一次在船上看见他！”

卡尔强行克制自己，没有跳起来，不过这时船长也已经抢先一步表了态，他说：“让我们听听这个人怎么说吧。反正我觉得这个舒巴尔越来越自说自话了，不过我这样说一点也没偏袒您的意思。”这后一句话是讲给司炉听的，理所当然，他不能马上就替他说话，不过一切都似乎已走上正确轨道。司炉开始申述，他以“先生”称呼舒巴尔，从而一开始就克制住了自己的情绪。卡尔站在被冷落的出纳课长的写字台旁边感到何等的高兴，他纯粹为了消遣而一再压下写字台上的一台秤。——舒巴尔先生不公道！舒巴尔先生偏袒外国人！舒巴尔先生把司炉赶出机房，让司炉去打扫厕所，这当然不是司炉干的活儿嘛！——有一次甚至连舒巴尔先生是否干练都受到了怀疑，这种干练与其说是实际上存在着，还不如说是表面上存在着。司炉说到这句话时，卡尔使尽全力凝视着船长，露出亲切的神情，仿佛他是他的同事，只希望船长不致因为司炉的有点笨拙的表达方式而对司炉产生不好印象。从这一大席话里人们毕竟没听出什么要领来，即使船长还一直愣愣地看着前面，眼睛里流露出这一回定要把司炉的申述听到底的决心，可是其他几位先生却显得不耐烦了，司炉的话语声不久便不再在这个房间里拥有无限的权力，这可是一件有些令人担忧的事。穿便服的先生首先挥动起他的小竹杖叩击地板，尽管只是轻轻地。其他几位先生自然时不时地瞥他一眼，港务局的先生们显然有紧急公务，他们又拿起文件翻阅起来，尽管还有些心不在焉，高级船员又把自己的桌子往身边挪了挪，而自以为已经胜券在握的出纳课长则现出嘲弄神态深深叹了一口气。只有仆役似乎没有受到这种普遍出现的散漫情绪的影响，他对这个被置身于大人物之中的可怜汉子的苦恼颇有同感并神情严肃地向卡尔点点头，仿佛他想以此解释什么事情似的。

这当儿，窗前继续呈现出港口繁忙活动的景象，一艘装着堆积如山的圆桶的平底货船从窗前驶过，几乎使舱室里变得一团漆黑，而那些圆桶一定码放得极好，它们竟然不会滚动；小摩托艇随着一位笔挺站着掌舵的男子的双手的颤动笔直呼啸而去，要是卡尔现在有时间的话，他真想仔细地瞧瞧这些小摩托艇！奇特的漂浮物体不时自己从翻腾的浪花中浮现出来，立刻又被淹没，在惊诧的目光下沉入水中；远洋轮船的小艇在水手们的奋力划动下向前行驶，载满了乘客，他们宛如被人塞进来似的，如今安静地、满怀期望地坐着，尽管有些人忍不住转动脑袋观看不断变幻着的景色。一种无休止的运动，一种骚动，由这不宁静的自然力传播给无依无靠的人类，感染着他们的行动！

但是一切都在催人快速、明确、讲话简洁明了；可是司炉在干什么？诚然，他讲得汗流浃背，窗台上的证明材料他早已无法用颤抖的双手拿住；对舒巴尔的一个个抱怨从四面八方一齐涌上他的心头，按照他的意见其中的每一个都足以将这个舒巴尔彻底埋葬，但是他能向船长陈述的，却只是一个杂乱无章的包括所有抱怨在内的大杂烩。拿小竹手杖的先生早就轻轻朝舱顶吹起了口哨，港务局的先生们拉住高级船员让他待在他们的桌旁，丝毫没有让他离去的意思，出纳课长显然仅仅由于船长态度冷静才没有贸然进行干预，仆役必恭必敬等待着他的船长随时发出针对司炉的命令。

这时卡尔再也不能袖手旁观了。他慢慢向那几个人走过去，边走边迅捷地盘算着，他怎样才能尽量巧妙地处理好这件事。确实是到了时候了，只要再过一小会儿，他们俩就完全有可能被逐出办公室。船长兴许的确是个好人，卡尔觉得，反正恰好现在船长也许有某种特殊理由需要表现出自己是个公正的上司，但是他毕竟不是可以任人随意摆布的工具——而司炉则正是这样对待他，尽管是出自自己无比愤怒的内心。

于是卡尔对司炉讲："您必须把事情讲得简单点，讲得明白点，像您现在这种讲法，船长先生没法对事情作出正确的判断。难道他知道所有轮机长和勤杂工的名字或者甚至教名，您只要一说出一个这样的名字，他马上就会知道这是谁？您把您要申诉的事情理清楚，先拣最重要的说，然后再依次讲其他的，也许到后来大多数事情根本连提都不必提了。您给我讲可一直讲得清清楚楚的嘛！""人家在美国既然可以偷箱子，我也不妨可以撒撒谎。"他自我解嘲地想。

要是这能帮上忙就好！是不是已经为时已晚了呢？司炉一听见这熟悉的话语声虽然立刻中止说话，但是他的眼睛里噙满了眼泪，这眼泪饱含着男子汉的荣誉受到伤害的痛苦以及可怕的回忆。用这一双眼睛他已经无法看清卡尔的面目了。他现在怎么还会——卡尔大概在这位现在沉默不语的人的面前默默认识到了这一点——，他现在怎么还会突然改变他的讲话方式，因为他确实觉得，仿佛一切要说的话他都已经说了，却没引起丝毫反应，可是另一方面仿佛他压根儿就什么话还都没说，可又不能苛求这些先生们再听他诉说。就在这个节骨眼上，卡尔，他的惟一追随者，还来凑热闹，想对他好言相劝，可是没给他出什么好主意，却给他指出，现在一切、一切全完了。

"要是我没看窗外，早点过来就好了！"卡尔心想，在司炉面前低下头并将双手贴住裤缝，表示一切希望都已告吹。

但是司炉误解了，从卡尔身上嗅到了某种暗暗责备自己的味道，于是，怀着劝阻他作这种责备的善良意图，他使自己的行为达到了顶峰，竟在现在这个时候开始和卡尔争执了起来。就在现在，就在圆桌旁的先生们早已对扰乱了他们的公事的无谓的喧嚷怒不可遏的时候，就在出纳课长渐渐觉得船长的忍耐不可思议，眼看马上就要发作的时候，就在仆役完全又受制于他的老爷们用狂怒的目光打量司炉的时候，就在手持小竹手杖的先生，甚至船长都不时向之投来友好的一瞥的这位先生，对司炉已经完全麻木不仁，甚至对他感到厌恶，终于掏出一本小记事本，而且显然思考着别的事情，目光在记事本和卡尔之间溜来溜去的时候。

"我知道，"卡尔说，他使劲抵挡司炉的现在冲他而来的连珠炮式的话语，但是，尽管如此，在整个争吵过程中仍始终对他露着一丝友好的笑意，"您说得对，说得对，我从来没有对此怀疑过嘛。"由于怕挨打他真希望能抓住那双来回挥动着的手，更是恨不得能把他推到一个角落里，咬着耳朵悄悄对他说几句安慰的话，别人谁也听不见的话。但是司炉却怒不可遏。卡尔现在甚至已经开始得到一种安慰，因为他想到，遇到紧急情况时司炉在绝望中使出浑身力量也许可以把所有在场的七个男人都制伏。不过，朝那边瞥一眼就可以看见，写字台上有一块加装上去的木板，那上面有许许多多电线线路的按钮；一只手只要那么轻轻往下一摁便可将整船的人连同充斥各过道里的那些持敌对态度的人统统叫来。

这时，那位兴趣索然、手持小竹手杖的先生向卡尔这边走过来，用不太高但明显地超过司炉的叫嚷声的话音问："您究竟叫什么名字？"就在这个时候却有人敲门，仿佛此人在门外正等着先生的这句话似的。仆役看看船长，船长点点头。于是仆役走到门口，开开门。只见门外站着一个中等身材、穿一件旧上衣的男子，看他的外貌不像一个在机房干活的人，然而他却是——舒巴尔。如果说卡尔没有从先生们流露出某种连船长也有的满意神色的眼睛上看出这一点来的话，那么，他也势必会惊骇地从司炉身上看出这一点来，司炉绷直手臂捏紧拳头，仿佛这样捏紧拳头是他不惜牺牲一切乃至生命而为之奋斗的事业中之最重要者。现在这两个拳头里凝聚着他的全部力量，也包括压根儿支撑着他的那股力量。

那么这位就是敌人啰，潇洒自如，衣着整齐，腋下夹着一本账簿，里面大概有司炉的工资清单和劳动登记卡，依次扫视了一下大家的眼睛，毫不畏缩地承认，他想首先确定一下每个人此时的心绪。这七个人也已经都是他的朋友了，因为即使船长从前对他有些异议抑或也许只是假托有异议，在司炉使船长遭受这般不幸之后，船长似乎已经觉得对舒巴尔的工作完全无可非议了。对一个像司炉这样的人怎么严厉也不算过分，如果说对舒巴尔有什么要责备的话，那就是在这期间他没有能够适当制伏司炉的桀骜不驯，致使此人今天竟敢在船长面前撒野。

现在人们甚至也许还可以认为，司炉和舒巴尔在这些人面前对质会产生和在一个更高一级的法庭上对质一样的效果，因为即使舒巴尔可以巧妙伪装自己，他肯定无法坚持到最后。稍许抖搂一下他的恶劣行径就足以使先生们看清他的嘴脸，这件事卡尔要来管一管。他已经顺便了解了每位先生的洞察力、爱好、脾性，从这个意义上来说，他迄今为止在这里度过的时间没有白白浪费掉。司炉的斗志旺盛一点该有多好，可是他似乎完全丧失了战斗力。如果有人把舒巴尔推到他跟前，他一定会用拳头砸烂舒巴尔那可恨的脑壳的。但是就这么向他走几步路，他还硬就是走不过去，舒巴尔最终一定会来，他自己不来，船长也会把他叫来，这么一件十分容易预见到的事卡尔怎么就没有预见到呢？为什么他没有在来这儿的路上与司炉商谈出一个详细的作战方案来，而是如他们实际上已经做的那样，毫无思想准备，瞎碰瞎撞，看见有门就往里闯呢？司炉压根儿还能说话吗，还能说是和不是吗，一如情况有利对他盘问时他必须所做的那样？他站在那儿，叉开双腿，双膝晃晃悠悠，脑袋稍稍抬起，空气从张开的嘴里吸进呼出，仿佛体内没有进行气体交换的肺了似的。

而卡尔却感到浑身充满力量而且神志清醒，也许在家里时他还从来未曾有过这样的感觉。但愿他的父母能看到他怎样在异国他乡、在有名望的大人物面前维护好人的利益，尽管他还没有使好人获胜，但是已完全作好了最后夺取胜利的准备！他们会改变对他的看法吗？会容纳他、称赞他吗？会看一下、看一下这双对他们极其谦恭顺从的眼睛吗？尽是些没有把握的问题，而且提出这些问题的时机也不合适！

“我来，是因为我相信，司炉正在指控我不诚实。厨房里一位姑娘告诉我，说是她看见他上这儿来了。船长先生以及在座的诸位先生，我愿意用我的凭据，必要时用在门口站着的不带任何成见、没有任何偏见的证人的证词来驳斥对我的任何指控。”这就是舒巴尔讲的话。这就是一个男子汉简洁明了的讲话，就凭听的人的面部表情的变化人们也可以相信，经过长时间之后他们第一次听见了人的声音。他们自然没注意到，就连这一席漂亮的演说词也有漏洞。为什么他想起来的第一个具体的词儿是“不诚实行为”？也许一提指责就必定是这种事，而竟然不会是指责他有民族偏见？一个厨房里的姑娘看见司炉到办公室里来，而舒巴尔居然立刻就全明白了？不正是这种负疚感使他头脑敏锐吗？证人他立刻就带来了，而且还称他们是没有成见、不带偏见的？招摇撞骗，纯粹是招摇撞骗！而这些先生们竟容忍这种事，还把这尊之为正确的行为？为什么他毫无疑问地在厨房姑娘报信和他到达这里之间白白浪费掉了许多许多时间呢？没有别的目的，就是为了让司炉把先生们拖得疲惫不堪，使他们渐渐失去清醒的判断力，而最让舒巴尔感到担惊受怕的正是这种清醒的判断力。他，他肯定已经在门后站了很久，由于那位先生提了个无关紧要的问题，他便料定司炉输定了，不正是在这个时刻他才敲门的吗?

一切都清楚了，一切甚至也都是由舒巴尔违背自己本意这样揭示出来了，但是人们还得用另一种方式，用更简洁明了的方式向先生们指出事情的真相。他们需要清醒清醒头脑。那么，卡尔，赶快，在证人上场并将一切淹没之前，这段时间你至少得充分利用!

但是就在这时候船长朝舒巴尔一挥手，舒巴尔当即——因为他的事情似乎暂时得搁一搁了——走到一边并开始和那个立刻就向他凑近过来的仆役轻声交谈起来，交谈时还不时乜斜着眼睛看司炉和卡尔并做着极富自信的手势。舒巴尔似乎正在背诵他的下一篇演说词。

“您刚才不是要向这个年轻人询问什么事情吗，雅各布先生?”在一片寂静中船长对持小竹手杖的先生说。

“当然是的。”此人说，微微一欠身表示感谢对他的关注。随后便再次问卡尔：“您究竟叫什么名字?”

卡尔以为，这个固执的提问，这个意外事情马上得到解决，这对这件重大的正经事是有利的，便没有按他的习惯，先把护照找出来，然后再将它出示，作自我介绍，而是简短地回答说：“卡尔·罗斯曼。”

“哎呀，”被称做雅各布的人说，几乎不相信地微笑着先往后退了几步。船长、出纳课长、高级船员，甚至连仆役，也都在听到卡尔的名字时明显地表现出极度的惊讶。只有港务局的先生们和舒巴尔显出若无其事的神态。

“哎呀，”雅各布先生重复道，迈着有点僵硬的步子向卡尔走去，“那我就是你的舅舅雅各布，你就是我可爱的外甥啦。整个这段时间里我一直都有这个预感!”他对船长说。说罢便拥抱、亲吻卡尔，卡尔则对这一切默默听之任之。

“您叫什么名字？”卡尔在觉得自己已经被放开之后问，虽然彬彬有礼，却很不动感情，并竭力想这个新情况对司炉会有什么后果。暂时还没有任何迹象表明，舒巴尔可以从这件事情上捞到什么便宜。

“您可要明白呀，年轻人，这是您的造化，”船长说，他以为卡尔的问题伤害了雅各布先生的人格尊严，雅各布先生已经走到窗口，显然是为了不让别人看到他那张激动的脸庞，那张他一直在用一块手帕轻轻擦拭的脸庞，“刚才向您自称是您舅舅的，是参议员爱德华·雅各布。现在等待着您的是锦绣前程啊，这是您迄今为止根本没有料想到的哩。您可要明白这个道理，一开头就这么顺顺当当的，您要克制住自己！”

“我确实有个雅各布舅舅在美国，”卡尔转身对船长说，“可是如果我理解正确的话，雅各布只是这位参议员先生的姓。”

“正是如此。”船长神态威严地说。

“嗯，我的舅舅雅各布，他是我母亲的兄弟，可是他的教名叫雅各布，他的姓当然和我母亲的姓是一样的啰，我母亲娘家姓本德尔迈尔。”

“诸位先生！”听了卡尔的说明，参议员在窗口休息后走回来，惊叫了起来。除那位港务局官员以外，所有的人都放声大笑，有的人像是受了感动，有的人则捉摸不透。“我刚才说过的话还不至于可笑到这个地步吧。”卡尔想。

“诸位先生，”参议员重复道，“你们违背我的和你们自己的意愿正在参与一个小小的亲人相认的场面，这样我就不得不向诸位作一番解释，因为据我所知，只有船长先生”——说到这里，双方彼此鞠了一躬——“完全了解情况。”

“现在我可要真的注意听他讲的每一句话了。”卡尔暗自思忖并感到高兴，因为他斜眼一瞥发现司炉身上开始恢复生气了。

“自从我逗留美国这许多年的漫长岁月以来——逗留这个字对于我这个全心全意的美国公民来说当然很不恰当，自从这许多年的漫长岁月以来，我一直与我欧洲的亲属完全没有来往，至于原因嘛，一则不适合在这个场合讲，再则，一讲起来，我真的会给弄得疲劳不堪的。我甚至害怕那个时刻的到来，到时候我也许将不得不把这些原因讲给我亲爱的外甥听，在讲述这些原因时很遗憾，有些话将不可避免地公开涉及他的父母以及他们的亲属。”

“毫无疑问，他是我的舅舅，”卡尔心想并仔细倾听，“也许他改了名字了。”

“我亲爱的外甥如今简直是被他的父母——让我们只用这个也确实说明事情本质的词儿吧——抛弃了，就像人们把一只惹人生气的猫扔到门外那样。我根本不想美化我外甥所干的事，不想掩饰他受到这样的惩罚，但是他的过错是这样一种性质的，只要把它一说出来，他就足以获得别人的谅解了。”

“这话中听，”卡尔想，“但是我不希望他把什么都讲出来。而且这事他也不会知道的呀。从哪儿知道呢？”

“原来，他被——”舅舅接茬儿说，略略俯身撑住顶在他跟前地上的那根小竹手杖，这样他果真成功地清除了这件事情上那种不必要的隆重的气氛，否则这种气氛是无论如何也避免不了的，“原来，他是被一个女仆，约翰娜·布鲁默尔，一个约莫三十五岁的女人引诱了。我丝毫也不想用‘引诱’这个词来伤害我的外甥，但是确实很难找到另外一个同样恰当的词儿。”

卡尔已经走到离舅舅相当近的地方，这时他转过身来，想从在场的人的脸上看出对这番叙述的反应。没有人笑，大家都耐心地、神情严肃地倾听着。毕竟人们也不会有机会初次见面便讥笑一位参议员的外甥的嘛。人们倒不妨可以说，司炉倒是在向卡尔微笑呢，尽管只是略带一丝笑意，而这一丝笑意首先作为新的生命征象是可喜可贺的，其次也是可以原谅的，因为在舱房里卡尔曾想对这件现已为人所共知的事严加保密。

“这个布鲁默尔，”舅舅继续说，“给我的外甥生了个孩子，一个健康的男孩，举行洗礼时得了个雅各布的名字，无疑是为了纪念鄙人，想必是鄙人，尽管我的外甥一定只是稍带提及我几句，给这个姑娘留下了深刻印象了吧。真是幸运啊，哎哟！因为这时候父母为了避免提供生活费用或是为了避免出现惯常的会涉及他们自身的那种丑闻——这里我必须强调指出，我既不了解那儿的法律，也不了解父母的其他情况——这就是说，为了避免提供生活费和避免出丑，他们就把他们的儿子，我的亲爱的外甥打发到美国来了，一如大家所见到的，只带了几件随身衣物，这样，这孩子若没有恰恰在美国还会出现的奇迹，孤苦无援，大概很快就会沦落在纽约港的街头，倘若不是那个女仆在一封给我的信里，一封几经周折前天我才收到的信里，向我叙述了这件事情的全部过程，还给我描述了我的外甥的外貌特征，并且还明智地也给我说了这艘船的名字的话。如果我存心想娱乐你们，诸位先生，我可以将那封信的几个段落”——说着他从口袋里掏出两大张写得密密麻麻的信纸摇晃了一下——“在这里念给你们听一听。这封信一定会给诸位留下深刻印象，因为它是用一种有点朴素的、始终怀着好意的精明并且怀着对孩子父亲的热爱写成的。可是我只想说明情况，既不想不必要地过多地来娱乐大家，也不想也许甚至就在迎接他的时候就来伤害我外甥可能还怀有的感情，我外甥如果愿意的话可以在已经为他准备好的房间里静静地读它，以接受教训嘛。”

卡尔可是对那个姑娘没有什么感情。在众多日益淡漠的往事的回忆中，只记得她坐在厨房里橱柜旁边，她把一肘支在橱柜板上。他偶或到厨房来拿一杯水给父亲喝或者转达他母亲吩咐办的一件事，她便总是看着他。有时她在橱柜一侧歪斜着身体写一封信并从卡尔的脸上汲取写信的灵感。有时她用手捂住双眼，这时她谁也不搭理。有时她跪在厨房旁边她那间窄小的小房间里，对着一个木十字架祈祷，卡尔从旁边走过时胆怯地透过略微开着的房门的门缝观察她的动静。有时她在厨房里奔跑，当卡尔挡住她的路，她便像一个女巫似的哈哈大笑着退回。有时等卡尔进来后她便关上厨房门，用手握住门把手，直至他要求出去。有时她拿来他根本不想要的东西，默默将它们塞到他的手里。但是有一次她说了声“卡尔”，就扮着鬼脸叹着气把还在对这一声突如其来的称呼感到惊讶的他带进她的小房间，并随手将房门锁上。她紧紧搂住他的脖子，就在她请求他脱光她的衣服的当儿，实际上她已经脱光了他的衣服并把他抱到她的床上，仿佛从现在起不再把他让给任何别人似的，爱怜地抚摩他，直到销魂失魄。“卡尔，哦，你是我的卡尔！”她喊道，仿佛她看见他并且证实自己已经占有他了似的，而他却什么也没看见，躺在她似乎特地为他堆起来的厚实暖和的褥垫上觉得很不舒服。随后，她也躺到他身边，想从他身上掏出什么秘密来，可是他没有什么秘密告诉她，她半开玩笑半认真地恼了，摇晃他，细听他的心跳，把自己的胸脯送上去要他也一样听，可是她就是没法让卡尔就范，就将她赤裸裸的肚皮压到他身上，用手在他裆部掏摸，摸得卡尔恶心得脑袋都离开了枕头，然后她还拿肚皮对准他撞了几下——他顿时觉得，仿佛她成了他自身的一部分了，而也许正是由于这个原因他被一种可怕的急需救助的感觉所攫住。在她一再地表示了以后再相会的心愿之后他终于哭哭啼啼地钻到他自己的床上。

这就是这件事的全部过程，可是舅舅却很会将这件事大肆渲染。而厨娘居然也想到了他并把他到达的消息通知了舅舅。这件事她干得漂亮，为此他也许还会再报答她一次。

“而现在，”参议员大声说，“我要当着大家的面听你说说，我是不是你的舅舅。”

“你是我的舅舅，”卡尔边说边吻他的手并在额头上受到回吻，“遇见你我很高兴，可是如果你以为我的父母只讲你的坏话，那你就错了。但是即使撇开这一点不谈，你讲的话里也仍有几处错误，这就是说，我认为，实际上并不是什么事都是像你所说的那样。不过待在这里你也确实难以对那边的事情作出公正的判断，此外我还以为，诸位先生在一件确实与他们关系不大的事情上听到一些有点儿不太正确的细节报道，这也没有什么特别了不起的嘛。”

“说得好，”参议员说，将卡尔领到面露关注神态的船长的跟前并问，“我不是有一个了不起的外甥吗？”

“结识了您的外甥，”船长鞠了一躬说，这种姿势只有受过军事训练的人才做得出来，“参议员先生，我感到很幸运。能为这样一次相聚提供场所，这对我这艘船来说是一种莫大的荣幸。但是坐统舱一定很不舒服，啊呀，谁会知道，是谁搭乘统舱呀。嗯，我们以后要尽力而为，让统舱里旅客的旅途生活过得尽量舒服些，譬如比美国航线要更舒服些，但是要将这样的一趟航行变成一种愉快的享受，我们现在可实在是力不从心啊。”

“我没有关系。”卡尔说。

“他没有关系！”参议员大声笑着重复了一遍。

“只不过我的箱子恐怕是丢掉了——”随之他想起了一切已经发生和还有待于去做的事情，环顾四周，看见所有在场的人出于尊敬和惊讶都默默待在原来的地方，眼睛都盯着他。可是人们只要看看港务局官员的那张严肃、自得的面孔，人们便可以看出，他们为自己来得不是时候而感到遗憾，现在放在了他们面前的那块怀表对他们来说大概比一切房间里正在发生以及也许还将发生的事情更重要。

奇怪的是，继船长之后第一个表示关切的是司炉。“我衷心祝贺您。”他说着并和卡尔握手，他也想以此表示些许类似赞许的意思。当他随后同样也想向参议员表示祝贺时，参议员向后退去，仿佛司炉此举超越了他的权力范围了似的，司炉也就立刻作罢了。

而其余的人现在却领悟到他们该干些什么事，立刻争先恐后拥到卡尔和参议员的周围。这一下，卡尔甚至受到并接受了舒巴尔的祝贺而且还为此道了谢。待周围重新平静下来之后，港务局官员才作为最后一批祝贺者走过去，说了两句英语，给人留下了一个滑稽可笑的印象。

为了尽情享受这一欢娱，参议员自己并让别人也一道兴致勃勃地回忆一些细枝末节，这些琐碎小事大家当然不仅耐着性子，而且还趣味盎然地听了。例如，他提醒大家注意，他曾将厨娘信中提及的卡尔身上最特出的识别记号记在自己的笔记本里，以备一时之需。就在司炉喋喋不休唠叨个没完的当儿，他掏出笔记本，试图做游戏似的将厨娘的当然不是那么十分缜密的观察和卡尔的外貌进行联系比较，他这样做没有别的目的，只是为了散散心。“我就这样找到了我的外甥！”他结束讲述说，听那口气仿佛他还想受一次贺喜似的。

“现在对司炉该怎么办呢？”卡尔问，他没怎么注意听舅舅最后讲述的那段话。他以为自己处在这样新的地位，心里想什么就可以说什么。

“对司炉该怎么办就怎么办，”参议员说，“还得看船长先生以为怎么办才合适。我相信，我们对司炉已经厌烦，很厌烦了，在场的每一位先生肯定都会同意我的这个看法的。”

“这可不是厌烦不厌烦的问题，而是公正还是不公正的问题。”卡尔说。他站在舅舅和船长之间，自以为也许在这个地位的影响下可以左右裁决。

尽管如此，司炉却似乎对自己不抱任何希望了。他将双手半插进裤腰带里，情绪一激动起来裤腰带连同一件花衬衫的狭长下摆一齐露了出来。对此他毫不在意；他已经将自己的全部苦水吐出来了，现在人们也还可以看看他身上的破衣烂衫嘛，然后他们就可以把他抬出去。他想象，仆役和舒巴尔，这两个地位最低下的人，他们将会给他送葬。然后，舒巴尔就会得到安宁，就不会再如出纳课长所说的那样陷于绝望之中。船长就可以全部雇佣罗马尼亚人，到处都说罗马尼亚语，也许以后果真一切都会变好。再也不会有司炉到总会计室里来唠叨，只有他的最后这次饶舌人们将会留在相当友好的回忆之中，因为这次饶舌，正如参议员强调说明的那样，提供了辨认外甥的简捷的诱因。不过话说回来，这位外甥先前曾多次试图帮他的忙，所以早就还清了在亲人相认上欠他的情而且还足足有余呢；现在司炉根本不想还去向他提什么要求。况且，尽管他是参议员的外甥，可离船长还差一大截呢，而那句凶恶的话却最后将从船长嘴里说出。——既然明白了这个道理，司炉也就力图不朝卡尔那边望去，但是遗憾的是，在这个敌人房间里舍此也就没有别的可供他的目光停留的场所了。

“你别误解了实际情况，”参议员对卡尔说，“也许这是一件涉及公正的事情，但是同时也涉及到纪律。这二者，尤其是后者，在这里都应该由船长先生来判断。”

"是这么个理儿。"司炉喃喃自语。看出并懂得这个理儿的人，露出了诧异的笑容。

"船刚到纽约，船长的公务一定十分繁忙，可是我们却已经耽误了船长的许多时光，现在已是刻不容缓，我们该离船了，别再节外生枝横插一杠把两个机工之间的这场微不足道的争吵闹得沸沸扬扬。而且我完全理解你的行为方式，亲爱的外甥，可是恰恰正是这一点给了我立刻将你从这儿带走的权力。"

"我马上叫人给你们放只小艇。"船长说，卡尔感到不胜诧异，船长竟然对舅舅的话没有表示出哪怕是那么一丁点儿的异议，而舅舅的这几句话无疑可以被看作是舅舅的一种自贬。出纳课长急忙奔向写字台，用电话把船长的命令通知小艇艇长。

"时间紧迫，"卡尔暗自思忖，"可是不得罪所有的人，我就什么事也干不成。舅舅好不容易才找到我，我现在当然不能离开他。船长虽然客客气气，但是也只是客气客气罢了。一涉及到纪律问题他就丝毫不客气了，而舅舅则一定说出了船长心里想说的话。我不愿意和舒巴尔说话，我甚至后悔刚才和他握了手。这儿所有其余的人都是秕糠。"

他边转悠着这些念头边慢慢走到司炉身旁，将司炉的右手从腰带里拉出来，把它放在自己的手里抚弄着。

"你为什么什么话也不说？"他问，"你为什么忍受这一切？"

司炉只是皱起眉头，仿佛他在为他要说的话找词儿似的。此外，他只低头看着卡尔的和他自己的手。

"这艘船上没有一个人像你这样受到不公正的待遇，这一点我完全清楚。"卡尔在司炉的手指之间来回移动自己的手指，而司炉则用闪闪发光的眼睛向四下里张望，仿佛他心头漾起一阵狂喜而又生怕别人会为此而嗔怪他似的。

“可是你必须进行自卫呀，你必须明确表明你的立场，否则人家就不会知道事实真相，你必须答应我，你将听从我的劝告，因为我有许多理由担心，恐怕我自己今后再也帮不了你的忙了。”说着，卡尔哭了，他吻司炉的手，并拿起这只皲裂的、几乎毫无生气的手，将它贴在自己的面颊上，就好像这是一件人们不得不放弃的珍宝。——可是这时参议员舅舅也已经到了他的身边，并把他——即使只是带着极轻微的强制——带走了。

“司炉似乎把你给迷住了。”他说，并从卡尔头顶上朝船长投去会心的一瞥。

“你正感到自己很孤独的时候，你找到了这位司炉，现在你感激他，这是很值得称道的。可是就算是为了我的缘故吧，你也别做得太过分了嘛，你得学会理解你的身份。”

门口起来一阵骚乱，人们听见喊声，甚至好像有人被粗暴地撞到门上。一名水手走进来，相貌有点邋遢，身上围着一条女式围裙。“门外有人。”他喊道并用胳膊肘儿向四周捅了一下，仿佛他还在拥挤的人群里似的。终于他又清醒了过来，正想向船长敬礼，这时他发现了那件女式围裙，便将它扯下，扔到地上，喊道：“真讨厌，他们给我围上了一条女式围裙。”但是说完他就并拢脚跟敬了个礼。有人禁不住想笑，可是船长却厉声说：“我看你们快活得很哩，究竟谁在门外？”

“都是我的证人，”舒巴尔上前一步说，“我竭诚请求您原谅他们举止不当。这些人在航行结束之后，有时他们会像发了疯似的。”

“您马上去叫他们进来！”船长命令，旋即他又转身对参议员彬彬有礼、但却迅捷地说道：“尊敬的参议员先生，现在有劳您的大驾，请您和您的外甥先生跟着这位水手走，他将把你们领上小艇。我不说您也知道，参议员先生，能结识您个人我感到多么愉快、多么荣幸。我只希望不久能有机会和您，参议员先生，再次进行我们被打断了的有关美国舰队情况的谈话，届时我们也许还会再次以今天这样愉快的方式被打断。”

“眼下有这么一个外甥我就知足了，”舅舅笑道，“请接受我对您的盛情好意表示衷心的感谢，我们后会有期。顺便说一句，这并不是完全不可能的事，我们”——他热情地紧紧搂住卡尔——“下一次旅行欧洲时也许可以和您进行更长时间的聚谈。”

“这将使我由衷地感到高兴。”船长说。两位先生互相握手道别，而卡尔则只能默默地、仓促地和船长草草拉了拉手，因为船长已经忙着要应付那大约十五个人了，这十五个人在舒巴尔率领下虽然神色有点慌张、但却闹哄哄地走了进来。水手请求参议员允许自己在头里走，他分开人群，让参议员和卡尔轻松自如地穿过鞠躬行礼的人群。看来，这些一般还算善良的人把舒巴尔同司炉的这场争吵看做是一种戏谑，这场滑稽戏竟一直演到船长这儿来了。卡尔在人群中也发现了厨娘莉娜，她正一边开心地向他眨眼，一边系那条被水手扔掉的围裙，因为这是她的围裙。

他们继续跟着水手走，离开办公室，拐进一个小过道，走了几步就走到一扇小门的门口，一道短短的楼梯从小门通向那艘为他们准备好了的小艇。水手长一个箭步往下跳入小艇，艇内的水手们起立敬礼。正当参议员提醒卡尔往下走时要小心谨慎，卡尔竟在最高一级梯级上嚎啕大哭起来。参议员将右手放到卡尔的下巴下面，将他搂紧并用左手抚摩他。就这样，他们紧紧倚偎着，慢慢地一级一级往下走，走进小艇，参议员给卡尔找到了一个恰好在自己正对面的好位置。参议员一发信号，水手们便将小艇撑离大船并立刻全力划行起来。刚离开大船几米远，卡尔便意外地发现，他们正巧位于大船总会计室开着窗户的这一边，三扇窗户的窗口站满了舒巴尔的证人，他们友好地挥手致意，舅舅甚至挥手致谢，一个水手来了个绝招，他没有中止均匀划桨的动作便向大船上送去一个飞吻。这确实令人觉得，仿佛司炉已不复存在。卡尔的膝盖几乎碰着了舅舅的膝盖，他仔细盯着舅舅的眼睛，对于这个人是否能取代他的司炉，他心里顿生疑窦。舅舅也避开他的目光，朝着那在小艇四周翻腾滚动的波浪望去。

舅 舅

卡尔不久便习惯了舅舅家里的新环境。可是舅舅也在每一件小事上都对他客客气气，卡尔从来都不必自己去找麻烦、碰钉子，不必品尝大多数人初到国外生活时的那种辛酸。

卡尔的房间位于一所楼房的七楼上，舅舅的商号占了这座楼房的下面的六层以及底层以下的三层地下室。每逢他清晨从他的小卧室走进他的这间房间，从两扇窗户和一扇阳台门照射进来的光线便总是一再使他惊讶不已。假如他以可怜的小移民的身份登岸的话，他会住在哪里呢？噢，人们也许甚至会不让他进入美国境内，而是将他遣送回家，根本不管他已经是无家可归的人了，舅舅按自己对移民法的认识认为这是很有可能的。因为人们在这里别指望会得到同情，卡尔读到的有关美国在这方面的情况是完全正确的；在这里似乎只有幸运者才在其周围人的无忧无虑的面孔之间真正享受自己的幸福。

一个狭窄的阳台延伸在房间的前面，与整个房间的长度一样长。可是这个如果在卡尔的故乡城市大概会成为最高眺望处的地方，在这里让人看到的却不比一条街道的全景多出来多少，这条街道在两排全然不连贯的房屋之间笔直地延伸，所以看上去似乎向后倾斜着伸向远方，远处雾气缭绕中一座大教堂的轮廓巍然耸立。早晨、晚上以及在夜晚的梦里，这条街上永远交通拥挤，从上面看，那是一个由扭曲了的人的形象和各色各样车辆顶盖组成的、不断重新组合着的混合物，从中还升腾出一个新的、猛烈增加的、更狂乱的由喧闹声、尘土和各种气味组成的混合物，而这一切则被一束巨大的光线攫住和渗透，它一再被大量物件分散带走并且又热情地带回来，对于受迷惑的眼睛来说它显得十分有质感，仿佛在这条街的上空一块盖住一切的玻璃板每时每刻都一再被人用全力打碎。

舅舅做什么事都小心谨慎，他劝卡尔暂时真的什么事也别干。他可以对一切进行检验和观察，但是别让自己的心窍给迷惑住。说是一个欧洲人在美国的头几天可以比作为一次分娩，即使人们在这里，为了不致使卡尔不必要地感到害怕，习惯新环境，比从天堂进入人间还快，人们还是得牢牢记住，第一个判断总是不可靠的，人们不可以因此而使自己所有今后的判断陷于混乱之中，如果人们想凭借着它们的帮助在这里继续生活下去的话。说是他自己就认识某些新来的人，这些人不按这些好的原则处世行事，譬如就接连几天站在自己的阳台上，像迷途的羔羊那样看下面的街道。这势必会把人弄糊涂的！可以允许，也许，即便不是无保留地，甚至还可以奉劝一个旅游者，在繁忙的纽约的一天中，去这样孤独地、无所事事地消磨自己的时光，对于一个将在这里留下的人来说，这是一种堕落，在这种情况下人们可以平心静气地使用这个词儿，即便这是一种夸张也罢。每逢舅舅接待一位他的来客时见到卡尔在阳台上，他的这些客人每天总是只来一次，而且总是在一天的不同的时候，每逢这种时候，舅舅果真总是气鼓鼓扭歪着脸。卡尔不久便有所觉察，因此便尽可能放弃这种站阳台的享受。

这也远不是他所获得的惟一的享受。他的房间里放着一张优质美国写字台，正是他父亲多年来渴望得到、在各种拍卖场合试图以一种他出得起的便宜价格购得、由于囊中羞涩一次也没买成的那种写字台。当然，这张写字台与那些在欧洲拍卖行飘荡的所谓的美国写字台是不能相比的。譬如，它顶端有一百个大小不等的格子，连美国总统也可以为他的每份文件找到一个合适的位置，除此之外在边上还有一个调节器，转动一个曲柄便可以按需要任意调整并新编组各个格子。薄薄的小侧壁板缓缓降下，构成新耸立起来的格子的底或新升起来的格子的顶；旋转一圈，顶端就完全改变模样，一切进行得缓慢抑或出奇地迅速，全看你怎么转动曲柄。这是一项最新的发明，却使卡尔清楚地回忆起家乡圣诞集市上表演给惊异的孩子们看的耶稣诞生戏，卡尔也常常站在那玩意儿的前面，身上裹着一身冬装，不停地把一个老头儿操作下的曲柄转动与耶稣诞生戏里的效果进行比较，与神圣三王断续前进、与星星的闪烁以及圣厩里拘束的生活进行比较。他总是觉得，仿佛站在他后面的母亲观看所有事件都不够仔细；他把她拉近自己身边，直至他感觉到她挨着他的后背，长时间地大声嚷嚷着把隐蔽的现象指给她看，也许是一只小兔子，它在前面草地上交替着前脚离地端坐在后脚上，随后又作准备奔跑状，最后母亲堵住他的嘴，又陷入方才的那种漫不经心的状况。这张桌子自然不是仅仅为了让人回忆起这样的事情才做的，但是在发明史上存在着一种类似卡尔记忆中那样的模糊的联系。舅舅与卡尔不同，他根本不喜欢这张写字台，只是，他想给卡尔买一张像样的写字台，而如今这样的写字台全都装有这种新装置，这种新装置有个优点，这就是，它可以不花费多少钱安装在旧写字台上。不过，舅舅却不失时机地劝告卡尔尽可能别去使用那个调节器；为了加强这个劝告的效果，舅舅声称，这套装置很敏感，极易受到损坏，修复起来价钱非常昂贵。不难看出，这样的说法只是借口罢了，即便人们却又不得不说，这调节器很容易就可以被固定住的，只是舅舅不这么做而已。

在头几天里，卡尔和舅舅之间曾比较频繁地进行过交谈，卡尔也曾讲到，他在家里弹钢琴虽然弹得不多，但却挺喜欢弹，他弹钢琴当然只是凭着母亲教给他的那些入门知识。卡尔清楚地意识到，这样的一番讲述同时也就是请求给一架钢琴，可是他已经作了足够的观察，知道舅舅不必省俭着过日子，尽管如此，他的这个请求没有马上得到满足，但是大约八天之后，舅舅几乎是以一种不情愿的坦白承认的方式说，钢琴已经送到，卡尔愿意的话可以去监督搬运。这当然是一桩轻活儿，可是实际上却压根儿就不比搬运本身轻松多少，因为楼里有一部专门搬运家具的电梯，它容纳得下整整一辆家具搬运车而不显拥挤，钢琴也在这部电梯里向卡尔的房间飘荡上去。卡尔本人虽然原本可以乘同一部电梯和钢琴以及搬运工一道上楼，但是由于旁边就停着一部专门供人乘用的电梯，他便乘这部电梯，握住一个把手使自己与另外那部电梯一直保持相同位置，透过玻璃墙壁目不转睛地注视着那件漂亮的乐器，这架钢琴现在归他所有了。当他把钢琴搬进房间并敲响头几个音时，他简直欣喜若狂，他没有继续弹下去，而是跳了起来，隔着一定的距离，两手叉腰，惊奇地注视着这架钢琴。房间的音响效果也非常好，这有助于彻底消除他开始时怀有的那种住在一所铁屋里似的轻微不舒服感觉。尽管从外面看去这座楼房像是铁铸的，人们在房间里果真也看不出丝毫铁建筑材料的痕迹，而且哪怕只是会在某种程度上破坏整体舒适感的设施上的小纰漏也没有人能指得出一个来。最初，卡尔对弹钢琴寄予厚望并且不觉羞耻地至少要在入睡前想一想用这种弹钢琴的方式去直接影响美国环境的可能性。他弹的曲子也确实特别，他在窗户前对着外面一片嘈杂声弹他家乡的一首古老的士兵之歌，晚上士兵们躺在兵营的窗口，望着窗外幽暗的广场，从窗户到窗户互相对唱这首歌——但是他弹完一曲后一看街上，街道没有变化，只是一个大循环里的一小角，不了解在这个大圈子里起作用的全部力量，人们其实是无法阻挡这一小角的运动的。舅舅容许弹钢琴，对此也没说什么，况且卡尔也遵照他的劝告只很少享受这种弹琴的乐趣；是的，他甚至还给卡尔送来美国的各种进行曲乐谱，当然也有美国国歌的乐谱，但是有一天他毫无戏谑之意地问卡尔，他是否也想学拉小提琴或者吹圆号，而这大概也就无法单纯从喜爱音乐的角度去进行解释吧。

学习英语当然是卡尔的第一位的和最重要的任务。一所商学院的一位年轻教授每天早晨七点来到卡尔的房间，便发现他已经坐在写字台前做作业或者在房间里走来走去背单词。卡尔分明看出，掌握英语刻不容缓，而且他在这方面有最好的机会，可以用迅速取得进步使舅舅感到惊喜。起初，在和舅舅交谈时英语只限于问候和告别用语，不久果真就可以渐渐过渡到用英语表达越来越多的谈话内容了，与此同时，比较机密的话题也就由此应运而生。一天晚上，卡尔向他舅舅朗诵了第一首美国诗歌，这首描写一场大火的诗歌使舅舅在满意之余露出了极其严肃的神情。当时他们俩站在卡尔房间里的一扇窗户旁边，舅舅望着窗外，窗外天空中一切光亮均已消逝，他有感于诗中的情调而缓慢、均匀地拍着手掌，而卡尔则直立在他身旁，目光呆滞使出浑身力气诵读这首艰难的诗。

卡尔的英语越好，舅舅就越是愿意把他介绍给自己的熟人，并以防万一而规定，在这种会面场合，英语教授暂时还都得待在卡尔的身边。一天上午给卡尔介绍了天字第一号熟人，这是一个身材细长、年轻、极柔顺的人，舅舅带着特别殷勤的态度将这个人带进卡尔的房间。他显然是那些众多的、从父母的立场上看来教养不好的百万富翁子弟中的一个，他过着那样一种生活，一个普通人哪怕只要注视一下这个年轻人生活中的任意一天，就不会不感到痛心疾首。就仿佛他知道或料想到这一点似的，就仿佛他尽自己力所能及地反对这一观点似的，他的嘴角和眼角不断挂着一丝幸福的笑意，他似乎在对他自己、对自己对面的人以及对整个世界微笑。

在舅舅无条件的赞同下，与这位年轻人，马克先生商定，五点半，或去马术学校，或去野外，一起去骑马。卡尔虽然起先犹豫不决，没有马上答应，因为他还从来没有骑过马，想先稍许学一点骑术，但是由于舅舅和马克一再撺掇他并把骑马描绘成纯粹的娱乐和有益于健康的锻炼，而绝不是技巧，他最终还是答应了。现在他当然四点半就得起床，这往往使他感到十分惋惜，因为大概由于白天经常精神高度集中的缘故他在这里简直患上了嗜眠症了，但是在他的洗澡间里这种惋惜情绪不久便渐渐消失。整个浴盆上方架着与浴盆长度和宽度相应的淋浴器筛分装置——家里哪位同学，不管他多富有，也不拥有这类设备而且还是独自一人享用，卡尔伸展四肢躺着，在这只浴盆里他可以伸开胳臂，并且可以随意先让温水，后让热水，随后又让温水、最后让冰冷的凉水局部地或是全面地往下流到自己身上。他犹如还在慢慢继续品尝甜蜜睡眠滋味似的躺着，并且特别喜欢闭着眼睛接住那最后零星掉落下来的几滴水珠，它们随后便散开，顺着脸往下流去。

卡尔从舅舅的高顶篷汽车里下来时，那位英语教授已在马术学校里等候他，而马克则无例外地稍迟一些才来。不过他也完全可以来得稍晚些，因为真正的、生气勃勃的骑马活动要等他来了以后才开始。他一进来，马儿不是就从它们迄今为止的那种半睡半醒状态腾跃而起，跑马场里啪啪马鞭声不是就响得更清脆，四周的回廊上不是突然就出现零星的人——观众、养马员、马术学校学员或其他什么别的人？而卡尔则利用马克到来之前的这段时间，稍稍作一些哪怕只是最低级的骑马前的准备动作。有一个高个儿男子，他几乎不用抬高胳臂就可以把人送上最高的马背，此人给卡尔教授这门总是几乎还不到一刻钟的功课。卡尔在这方面取得的成绩并不出类拔萃，他可以随时学会许多英语诉苦话，在这样的学习过程中他上气不接下气向他的英语教授发出诉苦的喊声，那位英语教授则总是靠在门框柱子上，通常都是睡眼惺忪。但是马克一来，他对骑马的全部不满便几乎荡然无存。高个儿男子被打发走，不久，在这间还一直是半明半暗的大厅里，人们便什么别的声音也听不见，只听见奔马的马蹄声，人们几乎看不见别的什么，只看见马克高举胳臂向卡尔发号施令。就这样在不知不觉中愉快地度过了半个小时之后便停止了。马克有急事，告辞卡尔，有时候，如果他对卡尔的骑马特别满意，还拍拍卡尔的面颊，然后便离去，行色匆匆竟顾不得和卡尔一道走出门去。然后，卡尔便带着教授一起上汽车，他们通常都乘车绕道去上英语课，因为那条本来是从舅舅的房子直接通向马术学校的大街上交通拥挤，从那儿走就会损失掉太多的时间。此外，英语教授的这种伴学不久就停了，因为卡尔不忍心无用地烦劳这个疲倦的人到马术学校里来，况且用英语与马克交谈是一桩很简单的事，于是就请求舅舅免去教授的这项差使。舅舅略一思索，也同意了这个请求。

过了相当长的时间之后，舅舅才决定允许卡尔稍微看一眼他的商行，虽然卡尔已经请求过多次。那是一种委托、运输商行，据卡尔所能回忆的，这种商行在欧洲也许根本就没有。原来，商行从事一种居间贸易，可是它并不是把商品从生产者那里介绍到消费者或者也许是商人那里，而是给各家大联合企业以及在它们之间进行各种商品和初级产品的居间介绍业务。所以，这是一家不停歇地进行大规模购货、储存、运输和销售活动并必须与客户保持十分精确的不间断的电话和电报联系的商行。电报机厅不比故乡城市的电报局小，而是比它大，有一回，在一位在电报局有熟人的同学的带领下，卡尔曾参观过家乡的那家电报局。在电话厅里，一眼望去，只见电话亭的门开呀关的，电话铃声令人头晕目眩。舅舅就近打开一扇这样的门，人们看见那里电灯光的闪耀下有一位职员，对门的任何响声都漠然处之，脑袋上夹着一副钢带，这钢带使听筒贴住他的耳朵。右胳臂放在一张小桌子上，仿佛它特别沉重似的，只有握着铅笔的手指头异常均匀和迅速地颤动着，他对着话筒说话时，用词非常俭省，人们甚至常常看见，他也许对讲话者有一些不同意见，想稍许详细地问问他，但是他听到的某些话却迫使他在实施自己的意图之前先垂下眼皮写字。舅舅小声向卡尔解释说，他也不必说话，因为同样的消息，这个人记录下来了，同时还有另外两位雇员也将它们记录下来了，然后将它们进行比较，尽量避免出现差错。就在舅舅和卡尔从门里走出来的同一个瞬间，一个实习生钻进门，拿着那张在这期间已写好的纸走了出来。大厅中央不断有人急匆匆穿梭往来奔走。没有人打招呼，打招呼被废除了，每个人都紧跟着在他前面行走的人的步伐，眼睛看着地板，想在那上面尽快前进，或者只是瞟一眼纸上的个别词语或数字，那些纸握在他的手里，随着他的步伐飘动着。

“你确实在事业上取得了很大的成就。”有一次卡尔在商行里的一条过道上说，即便只是走马看花看看各个部门，要看遍商行也得花费许多天的工夫。

“而这一切都是我在三十年前自己创办起来的，你要知道。当初，我在港口区，有一家小商号，那儿一天卸五箱，业务就撑足了，我就趾高气扬地回家。今天我在港口拥有第三大仓库，那家铺子是我的第六十五队搬运工的吃饭间兼工具室。”

“这简直是不可思议。”卡尔说。

“在这里一切事业发展得都非常快。”舅舅中断谈话说。

一天，快要吃饭的时候，卡尔正想照例独自一人去吃饭，这时，舅舅走来，要卡尔立刻穿上黑色礼服，和他一道去陪两位商业合伙人吃饭。卡尔在隔壁房间里换衣服的当儿，舅舅在写字台前坐下，检查刚做完的英语作业，用手一拍桌子，大声喊道：“确实棒极了！”

毫无疑问，卡尔听到这句赞词，穿衣穿得更顺溜了，不过他也确实对自己的英语已经相当有把握了。

在舅舅的餐室里，在这间从他到达的第一个晚上起便留在他记忆中的餐室里，两个高大、体胖的先生起身欢迎他们，后来在席间谈话过程中才得知，其中一个叫格雷恩，另一个叫波伦德尔。原来，舅舅通常都只字不谈熟人的情况，总是让卡尔通过自己的观察去获取必要的或是有趣的信息。在正式用饭的过程中只洽谈了内部业务，这意味着给卡尔上了一堂很好的商业用语课，大家让卡尔安安静静地吃饭，仿佛他是个孩子，得好好饱餐一顿。吃罢饭，格雷恩先生向卡尔弯下身，明显地努力把英语讲得明白易懂，一般地询问卡尔对美国的初步印象。在一片寂静中，卡尔偷偷瞥了几眼舅舅，作了相当详细的回答并且试图用一种略带纽约味的腔调来博取大家的欢心，以示感谢之意。在说到一句话的时候，三位先生甚至全都乱哄哄地哈哈大笑起来，卡尔已经在担心犯了一个严重的错误了；然而不是，据波伦德尔先生说，他甚至是讲了一句妙极了的话。这位波伦德尔先生似乎压根儿就特别喜欢卡尔，就在舅舅和格雷恩先生重又回过头去洽谈业务的时候，波伦德尔先生让卡尔把他的椅子挪近自己身边，先是详细询问了他的名字、他的出身以及他的旅途情况，直至后来为了重新让卡尔得到休息，他终于笑着，咳嗽着，迫不及待地讲起自己以及他的女儿的情况来，说是他和女儿住在纽约近郊一所小庄园里，不过他只能在那儿度过晚上的时光，因为他是银行家，他的职业使他整个白天都得滞留在纽约。卡尔当即受到到这所庄园去小住几天的热情邀请，说是一个像卡尔这样新来乍到的美国人一定也需要有时离开纽约以便恢复一下身体。卡尔立刻请求舅舅允许他接受这一邀请，舅舅也似乎愉快地答应了，却没有如卡尔和波伦德尔先生所期望的那样说定具体的日期，抑或哪怕只是考虑一下一个具体的日期。

但是第二天卡尔就被叫到舅舅的一间办公室里(仅在这幢房子里舅舅就有十间不同的办公室)，他看见舅舅和波伦德尔先生都默不作声地躺在办公室的靠背椅里。

“波伦德尔先生，”舅舅说，房间里光线昏暗几乎认不出他来，“波伦德尔先生来接你到他的庄园去，这件事我们昨天曾商谈过的。”

“我不知道今天就要去，”卡尔回答，“要不我就作好准备了。”

“如果你没有作好准备，那么我们就以后再去吧。”舅舅说。

“什么准备呀！”波伦德尔先生喊道，“一个小伙子随时都是准备好的。”

“不是因为他的缘故，”舅舅转身对他的客人说，“他总还得上楼到他的房间去一趟吧，这个就要耽误您的工夫了嘛。”

“我有时间在这儿等着，”波伦德尔先生说，“我事先考虑到会有耽搁，提前下班了。”

“你看，”舅舅说，“你人还没去，就已经给人家带来多少麻烦。”

“我很抱歉，”卡尔说，“可是我马上就回来，”说着跳起来就要走。

“您别着急，”波伦德尔先生说，“您一点儿也没有给我带来麻烦，相反，您来做客，我感到莫大的荣幸。”

“你将耽误明天的马术课，你已经请假了吗？”

“没有，”卡尔说，他高兴地期盼着的这次出访开始成为一种累赘了，“我不知道——”

“尽管如此你还是要去？”舅舅继续问。

波伦德尔先生，这个和蔼可亲的人，当即就帮忙解围。

“我们途中在马术学校停一下，把这件事办妥。”

“这句话中听，”舅舅说，“可是马克会等候你的呀。”

“等候是不会等候我的，”卡尔说，“不过他倒是反正会去的。”

“那怎么办？”舅舅说，仿佛卡尔的答话丝毫也不成为理由似的。

又是波伦德尔先生一锤定音：“可是克拉拉”——她是波伦德尔先生的女儿——“也在等待他，盼着他今天晚上就去，她也许应该比马克优先得到照顾？”

“那还用说，”舅舅说，“好吧，你赶快到你的房间里去吧，”他边说边多次好像是无意识地敲击靠背椅的扶手。卡尔已经到了门口，舅舅再次叫住他问道：“明天早晨你回这儿来上英语课吧？”

“啊呀！”波伦德尔先生喊道，惊讶得在靠背椅里尽他的胖体所能地转了转身，“难道他不可能至少明天一天在外面过吗？我后天早晨再把他送回来。”

“这可不行，”舅舅答道，“我不能就这样让他的学业陷于混乱之中。以后，等他有了正经八百的职业，我将很乐意给他更长的时间，允许他接受如此盛情的令人感到荣幸的邀请。”

“简直是自相矛盾！”卡尔心想。

波伦德尔先生神情沮丧了：“可是玩一个晚上睡一宵就回来，这实在有点不值得。”

“我也是这么认为。”舅舅说。

“知足者常乐，”波伦德尔先生说，说着又笑了起来。“好吧，我等着！”他对卡尔喊，卡尔见舅舅不再说什么，便撒腿就跑。

当他不大一会儿工夫作好出门准备回来时，他只在办公室里见到波伦德尔先生，舅舅已经走了。波伦德尔先生高兴已极地握着卡尔的双手，仿佛他想竭尽全力确保卡尔现在将和他同行似的。卡尔因一路奔跑还在浑身冒汗，也主动和波伦德尔先生握手，他为可以作这次郊游而感到高兴。

“舅舅没有因为我要走而生气吧？”

“没有的事！刚才那些话他也就是随便说说而已。他很关心对您的教育嘛。”

“他自己对您说过，他方才说那些话不是当真的？”

“哦，是的。”波伦德尔先生拖长声调说，以此证明他不会撒谎。

“真奇怪，虽然您是他的朋友，可是他却多么不乐意让我去拜访您。”

波伦德尔先生也无法对此作出解释，虽然他不能公开承认这一点，当两个人乘坐波伦德尔先生的汽车行驶在傍晚的和风中的时候，他们还在久久地思索着这个问题，虽然他们立刻谈论起别的事情来了。

他们紧挨在一起坐着，波伦德尔先生用自己的手握住卡尔的手，他讲述着。卡尔想多听点有关克拉拉小姐的情况，仿佛他对长途行驶感到不耐烦，听着这些讲述便可以比实际上早一些到达目的地似的。虽然他还从未在晚上坐车在纽约大街上行驶过，车子越过人行道和车行道，每时每刻改变着方向，风驰电掣般疾驶着，不像是由人在驱动，倒像是一种陌生的自然力。卡尔在试图仔细倾听波伦德尔先生讲述的同时，对什么事都不注意，只注意波伦德尔先生的深色背心，那上面静静地斜挂着一条深色铁链。他们驶离那些街道，那些观众显然怕迟到而迈着飞快步伐，乘着急如星火行驶的车辆涌向各家剧院的街道，穿过边缘市区进入市郊。在郊区，他们的汽车一再被骑马警察疏导到小巷里，因为大路全让罢工、游行的金属加工业的工人们给占领了，只有在交叉路口才最低限度地允许一些车辆行驶。他们的汽车从昏暗、发出沉闷回响的小巷里一出来，穿越过一条像整个广场一样宽阔的大马路，便看到马路两边充满了望不到尽头的迈着细小步伐移动着的人群，他们的歌声比单独一个人的声音还整齐划一。可是在不阻塞的车行道上，人们却偶或见到一个骑在马上一动也不动的警察，或者扛着旗帜或在街道上空张贴横幅标语的人，或者一个被工友和联络员们围住的工人领袖，或者一辆电车，它没有及时、迅速地逃遁，如今空荡荡、黑糊糊地停在那儿，而司机和售票员则坐在平台上。好奇的人三三两两站在远离真正的游行示威者的地方，虽然他们依然不清楚究竟发生了什么事情。卡尔却高高兴兴地靠在波伦德尔先生搂着他的臂弯里；一想到不一会儿他就将在一幢乡村别墅里成为一名受欢迎的客人，他便感到浑身舒坦，尽管由于开始犯困，他不再能够正确无误地，或者至少是不无间断地理解波伦德尔先生所说的每一句话，他还是时不时地振作一下精神，抹一抹眼睛，又睁眼看一看，波伦德尔先生是否发现他打瞌睡了，因为这是他无论如何也希望要加以避免的事情。

纽约近郊乡村别墅

“我们到了。”正当卡尔又迷迷糊糊的时候，波伦德尔先生说。汽车停在一幢乡村别墅前面，按纽约郊区富人乡村别墅的风格，这幢乡村别墅比一般的只供一家居住的乡村别墅更大些、更高些。由于屋里只有底层亮着灯，人们根本无法计算出这幢房屋的高度有多少。屋前，栗子树簌簌作响，一条林间小径——栅栏已经打开——通向房屋的一道露天台阶。卡尔以为从自己下车时的疲倦的感觉上可以得知，汽车行驶了相当长的时间。在黑糊糊的栗子树下他听见一个女孩子的声音在自己身旁说：

“雅各布先生终于来了。”

“我姓罗斯曼。”卡尔边说边握住向他伸过来的一位姑娘的手，现在他分辨出姑娘的轮廓来了。

“他只是雅各布的外甥，”波伦德尔先生解释说，“自己叫卡尔·罗斯曼。”

“这没关系，我们一样高兴他到这儿来。”姑娘说，她并不看重名字。

尽管如此，当卡尔在波伦德尔先生和姑娘之间迈步向屋子走去的时候，他还是问道："您就是克拉拉小姐？"

"是的，"她说，这时已经有从屋里来的些许微弱的灯光照在她那张正向他俯过来的脸上，"可是我不愿在这里黑咕隆咚地作自我介绍。"

"难道她在栅栏旁等候我们了？"卡尔暗自思忖，他走着路渐渐地清醒了。

"顺便说一句，今天晚上我们还有一位客人。"克拉拉说。

"不可能！"波伦德尔气恼地喊道。

"格雷恩先生。"克拉拉说。

"他什么时候来的？"卡尔问，好像囿于一种预感。

"到了不多一会儿。你们没有在你们的汽车前面听见他的汽车的声音？"

卡尔抬起头来朝波伦德尔望去，想知道，他怎么看这件事，但是他把手插在裤兜里，只是踏着更沉重一些的脚步走路。

"只住在纽约的近郊，这无济于事，你免不了还是要受打扰。我们无论如何也要把我们的住地再搬得远一点；哪怕我要开半宿的车才能到家也在所不惜。"

他们在露天台阶旁边停住脚。

"可是格雷恩先生已经很久没到这儿来了。"克拉拉说，她显然完全同意她父亲的意见，却想尽量安慰他。

"为什么他偏偏今天晚上来呢。"波伦德尔说，此话已经怒冲冲从鼓起的下嘴唇中发出，松弛、沉重的嘴唇很容易便大动起来。

"真是的！"克拉拉说。

“也许他一会儿就会走的。”卡尔说，自己都感到惊讶，他居然会与这些昨天尚完全陌生的人取得如此一致的看法。

“哦，不会的，”克拉拉说，“他有一笔什么大生意要和爸爸谈，一谈大概就得谈很长时间，因为他曾开玩笑吓唬我说，要是我想当一个有礼貌的女主人的话，那么我就得在一旁听着，一直听到明天早晨。”

“居然还要这样。那他就是要在这里过夜了！”波伦德尔喊道，仿佛这下子情况终于糟糕到了极点了。“我真想，”他说，因产生了这个新的念头态度变得和气起来了，“我真想重新请您上车，罗斯曼先生，把您送回到您舅舅那儿去。今天这个晚上一开始就给搅了，谁知道，您的舅父大人下一回什么时候才会再把您交给我们。但是如果我今天就送您回去，那么下一回他就不好拒绝您到我们这儿来做客了。”

说着，他抓住卡尔的手，就要实施他的计划。但是卡尔不动弹，克拉拉请求将他留下，说是因为至少她和卡尔将丝毫也不会受到格雷恩先生的干扰，最后，波伦德尔自己也发现，他的这个决心并非最坚定。况且——这一点也许起着决定性的作用——人们突然听见格雷恩先生从台阶的最上面那个平台上冲着下面花园里喊：“你们在哪儿呀？”

“你们来吧。”波伦德尔边说边转身走上露天台阶。卡尔和克拉拉跟在他后面，他们现在在灯光下互相打量着对方。

“瞧她那殷红的嘴唇。”卡尔暗自思忖，想到了波伦德尔先生的嘴唇，它们长在女儿脸上变得多么漂亮。

“吃完晚饭后，”她说，“您觉得可以的话，我们立刻就到我的房间里去，如果爸爸必须和格雷恩先生打交道的话，那么至少我们就可以摆脱他。我就可以劳您大驾，给我弹弹钢琴，因为爸爸曾说过，您钢琴弹得好极了，我可是一点儿也不会演奏音乐，一点儿也不摸我的钢琴，而其实我是很喜欢音乐的。”

卡尔完全同意克拉拉的建议，即便他很想让波伦德尔先生也和他们待在一起。在格雷恩的巨大身形面前——卡尔刚刚已经习惯了波伦德尔的身材，随着他们拾级而上，格雷恩的巨大身形便慢慢展现在他们眼前，卡尔想于今天晚上将波伦德尔先生从这个人身边引诱走的一切希望自然也就统统泯灭了。

仿佛要弥补许多损失掉的时间似的，格雷恩先生极其匆促地与他们寒暄几句，便拉着波伦德尔先生的胳臂，推着卡尔和克拉拉走进餐室，这餐室特别由于桌上摆着有新鲜树叶陪衬的鲜花而显得非常具有节日气氛，使人对扰人的格雷恩先生的在场格外感到惋惜。正当在餐桌旁等候别人入座的卡尔还在为通往花园的那扇大玻璃门将开着而感到高兴的时候——因为一股浓郁的芳香正在飘进来，格雷恩先生气喘吁吁走过去将这扇玻璃门关上，弯腰别上下面的、伸手插上上面的插销，这一切动作如此干净利落，以致急忙赶来的仆人竟一点儿也没能插上手。格雷恩先生在餐桌上讲的头几句话是对卡尔居然会得到舅舅的许可进行这次访问表示惊讶。他一边一满汤匙接着一满汤匙地往嘴里送，一边冲着右边对克拉拉、冲着左边对波伦德尔先生解释，他为什么感到如此惊讶，舅舅怎样照管卡尔，舅舅对卡尔的爱如何太高尚，以致人们简直无法还把这称作一个舅舅的爱。

“他横加干涉这里的事情还不够，他同时还要在我和舅舅之间横插一杠。”卡尔暗自思忖，一口金黄色的汤也喝不下去。可是随后他却又不想让人发现他觉得自己受妨害了，便开始默默往自己肚里灌汤。这顿饭吃得慢腾腾的，简直像是在受罪。只有格雷恩先生以及充其量还有克拉拉活泼轻快，偶或找到机会发出一阵短促的笑声。波伦德尔先生只是在格雷恩先生开始谈及业务时才几次卷入谈话之中。可是不久，连这样的谈话他也不参与了，而格雷恩先生则不得不在过一些时候之后又出其不意地用这种谈话去突袭他。而且，他着重指出——这时候，仿佛即将发生什么危险似的，卡尔仔细倾听着，于是不得不由克拉拉提醒卡尔注意，他面前放着烤肉，他是在吃晚饭，他一开始就没有来当这个不速之客的意思，至少最重要的部分本来是可以今天在城里洽谈的，较为不重要的部分便可以推迟到明天或以后去谈。所以，他也确实在下班前很久就已经来到波伦德尔先生的办公室，却没有遇见他，于是他不得不给自己家里打电话通知他今晚不回家，不得不来这儿登门拜访。

“那我得请求原谅，”别人还来不及答话卡尔便抢先大声说，“因为波伦德尔先生今天提前下班，对此我是负有责任的，我对此深表遗憾。”

波伦德尔先生用餐巾遮住他的一大部分脸面，而克拉拉则虽然对卡尔微微一笑，然而这并不是关切同情的笑，而是一种企图设法影响他的笑。

“这用不着什么原谅，”格雷恩先生说，他正在使劲切一块鸽子肉，“完全相反，我很高兴与诸位一道度过这个愉快的晚上，我就可以不必独自在家吃晚饭，让我的老女管家来侍候我，她老态龙钟，从门口到我的餐桌这段路都快要走不动了，如果我想观看她走这段路，我简直可以靠在我的靠背椅里歇好久好久呢。不久以前我才设法让男用人把菜肴送到餐室门口，而据我对她的了解，从门口到我的餐桌这段路则非她莫属。”

“我的上帝，”卡拉拉喊道，“真叫一片忠心！”

“是的，世界上还有忠心耿耿的人。”格雷恩先生边说边往嘴里送一口菜肴，卡尔冷不丁看见他嘴里的舌头一下便把那口菜接住。卡尔几乎恶心得要吐，他站起来。波伦德尔先生和克拉拉几乎同时抓住了他的双手。

“您还得坐着。”克拉拉说。当他又坐下之后，她咬着他的耳朵对他悄悄说：“一会儿我们一起走。您耐心点。”

这当儿，格雷恩先生一直在从容不迫地吃他的饭，仿佛假如他引起卡尔反感的话，那么让卡尔平静下来，这理所当然是波伦德尔先生和克拉拉的任务。虽然他时刻准备不知疲倦地享用每一道新上来的菜，但是由于他每一道菜都吃得认认真真，这顿饭便拖得特别长，这的确给人以一种印象，仿佛他想乘他的老女管家不在好好吃一顿饭似的。他不时称赞克拉拉小姐管理家政有方，这显然使她心里感到甜滋滋的，而卡尔则心里痒痒地直想把他挡回去，仿佛他是在攻击她似的。可是格雷恩不安于和她搭讪，而是时不时眼不离盘子地对卡尔引人注目的食欲不振表示遗憾。波伦德尔先生为卡尔的食欲辩护，虽然他作为主人本来也应该鼓励卡尔多吃。而由于整个一下午卡尔都觉得别别扭扭，这时候他果然觉得自己特别容易生气，他竟一反自己较好的判断能力把波伦德尔先生的这番好意视作不友好的表示。正是由于他处于这样一种状态之中，所以他有一回完全不合时宜地吃得又快又多，随即便又长时间厌倦地放下刀叉，成为饭桌上最无表情的人，弄得递送菜肴的仆人简直对他无所适从。

“我明天就告诉参议员先生，您是怎样不吃饭而伤了克拉拉小姐的心的。”格雷恩先生说，他只限于做出他怎样摆弄刀叉的样子，来表示这些话中诙谐的意图。

“您瞧瞧这姑娘吧，她多伤心。”他继续说并摸了摸克拉拉的下巴颏。她听凭他摸，闭上了眼睛。

“你这个小丫头。”他喊道，往回一靠，哈哈大笑，脸涨得通红，显出酒足饭饱后浑身都是力气。卡尔徒劳地试图揣度波伦德尔先生的态度。他坐在盘子前面，眼睛盯着那盘子，仿佛那里正在发生真正重大的事件似的。他不把卡尔的椅子拉近自己的身边，而一旦他讲话，他就对大家讲，可是对卡尔他没有什么特别的话要说的。相反，他容忍格雷恩这个狡诈的纽约老光棍带着明显的意图触摸克拉拉，容忍他侮辱卡尔、侮辱波伦德尔的客人或至少把卡尔当孩子一样对待，谁知道他酒足饭饱后一时兴起还会做出什么事情来。在大家离席之后——当格雷恩觉察到饭桌上的一般情调时，他第一个站起来，并且在某种程度上带动大家随着自己一起站了起来，卡尔独自一人朝不远处用白色狭窄边框隔开的大窗中的一扇走去，那些窗户通向露台，走近一看才发现，原来它们就是正式的门。波伦德尔先生和他的女儿起初对格雷恩感到的那种反感，那种当初卡尔觉得有点不可思议的反感，如今都到哪里去了呢？现在他们和格雷恩站在一起，正在向他点头呢。格雷恩先生的雪茄烟雾在厅里弥漫，把格雷恩的影响也传送到他永远不会亲自涉足的角落和壁龛。那支雪茄是波伦德尔的礼物，它粗得出奇，父亲在家里偶或讲起过那样粗的雪茄，讲的时候总是把它当做一种他大概从未亲眼目睹过的事实。卡尔尽管站得远远的，他还是觉得鼻子里一阵烟熏的刺痒。他只是从他站立的地方很快瞟了格雷恩先生一眼，便觉得此人的行为卑鄙。现在他根本就再也不认为这是不可能的了，即舅舅之所以久久拒不允许进行这次访问，仅仅是因为他知道波伦德尔先生性格懦弱，因此即便没有精确预见到？也大致料到卡尔在进行这次访问时会受委屈。这个美国姑娘也不中他的意，虽然他自己事先根本也就没有把她想象得比这漂亮多少。自从格雷恩先生和她凑在一起，他甚至对她的脸居然能现出这样美丽的容貌来感到惊奇，尤其使他感到惊奇的是她那骨碌碌转动着的眼睛的光辉。一条像她这样的紧紧贴住身体的裙子他还从来没有见过，浅黄色的、柔软而结实的布料上的小褶痕显示出绷紧的强度。然而，卡尔对她毫不在意，他真巴不得别把他带到她的房间里去，以防万一他已经用双手握住门把手，他巴不得能打开这门，钻进汽车里，抑或，如果司机已经睡了，就独自一人步行去纽约。明净的夜晚满月悬空，向每个人敞开着胸怀，卡尔觉得担心到了野外会害怕是愚蠢的。他想象着——在这个厅里他第一次觉得舒服了，他将怎样在早晨——以前一直是不允许他步行回家的——使舅舅感到惊喜。虽然他还从来没有去过舅舅的卧室，也根本不知道它在哪里，但是他可以问的嘛。然后他就敲门，随着一声拘泥于礼节的“进来”便跑进房间，出其不意地给亲爱的舅舅来一个惊喜，迄今为止他只见过身穿整齐的、扣上钮扣的服装的舅舅，如今他看见舅舅坐直在床上，两眼惊奇地望着门口，身穿睡衣。这件事本身也许还没什么了不起的，但是你得想一想，这也许会带来什么结果。也许他就破题儿头一遭和他的舅舅一道吃早饭，舅舅在床上，他坐在一把靠背椅上，早饭摆在他们之间的一张小桌子上，也许这种共进早餐会成为一种经常性的安排，迄今为止他们只在白天见一次面，由于这种方式的早餐，他们也许就会有更多的机会见面，于是自然也就可以更坦率地互相交谈。说到底，也只是因为缺乏这种坦率的交谈，他今天才对舅舅有点不顺从，抑或，说得更恰当些，对舅舅倔强。即便他今天不得不待在这里过夜——可惜看上去情况正是如此，虽然人们让他自顾自地站在这儿窗口，也许这次不幸的访问会成为与舅舅改善关系的转折点，也许今天晚上舅舅正在他自己的卧室里转悠着类似的念头呢。

他稍觉宽心地转过身去。克拉拉站在他面前并且说："您一点也不喜欢在我们这儿吗？您不想稍许习惯一下这里的环境？您来吧，我愿意做最后的尝试。"

她领着他横穿过餐厅向门口走去。在边上的一张桌子旁边，两位先生坐着喝满杯的起着小泡沫的饮料，卡尔不知道那是什么饮料，他真想尝尝是什么滋味。格雷恩先生将一个胳膊肘支在桌上，他的整个脸面尽量向波伦德尔先生移近；假如人们不认识波伦德尔先生的话，人们完全有可能会以为，这里正在策划什么罪恶阴谋，不是在谈什么生意。波伦德尔用亲切的目光目送卡尔到门口，而格雷恩却一丁点儿也没有回头看卡尔，虽然一个人哪怕是情不自禁地通常也会顺着面对面的人的目光望去的。于是，卡尔便觉得，这种态度表明格雷恩相信，卡尔和格雷恩，每个人都应该各自设法在这里施展自己的本事，他们之间的必不可少的社会联系将会逐渐由于两人之中一人的胜利或失败而得以建立。

"要是他这样认为，"卡尔心想，"那他就是一个傻瓜。我确实不想要他怎么样，他也别来打搅我嘛。"

刚走进过道，他便想起，他多半举止不礼貌了，因为他是眼睛盯着格雷恩让克拉拉几乎是从房间里拖出去的。现在他走在她身旁倒心甘情愿了。在穿越各个过道的时候他起先简直不敢相信他的眼睛，他看见每隔二十步便有一个穿号衣的仆人拿着一个枝形烛台站着，那些仆人双手握住烛台的粗台杆。

"迄今只在餐室里安了新的电线，"克拉拉解释说，"我们不久前才买了这幢房子，并在一所有自己独特建筑风格的老房子所许可的范围内，把它彻底改建了。"

"这么说，在美国也已经有老房子了，"卡尔说。

“当然，”克拉拉笑道，拉着他继续走，“您对美国的看法真奇怪。”

“您不应该取笑我。”他气恼地说。毕竟他已经知道欧洲和美国，她却只知道美国。

克拉拉边走边伸手轻轻推开一扇门，没有停下脚步，说：“您睡在这里。”

卡尔当然想马上看看这个房间，但是克拉拉不耐烦地并且几乎是大声嚷嚷地解释说，房间他可以等一会儿再看，现在他应该跟她走。他们在过道里来回拉扯了一会儿，卡尔终于认为，他不必什么事都听克拉拉的，便挣脱开身，走进那间房间。窗户前一片令人惊异的黑暗原来是一棵树的树梢，它正在那里迎风摇曳。人们听见鸟儿在歌唱。在房间里，由于月光还没有照射进来，人们几乎什么也看不清楚。卡尔后悔没把舅舅送给他的手电筒带来。在这幢房子里，一只手电筒是必不可少的，要是有几盏这样的灯，就可以让仆人们统统都去睡觉了。他坐到窗台上，望着窗外，仔细倾听。一只惊起的鸟儿似乎在这棵老树的枝叶间挤来挤去。一列纽约市郊火车的鸣笛声在这一带的什么地方响起。除此之外，四周一片寂静。

但是好景不长，因为克拉拉急匆匆走了进来。她显然怒气冲冲地喊道：“这是怎么回事？”并拍打她的裙子。卡尔想等她态度客气点后再回答她。但是她迈大步向他走去，喊道：“您跟不跟我一起走？”并故意抑或只是由于激动猛一推他的胸膛，如果不是他从窗台上滑下去的最后一刹那间用双脚触着房间地板的话，他早就摔到窗外去了。

“瞧我快要掉到外面去了。”他用责备的语气说。

“真可惜你没掉下去。您为什么这么不听话？我再次把您推下去。”

说着，她果真抱住他，她那经过体育锻炼的身体把他，把起初惊愕得忘记抗拒的他几乎快要抱到窗口。可是在窗口他醒悟了，一扭腰挣脱开身并把她抱住。

“啊，您弄得我好痛。”她当即说。

可是现在卡尔却以为再也不可以放开她。他虽然给她以随意行走的自由，却跟随着她并且不放开她。这样也比较容易将穿紧身连衣裙的她抱住。

“您放开我，”她小声说，冒热气的脸紧挨着他的脸，他得使劲看她，她和他挨得太近了，“您放开我，我给您一样好东西。”“她为什么这么哼哧哼哧呢，”卡尔想道，“不会弄痛她的嘛，我没有搂紧她呀。”不过他还不放开她。可是在漫不经心、默默无语地站了片刻之后，他蓦地又在自己的身体上感觉到她那正在增强的力量，她倏地挣脱他的控制，双手就势向上一翻将他抓住，用一种奇特格斗技巧的脚姿挡住他的双腿，极有规则地喘着气，推着他把他逼到墙边。那里有一张长沙发，于是她就把卡尔放倒在长沙发上，没怎么向他俯下身去就说：

“现在你动一动试试看。”

“猫，疯猫，”卡尔恼羞成怒，无可奈何地喊道，“你是疯子，你这只疯猫！”

“你说话当心点。”她边说边将一只手伸向他的脖子，开始使劲掐它，掐得卡尔毫无还手之力，只有张着嘴大口喘气的份儿，与此同时，她用另一只手向他的面颊掴去，宛若试验性地触着他的面颊，又将那只手向空中抽回，而且不断往回抽，随时都可以一个耳光向他扇下去。

“怎么样，”她问，“为了惩罚你对一位高贵的女士的恶劣态度，我要不要狠狠给你一个耳光打发你回家去？也许这会对你将来走上人生道路有所帮助，即使这不会给你留下美好的回忆。我同情你，你是个还可以过得去的英俊的男孩，要是你学过柔道的话，你一定会痛打我一顿的。可是，可是——瞧你现在躺在这儿这模样，我简直太想打你耳光了。我多半会对此表示遗憾；但是如果我对此表示遗憾的话，那么你现在就听着，我将几乎是违背自己的意愿对此表示遗憾。而且我自然不会安于只打你一记耳光的，我要左右开弓，打得你两个面颊鼓胀起来。也许你是个有荣誉感的人——我几乎想相信这一点，挨了这些耳光不愿意活下去了，要自寻短见。可是你为什么这样跟我闹别扭？我不中你的意吗？不值得到我的房间里去吗？注意！现在我真的会突然打你一记耳光。如果你今天还想这样好好离去的话，以后你就放规矩点。你可以跟你的舅舅赌气，我可不是你的舅舅。此外，我还要提醒你注意，如果我没打你耳光就放你走，那么，你大可不必以为，从荣誉的立场上来看，你现在的状况和真的挨了耳光是一码事。要是你这样以为的话，那我还不如真的打你耳光呢。不知道马克会说些什么，如果我把这一切讲给他听的话？”

一想起马克，她就放开卡尔，卡尔迷迷糊糊地觉得马克是个解放者。他还略微感觉到克拉拉的手挨着他的脖子，所以还稍稍一转身，随后便静静地躺着。

她要他站起来，他不答话，一动不动。她点燃了不知哪儿的一支蜡烛，房间里有了亮光，天花板上现出蓝色锯齿形图案。卡尔躺着，脑袋枕在沙发坐垫上，保持着克拉拉把他安放上去时的姿势，纹丝不曾将它转动。克拉拉在房间里走来走去，她的裙子绕着她的大腿簌簌作响，也许她在窗口站了好长一会儿工夫。

“气赌完了？”卡尔听见她问。

卡尔心情沉重地感受到，在这间波伦德尔安排他宿夜的房间里，他得不到安宁。这个姑娘在这儿来回踱步，停住脚步，说话，他简直对她腻烦透了。赶快睡一觉，离开这儿，这便是他惟一的愿望。他根本就不愿意到床上去睡了，他就想留在这张长沙发上。他只等着她离去，他就可以在她背后快步奔到门口，插上房门插销，随后又回到长沙发上躺下。他很想伸个懒腰，打个哈欠，但是在克拉拉面前他不愿意这样做。于是他就这样躺着，目不转睛地看着上面，感觉到自己的脸越来越静止不动，一只绕着他打转儿的苍蝇在他眼前颤动，而他却不太清楚，这是什么。

克拉拉又走到他身边，对着他的视线俯下身去，他若不是控制住了自己的话，他就得凝视她了。

“现在我走，”她说，“也许过一会儿你有兴趣来找我。从这扇门算起，第四扇门通向我的房间，就在过道的这一边。你接连走过三扇门，你便找到了那扇门，那扇通向我房间的门。我不再下楼到客厅去了，我就待在我的房间里。你也已经把我折腾得很疲倦了。我不专门等你，可是如果你愿意来的话，你就来。记住，你曾答应给我弹钢琴。不过，也许我已经把你弄得筋疲力尽，你动弹不了了，那你就待着，好好睡一觉吧。关于我们打架的事，我暂时不会对父亲说什么的；我说明这一点，是因为怕你会为此而感到担心。”说罢，她猛跨两大步离开了房间，尽管她自称很疲倦了。

卡尔马上坐直起来，老这么躺着，他早就受不了了。为了稍许活动一下，他走到门口，朝外面过道里张望了一下，可是那儿一片漆黑！他感到高兴，他已经关上并锁上了房门，又在烛光下站在他的桌子旁边了。他的决心是，不再留在这幢房子里，而是下楼去找波伦德尔先生，坦率地告诉他，克拉拉是怎样对待他的——他毫不在乎承认自己失败——凭借这个充足的理由请求波伦德尔允许他乘车或步行回家。万一波伦德尔先生对这样立刻回家有什么反对意见，那么，卡尔至少也要请求他派一个仆人领他到最近的一家饭店去。虽然一般来说，人们不会用卡尔打算采取的这种方式对待友好的主人，但是人们更不会像克拉拉所做的那样去对待一个客人的呀。她甚至还将她的暂时不把打架的事告诉波伦德尔先生的允诺当做是一种友好的表示，这简直是无耻到了极点。噢，难道卡尔是应邀来参加一场摔跤比赛的？所以他觉得丢尽脸面，因为他让一个女孩子摔倒了，而这个女孩子这一生中的大部分时间很可能就是在学摔跤招法中度过的。说到底，她接受过马克的训练。让她去把这一切讲给马克听好了；马克一定明白事理，这一点卡尔是知道的，虽然他还从未有过机会去具体了解这方面的情况。但是卡尔也知道，如果马克教他的话，他会比克拉拉取得大得多的进步；然后，总有一天他会再到这儿来，很可能是不请自来，当然是先把这儿的情况摸清楚，熟悉这儿的情况就曾是克拉拉的一大优势嘛，然后就抓住这同一个克拉拉，就在这同一张长沙发上把她痛打一顿，她今天就是把他扔在这张长沙发上了。

现在只要找到回客厅去的路就行，起初他心不在焉地多半是也把他的帽子放在那儿的一个不合适的位置上了。这蜡烛他当然是要拿着的，但是即便有亮光也不容易看清这儿的情况。譬如，他压根儿就不知道，这个房间和客厅是否在同一个层面上。在来这儿的路上，克拉拉拉着他一个劲儿走，他根本不可能回过头去看一看。格雷恩先生和掌灯的仆人们也让他分心；简言之，他现在确实根本就不知道，他们当初爬过一层还是两层楼梯抑或也许根本就没爬过楼梯。从看到的远处景色来判断，房间的位置相当的高，所以他试图设想，他曾爬过楼梯。可是既然当初进大门的时候就已经不得不爬楼梯了，那么为什么房子的这一面就不会是加高了的呢？不过，假如过道里什么地方可以见到一扇门里射出一束光线或者听到远处传来哪怕极轻微的说话声音，那该有多好！

他的怀表，舅舅的一件礼物，指着十一点，他拿起蜡烛，走到外面的过道里。他让房门开着，以便万一找不到客厅时起码还可以重新找到自己的房间，并且在万不得已的情况下，还可以据此找到克拉拉的房门。为了保险起见，他用一把靠背椅把门别住，使门不致自动关上。一到过道里，麻烦就来了，迎面向着卡尔——他当然从克拉拉的房门向左走——吹来一阵穿堂风，这阵风虽然很微弱，但是毕竟还是可以把蜡烛轻易吹灭的，于是卡尔就不得不用手挡住火苗并且时不时还得停住脚步，以便让压下的火苗升起来。这是一种缓慢的前进，于是这段路因此也就显得倍加漫长。卡尔已经从完全没有门的大段大段的墙壁旁边走过，人们想象不出墙后面是什么。然后又是一扇又一扇的门，他试图打开其中的好几扇，它们都锁着，这些房间显然都无人居住。这真是一种极大的浪费，卡尔想到了舅舅曾答应要带他去参观纽约东区，据说那里的一个小房间里住着好几家人，一个家庭的住所由房间里的一个角落组成，孩子们就在这个角落里围着他们的父母。而这里却有这么多的房间空着，它们惟一的用途就是，有人敲门时好发出空落落的响声。卡尔觉得波伦德尔先生受了假朋友的骗，溺爱他的女儿，所以变坏了。舅舅一定对他有过正确的评价，都是由于舅舅的原则是不对卡尔如何怎样评价人施加影响，他才会进行这次访问并在这些过道里游荡。卡尔要在明天毫无顾忌地把这个看法告诉舅舅，因为按照舅舅的这个原则，舅舅也是会心甘情愿并且心平气和地倾听外甥对他的这个评价的。此外，这个原则也许是卡尔对舅舅惟一感到不喜欢的，而且连这种不喜欢也不是绝对的。

突然，过道一边的墙壁到了尽头，一道冰冷的大理石栏杆取而代之。卡尔把蜡烛放在身边地上，小心翼翼地俯过身去。空洞和黑暗向他迎面扑来。如果这是房屋的主厅的话——烛光下现出一个拱顶形状天花板的一小角，为什么人们不是穿过这个厅走进屋里来的呢？这个又大又深的房间是干什么用的？人们站在这儿上面就像站在一座教堂的楼厅里。卡尔几乎为不能在这所房屋里待到明天而感到惋惜了，他真想在大白天让波伦德尔先生带着自己到处看看，向他了解各方面的情况。

栏杆倒不长，不大工夫，卡尔便进入封闭的过道。过道一个急转弯，卡尔重重地撞在围墙上，万幸的是，他一直小心翼翼地使劲握住蜡烛，所以蜡烛总算没有坠落、熄灭。由于过道怎么也走不到尽头，哪儿也没有窗户可以让人看到外面的景色，高处低处都没有丝毫动静，卡尔已经在以为，他一直在绕着同一个圆圈转圈子，并且已经在希望也许能重新找到他的房间的那扇开着的房门，但是房门和栏杆都没有再出现。迄今为止，卡尔一直忍着没有大声叫喊，因为他不愿意深更半夜在别人家里喧嚷，但是现在他认识到，在这幢没有灯光的房子里这样做并不为过，正打算要向过道两边大喊“喂”的时候，他却发现在他来的方向有一盏小小的灯光正在移近过来。现在他总算能估算出这条过道的长度来了；这所房子是一座堡垒，不是别墅。见到这盏救命的灯火，卡尔简直是喜出望外，他不顾一切、忘乎所以地向它奔过去；刚奔出头几步，他的蜡烛便熄灭了。他并不在意，因为他不需要它了，这时，一个老年仆人手持一盏提灯向他迎面走来，此人定会给他指路的。

“您是谁？”仆人问并举起提灯照卡尔的脸，这下，他同时也照亮了他自己的脸。由于蓄着一大把白胡子，他的脸显得有点呆板，胡子在胸口才散成丝一般的卷儿。“既然人们允许他蓄一把这样的胡子，他必定是一个忠实的仆人。”卡尔边想边上下左右仔细端详这把胡子，丝毫没有因他自己受对方打量而感到有所不自在。而且，他立刻回答说，他是波伦德尔先生的客人，从他的房间里出来想去餐室，却找不到了。

“啊，这么回事，”仆人说，“我们还没有安装电灯。”

“我知道。”卡尔说。

“您要不要用我的灯点亮您的蜡烛？”仆人问。

“好的。”卡尔说并点着了蜡烛。

“这儿过道里穿堂风很厉害，”仆人说，“蜡烛容易给吹灭，所以我拿了一盏提灯。”

“对，提灯实用多了。”卡尔说。

“您身上也已经滴着了许多蜡烛油了。”仆人一边说，一边用蜡烛照了照卡尔的西装。

“这我压根儿就没有注意！”卡尔喊道，他心里感到很难过，因为这套黑色西装不一般，舅舅曾说过，所有西装中就这套他穿了最合身。和克拉拉的这场打斗大概也没给这套西装带来什么好处，这一点他现在想起来了。仆人相当殷勤周到，在匆忙之中尽量把衣服擦拭干净；卡尔在他面前一再来回转动身子，不时在这儿和那儿向他指出一个斑点，仆人顺从地将它除去。

“这里究竟为什么会有这么多穿堂风呢？”卡尔问，他们又继续往前走了起来。

“这里还有许多东西要建造，”仆人说，“改建工程虽然已经开始了，但是进展很慢。您也许知道，现在建筑工人也还在罢工。这样一幢建筑物麻烦多着呢。现在这里已经出现了几个大裂口，没有人去砌墙封住它们，于是整幢房子里都是穿堂风。要不是我在耳朵里塞满了棉花，我简直就会受不了的。”

“我说话是不是要大声点？”卡尔问。

“不必，您说话很清楚，”仆人说，“我们还是回过头来说这幢建筑物吧；特别是这里在这座小教堂附近，穿堂风厉害得简直叫人受不了，这座小教堂以后无论如何也要和这幢房屋的其余部分隔开来。”

“这么说来，我在这过道里从栏杆旁边走过，那栏杆外面就是一座小教堂啰？”

“是的。”

“这一点我当时立刻就想到了。”卡尔说。

“小教堂很值得一看，”仆人说，“若不是为了它的话，马克先生八成就不会买下这幢房子了。”

“马克先生？”卡尔问，“我想，这房子是属于波伦德尔先生的吧？”

“当然是的，”仆人说，“但是马克先生在买房上起了决定性的作用。您不认识马克先生？”

“哦，认识，”卡尔说，“可是他和波伦德尔先生是什么关系？”

“他是小姐的未婚夫。”仆人说。

“这我还真不知道。”卡尔说着并停住脚。

“这让您感到如此惊讶吗？”仆人问。

“我只想把情况弄清楚。要是不了解这样的关系，那是要犯最大的错误的。”卡尔回答。

“我只是感到惊奇，他们竟然什么也没有对您说。”仆人说。

“嗯，是这么回事。”卡尔羞愧地说。

“人们大概以为，您知道这件事，”仆人说，“这不是什么新闻了嘛。哟，我们到了，”说着，便打开一扇门，只见门后有一道楼梯，它垂直通向和到达时一样灯火通明的餐室的后门。

人们听见从餐室里传来波伦德尔先生和格雷恩先生的声音，这声音和大约两个小时以前的没有什么变化。就在卡尔走进这间餐室之前，仆人说道：“如果您愿意的话，我就在这里等候您，再把您领回到您的房间里去。初来乍到，第一个晚上就要自己认路，这确实有困难。”

“我不回我的房间去了。”卡尔说，不知道自己说这句话的时候为什么心里怪难过的。

“情况不至于这么严重的吧。”仆人说，脸上露出一丝从容的笑意，并拍拍他的胳臂。他八成是把卡尔的话解释成为，卡尔企图整个夜晚都留在餐室里，和老爷们闲谈，和他们一道喝饮料。卡尔不愿意在现在这个时候供认自己的真实想法，此外，他还想，这个仆人比这里的其余的仆人都更中他的意，这个仆人待会儿可以给他指明到纽约去的路，所以便说：“如果您愿意在这里等候，这无疑是您的一片好意，我怀着感激的心情接受您的这一片好意。不管怎么样，过一小会儿我就会出来，然后就告诉您，我下一步将怎么办。我想，我还会需要您的帮助的。”“好的，”说着，仆人就将提灯放在地上，自己就势坐在一个低矮的基座上，这个空洞的基座大概也和这所房子的改建有关联。“我就在这儿等吧。蜡烛您也可以留在我这儿，”当卡尔拿着亮着的蜡烛就要走进厅里去时，仆人又添上一句。

“我真是丢三落四的。”卡尔边说边把蜡烛递给仆人，仆人只是对他点了点头，人们看不出，他是有意点头呢，抑或这是他用手捋他的胡子而造成的结果。

卡尔开开门，他没怎么着这门就当啷啷响声大作起来，因为这扇门由一整块玻璃板组成，如果有人迅速开门并且只紧紧抓住门把手，门几乎就会弯曲。卡尔惊惧地松手放开门，因为他恰恰是想寂静无声地走进来。没怎么转过身去，他便看到，他身后那位显然是已经从他的基座上下来了的仆人怎样小心翼翼、不出丝毫声响地把门关上。

“我打搅了，请原谅。”他对两位睁大眼睛惊讶地望着他的先生说。但是他同时也匆匆扫视了一眼餐厅，看看他是否能在什么地方很快找到他的帽子。可是哪儿也没有帽子的影儿，餐桌已经完全收拾干净，也许那顶帽子不尴不尬地不知怎么给弄到厨房里去了吧。

“您把克拉拉留在哪儿啦？”波伦德尔先生问，他似乎并不觉得这打扰来得不合适，因为他立刻就在他的靠背椅里换了一个坐姿，把整个脸都转向卡尔。格雷恩先生装出不参与的样子，掏出一只又大又厚、古里古怪的皮夹子来，似乎在从许多个口袋中找一张什么纸片，却边翻寻也边读信手拣起的别的文件。

“我有一个请求，您可是别误解。”卡尔说，急忙向波伦德尔先生走过去，为了靠近他就把手放在靠背椅的扶手上。

“有什么请求呀？”波伦德尔先生问并且用坦诚的、毫无保留的目光望着他，“您的请求当然会得到满足。”说着，他用胳臂搂住卡尔，把他搂近自己身边夹在两腿之间。卡尔乐意容忍这样对待他，虽然他一般来说觉得自己已经成年，人家不该把他当小孩对待。可是他的请求自然就更难以启齿了。

“您喜欢我们这儿吗？”波伦德尔先生问，“您不也觉得，一个人从城市里出来，一到乡下就得到所谓的解放了？一般来说”——说到这里，一束明白无误的、被卡尔稍许遮去一些的斜视目光投向格雷恩先生——“一般来说，我一再有这种感觉，每天晚上都有。”

“他讲起话来，”卡尔心想，“就仿佛他对这幢大房子、对那些没有尽头的过道、对小教堂、对那些空落落的房间、对到处漆黑一团一无所知似的。”

“嗯，”波伦德尔先生说，“请求！”说着他便友好地摇晃默默站着的卡尔。

“我请求，”卡尔说，尽管他尽量压低声音，坐在旁边的格雷恩仍将不可避免地听到一切，而卡尔却实在不愿意当着此人的面说出可能会被理解为侮辱波伦德尔的请求来——“我请求，您让我回家吧，现在，今晚就回去。”

由于这句最不愉快的话已经说出口来，其他的话也就一齐迅速涌了出来，他丝毫也没撒谎地说了一些他事先根本就没有想到过的事情。“我很想回家。我愿意以后再来，因为，波伦德尔先生，您在哪儿，我也喜欢去那儿。只是，今天我不能留在这里。您知道，舅舅并不是很乐意允许我到这儿来的。他这样做一定有其充分的理由，他做一切事情都是如此，我却擅自行动，简直是违背了他的明智的洞察力强迫他答应了我。我简直是滥用了他对我的一片爱心。他对这次访问有什么顾虑，这个问题现在无关紧要，只是，我完全清楚地知道，这个顾虑中丝毫不含有可能会，波伦德尔先生，可能会伤害您的感情的成分，您是我舅舅最好的、最最好的朋友哇。说到我舅舅的友谊，没有人哪怕能在一丁点儿上比得上您。这也是可以为我的不听话辩护的惟一的理由了，但是这个理由并不充分。您也许并不十分了解我舅舅与我之间的关系，所以我只想谈最显而易见的事情。只要我的英语课还没有结业，只要我在做生意方面还没有获得足够的实际知识，我就完全离不开我好心的舅舅的帮助，诚然，作为有血缘关系的亲属，我可以享受这种帮助。但是您切不可以为，我现在就可以从事某种体面的——上帝首先应该保佑我——谋生的职业。可惜我从前受到的教育太不实用了。我在一所欧洲的十年制完全中学里读了四年书，成绩平平，凭这点本事想挣钱不啻痴心妄想，因为我们的中学的教学计划是很落后的。如果我告诉您我学了些什么，您听了会笑的。如果您想深造，上完中学，上大学，那么这一切大概还可以得到一定程度的弥补，最后你受到了正规的教育，它使你可以有所作为，它给你挣钱的毅力。可惜我的这个连贯性的学习过程却被突然中止了；有时候我认为，我根本一无所知，而且说到底，对于美国人来说，一切我可能知道的知识，也始终都是太少。在我的家乡，最近到处都在建立改革中学，学生也要学现代语言，也许也学商业学；我小学毕业的时候还没有这种学校呢。虽然我的父亲想请人给我上英语课，但是第一，当初我无法预料，我将会遭到怎样的不幸、我将会多么需要英语，第二，我要为上好十年制完全中学而努力学习，我无暇顾及别的事了。——我提到这一切，是为了向您表明，我多么依赖于我的舅舅，我因此也就对他负有多么大的责任。您一定会同意，在这样的情况下我决不可以冒昧行事，哪怕只是一丁点儿违背他的即便只是猜想到的意志的事也不能做。所以，为了哪怕只是稍微弥补一下这个我已经对他犯下的错误，我必须立刻回家。”

卡尔发表这篇长篇演说词的当儿，波伦德尔先生一直注意地听着，时不时地，尤其是在提及舅舅的时候，将卡尔即便是觉察不到地搂紧在自己怀里，几次神情严肃、充满期望般地向一直在侍弄皮夹子的格雷恩那边望去。然而，卡尔在自己讲话的过程中越是清楚地意识到了自己对舅舅所处的地位，他就越是烦躁不安，曾情不自禁地试图挣脱波伦德尔的胳臂。这里的一切使他感到压抑；通往舅舅的路穿过玻璃门，越过楼梯，穿过林荫路，越过公路，穿过市郊到通衢大道，汇入舅舅的房屋，他觉得这条道路是某种严格地同属一个整体的东西，它空荡、平坦、为他准备好了一切地呈现着并且在用一个强劲的声音召唤他。波伦德尔先生的善良和格雷恩先生的卑劣渐渐变得模糊起来，除了告别的许可之外，他不想从这间烟雾缭绕的房间里为自己要到任何别的什么东西。虽然他觉得自己对波伦德尔先生没有什么依赖，对格雷恩先生作好战斗准备，但是他的内心却充满了一种不明确的恐惧，它一阵阵地模糊了他的眼睛。

他后退一步，站在了离波伦德尔先生和格雷恩先生一样远的地方。

“您刚才不是想对他说什么吗？”波伦德尔先生问格雷恩先生，好像请求似的抓住了格雷恩先生的手。

“我真不知道，我要对他说什么。”格雷恩先生终于从他的口袋里掏出来一封信，将它放在自己面前的桌子上，说道。

“他愿意回到他舅舅身边去，这是很值得称赞的，人们十之八九都会以为，他这样做将会使舅舅特别感到高兴。想必是他由于不听话已经大大地惹怒了舅舅，这也是可能的嘛。这样的话，那他当然还是留在这里的好。真是不知道说什么才是；我们俩虽然是舅舅的朋友，并且恐怕也很难在我的友情和波伦德尔先生的友情之间分出等级差别来，但是舅舅的心思我们现在无法了解，我们这里和纽约隔着许多公里路程，更是没法看透。”

“哎，格雷恩先生，”卡尔说，一边克制住自己的情绪走近格雷恩先生，“我听您的话的意思是，您也认为我最好立刻就回去。”

“这话我可没说过。”格雷恩先生说并专心致志地观看那封信，他用两个指头在信的边沿擦来擦去。他似乎想以此来暗示，他已经被波伦德尔先生问过，也已经回答过他了，而他和卡尔现在却其实并没有什么关系。

这当儿，波伦德尔先生已经走到卡尔身边并轻轻将他从格雷恩先生身边拉到一扇大窗户跟前。“亲爱的罗斯曼先生，”他说，俯身对着卡尔的耳朵，并用手帕擦脸，手停在鼻子旁边，他擤鼻涕，“您总不会以为，我会违背您的心愿不让您离开这里。根本不会的嘛。汽车我虽然不能提供给您使用，它停放在离这儿很远的一个公共车棚里，这里一切还都在初创阶段，我还没来得及盖一个自己的车库，而且司机又不睡在这儿屋里，而是睡在车库附近，我真的连自己也不知道，他睡在哪儿。何况，他的职责根本就不是现在待在家里，他的职责只是早晨及时把车开到这儿来。可是这一切不会妨碍您即刻回家的，因为如果您坚持要回去的话，我立刻就送您到最近的市郊铁路车站，不过就是这车站离这儿很远，所以您乘市郊火车不会比您早晨——我们七点钟就出发——和我一道坐我的汽车提前很多时间到家的。”

“不过我还是，波伦德尔先生，宁可乘市郊火车，”卡尔说，“我压根儿就没想到过市郊铁路。您自己说，我坐市郊火车比早晨坐汽车早到家。”

“可是只有很小很小的差别。”

“尽管如此，尽管如此，波伦德尔先生，”卡尔说，“我记着您的好意会随时乐意来这儿的，前提当然是，假如在我今天的这种表现之后您仍然还愿意邀请我的话，也许下一回我将能更清楚地说明，为什么今天我要尽早见到我舅舅，每一分钟对我来说都至关重要。”似乎他已经得到离去的许可了似的，他补充说：“可是您千万别送我。这也完全没有必要。外面有一个仆人，他愿意把我送到车站。现在我还只要找一找我的帽子。”话音未落，他就从房间这一头走到另一头，匆匆忙忙作最后一次尝试，看他的帽子是否还能找到。

“我可以帮您一个忙给您一顶便帽吗？”格雷恩先生问，从口袋里摸出一顶便帽，“也许您戴它碰巧还合适呢。”

卡尔惊愕地停止脚步说：“我可不能拿走您的帽子。我完全可以光着头走。我什么也不需要。”

“这不是我的帽子。您拿着吧！”

“那我就多谢了。”卡尔说，为了不耽搁时间便拿起帽子。他戴上帽子，笑了起来，因为帽子很合适，随即又将它拿在手里，仔细观看，寻找良久却未能在帽子上找到有什么特殊之处；这是一顶崭新的帽子。“这帽子挺合适！”他说。

“喔，挺合适！”格雷恩先生喊道，拍了拍桌子。

卡尔正要到门口去喊仆人，这时，格雷恩先生站了起来，饱餐一顿、静止良久之后伸一伸懒腰，便使劲拍了拍他的胸膛，用一种介乎劝告和命令之间的口吻说：“您走之前必须去向克拉拉小姐告别。”

“您是得去一趟。”波伦德尔先生也说，他同样也已经站了起来。人们听得出来，他的这句话不是发自内心，他让双手微微贴住裤缝，一再地将他的上衣扣解开又扣上，按眼下流行的式样，这件上衣相当短，刚刚够着腰部，跟波伦德尔先生这样的胖人很不相称。而且，他这样站在格雷恩先生的身旁，人们明显地就感觉到，波伦德尔先生胖得不健康；整个后背都有点弯，肚子看上去软绵绵、好像支撑不住似的，一个真正的累赘；他脸色苍白、神情疲倦。格雷恩先生站在这里则相反，也许比波伦德尔先生还显得胖一些，但是那是一种相互关联、相互支撑的胖，双脚军人似的靠拢，脑袋笔直、摇晃；他似乎是一个体操运动员，一个做示范性体操动作的人。

“您先去找，”格雷恩先生接茬说，“克拉拉小姐。这一定会使您感到愉快并且和我的时间安排也很合拍。因为我确实有些有趣的消息要在您离开这里之前告诉您，这也许也对您的回归会起决定性的作用。只是，可惜我受到不可抗拒的命令的束缚，午夜以前什么也不能向您泄露。您可以想象，我自己也为此感到遗憾，因为这妨碍我睡眠，但是我坚决执行我的任务。现在是十一点一刻，我还可以与波伦德尔先生商谈完我的事情，您待在这儿只会妨碍我们，您可以和克拉拉小姐在一起度过一段美好的时光。十二点整，您到这儿来，您就会获悉您必须知道的消息了。”卡尔能拒绝这个要求吗？人家确实只要求他对波伦德尔先生表现出一丁点儿的礼貌和感激，况且这个要求是由一个一向无动于衷的粗鲁的人提出来的，而当事人波伦德尔先生却尽量少言寡语、不动声色。那个有趣的消息，到了半夜里他才可以知道的那个消息，那是个什么消息？现在它使他推迟三刻钟回家，如果它待会儿不能至少让他提前这损失掉的三刻钟到家的话，他才不会对他感兴趣呢。但是他的最大的疑虑却是，他到底能不能去见克拉拉，去见他的敌人。要是他至少随身带着那块舅舅送给他当镇纸用的铁尺，那该有多好！克拉拉的房间可能是一个相当危险的巢穴。可是现在在这里对克拉拉一句坏话也不能说，因为她是波伦德尔的女儿呀，而且他现在已经听说，她甚至还是马克的未婚妻呢。倘若她对他的态度哪怕只改变那么一丁点儿的话，他早就会公然赞赏她的这些关系了。他还在暗暗考虑着这一切。但是他已经发现，人们并不要求他考虑什么问题，因为格雷恩开门，对从基座上跳下来的仆人说：“您领这位年轻人去见克拉拉小姐。”

“人们就是这样执行命令的。”卡尔想道，这时仆人几乎奔跑着、因年老体虚而呻吟着顺着一条短路拽着他到克拉拉的房间去。当卡尔从他的房间旁边走过，见到房门还一直开着，他就想进去待一会儿，也许是想镇定镇定自己的情绪吧。可是仆人不允许他这样做。

“不行，”他说，“您必须去见克拉拉小姐。您自己已经听见了的。”

“我只在里面待一小会儿。”卡尔说，他想在长沙发上躺一会儿排遣烦闷，好让时间快一点临近午夜。

“我执行我的任务，您别给我添麻烦，”仆人说。

“他似乎把我必须去见克拉拉小姐当做一种惩罚了。”卡尔心想并走了几步，却固执地又站住了。

“您来吧，年轻的先生，”仆人说，“您已经到了这里了嘛。我知道，今天夜里您就想走，不是一切事情都可以如愿以偿的嘛，我当即就告诉过您了，这几乎不可能的嘛。”

“是的，我想走，我也一定会走的，”卡尔说，“现在也只不过是想向克拉拉小姐告别一下。”

“是吗？”仆人说，卡尔从他的神情上看出，他不相信自己说的话。“您为什么迟迟疑疑，不去告别呢；您来呀。”

“谁在过道里？”响起了克拉拉的声音，人们看见她从近处一扇房门里探出身来，手里拿着一盏红灯罩大台灯。仆人急忙过去向她禀报。卡尔在他后面缓缓跟上。

“您来晚了。”克拉拉说。

卡尔没有搭腔敷衍她，而是对仆人小声说，但是由于他已经了解他的本性，所以声音中带着严厉的命令口吻：

“您在这扇房门的门口等我！”

“我刚才已经要睡觉了，”克拉拉说并把灯放在桌上。和在楼下餐室里一样，仆人在这里也又小心翼翼地从外面把门关上。“已经十一点半多了。”

“过了十一点半了？”卡尔又问了一遍，好像对这几个数字吃惊不小。“那我可就得立刻告辞了，”卡尔说，“因为我必须整十二点到下面餐厅去。”

“您有什么紧急的事呀！”克拉拉边说边心不在焉地理平她那件宽松睡衣上的褶儿。她两颊绯红，她不停地微笑。卡尔自以为可以认定，现在不存在和克拉拉再次打起架来的危险。“您不能弹一会儿钢琴吗，昨天爸爸还有今天您自己都答应过我的呀？”

“可是不是已经太晚了吗？”卡尔问。他倒是很乐意为她效劳，因为她和先前相比简直判若两人，就仿佛她不知怎地已经升格进入波伦德尔并且还进入马克的圈里了。

“是的，是晚了，”她说，她对音乐的兴趣似乎已经消失，“而且这里的每个响声也会在整幢房屋里发出回响，我相信，您一弹钢琴，上面阁楼间里的仆人们都会醒过来的。”

“那我就不弹钢琴了，我希望以后一定还有机会再来；顺便说一句，如果您不觉得特别麻烦的话，您不妨来拜访一下我的舅舅，顺便也看看我的房间。我有一架很漂亮的钢琴，是舅舅送给我的。您愿意听的话，我就把我的那些小乐曲都弹给您听，可惜并不是很多，它们也完全不适合用这么大的一件乐器来弹奏，只有名演奏家弹它才好听呢。但是即便这种乐趣您也将能享受到，如果您事先告诉我您来访的日期的话，因为舅舅不久就要给我聘请一位著名的教师——您可以想象，我多么高兴地期待着这位教师的到来，就为了听他弹钢琴，也值得上课的时候来拜访我。说老实话，我对现在弹钢琴已经太晚感到高兴，因为我还根本不会弹什么曲子，您会感到惊讶的，我弹得多么差劲。现在请您允许我向您告辞，毕竟现在已经是睡觉的时候了。”由于克拉拉亲切友好地望着他，似乎并不因打架的事对他耿耿于怀，他一边向她伸过手去，一边笑嘻嘻补充说道："在我的家乡大家都习惯说：'睡个安稳的觉，做个甜蜜的梦。'"

"您等着，"她说，没有握他的手，"也许您还是可以弹一会儿钢琴。"说着，她便消失在一扇边门里，钢琴就放在边门旁边。

"怎么回事？"卡尔想，"不管她多可爱，我可不能久等。"有人在过道里敲房门，那个仆人不敢完全开开门，从一条小门缝里悄声说："对不起，刚才有人召我回去，我不能再等了。"

"您去吧，"卡尔说，他现在敢独自一人回餐室去了，"您给我把提灯放在门口。顺便问一句，现在几点了？"

"快十一点三刻了。"仆人说。

"时间过得真慢！"卡尔说。就在仆人快要把门关上的时候，卡尔想起，他还没有给他小费，便从裤兜里掏出一个先令——现在他按照美国人的习惯总是把硬币丁零当啷地放在裤兜里，把纸币放在背心小口袋里——递给仆人并说："谢谢您的周到的服务。"

克拉拉已经又走了进来，双手摁着扎紧的头发，这时卡尔才想起，他不应该将仆人打发走，待会儿谁带他去市郊铁路车站呀？嗯，波伦德尔先生也许会另找一个仆人，也许这个仆人已被叫到餐室去，待会儿随时可供调遣。

"我请您弹一会儿钢琴吧。我们在这儿很少听到音乐，所以我们不愿意放过听音乐的机会。"

"那可就别耽误时间了。"卡尔不假思索地说并立即在钢琴前坐下。

"您要用乐谱吗？"克拉拉问。

"谢谢，我还不能完全读懂乐谱。"卡尔回答，随即便弹了起来。他弹一首短小的歌曲，卡尔分明知道，这首歌曲本来是应该用相当缓慢的节奏弹奏的，以便让人，尤其是外国人，能够听懂它，但是他却以飞快的进行曲速度草草将它弹完了事。一曲弹完后，屋里又恢复了原有的平静。人们迷迷糊糊地坐着，一动也不动。

“好极了。”克拉拉说，可是卡尔在弹完这一曲之后是听不进任何奉承话的了。

“现在几点了？”他问。

“十一点三刻。”

“那我还有一点儿时间，”他边说边暗自思忖，“可以选择一下。十首会弹的歌曲我用不着全都弹奏，但是其中的一首我可以尽量弹好。”他开始弹奏他那首心爱的士兵之歌。弹得如此缓慢，听的人简直迫不及待要伸手去抓取下一个音符，而卡尔却将它拦住，迟迟不肯弹出来，在弹每一首歌曲时他确实得先用眼睛搜寻到必要的键，但是除此之外，他觉得自己内心产生一种痛苦，它超越这首歌的结尾，寻找另一个结尾而无法找到。“我什么也不会弹。”弹完这首歌后卡尔说，眼泪汪汪地望着克拉拉。

这时，从邻室里传来响亮的拍巴掌的声音。“还有人在听呢！”卡尔如梦初醒般喊道。

“马克，”克拉拉小声说。话音刚落，人们就听见马克在喊：“卡尔·罗斯曼，卡尔·罗斯曼！”

卡尔一跃，双脚同时跃过钢琴椅，开开门。他看见马克半躺半坐在那里的一张有天盖的床上，被子松散地盖在大腿上。这张简单、笨重的床上，惟有这蓝丝绸天盖显示出童话般的华美。小床头柜上只燃着一支蜡烛，可是床单被褥以及马克的衬衫都很白，以致落在它们上面的烛光几乎发出耀眼的反光；略带波纹，没有完全张紧的丝绸天盖，起码在边缘上，也闪着亮光。紧挨着马克身后，床和一切便沉没在一团漆黑之中。克拉拉倚靠在床架上，只注意看马克了。

“您好，”马克把手递给卡尔说，“您弹得不错嘛，迄今为止我只见识过您的骑马术。”

“这两样我都一窍不通，”卡尔说，“要是我知道您听的话，我一定不会弹的。可是您的小姐”——他顿了一顿，他迟疑着没说“未婚妻”，因为马克和克拉拉显然已经在一起睡觉。

“我料定会这样，”马克说，“所以克拉拉才不得不把您从纽约引诱到这里来，否则的话，我就根本听不见您弹琴了。弹奏得还相当生疏，即便在这些您练习过的、很简单的歌里，您也有几个错，不过听到您弹琴，我还是感到非常高兴，且不说，不管谁弹钢琴，我概不鄙视。您不坐下，再在我们这儿待一会儿？克拉拉，给他一把椅子吧。”

“我谢谢，”卡尔嗫嚅道，“不管我多么愿意，我也不能再待下去了。我知道得太晚了，这幢房子里有这么舒适的房间。”

“一切我都在按这种风格进行改建。”马克说。

这时，钟声接连迅速响起十二下，一声紧追着另一声，卡尔在面颊上感觉到这些钟声的强烈飘荡。这是一座什么样的村庄，竟会有这样的钟！

“不能再耽搁了。”卡尔说，只向马克和克拉拉伸了伸手，没去握住它们，便急忙走进外面的过道。他没在那儿找到提灯，便后悔过早地给了仆人小费。

他想摸着墙壁向他的房间的敞开着的房门走去，可是刚走了一半的路，他便看见格雷恩先生高举蜡烛急急忙忙、晃晃悠悠地走过来，他举着蜡烛的那只手里还握着一封信。

“罗斯曼，您为什么不来呀？您为什么让我等您？您在克拉拉小姐那儿都干了些什么？”

“许多问题！”卡尔思忖，“现在他还会把我挤到墙上去呢，”因为他果然紧挨着卡尔面前站着，卡尔则背靠着墙壁。格雷恩在这个过道里本来就已经显得身材高大得滑稽可笑，卡尔还开玩笑提了一个问题，问他莫不是把善良的波伦德尔先生吃进肚里去了。

“您果然是个不信守诺言的人。说好十二点下去，到时候不下去却蹑手蹑脚地在克拉拉小姐房门口转悠。而我则曾答应在午夜告诉您一则有趣的消息，现在我来了。”说着，他把信交给卡尔。信封上写着“午夜交给卡尔·罗斯曼亲启，不管是在什么地方遇见他”。

“归根到底，”卡尔打开信的时候，格雷恩先生说，“我为了您的缘故驱车从纽约来到这里，我以为，这就已经是值得称道的了，您就大可不必再让我在过道里跟在您后面跑来跑去的了嘛。”

“舅舅的！”卡尔刚瞄了一眼信便说，“这是我预料到的，”他转身对格雷恩先生说。

“您预料到了还是没有预料到，这对我来说根本就无关紧要。您还是快读吧，”格雷恩把蜡烛向卡尔伸过去说。卡尔就着烛光读道：

亲爱的外甥：

正如你在我们的可惜太短暂的共同生活的过程中想必已经认识到的那样，我是一个很讲原则的人。这不仅令我周围的人，而且也令我感到很不愉快、很难过，但是我之所以成为我，这一切都应该归功于我的原则，谁也不可以要求我自毁根基，谁也不可以，我亲爱的外甥，你也不可以，即使你也许恰好是第一个，如果我会想起来的话，是第一个容许对我作那样一般性攻击的人。我多么愿意用正在拿着纸给你写这封信的这双手把你接住并托起来呀。但是由于暂时还根本没有什么迹象表明可能会发生这样的事，所以在发生了今天的这个事件之后我就无论如何也必须把你从我身边打发走，而且我迫切地请求你既不要自己来找我，也不要试图通过写信或通过爱搬弄是非的人来与我建立联系。既然你已经违背我的意愿作出了今天晚上离我而去的决定，那么，你也就一辈子坚持这个决定吧；惟有如此，这才是一个男子汉大丈夫的决定。我选择我的最好的朋友格雷恩先生来传递这个信息，他一定会找到足够的关怀、体谅你的话语，这样的话语眼下我确实是一句也没有。他是一个很有影响的人，当你在自立道路迈出头几步时，看在我的分上，他也会大力帮助你的。为了理解现在在这封信的结尾时我又觉得似乎不可思议的我们的离别，我不得不一再反复在内心里说：你的家庭，卡尔，没有给你带来任何好影响。万一格雷恩先生忘记把你的箱子和你的雨伞交给你，你就提醒他一下。衷心祝愿你一切如意。

你的忠诚的舅舅雅各布。

“您读完了吗？”格雷恩问。

“读完了，”卡尔说，“我的箱子和雨伞您带来了吗？”卡尔问。

“箱子在这儿，”说着，格雷恩便将迄今一直被他用左手藏在背后的卡尔的那只旧旅行箱放到卡尔身边的地上。

“雨伞呢？”卡尔又问。

“都在这儿，”格雷恩边说边把雨伞也掏了出来，他一直把这把雨伞放在一个裤袋里，“这些东西是一个叫舒巴尔的人，汉堡——美国航线上的一个机工长送来的，他说是在船上找到的。有机会您可以去谢谢他。”

"至少这几件旧物我失而复得了。"卡尔说着并将雨伞放在箱子上。

"可是将来您要好好照看好它们啊，这是参议员先生让我转告您的。"格雷恩先生说。随后便带着明显的个人好奇心问道："这究竟是只什么稀奇古怪的箱子？"

"这是一只我们家乡士兵参军时带的箱子，"卡尔回答，"这是我父亲的旧军用箱。它还挺实用的呢，"他笑嘻嘻补充一句，"前提是，你别把它随便丢弃在什么地方。"

"您到底是受到足够的教训了，"格雷恩先生说，"在美国您大概并没有第二个舅舅。我给您一张去旧金山的三等车票。我替您作了进行这趟旅行的决定，因为首先，对您来说东部就业机会好得多，其次，在这里，您做什么事，都会受到您舅舅的干预，并且无论如何也必须避免相遇。在旧金山您可以放开手脚干活；您只管从最底层干起好了，您可以设法渐渐往高处走。"

从这些话里卡尔没听出有什么恶意，这个坏消息在格雷恩心头埋藏了一整个晚上，如今已经转达完毕。从现在起，格雷恩似乎是一个没有危险的人物，人们和他说话可以比和任何别人说话都坦诚布公。最好的好人，自己没有任何过失，被选中当了传递一个如此机密和令人痛苦的决定的使者，只要他保留着这个决定，那么他就必定会让人觉得有可疑之处。"我要，"卡尔说，期待着一个有经验的人的认可，"立刻离开这幢房屋，因为我只是以我舅舅的外甥的身份才受到了款待，如今作为一个陌路人我在这里就不会受欢迎了。可以劳您驾带我到大门口，然后把我领上路，让我就近找到一家旅店吗？"

"可是得快点，"格雷恩说，"您给我带来不少麻烦。"

见到格雷恩当即便迈开了大步，卡尔不禁一个愣怔，这样急着要走岂不蹊跷，于是，他便抓住格雷恩上衣的下摆，突然认清了个中就里似的说："有一点您还须给我说清楚；您应该交给我的这封信，信封上明明写着，不管在哪里遇见我，我都应该在午夜时分收到它。十一点一刻我想离开这儿的时候，当时您为什么以这封信为由把我挡在这里呢？您这样做超出您的使命的范围了。"

格雷恩开始回答前先做了一个手势，它夸张地表示出卡尔的意见全是无稽之谈，然后就说："信封上也许写着，我应该不管自己的死活为您卖命，信的内容也许可以让人推断出，信封上的这句话可以这样去理解？倘若我没有挡住您的话，我就得午夜在公路上把信交给您了。"

"不，"卡尔断然地说，"不完全是这样。信封上写着：'午夜交。'如果您太疲倦的话，您也许根本就不会来追我了，或者午夜时分我也许就已经到我舅舅身边了，不过这一点倒是连波伦德尔先生也是加以否定的，或者，用您的汽车把我送回到我舅舅那儿，说到底这也许还是您应尽的责任呢，因为我有这个强烈要求嘛，可是突然对您的汽车只字不提了。信封上的话不是清清楚楚地意味着，对我来说午夜还应该是最后的期限？对我耽误了这个期限负有责任的是您。"

卡尔用犀利的目光望着格雷恩，分明看到，在格雷恩内心，因受这一揭露而感到的羞耻正在与因目的达到而感到的喜悦进行着斗争。最后，他敛了敛神，用一种仿佛是他打断其实已沉默良久的卡尔说话的口吻说："别再说什么了！"把他，把已经又拿起箱子和伞的他，从一扇他抢在他之前推开的小门推了出去。

卡尔惊讶地站在室外。一道加建在房屋边上的无栏杆楼梯在他面前通往下面。他只需往下走，然后稍稍向右转走上林荫道，林荫路就通向公路。在明亮的月光下是决不会迷路的。他在下面花园里听见阵阵狗吠声，那些狗被放出来，在黑糊糊的树林间到处乱跑。在四周的一片寂静中，人们清楚地听到它们狂奔乱跳跌进草地的声音。

卡尔幸好没受这些狗的惊扰就从花园里出来了。他不能确切地断定，纽约位于哪个方向。他在来这儿的路上太不注意细微特征了，它们现在本来会对他有用处的。末了，他暗自思忖，他也不是非去纽约不可，在纽约没有人等待他，甚至有一个人肯定不等待他。他随意选择了一个方向，上路了。

通往拉美西斯之路[①]

步行了不多一会儿工夫，卡尔便来到一家小客栈。这家小客栈其实只不过是纽约牲口拖曳载重车运输线上的最后一个小站，所以一般不留宿客人。卡尔要求客栈设法提供一个最便宜的床位，因为他认为必须立刻就开始节约用钱。按照他的要求，老板似乎把他当雇员似的示意他上楼去。一个头发蓬乱的老妇人在楼上接待他，她因被搅了好觉而气呼呼的，几乎没听他说什么，便一边一迭连声地提醒他轻轻走路，一边领他走进一个房间，她先向他“嘘”了一声，然后便关上了房门。

卡尔起初没弄清楚，只不过是由于窗帘放下来了呢，还是这个房间也许根本就没有窗，房间里黑糊糊的；最后他发现一扇挂上窗帘的小窗户，他拉开窗帘布，顿时便有一些亮光照进来。房间里放着两张床，可是两张床都已经被人占了。卡尔看见那儿有两个年轻人，他们躺在床上酣睡，那模样尤其显得不可信赖，因为他们没有明显的理由而和衣睡着；其中的一个甚至还穿着靴子。

就在卡尔拉开窗帘的刹那间，睡者中的一个稍稍抬高一下胳臂和大腿，卡尔一看他那副样子，竟忘了自己的忧愁，禁不住吃吃地笑了起来。

不久他便看出，且不说也没有别的床了，既没有沙发榻也没有沙发，而且他也不能安心睡觉呀，因为他不能拿他这只刚刚失而复得的箱子以及他随身带着的钱去冒险嘛。离开这儿他也不愿意，因为他不敢立刻又走过老妇和老板身边离开这所房子。说到底，这儿也许并不见得就比在马路上更不安全一些。然而，引人注目的却是，在昏暗的光线下勉强还可以看出，整个房间里居然一件行李也没有。可是也许，而且十之八九这两个年轻人是客栈的勤杂工，他们一会儿就得起床侍候客人，所以就和衣而睡了。那样的话，和他们睡在一起，这当然就不是特别光彩了，不过倒也比较安全。只是，只要疑虑还没有完全消除，他就决不可以躺下睡大觉。

床下放着一支蜡烛，还有火柴，卡尔轻手轻脚地把它们拿出来。他不怕点上蜡烛，因为照老板的安排这间房间既属于另外那两个人，同样也属于他所有，而那两个人反正已经美美地睡了半宿的觉，占了两张床，所以还占了他的便宜呢。况且，他举止行动自然尽量小心谨慎，好不致吵醒他们。

首先，他想检查一下他的箱子，大致了解一下他的东西，对它们他已经只有一个模糊的印象，其中的最值钱的东西多半已经丢失了。因为什么东西一经舒巴尔的手，那么这东西就很少还有希望会完好无损地回到你的手里去的。诚然，他可以指望从舅舅那儿得到一大笔赏钱，但是，另一方面，他也可以把丢失个别物件的责任完全推到那个

---

① 这一章的标题在 1994 年 11 月费舍尔出版社出版的校勘本中改为“挺进拉美西斯”。

事实上看守箱子的人，即布特尔鲍姆先生的头上。

打开箱子一看，卡尔大吃一惊。漂洋过海时，他一路上花费了多少时间，一而再、再而三地去整理箱子，现在一切全都乱七八糟地塞在里面，塞得开锁时箱盖都会自动跳起来。

可是不久卡尔便欣喜地看到，箱里之所以杂乱无章，原因仅仅在于，有人后来把那套他在船上穿过的西装也一起装箱了，而箱里自然本没有放这身西装的地方。东西丝毫没有短少。西装上衣暗袋里不仅护照在，而且从家里带出来的钱也在，这样，加上他身上带着的那笔钱，卡尔眼下钱是够用的了。他到达时穿在身上的内衣裤也在，已经洗干净并且熨过。他也立刻就把表和钱放在那只可靠的暗袋里。惟一令人感到遗憾的是，那根意大利香肠也没有短缺，把它的气味散发到全部衣物上去了。如果不想个法子除掉这股气味的话，卡尔眼看就只好接连几个月带着这股气味到处跑了。

在掏摸放在最下面的几件衣物时——那是一本袖珍本《圣经》、信纸和父母的照片，他的便帽从头上掉下，落进箱子。便帽一回到旧物中间，他便立刻认出了它的本来面目，原来这就是他自己的那顶便帽，就是母亲在他上路时给他的那顶。然而，出于谨慎，他在船上没有戴这顶帽子，因为他知道，在美国，大家一般都戴便帽不戴宽檐帽，所以他不想在到达美国之前就把自己的帽子戴旧了。那么，格雷恩先生当然是利用它来逗卡尔玩的了。莫不是舅舅也委托他这么做了呢？他无意之间怒气冲冲使劲一把抓住箱盖，箱子“啪”的一声关上。

现在没辙了，两个睡觉的人惊醒过来。先是其中的一个伸懒腰、打哈欠，另一个紧随其后也如法炮制起来。这时，箱子里的全部衣物几乎都已经倾倒在桌子上；如果他们是小偷的话，那么他们尽管可以走过来挑选。不单单是为了防止出现这种可能性，而且也是为了即刻澄清情况，卡尔手持蜡烛走到床跟前并解释，他是凭什么权利来这里的。他们似乎根本就没有料到有人会作这种说明，因为还得睡过许多时光才会说话，所以他们只是没有丝毫惊诧之意地望着他。他们俩都很年轻，但是艰苦的劳动或是贫困已经过早地使他们脸部的骨头凸显出来，下巴颏儿四周胡子拉碴，久已没有理过的头发零乱不堪地盖在他们的脑袋上，昏昏欲睡中，他们还在用手指节骨揉搓他们那深陷的眼睛。

卡尔想利用他们的暂时的虚弱状态，所以便说："我叫卡尔 · 罗斯曼，是德国人。既然我们同住一个房间，那就请你们把你们的名字和国籍也告诉我。我得说明一点，我不要求得到一个床位，因为我这么晚才来，我压根儿就不想睡觉。另外，对我的漂亮衣服请你们不必介意，我是个没有前途的穷光蛋。"

两个人中较矮小的那个——就是穿靴子的那个——用胳臂、大腿和脸部表情表示，他对这一切丝毫不感兴趣，而且现在也根本不是这样咬文嚼字的时候，躺下就睡；另一个，一个深色皮肤的人，也重新躺下，但是在睡着之前还懒洋洋一伸手说："这位叫鲁滨孙，是爱尔兰人，我叫德拉马什，是法国人，现在请让我睡觉吧。"话音刚落，他便猛吹一口气把卡尔的蜡烛吹灭，倒头便睡下了。

"这个危险暂时排除了。"卡尔暗自思忖着回到桌子旁边。如果他们的困倦不是借口的话，那就一切顺利。讨厌的只是，有一个是爱尔兰人。卡尔记不太清楚，在家里他曾在哪本书里读到过，说是人们在美国应该提防爱尔兰人。住在舅舅那儿时，他本来倒是很有机会去彻底研究爱尔兰人的危险性这个问题的，但是由于以为自己的生活已经永远有了着落，所以倒反而把这件事完全耽误了。现在，他想至少借助这根又被他点亮的蜡烛仔细看一看这个爱尔兰人，看完他觉得，恰好是这个人比那法国人的模样还中看一些。卡尔隔着一定的距离，踮着脚尖尚能看得出，他甚至还有一丝面颊丰满的痕迹，而且在睡梦中笑得相当亲切。

不顾一切下定决心不睡觉了，卡尔就坐在房间里惟一的一把椅子上，暂时停止收拾箱子，因为他一整个夜晚都可以用来收拾它，翻阅了一下《圣经》，却没读进去什么。然后，他拿起父母的照片，照片上矮个儿父亲高高挺直身子站着，母亲则身体略微下陷地坐在他前面的靠背椅里。父亲的一只手扶在椅子的靠背上，另一只手握成拳头搁在一本画册上，画册打开着放在他身边的一张薄木板小桌子上。另外还有一张照片，照片上是卡尔和他的父母在一起。父亲和母亲用锐利的目光望着他，而他却必须遵照摄影师的嘱托两眼盯着照相机。不过，他上路时这张照片没有让他带走。

因此，他越发仔细地注视放在他面前的这张照片，并试图从各个不同的方向去截获父亲的目光。可是不管他怎么用不同的烛光位置改变着视角，父亲的模样却怎么也逼真不起来，他那水平方向的浓密的髭须和真的一点儿也不像，这不是一张好照片。而母亲却照得比较好，她撇着嘴，仿佛她内心受到了伤害却还在强作笑颜似的。卡尔觉得这好像必定会引起每一个观看这张照片的人极大的注意，以致转瞬间他会觉得这个印象的明晰性太强并且近乎荒谬。人们怎么会从一张照片上对照片上人的隐蔽情感如此明确地获得无可辩驳的信念呢！他把目光从照片上移开片刻。当他把目光重新移回来时，母亲的手引起了他的注意，这只手从靠背椅扶手前端垂下，近得叫人直想吻它。他想，是不是还是给父母写封信的好呢，他们俩确实都曾（父亲最后在汉堡曾很严厉地）向他提出过这个要求。当初，在一个可怕的夜晚，当母亲在窗户边上通知他要他去美国时，他自然曾赌咒发誓以后决不写信，可是在这里的新环境中，一个无知少年的这样一个誓言算什么呢！当初他也完全可以发誓，他到美国两个月以后就要当美国民兵将军，而实际上他却是与两个流浪汉一起呆在一间阁楼间里，在纽约市郊的一家小客栈里，而且还得承认，他在这里的确找到了自己的适当的位置。他微笑着审视双亲的面孔，仿佛他能从他们脸上看出，他们是否还一直渴望得到有关他们的儿子的消息。

看着看着，他不久便发现，他很疲倦，这一夜实在是挺不过去了。照片从他手中掉落，然后他把脸贴在照片上，照片的凉爽使他的面颊感到舒适，他怀着一种愉快的感觉渐渐入睡。

一大清早，他就被胳肢窝里的瘙痒搔醒。是法国人对他这样放肆胡来。但是爱尔兰人也已经站在卡尔的桌前，比起昨晚卡尔对他们来，他们俩却是颇感兴趣地注视着他。卡尔对于他们起床时没把他吵醒并不感到惊讶；他们居心不良，举止行走根本不会特别轻声，他没醒是因为他睡得酣，况且穿衣，显然还有洗脸，都没花去他们多少工夫。

于是，他们郑重其事地用某种礼数互相问好，卡尔这才得知，这两个人是钳工，在纽约已经很久没有能找到工作了，所以相当的潦倒。为了证明这一点，鲁滨孙打开自己的上衣，可以看见，他没穿衬衫，这一点当然从那个松松垮垮缝在上衣后脖上的领子上本来也是可以看得出来。他们打算步行到离纽约有两天路程的小城布特福脱去，据说那里有活儿干。他们不反对卡尔与他们结伴同行，并且答应首先可以给他提提箱子，其次，如果他们自己找到工作的话，便给他弄个学徒工的活干干，只要他们找到工作，这压根儿就是小事一桩。卡尔还没完全表示同意，他们就已经在好心好意地劝他脱下这件漂亮衣服，说是因为它会妨碍他找工作的。说是在这幢屋子里恰好有一个好机会，可以脱手这件衣服，因为这个房间的勤杂女工做服装生意。他们帮助在衣服问题上也还没有完全拿定主意的卡尔脱下衣服，拿起来就走。当被撇下的、有点儿睡眼惺忪的卡尔还在慢慢穿他那件旧旅行服的当儿，他责备自己卖掉了那件衣服，它也许会在谋取学徒工位置时使他受损，但是在谋取一个较好的职位时只会对他有好处，于是乎，他打开房门，想把那两个人叫回来，却已经和他们撞了个满怀，他们把一个半美元作为卖衣款项放在桌上，看他们那个高兴的样儿，简直没法叫人不相信他们卖衣服时会没有也捞了一笔，而且还是狠狠地捞了一笔。

不过现在也不是谈论这件事情的时候，因为勤杂女工走进来，完全和昨晚一样的迷迷瞪瞪，就要把三个人都轰到外面过道里，说是要收拾、整理好这个房间，以便接待新来的客人。可是其实当然满不是这么回事，她只是故意刁难罢了。卡尔正想整理自己的箱子呢，却只好眼睁睁地看着这个女人双手抓起他的衣物就使劲往箱子里扔，那力气之大，仿佛它们都是一头头动物，要把它们都扔趴下才解气呢。那两个钳工虽然缠住她，扯住她的裙子，敲她的后背，但是每逢他们想帮助卡尔整理箱子，这一套就全不灵了。当这妇人关上箱子之后，她便把把手塞进卡尔手里，甩开钳工们，把三个人都从房间里轰出去，并威胁说，他们若不听话就没有咖啡喝。这妇人显然已经完全忘记，卡尔并非一开始就是和钳工们一伙的，因为她把他们当做一个团伙来对待了。当然，钳工们把卡尔的衣服卖给她，由此也向她表明了他们有某种共同的属性。

他们不得不长时间地在过道里来回踱步，尤其是已经挽着卡尔的胳臂的法国人更是骂骂咧咧，威胁说，只要老板敢出来，就要把他揍趴下，他一个劲儿地摩拳擦掌，似乎在做拳击准备动作。终于来了一个无辜的小男孩，他不得不伸长了胳臂，把咖啡壶递给法国人。可惜只有一只壶，人们怎么也无法让那孩子明白他们还要杯子。就这样，总是只能一个人喝，其余两人就站在他面前等着。卡尔不想喝，可是又不愿得罪别人，所以轮到他喝时便无所事事地站着，用嘴唇抿一抿壶。

临别时，爱尔兰人把咖啡壶向石头地板扔去。他们偷偷地离开屋子，走进浓密的、带黄色的晨雾之中。他们一般都并排着寂静无声地沿着马路的边沿走，卡尔还得提着他的箱子，别人大概在他请求下才会替换他；从雾中时不时飞驰出一辆汽车，于是这三个人便扭头看那些通常都是车身巨大的汽车，它们的构造十分引人注目，显现的时间又那么短暂，以致人们连哪怕只是看出是否有人坐在里面的时间都没有。后来，开始出现往纽约送粮食的马车车队，它们分成五列沿着马路的整个路面不停地向前行进，这时简直是谁也无法横过马路。有时候马路逐渐变宽而成一个广场，一个警察在广场中间一个塔状小土冈上来回踱步，他要综观全局并用一根小警棍指挥马路上以及从各小巷汇流到这里的车辆，这些车辆在到达下一个广场、受下一个警察指挥之前便一直处于无人照管的情况，却由沉默不语、全神贯注的马车夫和汽车司机自愿维护着必要的秩序。对于这普遍的安静状态卡尔感到不胜惊讶。若不是有逍遥自在的供屠宰的牲畜的叫喊声的话，除了马蹄的嗒嗒声和汽车防滑轮胎的嗖嗖声，人们也许就什么声音也听不见了。车辆行驶的速度自然并非总是一样的。如果在个别广场上由于四面八方涌来的车辆太多而必须作重大调整，各路车队便停滞不前，只是一步一步地行驶，可是随后也会又出现短时间内一切车辆飞快掠过的情况，最后，像是受惟一的一个制动器控制似的，它们又渐渐缓和下来。这时，马路上不扬起丝毫尘土，一切都在极清新的空气中移动。步行者是没有的，这里不像在卡尔的家乡，没有一个个市场女贩步行进城，却时不时出现大而低矮的汽车，上面站着二十来个背背篓的妇女，也许就是市场女贩，她们伸长着脖子，极目远眺，巴望着车子能开得快一点。然后，人们看见类似的汽车，几个男子双手插在裤袋里在车上来回漫步。在这些挂着各种标语牌的汽车中的一辆上，卡尔在轻轻一声惊叫声中读到："雅各布运输行招募码头工人。"这辆汽车恰好驶得极慢，一个站在汽车踏级上的矮小、弯腰、活跃的男子招呼这三个步行人上车。卡尔躲到钳工的背后，仿佛舅舅在车上，会看见他似的。他对这两个人也拒绝这一邀请感到高兴，即便他们拒绝上车时脸上现出的那种高傲神态在某种程度上伤害了他的感情。他们大可不必以为自己是上等人，是不屑于受舅舅雇用的。他立刻便向他们表示了这一层意思，虽然用词自然并不很明确。德拉马什随即便请他最好还是不要干预他不懂的事情；说是这种招募人员的方式是可耻的欺骗，而且雅各布公司在全美国臭名昭著。卡尔不搭茬儿，但是从此便更向着爱尔兰人，他也求爱尔兰人现在给他提一会儿箱子，在卡尔的再三请求下，爱尔兰人也就给他提了。只是，他不断抱怨箱子沉，后来才弄明白，原来他只不过是想减轻箱子里的意大利香肠的分量，他大概在旅店里就已经对它馋涎欲滴了吧。卡尔不得不把香肠从箱子里拿出来，法国人拿过去，拿起他那把匕首形状的小刀便切，几乎完全独自一人把香肠吃光。鲁滨孙只偶尔得到一片，卡尔则一片也没吃着，仿佛他已经预先把自己的那一份吃掉了似的。他不想把箱子扔在马路上，所以只好又把它提了起来。他觉得为一小片香肠而乞讨，这未免太寒碜了，但是他心中感到愤愤不平。

全部雾气都已经消退，一座巍峨的山脉在远处闪闪发光，它的山脊向更远的薄雾蜿蜒伸展。马路边上是耕作粗陋的田地，它们围绕着冒着黑烟耸立野外的大工厂向四周延伸开去。在毫无次序地任意修建起来的兵营式出租楼房里，那众多的窗户一遇震动便跟着在灯光下颤抖，在所有那些单薄的小阳台上，妇女和儿童们忙忙碌碌，而在他们四周晾挂起来的布块和衣服则在晨风中飘动并剧烈鼓起来。目光一移开这些楼房，人们便看见云雀在高空飞翔，低处则又是燕子，就在离行驶着的人的脑袋上方不太远的地方。

许多东西使卡尔回想起他的家乡，离开纽约，深入这个国家的腹地，他不知道他这样做对不对。纽约靠着大海，随时都有返回家乡的可能。于是乎，他停住脚步，对他的两个同伴说，他又想待在纽约了。当德拉马什想干脆强拉着他往前走时，他就是不走并且说，他总还有权利决定自己的行动吧。爱尔兰人不得不居间调解并解释说，布特福脱比纽约漂亮得多，两个人好说歹说了半天，他才又继续往前赶路。即便那样他本来也还是不会走的，倘若他不是考虑到，去一个返回家乡的机会不是那么可以轻易得到的地方，这对他来说也许更有好处。他一定会在那里干得更好，取得更大的成绩，因为在那里就不会有无益的念头来妨碍他了。

现在是他在牵着另外那两个人的手走了，而他们俩对他的热心感到如此之高兴，以致他们不等卡尔相求便主动轮流提箱子，弄得卡尔莫名其妙，不知道他到底是怎么让他们变得这样高兴起来的。他们来到一个地势较高的地方，有时他们站住脚，他们一回头便看到整个纽约和纽约港越来越开阔地展现在自己眼前。把纽约和布鲁克林联结在一起的那座桥梁轻柔地悬挂在东方大江的上空，而如果你眯起眼睛，你便会觉得它就颤动。那座桥上似乎没有车辆来往，它下面横跨着那条没有生气的、平滑的水带。两座大城市里的一切似乎空洞而无用地竖立着。形形色色的房屋几乎没有大小之分。在街道的看不见的深处，生活按其自身的方式继续着，但是在街道上空却什么也看不见，只看得见薄薄的雾气，它虽然不动，但是似乎不费什么劲就可以被驱散。宁静似乎也已经降临到港口，这个世界上最大的港口了。大概是回忆起从前在近处看到的景象了吧，人们也只是偶或以为看见了一只船，它正在作短距离行驶。可是人们也不能长时间地盯住它。它逃脱视线，消失不见了。

但是德拉马什和鲁滨孙看到的显然要多得多，他们指向右边和左边，伸出双手指点广场和花园的位置，列举出它们的名字。他们无法理解，卡尔在纽约生活了两个多月，除了这座城市的一条街道以外，其他地方几乎什么也没见过。他们答应他，等他们在布特福脱挣够了钱，一定和他一起去纽约，带他去看一切值得一看的地方，当然尤其是要带他去看那些可以让人销魂落魄的地方。说罢，鲁滨孙就使劲唱起一首歌来，德拉马什击掌伴奏，卡尔听出来这是他在家乡听过的一首轻歌剧里的歌曲，他觉得配上英语歌词，这首歌比他在家里听到过的还要好听。就这样，在野外举行了一场小小的演唱会，三个人都参加演唱，只有这座据说风靡这首歌曲的城市似乎对此毫不知情。

有一次卡尔问，雅各布运输行在哪儿，他当即看到德拉马什和鲁滨孙伸出食指指向也许是同一个、也许是相距甚远的不同的地方。当他们继续走路时，卡尔问，他们最早能在什么时候攒足了钱回纽约去。德拉马什说，这完全可以在一个月内实现，因为布特福脱缺工人，工资高。说是他们当然要把挣来的钱放在一起，这样，他们作为伙伴在工资上出现的某些差别也就可以得到弥补了。卡尔不喜欢把钱放在一起，虽然他作为学徒工当然比满师的工人挣得少。此外，鲁滨孙还说，如果在布特福脱找不到活儿干，他们当然就得继续往前走，不是在什么地方落脚当农业工人，就是到加利福尼亚去淘金，按鲁滨孙详细讲述的情况来判断，后者是他最心爱的计划。

“既然你们现在想去淘金，那么你们怎么当钳工了呢？”卡尔问，他不喜欢听人说必须进行这种没把握的长途跋涉。

“我为什么当了钳工？”鲁滨孙说，“总不是为了好让我老娘养的儿子饿死吧。淘金可以挣大钱。”

“那是从前。”德拉马什说。

“现在还是。”鲁滨孙说，讲了许多个淘金致富的熟人的故事，他们还一直在那儿，当然一点儿也不动手了，但是出于老交情愿意帮他，当然也愿意帮他的同伴们发财致富。

“我们会在布特福脱找到工作的。”德拉马什说，并且说出了卡尔的心里话。不过这也并不是一句信心十足的话。

白天他们只在一家酒店歇了一回脚，在酒店前的外面靠着一张卡尔看上去似乎是铁制的桌子旁吃几乎是生的肉，人们用刀叉切不动这肉，而是只能将它撕碎。面包的形状像个滚筒，每一个面包上都插着一把长刀。吃这顿饭时还喝一种烧得嗓子火辣辣痛的黑色液体。德拉马什和鲁滨孙却喜欢喝这种饮料，他们常常为祝贺各种愿望得以实现而举起酒杯，互相碰杯，并且让酒杯互相挨着在空中停留片刻。旁边一张桌旁坐着身穿溅有石灰污斑衬衫的工人，大家都喝那同样的饮料。大量从一旁驶过的汽车将一层层尘土洒向桌面。大张大张的报纸互相传递，人们激动地谈论着建筑工人罢工，马克的名字不时被提及。卡尔打听这个名字并获悉，这是他认识的那个马克的父亲，纽约最大的建筑业主。这场罢工使他损失几百万，也许危及他的商务地位。对于不了解情况、心怀恶意的人的这些流言蜚语卡尔一概不信。

此外，卡尔吃这顿饭心里还有一个疙瘩，这就是这顿饭怎样付账还很成问题。顺理成章的做法当然应该是各付各的，可是不管是德拉马什，还是鲁滨孙，他们分明都已经察觉，他们仅存的那点钱已经为昨夜的床位花光了。没看到谁身上有表、戒指或其他什么可以变卖的东西。卡尔总不能说他们卖他的衣服还赚了点钱，说这种话不啻侮辱人、与人绝交。可是怪就怪在，德拉马什和鲁滨孙都不为付账的事发愁，相反，他们心情相当愉快，试图尽量和傲视阔步往来穿梭于各餐桌之间的女招待多搭讪几句。她的头发有些松乱地披散在额头和面颊上，她一再用双手自下往上，把披散的头发掠回去。最后，当人们也许正期待着她说出第一句友好的话语的时候，她走到桌子跟前，将双手放在桌子上，问："谁付钱？"绝不会有谁的手比德拉马什和鲁滨孙的手举得更快的了，他们一齐飞快地举手直指卡尔。卡尔对此并不感到吃惊，因为这正是他已经预料到了的，并且觉得，既然他也希望从同伴那里得到某些好处，那么他们让他付几个饭钱也就没什么了不起的了，即便在决定性时刻到来之前把这件事情明确谈清楚，这样做本来也许就会显得更体面一些的。为难的只是，他得先把这钱从暗袋里掏出来。他本来曾打算将这钱保存起来以备急需之用，这样就可以暂时在某种程度上取得与他的同伴们相同的地位。他由于拥有这笔钱，尤其是由于对他的同伴隐瞒拥有这笔财产而获得的这个优势被他的同伴们绰绰有余地抵消掉了，因为他们从小就一直在美国，他们有足够的挣钱的知识和经验，他们毕竟过惯了现在的这种生活，并不习惯更优裕的生活境况。迄今为止卡尔就他的钱所怀有的这些打算其实也不会因付这笔账而受挫，因为四分之一美元他毕竟还付得起，所以不妨把一个二十五美分的硬币搁在桌子上并解释说，这是他仅有的一点钱，他愿意为共同奔赴布特福脱而将它贡献出来。作这趟徒步旅行，有这样一笔钱也完全够了。可是他不知道，他是否有足够的零钱，加之这钱以及收放在一起的纸币都放在暗袋的深处呢，要找到暗袋里的什么东西，最好的办法莫过于把里面的全部东西都抖搂到桌子上，而且也完全没有必要让同伴们获悉有关这只暗袋的什么情况嘛。现在似乎运气不错，同伴们始终还是对女招待表现出浓厚的兴趣，而并不在意卡尔怎样凑钱付账。德拉马什要女招待结账，从而诱使她来到自己与鲁滨孙之间，她只好把整只手放在这一个或另一个的脸上并把他推开，避开这两个人的纠缠。这当儿，卡尔使出浑身力气在桌面底下用一只手集拢那钱，用另一只手在暗袋里将那钱一个一个清点并拿出来。虽然他并不十分了解美国货币，最后他还是认为，至少按硬币的数量来看，他的钱够了，并当即将那些硬币放到桌子上。钱币的声响当即打断了笑谑。令卡尔感到气恼、令大家感到惊奇的是，桌面上竟几乎放着整整一美元。虽然没有一个人问为什么卡尔先前只字未曾说起过有这笔钱，有这笔钱完全可以舒舒服服坐火车到波特福脱去的嘛，但是卡尔却感到十分尴尬。付清饭费后，他慢慢把剩下的钱收回，德拉马什竟从他手里拿走一个硬币，他要拿它当小费送给女招待，他拥抱她，把她紧紧搂在怀里，然后从另一侧把钱递给她。

卡尔感激他们在继续行进途中没有提起这钱的茬儿来，有一阵子他甚至想把他全部财产的底儿告诉他们，但由于没有适当的机会，也就作罢了。傍晚时分，他们来到一个颇具乡村风味的、土地肥沃的地方。四周都是整片整片的田地，它们披着嫩绿铺陈在平缓的山丘上，富贵的庄园环绕着马路两旁，人们接连数小时之久都行走在镀金花园栅栏之间，他们多次越过那同一条缓缓流过的河流，他们不时听到头顶上火车在高架桥上轰鸣。

太阳刚从远方森林平坦的边缘落下，它便在一个小丘上的一小簇树林中间坠入草地之中，以便休养精神，舒解疲劳。德拉马什和鲁滨孙躺在地上，尽情地伸展着四肢。卡尔笔挺地坐着，望着脚下几米远处蜿蜒伸展的马路，和整个白天的情况一样，马路上不断有汽车彼此轻捷地疾驰而过，仿佛有人按精确的数目将它们从远处发出，又有人在远方的另一头按同样的数目将它们接收似的。自大清早以来的整整一天里，卡尔没见过一辆汽车停下，没见过一个乘客下车。

鲁滨孙建议就在这里过夜，说是因为他们大家都够累的了，第二天他们可以早一点出发，反正他们天黑以前找不到更便宜、更合适的投宿处所了。德拉马什表示同意，只有卡尔自以为有义务要说明，他带着足够的钱，大家都去住饭店他也付得起。德拉马什说，这钱他们还会用得着的，他应该将它保管好。德拉马什丝毫不隐讳他已经算计上卡尔的钱了。由于他的第一个建议已经被接受，鲁滨孙便进一步解释说，但是为了恢复体力以利于明天赶路，在睡觉以前他们还得好好吃点东西，说是应该派一个人到饭店去给大家把饭买来，那家饭店的“西方饭店”招牌就在近处公路边上闪闪发亮。作为最年轻的人，况且由于别人谁也没应声，卡尔便毫不犹豫地表示愿意去办这件事，并且在他得到要吃熏板肉、面包和啤酒的口头通知后随即就走进那家饭店。

附近必定有一座大城市，因为卡尔走进饭店的第一座饭厅，就看见里面挤满了大声说话的人群，许多胸前系围裙的招待员在沿着一道纵向墙和那两道横向墙一溜儿摆开的餐柜边上不停地奔走，却还是不能使焦急的客人们感到满意，因为人们一再地在各处听到诅咒声和拳头敲击桌子的声音。谁也没有理会卡尔；饭厅餐桌上也没有人提供服务，客人们坐在极小的、有三个人围坐便显得小得微不足道的桌子旁边，想吃什么，一切都是自己到便餐供应部去取。所有的小桌子上都放着一只装有油、醋等调料的大瓶子，所有从便餐供应部取来的菜肴在食用之前都浇上这只瓶子里的调料。卡尔想先挤到便餐供应部那儿再说，尤其是因为他订的食品量大，所以大概到了那儿困难才真正开始。于是，他不得不从许多餐桌之间挤过去，不管他多么小心翼翼，他往前挤的时候也难免和客人们磕头碰脑的，而客人们则好像毫无感觉似的忍受这一切。甚至有一回，当然也是因为被一个人挤了，卡尔撞在一张小餐桌上，差点儿没把桌子掀翻，人家也毫无反应。他虽然也道歉了，但是显然没被人理解，而且也丝毫都没理解人家对他说的话。

到了便餐供应部那儿，他费了好大劲儿找到一个小小的空当儿，可是在好长一段时间里他的视线被四周邻人支起的胳膊肘挡住了。支起胳膊肘，握着拳头顶着太阳穴，这似乎压根儿就是这里的一种习俗；卡尔不由得想起，拉丁语教授克龙帕博士恰恰就憎恨这种姿势，他总是悄没声地突然走过来猛地抽出一把直尺戏弄似的猛一捋把胳膊肘从桌面上捋下。

卡尔紧紧贴住餐柜站着，因为他刚在这里站稳脚跟，他背后便支起了一张桌子，正在那儿落座的客人中的一个只是在说话时微微那么把头朝后仰了一仰，他的大宽檐帽便重重地擦着了卡尔的后背。挤成了这样，甚至那两个粗胖邻人都已经心满意足地走了，想从招待员那儿得到什么，这个希望仍然十分渺茫。卡尔几次伸手从桌子上方抓住了招待员的围裙，但是每次总是让这个人扭歪脸挣脱了。哪个招待员也拦不住，他们只是奔走着，一个劲儿奔走着。哪怕只要卡尔身边有什么可吃可喝的东西呢，他一定会要的，他会问清楚价格，把钱放过去，他就会高高兴兴地离去。但是他面前偏偏只放着一碗一碗鲱鱼那样的鱼，黑色鳞片在碗沿闪着金光。这鱼可能很贵，大概也填不饱肚子。而且盛朗姆酒的小酒杯也够不着，不过他也不想给同伴们带朗姆酒，他们似乎反正一有机会就要弄这种烈性酒喝，他不想再给他们火上浇油了。

所以卡尔没有别的办法，只好另找一个位置，一切从零开始。可是现在时光也已经不早了，餐厅另一头的时钟显示出，现在已经过了九点了，瞪大了眼睛，人们从烟雾中勉强还能看清那只时钟的指针。可是在餐柜旁边，哪儿都比先前那个有点儿偏僻的地方更拥挤。此外，时光越晚，餐厅里的人就越多。不断有新客人带着欢声笑语从正门走进来。有些地方，客人们独断专横地收拾干净餐柜，坐到斜面桌上，互相对饮起来，这是最好的位置，人们俯瞰着整个餐厅。

卡尔虽然还在继续往前挤，但是对于是否真还能弄到什么吃的，他已不抱什么希望了。他责备自己不了解当地情况就自告奋勇接受了这桩差使。他的同伴们完全有理由斥责他，甚至还会以为他只是为了省钱才什么也没买回来。现在，他甚至是站在一个四周桌旁都有人在吃热的土豆烧肉美味菜肴的地方；使他费解的是，这些人是怎么弄到这东西的。

这时，他见自己面前几步远处有一位上了年纪的、显然是饭店职工的妇女，她正笑着和一位客人说话。她一边说着话，一边不停地用一只发叉梳理着自己的头发。卡尔当即决定去向这个妇女进行订购，首先是因为作为餐厅里惟一的女性对他来说意味着普遍喧嚷和奔跑中的一个例外，其次也出于一个简单的原因，这就是因为她是能向之求助的惟一的一个饭店职员，当然得有个前提，这就是她不会在听他向她说第二句话的时候便跑开办事去。而实际情况却完全相反，卡尔还根本没有主动与她攀谈，而只是稍微窥伺她一下，她便一如人们有时在谈话中，间会斜眼看一下旁边那样地朝卡尔望去并中断了自己的说话，友好地用文法清楚明了的英语问他，他是不是有什么事。

“是有点事，”卡尔说，“我在这里什么也买不到。”

“您跟我来吧，小家伙。”她说，随即告别她的熟人，此人则摘下帽子，这在这里好像是一种极有礼貌的举止，她拉着卡尔的手，走到立食餐柜旁边，把一个客人推向一边，打开斜面餐台上的一扇活动翻板门，越过斜面餐台后面的过道，在那儿人们必须注意那些不倦地奔走着的招待员们，打开一扇双重裱糊门，他们便到了宽大、凉爽的储藏室。“有熟人就是好办事，”卡尔暗自思忖。

“喏，您要什么呀？”她边问边殷勤地对他低下头来。她很胖，她的身体摇晃着，但是她的脸容，当然是相对而言，却几乎显得比较娇嫩。一看到这里架上和桌上小心翼翼码放着许多食物，他几乎禁不住引诱，想订一份更美味可口的晚餐，尤其是因为他可以指望得到这个有权势的女人的优惠，可是由于他一时想不起什么合适的食物，最后他还是又只说了熏板肉、面包和啤酒。

“不要别的了？”妇人问。

“谢谢，不要了，”卡尔说，“不过要三个人的。”

由于妇人问起另外那两个人，卡尔便三言两语简单讲了讲他的同伴的情况，稍许受到别人询问，这使他感到高兴。

“可是这简直是给囚犯吃的饭。”妇人说，显然还在等待卡尔再要点什么。卡尔却担心她会白送给他，不肯收他的钱，所以沉默不语。“这几样东西我们马上就可以配齐。”妇人说，以一种就其肥胖的身躯而言值得钦佩的敏捷向一张桌子走去，用一把既长又薄的锯条形刀切下一大块带着许多肉的板油，从一个架子上拿下一个大面包，从地上拿起三瓶啤酒并把一切全放进一只轻便的草篮子里，把篮子递给卡尔。在这期间，她向卡尔解释说，她之所以带他到这里来，是因为外面便餐供应部的食物受烟雾和各种气味熏烤尽管消费很快却总是不新鲜。但是对于外面的人来说一切都够好的了。卡尔一声也不吭，因为他不知道，他凭什么受到这种特殊照顾。他想到了他的同伴，尽管他们是美国通，他们大概也不会深入到这些储藏室里，而是只好将就着吃便餐供应部的不新鲜的食物。人们在这里听不见餐厅里的喧闹声，墙壁一定很厚，所以才能使这个拱顶地窖保持足够凉爽的温度。卡尔已经将草篮在手里提了一会儿，却不想付钱，也不动弹。只是当妇人后来又要将一只类似外面桌子上的那种瓶子放进篮子里去的时候，他才战战兢兢地表示感谢。

“您还要走很远的路吗？”妇人问。

“一直走到布特福脱。”卡尔回答。

“这还有很远的路呢。”妇人说。

“还有一天的路程。”卡尔说。

“然后就不走了？”妇人问。

“噢，不走了。”卡尔说。

妇人摆放好桌上的几件东西，一个招待员走进来，四下里寻找着什么，后来妇人向他指指一只大碗，碗里放着一大堆沙丁鱼，鱼身上撒着少许香菜，招待员便抬起双手捧着这只碗向外面的餐厅走去。

“您究竟为什么要在露天过夜呢？”妇人问，“我们这里有地方。您在我们这儿饭店里睡吧。”

这对卡尔很有吸引力，尤其是因为昨夜他睡得那么糟糕。

“我的行李在外面呢。”他犹豫不决地、并非完全不带虚荣地说。

“行李您带这儿来好了，”妇人说，“这不碍事的。”

“可是我的同伴呢！”卡尔说，并且立刻发现，他们倒真的有点碍事。

“他们当然也可以在这里过夜。”妇人说。

“您就来吧！您不要这么不好意思嘛。”

“我的同伴倒也都是正派人，”卡尔说，“可是他们身上不干净。”

“您没有看见餐厅里那个脏样？”妇人扭歪着脸说，“确实是最邋遢的人都可以到我们这儿来的。我马上让人准备三个床位。当然只好睡在阁楼上，因为饭店客满了，我也搬到阁楼上去住了，不过这总比睡在露天强吧。”

“我不能把我的同伴带来。”卡尔说，他想象得出来，这两个人会在这家高级饭店的过道里怎样大声吵闹；鲁滨孙会把什么都弄脏，而德拉马什则肯定会把这位妇人都惹厌烦的。“我不明白，这有什么不可以的，”妇人说，“可是如果您要这样的话，那么您就让您的同伴待在外面，您独自一个人来我们这儿吧。”

“这不行，这不行，”卡尔说，“他们是我的同伴，我必须和他们待在一起。”

“您真固执，”妇人说并把目光从他身上移开，“人家是为您好，很想帮您一把，您却拼命反对。”

这个道理卡尔全明白，可是他没有办法，他只说了句：“我衷心感谢您的好意。”他这才想起，他还没付钱呢，便问该付多少钱。

“这钱您就在给我把这只草篮子送回来的时候再付吧，”妇人说，“最晚明天早晨您得把它还我。”

“好吧。”卡尔说。她打开一扇径直通向室外的门，就在他一鞠躬走出去的当儿还说了句：“晚安，您可是做得不对呀。”他已经走出去几步了，她还冲着他的背影喊：“明天见！”

他刚到外面，他也就已经又听见从餐厅传来并不曾减弱的喧闹声，现在这喧闹声中也还掺杂着一个吹奏乐队的声响。他为不必穿过餐厅走出去而感到高兴。现在，饭店的六层楼里全都灯火通明，并且照亮了饭店门前的一大段马路。外面始终还有汽车在行驶，虽然已经是断断续续，但是它们从远处驶来时速度比白天更快，用车前灯的白光探测马路的路面，使苍白的车灯光与饭店的光区相交，亮晃晃急忙驶进前方的黑暗之中。

卡尔发现同伴们已经在酣睡，不过他也的确离开得太久了。他正想将带来的食物干净整齐地摆放在他在篮子里找到的纸上，等一切准备就绪后便去叫醒同伴，这时，他惊恐地发现，他把他的箱子锁着留下的，箱子钥匙还在他衣兜里呢，可是如今这只箱子却完全打开了，箱里的一半衣物散落在四周的草地里。

“起来！”他喊道，“你们还睡大觉呢，小偷光临过了。”

“短什么东西了吗？”德拉马什问。鲁滨孙还没有完全醒过来便伸手去抓啤酒。

“我不知道，”卡尔叫喊，“可是箱子开着呢。躺下睡大觉，将箱子扔在这里不管，这是一种轻率行为。”

德拉马什和鲁滨孙哈哈大笑，前者说：“下一回您可别离开这么久。饭店离这儿十步远，而您一来回需要三个小时。我们饿了，曾以为您的箱子里可能有什么吃的东西，把这锁鼓捣了半天才把它鼓捣开了。不过，箱子里什么吃的也没有，您把这些东西都好好装回箱子里去吧。”

“原来如此。”卡尔说，眼睛盯着正在腾空的篮子，耳朵听着鲁滨孙喝啤酒时发出的特有的响声，因为这啤酒先深深灌进咽喉，随后却带着一种口哨声又反弹回来，然后才大口大口喝下肚去。

“你们已经吃完了吗?”看到那两人喘气想歇一会儿，他便问。

“难道您没有在饭店里吃过什么?”德拉马什问，他以为卡尔是在要他的那一份。

“如果你们还要吃，那就快点吃。”卡尔边说边向他的那只箱子走去。

“他好像耍脾气了。”德拉马什对鲁滨孙说。

“我没有耍脾气，”卡尔说，“可是，乘我不在砸开我的箱子，把我的东西全扔出来，这种做法难道合适吗?我知道，大家是伙伴嘛，有些事就得忍着点，对此我也是作了思想准备的，但是这件事太过分了。我要在饭店里过夜，我不去布特福脱了。你们快吃完，我得把篮子送回去。”

“鲁滨孙，你瞧，他这样说话，”德拉马什说，“这是文雅人的说话方式。他是个德国人嘛。你一开始就告诫我要提防着他点，可是我真是个大傻瓜，还是带着他上路了。我们相信他，拖着他走了一整天，至少因此而丧失掉了半天的工夫，而现在——因为那个饭店里不知哪个人勾引了他——他要告辞了，干脆就告辞了。但是由于他是个虚伪的德国人，所以他不公然这样做，而是找箱子作借口，又由于他是个粗暴的德国人，所以我们拿他的箱子开了一个小小的玩笑，他不伤害我们的名誉，不称我们是贼，是不会离去的。”

卡尔收拾行李，没有转身:“您尽管这么说好了，您就让我走得心里宽舒些。我很清楚，什么是友情。我在欧洲也曾有过朋友，没有一个朋友会说我对他虚伪或粗野。当然，现在我们没有联系了，但是如果我再次回到欧洲的话，他们都会热情接待我，立刻承认我是他们的朋友。而您，德拉马什，还有您，鲁滨孙，你们这么热情，关心我，答应在布特福脱给我找一个徒工职位，这是我决不会忘记的，我会出卖你们吗？可是现在是另外一码事嘛。你们一无所有，这丝毫也没有在我的心目中贬低了你们的地位，可是你们嫉妒我的这一点点财产并因此而试图羞辱我，这样的事我不能忍受。而且，你们砸开我的箱子以后，你们一句道歉的话也没有，反而还骂我，进而还骂我的民族——可是您这一骂，也骂得我实在没法再和你们待在一起了。顺便说一句，鲁滨孙，这些话本来都不是针对您的。对您的性格我只有一点意见，这就是您太依赖德拉马什了。”

“我们总算看见了，”德拉马什说，他走到卡尔跟前，轻轻推了他一下，像是为了让他注意，“我们总算看见了，您是怎样露出自己的真面目来的。您整天都跟在我后面走，拉着我的衣服，模仿我的每一个动作，平时像小老鼠一样一声不响。可是现在，因为您感觉到饭店里有人支持，所以您说起话来腰板儿就硬了。您是个小滑头，我还根本不知道，我们是否会平心静气地忍受这件事。您白天从我们身上学去的知识，我们要不要让您付学费呢。你，鲁滨孙，我们妒忌他——这是他说的——妒忌他的财产。在布特福脱干一天活——加利福尼亚就更甭提了，我们挣的钱就比您露给我们看的以及您在您那件上衣里子里可能还藏着的多十倍。哎哟，讲话留点神吧！”

卡尔整理好箱子站起来，看见睡眼惺忪，但是喝了啤酒已经有了点生气的鲁滨孙正在走过来。“如果我还在这里久留的话，”他说，“我也许还会遭到别的意想不到的事件。您似乎想揍我吧。”

“一切忍耐都是有限度的。”鲁滨孙说。

“鲁滨孙，您还是别说话的好，”卡尔说，眼睛紧紧盯着德拉马什，“在内心里您同意我的意见，可是表面上您却必须站在德拉马什的一边！”

“您也许想收买他吧？”德拉马什问。

“我没这个意思，”卡尔说，“我为我的离去而感到高兴，我不想再和你们当中的任何人打交道了。只有一点我还想说一说。您曾指责我，说我有钱，把钱藏起来不让您看见。假定这是真的，对于我才认识了几个小时的人，我这样做不是做得很对吗，而且您不是还在用您现在的行为证明着这样一种行为方式的正确性吗？”

“你别动。”德拉马什对鲁滨孙说，虽然鲁滨孙并没有动一动。然后，他问卡尔：“既然您如此厚颜无耻地坦率，既然我们如此无拘无束地站在一起，那么，您索性就再坦率一次，您就坦白承认，您究竟为什么要到饭店里去。”卡尔不得不越过箱子退后一步，因为德拉马什向他逼近过来，离他很近了。但是德拉马什不受迷惑，把箱子推到一边，向前跨进一步，一脚踩着了一只落在草地上的白色衬衫假领，重复了一遍他的问题。

像是作出回答似的，一个手持一支闪着强光的电棒的男人从马路那边向这几个人走来。那是饭店的一位服务员。他一看见卡尔就说：“我几乎已经找了你半个小时了，马路两边各个斜坡我全都搜索遍了。女厨师长太太要我告诉您，她借给您的那只草篮子，她现在急着要用呢。”

“篮子在这儿。”卡尔用一种因激动而显得惴惴不安的声音说。德拉马什和鲁滨孙故作谦逊地走到一边去，这是他们在陌生的、境况良好的人的面前的惯常做法。服务员接过那只篮子，说道：“女厨师长太太还问您，您是不是考虑过了，愿不愿意在饭店里过夜。也欢迎另外两位先生去，如果您愿意带他们去的话。床位已经准备好。今晚天气暖和，可是睡在这里，睡在这块坡地上，这可绝不是没有一点危险的事，这里经常有蛇。”

“既然女厨师长太太如此友好，那我就接受她的邀请了。”卡尔说并且等着他的同伴们作出某种表示。可是鲁滨孙毫无表情地站着，而德拉马什则双手插在裤兜里，望着天空的星星。两个人显然指望着卡尔会毫不犹豫地把他们带走。

“既然这样，”服务员说，“那么我的任务就是带您进饭店，给您提行李。”

“劳驾，请您再稍许等一会儿。”卡尔边说边弯腰将尚还散落在四周的几件衣物放进箱里。

突然，他直起腰来。那张照片没了，它放在箱子的最上层，如今哪儿也找不着了。一切都齐全，只缺那张照片。“我找不到那张照片了。”他用请求的口吻对德拉马什说。

“什么照片？”此人问。

“我的父母的照片。”卡尔说。

“我们没见过照片。”德拉马什说。

“里面没有什么照片呀，罗斯曼先生。”鲁滨孙也在一边证实说。

“可是这怎么会呢？”卡尔说，在他的求助的目光下，服务员走近过来。“照片本来放在上面的，现在照片不见了。你们别拿我的箱子寻开心呀！”

“不可能搞错的，”德拉马什说，“箱子里本来就没有什么照片。”

“对我来说，这张照片比箱里所有的其他物品都更重要。”卡尔对服务员说，服务员走来走去，在草地里寻找。“因为它是独一无二的，我得不到第二张了。”当服务员停止作毫无希望的寻找时，卡尔还说：“这是我拥有的惟一的一张我父母的照片。”

于是，服务员直言不讳地大声说：“也许我们还可以搜一搜先生们的口袋吧。”

“对，”卡尔立刻说，“我必须找到这张照片。但是在我搜查口袋之前，我还是说，谁主动把照片给我，谁就可以得到这整箱的东西。”在片刻静场之后，卡尔对服务员说：“我的同伴们显然希望我们搜查口袋，但是即便现在我也甚至答应，在谁的口袋里找到照片，我就把整只箱子给谁。多了我拿不出来。”

服务员立刻动手搜查德拉马什，他觉得此人比鲁滨孙难对付，所以就把鲁滨孙交给卡尔去处理。他提醒卡尔注意，必须同时搜查这两个人，因为不然的话，其中的一个可能就会偷偷地将照片藏匿起来。卡尔一伸手就在鲁滨孙的口袋里摸到一条属于他的领带，但是他没有拿走领带，却对服务员喊道：“不管您从德拉马什身上找到什么，请您全给他留下。除了照片以外，别的我什么也不要，我只要照片。”

摸上衣胸前的里袋时，卡尔的手触着了鲁滨孙的热烘烘、油腻腻的胸脯，他当即意识到，他这样对待他的同伴也许是很不公正的。他尽快匆匆摸了摸口袋。而且，一切都是枉然，既没有在鲁滨孙身上，也没有在德拉马什身上找到那张照片。

“没有办法。”服务员说。

“八成是他们已经把照片撕碎并且把碎片扔掉了，”卡尔说，“我以为他们是朋友，可是他们净想着在暗地里伤害我。其实这不是鲁滨孙干的，他才不会想到这张照片对我具有如此重要的价值，可是德拉马什却干得出来。”卡尔只看见自己面前的服务员，他的电棒亮了一个小圆圈，而其他一切，也包括德拉马什和鲁滨孙，则都在一片深深的黑暗之中。

现在当然根本谈不上带这两个人到饭店里去了。服务员把箱子一抡抡到肩上，卡尔拿起草篮子，他们走了。卡尔已经到了马路上，他若有所思停止前进，站住脚，向上对着一片黑暗喊道："你们听着，你们中间哪个要是还有那张照片，愿意给我送到饭店里来——他仍还可以得到这只箱子，而且，我发誓，他决不会受到告发。"没有真正的答复传下来，只听见一句不连贯的话，鲁滨孙刚开始喊出声来，德拉马什显然立刻就将他的嘴堵住了。卡尔还等了好一会儿，看上面他们会不会改变决定。他间隔着喊了两次："我还一直在这儿哪！"但是没有声音作出回答，只有一次顺坡滚下来一块石头，也许是偶然，也许是没有扔准。

西方饭店

一到饭店，卡尔立刻就被带进一间类似办公室的房间，女厨师长手里拿着一本备忘记事本，正在那里向一个年轻的女打字员口授一封信。极其精确的口授声，熟练而富有弹性的打字机键盘的弹击声急促追逐着只是偶或可以听得见的挂钟的滴答声，那挂钟几乎已指向十一点半。“好了！”女厨师长说，合上记事本，女打字员一跃而起，把木盖罩在打字机上，在做这一机械性工作时眼睛始终没离开卡尔。她看上去还像个女学生，她的围裙熨得非常讲究，譬如两肩都带着波纹，头发蓄得高高的，看了这些细节之后再看她那张严肃的面孔，人们不免有点感到惊异。先向女厨师长、后向卡尔欠了欠身之后，她便离去，卡尔则不自觉地用一种询问的目光望着女厨师长。

“好哇，您到底来了，”女厨师长说，“您的同伴呢？”

“我没有带他们来。”卡尔说。

“他们大概一大早就要上路的吧。”女厨师长说，好像是在向自己解释这件事情似的。

“难道她会不想到，我也要一起上路的吗？”卡尔暗暗问自己，为了排除任何怀疑所以便说，“我们闹翻了。”

女厨师长似乎把这理解成为一则愉快的消息。“这么说，您现在自由了？”她问。

“是的，我自由了。”卡尔说，他觉得没有什么比这更无用的了。

“您听着，您不想在这儿饭店里弄个差事干干吗？”女厨师长问。

“很愿意，”卡尔说，“可是我的知识少得可怜，譬如我连打字都不会。”

“这并不是最重要的，”女厨师长说，“也许您暂时只得到一个小小的职务，然后您就得争取通过勤奋和谨慎步步高升。不过，不管怎么说，我总觉得，在某个地方站住脚跟总比到处闲荡要好些，要可取些。我觉得您不适合到处闲荡。”

“所有这些看法舅舅也会同意的。”卡尔暗自思忖并赞许地点了点头。与此同时，他想起来，人家这么为他操心，可他还没作自我介绍。

“噢，请您原谅，”他说，“我还没有作自我介绍，我叫卡尔·罗斯曼。”

“您是德国人，对吗？”

“是的，”卡尔说，“我来美国的时间还不长。”

“您是哪里人？”

“波希米亚布拉格人。”卡尔说。

“您瞧，”女厨师长操着带浓重英语腔的德语说，几乎把胳臂也举了起来，“那我们就是同乡了，我叫格蕾特·米策尔巴赫，是维也纳人。布拉格我熟悉极了，我曾在文策尔广场的金鹅饭店里干过半年。您想想这有多巧。”

“这是什么时候的事？”卡尔问。

“这已经是许多年，许多年以前的事了。”

“老金鹅饭店，”卡尔说，“已经在两年前拆掉了。”

“是呀，当然。”女厨师长说，完全沉浸在对往事的回忆中了。

但是她突然又变得活跃起来，抓住卡尔的双手喊道：“现在，既然已经证实您是我的同乡，您无论如何也不可以离开这儿了。您决不可以对我做出这样的事情来。譬如您愿意当电梯工吗？只要您说一声愿意，那您就当上了。您已经跑过一些地方，想必您也知道，谋到这样的职位并不是一件特别容易的事，因为这是人们所能想象得到的最好的开端。您会接触到所有的客人，人们总是见到您，人们让您去办些小差使；总之，您每天都有机会，您会有出息的。其余的事就全包在我身上了。”

“电梯工我很愿意当。”稍过片刻卡尔说。以读过五年中学为由而对开电梯的职务抱有顾虑，这未免太荒唐了。在美国，其实倒是蛮有理由为这五年中学感到羞愧的。况且，那些电梯工一直很中卡尔的意，他觉得他们就像是饭店的装饰品。

“不要求具备语言知识吗？”他还问。

“您会说德语，又能讲一口漂亮的英语，这足够了。”

“英语是我到美国以后两个半月内才学会的。”卡尔说，他以为，他不可以隐瞒自己的这个惟一的优势。“这说明您有足够的有利条件，”女厨师长说，“现在我回想起，英语曾给我造成了多大的麻烦。这当然已经是三十年前的事了。昨天我还谈到过这件事。因为昨天恰好是我的五十岁生日。”说罢，她面带笑容试图从卡尔的面部表情上看出这五十大寿给他留下什么印象。

“那我祝您生日快乐。”卡尔说。

“这可是一个人随时都用得着的。”她说，握了握卡尔的手，因在用德语交谈时想起的这句古老的家乡俗语而变得有些忧郁了。

“可是我在这里耽误您的时间了，”随后她大声说道，“您一定很累了，有什么事我们明天白天再谈吧。遇到了一个同乡，一高兴就把人高兴糊涂了。您来吧，我领您到您的房间里去。”

“我还有一个请求，女厨师长太太，”卡尔望着桌上的电话机说，“明天，也许是一大清早，我从前的同伴会给我送来一张照片，我急需这张照片。可以劳您驾给门房打个电话，请门房让来人来见我，或者让我去见他们？”

“可以，”女厨师长说，“可是让门房替您把照片收下，这不行吗？可不可以问一下，这是一张什么照片？”

“这是一张我父母的照片，”卡尔说，“不行，我得亲自和来人谈谈。”女厨师长不再说什么，打电话给门房值班室下达了相应的命令，她在电话里说了卡尔的房间号码是536。

然后，他们穿过一扇与大门对着的门，走到外面的一条小过道上，看见一个小个儿电梯工靠在栏杆边上打瞌睡。“我们可以自己开电梯。”女厨师长小声说，让卡尔走进电梯。“一天工作十至十二个小时，这对于这样一个男孩来说确实是太长了点了。”随后她说，他们乘电梯向上，“但是这种怪事就出在美国。譬如这儿这个小家伙，他也是半年前才同他父母一块儿到这儿来的，他是意大利人。现在看他那模样，仿佛他顶不住这工作，面孔消瘦，上班时睡着了，虽然他生性殷勤热情——但是他还只需要在这里或在美国的别的什么地方干半年，便可毫不费劲地顶住一切困难，五年以后他就是一个身强力壮的男子汉了。这样的例子我给您讲几个小时也讲不完。不过，我根本没想到您，因为您是个壮实的孩子；您今年十七岁，嗯？”

“下个月我满十六周岁。”卡尔回答。

“才十六岁！”女厨师长说，“好好干吧！”

到了楼上，她把卡尔领进一个房间，这个房间作为阁楼虽然有一堵墙是斜的，但是在两个白炽灯泡的照耀下却显得起居很舒适。“陈设简陋，您别见怪，”女厨师长说，“因为这不是饭店的客房，而是我的三间一套的住房中的一个房间，所以您丝毫也不妨碍我。我插上套间的房门，您就可以随意待在房间里。明天，作为饭店的新雇员，您自然就会有您自己的一间小房间。倘若您和您的同伴一起来，那我就叫人给你们在勤杂工睡的通铺房里搭张铺了，但是由于您现在是独自一人，我想，您还是住这儿合适，哪怕您只得睡在一张沙发上。现在您好好睡一觉吧，养足了精神好干活儿。明天的活儿还不会太累。”

“我衷心感谢您的一片好意。”

“等一等，”她在门口站住脚说，“您这样可是不一会儿就会被吵醒的。”说着，她走向房间的一扇边门，敲门喊道：“特蕾泽！”

“什么事，女厨师长太太。”小女打字员应声道。

“早晨叫醒我的时候，你得从过道走，这儿房间里睡着一个客人呢。他累极了。”她说这句话时，对着卡尔笑了笑，“你听明白了吗？”

“听明白了，女厨师长太太。”

“那好吧，晚安！”

“祝您晚安。”

“几年来，”女厨师长解释说，“我的睡眠一直很不好。现在我可以对我的职位满意了，本来就没有什么要发愁的了。但是这准保是我从前的忧愁带来的不良后果，造成我今天的这种失眠。要是凌晨三点能入睡，我就很高兴了。但是由于我五点，最晚五点半就得上班，所以我不得不让人叫醒我，而且叫醒我时还得特别小心，别让我那业已紧张的神经变得更紧张。平时喊醒我的正是这个特蕾泽。不过现在您确实已经什么都知道了，我简直扯个没完。晚安！”尽管她体态臃肿，她却几乎轻捷快步地走出了房间。

卡尔巴不得睡上一觉，因为这一天下来他已是疲劳不堪。他根本不敢奢望还会有比这更舒适的环境可以让他美美地睡上一大觉。虽然与其说这个房间是作卧室用的，还不如说它是一间起居室，或者，说得更确切些，是女厨师长的一间会客室，而且还特意为他搬来了一张盥洗台供他今晚使用，然而，卡尔却并不觉得自己是个闯入者，而是觉得自己只不过是受到更好的照料罢了。他的行李箱已拿来放好，大概已有好长时间没处于比这里更安全的场所了吧。一只上方罩有一条大网眼羊毛毯的、带活动格层的矮柜上，摆放着各种带镜框的和夹在玻璃下面的照片；参观房间时，卡尔在柜前站住脚，仔细观看照片。大多是些旧照片，照片上的人多数是女孩子，她们身穿旧式、不舒适的衣服，头戴松弛、小而高耸的宽檐帽，右手拄着一把伞，脸对着观者，目光却避开观者。在男人的照片中，一位年轻士兵的照片特别引起卡尔的注意，他已将小便帽放在一张小桌上，蓄着一头蓬乱的黑发挺直身子站着，脸上堆着一片骄傲的、却受到抑制的笑容。照片上，他的制服上的钮扣被人在事后涂上了金色。所有这些照片八成还是在欧洲拍的呢，人们本来也很可能会在照片的反面看出这一点来的，但是卡尔不想去拿它们。一如这些照片在这里这样放着，他本来也想把他父母的照片这样摆放在他未来的房间里的。

为了他的女邻居的缘故，卡尔尽量轻手轻脚，彻底擦洗了一下身上。正当他擦洗完毕后伸展四肢躺在他的沙发榻上准备享受甜蜜的睡眠的时候，他好像听见有人在轻轻敲击一扇房门。人们无法马上断定，是哪扇房门，也可能只是一种偶然的响声。这声音也没有马上就重复出现，而正当卡尔几乎就要睡了的时候，那声音却又响了。但是现在没什么可怀疑的了，是敲门声，是从女打字员的那扇房门那儿传来的敲门声。卡尔踮着脚尖跑到门边，用小到即使隔壁有人在睡觉也不会把任何人吵醒的声音问："您有什么事吗？"

马上传来同样小声的回答："您不想把门打开吗？钥匙插在您那一边呢。"

"行，"卡尔说，"只是，我得先穿上衣服。"

出现片刻的寂静，随后那边说："这就不必要了。您开开门后就躺到床上去，我等一会儿。"

"好吧，"卡尔说，也这样做了，而且他还拧亮了电灯，"我已经躺下了。"随后他便稍许大声一点说。话音刚落，小女打字员也就已经从她那间黑糊糊的房间里走了出来，穿着在下面办公室里穿的衣服，看来整个这段时间里她一直没想到要睡觉。

"请您多多原谅，"她稍稍弯下身子站在卡尔床榻前说，"还请您别把我泄露出去。我也不想打扰您多久，我知道您已累了。"

"没那么严重，"卡尔说，"可是我也许还是穿上衣服的好。"他不得不伸直身子躺着，为的是可以齐脖盖住身子，因为他没穿睡衣。

"我只待一会儿，"她说，并伸手抓住一把椅子，"我可以坐到沙发榻旁边来吗？"

卡尔点点头。于是，她紧挨沙发榻坐下，卡尔不得不将身子往墙边挪了挪，以便可以仰头看到她。她长着一张匀圆脸，只是额头高得异乎寻常，不过这也许只不过是她的发式不太合适的缘故吧。她的衣服干净、整齐。她的左手捏着一条手帕。

“您要在这里长期待下去吗?”她问。

“还没完全决定，”卡尔回答，“但是我想，我会留下来的。”

“那就很好，”她说，并用手帕擦了擦自己的脸，“我在这儿孤零零一个人。”

“这就怪了，”卡尔说，“女厨师长太太对您可友善啦。她根本就不像对待一个雇员那样对待您。我本来还以为你们是亲戚呢。”

“哦，不是的，”她说，“我叫特蕾泽·贝希托尔德，我是波美拉尼亚人。”

卡尔也作了自我介绍。随后，她便第一次正眼望着他，仿佛这一通姓名她觉得他更陌生了一点了。他们沉默了片刻。随后她说：“您可不要以为我是个不知感恩的人。没有女厨师长太太，我的境况就要糟糕得多。以前我在这家饭店里当过帮厨女工，而且差一点已经要被解雇了，因为我干不了那繁重的活儿。这儿的人要求很高。一个月以前，一个帮厨女工仅仅由于过度劳累而晕倒了，在医院里躺了十四天。我的身体不是很强壮，从前我吃过许多苦，所以有点儿发育不良；您一定看不出我已经十八岁了。但是现在我已经强壮一些了。”

“这儿的活儿想必确实一定很累，”卡尔说，“刚才在楼下我就看见一个开电梯的孩子站着睡着了。”

“可是电梯工的境况还是最好的呢，”她说，“他们挣的小费可多啦，干的活毕竟也远不如厨房里的人辛苦。可是有一回，我确实很走运。有一次，女厨师长太太需要一个女孩子去给一个宴会摆餐巾，派人下来到我们帮厨女工中物色合适的人选，这儿有将近五十个这样的女孩子，我恰好被选中，并且使她感到很满意，因为摆餐巾这活儿我一直很在行的。于是，从那时候起，她就把我留在她的身边，渐渐地把我培养成了她的秘书。我跟着她学到了许多东西。”

“有那么多要打字的吗?”卡尔问。

“啊，多着呢，”她回答，“这一点您可能根本想象不到。您已经看到，今天我一直工作到十一点半，而今天还不是什么特殊的日子。当然我也不是老是打字，城里我还有许多事要办呢。”

“这座城市叫什么名字?”卡尔问。

“这个您不知道?”她说，“拉美西斯。”

“这是一座大城市吗?”卡尔问。

“很大，”她回答，“我不喜欢进城去。可是您莫非真的想睡觉了吧?”

“不，不，”卡尔说，“我还根本不知道，您找我有什么事。”

“因为我找不到一个可以说话的人。我不是一个容易伤感的人，但是如果确实没有一个可以说说话的伴儿的话，那么，现在终于有人听我讲话，我也就感到幸运了。在楼下餐厅里我就已经看见您了，我恰好来叫女厨师长太太，看见她正领着您到食物贮藏室里去。”

“那个餐厅大得吓人。”卡尔说。

“我已经完全不觉得它大了，”她回答，“可是我方才只是想说，女厨师长太太确实对我很亲切，只有母亲才会对我这样亲。可是我们在职位上差别实在太大，就无法推心置腹地和她说话。从前，在帮厨女工中我曾有过几个知心朋友，但是她们早就不在这儿了，而新来的女孩子们我几乎一个也不认识。有时，我竟觉得，我干现在的工作比干从前的工作还吃力，可是我还不如从前干得好，女厨师长太太只是出于同情才让我留在我现在的这个岗位上。说到底，还真的要受过比较好的学校教育才能当秘书哩。说这话是个罪过，可是我常常担心自己会精神错乱。天哪，”她突然以快得多的速度说并轻捷地伸手握住卡尔的肩头，因为他的双手在被子下面呢，“可是您不许向女厨师长太太吐露一个字，否则我真的就完蛋了。我工作不得力，已经给她造成了麻烦，如果我再给她添加烦恼，那我就真的惨了。”

“我当然什么也不会对她说的。”卡尔回答。

“那就好，”她说，“您就留在这儿吧。您留下，我会感到高兴的，如果您觉得可以的话，我们就可以互相帮助。我第一次见到您的时候，我马上就对您产生了信任。可是，尽管如此——您看，我这个人多坏——我也产生过恐惧，我怕女厨师长太太会让您顶替我当秘书并将我解雇。刚才您在楼下办公室里的时候，我一个人在这儿坐了很长时间，我才把这件事情想通了，我觉得，您接手我的工作，这甚至是件大好事，因为您肯定更胜任这些工作。要是您不愿干到城里去跑腿的事，这些活儿可以仍然由我来干。不然的话，我可是在厨房干活一定会更有用武之地的，尤其是因为现在我的身体也已经变得强壮一些了。”

“事情已经办妥了，”卡尔说，“我当电梯工，您仍然当女秘书。如果您把您的这些打算向女厨师长太太哪怕透露那么一丁点儿，我就把您今天对我说的其他的话也透露出去，尽管我会因此而感到难过。”

这种口气使特蕾泽感到如此激动，以致她竟扑倒在床上，啜泣着把脸埋进被褥里。

“我什么也不说，”卡尔说，“可是您也不许说什么。”

这时，他再也不能完全藏身在被子下面了，稍稍抚摩她的胳臂，找不到一句合适的可以安慰她的话，只是心里在想，这儿的日子真不好过噢。她终于平静下来，平静到起码为自己哭泣觉得羞愧了，感激地望着卡尔，劝他明天好好睡一觉，并答应，如果抽得开身，就在八点左右上楼来叫醒他。

“叫醒人您倒是挺在行的。”卡尔说。

“嗯，有些事我干得来。”她说，用手轻柔地掠了一下他的被子向他告别，跑进她的房间里去。

第二天，卡尔坚持马上上班，虽然女厨师长太太想在这天放他的假，让他去逛逛拉美西斯城。但是卡尔坦率陈述，说是逛拉美西斯城以后还会有机会，现在对他来说重要的是开始工作，因为一项为另一个目的服务的工作他已经在欧洲无谓地中断了，如今开始当电梯工，而那些比较能干的男孩在他现在这个年龄起码都快要按自然顺序承担更高一级的工作了。说是他从当电梯工干起，这是完全正确的，但是，他必须特别抓紧时间，这同样也是正确的。在这样的情况下去逛城市，他决不会快活的。特蕾泽要他走一条捷径，他连这条捷径也决定不去走。他脑海里总是浮现着这样的想法，即倘若他不努力的话，他到头来可能会落得和德拉马什和鲁滨孙相同的下场。

在饭店裁缝那儿，他试穿电梯工制服，那些制服缀有金钮扣和金绦带，外表显得很华贵，可是一穿起来，卡尔不禁微微打了一个寒颤，因为特别是上衣的腋下寒丝丝、硬邦邦的，还带着在他之前穿过这件衣服的电梯工留下的永不干涸的汗渍。主要是制服的胸的上方部位还得特意为卡尔加宽，因为十套现有的制服中没有一套他能将就着穿的。尽管这项缝纫活非做不可，虽然裁缝师傅似乎十分顶真——制服交付后两次经裁缝的手退回车间返工，一切都在几乎不到五分钟之内全解决了，而卡尔在离开试装室时则已是个身穿贴身裤子和一件紧巴巴短上衣的电梯工。尽管裁缝师傅口口声声说短上衣不紧，可是卡尔穿在身上却憋闷得一再要作深呼吸运动，因为他想知道，他还能不能随时进行呼吸。

随后，他到侍者总管那儿去报到，他将在这个总管的手下干活。这是一个身材颀长、相貌堂堂的大鼻子男子，年龄在四十岁上下。他连和卡尔寒暄几句的时间也没有，仅仅是按铃叫来了一名电梯工，还恰巧就是卡尔昨天见过的那个。总管只叫他的教名吉阿科莫，卡尔后来才弄清楚这个教名，因为凭英语发音是没法听出这个名字来的。这个男孩便接到了向卡尔讲解开电梯要领的任务。可是他是如此胆怯和匆忙，以致尽管从根本上来说有待讲解的要领很少很少，卡尔却几乎连这很少的几个要领也未能从他那儿学到手。吉阿科莫肯定也很恼火，显然由于卡尔的缘故他不得不离开开电梯的岗位，被分配给女服务员去当下手，按照某些他不肯说出口来的他所了解到的情况，他觉得这是一件有损他名誉的事。卡尔特别感到失望的是，一个电梯工和电梯机械装置的关系仅仅是简单按一下电钮将电梯开动而已，而修理传动机构则完全是饭店机修工的事，所以譬如吉阿科莫尽管已经开了半年电梯却既没有亲眼见过地下室里的传动机构，也没有亲眼见过电梯内部的机械装置，虽然据他直言相告，他是很想开开这个眼界的。这压根儿就是一桩单调乏味的工作，工作时间长达十二个小时，白班和夜班交替着干，按吉阿科莫的说法，这活儿累得简直叫人无法忍受，假如不会站着睡几分钟觉的话。卡尔听了什么话也没说，但是他心里明白，恰好是这种本事让吉阿科莫丢了这份差事。

卡尔开的电梯只管最高的那几层，这正中卡尔的下怀，因为这样他就可以不必和很苛求的富人们打交道了。不过话说回来，人们在这里也不能像在别处那样学到许多东西，这活儿也只是对初出道的人来说才是个好差事。

过了第一个礼拜之后，卡尔便认识到，他完全可以胜任这项工作。他那部电梯里的黄铜部件擦得锃亮，其余的三十部电梯中没有一部可以与之媲美。假如与卡尔同开这部电梯的那个男孩哪怕只是近似于这么勤奋并且并不因为卡尔勤奋就觉得自己可以心安理得地偷懒的话，那么，它们也许还会更加金光闪亮。那人是个在美国出生的美国人，名叫雷内尔，是个黑眼睛、面颊平坦而略显凹陷的爱打扮的男孩。他自己还另有一套漂亮的西装，晚上不当班时，他便穿上这身西装，洒上点香水，急匆匆进城去；有时他也请卡尔晚上给他代班，说是因为他得出去给家里办点事。他根本不在乎自己的衣着打扮同这类托辞自相矛盾。尽管如此，卡尔能容忍他，而且，每逢这样的晚上，雷内尔身穿自己的西装外出之前，总要到下面电梯旁在他面前站住脚，一边将手套套在手上，一边还稍稍表示歉意，随后便穿过走廊离去。每逢这种时候，卡尔还感到高兴呢。不过，卡尔给他代班，也只不过是想给他帮个忙而已，他觉得，向一个年龄较大一点的同事效这份劳，这在他刚开始工作的时候是理所当然的，老这么干那是不行的。因为没完没了地在电梯里上上下下实在是够累的，况且在晚上电梯几乎一直得不停地开着。

不久，卡尔也学会了深施短促的鞠躬礼，这是电梯工都必须学会的，而且小费他也接得飞快。小费迅速塞进他的背心口袋里，谁也无法从他的面部表情上判断出，小费是多还是少。他格外殷勤地给女士们开电梯门，跟在她们后面慢慢一跃进入电梯，她们生怕弄坏了裙子、帽子和悬挂着的饰物，进电梯时一般都比男士们迟缓。电梯行驶时他紧靠着门口站着，背对着他的乘客，因为这样最不惹人注意，并且用手握着电梯的门把手，为的是好在电梯停靠的瞬间可以迅速向一边推开电梯门而又不致把乘客吓着。电梯行驶过程中，偶尔会有一个人拍拍他的肩膀，询问一件无关紧要的琐碎小事，仿佛正等着人家问他似的，他便会急忙转过身来，并用响亮的嗓音给予回答。尽管有许多部电梯，还是常常会拥挤，尤其是在剧院散场或某几次特别快车到达之后更是拥挤不堪，以致乘客刚一出电梯门到达楼上，他马上又得向下飞奔，去接在那儿等候的客人。他也可以拉一根从电梯间穿过的钢丝绳，提高平常速度，然而这是电梯操作规则上明令禁止的，而且这样做也有危险。当电梯里载有乘客的时候，卡尔从不这么干，但是如果他已在楼上将乘客送出电梯，而下面另有客人等着，他便毫无顾忌，像个水手那样用力地、有节奏地一把一把拉那钢丝绳。而且他也知道，别的电梯工也是这么干的，他不愿意让别的电梯工抢走了他的乘客。个别久住这家饭店的客人——这种情况在这里相当普遍——偶或露出一丝笑意表示他们把卡尔看作是自己的电梯工，卡尔表情严肃、内心却愉快地领受这份好意。有时候，如果乘客比较稀少，他也能接受某些特殊的小差使，譬如给一位不愿再烦神回自己房间去的客人取一件落在房间里的小物件，于是他就独自乘着他那部在这样的时刻令他倍感亲切的电梯飞快上楼，走进那间陌生的房间，他从未见过的稀罕物件通常不是到处乱放在房间里便是挂在衣钩板上，感觉到一块外国肥皂、一种香水、一种漱口药水的特殊气味，丝毫没有多耽搁时间便拿着通常是尽管交代得不清楚也找到了的物件又飞快返回。他常常为不能承接更重要的差事而感到惋惜，因为这类事都由专门的仆人和跑腿的男孩去干，他们出门办事都骑脚踏车，甚至骑摩托车。卡尔只能在时机有利时干些从客人的房间到餐厅或游乐厅的跑腿的差事。

每逢他干完十二个小时的活之后接连三天于晚上六点，接下去又接连三天于早晨六点下班的时候，他总是如此疲惫不堪，以致他顾不得看上旁人一眼，便径直上床睡觉。他的床就在电梯工的集体大寝室里，女厨师长太太的影响力也许确实并不像他在第一天晚上所想象的那么大，她虽然尽力想给他弄个自己的小房间，而且这事她大概也几乎快要给办成了，但是由于卡尔看到，这事造成了多大的麻烦，为这件事女厨师长太太和她的上司、那么忙得不得了的侍者总管通了多少次电话，他便主动放弃这个要求并指出，他不愿意因为享受到一种并非真正通过自己的努力获得的好处而受到别的电梯工的妒忌，从而使女厨师长太太相信他主动提出放弃态度是严肃认真的。

这间大寝室当然不是什么安静的卧室。由于每一个人不尽相同地在这十二个小时的业余时间里吃饭、睡觉、娱乐、挣外快，所以大寝室里始终活动频频、热闹非凡。有几个人在睡觉，用被子蒙住了耳朵，好不听这嘈杂声；一旦有一个人被吵醒，他就气得大叫大嚷，直骂别人叫嚷，结果是那些睡得还算安稳的人也受不了了。几乎每个孩子都有自己的烟斗，这也算是一种奢侈了吧，卡尔也弄来了一个并且很快便对它喜欢上了。可是在上班的时候不许抽，结果就是，在大寝室里，只要不是非睡觉不可，便人人都在抽烟斗。于是乎，每一张床都笼罩在一片每人自己吐出的烟雾中，一切都沉浸在腾腾的雾气里。虽然其实多数人原则上都同意夜里只在寝室的一头亮一盏灯，可是这一条却根本不可能得到贯彻执行。倘若这个建议得以贯彻的话，那么那些想睡觉的人就可以在半个黑暗的寝室里——这是一间四十个床位的大寝室——安安稳稳地睡他们的觉，其余的人就可以在亮处掷骰子、打牌，或干些其他需要灯光照明的事情。倘若一个人想睡觉了，而他的床却在半个寝室的亮处，那么他就可以睡在暗处的一张空床位上，因为空床位有的是，没有人对别人这样临时占用自己的床位表示些许的反对。但是这样一种安排没有一个夜晚会得到遵守的。譬如，总有那么两个人，他们利用暗处睡了会儿觉之后心血来潮，在他们的床上，在一块搭在两张床之间的木板上玩起扑克牌来了，他们理所当然地就拧亮了一盏合适的电灯，如果睡觉的人正好脸对着这盏灯，那么那刺眼的灯光便会刺得他们猛地跳起来。人们虽然还会来回翻几个身，但是最后也无可奈何，只好和同样被吵醒的邻床就着新亮起来的灯光也玩起扑克牌来。于是乎，所有的烟斗自然也就又冒起烟来。当然也有几个人，他们无论如何也要睡觉——卡尔通常均属此列——他们不是把脑袋枕在枕头上，而是将枕头盖在脑袋上，或者用枕头裹住脑袋；可是，如果邻床半夜三更起来，想在上班前还到城里去寻欢作乐一番，如果他在安装在自己床位一头的洗脸盆里哗啦哗啦、水珠飞溅地盥洗，如果他不但扑腾扑腾地穿靴子，而且还要跺跺脚使靴子穿在脚上更舒适些——尽管是美国的靴型，几乎所有人的靴子都太紧，最后，梳妆打扮时他发现还缺一样小物件，就掀起睡者的枕头，人家头蒙在枕头下面，其实早已被吵醒，便没好气地对他一顿臭骂，如果情况是这样，人们如何还能继续睡觉呢？可是他们却也都是体育运动员，是年轻的、通常都是身强力壮的小伙子，是不愿意错过进行体育锻炼的机会的。如果你半夜里被大吵大闹的声音惊醒而起，你准保会看到在你自己床旁边地上有两个摔跤运动员，还会在刺眼的灯光下看到在四周所有的床上笔挺地站着穿裤衩和背心的行家里手。有一次在进行一场这样的夜间拳击比赛的时候，拳击手中的一个被正在睡觉的卡尔绊倒，而卡尔睁开眼睛第一眼看到的就是从那孩子的鼻子里流出来的鲜血，人们还没来得及采取什么防范措施，整床被褥就被鲜血染红了。卡尔往往是在企图获得几个小时睡眠的尝试中度过几乎是那整整十二个小时的时光的，虽然他也很想参加别人的闲谈；可是他总是觉得，别人在生活上都领先他一段距离，他必须通过更勤奋的工作和清心寡欲来弥补自己的这个不足。虽然主要是从工作上考虑，他很重视睡眠，但是他既不向女厨师长也不向特蕾泽抱怨大寝室里的情况，因为首先，基本上所有的电梯工都在遭这个罪，大家都没怎么抱怨，其次，他怀着感激的心情从女厨师长手中接受了开电梯这份差事，而大寝室里的磨难正是他作为电梯工必须完成的一部分任务。

在交接班时，他每星期可以得到一次二十四小时的休息时间，他利用其中的一部分空闲时间去看望一两回女厨师长，瞅准了特蕾泽有那么一点空闲时间的时候去和她简短交谈几句，在随便什么地方，在一个角落里，在一条走廊上，难得在她的房间里。有时他也陪她到城里去办事，所有这些事情都必须极其迅速地办完。然后，卡尔拎着她的包，他们几乎奔跑着赶到最近一个地铁车站，列车行驶得飞快，仿佛它没有遇到任何阻力被那么一吸就吸过去了似的，他们不一会儿就已经下车，也不等电梯，因为他们嫌它太慢，就啪嗒啪嗒踏着阶梯而上，出站一看，只见一个个大广场，星罗棋布的街道从广场向四周分叉开去，四面八方径直汇来的交通洪流使广场喧嚣一片，可是卡尔和特蕾泽互相紧挨着急忙奔进各色各样的办公室、洗衣铺、仓库和商店，办理一些用电话不容易办妥、而又并非特别责任重大的订购业务和进行交涉。特蕾泽不久便发现，卡尔在这方面的帮助不容忽视，在他的帮助下许多事情办得快多了。有他作陪，她再也不必像从前那样往往是等着那些十分忙碌的生意人什么时候有空来听她的。他走到斜面桌前，不停地用指关节敲桌面，直敲到有人来答话为止，他越过人墙喊出他那还一直有点过分尖锐的、从成百个人的声音中轻易就能听得出来的英语，他毫不犹豫地向那些人走过去，即便他们已经神情傲慢地退回到最长的营业厅的深处也罢。他不是出于任性才这样做并且尊重各种阻力，但是他觉得自己有可靠的后盾，自己有这个权利，西方饭店不是一家可以等闲视之的主顾，况且特蕾泽尽管有办事经验，但毕竟也需要帮助。

“您就一直帮我一起干吧。”有时她乐呵呵地说，因为他们特别顺利地办完了一件事。

在卡尔逗留拉美西斯的一个半月的时间里，他只有三次在特蕾泽的小房间里待了较长的时间，有数小时以上。她的小房间当然比女厨师长的任何一个房间都小，摆在房间里的不多几样物件在某种程度上只是堆放在窗户四周而已，但是卡尔单凭他自己在大寝室里的亲身体验也就懂得一间自己的、比较安静的房间的价值，他即使不明讲，特蕾泽照样也看得出，他多么喜欢她的这个房间。她对他没有秘密，当初，第一天晚上她就来访，打那以后也就无需再对他保守什么秘密了。她是个私生子，她父亲是个建筑工的工头，把母女俩从波美拉尼亚接来了；可是就在她们到来之后不久，他没有多作解释便移居到加拿大去了，仿佛他把人一接来便已履行了自己的义务了似的，抑或仿佛他期盼的是别人，不是他从码头上接来的疲惫不堪的妇人和身体羸弱的孩子似的，被撇下的人既没有得到他的一封信，也没有得到有关他的别的什么消息，这在某种意义上也不足为奇，因为她们在纽约东部的下等投宿处消失得无影无踪了。

有一次，特蕾泽——卡尔站在她身旁，凭窗眺望大街——谈到她母亲的死。在一个冬日的夜晚，母亲和她——当时她可能五岁上下——怎样每人挟着各自的行李卷在街道上匆匆行走，寻找睡觉的地方。母亲起先怎样搀着她的手——当时风雪交加，她们步履艰难，后来手疲软无力了，她没有回头朝特蕾泽看一眼便将她松开，于是，特蕾泽便不得不使劲自己抓住母亲的裙子。特蕾泽时常跌跌撞撞，甚至摔倒，可是母亲像发了疯似的，不停下脚步。这漫长、笔直的纽约街道上的暴风雪呀！卡尔还没有经历过纽约的冬天。你顶着风走，风绕着圈儿转，你就一刻也睁不开眼，风不停地搓碎着你脸上的雪，你走呀走呀，却就是前进不了，这真是有点儿最后挣扎的味道。在这种时候孩子当然比成年人有利，孩子穿行在风头下面，对这一切还有点儿感到喜欢。就这样，当初特蕾泽也就没能完全理解她的母亲，如今她坚信，如果她在那天晚上——当时她还刚刚是个小黄毛丫头——对母亲态度聪明些的话，母亲也就不会死于非命了。当时母亲已经两天没有工作了，身上分文全无，白天没吃一口东西在野外度过，她们吃力地扛着行李卷里毫无用处的破布条儿四处奔走，她们也许是出于迷信才没敢把它们扔掉。现在有人已经答应她第二天早晨到一家建筑工地去干活，但是一如她整天试图向特蕾泽解释的那样，她生怕抓不住这个好机会了，因为她觉得自己极度疲劳，早晨就已经在巷子里咳出了很多鲜血，把行人都吓坏了，她惟一的心愿就是找个随便什么暖和的地方休息休息。偏偏今晚又找不到一块歇脚的地方。在那儿，她们倒是没有在大门通道里就被住房勤杂工赶了出来，而在那大门通道里她们本来倒总还可以稍许避避风寒、歇息歇息的；可是她们却进了那幢楼房，急匆匆穿过一道道狭窄、冰冷的走廊，爬过高高的楼层，绕着院子里狭小的平台转悠，毫无选择地敲门，起先不敢向任何人开口，后来又向她们迎面遇见的每一个人求助，有那么一两回，母亲气喘吁吁地在一道寂静的楼梯的台阶上坐下，将几乎是抗拒着的特蕾泽拉进自己怀里，痛苦地抿紧嘴唇吻她。如果你事后知道这是最后的亲吻，你就不会明白，哪怕你只是个小黄毛丫头，你怎么会那样糊涂，没看出这点来呢。她们从有些房间的门口走过，那些房间的房门都开着，为的是好把一种令人窒息的空气放出来，从像是由失火引起的、在房间里弥漫开来的腾腾烟雾中，只走出来某个人的身影，这个人站在门框里不是以其沉默不语的态度便是用简短的一句话证明相关的房间里无法留宿人。现在特蕾泽似乎回忆起，母亲只是在开头几个小时里认真寻找过栖身地，因为大约午夜过后，她大概再也没有恳求过谁，虽然直至拂晓前她除了稍稍歇息过几次，便一直不停地继续急速行走，虽然在这些楼门和单元门都没锁上的楼房里一直有人在活动并且你处处都会遇见人。当然，她们并不是在急速向前奔走，那只不过是她们能作出的一种极大的努力，其实也很可能只不过是慢慢往前挪步而已。特蕾泽也不知道，从半夜到凌晨五点她们是进了二十栋房屋，还是两栋或者甚至只进了一栋房屋。这些房屋的走廊是按照最佳利用空间的精明设计建造的，但是没顾及让人容易辨认方向；她们在同样的走廊里不知跑了多少回！特蕾泽还依稀记得，她们跑遍了一栋房屋的每个角落，后来又离开这栋房屋的大门，但是她分明又觉得，她们似乎在巷子里立刻转身又猛然扑进这栋房屋。对于这孩子来说，时而让母亲抓着，时而自己紧紧抓住她，听不到半句安慰的话，被拖着东跑西颠，这自然是一种无法理解的痛苦，而当初不懂事的孩子对于这一切似乎只有一个解释，这就是母亲想抛弃她。所以，即使母亲拉着她的一只手，为了安全起见，特蕾泽仍然用另一只手抓住母亲的衣裙不放，并且不时地嚎哭。她不愿意被留下，被遗弃在那些人中间，那些人在她们前面噔噔噔地上楼，那些人在她们后面，还没有为她们所看见，正从楼梯的一个转弯处后面走过来，那些人在一扇门前的过道里互相争吵，互相推推搡搡把对方推进房间里去。喝醉酒的人哼着低沉的歌在楼里游来荡去，母亲带着特蕾泽还算幸运地从这样的正在合拢起来的人群中溜了过去。夜深了，人们不再那么留意，谁也不那么顶真了，起码她们本来完全可以挤进企业主出租的公共大寝室中的一间里去，她们从几间这样的公共大寝室旁边走过，但是特蕾泽不懂，而母亲则不愿休息了。早晨，一个美丽的冬日开始了，她们俩靠在一幢楼的墙上，也许在那儿睡了一会儿，也许只是睁着眼睛呆望四周。后来发现，特蕾泽把自己的行李卷给丢了，母亲举手就要打特蕾泽，惩罚她疏忽大意，但是特蕾泽没听见打击声，没感觉到挨打。然后，她们穿过一条条开始热闹起来的胡同继续赶路，母亲靠着墙根走，她们走过一座桥，母亲在桥上用手擦去桥栏杆上的霜，最后正巧来到母亲那天早晨受雇干活的那个建筑工地，当初特蕾泽觉得这事没什么，今天她不明白这是怎么回事。母亲并没有告诉特蕾泽，她该等着还是离去，于是特蕾泽就把这当作要她等候的命令，因为这最符合她的心愿。于是乎，她就坐在一个砖瓦堆上，在一旁看着母亲打开行李卷，拿出一块花布条，用它系住她整夜都戴着的那块头巾。特蕾泽太疲倦了，连想都没想到应该去帮帮母亲。没有像通常那样到临时工棚里去报到，也没有问问哪个人，母亲径直就登上一个梯子，仿佛她自己就知道分配给她干什么活儿似的。特蕾泽感到奇怪，因为女运料小工一般只在下面和和灰泥、递递砖瓦并干些其他的简单的活儿。所以她想，母亲今天想干一桩工钱比较多的活儿了，便睡眼朦胧地仰脸向她微笑。建筑物还没向高处伸展出去，刚刚才盖了一层高，虽然高高的脚手架已然耸入蓝天，摆好了继续往上盖的架势，只是还没在架子上铺上木板而已。母亲在上面灵巧地绕开泥瓦工，他们正在一块一块地砌砖，竟令人不解地没有质问她，她小心翼翼用柔弱的手扶住一块作栏杆用的木头挡板，下面的特蕾泽刚在迷迷糊糊中惊叹这种熟练技巧，还以为看到了母亲投来的亲切的一瞥。可是母亲这时正朝着一小堆砖头走去，这堆砖头前面没有栏杆，大概路也断了，可是她不扶住栏杆，竟撞在那堆砖头上，她的熟练技巧似乎已经离她而去，她撞倒那堆砖头，随着砖头一道坠落下去。许多块砖头在她身后滚滚而下，最后，过了相当长时间之后，不知什么地方一块厚木板脱落，哗啦一声向她砸下来。特蕾泽对她母亲的最后的印象就是，她怎样叉开两条腿躺在那里，身上穿着那条还是从波美拉尼亚带来的方格裙，那块压在她身上的粗木板怎样几乎盖没她的全身，大家怎样从四面八方跑拢过来以及上面工地上不知哪个人怎样怒气冲冲朝下面嚷嚷着什么。

当特蕾泽结束她的叙述时，时间已经很晚了。她一反往日的习惯，讲得很详细，而且恰恰是讲述无关紧要的情节，例如在描述脚手架一个个独自耸入高空的时候，她往往不得不眼里噙着泪水顿住。当时发生的每一个细节，现在，十年之后，她仍然记得清清楚楚，而由于母亲在快要盖好的一楼楼顶上的样子是母亲这一生留给她的最后的纪念，怎么向她的朋友作介绍她都觉得不够清楚，所以她在叙述完毕之后还想再次回到这个话题上来，但她却顿住了，双手捂住脸，不再说一句话。

不过，在特蕾泽的房间里也有比较快乐的时光。就在第一次拜访的时候，卡尔便看见那儿放着一本商业信函实用教科书并经请求借到了这本书。双方同时谈定，卡尔要做教科书里的练习题并将它们交特蕾泽审阅，她根据自己平凡的工作的需要已研读过这本书。于是，卡尔便整宿整宿地躺在大寝室里下面他的床铺上，耳朵里塞着棉花，变换着各种各样的卧姿，埋头读书，用一支自来水笔将练习题涂写在一个小笔记本上，这支自来水笔是女厨师长为奖励他帮她编制出大宗财产清单并将其全部登录完毕而赠送给他的。他在做英语练习时不断向别的孩子们讨教，直到他们感到疲倦，不去打搅他时为止，从而成功地使别人的干扰往好的方面转变。他常常感到惊讶，其他人居然已经完全安于自己的现状，对自己工作的临时性质——大于二十岁的电梯工是不容许的——丝毫没有感觉，对有必要对自己未来的职业早作定夺没有认识，尽管有卡尔作榜样仍然什么书也不读，充其量只读侦探小说，脏兮兮的破书一床一床地传阅着。聚在一起时，特蕾泽便不厌其烦地改作业；出现了有争议的观点，卡尔搬出他那位纽约大教授来作证，但是教授和电梯工们的语法见解一样，对特蕾泽都不起什么作用。她拿过他手里的自来水笔，划掉她确信是错误的文句，但是遇到这样的有争议的情况时，为了精确起见，卡尔总是将特蕾泽划的杠杠重新划掉，虽然一般来说这儿没有比特蕾泽更高的权威了。不过，有时女厨师长走来，然后便总是作出有利于特蕾泽的裁决，这当然还不能令卡尔信服，因为特蕾泽是她的秘书嘛。不过，她同时也带来了普遍和解的气氛，因为她一来就煮茶、拿糕点，于是卡尔就得讲欧洲，当然，卡尔的话会不时被女厨师长打断，她一再地提问并惊讶不已，由此倒是让卡尔意识到，在相对来说较短的时间内那边多少事情已经发生了彻底的变化，他不在的时候有多少事情可能已经变了样子并且现在还正在不断地变化着。

卡尔大约已经在拉美西斯待了一个月了吧，一天晚上，雷内尔从他身边走过时对他说，一个名叫德拉马什的人曾在饭店前同他攀谈并向他打听卡尔的情况。雷内尔没有理由要隐瞒什么情况，就如实地讲了卡尔当电梯工，然而由于得到女厨长的提携还有希望得到完全不同的职位。卡尔察觉出，雷内尔受到德拉马什多么慎重的对待，那天晚上他甚至邀请他共进晚餐。

“我和德拉马什没任何关系了，”卡尔说，“你也提防着他点吧！”

“我？”雷内尔说，伸了个懒腰，匆匆走了。他是饭店里长得最清秀的男孩，在别的电梯工中间流传着一个谣言，谁也不知道是从哪儿传出来的，说是他被一位已经在饭店里住了好长时间的贵妇人至少是在电梯里吻过多次。对于知道这个谣言的人来说，看着那位自信的、从其外表上丝毫也看不出会做出这样的行为来的贵妇人，迈着她那从容、轻盈的步伐，戴着轻柔的面纱，身穿系得很紧的紧身胸衣，从自己身边走过，这无论如何也是很有诱惑力的。她住在二楼，雷内尔的电梯不是她专用的，但是如果别的电梯都满员了，人们当然也不能拒绝这样的客人乘另外一部电梯。就这样，这位贵妇人时不时就乘卡尔和雷内尔的电梯，而且果不其然，总是只是在雷内尔当班的时候。这可能是偶然，可是没有人相信这会是偶然，每逢电梯载着这两个人开走，在整个开电梯行列里便有一种费很大劲才克制下去的不满情绪，这种不满情绪甚至已经招致过侍者总管的干预。也许是由于这位贵妇的缘故，也许是由于那个谣言的缘故，反正雷内尔这个人变了，变得自信多了，把擦拭的活儿全交给卡尔去干，在大寝室里根本就再也见不到他的人影，而卡尔则已在等待机会，打算和他彻底谈谈这个问题。别人谁也没有这样完全退出了电梯工的这个集体的，因为一般来说，起码是在工作问题上，大家都是挺齐心协力的，并且有一个受到饭店经理部承认的组织。

卡尔在脑海里转悠着这一切，也想到了德拉马什，此外就是一如既往地上班干活了。午夜前后他可以稍许消遣一下，因为经常送小礼物让他惊喜的特蕾泽带给他一个大苹果和一条巧克力。他们闲谈一会儿，虽然一开电梯他们就得中止谈话，但是他们并不怎么觉得因此而受妨碍。话题也转到德拉马什身上，卡尔发现，如果说他一些时候以来就把他看作是一个危险人物的话，其实他这也是受了特蕾泽的影响，因为特蕾泽按照卡尔所讲的觉得他是这么一个人。然而，卡尔却基本上认为他只不过是个因遭到不幸而落难的流浪汉，还是可以和他打交道的。特蕾泽却竭力反对这种说法，苦口婆心要卡尔答应不要再和德拉马什说话。卡尔没有作出这个允诺，而是反复催促她去睡觉，因为午夜早已过了，当她不听劝说时，他便威胁说，他要离开自己的工作岗位送她回自己的房间去。当她终于表示愿意离开时，他说："特蕾泽，你为什么要这样瞎操心呢？为了好让你睡个好觉，我愿意答应你，只有在无法避免的情况下我才会和德拉马什说话。"随后，来了许多乘客，因为开旁边那部电梯的孩子被叫去帮忙干别的活了，于是卡尔就不得不开两部电梯。有客人在说秩序混乱了，一位先生陪同一位女士，甚至用散步用的手杖捅了捅卡尔，催他快开电梯，一种相当没有必要的催促。客人们既然看到一部电梯没有电梯工，你倒是起码赶快到卡尔的电梯这儿来呀，但是他们不，他们走到那部电梯跟前，待在那儿，手扶着门把手，或者甚至自己走进电梯，而按照严格的操作规程这是电梯工无论如何也应该加以防止的。就这样，卡尔跑来跑去，疲于奔命，可是他却并不意识到自己是在严格履行职责。此外，凌晨三点左右，一个提行李的老人想请他帮忙干件什么事，他和这个老人有一点儿交情，但是他眼下没法帮他这个忙，因为恰好他的两部电梯前都站着客人。他当即跨出几大步决定给一批人开电梯，这还真要有点沉着镇静的精神才能做得到，所以他很高兴，他看到另外那个电梯工又上岗了，便给他扔过去几句责备他长时间离开岗位的话，虽然他可能并不对此负有责任。

凌晨四点以后稍许安静了下来，不过卡尔也急需歇息片刻。他沉重地倚在电梯旁边的栏杆上，慢慢吃苹果，咬了第一口以后，那苹果便散发出一股浓郁的香味，从一个玻璃采光井往下看，这个采光井四周围着储藏室的大窗户，成串成串挂在窗户后面的香蕉在黑暗中闪着微光。

鲁滨孙事件

有人拍他的肩膀。卡尔当然以为这是一位客人，便急忙将苹果塞进口袋，几乎没瞅那人一眼，便向电梯奔跑过去。

“晚上好，罗斯曼先生，”可是此人却说，“是我，鲁滨孙。”

“您可真是变了样了！”卡尔边摇头边说。

“是呀，我日子过得挺好。”鲁滨孙说，并顺着自己的衣服往下看，一件件的衣服也许都相当精致，但是杂七杂八的，以致看上去竟显得破旧。最惹人注目的是一件显然第一次穿在身上的白色西装背心，它有四只镶黑边的小口袋，鲁滨孙挺起胸脯，试图由此而引起人们对他这件背心的注意。

“您穿高级衣服。”卡尔说着并不禁想起他那件漂亮、大方的衣服，他穿上那件衣服甚至可以和雷内尔一比高低，而这两个坏朋友却把它卖掉了。

“是的，”鲁滨孙说，“我几乎天天买几件穿。您觉得这件背心怎么样？”

“很好。”卡尔说。

“可是这不是真正的口袋，只不过是做成这种样子而已。”鲁滨孙说，他抓住卡尔的手，要卡尔自己去摸摸。但是卡尔往后退缩，因为从鲁滨孙的嘴里一股难闻的烧酒气味扑鼻而来。

“您又喝多了。”卡尔说，已经又站在栏杆旁边。

“不，”鲁滨孙说，“不多，”与他先前的心满意足心态自相矛盾地补充说，“否则人在世上还有什么意思。”一个客人乘电梯打断了这场谈话，卡尔刚刚回到楼下，有人便打来了一个电话，要卡尔去请饭店医生，因为八楼的一位女士昏厥过去了。去请医生时，他在心里暗暗盼望着鲁滨孙在此期间已经离去，因为他不愿意让人看见自己和他在一起，并且，心里想着特蕾泽的警告，也不愿意听说德拉马什的什么事。但是鲁滨孙露出一副醉酒者的呆板相还在等候着。这时，恰好有一位穿黑色小礼服戴礼帽的饭店高级职员从一旁走过，幸好似乎没有特别留意鲁滨孙。

“罗斯曼，您不想去我们那儿看看吗，我们现在日子过得很美气。”鲁滨孙用诱人的目光望着卡尔说。

“是您还是德拉马什邀请我？”卡尔问。

“我和德拉马什，我们一致邀请您。”鲁滨孙说。

“那我就告诉您并且请您把这句话转告德拉马什：如果说这件事就其本身而言意思还不清楚的话，那么，现在我就挑明了吧，我们那次告别是最后一次告别。你们两位给我造成的痛苦比任何人都多。你们也许在打什么鬼主意，往后也要让我不得安宁吗？”

“我们是您的伙伴嘛，”鲁滨孙说，眼里噙着醉态的、令人厌恶的眼泪，“德拉马什让我告诉您，他愿意赔偿您以前的全部损失。我们现在和布鲁娜妲住在一起，她是位出色的女歌唱家。”说罢，他就要引吭高歌唱一曲，倘若不是卡尔及时发出嘘声制止他的话："您别吱声，等一会儿；您简直不知道，您这是在哪儿！"

"罗斯曼，"鲁滨孙说，要唱歌的念头算是给吓退了，"我是您的伴儿嘛，您想说什么，您只管说。您在这儿干上了这么一桩美差，您可以接济我几个钱吗？"

"您只不过是又喝酒把钱喝光了，"卡尔说，"我看见您的口袋里甚至藏着一瓶烧酒，刚才我离开的那一会儿工夫，您准是喝了这瓶里的酒，因为起初您还相当清醒。"

"这只是我在路上为了提神才喝的。"鲁滨孙抱歉地说。

"我再也不想改变您了。"卡尔说。

"可是钱呢？"鲁滨孙睁大眼睛说。

"您大概是受到德拉马什的委托，要带钱回去。好吧，我给您钱，但是得有个条件，这就是您必须立刻离开这儿，永远不再到这儿来找我。如果您有什么消息要告诉我，您就写信给我。卡尔·罗斯曼，电梯工，西方饭店，有这个地址就够了。但是，我再说一遍，你决不可以再到这儿来找我。我在这儿当班呢，没有时间接待客人。您愿意接受这个条件拿这钱吗？"卡尔问，并把手伸进背心口袋，因为他决心把今晚得到的小费贡献出来。鲁滨孙只是对这个问题点了点头，便艰难地喘着粗气。卡尔把这解释错了，再一次问："愿意还是不愿意？"

这时，鲁滨孙示意他到他身边去，已经十分明显地摇晃着身体，悄悄说："罗斯曼，我很不舒服。"

"见鬼。"卡尔脱口而出，他用双手把他拖到栏杆边上。鲁滨孙顿时就张嘴往下吐了起来。在呕吐间歇的时候，他无可奈何地胡乱向卡尔蹭过去。"您确实是个好小伙子，"然后他说，或者说，"马上就不吐了，”而实际上却远没有吐完呢，或者说：“那些狗杂种，他们在那儿给我灌了些什么酒呀！”卡尔既担心又厌恶在他身旁再也忍受不下去了，便来回踱起步来。这儿，在电梯旁边的角落里，鲁滨孙还隐蔽一些，可是如果有人发现他，如果一个神经质的、富有的客人发现他，这些客人就会等着向跑过来的饭店管理人员抗议，这位饭店管理人员然后就因此而向全体工作人员进行报复，抑或如果这些不断变换着的饭店侦探中的一个从这儿走过，要知道除了饭店的管理部门以外谁也不认识那些侦探，每一个也许只是由于近视而露出审视的目光的人都被人认为是侦探，如果出现这样的情况，那又该如何是好。餐厅部是通宵不停止营业的，下面只要有人要到储藏室里去，惊讶地发现玻璃采光井里那一堆呕吐物并打电话来问卡尔，天哪，上面究竟出了什么事。到时候卡尔能不供出鲁滨孙来吗？假如他供出鲁滨孙，愚笨的鲁滨孙在绝望之中就不会非但不作任何道歉，反倒恰恰把卡尔牵连进去？然后不是卡尔立刻就得被开除吗，因为发生了闻所未闻的事了，一个电梯工，这家饭店服务人员巨大的等级阶梯上最低下、最无关紧要的雇员，居然让自己的朋友弄脏饭店并且让客人受惊吓或者干脆把客人赶跑了？人们还能继续容忍一个有这样的朋友的电梯工吗，他在自己当班的时候居然让他们来找自己玩儿？这情况看上去岂不完全就好像，这样一个电梯工自己就是个酒鬼，或者甚至是个更邪恶的家伙，因为还会有哪个猜想比这个更有说服力呢：他长期用饭店储存的食品大把大把喂养他的朋友们，一直喂到他们在这同一家保持得干干净净的饭店里随便哪个场所像现在鲁滨孙那样将这样的食品呕吐出来？这样一个孩子为什么会只限于偷窃食品呢，因为众所周知客人们个个都粗心大意，到处都是敞开着的柜子，桌子上四处摆放着贵重物品，打开着的首饰盒，漫不经心随意乱扔的钥匙，在这种情况下，偷窃的机会多得简直数也数不清呀?

卡尔恰好看见远处有客人从一间地下室酒店里上来,那里的一场游艺演出刚刚结束。卡尔走到他的电梯跟前,根本不敢回头看一眼鲁滨孙,因为他害怕他将会看到的情景。令他略微感到宽慰的是,他没有听到那儿发出一声响声,连一声叹息声也没有。他虽然在侍候他的乘客,与他们一起乘电梯上去、下来,但是他无法完全掩饰自己心不在焉,每次往下去的时候他都准备着在楼下会遇上意想不到的难堪的事。

终于他又有时间去看鲁滨孙了,此人躲在角落里缩成一团,把脸压在膝盖上。他已经把他那顶硬邦邦的圆宽檐帽从额头推到后脑勺上。

"现在您就走吧,"卡尔小声、断然地说,"这儿是钱。如果您赶快走,我还能告诉您一条捷径。"

"我怕是走不了了,"鲁滨孙用一块小手绢擦擦额头说,"我会死在这儿的。您想象不出,我现在多么难受。德拉马什到处带着我下高级饭馆,可是我穿这种装模作样的衣服真受不了,这话我天天都对德拉马什说。"

"这儿您可不能待,"卡尔说,"您想一想,您现在是在哪里。如果人家发现您在这里,您就会受到惩罚,我就会丢掉我的饭碗。您愿意这样吗?"

"我走不了了,"鲁滨孙说,"我还不如从这儿跳下去呢。"说着,他从栏杆间往玻璃采光井里指了指,"如果我在这里这么坐着,我还能忍受得了,但是我站不起来,您刚才离开的那会儿,我已经试过了。"

"那我去叫一辆车来,您坐车去医院。"卡尔说,稍许晃了晃鲁滨孙的两条腿，他随时都有陷入全然漠不关心状态的危险。但是鲁滨孙一听到医院这个词儿，这个似乎在他心头唤起可怕想象的词儿，他便号啕大哭起来并向卡尔伸出双手请求宽恕。

“别出声。”卡尔说，轻轻一巴掌把他的双手打下去，走到一个电梯工的跟前，他在夜里曾给这个开电梯的顶过班，请他同样代劳片刻，急忙回到鲁滨孙身边，用尽全身力气，把这个一直还在啜泣的人扶起来并悄悄对他说：“鲁滨孙，如果您想让我来照顾您，那么，您可就得自己使劲，现在就挺直身子走一小段路。我带您到我的床上去，您可以在我的床上一直待到您觉得舒服了为止。您会感到惊讶的，因为您很快便会恢复过来。可是现在您要放明白点，因为走廊里到处都是人，而且我的床位也是在一个公共大寝室里。您只要引起人家哪怕是一点点的注意，我对您就什么忙也帮不上了。您的眼睛您得睁开着，我不能像拖着一个危重病人那样拖着您到处乱跑。”

“只要您认为是对的，我什么都愿意干，”鲁滨孙说，“可是您单独一人是扶不动我的。您不能把雷内尔也叫来吗？”

“雷内尔不在这里。”卡尔说。

“啊，是的，”鲁滨孙说，“雷内尔和德拉马什在一起。是这两个人派我来找您的。我把什么都搞混了。”卡尔利用鲁滨孙莫名其妙的自言自语，推着他往前走，也还幸运地和他一道一直走到一个角落里，一条灯光比较黯淡的走廊从这里通向电梯工们的大寝室。这时，恰好一个电梯工急急忙忙向他们奔跑过来，从他们身旁一掠而过。直到现在为止，他们倒也只遇到过一些没有什么危险的情况；因为四五点之间是最安静的时间，卡尔心里明白，如果他现在不能把鲁滨孙拽走，天一亮，白天的活动一开始，那就根本不可能把他弄走了。

大寝室里，在这寝室的另一头，恰好有人正在大打出手，或者在举办别的什么活动，人们听到有节奏的拍手声，激烈的跺脚声和体育比赛式的喊叫声。在靠近门口的这半个寝室里，人们只看见不多几个人不为所动地仍在床上睡觉，大多数人仰卧在床上，凝视着空中，这当儿，时不时有一个人或恰好身穿衣服或恰好一丝不挂地跳下床来，去看寝室另一头的事态发展。就这样，卡尔把已经渐渐有些适应了行走的鲁滨孙相当不引人注目地带到雷内尔的床上，因为这个床位离门很近，而且幸亏没被占用，而他远远地看到，他自己的床上却正躺着一个他根本不认识的陌生男孩，在安安稳稳地睡觉。鲁滨孙刚一沾上床，他立刻就——一条大腿从床上耷拉下还在晃动——睡着了。卡尔将被子向上拽，盖住他的脸，相信至少暂时可以不必担心，因为鲁滨孙肯定不会在早晨六点以前醒过来，到那时候，他将会返回这里，然后，也许就和雷内尔一道，找到一个把鲁滨孙送走的办法。只有在特殊情况下，高层管理机构才派人查看大寝室，从前的那种通常的一般性检查若干年以前就在电梯工们的抗议下取消了，所以，从这方面来说也没有什么可以害怕的。

当卡尔回到他的电梯那儿时，他看到，他的电梯以及他与他相邻的那部电梯都恰好在向顶上升去。他焦躁不安地等待着，不知这究竟是怎么一回事。他那部电梯下来得早一点，只见从电梯里走出来的就是不多一会儿以前在走廊里走过的那个男孩。

“咳，罗斯曼，你哪儿去啦？”此人问，“你为什么走开了？你为什么不报告？”

“可是我告诉他了呀，要他顶我一会儿班嘛，”卡尔一边回答，一边指了指开旁边那部电梯的孩子，他正走过来，“我也曾在上下乘客最多的时候替他开过两个小时之久的电梯的嘛。”

“这一切都很好，”对方说，“但是这不符合规定呀。你难道不知道，在班上哪怕离开一小会儿工夫也要向总管办公室报告吗？你这儿有电话机嘛。我倒是很乐意顶你的班，可是你知道的，这不那么容易呀。两部电梯前恰好都是四点三十分特快列车上新来的客人。我不能先开你的电梯，让我的客人等着，所以我就先开着我的电梯上去了！”

“后来呢？”卡尔神情紧张地问，因为两个男孩都沉默不语了。

“后来，”开旁边那部电梯的男孩说，“恰好总管从这儿走过，看见客人们站在你那部没人开的电梯前，便火冒三丈，这时我赶快奔跑过来，他问我，你在哪儿，我不知道呀，因为你压根儿就没告诉我你去哪儿，于是他就马上打电话到大寝室，立刻另外叫来了一个男孩。”

“我还在走廊里遇见过你呢。”顶卡尔班的人说。卡尔点点头。

“当然啰，”另外那位电梯工竭力申明道，“我立刻就说，你曾请我代你的班，可是这种申辩难道他会听得进去吗？你大概还不了解他。他要我们转告你，他要你立刻到他的办公室去。你还是别耽搁时间，快去吧。也许他还会原谅你这一回，你确实只离开了两分钟。你完全可以提出，你请我代班了。至于你曾经代过我的班，这一点你还是别谈的好，听我的错不了，我不会出什么事，我是得到许可的，可是现在去谈论这样一件事，还把这两件不相干的事情扯混在一起，这样做不好嘛。”

“我这是第一次离开我的工作岗位。”卡尔说。

“事情总是这样的，只不过人家就是不相信罢了。”那男孩说，并向他的电梯跑过去，因为这时有人要上电梯了。

那个顶卡尔的班的，一个大约十四岁的男孩，他显然同情卡尔，他说：“已经出过许多起事件，这种事情他们都原谅了。一般来说都改派别的活儿。为了一件这样的事而被开除的，据我所知，只有一个人。你得想出一个好的托词来。你决不要说，你突然觉得不舒服了，他会讥笑你的。比较好的招儿是，你说，一个客人让你去向另一个客人转达一个紧急的口信，你现在记不得，谁是第一个客人，而那第二个客人你没能找到。”

“哟，”卡尔说，“不会这么严重的吧。”按照他听到的这一切来判断，他再也不相信会有什么好结果。即便这次失职行为会得到宽恕，里面大寝室里还躺着鲁滨孙这个活生生的罪证呢，而且从总管那暴躁的性格来看，他多半不会草草调查一下就了事，终究还是会把鲁滨孙搜寻出来的。大概并没有不许带陌生人进入大寝室的明文禁令，但是之所以不存在这个禁令，也仅仅是因为想象不出来的事情不禁止而已。

当卡尔走进总管办公室时，此人正坐着喝早晨咖啡，啜饮了一口，便又埋头阅读显然是由同样也在场的饭店门卫班长给他送来的一份表格。这是一个身材高大的男子，他那身厚实、挂有许多装饰物的制服——肩上以及顺着胳臂往下还蜿蜒伸展着金色链条和带子——使他的身材显得比实际上更魁伟。又黑又亮的小胡子，胡子梢成尖形，就像匈牙利人蓄的那种，即使脑袋以最快速度摇动这小胡子也纹丝不动。况且，由于这套行头，他的动作压根儿就不灵活并且站立时不用别的姿势，他总是叉开着两条腿，以便合理分摊身体的重量。

卡尔是不拘礼节、急急忙忙地走进来的，这是他在这儿饭店里养成的习惯，因为慢条斯理和小心谨慎，这对于一般人来说意味着是有礼貌，可是对于电梯工来说，却被认为是懒惰。另外，也不是非得一定要在进门时就让人家看出他有负疚感嘛。总管虽然匆匆朝正在开启的门瞥了一眼，但是随后立刻又回过头去喝他的咖啡读他的材料了，没有再理睬卡尔。但是门房也许觉得卡尔一来自己受到惊扰了，也许他要报告一个什么机密消息，或者提出一个请求，反正他每时每刻都低垂着僵硬的脑袋恶狠狠地瞅他，随后，一旦显然是正合其意地与卡尔的目光相遇，便又把脸转向总管。而卡尔却认为，既然他已经到了这里，如果他现在没有得到总管的相应的命令便又离开这间办公室，这样做是会产生不好的印象的。而总管却仍在研读表格，一边吃着一块糕点，还不时地把糕点上的白糖抖搂下来，而又不停止阅读。有一回，一页表格掉到地上，门房连做一下试图拾起它来的动作都没做，他知道，这件事他办不成的，这也没有必要，因为卡尔已经趋上前来，把那页纸递给总管，总管顺手从他手中接过那页纸，瞧他那神态，仿佛那页纸是自动从地上飘起来似的。整个儿这一小小的效劳毫无用处，因为门房依然没有收敛他那恶狠狠的目光。

尽管如此，卡尔还是比以前更镇静了。他的事情在总管看来似乎不怎么重要，这件事本身就可以被看作是个好兆头。说到底，这也是可以理解的嘛。一个电梯工自然根本就无足轻重，所以是不可以无知妄为的，但是正因为他无足轻重，他也就不会做出什么不寻常的事情。毕竟总管年轻时自己做过电梯工——他还是这一代电梯工的骄傲呢，是他第一次把电梯工们组织了起来，而且他一定也有那么一回未经允许就离开自己的工作岗位，尽管现在当然谁也不会强迫他去回忆这件事，尽管人们也不可以忽略了，正是因为曾当过电梯工，所以他才往往会用毫不容情的严厉态度来整饬这个行当，以恪尽职守。此外，卡尔可是就寄希望于时间的向前移动了。按照办公室里的时钟，现在已经五点一刻，雷内尔随时都可能会回来，也许他甚至已经在这儿了，因为鲁滨孙没有回去，这必然会引起他注意的，而且正如卡尔现在想起来的，德拉马什和雷内尔可能根本就待在离西方饭店不远的地方，因为不然的话，鲁滨孙身体那样虚弱也就不会找到路摸到这儿来了。如果现在雷内尔发现鲁滨孙在他的床上，如果果真如此，那就万事大吉了。因为像雷内尔这样讲实际的人，尤其是如果事情涉及自身利益的话，他定会想办法立刻把鲁滨孙从饭店里弄出去的，而且这件事也比较容易办到，因为在这期间鲁滨孙已经稍许恢复了一下体力，况且也许德拉马什就在饭店前面等着接他呢。可是如果鲁滨孙已经被打发走，那么卡尔对付总管心里就踏实多了，这一回也许挨一顿训斥，哪怕是严厉的训斥吧，他也就能渡过这一难关了。然后他再去和特蕾泽商量，他是否可以把实情告诉女厨师长——就他本人而言，他看不出有什么不可以的，很可能，这件事没造成什么特别的损失就可以彻底地了了。

正当卡尔经过这样一番考虑情绪稍有平静，正要悄悄点一点今晚到手的小费，因为凭感觉他就知道今天的小费收入似乎特别丰厚，这时，总管说了声“费奥多尔，请您再等一会儿吧”，就把那份表格放到桌子上，敏捷地跳起来，冲着卡尔大声嚷嚷，吓得卡尔目瞪口呆，直愣愣地盯着那张黑洞洞的大口。

“你未经允许离开岗位。你知道，这意味着什么吗？这意味着解雇。我不愿听辩解。你那一套信口胡编的借口你还是收起来的好，对我来说，你不在岗位上，这个事实就完全足够了。如果我容忍并原谅这一回，到头来所有四十个电梯工都会在上班时跑掉，我就得一个人把我的五千个客人背上楼去。”

卡尔不吭声。门房走过来，把卡尔那件起了几个褶儿的短上衣往下拽了拽，无疑是为了促使总管特别注意卡尔在着装方面的这一小小的纰漏。

“你也许是突然身体不舒服了吧？”总管狡黠地问。

卡尔用审视的目光望着他，回答说："不是。"

"原来连身体不舒服都没有？"总管嚷嚷得更凶了，"那么你一定已经编好了一个了不起的谎言了。你有什么好说的？快说吧。"

"我不知道，我必须打电话请求准假。"卡尔说。

"这真有趣。"总管说，抓住卡尔的上衣领子，几乎是把他两脚悬空地提到钉在墙上的电梯操作规章前面。门房也跟在他们后面向墙边走去。"这儿，念！"总管指着一条条款说。卡尔以为是要他给自己默念。"大声念！"总管却命令说。

卡尔没有大声念，却抱着可以更好地平息总管怒气的希望说："我知道这个条款，我也拿到过操作规章并仔细读过。但是恰恰是这样一条人们永远不需要的规定，竟被忘了。我已经干了两个月了，从来没有离开过我的岗位。"

"所以现在你就要离开它了。"总管说，向桌子走去又拿起那份表格，仿佛想继续读它似的，却把它砸在桌上，仿佛它是一张无用的破纸片，额头和面颊涨得通红，在房间里交叉来回踱步。"为了这么一个捣蛋鬼就得遭这份罪！值夜班闹得个鸡犬不宁！"他怒气冲冲地喊了几次。"您知道吗，当这儿这个家伙离开电梯的时候，恰好是谁想乘电梯上楼去？"他转身向门房道。接着，他举出了一个人的名字，门房当然熟知全部客人的情况，一听这个名字禁不住打了一个寒战，便很快朝卡尔瞥了一眼，仿佛卡尔的存在便是一份证明书似的，证明了那位叫那个名字的人在一部跑掉了电梯工的电梯前不得不白白等了好长一段时间。

"真是可怕！"门房露出无限忧虑的神色对着卡尔徐徐摇摇头说，卡尔则沮丧地望着他，心想自己这下将不得不因这个人的理解迟钝而遭殃了。

“而且我也已经认识你了，”门房伸出他那粗壮而僵硬的食指说，“你是惟一的一个一贯不问候我的电梯工。你究竟是何居心！每一个从门房间旁边走过的人都必须问候我。对其他的门房你爱怎么办就可以怎么办，可是我要求受到问候。虽然有时我装出不在意的样子，但是你完全可以放心，谁问候我谁不问候我，我心里很清楚，你这个无赖！”说罢，他转身离开卡尔，昂首阔步向总管走去，而总管却吃罢早饭，正在浏览一张一个仆人刚刚送进办公室里来的晨报，没有对门房的事发表什么评论。

“门房班长先生，”卡尔说，他想乘总管不注意至少把门房的这件事先解决了，因为他懂得，门房的这个指责也许伤害不了他什么，可是此人的敌对情绪却对他很不利，“我肯定是问候您的。我在美国时间还不长，我出生在欧洲，众所周知，人们在欧洲问候之频繁远远超出需要的程度。这个习惯我当然还没有完全能够改掉，两个月前，我在纽约偶然与比较上层的圈子里的人交往，人们一有机会就劝我别那样过分拘泥于礼节。而我却偏偏会没有问候您！我每天都问候过您几次。可是当然我也不是每次见到您都问候您，因为我每天从您身旁走过一百次呢。”

“你必须每次都问候我，每次，毫无例外，你和我讲话的时候，自始至终你都得把帽子拿在手里，你必须永远用‘门房班长’称呼我，而不是用‘您’。每次都得这样，每次。”

“每次？”卡尔轻声用询问的口吻重复道，现在他回忆起，在他逗留此地的这段时间里他一直受到这位门房的严厉和责备的目光的注视，从那第一天早晨起就已经如此，那天早晨他在对自己的侍候人的身份还不太适应的情况下有点儿太冒失，竟毫无顾忌地、烦冗而急切地向他询问，是不是有两个小伙子来打听过他并给他留下一张照片。

“现在你看到了，这样一种态度会导致什么结果，”门房又走回到卡尔的身边，指着还在读报的总管说，仿佛此人是他的复仇代理人似的，“以后不管你在哪儿干活，你都要问候门房，哪怕也许只是在一家下等酒吧间里也不例外。”

卡尔认识到，他实际上已经丢掉了自己的职位了，因为总管已经说过这话，如今门房班长又作为既定事实重复这句话，开除一个电梯工大概用不着得到饭店经理处批准的。诚然，事态发展得比他想象的快，因为毕竟他已经竭尽全力地干了两个月，肯定比某些电梯工干得更好。但是在关键时刻，在世界上的任何一个角落，不管是在欧洲还是在美国，显然没有人会顾及这些情况的，对事态发展作出决断的，将是一个人在勃然大怒时信口作出的判决。也许现在最好的办法是，他立刻就辞别而去，女厨师长和特蕾泽也许还在睡觉，为了避免当面告别引起她们对他的行为感到失望与悲哀，他还是写信告别，迅速收拾好行李，悄悄地离去为妙。可是如果他即使还只待一天，他当然也需要稍许睡一会儿，那么，等待着他的就不是别的，而是把他的事大加渲染、引起轰动，各方面的指责，特蕾泽的、也许甚至还有女厨师长的那副叫人受不了的眼泪汪汪的模样。可是另外一方面，他觉得怅惘，在这里他站在两个敌人的对面，他说出来的每一句话不是遭到这一个，便是遭到另一个的指摘和曲解。所以他沉默不语，暂时享受着笼罩在房间里的宁静气氛，因为总管还一直在读报，而门房班长则在按页码整理他那份撒在桌面上的表格，他眼睛显然近视，整理起来很吃力。

总管终于打着哈欠把报纸放下，瞥一眼卡尔，证实此人还在，按响桌上的电话铃。他喊了几次“喂！”但是没有人接电话。“没有人接，”他对门房班长说。卡尔看得出来，门房班长一直怀着特殊的兴趣在观看打电话，这时，门房班长说："现在已经五点三刻。她肯定已经醒了。您把声音拨大一点。"正在这时候，没有再拨电话，对方自己打来了电话。"这里是总管伊斯巴里，"总管说，"早晨好，女厨师长太太。我没有把您给吵醒了吧？我感到很抱歉。对，对，已经五点三刻了，但是我真心诚意地感到抱歉，我让您受惊吓了。您曾想在睡觉时把电话机关掉。不，不，真的，我没有任何理由，特别是因为我想找您谈的这件事情是一桩不足挂齿的小事。可是我当然有时间，您请便，如果您觉得可以的话，我就守在电话机旁。"

"她准保是穿了睡衣来接电话的。"总管微笑着对门房班长说，整个这段时间里此人一直神情紧张地俯身注视着那部电话机。"我确实把她叫醒了，她一向都是让在她那儿打字的那个小姑娘叫醒自己，这小姑娘今天一定是破例误了事了。我感到抱歉，我把她叫醒了，她本来就神经过敏。"

"为什么她不讲话了？"

"她去看那姑娘出了什么事了，"总管回答时已经把听筒贴在耳朵上，因为电话铃又响了，"会找到她的。"他对着话筒继续说，"您不要对什么都这么担惊受怕的嘛。您确实需要好好休息。那好吧，我冒昧问一下。这里有一个电梯工，名字叫"——他带着询问的目光向卡尔转过身去，卡尔一直注意地听着，便立刻说出自己的名字，帮了他一把——"名字叫卡尔·罗斯曼。如果我没记错的话，您曾对他有过一点儿兴趣；可惜他辜负了您的一片好心，他未经允许就离开了自己的工作岗位，由此给我造成了极大的、现在还无法估量的麻烦，所以我刚才把他辞退了。我希望，您不要把这件事看得过于严重了。您说什么？辞退，是的，辞退。可是我告诉您了嘛，他离开了自己的工作岗位。不，在这件事上我确实不能向您让步，亲爱的女厨师长太太。这件事关系到我的威信，是要担很大的风险的，这么一个孩子会把整个队伍的作风败坏的，恰恰是对电梯工我们必须极其留神。不，不，在这件事上我不能帮您这个忙，尽管我一向愿意竭诚地为您效劳。即便我不顾一切让他留在这里的话，这不会有别的什么意义的，只会给我留下一个祸根，为了您的缘故，是的，为了您的缘故，他也不能留在这儿。您对他表示关心，可是他根本不配，由于我不仅认识他，而且也认识您，所以我知道，这准会让您感到大失所望的，而这正是我无论如何也要加以避免的。我完全直言不讳，虽然这个不思改悔的孩子站在我面前几步远的地方。得辞退他，不，不，不派他做别的工作，他完全不能用了。此外也还有人对他提出别的指控。譬如门房班长，怎么样，什么呀，费奥多尔，是的，费奥多尔抱怨这个孩子无礼和粗野。嗯，这还不够吗？哟，亲爱的女厨师长太太，您为了这个男孩而迷失您自己的本性了。不，您不可以这样来折磨我。”

这时，门房俯身对着总管的耳朵悄悄嘀咕了几句。总管起先惊讶地望着他，然后就那样快速地对着电话机说话，以致卡尔一开始竟并不能完全听懂他说的话，就踮着脚尖走近两步。

“亲爱的女厨师长太太”，卡尔听见总管在说，“直说了吧，我简直不敢相信，您看人竟如此缺乏眼力。刚才我听说到一些有关您这位宝贝孩子的情况，这些情况将彻底改变您对他的看法，我几乎感到遗憾的是，偏偏得由我来把这些情况告诉您。原来这位高尚的少年，您称他是守礼仪的楷模，没有一个不当班的夜晚他不跑到城里去的，每次他总是早晨才从城里回来。哟，哟，女厨师长太太，这是有证人加以证实了的，无可指摘的证人，是的。现在您也许可以告诉我，这寻欢作乐的钱他是从哪儿弄来的吗？他怎么还会聚精会神地上班？也许您也还要我向您描述一番，他在城里干些什么勾当吗？摆脱掉这个孩子我可是刻不容缓。请您以此为戒，对流浪汉我们应该多加小心才是。”

“可是，总管先生，”卡尔嚷嚷道，他简直如释重负了，因为这里似乎发生了天大的误会，它很可能还会导致一切出乎意外地好转起来，“事情肯定搞错了。我相信，门房班长曾告诉您，说我每天夜晚都外出。可是这完全是不对的，相反，我天天晚上都在大寝室里，这一点所有的男孩都可以证明。如果不睡觉，我就学商业通信，可是我一宿也没有离开过大寝室。这一点是很容易证明的。门房班长先生显然把我跟别人混淆了，现在我也明白了，他为什么以为我不问候他。”

“您快给我闭嘴，”门房班长喊道，并挥舞拳头，换了别人，大概会挥动一个手指头的，“我会把你跟别人混淆的！对了，那我岂不就当不成门房班长啦，如果我把人们都搞错了的话。我已经在职三十年，还从来没有把人搞混过呢，从那时候起我们有过几百个领班，他们一定可以为我作证，可是在你身上，好小子，我会把人搞混淆了的。在你身上，凭着你这张引人注目的、光溜的鬼脸。这有什么会混淆的！你可以每天夜里都从我背后跑进城里去，我仅仅凭你这张脸便可证明，你是个货真价实的无赖。”

“算了吧，费奥多尔！”总管说，他同女厨师长太太的电话交谈似乎已经突然停止。“事情很简单。问题根本就不在于他的夜间娱乐活动。他也许是企图在离去之前还诱使我们对他的夜间活动进行一场大规模调查。我已经可以想象得出来，这样干他正巴不得呢。这就可能要把四十个电梯工都叫上来，听取他们作证，他们当然也统统把他混淆了，于是，渐渐地全体饭店工作人员都必须出来作证，饭店自然就得中止一段时间营业，这样，他最后被赶出去的时候，至少他已经把我们愚弄了一番了。这种事我们还是别干的好。女厨师长，这位好心的太太，已经让他给耍了，千万别再上他的当。我什么也不想听；你因失职已被当场解除职务。这儿我给你一张支付通知，你的工资就发到今天为止。顺便提一句，根据你的态度——我们私下说说——这简直是白送的，是我看在女厨师长太太的份上送给你的一份礼。”

这时有人打来一个电话，使总管不能立刻在支付通知上签字。“今天这帮电梯工净给我找麻烦了！”他听了头几句话便嚷嚷开了，“这简直太不像话了！”过一会儿他嚷道。他转脸对饭店门房说：“劳驾，费奥多尔，看住这家伙一会儿，我们还有话要跟他说。”说罢，他向电话机里命令：“立刻上来！”

现在门房班长至少可以尽情发泄私愤了，这是他凭嘴讲话无论如何也做不到的。他紧紧抓住卡尔的上臂，但是这不是那种毕竟还能忍受得了的平稳的抓人动作，而是他时不时地一松手，旋即又抓住，并且越抓越紧，他身强力壮似乎有使不完的劲，卡尔眼前顿时便一片黑暗。他不仅抓住卡尔，而且仿佛他也得到要同时拉伸他的命令似的，他也时不时地把他往上拉并摇晃他，一边还一再用半询问的口吻对总管说：“我现在还会不会把他看错，我现在还会不会把他看错。”

当电梯工班长，一个叫贝斯的，一个永远发着呼噜声的胖男孩走进来，并稍稍吸引住了门房班长的注意力的时候，卡尔才算得到了拯救。卡尔感到疲惫不堪，以致当他诧异地看见特蕾泽在那孩子背后脸色煞白、衣履不整、头发蓬乱着悄悄走进来时竟几乎没打招呼。瞬间，她便来到他身边并悄悄问：“女厨师长已经知道了吗？”

“总管已经打电话告诉她了。”卡尔回答。

“那就好了，那就好了。”她赶快说，眼睛闪着明快的光。

“不，”卡尔说，“你不知道，他们对我有什么看法。我必须离开这儿，女厨师长也已经对此确信不疑了。请你别呆在这里，上去吧，我随后会来向你告别的。”

“可是，罗斯曼，你想去哪儿啦，只要你喜欢，你完全可以留在我们这儿。女厨师长要办的事，总管样样都会去干的，他爱她呀，这是我最近知道的。你只管放心好了。”

“唉，特蕾泽，现在你走吧。你在这儿，我就不能有效地为自己辩护。而我又必须很好地为自己辩护，因为人们对我提出了许多谎言。可是我越是注意，给自己辩护得越好，我也就越有希望留下。所以，特蕾泽——”可惜他突然感到一阵疼痛，便万般无奈地轻声补充说，“要是这个门房班长能把我放开就好了！我以前根本不知道，他是我的敌人。瞧他老不停地拧我、拽我！”“为什么我说这个呀！”他同时在想，“没有一个女人会平心静气地听这种话的。”果不其然，没等到他用那只自由的手将她拦住，特蕾泽就转过身去对门房班长道：“门房班长先生，请您立刻放开罗斯曼，您弄得他好痛。女厨师长太太立刻亲自来这儿，到时候我们就会看到，他全是冤枉的。您放开他；折磨他，会给您带来什么快活呀！”说着，她甚至去拉门房班长的手。“命令，小姐，命令。”门房班长说，并用空着的那只手热情地把特蕾泽拉向自己怀里，与此同时，他用另一只手甚至使劲压住卡尔，仿佛他不仅想给他带来痛苦，而且也仿佛他对这条他拥有的胳臂抱有一个特殊的目的，这个目的还远没有达到。

特蕾泽花费了一些时间才从门房班长的搂抱中挣脱出来，正想找一直还在听噜里噜苏的贝斯讲话的总管替卡尔说情，这时，恰好女厨师长迅步走了进来。

“谢天谢地！”特蕾泽喊道，一时间人们在房间里什么也没听见，只听见这句响亮的话。总管立刻从座位上跳起，把贝斯推到一边。

“您亲自来了，女厨师长太太？为了这件小事？我们在电话里谈过之后，我能预感到会这样，但是我确实没想到您还真会来。可是您的被保护人的事情却变得越来越糟糕了。我担心，我果真不辞退他，而是必须把他关押起来。您自己听吧。”说着，他招手让贝斯走过来。

“我想先和罗斯曼说几句话。”女厨师长边说边在一把沙发椅上坐下，因为总管再三请她就座。

“卡尔，你过来。”随后她说。卡尔走近或者不如说是被门房班长拖近过来。“您放开他，”女厨师长太太生气地说，“他不是谋财害命的凶手！”门房班长果真将他放开，但是松手前还狠狠地捏了他一把，捏得他怎么拼命控制也忍不住泪水涌进眼眶。

“卡尔，”女厨师长说，平静地将两手放在膝间，低头望着卡尔——这根本就不像审问，“首先我要告诉你，我仍还完全信任你。总管先生也是一个公正的人，这一点我可以担保。从根本上来说，我们俩都愿意让你留在这里”——说到这里，她朝总管匆匆瞥了一眼，仿佛她是在请求他不要打断她的话似的。他果然没插话。“迄今为止人们也许在这里对你说了些什么，这些话你都把它们忘了吧。尤其是门房班长先生对你说的话，你更别往心里去。他是个情绪冲动的人，所以他这样干也不奇怪嘛，但是他也有老婆和孩子，知道人们犯不着去折磨一个孤苦伶仃的孩子，这种事有人会妥善处理的。”

房间里鸦雀无声。门房班长露出企求澄清的神色看了看总管，总管则看了看女厨师长，摇了摇头。电梯工贝斯在总管背后傻笑。特蕾泽悲喜交集，嘤嘤啜泣起来，竭力不让人听见。

而卡尔却没有正眼去看无疑正期待着他的目光的女厨师长，而是愣愣地望着地板，虽然这只可能被理解为不祥的征兆。他的胳臂抽搐着，疼痛向周身扩散开去，衬衫粘在条纹伤痕上，他本来是应该脱下上衣，察看一下伤势的。女厨师长所说的话，当然是一番好意，但是不幸的是他觉得，仿佛正是女厨师长的这种态度显出，他不配领受别人的好意，女厨师长两个月来的良苦用心他受之有愧，咳，他什么也不配，活该落到门房班长的手中。

“我说这话，”女厨师长继续说，“是为了让你可以一如我自以为了解你的那样，不受干扰地回答我的问题，不管你到底干了什么事。”

“对不起，现在我可以去请医生吧，因为那个人可能会失血过多而死去的。”电梯工贝斯突然彬彬有礼地、然而却很扰人地插话说。

“去吧。”总管对贝斯说，贝斯当即快步离去。随后总管对女厨师长说：“事情是这样的。门房班长不是闹着玩儿才抓住这个孩子不放的。楼下，在电梯工的大寝室里，在一张床上，被子盖得严严实实的，人们发现了一个完全陌生的、喝得酩酊大醉的汉子。人们当然把他叫醒了，想把他撵走。可是这个汉子却大撒起酒疯，反复大声叫嚷说，大寝室是属于卡尔·罗斯曼的，说他是他的客人，是他把他带到这儿来的，谁敢动他一根毫毛，他就会惩罚谁。此外，他之所以必须等待卡尔·罗斯曼，也是因为此人已经答应给他钱并且已经取钱去了。女厨师长太太，请您注意：答应给钱并且已经取钱去了。你也可以注意听着，罗斯曼。”总管顺便给卡尔捎了一句，卡尔恰好已向特蕾泽转过身去，她像着了魔似的凝视着总管，一再地不是掠去额头上的头发，就是无意识地做着这个手势。“不过我也许要提醒你记住你还有事要办呢。因为下面那个人还说过，等你回去后你们俩要在夜晚去拜访某个歌女，不过这个歌女的名字却谁也没有听明白，因为他始终只能边唱着歌边说出这个名字来。”

说到这里，总管便顿住，因为脸色明显已经发白的女厨师长把沙发椅稍稍往后一推，倏地站了起来。

“我不打搅您了，别的事就别说了吧。”总管说。

“不，不，”女厨师长抓住他的手说，“您尽管继续往下讲吧，我愿意听到全部情况，我就是为此而来的嘛。”

门房班长走到前面，大声拍着自己的胸脯，表示他一开始就把一切全都看透了，这时，领班说了句：“对，您完全正确，费奥多尔！”既抚慰、同时也拒斥了他。

“没有多少事情可讲的了，”总管说，“那些男孩子都是那样的人，他们先把那个人耻笑一番，然后就和他争吵起来，由于那里优秀的拳击手比比皆是，所以他一下子就被击倒了；我根本就没敢问，他身上哪儿流血，有多少处伤口，因为这些孩子都是很厉害的拳击手，对一个醉鬼他们自然应付裕如！”

“好吧，”女厨师长扶着沙发椅的扶手，望着她方才离开的座位说。“现在请你说一句话吧，罗斯曼！”然后她说。这时，特蕾泽已经离开原先的位置，走到女厨师长的身边，挽住了女厨师长的胳臂，平时卡尔从未见她做过这个动作。总管紧挨着女厨师长的背后站着，慢慢抚平女厨师长已经略微翻起的朴素的小花边衣领。卡尔身旁的门房班长说：“嗯，说不说？”他只想作出一个推的动作，以便乘机给卡尔后背一拳。

“这是真的，”卡尔说，由于挨了这一拳显得比预期的更不稳固了，“是我把那个人带进大寝室里来的。”

“别的事我们不想知道。”门房代表所有的人说。女厨师长默默转向总管，随后又转向特蕾泽。

“我没有别的办法，”卡尔继续说，“那个人是我从前的一个同伴，我们已经两个月没见过面了，这回他到这儿来，是来拜访我，可是喝得酩酊大醉，以致无法独自一人离开这儿。”

总管在女厨师长身边轻声自言自语：“原来他是来做客的，后来喝得醉醺醺的，就走不了了。”女厨师长扭过头去悄悄对总管说了些什么，总管露出一丝显然与此事不相干的笑意似乎提出异议。特蕾泽——卡尔只瞥了她一眼——完全茫然地把脸紧紧贴在女厨师长身上，再也不想看见什么。惟一对卡尔的解释感到完全满意的，是门房班长，他反复说了几遍：“完全正确，他的酒友他不得不帮助呀，”并且试图通过眼神和手势使在场的每一个人都牢牢记住他的这句话。

“我的过错就是，”卡尔说，并且顿了一顿，仿佛他等着他的法官们说一句友善的话，鼓励他继续替自己辩护，但是没有人说话，“我的过错仅仅是，我把那个人——他叫鲁滨孙，是个爱尔兰人——带进了大寝室。他所说的其他的话，统统都是酒醉后说的胡话，是不对的。”

“你没有答应给他钱？”总管问。

“答应了。”卡尔说，他感到很抱歉，他居然把这件事给忘了，由于考虑不周或精神涣散他已经用了过于明确的言词声称自己没有过错。“我是答应给他钱了，因为他曾向我要钱。但是我不是想去取钱来给他，我是想把我昨天夜里挣的小费给他。”说着，他从口袋里把钱掏出来，在手心里亮出那几个小硬币给大家看，以证明自己的话不假。

“你越说越离谱了，”总管说，“要是相信你的话的话，那就得始终忘掉你从前曾经说过的话。起先你只是把那个人——连你说的鲁滨孙这个名字我都不信，自从有了爱尔兰以来，没有一个爱尔兰人叫这个名字的，起先你只是把他带进了大寝室，顺便提一句，单凭这一点，你就可以立马被解雇，可是起先你没有答应给他钱，后来，人家出其不意地问你，你又答应给他钱了。但是我们不是在这里搞问答游戏，我们是想听你的申辩。可是起先你不想去取钱，而是想把你今天的小费给他，可是后来事实表明，这钱还在你身上揣着呢，所以显然还是想另外去取别的钱的，你长时间不在也证明了这一点。说到底，你想从你的箱子里取钱给他，这本来就不是什么特别奇怪的事；而你竭力否认这一点，这倒有点奇怪了，同样令人感到奇怪的是，你也始终闭口不谈，你是在这儿饭店里才把他灌醉的，这没有丝毫可以怀疑的嘛，因为你自己已经承认，他是独自一人来的，却不能独自一人离去，况且他自己就在大寝室里到处叫喊，说他是你的客人。现在还只有两件事要问一问，如果你愿意简单了结这件事，这两个问题你可以自己回答，不过话说回来，即使你不合作，我们也会把问题弄清楚的：第一，你是怎样设法进入储藏室的；第二，这准备送人的钱你是怎么积攒起来的？”

“如果人家没有良好的愿望，我是无法为自己辩护的。”卡尔暗自思忖，不再回答总管的提问，尽管特蕾泽会因此而感到很痛苦。他知道，他所说的话，到头来全都会变得面目全非，会和本意完全不一样，是好是坏，这全看你怎么判断了。

“他不回答。”女厨师长说。

“这是他所能采取的最明智的做法了。”总管说。

“他会想出什么鬼点子来的。”门房班长边说边用那只以前颇残忍的手小心翼翼抚摩自己的胡子。

“你安静点，”女厨师长对身边开始啜泣起来的特蕾泽说，“你看见了，他不回答，我还能帮他什么忙呀？说到底是我在总管先生面前做错了事嘛。你说吧，特蕾泽，你是不是觉得是我耽误了事，没出力帮他的忙？”特蕾泽怎么会知道这个，女厨师长向这个小姑娘公开提出这个问题、这个请求从而使自己大失体面，这有什么用吗？

“女厨师长太太，”卡尔说，他再次打起精神，但是仅仅是为了可以使特蕾泽避免作出回答，没有别的目的，“我不认为，我做了什么给您丢脸的事了，仔细调查以后，任何一个人都会这样认为的。”

“任何一个人，”门房班长用指头指着总管说，“这是在挖苦您呢，伊斯巴里先生。”

“嗯，女厨师长太太，”总管说，“现在六点半，时间不等人了。我想，在这件已经处置得太宽容的事情上，您最好还是让我来提出最后的处理意见吧。”

这时，小吉阿科莫已经走了进来，正要向卡尔走去，却因慑于笼罩全场的一片寂静气氛而收住了脚，等待着。

自卡尔讲完最后那几句话以来，女厨师长就一直没有把目光从他身上移开，而且也没有任何迹象表明她已经听见总管的这个意见了。她睁大着眼睛望着卡尔，这一双眼睛又大又蓝，但是由于上了年纪和劳累过度而显得有点儿暗淡。瞧她这样站在那里，轻轻摇晃着面前的沙发椅，人们完全有理由可以期盼，她马上就会说：“嗯，卡尔，我琢磨着，这件事还没有弄清楚，如你所说的，事情还需要进一步调查。这调查我们现在就进行，不管人家是同意还是不同意，因为必须秉公办事。”

但是女厨师长没说这样的话，在一个无人敢惊扰的小间歇之后——只有座钟敲响六点半证实总管说的话，而且谁都知道，整个饭店里所有的钟都同时在敲响，女厨师长说：“不，卡尔，不，不！我们不想轻信这种话。正义的事情也会有一种特殊的外观，而你的事情，我不得不承认，却没有这样的外观。这话我可以说，而且我也必须说；我必须承认这一点；因为是我怀着对你的最好的偏见到这儿来了。你看到了，特蕾泽也沉默了。”（可是她没有沉默，她在哭。）

女厨师长突然狠心顿住并说：“卡尔，你过来一下。”当他走到她跟前时——总管和门房班长立刻在他背后凑到一起热烈交谈起来——，她用左手抓住他，带着他以及没有主意跟着一起走的特蕾泽走到房间尽头，在那儿和两个人踱了几个来回的步，她边踱步边说：“有这个可能，卡尔，你似乎相信会这样，要不然，我简直无法理解你了，进行一次调查有可能会证明你在一些细微末节上是对的。怎么不会呢？你也许确实问候门房班长了。我甚至对此深信不疑，我也知道，我该怎样看待门房班长，你看，现在我自己就对你直言不讳。可是这种小小的辩白丝毫帮不了你的忙。经过多年的交往，我非常赏识总管的鉴别人的能力，他是我所认识的最可靠的人，如今他已经明白无误地道出了你的过错，我觉得这过错确实是不可辩驳的。也许你只不过行动欠考虑，可是也许你并不是我所认为的那样的人。不过，”说到这里，她几乎是自己顿住，回过头去匆匆瞥了一眼那两位先生，“我还不会改变我的看法，我仍然认为你根本上看来是个规矩正派的孩子。”

“女厨师长太太！女厨师长太太！”总管截住她的目光提醒道。

“我们马上就谈完了，”女厨师长说，旋即用更快的语速规劝卡尔，“听着，卡尔，据我对事情的了解，总管不想进行调查，我还感到高兴呢；因为，如果他要调查，我就得为你的利益而出面阻止。不能让任何人知道，你是怎样并且是用什么款待那个人的，而且那个人可能不是如你所伪称的那样，是你从前的同伴中的一个，因为在分手时你曾和他们发生过一场激烈的争吵，你不会在现在这个时候去招待他们之中的任何一个人的。所以这只可能是你夜晚在市里哪家酒店里轻率结交的一个熟人。所有这些情况，卡尔，你怎么可以向我隐瞒呢？也许你在大寝室里受不了了，也许起初你是出于这个无可非议的理由才在夜里出去游荡的，可是你为什么不说话呢，你知道，我当初想给你弄一个单间，完全是在你的请求下才放弃了这个打算。现在看来，似乎你倒是更喜欢那公共大寝室，因为你觉得住在那儿可以更加不受拘束。你的钱你都存放在我这儿，每周的小费你都交到我这儿；天晓得，孩子，你从哪儿弄来的钱去寻欢作乐，你现在又想到哪儿去取钱来给你的朋友？这自然纯粹都是些我至少现在决不可以向总管透露的事情，因为不然的话也许调查也就无法避免了。所以你无论如何也必须离开这家饭店，而且越快越好。你直接就到布雷纳膳宿公寓去——你已经和特蕾泽一道到那儿去过多次，凭这份推荐他们会免费接收你的——”说着，女厨师长从衬衫口袋里掏出一支金色笔，用这笔在一张名片上写了几行字，可是写字的时候她没有停止说话——“你的箱子我马上让人给你送去。特蕾泽，你快到电梯工更衣室里去收拾他的箱子！”（但是特蕾泽还没动弹，而是在经受了这一切痛苦之后如今也想亲眼看到卡尔的事情因女厨师长的善良意愿而出现好的转机。）

有人没有露面把门开开一条小缝，随后立刻又把门关上。显然是有人对吉阿科莫说了什么话，因为此人走过来说：“罗斯曼，我有话要向你转告。”

“马上就完，”女厨师长说，把名片塞进卡尔的口袋里，卡尔一直低着头听她说话，“你的钱暂时由我保存，你知道，你是可以信赖我的。今天你就待在家里，考虑考虑你的事情，明天——今天我没有时间，而且我在这里也滞留得太久了——明天我到布雷纳那儿去，到时候我们再看，我们还能再为你做些什么。我是不会离开你的，不管怎样，这一点你今天就应该认识到。对你的未来你不必操心，你还是多想想过去的时光吧。”说罢，她轻轻拍拍他的肩膀，便向总管那边走去。卡尔抬起头来，目送着这位身材高大、魁伟的妇女步履稳健、姿态潇洒地离去。

“难道你一点儿也不觉得高兴，”在他身边留下没走的特蕾泽说，“这样的结局不是很好吗？”

“哦，是的。”卡尔对她微微一笑说，却不知道，他为什么要对人家把他当小偷赶走感到高兴。特蕾泽的眼里闪烁出纯真的喜悦的光芒，仿佛既然人家让他走人，不管是光荣地离去还是耻辱地溜走，那么，卡尔做没做坏事，他受到了公正还是不公正的评价，这对她来说也就完全是无所谓的了。恰恰是这个在她自己的事情上一丝不苟、对女厨师长的一句并不完全明确的话会反复揣摩、探究几个礼拜的特蕾泽竟采取了这样的态度。他故意问：“你马上去收拾我的箱子并把它送走吗？”他不得不违背自己的意愿惊讶地直摇头，因为特蕾泽居然这么快就领悟了这个问题的意义，她确信，箱子里一定有必须严加保密不能让大家看见的东西，所以，她没顾得上看卡尔一眼，没顾得上和他握一握手，而是只悄悄地说了声：“当然，卡尔，马上，我马上去收拾箱子。”话音刚落，她就撒丫子跑开了。

这时，吉阿科莫再也忍耐不住了，他因久等而情绪冲动起来，大声嚷嚷：“罗斯曼，那个人在下面过道里打滚，不愿意让人把他弄走。他们想送他去医院，可是他抗拒并声称，你决不会容许他进医院的。他要人家叫一辆汽车来送他回家，说是你会付车钱的。你愿意付吗？”

“这个人信任你。”总管说。卡尔耸耸肩膀，把钱点清塞到吉阿科莫的手里。“我再也没钱了。”然后他说。

“他们也要我问问你，你愿不愿意随车一起走？”吉阿科莫还问，把钱弄得叮当响。

“他不跟车走。”女厨师长说。

“好吧，罗斯曼，”总管没等吉阿科莫到外面便赶快说，“你现在就被解雇了。”

门房班长点了好几回头，就好像这是他自己的话，总管只是在复述而已。

“解雇你的理由我不能大声张扬，因为如果一张扬出来，我就得把你关起来。”

门房班长向女厨师长投去极严厉的一瞥，因为他想必已经看出，她是这一过分宽大处理的原因。

“现在你去贝斯那儿，换衣服，把你的制服交给贝斯，立刻离开这栋房子，立刻离开。”

女厨师长闭上眼睛，她想以此来安慰卡尔。就在他鞠躬告别的时候，他仓促间看到，总管好像正偷偷地抓住女厨师长的手在抚摩它。门房班长迈着沉重的步伐陪着卡尔走到门口，他不让卡尔把门关上，而是自己让门敞开着，以便可以对着卡尔的背影叫喊：“十五秒钟以后我要看着你在大门口从我身边走过！你记住这一点！”

卡尔尽快料理一应事务，想避免在大门口受纠缠，但是事情办起来比他希望的慢得多。首先，没有马上就找到贝斯，现在，正当吃早饭的时候，哪儿都挤满了人，其次是卡尔发现自己的旧裤子让一个电梯工借走了，他不得不找遍了几乎所有床上的挂衣钩才找到那几条裤子，致使大概过了五分钟以后，卡尔才来到大门口。这时正好有一位女士夹在四个男士的中间在他面前行走。他们大家都朝一辆正在等候他们的大轿车走去，一个穿号衣的仆人手扶着一扇已打开的车门，同时将左臂平直地向旁边伸出，显出一副极其庄严的样子。但是卡尔想躲在这几个高贵人士的背后悄悄溜出去的希望落空了。门房班长早已一把抓住他的手，将他从两位男士之间拖出来，边向那两个人道歉，边将他拖到自己身边。

“这哪儿是十五秒钟呀？”他从旁边看着卡尔说，仿佛他是在观看一只走时不准的钟似的。“你来一下。”随后他领着他走进那间大门房间，虽然卡尔早就想仔细看看这间门房间，但是现在，他却是在门房班长的推拉下满怀着疑虑走进来了。他都已经进了门了，却还转过身去，试图推开门房班长，溜出去。

“不，不，你从这儿进去吧。”门房班长将卡尔扭转过身去说。

“我已经被解雇了嘛。”卡尔说，他这话的意思是说，饭店里再也没有什么人可以向他发号施令。

“只要我留住你，你就走不了。”门房说，这话当然也对。

卡尔毕竟也找不出什么理由来，他干吗要反抗门房呢。从根本上来说，人家还会拿他怎么样？况且这门房间的四壁全由巨大的玻璃板组成，通过这些玻璃板人们可以一目了然地看到前厅里熙来攘往的人流，仿佛人们就置身在他们的中间似的。嘿，整个门房间里似乎没有一个角落能躲过别人的视线。尽管外面的人似乎都行色匆匆，因为他们伸出胳臂、耷拉着脑袋，东张西望，高举着行李，纷纷寻找着自己的路，可是几乎没有一个人会错过了向门房间里瞥一眼的机会的，因为门房间玻璃板后面总是挂着告示和通知，它们不仅对客人而且对饭店职工都有一定的重要性。而且除此之外门房间与前厅之间还有一种直接的联系，因为在两扇大推移窗的窗口坐着两个门房助理，忙不迭地对各种各样的询问给予答复。这简直都是些劳累过度的人，卡尔敢断言，他所认识的这位门房班长在自己的晋升过程中已经绕过了这种职务了。这两个问讯处服务员——这一点人们从外面无法正确想象——始终在窗户口至少面对着十张询问的面孔。在这十个不断交替着的问题中间常常夹杂着一阵杂七杂八的话语，仿佛每一个人都是被不同的国家派遣来似的。总是有几个人同时提问，此外还总有几个人七嘴八舌同时说话。大多数人想从门房间里取走或在那里寄存什么物件，于是乎，人们也总是看到人群里伸出焦躁地挥动着的手。有一回，一个人想得到一张报纸，不料这张报纸在空中展开，霎时间遮住了大家的脸。所有这一切这两个门房助理都必须经受住。要完成他们的任务单靠说话是不够的，他们喋喋不休，尤其是其中的一个，一个神情阴郁、蓄着一部围住了整张脸面的黑胡子的人，他毫不停歇地回答着提问。他既不看桌面，虽然他的两只手不停地在桌面上忙乎着什么，也不看这一个或那一个提问者的脸，而是只愣愣地凝视着前方，显然是为了节省和积聚自己的力量。而且他的胡子大概有点儿妨碍别人听懂他的话，站在他旁边的卡尔很少听懂他说的话，尽管很可能此人讲的是一口带英语腔调的外国话。此外，他感到迷惑不解的是，一个答复紧紧衔接着并且变成为另一个答复，以致往往一个提问者神情紧张地悉心倾听，因为他以为，现在还在说他的事情呢，可是片刻过后才发现，原来他的事已经了结了。人们也必须习惯于，门房助理从不请人重复一个问题，即便这个问题大体上可以理解，只是问题提得有点不清楚，随后那几乎觉察不到的一摇头便表示，他不打算回答这个问题，而认识自己的错误并用较好的措词表达问题，这便是提问者自己的事情了。有些人特别为此而在窗口前花去了很长的时间。为了协助门房助理的工作，还给他们每人配备了一名跑腿的童仆，这童仆飞快奔跑，从一个书架上或者从各个不同的箱子里取来门房助理所需的东西。这是饭店里小青年里报酬最高、但是也是最辛苦的职位，在某种意义上来说，他们比门房助理还辛苦，因为门房助理只需要思考和说话，可是这些小青年却必须同时思考和奔跑。他们一旦拿来了什么不对头的东西，门房助理百忙之中当然无暇用长篇大论去教训他们，他猛一挥手把他们给他放到桌上的东西干脆推到地上。极其有趣的是门房助理换班，卡尔刚进来恰好就赶上了。这样的换班，至少在白天，自然必须经常进行，因为大概几乎没有一个人能在窗口后面坚持一个小时以上的。换班时间一到，一只钟便敲响起来，两个来接班的门房助理同时从一扇侧门走进来，每人后面都跟随着一个供差遣的童仆，他们暂且无所事事地站在窗口附近，观看一小会儿外面的人，以断定眼下的答问正处于哪个阶段。一旦他们觉得时刻适宜于插入进去，他们便拍拍该被换下的门房助理的肩膀，此人虽然迄今丝毫不曾理会他背后发生的事，却立刻心领神会，腾出自己的位置。全部过程进行得如此迅速，以致外面的人往往会感到突然，一看到自己面前突然冒出来新的面孔竟会吓得几乎要往后退缩。被换下来的那两个人舒展一下肢体，然后便就着两个放满了水的洗手盆冲了冲自己的发热的脑袋。可是换下来的跑腿童仆还不可以舒展肢体，他们还得花一点时间将在他们当班期间被扔到地上去的物件拾起来并将它们放回到原来的位置上去。

卡尔高度聚精会神，所有这一切在片刻间印入了自己的脑海之中，他带着轻微的头痛默默跟随着门房班长继续往前走。门房班长显然也注意到了这种回答问讯的方式给卡尔留下了深刻的印象，他突然一扯卡尔的手说：“你瞧，在这里是这样干活的。”诚然，卡尔在这家饭店里并没有偷过懒，但是他却不知道还有这样的工作，他几乎完全忘却了门房班长是他的大敌，竟抬头望着他，默默地、赞许地点了点头。可是门房班长却又似乎觉得这是过高估计了门房助理并且对他本人也许是一种不礼貌行为，因为仿佛他已经愚弄过了卡尔似的，他嚷嚷道，而且并不担心人家会听见他说的话："这儿这活儿当然是全饭店里最愚蠢的活儿；仔细听上一个小时后，会提出些什么问题来你几乎就全知道了，其余的问题是不需要去回答的。倘若你不是狂妄粗鲁，没有撒谎、放荡、酗酒和偷窃的话，我也许就会雇你在这样一个窗口干活，因为我一概只用头脑迟钝的人干这种活儿。"

卡尔完全没有理会这种针对他的辱骂，因为令他感到极大愤慨的是，门房助理的诚实而艰苦的劳动没有受到赞赏，反倒受到嘲弄，况且是受到这样一个人的嘲弄，这个人如果胆敢在这样一个窗口坐下，不出几分钟便一定会在所有提问者的一片耻笑声中败下阵来。

"您放开我，"卡尔说，他对这间门房间的好奇心已经得到了极大的满足，"我不愿意再和您打什么交道。"

"要离开这儿，没这么便宜。"门房班长说，扭住卡尔的两条胳膊，扭得卡尔一点也动弹不了它们，简直是把他拖到了门房间的另一头。外面的人没有看见门房班长的这种暴力行为？抑或，倘若他们看见了，那么他们究竟怎样理解这件事呢，居然没有一个人对此提出指摘，没有一个人起码来敲敲玻璃板，向门房班长表示，他被人注意上了，不可以对卡尔为所欲为？

但是不久卡尔也就再也没有希望得到前厅里的人的帮助了，因为门房班长一把抓住一根绳子，霎时间黑色的窗帘合拢遮住了除顶端以外的半个门房间的玻璃壁。在门房间的这一角里也有人，但是大家都忙得不可开交，无暇顾及一切与他们的工作不相干的事。而且他们完全受制于门房班长，不管门房班长想出什么鬼点子来，他们非但不会帮卡尔的忙，反倒会帮门房班长去掩盖，譬如这里有六个门房助理守着六部电话机。人们立刻就可以看得出来，他们是这样分工的，即总是一个人只听电话里的谈话，邻座的那个人便按照第一个人接收到的信息将委托要办的事用电话传达给别人。这是那种最新式的电话机，无需为它们设电话间，因为电话铃声不比小鸟唧唧叫声响多少，人们可以用耳语声对着话筒说话，这些话通过特殊的电子扩大器到达终端时音量极大。所以人们几乎听不见那三个对着电话机讲话的人的声音，还以为他们是一边喃喃自语一边在观看电话机话筒里的一个什么过程呢，而另外那三个人则犹如被那向他们传过来的、而对周围的人来说却是听不见的喧闹声震得麻木了，他们低头对着纸，他们的任务就是在这纸上作记录。在这里也是在这三个说话的人中的每一个的身边又站着一个男孩在一旁帮忙；这三个男孩不干别的，只交替着把脑袋伸向他们的主子专心地听，然后就犹如被刺痛了似的，急急忙忙去翻阅大厚本黄皮电话号码簿——翻动大量书页的响声远远盖过电话机发出的每个声音——找出电话号码来。

卡尔实在忍不住，定要把这一切看个仔细，虽然已经坐下的门房班长用一种扭抱动作将他紧紧揪住。

“这是我的义务，”门房班长边说边摇晃卡尔，仿佛他只想让卡尔对他转过脸来似的，“总管不管出于什么原因耽误了的事，我总应该以饭店经理处的名义起码是略微弥补一下吧。这里大家总是这样互相帮衬的。没有这种精神，这么一家大企业是无法正常运作的。你也许想说，我不是你的顶头上司；嗯，正因为如此，所以我更应该关心这件否则就无人过问的事情。而且我作为门房班长在某种意义上管着所有的人呢，因为饭店里所有的门都受我管辖，其中包括这个大门、三个中门以及七座侧门，那不计其数的小门和没有门的出口就更不用提了。所有在考虑之列的服务人员当然都必须无条件服从我。因为享有这份殊荣，所以另一方面，我自然就要对饭店经理处尽义务，这就是不让任何一个哪怕只有丝毫可疑形迹的人溜出去。而我却恰恰觉得你形迹特别可疑，因为我爱怀疑谁就可以怀疑谁。”说着，他高兴地举起双手，随后又使劲拍回到卡尔身上，只听“啪”地一声，拍得卡尔疼痛难当。“有这个可能，”他补充说，扬扬得意地侃了起来，“你会从另外一个出口悄悄溜出去，因为我觉得不值得为你而发布特别的指令。不过既然现在你到了这儿了，我就要好好受用受用你。顺便告诉你，我们约好在大门口见面，你就会守约而来，对此我丝毫没有怀疑过，因为狂妄者和不顺从者都是不见棺材不落泪的主儿，这是一条规律。你一定还会经常从你自己身上体察到这一点的。”

“您别以为，”卡尔说，并且闻到了一股从门房班长身上散发出来的奇特的霉味，他紧挨着他站了这么久，他才闻到了这股怪味，“您别以为，”他说，“现在我完全受您的控制，我可以喊叫的。”

“我可以堵住你的嘴。”门房平静而快捷地说，必要时他确实是会这样干的。“难道你真的以为，如果有人为了你而进来，就会有人说你做得对，我，门房班长，做得不对？现在你大概看出来你的希望荒唐已极了吧。你知道吗，当你还身穿制服的时候，你看上去还有那么一点儿威风，但是穿上这身西装，确实只有在欧洲人家才会理睬你！——”说着，他拉扯这身西装的各处不同的部位，这身西装虽然五个月前几乎还是新的，现在却已穿旧，皱皱巴巴，而且还油渍斑斑。这油斑主要应该归咎于电梯工们干活时从不体恤别人，他们按规定每天要保持寝室地面平滑、不沾尘土，但是他们偷懒，不认真清扫，而是用一种什么油喷洒地面，同时也就使衣架上的所有衣服溅上了油渍。人们自然可以把自己的衣服收藏在自己乐意收藏的地方，可是总会有某个人，恰恰手头没有自己的衣服，却轻而易举地找到了别人藏起来的衣服，还借来穿了。而且这个人很可能恰好就是轮到今天搞寝室清扫的那个人，于是此人就不仅在衣服上溅上油渍，而是从上到下浇足了油。只有雷内尔把自己的贵重衣服藏在一个秘密地点，几乎从来未曾有人从那儿把他的衣服掏出来过，尤其是因为也许也不会有人出于恶意或悭吝借穿别人的衣服，而是纯粹由于匆忙和马虎才信手胡拿。但是连雷内尔的衣服上，在后背中央，也有一个浅红色的圆形油斑，而在城里，这个斑点哪怕是在这位优雅的年轻小伙子的衣服上，内行人一看也可断定这是个电梯工。

在回忆这些往事时，卡尔深感自己作为电梯工也已经就受够了苦，而且一切都枉然，因为现在看来，这个电梯工的差事并不如他所希望的那样，是谋取更好的职位的一个预备阶段，现在他反倒被人踩进更深的泥坑，甚至险些就要被人投进监狱。此外，他现在还被门房班长揪住，此人正在琢磨，他如何才能继续羞辱卡尔。卡尔完全忘记了门房班长根本不是那种也许可以晓之以理的人，竟用那只刚刚挣脱出来的手多次拍着额头大声说："就算我果真没有问候过您，一个成年人怎么可以因为人家疏漏了一次问候就有如此强烈的复仇欲望呢！"

"我不是有复仇的欲望，"门房班长说，"我只想搜查你的口袋。我虽然相信我什么也不会找到，因为你想必早有防备，一定已经让你的朋友每天转移一点，逐渐地已经把全部东西都转移走了。但是搜查还是要对你搜查的。"说罢，他用手伸进卡尔的一只上衣口袋，他用力如此之猛以致边上的线缝顿时便开绽。"这里面已经什么也没有了，"他边说边用手一把把这只口袋里的东西掏出来，一张饭店的日历广告，一页商务公函练习题，几粒上衣和裤子钮扣，女厨师长的名片，一把修指甲刀，是一位客人有一回收拾箱子时扔给他的，一面旧的小镜子，是雷内尔有一回大概是为了感谢他代了他十次班而送给他的，还有几件别的小物件。“这里面已经什么也没有了，”门房班长重复道，把全部东西都扔到椅子下面，仿佛卡尔的东西，只要不是偷来的，便理应扔到椅子下面去似的。

“现在可是够了。”卡尔暗自思忖——他的脸准是涨得通红——当门房班长因贪欲而放松了警觉，在卡尔的第二只口袋里来回掏摸的时候，卡尔猛地一用劲一下从袖管里挣脱出来，身子还没站稳便急忙奔跑起来，把一个门房助理相当厉害地撞倒在他的电话机上，穿过闷热的门房间跑到门口，他跑得其实比预计的慢，却在身穿沉甸甸大衣的门房班长还没来得及站起身之前便已幸运地到了外面。门卫的组织工作想必并非堪称楷模，虽然从几个方面响起了铃声，但是天知道这铃声是什么意思！饭店员工们虽然在门厅里漫无目的地走来走去，他们人数众多，人们几乎会以为，他们想悄悄地封锁出口，因为除此以外人们看不出这样走来走去的还有什么别的意义；可是，不管怎么说，卡尔很快就走出大门，但是还必须沿着饭店人行道走，因为他无法走到大街上去，一辆接一辆的汽车时断时续地从饭店大门口驶过。这些汽车急于驶离这条堵车的街道，简直互相啮合住了，每一辆都被随后跟上的那辆推动向前。有特别紧要的事情要办的行人虽然时不时地从一辆辆汽车的缝隙中间穿行过去，仿佛那儿是一个公共的人行横道似的，他们全然不顾汽车里只坐着司机和仆人，还是也坐着高贵的人物。但是卡尔觉得这样做未免太过分了，人家想必对这里的情况了如指掌，才敢于这样做；他很可能会碰上一辆汽车，坐在里面的人对此大为光火，便把他撞倒在地，引起一场轩然大波，他作为一个在逃的、可疑的、只穿衬衫的饭店职工最惧怕的也莫过于此了。这些汽车毕竟不会永远这么一辆接一辆行驶下去的，其实只要他沿着饭店走，他也就最不会引起别人的怀疑。卡尔果然终于来到一个地方，那儿的汽车行列虽然没有中断，但是都顺着街道拐过弯去，行列有所松动。他正想溜进街上涌流的车辆和人群之中，人群里看上去比他可疑得多的人都在自由自在地走来走去，正在这时候，他听见附近有人喊他的名字。他转过身去，便看见两个他熟识的电梯工正从一个低矮、窄小得像墓穴口的门洞里竭尽全力把一副担架拖出来，卡尔一眼便认出，躺在担架上的正是鲁滨孙，头、脸和胳臂用绷带层层包扎着。看着他把胳臂移向眼睛，想用绷带擦去他由于疼痛或由于别的心酸事或甚至由于与卡尔重逢感到喜悦而流下的眼泪，心里很不是滋味。

“罗斯曼，”他用责备的语气说，“你为什么让我等了这么长时间！我不让他们把我抬走，我已经抗拒了一个小时了，你才来。这帮家伙”——说到这里，他给了其中的一个电梯工一个栗暴[1]，仿佛他绑上了绷带就不怕挨打了似的——“都是真正的魔鬼。啊，罗斯曼，这次拜访你可让我吃足了苦头了。”

“他们把你怎么样了？”卡尔边说边向担架走近过去，电梯工笑着把担架放下，乘机歇息歇息。

“你还问，”鲁滨孙叹了口气，“你瞧，我成什么样子了。咳，我很可能被打成终身残废了。我身上疼极了，从这儿到这儿”——他先指指脑袋，后又指指脚趾，“我真恨不得让你看见，我是怎么流鼻血的。我的西装背心全给糟蹋了，我已经干脆把它扔在那儿，我的裤子撕成碎片，现在我只穿裤衩”——说着，他略略掀开毯子，要卡尔往里看。“我会落个什么下场！我至少得躺几个月，我想马上给你把

① 即用手指弯曲起来打人头顶。

话挑明，我没有别人，只有你可以照料我，德拉马什太没有耐性。罗斯曼，小罗斯曼！”说罢，鲁滨孙向稍稍后退的卡尔伸出手，想抚摩他以赢得他的同情。“我为什么一定要拜访你呀！”他重复了好几遍，以便让卡尔不致忘了，他对自己的不幸也负有一部分责任。——不过卡尔却立刻便看出，鲁滨孙的抱怨并非因伤口所致，而是由于醉酒后醒来时的那种不舒服的感觉所造成，因为他醉醺醺地刚刚睡着，立刻就被叫醒，莫名其妙地让人给打得流血，一旦清醒过来便觉得完全无所适从了。他的伤口无关紧要，这一点从那奇形怪状的、用旧布片绑成的绷带上就已经可以看出来，电梯工们显然是闹着玩儿用这种绷带把他全身都裹住了。担架两头的那两个电梯工也时不时扑哧扑哧地笑出声来。可是这里不是使鲁滨孙恢复知觉的地方，因为行人急匆匆在这里飞奔而过，谁也不理会担架旁边的这几个人，常常有人以地道的体操运动员的跳跃动作从鲁滨孙身上跳越过去，那位用卡尔的钱雇的司机嚷嚷：“前进，前进！”电梯工使出浑身力气抬起担架，鲁滨孙抓住卡尔的手谄媚地说：“来吧，你来呀。”卡尔现在这副打扮，钻进汽车里岂不是最安全可靠了？于是，他就在鲁滨孙身旁坐下，鲁滨孙把头倚在他身上。留在原地的电梯工通过车窗和他，和这位他们从前的同事热烈握手，汽车一个急转弯驶向街上，仿佛一定要出事故了似的，可是这辆汽车笔直行驶，立刻就平静地汇入到大街上各种车辆组成的洪流中去了。

避 难①

这准是市郊的一条偏僻的街道，汽车在这条街上停下，四周一片寂静，有孩子蹲在人行道边上玩耍。一个肩上搭着好多件旧衣服的男人一边观察着周围的动静，一边仰脸朝着房屋的窗户叫喊。当卡尔从汽车里出来走到被上午的太阳照得热乎乎、亮晃晃的柏油路上时，他觉得浑身疲倦、不舒服。

“你真的住在这里？”他朝汽车里问。

整个行车期间一直睡得安安稳稳的鲁滨孙咕哝了一句不知什么模糊不清的表示肯定的话，似乎在等着卡尔把他背出去。

“那这里就没有我的事了，再见吧。”说着，卡尔撒腿就要顺着那条缓缓向下倾斜的街道走去。

“我说卡尔，你究竟是怎么啦？”鲁滨孙嚷嚷，纯粹由于担心居然已经相当挺直地站立在车里，只不过就是膝盖还有些晃悠。

“我得走了。”卡尔说，他亲眼看见鲁滨孙已经迅速康复。

“就只穿了衬衫？”鲁滨孙问。

“我会去挣钱买一件上衣的。”卡尔回答，满怀信心地朝鲁滨孙点点头，向他举手行礼并且或许真的就走掉了，倘若不是司机把他叫住的话：“再稍等片刻，我的先生！”

真叫人感到尴尬，司机提出要加付车费，因为在饭店前的等候时间还没付钱。

“噢，是的，”鲁滨孙从汽车里证实这个要求合理，“我在那里不得不等了你很长时间。你还得给他几个钱。”

“是的，没错。”司机说。

“好吧，不知道我还有钱没有。”说着，卡尔把手伸进裤袋，虽然他明知道这样做无济于事。

“我只能向您要钱，”司机叉开两腿站着说，“我不能要那位病人付钱。”

一个酒糟鼻小伙子从大门那边走近过来，站在离他们几步远的地方听他们说话。这时，一个警察恰好在街上巡逻，便低着头盯住那个只穿衬衣的人，收住了脚步。

鲁滨孙也发现了这个警察，却干了件蠢事，竟从另一扇车窗向他喊：“没什么事，没什么事！”听那口气，仿佛人们可以像驱赶一只苍蝇那样驱赶一个警察似的。已经注意上这个警察的孩子们，因他站住不动便也注意起卡尔和司机，便一溜小跑奔跑过来。一个老太太站在对面门洞里，呆呆地朝这边看。

“罗斯曼！”这时，高处一个声音在喊。这是德拉马什，是他在从最高一层的阳台上叫喊。在白晃晃、蓝盈盈的天空的映衬下，他自

---

① 这一章的标题在 1994 年菲舍尔出版社出版的校勘本中改为“这准是市郊的一条偏僻的……”

己的身影相当的模糊不清，显然穿了一件睡衣，在用一只观剧望远镜观看街上的动静。他身旁撑开着一把红色遮阳伞，伞下似乎坐着一个女人。"喂！"他使尽最大力气喊，想让人家听清楚他的话，"鲁滨孙也在吗？"

"在。"卡尔回答，并得到了鲁滨孙从汽车里发出的第二个响亮得多的"在"的有力支持。

"喂！"德拉马什大声回答，"我马上就来！"

鲁滨孙从车里探出身来。"这真是个男子汉。"他说，这句对德拉马什的赞语是说给卡尔、说给司机、说给警察和每一个愿意听的人听的。虽然德拉马什已经离开阳台，但是人们心不在焉地还在注视着阳台，人们看到，上面阳台上遮阳伞下果然有一个体格强壮、身穿无腰身红色连衣裙的女人站立起来，从阳台栏杆上拿起那架观剧望远镜，用它观看下面的人，而那些人则正渐渐把目光从她身上移开。卡尔等待着德拉马什，朝楼门里并进而朝庭院里张望着，一列几乎依次相连的勤杂工穿越这庭院，他们个个都在肩上扛着一只虽小但显然很沉重的箱子。为了充分利用时间，司机走到车子跟前，用一块布擦拭车灯。鲁滨孙触摸四肢检查疼痛情况，似乎对痛感极轻微感到惊讶，因为他尽管检查得极其认真却没觉得怎么痛，于是就深深低下头开始小心翼翼地解开大腿上厚厚实实的绷带中的一根。警察把黑色小警棍横在胸前，以警察不管是在执行普通公务还是在埋伏以待都必须具有的巨大耐心默默等待着。酒糟鼻小伙子坐在楼门口一块石头上，伸出了双腿。孩子们迈着小步渐渐走近卡尔，因为这个人虽然不注意他们，他们却因他穿了那件蓝衬衫而觉得他是所有人当中最重要的人物。

从德拉马什从楼上到这儿所耗去的时间长久上，人们可以推算出这幢楼房是很高的。而且德拉马什甚至来得还是十分仓促的，只匆匆披了件睡衣。“哎哟，你们来了！”他既高兴又严厉地嚷嚷。他迈大步行走时，他的花里胡哨的内衣裤常常瞬间露出。卡尔不完全明白，德拉马什为什么在这里，在这座城市里，在这栋巨大的出租公寓里，穿得这样随随便便地四处行走，仿佛他是在自己的私人别墅里似的。德拉马什也和鲁滨孙一样模样大变了。他那张黑黝黝、光溜溜、无比洁净、线条粗犷的脸庞露出骄傲和令人敬畏的神色。他那现在总是有些眯缝着的眼睛的锐利的光芒令人感到惊异。他那件紫色睡衣虽然旧了，有污点并对他来说太大，但是从这件难看的衣服的上端却鼓出来一条厚实、深色的丝绸领带。

“嗯？”他问所有在场的人。警察走近一点，身子靠在汽车的发动机箱上。卡尔作简单的解释。

“鲁滨孙身体有点虚弱，但是如果他使点劲儿的话，他是能爬上楼去的；这位司机除了我已付的车费以外还要求补付一笔等车费。现在我走了。日安。”

“你别走。”德尔马什说。

“我也已经告诉他别走了。”鲁滨孙从车里说。

“我走。”卡尔说，并且朝前走了几步。但是德拉马什已经追上他，强行将他拉回来。

“我说，你留下！”他嚷嚷。

“你们让我走嘛。”卡尔说，并做好准备，打算必要时用拳头为自己赢得自由，虽然面对一个像德拉马什这样的人，成功的希望简直微乎其微。可是这儿站着警察呢，司机在这儿呢，不时有一拨拨工人在这条通常平静无事的街道上行走呢；人们会容忍德拉马什欺侮他吗？要是在一个房间里，他是不愿意与他单独待在一起的，可是在这里呢？德拉马什现在正在不慌不忙付钱给司机，司机连连鞠躬把这笔数目不小的外快放进口袋，出于感激而走到鲁滨孙身边，显然是在和他谈论，怎样抬他出来最好。卡尔看到没有人注意自己，也许德拉马什网开一面有意让他悄悄离去；如果能避免争吵，这当然最好，于是卡尔便干脆走进车行道，想尽快脱身。孩子们涌向德拉马什，提醒他注意卡尔已逃跑，但是他根本不必亲自过问此事，因为警察一伸警棍说："站住！"

"你叫什么名字？"他问，用胳臂夹住警棍，慢慢掏出一个本子来。卡尔现在第一次仔细打量他，这是一个身强力壮的男子，但是头发已经几乎全白了。

"卡尔·罗斯曼。"他说。

"罗斯曼。"警察重复道，毫无疑问仅仅是因为他是一个态度冷静、办事认真的人，而卡尔在这里其实是第一次和美国当局打交道，却已经看出，这一重复道出了某种怀疑。果然，他的事情可能不妙，因为连自顾不暇的鲁滨孙也从车里探出身来，用无声、热烈的手势动作请求德拉马什帮帮卡尔的忙。但是德拉马什连连摇头拒绝他的请求，无所事事地在一边看着，两手插在他那过大的衣兜里。门口石阶上的那个小伙子给一个现在才从大门里走出来的妇女解释整个事件的始末经过。孩子们在卡尔背后站成一个半圆形，抬头默默望着警察。

"出示你的证件。"警察说。这个问题大概只是虚晃一枪；因为如果一个人没穿上衣的话，他身上也不会有什么证件的。所以卡尔沉默不语，宁可详细回答下一个问题，打算就这样把没有证件尽可能掩盖过去。

可是下一个问题是："原来你没有证件？"卡尔不得不回答："身上没有。"

“这可不妙，”警察说，若有所思地环顾四周，用两个指头敲敲他那本书的封面，“你从事什么职业吗？”末了，警察问。

“我当过电梯工。”卡尔说。

“你当过电梯工，就是说现在不当了，你现在靠什么生活？”

“现在我正在找一个新的工作。”

“对，你被解雇了吧？”

“是的，在一个小时以前。”

“突然？”

“是的。”卡尔像是表示歉意似的抬起手来说。事情的全过程他不可能在这里叙述，即使有这个可能，那么，通过讲述一个已蒙受的冤屈来抵御一个即将降临的冤屈，这似乎完全是毫无希望的事。如果说他没有受到善良的女厨师长和明理的总管的公正对待的话，那么，他也肯定不会受到这儿马路上这群人的公正对待的。

“没穿上衣就被解雇了？”警察问。

“是这样。”卡尔说；原来在美国，行政当局也都是这种作风，他们明明看见了还偏要问。（他的父亲在办理旅行护照时对官员们毫无意义的没完没了的询问生多大的气！）卡尔很想跑掉，在什么地方躲一躲，不必再听这些问题。可是现在警察甚至提出了那个他最害怕的问题，他一直惴惴不安地预料到会提这个问题，所以迄今为止的态度大概比一般应有的更轻率。

“你究竟是在哪家饭店干活？”

他低下头，不回答，他无论如何也不愿意回答这个问题。不能听凭自己在一个警察的押送下又回到西方饭店，在那里进行审讯，把他的朋友和敌人们都传来作证，女厨师长完全放弃她那业已动摇了的对卡尔的好评，因为她本以为他在布雷纳膳宿公寓，如今却发现他被一个警察抓住，只穿一件衬衫，丢了她的名片，又回来了，而总管则也许仅仅表示充分理解地点点头，门房班长却会说是上帝的手终于找到了这个无赖。

“他在西方饭店干活。”德拉马什边说边走到警察的身边。

“不，”卡尔跺着脚嚷嚷，“这不是真的！”德拉马什嘲讽地撮尖着嘴望着卡尔，仿佛他还会泄露出许多别的事情似的。卡尔的突如其来的激动使孩子们动了起来，他们拥向德拉马什，宁可从那儿仔细观看卡尔。鲁滨孙从汽车里伸出整个脑袋，心情紧张态度却相当冷静；时不时眨一眨眼睛，便是他惟一的动作了。坐在门口的小伙子乐得拍起巴掌来，他身旁的那个妇人用胳膊肘捅他一下，让他安静。行李搬运工们恰好休息吃早饭，便全来看热闹，拿着大壶黑咖啡，用条状面包来回搅动咖啡。有几个坐在人行道边上，大家都在大声地啜饮咖啡。

“您认识这个孩子？”警察问德拉马什。

“简直是太了解他了，”此人说，“想当初我为他做过许多好事，可是他却以怨报德，您已经对他进行过简短的盘问，自己想必对此有所了解。”

“是的，”警察说，“他似乎是个冥顽不灵的孩子。”

“一点不错，”德拉马什说，“但是这还不是他的最坏的个性。”

“是吗？”警察说。

“是的，”德拉马什说，他滔滔不绝讲了起来，一边用口袋里的双手晃荡他的睡衣，“这是一个聪明伶俐的小伙子。我和车里的那位朋友，我们偶然在他潦倒不堪时遇见了他，他当时根本不了解美国的情况，他刚从欧洲来，他在欧洲也是混不下去了；于是，我们带着他一起走，让他和我们一起生活，向他解释一切，想给他找一个工作，打算让他成为一个有用的人，尽管种种迹象表明这个打算不切实际。可是，有一天夜里，他不见了，干脆走了，个中还有一些别的情况，这些情况我还是就别说了吧。情况是这样不是？”最后，德拉马什扯着卡尔的衬衫袖子问。

“回去，你们这些孩子！”警察嚷嚷，因为这些孩子一个劲儿往前挤，德拉马什几乎让一个孩子给绊倒了。这当儿，迄今对这场盘问的趣味性一直估计不足的行李搬运工们也变得神情专注起来，密匝匝围成一圈聚集在卡尔的背后，此时的卡尔连后退一步也不能，而且这些搬运工的乱哄哄的声音不绝于耳，他们用一种完全听不懂的、也许夹杂着斯拉夫词语的英语与其说是在说话，还不如说是在大声叫骂。

“谢谢您介绍这些情况，”警察说并向德拉马什敬礼，“我无论如何也要把他带走并让人把他送回到西方饭店去。”但是德拉马什说：“我请求您暂时把这孩子交给我，我有几件事要和他了结一下。我保证事后亲自把他送回饭店去。”

“这可不行。”警察说。

德拉马什说：“这是我的名片。”说着，递给他一张小纸片。

警察露出赞许的神色看了看名片，却带着亲切的微笑说：“不，这还是不行。”

迄今为止卡尔一直小心提防着德拉马什，现在他却把他看作惟一的救星。眼看着此人怎样向警察谋求得到卡尔，这虽然令人觉得可疑，但是劝说德拉马什别把他送回饭店去，无论如何也要比劝说警察来得容易些。即使卡尔在德拉马什的带领下返回饭店，这也比在警察押送下返回要少严重得多。可是眼下卡尔当然不可以让人觉察出他果真愿意去德拉马什那儿，不然的话，一切就全完了。他焦躁不安地望着警察的手，生怕它随时都举起来抓他。

“我起码得知道，他为什么突然被解雇了。”警察最后说，而德拉马什则面带愠怒把头撇向一边，用指尖把名片揉成一团。

“可是他根本没有被解雇呀！”鲁滨孙令人惊异地喊道，他扶住司机，弯着腰尽量从车里探出身来，“相反，他在那儿有一个好职位。在寝室里他是个头儿，可以随便领人进去睡觉。只是，他忙得不得了，如果有人想找他要点什么东西，就得等候很长时间。他老是呆在总管那儿，呆在女厨师长那儿，是个很受信任的人。他解雇是决不会被解雇的。我不知道，他为什么说了这句话。他怎么会被解雇呢？我在饭店里受了重伤，于是他接受委托，把我送回家来，因为他恰好身上没穿上衣，他也就没穿上衣坐上车一起来了。我总不能等他拿来了上衣再走嘛。”

“原来如此。”德拉马什伸开胳臂说，听那语气，仿佛他是在责备警察对人缺乏了解，他的这句话似乎使鲁滨孙的这段不明确的表白变得清楚易懂、毫无异议了。

“可是这也是真的吗？”警察用已经缓和下来的口气问，“如果这是真的，那么这孩子为什么要说被解雇了呢？”

“你应该回答。”德拉马什说。

卡尔看看警察，这警察要在这里的陌生人，只考虑自身利益的人之间整顿秩序，于是他那种关心公共福利的精神中有某些东西也转移到卡尔身上。他不想撒谎，把双手紧紧互握着放在背后。

大楼门洞里出来一个监工并拍了拍巴掌，表示搬运工们又该干活了。他们倒掉咖啡壶里的渣滓，迈着晃晃悠悠的步伐默不作声地进屋去了。

“这样下去我们没有个完了。”警察一边说一边就要伸手去抓卡尔的胳臂。卡尔不由自主地稍稍往后一缩，感觉到搬运工们这一撤走给他腾出空地来了，便转过身去，撒腿就跑。孩子们大喊一声，甩开小胳臂跟着跑了几步。

“抓住他！”警察顺着那条长长的、几乎空无一人的小巷往下喊，在均匀发出的这种喊声下，迈着无声的、显示出巨大力量和训练有素的步子跟在卡尔后面追赶。这场追捕发生在一个工人区里，这对卡尔来说是一桩幸事。工人们不站在当局的一边。卡尔在车行道中间跑，因为那里障碍最少，时不时地看到有工人站在人行道上静静地看着他，而警察则向他大喊“抓住他！”他机智地使自己保持在平坦的人行道的位置上，边奔跑边不断向卡尔伸出警棍。卡尔很少有逃脱的希望，现在，他们正接近一定也有警察巡逻的横向小巷，那位警察吹出简直是震耳欲聋的哨子声，卡尔也就几乎完全丧失了希望。卡尔的优势仅仅在于他的衣服单薄，他顺着越来越向下倾斜的街道飞奔，或者说得更确切些，俯冲而下，只是，由于困倦而精神涣散，他往往作些过高的、耗时而又无用的跳跃。可是警察却始终盯着他的目标，而不必进行什么思考，对于卡尔来说则相反，奔跑其实是次要的事，他必须进行思考，在各种可能性中进行选择，不断作出新的决断。眼下，他的有点儿绝望的计划是避开横向的小巷，因为人们无法知道，那些小巷里潜伏着什么危险，也许他会径直跑进一所警卫室里去的；只要可以，他就要坚守住这条视野清晰的大街，它一直延伸到下面很远处才与一座桥相衔接，那座桥刚显出身影，便在水汽和雾气中消失了。他决心加快奔跑速度，正要一鼓作气飞快冲过第一条横向小巷，这时他看见在自己前方不远处有一个警察，他躲在背阴处一所房屋的墙根下窥伺着，准备时机一到便向卡尔猛扑上来。现在没辙，只有这条横向小巷了，当他在这节骨儿眼上听到有人从这巷子里和声细语地喊他的名字——虽然起先他觉得这是一种错觉，因为整个这段时间里他的耳朵里一直在嗡嗡作响，他便不再迟疑，一闪身拐了一个九十度大弯，一头扎进这条小巷，以便尽可能给警察来个措手不及。

他刚刚奔跑了两步——有人喊过他的名字，这一点他已经又忘记了，现在第二个警察也吹起哨子来，人们看得出他有着充沛的精力，这条巷子里远处的行人似乎加快了行走的步伐——一扇小屋门里便有一只手伸出来抓住卡尔，随着一声“别吱声”，将他拖进一个黑乎乎的门厅。是德拉马什，上气不接下气，脸颊上直冒热气，他的头发粘在他的脑袋的四周。他把睡衣夹在腋下，只穿着衬衫和裤衩。他立刻把门关上并锁住，那扇门其实并不是这所房屋的正门，它只不过是一道不引人注目的边门而已。

“等一会儿。”然后他说，仰起头靠在墙上，艰难地呼吸着。卡尔几乎是躺在他的臂弯里，半昏迷半清醒地把脸紧紧贴在他的胸脯上。

“警察老爷们正在奔跑。”德拉马什对着门伸出指头仔细倾听着说。现在那两个警察确实正从大门旁边跑过去，他们的奔跑声在这条空巷里听起来就像是钢铁撞击在石头上。

“你这回可真是遭了大罪了。”德拉马什对卡尔说，卡尔还一直憋得透不过气，一句话也说不出来。德拉马什小心翼翼地扶他坐在地上，在他身边跪下，抚摩了好多次他的额头，端详他。

“现在已经没事了。”卡尔吃力地站起来说。

“那就走吧。”已经穿上了睡衣的德拉马什说，推着尚浑身乏力、低垂着脑袋的卡尔往前走。他不时摇晃卡尔，让他清醒头脑。

“你累什么呀？”他说，“你在外面可以跑得像一匹马那样欢，可是我却不得不在这儿蹑手蹑脚地穿行于这些该死的过道和庭院之间。不过幸亏我也是一个跑步运动员。”他骄傲地使劲一拍卡尔的后背，“偶尔和警察这样赛一次跑，这是一种很好的练习。”

“我开始奔跑时就已经累了。”卡尔说。

“没有任何理由可以替跑得蹩脚开脱，”德拉马什说，“若不是我的话，他们早就把你抓住了。”

“我看也是，”卡尔说，“我应该好好感谢您。”

“毫无疑问。”德拉马什说。

他们穿过一道又长又窄的、铺设着深色、平滑石块的门道。左右两边时不时出现一道通往上面的阶梯，抑或人们可以瞥见另外一个较大的门厅。几乎看不见一个成年人的影儿，只有孩子在空荡荡的楼梯上玩耍。一个小女孩站在一道楼梯栏杆旁边哭泣，她眼泪汪汪的整个脸蛋儿都闪亮着。她一看见德拉马什，便张着嘴大口喘着气，顺着楼梯往上奔跑，高高地跑到楼上，她频频转过身来，确信没有人跟随她或者愿意跟随她，这才渐渐平静下来。

“方才我急忙奔跑把她撞倒了。”德拉马什笑着说并伸出拳头吓唬她，吓得她大声叫喊着继续往上奔跑。

他们所穿越的庭院也显得冷冷清清的。只是偶或有一个仆役推着一辆双轮手推车走过，一个女人用泵往一只壶里灌水，一个邮递员迈着从容不迫的步伐横穿过整个庭院，一个蓄着两撇儿八字胡的老人跷起二郎腿坐在一扇玻璃门前抽烟斗，一家搬运公司门前正在卸箱子，闲散的马匹安静地转动着脑袋，一个穿工作服的男子手里拿着一张纸监督着整个卸货的工作；在一间办公室里窗户打开着，一个坐在斜面写字台旁边的职员转过身去，若有所思地望着窗外，卡尔和德拉马什恰好从那儿走过。

“再没有比这儿更安静的地方了，”德拉马什说，“晚上有几个小时的大声吵嚷声，但是整个白天这里十分安静。”卡尔点点头，他觉得，这儿简直安静得出奇。“我根本不能住在别的地方，”德拉马什说，“因为布鲁娜妲绝对受不了嘈杂声。你认识布鲁娜妲吗？你就要见到她了。反正我劝你举止行动尽量要安静。”

当他们来到通往德拉马什寓所的楼梯口时，那辆汽车已经开走了，酒糟鼻小伙子丝毫也没对卡尔的重新出现感到惊讶，报告说，他已经把鲁滨孙背到楼上去了。德拉马什只向他点点头，仿佛他是他的仆人，履行了一项分内的职责似的，便拉着犹犹豫豫、望着阳光灿烂的街道的卡尔一起上楼去。“我们马上就到楼上。”这话爬楼梯时德拉马什说了几遍，但是他的预言怎么也应验不了，总是爬完了一层楼梯后在觉察不到的另外的方向又出现一层新的楼梯。有一回，卡尔甚至站住了脚，倒不是因为走不动了，而是因为觉得面对这么长的楼梯自己毫无自卫能力。“寓所在很高的楼上，”他们继续走时，德拉马什说，“但是这也有它的优点。人们就很少出门，整天穿了睡衣，我们日子过得很自在。当然也不会有什么人爬到这么高的楼上来做客的。”

“哪儿来的客人呀？”卡尔心想。鲁滨孙终于出现在一个楼梯平台上，在一扇关着的单元门前，他们总算到了；楼梯压根儿还没到尽头，而是在半明半暗中继续延伸，看不出一点儿行将终止的迹象。

“我早就想到了，”鲁滨孙小声说，似乎疼痛还在压抑着他，“德拉马什会把他带来的！罗斯曼，没有德拉马什你会落到什么下场！”鲁滨孙身穿内衣裤站在那儿，想方设法尽量用人家在西方饭店里给他的一条小被子裹住自己的身体；搞不清楚，他为什么不进寓所去，而是偏要在这里惹可能会从这儿走过的人的耻笑。

“她睡了吗？”德拉马什问。

“我想没呢，”鲁滨孙说，“但是我宁可等你来了再说。”

“我们先得看看，她是否睡了。”说着，德拉马什便弯下身子去看锁孔。他来回扭动脑袋观看良久后，站起身来说：“看不太清楚，卷帘放下来了。她坐在沙发榻上，可是她也许在睡觉。”

“难道她病了吗？”卡尔问，因为德拉马什站在那儿，仿佛他在求人帮他拿主意似的。可是他却厉声反问：“病了？”

“他不了解她嘛。”鲁滨孙打圆场说。

再过去几扇门，有两个女人走到走廊上来，她们在自己的围裙上擦干净手，看着德拉马什和鲁滨孙，似乎在谈论他们。一个金发闪亮的小女孩从一扇门里蹦跳着出来，偎依在两个女人之间，挽住她们俩的胳臂。

“这些女人真讨厌，”德拉马什小声说，但是显然仅仅是因为顾忌正在睡觉的布鲁娜姐，“过些时候我要去向警察告她们，就可以过几年安生日子，不怕她们了。别往那边看，”说罢，他对卡尔嘘了一声，卡尔觉得，既然不得不在走廊里等候布鲁娜姐醒来，那么看一眼那几个女人，这也没有什么了不起的。于是，他气恼地摇摇头，仿佛他不必接受德拉马什的什么告诫，而且为了更清楚地显示这一点，还想朝那几个女人那边走过去，可是这时候鲁滨孙说了句“罗斯曼，小心”，便拉住了他的袖管，而已被卡尔激怒的德拉马什，在听到小姑娘突然发出一声大笑时便火冒三丈，以致他竟撒腿就朝那几个女人猛冲过去，女人们一阵风似的飞快闪进各自的家门里。

“在这里我必须经常这样打扫楼道。”德拉马什迈着缓慢的步子走回来时说。这时，他回想起卡尔的抗拒，便说：“我希望你改一改你的态度，不然的话，我可要对你不客气了。”

这时，房间里传来一个声调柔和、带疲倦腔的询问的声音：“德拉马什？”

“在，”德拉马什回答，和颜悦色地望着门，“我们可以进来吗？”

“哟，进来吧。”里面的声音说，德拉马什瞥了一眼那两个在他身后等着的人，随后就慢慢把门打开。

人们走进一片黑暗之中。一扇窗户也没有，阳台门的帷帘一直落到地面，仅有朦胧的微光透入，可是此外，房间里塞满了家具，到处挂着衣服，使房间里更添几分黑暗。空气是混浊的，人们简直是嗅到了人手触摸不到的墙旮旯里积聚着的尘土的味道。卡尔进来时最先看到的，是紧挨着一溜排开的三只箱子。

沙发榻上躺着那个先前从阳台上向下张望的女人。她的红连衣裙下端已经有点走样，一大个裙子角一直垂落到地上，人们看到她赤裸的大腿几乎一直可看到膝盖处，她穿白色毛袜，鞋子也没穿。

“这里真热，德拉马什。”她说，把脸从墙那边转过来，懒洋洋、晃悠悠地把手向德拉马什伸过去，德拉马什抓住她的手就吻。卡尔只看着她那个随着脑袋的转动而一起滚动的双下巴。

“也许我该让人把帷帘拉起来吧？”德拉马什问。

“千万别拉，”她闭着眼睛宛如绝望似的说，“拉上去就更糟了。”

卡尔走到沙发榻的末端，以便仔细观看这个女人，他对她的抱怨感到奇怪，因为房间里并不是特别热。

“等一等，我可以让你躺得稍微舒服一些。”德拉马什胆怯地说，解开脖子下方的几个钮扣，在那儿把连衣裙敞开，袒露出颈脖和胸脯，现出汗衫柔软、浅黄色的花边。

“这是谁，”女人突然用指头指着卡尔说，“为什么他这样盯着我？”

“你马上就可以开始帮忙干点活了，”德拉马什把卡尔推到一边说，随后他安慰那女人说，“这只不过是个我带来侍候你的男孩。”

“可是我不要别人来侍候我嘛！”她嚷嚷，“你为什么把陌生人带到我家里来？”

“可是这一阵子你一直想雇一个仆人呀。”说着，德拉马什就在地上跪下；沙发榻虽然很宽大，可是布鲁娜姐身边竟没有一丁点儿空地方。

“啊，德拉马什，”她说，“你不理解我，不理解我呀。”

“那我可真的就不理解你了，”德拉马什双手捧住她的脸说，“不过这没什么关系，你愿意的话，他马上就可以离开这儿。”

“他既然已经来了，就让他留下吧，”她改口说，而疲惫不堪的卡尔对这句也许根本不怀有什么好意的话却是如此感恩戴德，以致他一直朦朦胧胧地还在想着那永无尽头的楼梯，想着他也许马上又不得不下楼去，就迈步从躺在被子上安安稳稳睡觉的鲁滨孙身上跨过去，不顾德拉马什一个劲儿气鼓鼓地挥动双手，说道：“不管怎么说，我感谢您愿意让我还在这里待一些时光。我大概已经二十四个小时没睡过觉了，活儿倒是干了不少，还受到了种种惊吓。我筋疲力尽。我根本就不太清楚，我现在身在何处。可是如果我睡了几个小时的觉，您就不妨可以随意把我打发走，我会很乐意走的。”

“你当然可以留在这儿，”那女人说，还讥讽地添上一句，“你看见了，地方我们这儿有的是。”

“这么说来，他必须离开这儿，”德拉马什说，“我们不能收留他。”

“不，让他留下。”那女人又改用严肃的口吻说。于是，德拉马什像是实施这一愿望似的说：“那好吧，你在随便什么地方躺下睡吧。”

“他可以睡在窗帘布上，不过他必须脱下靴子，以免踩坏了什么。”

德拉马什向卡尔指了指她说的那块地方。在门和那三只箱子之间胡乱堆放着一大堆各色各样的窗帘布。如果人们顺序把所有的窗帘布叠好，厚实的放在最下面，渐次往上最轻薄的放在最上面，最后把塞在布堆里的各种木板和木圈拿出来，那么这就可以成为一个蛮不错的床铺。现在这个样子，这只是一团晃荡、滑动的布，可是，尽管如此，卡尔还是躺在它上面，因为他太累了，顾不得去做那些特殊的睡前准备工作，况且也得顾及他的主人，尽量少给人家添麻烦。

正当他几乎已经快要酣然入睡时，他听见一声大叫，便坐起来，看见布鲁娜妲笔挺地坐在沙发榻上，张开胳臂，搂住了跪在她面前的德拉马什。见到这副景象颇感尴尬的卡尔，便又向后一倒，把头埋在窗帘布里继续睡觉。他在这里两天也忍不过去，这一点他似乎清楚了，可是为了可以头脑清楚、快速而冷静地作出决断，先美美地睡上一觉，便显得更有必要了。

但是布鲁娜妲却已经看见了卡尔的那一双因疲倦而睁得大大的、已经惊吓过她一回的眼睛，喊道：“德拉马什，我热得受不了了，我身上火辣辣的，我得脱掉衣服，我得洗澡，你让这两个人离开房间，去走廊，去阳台，随你的便，只要别让我再看见他们就行！人家是在自己的家里，却老是受到骚扰。德拉马什，要是我和你单独在一起，那该有多好！啊，上帝，他们还一直在这里！这个不要脸的鲁滨孙竟当着一个女人的面身穿背心裤衩就伸开四肢躺下了！还有这个陌生的男孩，他刚才用狂乱的目光盯着我，后来又躺下，以便迷惑我！把他们打发走吧，德拉马什，他们是我的一个累赘，他们压在我的胸脯上，如果我现在有个三长两短，那全是他们的过错。”

“马上就让他们到外面去，你只管脱衣服吧。”德拉马什说，并向鲁滨孙走去，用脚踩在他胸脯上摇晃他。他同时向卡尔叫喊：“罗斯曼，起来！你们俩必须到阳台上去！如果没有叫你们，你们就进来，看我怎么治你们！现在赶快，鲁滨孙”——说罢，他更加使劲地摇晃鲁滨孙，“还有你，罗斯曼，小心别让我也来踩你。”说罢，他大声拍了两下巴掌。

“真磨蹭！”布鲁娜妲在沙发榻上嚷嚷，她远远叉开两条大腿坐着，以便为她那过分肥胖的身体谋得更多的空间，只是作出了极大的努力，在频频喘气下，经过多次歇息，她才能勉强弯下腰去，刚刚够着她的袜子的最上端并将它们略微捋下去一点，她无法完全脱掉自己身上的衣服，这件事必须由德拉马什来做，她等他已经等得不耐烦了。

卡尔疲惫不堪、无精打采地从布堆上爬下来，慢吞吞走向阳台门，一小块窗帘布缠住了他的脚，他满不在乎地拖着它行走。当他从布鲁娜妲身旁走过时，他甚至还漫不经心地说：“我祝您晚安。”然后才从正在将阳台门帷帘稍稍拉回去一点的德拉马什身旁擦身而过，走到外面阳台上。鲁滨孙紧随其后，大概一样的又困又乏，因为他在哼哼唧唧：“人家老是虐待你！如果布鲁娜妲不一块儿来，我就不到阳台上去。”但是，尽管他这样信誓旦旦，他还是乖乖儿地走了出去，看到卡尔已经躺倒在那儿的沙发椅里，便立刻在石板地面上躺下。

当卡尔醒来时，天色已晚，天空已经是繁星闪烁，月亮从街道对面的高楼后面冉冉上升。环顾了几次这陌生的地方，深深呼吸了几口凉爽、清新的空气之后，卡尔这才意识到，他在哪里。他是多么的不谨慎呀，把女厨师长的全部忠告、特蕾泽的全部警告、自己的全部忧虑一股脑儿丢到了脑后，安安静静地坐在这儿德拉马什的阳台上并且甚至已经在这儿睡了半天，仿佛这帷帘后面不是德拉马什，不是他的头号敌人似的。鲁滨孙在地板上懒洋洋缩作一团，拽卡尔的脚，他似乎也是用这个办法把他叫醒的，因为他说："你睡得真香，罗斯曼！这就是无忧无虑的年轻人。你还想睡多久呀？我本来想让你再睡一会儿的，但是首先，我在地板上太无聊了，其次，我饿极了。我求你了，稍许站起来一点，我在这儿下面，在沙发椅里藏了点吃的，我想把它拿出来。我也给你一点。"卡尔站起来，看着鲁滨孙怎样没有站起来，而是肚子贴着地把自己的身躯挪动过去，伸出双手从沙发椅下面摸出一只镀银的碟子，这碟子大约是盛名片用的。可是这只碟子里却放着半截黑糊糊的香肠，几根细细的香烟，一只已经开启、但仍装得满满的、油汪汪的沙丁鱼罐头以及一些大多已被压碎、挤成一团的糖果。然后，还有一大块面包和一只类似香水瓶的瓶子，可是这瓶子里装的似乎不是香水，而是别的什么东西，因为鲁滨孙露出特别满意的神情指着那只瓶子，抬头向着卡尔连连咂嘴。

"你看，罗斯曼。"鲁滨孙说，他一口一口地吞食沙丁鱼，不时用一块羊毛披肩擦手上的油，这块披肩显然是布鲁娜妲落在阳台上的。"你瞧，罗斯曼，如果你不想饿死，你就这样给自己储藏吃的。唉，我完全受排挤。如果一个人一直被人家当狗对待，末了，他就会想，他真的是狗。罗斯曼，你一来，这就好了，我起码可以和人说说话了。在屋里没有人和我说话。我们被人憎恨。全都是为了这个布鲁娜妲。她当然是个了不起的女人。嘿——"他招手让卡尔向自己俯下身来，悄悄对他说——"有一回我看见她光着身子。噢！"他沉浸在对这件赏心乐事的回忆之中，竟开始拧扭和拍打起卡尔的大腿来，直到卡尔大喊："鲁滨孙，你疯了。"并抓住他的双手，将它们朝后推去。

"你还是个孩子，罗斯曼。"说着，鲁滨孙从衬衣下面掏出一把系在颈部饰带上的匕首，摘下匕首套，切那块硬香肠。"许多东西你还得从头学，不过，在我们这儿你算是找到理想的学习场所了。你坐下呀。你不想也吃点什么？嗯，你看着我吃，也许看着看着就会来胃口的。喝酒你也不愿意？你可简直是什么也不愿意。说话你恰恰也不是特别爱说话。不过，和谁一起在阳台上，这是完全无所谓的事，只要压根儿有人在就行。我经常在阳台上。布鲁娜妲拿这来取乐。她只要随便想出一个什么主意，一会儿她冷了，一会儿热了，一会儿她想睡觉，一会儿她想梳头，一会儿她想解开胸衣，一会儿她想把它穿上，每逢这种时候，我总是被打发到阳台上来。有时，她确实做她所说的事，但是大多数情况下她只是那么依然如故地躺在沙发榻上，一动也不动。从前我往往把帷帘稍稍拉开一点，偷偷往里看，可是自从有一回德拉马什抓住一次这样的机会——我很清楚，他不愿意这样干，而是在布鲁娜妲的请求下才这样干的——用鞭子往我脸上抽了几下以后——你看见这伤痕了吗？我就再也不敢偷看了。后来我就这样躺在阳台上，除了吃就再也没有别的乐趣。前天，当我晚上这样独自躺着并从这栏杆向下看的时候，当时我还穿着我的那身漂亮衣服，可惜这身衣服让我给丢在你的饭店里了，那帮狗崽子；硬是把这身贵重衣服从人家身上撕下来！——当我在这里这样独自躺着并从这栏杆向下看的时候，我心里难受已极，竟开始号哭起来。恰巧就在这时候，我没有马上就发觉，布鲁娜妲向我这边走了出来，身上穿着那件红连衣裙——所有的衣服中就这件最合她的身——看了我一看，后来就说：'鲁滨孙，你为什么哭？'说罢，她撩起她的裙子，用裙边擦我的眼泪。谁知道，她还会做出什么事情来，倘若不是德拉马什在喊她，倘若她不是马上又不得不走进房间里去的话，我当然就以为，现在该轮到我了，就透过帷帘问，我是否可以进房间了。你猜，布鲁娜妲说什么：'不！'她说，'你想到哪儿去啦？'她还说。"

"既然人家这么对待你，你为什么待在这儿？"卡尔问。

"对不起，罗斯曼，你问得不是很聪明，"鲁滨孙回答，"你也会留在这里的，即使人们待你更坏。话说回来，人们待我根本不是那么坏。"

"不，"卡尔说，"我一定要走，可能今天晚上就走。我不留在你们这儿。"

"今天晚上就想走，那么譬如说吧，你怎么个走法呢？"鲁滨孙问，他已经把面包上软和的部分切下，小心翼翼浸上沙丁鱼罐头的油，"如果你连房间都不可以进去的话，你想怎么离开这儿呢？"

"我们为什么不可以进去？"

"嗯，只要铃声没响，我们就不可以进去。"鲁滨孙说，他尽量张大着嘴吃着蘸油面包，同时用另一只手接住从面包上滴落下来的油滴，以便时不时地用吃剩的面包去蘸那权当容器的掌心里的残油。"这里一切都变得更严厉了。起先这里只有一块薄薄的帷帘，虽然没有去窥视，但是晚上看得出人的身影。布鲁娜妲感到别扭，于是，我不得不把她的一件看戏时穿的大衣改做成一块帷帘挂在这里，换下了那块旧的。现在什么也看不见了。从前我总是可以主动问，我是否可以进去了，人家按具体情况回答我说可以或不可以，可是后来，这个权利我也许利用得过于频繁，问得太勤了。布鲁娜妲受不了了。——她虽然身体丰满，可是体质却很弱，她常常头痛，大腿痛则几乎始终不断——于是就规定，我不许再问了，而是，每逢要我进去，人家就按桌上的铃。这一按，铃声便大作，甚至可以把我从睡梦中吵醒——为了解闷，我曾在这里养过一只猫，它被这铃声吓跑了，一直没回来过；嗨，这铃声今天还没响呢，一旦响起铃声，我不仅可以，而且必须进去——既然已经这么久没响铃声了，那么，可能还要等很久呢。”

“是呀，”卡尔说，“可是适用于你的，还不是非得适用于我嘛。这种规定压根儿就只适用于逆来顺受的人。”

“可是，”鲁滨孙嚷嚷，“为什么这个规定会不适用于你呢？它当然也适用于你。你还是和我一起在这里安心等着响铃声吧。然后你就可以试一试，看你能不能离开这儿。”

“你到底为什么不离开这儿呢？仅仅是因为，德拉马什是你的朋友，或者说得更精确些，曾经是你的朋友。难道这就是生活？在布特福脱不是可能会更好些吗，你们起初是想去那儿的呀？或者干脆去加利福尼亚，你在那里有朋友呀？”

“哟，”鲁滨孙说，“这种事没人能预料到。”他拿起香水瓶呷了一大口说，“祝你健康，亲爱的罗斯曼。”然后，他继续往下讲，“当初你那样不讲情义地把我撂下不管，我们那时的处境是很艰难的。工作我们在头几天里没能找到，再说德拉马什也不愿意找活干，要愿意的话他也就找到了，他一个劲儿派我出去找，而我又运气不好。他只是到处游荡，可是天色已经晚下来了。他只带来了一只女式小钱包。这钱包虽然非常漂亮，用珍珠做的，现在他已经把它送给布鲁娜妲了，可是钱包里几乎空空如也。然后他就说，我们应该到各家各户去乞讨，在乞讨时人们当然就有机会找到某些有用的东西，于是我们就去乞讨，为了样子好看些，我就在寓所门前唱歌。德拉马什总是走运，我们刚到第二家寓所前，这是底层一家很富有的寓所，在门口给厨娘和仆人唱了几支歌，这时，这栋寓所的女主人，就是布鲁娜妲，上楼来了。她也许是身上的衣服系得太紧，那几级楼梯竟压根儿爬不上来了。可是她的模样儿多漂亮，罗斯曼！她穿一件雪白的连衣裙，拿一把红色的遮阳伞。她叫人垂涎三尺。她让人神魂颠倒。啊，天哪，啊，天哪，她真漂亮！这样一个女人！不，你说说，怎么会有这样漂亮的女人的！女佣和男仆自然立刻就向她迎面奔跑过去，几乎把她抬了上去。我们站在门的左右两边并且敬了礼，这是当地人的习俗。她站住了一会儿，因为她还一直没喘过气来，后来我就不知道，事情到底是怎么发生的，我由于饥饿神志不很清醒，而她在近处就显得更漂亮，极其健壮，并且由于一件特殊的紧身胸衣身上到处都紧绷绷的，以后我可以让你去看箱子里的那件胸衣；简言之，我从后面稍稍摸了她一下，但是轻极了，你知道吗，只是那么触摸了一下。人们自然不能容忍一个乞丐触摸一个富有的贵妇人。几乎没有接触到什么，但是毕竟是摸了一下。谁知道，这会产生怎样严重的后果，倘若德拉马什立刻给我一记耳光的话，非得打得我不禁立刻用双手捂住面颊不可。”

“你们干的什么好事！”卡尔说，他被这个故事完全吸引住了，便坐到地板上，“这就是布鲁娜妲？”

“可不是吗，”鲁滨孙说，“这就是布鲁娜妲。”

“有一回你不是说过他是个女歌唱家吗？”卡尔问。

“当然她是个女歌唱家，一个大女歌唱家，”鲁滨孙回答，他嘴里含着一大团糖果，时不时有一块从嘴里挤出来，他就用指头又把它压回去，“但是这个情况我们当时当然还不知道，我们只看出，这是一个富有的、非常高贵的女人。她做出仿佛什么事也没发生的样子，也许她也是什么也没有感觉到，因为我确实只用指尖轻轻碰了她一下。可是她却不断地打量德拉马什，德拉马什也回过头去看她——他恰好与她的目光相遇。随后，她便对他说：‘你到里面来一会儿，’并用阳伞指指寓所，要德拉马什在她前面走进去。然后，他们便走了进去，仆人等他们进去后就把门关上。我就让他们给晾在了外面，我心想，这用不了多长时间的，就坐在楼梯上等候德拉马什。可是出来的不是德拉马什，而是那个男仆，他给我送出来一满碗汤。‘还是德拉马什体贴我！’我暗自思忖。我喝汤时，仆人在我身边站了一会儿，给我讲了一些有关布鲁娜姐的事情，我这才看出来，这次拜访布鲁娜姐对于我们可能会有怎样的意义。因为布鲁娜姐是个离了婚的女人，有一大笔财产并且完全独立自主！她从前的丈夫，一位可可工厂主，虽然还一直爱着她，但是她却根本不愿意理睬他。他经常到这寓所里来，每回来总是穿得漂漂亮亮，宛如参加婚礼——这是千真万确的，我自己就见过他——可是，尽管受了大笔的贿赂，那仆人却不敢去问布鲁娜姐，她愿不愿意接待他，因为他已经问过几次，每次布鲁娜姐都是手里恰好有啥就把啥扔到他的脸上。有一回甚至扔了她那个装满热水的大汤婆子，她用它打掉了他的一颗门牙。哎，罗斯曼，你等着瞧吧。”

“你怎么认识那个人的？”卡尔问。

“他有时也上楼来。”鲁滨孙说。

“上楼来？”卡尔惊讶得用手轻轻一敲地板。

“你完全有理由惊讶，”鲁滨孙继续说，“当初用人把这个讲给我听时，连我也感到惊讶。你想一想，每逢布鲁娜姐不在家，那个人就让用人把自己领到她的房间里去，总是拿走一件小玩意儿作纪念，总是给布鲁娜姐留下点非常昂贵和精美的东西，并且严格禁止用人说出这东西是谁送的。但是有一次，他带来了一件——这是用人说的，我相信用人的话——简直是价值连城的瓷器，布鲁娜妲想必是不知怎么认出来了，立刻把它扔在地上，在那上面来回地踩，往那上面啐唾沫，还作了点什么别的处理，致使用人恶心得几乎没法把它清扫出去。”

“那个人怎么得罪了她了？”卡尔问。

“这个我也说不好，”鲁滨孙说，“但是我认为，没有什么了不起的事，起码我自己不知道有什么事。我有时曾和他谈过这件事。他每天都在那儿那条街的拐角处等我，我一来，我就必须讲点新闻给他听；我若是来不了，他总是等候半个小时，然后才离去。对我来说，这是一笔很好的外快，因为他付的信息费很丰厚，但是自从德拉马什听说这件事之后，我就必须把全部收入交给他，所以后来我就很少去了。”

“可是那个人想得到什么呢？”卡尔问，“他想得到什么呢？他听见了，她不愿意理睬他。”

“是呀。”鲁滨孙叹口气，点燃一支香烟，使劲一挥胳臂把烟雾吐到空中。随后，他似乎另有打算，说道：“这与我有什么相干？我只知道，如果他可以像我们这样躺在这儿阳台上，他会为此付很多钱的。”

卡尔站起来，靠在栏杆上，望着下面的街道。月亮已经清晰可见，但是它的光芒还没有进入这条小巷的深处。白天空空荡荡的小巷，尤其是屋门前，都挤满了人，大家都在慢慢腾腾地活动着，男人的衬衫袖管，女人的浅色连衣裙在黑暗中隐约可见，大家都没戴帽子、头巾。周围众多的阳台上现在全都有人，那边在一盏白炽灯的灯光下坐着一家一家的人，分别依照阳台的大小，或围着一张小桌子而坐，或只是坐在一排靠背椅上，抑或他们至少把脑袋从房间里伸出来。男人们叉开两腿坐着，双脚从栏杆之间伸出去，读报纸，报纸几乎一直落到地板上，或玩牌，表面上看来悄然无声，其实不时有人使劲敲打桌子，女人们忙着做手里的针线活，只是偶或抽空匆匆瞥一眼四周或大街。相邻阳台上一个金黄头发、身体羸弱的妇女不停地打哈欠，一边还东张西望，总是把一件她恰好在补缀的衣服举到嘴前；甚至在那些最小的阳台上孩子们也都要互相追逐嬉耍，使父母们很感讨厌。许多房间内都摆放着留声机，播放着歌曲或管弦乐曲，人们并不特别在意这种音乐，只是偶或有家庭中的父亲一挥手，某个人便急忙跑进房间，放上一张新的唱片。在有些窗户口，人们看见一对一对纹丝不动的情侣，卡尔对面的一扇窗户旁边就笔挺地站着一对这样的男女，小伙子用胳臂搂住姑娘，用手摸她的乳房。

“你认识邻近一带的什么人吗？”卡尔问鲁滨孙，这时鲁滨孙也已经站了起来，除了自己的那条还把布鲁娜妲的被子也裹在了自己的身上。

“几乎一个人也不认识，我处在这样的地位，这是相当糟糕的，”说着，鲁滨孙把卡尔拉到自己身边，以便能对他悄悄耳语，“除此之外，眼下我倒也没什么好抱怨的。为了德拉马什的缘故，布鲁娜妲卖掉了她拥有的一切，带着她的全部财富迁进了这栋市郊寓所里，以便她可以完全委身于他，可以不受任何人骚扰，而且这也正是德拉马什所希望的。”

“她把用人都辞退了？”卡尔问。

“完全正确，”鲁滨孙说，“这里哪儿有用人们睡觉的地方呀？那些用人都是很苛求的老爷。有一回，德拉马什在布鲁娜妲家里扇耳光把一个这样的用人从房间里赶了出去，飞快的耳光扇了一个又一个，一直把那人扇到门外。其余几个用人自然就和他联合起来在门前吵闹，于是德拉马什便出来（当时我不是用人，而是家庭常客，但是我却和用人们呆在一起）问道：‘你们要干什么？’年纪最大的那个用人，某个叫伊索多尔的，接口回答说：‘您和我们没什么好说的，我们的女主人是仁慈的太太。’你也许注意到了，他们尊敬布鲁娜妲。可是布鲁娜妲却并不理会他们，跑到德拉马什身边，当时她还没像现在这么笨重，当着大家的面拥抱、亲吻他并称他‘最亲爱的德拉马什’。‘你把这些猴子打发走吧，’最后她说。猴子——用人们都是猴子；你想象一下吧，他们听了这话脸上是什么表情。然后，布鲁娜妲拉着德拉马什的手伸向她拴在腰带上的钱袋。德拉马什把手伸进去，开始付清用人们的工资；布鲁娜妲的参与这次支付活动，仅仅是敞开着腰带上的钱袋在一旁站着而已。德拉马什不得不频频伸手摸钱袋，因为他发钱不点数、不审核应付款项。末了，他说：‘既然你们不愿意和我说话，我就只以布鲁娜妲的名义告诉你们：你们滚开，立刻就滚。’就这样，他们被辞退了，后来还打了几场官司，德拉马什甚至不得不出过几次庭，这方面的详细情况我就不知道了。只是，辞退了用人们之后，德拉马什立刻就对布鲁娜妲说过：‘现在你没有用人了？’她说：‘有鲁滨孙在这儿呢。’随后德拉马什就拍了一下我的肩膀说：‘好吧，你就当我们的用人吧。’于是，布鲁娜妲就拍拍我的面颊。如果有机会的话，罗斯曼，你也让她给你拍拍面颊。你会惊讶的，这多美呀。”

“这么说来，你当上了德拉马什的用人了？”卡尔总结性地说。

鲁滨孙听出了这个问题中的惋惜之音，回答说：“我是用人，但是这只有少数几个人看得出来。你瞧，你自己本来也不知道嘛，虽然你已经在我们这儿待了一些时候了。你已经看到了，我昨晚在你们那个饭店里穿得怎么样。我穿的是最高级的衣服。用人穿这样的衣服出门吗？只是，问题就在于，我不可以经常出门，我必须随叫随到，总有什么家务活要干。这么多活儿一个人实在忙不过来。你也许已经注意到了，我们在房间里乱七八糟地堆放着许多东西；凡是大搬家时未能卖掉的，我们都带来了。当然我们本来也可以把它们都送给别人的，但是布鲁娜妲什么也不送人。你想想吧，把这些东西扛上楼来，这要费多大的劲。”

“鲁滨孙，这全都是你扛上来的？”卡尔问。

“除了我还有谁呀？”鲁滨孙说，“还有一个辅助工，一个懒货；大多数活儿我不得不独自一个人干。布鲁娜妲站在楼下汽车旁边，德拉马什在楼上指挥，这些东西该放在什么地方，我就不停地跑来跑去。一共干了两天，干了很久，对不对？可是，你根本就不知道，这儿房间里有多少东西，所有的箱子都是满满的，箱子后面也都塞满了东西，一直高达天花板。倘若当时能雇几个人搞搬运，也许很快就全整理好了，可是除我以外，布鲁娜妲不愿意把这事托付给别的什么人。这是人家的一番好意，可是我当初却把我这一辈子的健康毁了，除了我的健康我还有什么财富呀？现在我只要稍稍使点劲，我便在这儿和这儿还有这儿感到针刺一般疼痛。你以为，饭店里的那些男孩，那些癞皮狗——他们不是癞皮狗是什么？他们居然能够战胜得了我，倘若我身体健康的话？可是不管我有什么病，我对德拉马什和布鲁娜妲都只字不提，能支撑多久，我就干多久，如果支撑不住了，我就躺倒，死去，然后他们才为时过晚地看到，我一直有病，可是，尽管如此，我却一直不断地干活，为他们效劳，一直干到累死。啊，罗斯曼——”最后他说，并用卡尔的袖管擦干眼睛。少顷，他说：“你不冷吗，你就这么穿了衬衫站在这儿？”

“没事，鲁滨孙，”卡尔说，“你老是哭。我不认为你有病。你看上去很健康，但是因为你老是躺在这阳台上，你便胡思乱想开了。也许你有时候感到胸口一阵刺痛，这种感觉我也有，人人都有。如果大家都像你这样遇到什么鸡毛蒜皮的小事就哭鼻子，那么所有阳台上的人都得哭了。”

“我心里比你清楚。”鲁滨孙边说边用他的被子角擦眼角。“有个大学生，住在隔壁女房东太太那儿，这个房东太太给我们做饭。最近有一次，我把餐具送回去的时候，大学生曾对我说：‘您听着，鲁滨孙，您不是病了吧？’我是被禁止与人说话的，所以我把餐具一放下就要走。这时，他向我走过来，并且说：‘您听着，哎呀，您别把事情做绝了嘛。您有病了。’‘是的，那么，请问，我该怎么办呢？’我问。‘这是您的事，’他边说边转过身去。在那儿就餐的人听了都笑了，这里到处都有我们的敌人，所以我还是走了。”

“那就是说，愚弄你的人你信，对你怀着一番好意的人你不信。”

“可是我必须知道，我有什么病。”鲁滨孙怒气冲冲说，可是立刻又重新哭泣起来。

“你是不知道你有什么病，你应该为你自己随便找一份什么体面的工作，不要在这里给德拉马什当什么用人。因为据我按照你所讲述的以及按照我自己亲眼目睹的来判断，这儿的这种做法不是服务，而是一种奴役。这是没有人能忍受得了的，我相信你也忍受不了。但是你想，因为德拉马什是你的朋友，你就不可以离开他，这就错了嘛；如果他不清楚你正过着多么悲惨的生活，那么，你对他也就无丝毫义务可言。”

“这么说来，罗斯曼，你确实相信，我放弃在这里的服役，我就能重新把身体养好？”

“肯定。”卡尔说。

“肯定？”鲁滨孙又问一遍。

“完全可以肯定。”卡尔微笑道。

“那我立刻可以开始休养了。”鲁滨孙注视着卡尔说。

“此话怎讲？”卡尔问。

“嗯，因为你就要接管我在这儿的工作了呀。”鲁滨孙回答。

“这是谁对你说的？”卡尔问。

“早就有这个打算了。这件事已经谈论了好几天。起因是，布鲁娜妲叱责我，因为这寓所我保持得不够整洁。我当然答应马上把一切都整理好。嗯，这做起来却很难。譬如我现在这种状况，我无法到处爬来爬去，去擦拭灰尘，我在房间中央就动弹不了了，哪儿还有力气到那儿家具之间和储存物之间去擦呀？若想把一切都仔细擦拭干净，就得把家具挪开，这活儿要我一个人去干？而且，这些活儿都得轻手轻脚地干，因为布鲁娜妲是决不可以受到骚扰的，而她又几乎从不离开这个房间。我虽然答应要把一切都擦拭干净，可是事实上我没有做到。布鲁娜妲发现了这个事实，就对德拉马什说，这样下去不行，还得另外再雇一个人手。‘我不希望，德拉马什，’她说，‘让你来指责我管理不好家务。我自己使不上劲儿，这一点你是看得出来的，而鲁滨孙又不够用；起初他精力充沛，很会张罗，但是现在他总是觉得累，通常都坐在一个角落里，而一个我们这样的有许多家什的房间是不会自动保持整洁的。’此后，德拉马什便考虑，该采取什么可行的办法，因为人们当然不能任意雇一个人到这样一个家庭里来，试也试不得，因为方方面面的人都在注意我们呢。可是因为我是你的好朋友，我还从雷内尔那儿听说你在饭店里挺受苦的，所以我就推荐了你。德拉马什立刻表示同意，虽然你当时曾冲撞过他，而我当然很高兴能为你效这个劳。这个职位对你特别合适，你年轻力壮，机敏过人，而我却没有一点儿用了。我只不过想告诉你，你还没有被正式录用；如果你不中布鲁娜妲的意，我们就不能用你。所以你努努力吧，让她喜欢你，其余的事就由我来办。”

“我在这里当用人，你干什么呢？”卡尔问。他感到轻松自在，鲁滨孙通报的情况在他心头引起的最初的恐惧已经消散。这么说来，德拉马什并不怀有什么更大的恶意，无非就是想让他当用人而已——倘若他怀有更大的恶意的话，饶舌的鲁滨孙肯定早就把这泄露出来了——可是如果情况是这样，那么，卡尔就敢于今晚就和他们分道扬镳。人们不能强迫一个人接受一个职位嘛。从前，卡尔曾担心，为了不致挨饿，他能不能在这被饭店辞退之后尽快找到一份合适的、也许并不更寒酸的工作，而现在，比起这儿要他做的这份差使来，比起这份他厌恶的差使来，他觉得任何一个别的职位都够好的，甚至他宁可没有工作、穷困潦倒，也不愿干这份差使。可是他根本不试图让鲁滨孙去领会这个道理，因为鲁滨孙完全囿于成见，希望让卡尔来减轻自己的工作，从而无法作出任何正确的判断。“那我就，”鲁滨孙说，边说边做着愉快的手势——他把胳膊肘支撑在栏杆上，“先把一切都给你讲一讲，领你去看看储存物。你受过教育，肯定也写得一手好字，所以你可以马上开出一份所有这些我们所拥有的物品的清单来。布鲁娜妲早就希望得到这样一份清单。如果明天上午天气晴朗，我们就请布鲁娜妲坐到阳台上去，在这期间我们就可以在房间里踏踏实实干活，就不会妨碍她了。因为这是你，罗斯曼，首先必须注意的。千万不要惊扰布鲁娜妲。什么声音她都听得见，也许她作为女歌唱家耳朵十分灵敏。譬如你把箱子后面的烧酒桶滚出来，酒桶发出嘈杂声，因为它重，而且那儿四处都堆放着各种各样的物件，以致人们不是一下子就能轻易把它滚出来。譬如布鲁娜妲正安安静静地躺在沙发榻上逮苍蝇，这些苍蝇简直惹得她厌烦透了。于是你便以为，她不会管你的，你就继续滚你的酒桶。她还一直安静地躺着。但是就在你根本料想不到，就在你发出最小嘈杂声的那个瞬间，她突然坐直身子，用双手拍打沙发榻，拍得尘土飞扬，简直叫人看不见她的身影——自从我们到这儿以来，我从未拍打过这张沙发榻；我没法拍打，她老是躺在那上面，并骇人地大声喊叫起来，像一个男子汉，就这样接连喊叫数小时之久。左邻右舍禁止得了她唱歌，可是谁也禁止不了她喊叫，她必须喊叫，不过话说回来，这种事现在很少发生，我和德拉马什已经变得很谨慎了。这也很有损于她的健康。有一次她晕了过去，我就不得不——德拉马什恰好不在——把隔壁的那位大学生请来，他用一只大瓶里的液体浇在她身上，这倒也奏效了，可是这种液体有一股难闻的气味，只要把鼻子伸向沙发榻，你现在还闻得到那股气味。那个大学生肯定是我们的敌人，和这儿所有的人一样，你也必须提防所有的人，不要和任何人来往。”

“哎，鲁滨孙，”卡尔说，“这可是一项繁重的工作。你真是给我介绍了一桩美差呀。”

“你别担心，”鲁滨孙边说边闭上眼睛摇晃脑袋，企图消除卡尔可能会有的种种顾虑，“这个职务也有别的职务无法向你提供的好处。你老是待在一位像布鲁娜妲这样的贵妇人的身边，有时候你和她睡在同一个房间里，你可以想象得出来，这本身就会带来种种舒适安逸的感觉。会付给你丰厚的报酬的，钱有的是，我作为德拉马什的朋友一个子儿也没拿到过；只有当我出门时，布鲁娜妲才总要给我一点钱，可是你当然会和别的佣人一样拿到工钱的。你也没有什么别的身份嘛。可是对你来说最重要的是，我将大力减轻你的工作负担。起初我当然什么事也不干，我要好好休养，但是我只要稍许恢复一下体力，你就可以指望得到我的帮助。那固有的侍候布鲁娜妲的活儿，也就是梳头和穿衣，只要德拉马什不干，那么，这些活儿仍由我来干。你只管打扫房间，买东西和繁重的家务活儿。”

“不，鲁滨孙，”卡尔说，“这一切对我没有吸引力。”

“罗斯曼，你别犯傻，”鲁滨孙贴近卡尔的脸说，“你别坐失了这个好机会。你在哪儿能马上找到一份工作？谁认识你？你认识谁？我们，两个男子汉，见多识广，经验丰富，奔波了几个礼拜也没找到工作。这不是一件容易的事，这简直比登天还难。”

卡尔点点头，并且对鲁滨孙能如此理智地讲话感到惊讶。不过，这些建议却对他毫无用处，他不可以待在这里，这座大城市里会有他的一块安身之地的，所有的饭店，这一点他是清楚的，通宵达旦都挤满了人，人们需要侍候客人的服务人员。他受过这方面的训练。他会迅速而不引人注目地适应随便哪种活动的。对面那所房屋的楼下恰好就设有一家小旅店，从那里传出来一阵嘈杂的音乐声。主要入口处只用一大块黄色的门帘遮挡着，有时刮起一阵穿堂风，那帘子便一个劲地直朝外面的巷子里飘荡。除此之外，巷子里已经变得寂静多了。大多数阳台都黑糊糊，只有在远处还有星星点点的灯光，但是人们刚刚注意上它，那儿的人便都站起身，就在他们涌回寓所里去的同时，一个男子向那盏白炽灯伸过手去，作为最后一个留在阳台上的人，匆匆瞥了一眼巷子里之后，便拧灭了灯火。

“现在黑夜开始了，”卡尔暗自思忖，“我若还继续在这儿待下去，那么我就是他们一伙的了。”他转过身去，想拉开寓所门前的帘子。“你要干什么？”鲁滨孙站到卡尔和门帘之间说。

“我要走，”卡尔说，“让我走！让我走！”

“你别去惊扰了她，”鲁滨孙嚷嚷，“你想干什么！”说着，他用双臂抱住卡尔的脖子，用自己全身的重量吊在他身上，用自己的双腿夹住卡尔的双腿，就这样一下子把他扳倒在地上。但是卡尔在电梯工中间曾学过一点扭打功夫，于是乎，他便一拳朝鲁滨孙的下巴颏下面打去，但手下留情，用力不大。鲁滨孙则迅速而毫无顾忌地用膝头狠狠一顶卡尔的肚子，但随后便双手捂着下巴开始号啕大哭起来，致使相邻阳台上一个男人狂拍巴掌命令“安静”。卡尔还静静地躺了一小会儿，以便熬过鲁滨孙这一顶给他带来的疼痛。他只是把脸转向那块门帘，它平静而沉甸甸地挂在显然是黑沉沉的房间的前面。房间里似乎没有人，也许德拉马什和布鲁娜妲一道出去了，卡尔已经有了充分的行动自由。举止行为确实像一条看家狗的鲁滨孙已经被彻底甩掉了。

这时，从小巷深处传来一阵阵鼓声和喇叭声。许多人零零星星的喊声不久便汇集成齐声呐喊。卡尔转过头去，看到所有的阳台又重新活跃起来。他慢慢站起来，他不能完全站直，不得不重重地趴在栏杆上。下面人行道上，年轻小伙子们阔步行进，他们伸出双臂，高高举起的手里拿着便帽，面孔转向后面。车行道上仍还空着。少数人挥动着高杆上的裹在一层浅黄色烟雾里的灯笼。正当吹鼓手们排着长队走进灯光之中，卡尔对他们人数之众多感到不胜惊讶的时候，他听到自己背后有说话声，便转过身去，只见德拉马什正在撩起沉甸甸的门帘，随后又看见布鲁娜妲正从幽暗的房间里走出来，身穿红连衣裙，肩披一条花边披肩，一顶黑色小帽戴在大概没有梳理过、只是堆成一堆的头发上，发梢松散地从帽檐底下露出来。她手里拿着一把打开的小扇子，但是并不摇动它，而是把它紧紧贴在自己的胸口。

卡尔沿栏杆退到一边，给这两个人腾出地方。肯定没有人会强迫他留在这里的，即使德拉马什试图留他，布鲁娜妲也会按照他的请求立刻辞退他的。她根本就不喜欢他，他的眼睛使她感到害怕。但是当他向门口迈出去一步时，她发觉了并且说："去哪儿，小家伙？"卡尔被德拉马什那严厉的目光镇住了，布鲁娜妲将他拉到自己身边。"你不想看看下面的游行队伍？"说着，她就把他推到栏杆旁边。"你知道，这是怎么回事吗？"卡尔听见她在自己身后说，徒劳地做了一个不由自主的动作，想挣脱她的压力。他忧伤地望着下面的小巷，仿佛那儿是他忧伤的根由。

起先，德拉马什交叉着双臂站在布鲁娜妲的背后，后来，他走进房间，给布鲁娜妲拿来了观剧望远镜。下面，在乐师们之后，出现了游行队伍的主体部分。在一个身材高大魁伟的男子的肩上骑着一位男士，在这个高度上人们只看得见他那闪着黯淡光泽的秃顶，此外就什么也看不见了，只看见他将他的礼帽高高举起在秃顶的上方，频频向大家致意。他四周显然有人抬着木标语牌，从阳台上看下去，那些标语牌显得很白；它们排列得井井有条，从各个方向簇拥着这位男士，他就从那些标语牌中凸显出来。由于一切都在行进之中，这道标语牌墙不断松动，也不断地重新排列。在外层圈里，以这位先生为中心的巷子的整个幅面都挤满了这位先生的追随者，尽管，就人们在黑暗中能估摸到的而言，其纵面并不深远。追随者们一齐鼓掌，可能唱着一首庄严的颂歌，在喊出这位先生的名字，一个简短而含混不清的名字。三三两两巧妙分布在人群里的人拿着灯光特别强烈的车灯，他们让灯光慢慢上下移动，照射街道两侧的房屋。在卡尔的这个高度，那灯光干扰不了什么，但是在下面的阳台上，人们看见那些受这强光刺激的人都急忙用双手捂住眼睛。

德拉马什按照布鲁娜妲的请求向相邻阳台上的人打听，举行这样的活动有何含义。卡尔颇有一点儿好奇，很想知道人家是否会并且将如何回答他。德拉马什果然连问了三遍也没有得到回答。他已经冒着危险从栏杆上探出身去，布鲁娜妲对邻居气得轻轻跺脚，卡尔感觉到了她的膝盖。最后终于来了一个答复，但是与此同时，在这个挤满了人的阳台上，所有的人都哈哈大笑了起来。随后，德拉马什向那边叫喊着什么，那样声嘶力竭，若不是整个巷子里恰好嘈杂声四起的话，四周的人一定会惊奇地仔细倾听的。不管怎么说，这一叫喊起了作用，不一会儿那笑声不自然地就止息了。

“我们这个区里明天选一个法官，他们在下面抬着的那个人是候选人，”德拉马什完全心平气和地返回到布鲁娜妲身边说，“不！”然后他叫喊并爱抚地拍了拍布鲁娜妲的后背，“我们简直不知道，世界上正在发生什么事情。”

“德拉马什，”布鲁娜妲把话题扯回到邻居的态度上来说，“我真想搬到别处去住，倘若搬家不是那么费劲的话！可是遗憾的是我不可以这样奢望自己。”她唉声叹气，焦灼不安，心不在焉，用手指揉搓着卡尔的衬衫，卡尔则试图尽量悄悄地一再把这一双肥胖的小手推开，这一点他也轻易地做到了，因为布鲁娜妲的心思不在他身上，她心里正琢磨着别的事情呢。

但是不久卡尔也忘了布鲁娜妲，听任她的胳臂压在自己的肩膀上，因为街上的游行活动深深地吸引着他。一些打着手势的男人紧挨着候选人的前面行进，他们的叙谈八成具有一种特殊的意义，因为人们看到四面八方都有人向他们俯下脸去仔细倾听。在他们的命令下，游行队伍出其不意地在旅店前停住了。这些权威性的男人中的一个举起手发出一个信号，这个信号不仅适用于游行队伍，而且也适用于候选人。游行队伍顿时静了下来，骑在他的运送者肩上多次企图站起来后又多次倒下恢复骑坐姿势的候选人发表一个简短的演说，讲话时他不时飞速地挥动他那顶礼帽。这一切人们看得一清二楚，因为他讲话的时候所有车灯都对着他，致使他处在一颗亮星的中央。

不过现在人们也已经看出，整条街道对这件事情都颇有兴味。在候选人的党内同人占领的阳台上，人们同声合唱着他的名字，将手远远伸到栏杆外有节奏地鼓掌。在其余的、甚至占多数的阳台上响起了一阵强烈的对抗歌声，不过这阵歌声没有统一的效果，因为他们是不同候选人的追随者。不过，除此之外，这位在场候选人的所有敌人还联合在一起共同发出一阵尖锐的叫声，甚至还接连不断地放留声机助阵。个别阳台之间展开政治性的争吵，由于是在夜间，大家的情绪尤其激奋。大多数人已经身穿睡衣，只披了件外衣，妇女们裹着宽大、深色的披肩，未受人注意的孩子们令人惊惧地在阳台围栏上爬来爬去，他们人数越来越多，纷纷从黑暗的房间里走出来，他们本来已经在房间里睡了。偶或有特别激动的人把看不清是什么的零星物件朝他们的对手的方向扔去，有时候它们到达目的地，但是通常都掉落到街上，往往引起一阵愤怒的叫骂声。一旦下面那些居于领导地位的男人觉得这嘈杂声太厉害了，鼓手和号手们就受命进行干预，于是他们那高亢响亮的、竭尽全力奏出的、没有尽头的信号便压住了直至房屋屋顶上在内的所有人的说话声。他们总是完全突然地——人们简直不敢相信——戛然而止，随后在这方面显然训练有素的大街上的人群便利用这瞬间出现的普遍的寂静大声吼唱他们那一派的派歌——在车灯的灯光下，人们看到一张张的张得大大的嘴——直至后来在这当儿已经醒悟过来的对手从所有阳台和窗户发出比先前强十倍的叫喊声，使下面那一派人在获得短暂的胜利后至少对于处于这一高度的人来说又完全沉寂了下来。

“小鬼，你觉得怎么样？”布鲁娜妲问，她紧挨着卡尔身后来回转动，想用观剧镜尽可能把一切都看清楚。卡尔只是点点头作为回答。此外，他还发现，鲁滨孙正在起劲地向德拉马什介绍种种显然是有关卡尔的态度的情况，可是德拉马什似乎并不重视鲁滨孙的话，因为他用右手搂着布鲁娜妲，一再试图用左手把鲁滨孙推到一边去。“你不想用观剧镜看看？”布鲁娜妲问，并敲敲卡尔的胸膛，以表明她是在问他。

“我看得够清楚的。”卡尔说。

“试试这个吧，”她说，“你会看得更清楚的。”

“我的眼力挺好，”卡尔回答，“我什么都看得见。”当她把观剧镜向他的眼睛移近过来时，他并不觉得这是态度亲切，而是觉得这是一种妨碍。果然她什么话也不说，只说了“你”这一个词儿，声音悦耳动听，却带着威吓的味道。观剧镜已经摆在卡尔的眼前，现在他果然什么也看不见了。

“我什么也看不见。”说罢，他就想甩掉观剧镜，可是她紧紧握住观剧镜，而那颗埋在她胸脯上的脑袋他既缩不回去也没法移到一边去。

“可是现在你已经看见了。”她一边旋动观剧镜上的螺丝，一边说。

“不，我还是什么也看不见。”卡尔说并且想到，他事实上已经无意中减轻了鲁滨孙的负担，因为布鲁娜妲那喜怒无常的脾气现在发泄到他身上来了。

“什么时候你才会终于看见？”她边说边——现在卡尔的整个脸面都感觉到她那沉重的气息——继续旋动螺丝。“现在呢？”她问。

“不，不，不！”卡尔嚷嚷，尽管他现在事实上已能辨认一切，虽然不是太清晰。但是这时候布鲁娜妲恰好有什么话要和德拉马什讲，她只是把观剧镜松松地握在卡尔的面前，于是卡尔就能从观剧镜下面朝大街上望去，而不至于会引起她特别的注意。后来她也不再固执己见，将观剧镜收归己用了。

从下面的旅店里走出来一个服务员，他跑进跑出，接受游行活动领导人们的订单。人们看到，他伸长了脖子观察酒店内部，招来尽可能多的服务人员。在人们显然为举办免费酒会而作准备的时候，候选人并没有停止演讲。他的负荷者，那个身材魁梧、只为他效劳的男子，总是在他讲完几句话之后便转一下身，以便使各个方向的群众都能听到他的演说。候选人通常都蜷曲着身子，企图用急促地挥动那只空着的手和另一只拿礼帽的手尽量给他的话增强说服力。但是有时候，几乎是每隔一定的间隙，他便浑身震颤，他伸开双臂站起来，不再与一个小团体，而是与全体谈话，他对这些公寓里乃至最高层处的居民讲话，然而分明最下面几层楼里就已经没有一个人听得见他讲的话了；甚至，如果有可能的话，也压根儿不会有人愿意听他演讲的，因为每扇窗户里和每个阳台上至少都有一个人在声嘶力竭地发表演讲呢。这当儿，几个服务员从酒店里抬出来一块一张台球桌那么大的木板，木板上摆满了满满当当的闪光的酒杯。领头人组织分发，分发以列队通过酒店大门口的形式进行。但是木板上的酒杯虽然一再被重新加满，它们还是不够大家喝的，两排酒店的伙计不得不穿梭往来于木板的左右两边，不断给大家供酒。候选人当然已经停止演讲，利用这个间歇养精蓄锐。他的负荷者驮着他离开人群和刺眼的灯光，慢慢走来走去，只有离他最近的几个追随者在那里陪伴着他并仰着脸对他讲话。

“瞧这个小家伙，”布鲁娜妲说，“他光顾着看，忘记自己在哪儿了。”说着，她出其不意地用双手把卡尔的脸扭向自己，她逼视着他的眼睛。但是这只延续了一会儿工夫，因为卡尔立刻就甩开了她的双手。恼怒于人们不让他得到片刻的安宁，同时又兴致勃勃想到街上去就近观看一切，他便试图竭尽全力挣脱布鲁娜妲的压迫并且说：

“请您放我走吧。”

“你留在我们这儿。”德拉马什说，他没有把目光从街道上移开，只伸出一只手，拦住卡尔的去路。

“你别这样，”布鲁娜妲挡开德拉马什的手说，“他会留下来的。”说罢，她把卡尔更紧地压在栏杆上，他要摆脱她，就势必会和她扭打起来。他即使成功地摆脱了她，他又能怎么样呢！他的左边站着德拉马什，右边则立着鲁滨孙，他简直可以说是被俘虏了。

“我们不把你撵出去，你应该感到高兴才对嘛。”鲁滨孙边说边用从布鲁娜妲的胳臂下抽出来的那只手叩打卡尔。

“撵出去？”德拉马什说，“一个负案在逃的小偷我们不撵走，我们把他交给警察。如果他不老老实实，我们明天一早就送他去警察局。

从这时候起卡尔再也没有兴味去观看下面的景象了。因为他受制于布鲁娜妲而直不起腰来，所以实在不得已，只好从栏杆上微微俯下身去。他忧心忡忡、心神不定地望着下面一伙二十来个男人三三两两走到饭店门前，拿起酒杯，转过身来，对着现在正陷入沉思之中的候选人那个方向挥动这些酒杯，高呼一声党内问候词，把酒杯一饮而尽，又轰隆隆放下酒杯，放在木板上，不过在这个高度的地方这隆隆声是听不见的。就这样，他们为急不可耐、吵吵嚷嚷的后来者让出位置。在领头人的委托下，迄今一直在饭店里演奏的乐队走上了街头，他们的大型吹奏乐器在黑压压的人群中闪着亮光，但是他们演奏的乐曲几乎淹没在四周的嘈杂声里。如今这条街道，至少饭店所在的那一侧，已经挤满了人。他们从上面，从早晨卡尔坐在汽车里来的那个方向，向下面涌去，还有的人则从下面，从桥那个方向走上来，甚至在屋里的人也经受不住这个诱惑，想亲自去插手这件事，阳台上和窗户口几乎只留下妇女和孩子，男人们纷纷从下面楼门里冲出去。现在音乐和款待已经达到了目的，集会的规模够大的了，一位两侧摆着两盏车灯的领头人挥手让音乐停下，发出一阵强烈的哨子声，于是人们便看见那位有一点儿偏离了正道的负荷者驮着候选人从一条由追随者开辟出来的道路急匆匆走过来。

他刚到饭店门前，候选人便在仅仅照着他四周一个狭小圈子的车灯的灯光下开始作新的演讲。但是现在一切都比先前困难多了，负荷者不再有丝毫的自由活动的余地，人群太拥挤了。那些离得最近的追随者先前曾试图采取各种手段加强候选人演说的效果，如今却费了好大的劲儿，才使自己得以待在他的身边，二十来个人竭尽全力紧紧抓住负荷者。但是甚至连这个强壮的汉子也不能随意挪动一步，眼下已经无法通过某些转身动作或通过适当的前移或后退来对群众施加影响了。人群漫无目的地涌动着，一个人贴着另一个人，没有一个人站直了的，由于获得了新的听众，对手们的人数似乎大大增多了，负荷者在饭店门口坚持了很长时间，但是如今他看似未作任何反抗地随波逐流，在街上飘来荡去，候选人不停地讲话，但是人们已经听不太清楚，不知道他是在阐述他的纲领呢还是在呼喊求助；如果并非一切都搞错了的话，也已经出现了一个或者甚至好几个竞选对手，因为人们不时看到在突然亮起来的灯光下从人群里冒出一个脸色苍白、紧握拳头的男子开始演讲，他的话受到嘈杂的喊叫声的支持和欢迎。

“那儿发生什么事了？”卡尔神情紧张、困惑不解地向看守他的人转过身去问。

“这小鬼多激动！”布鲁娜妲一边对德拉马什说，一边抓住卡尔的下巴，将他的脑袋往自己身边拽。可是卡尔不愿意这样，他受大街上事件的刺激而变得毫无顾忌，便使劲抖动身子，抖得布鲁娜妲不仅松了手，而且还向后退去，完全把他放开了。“现在你已经看够了，”她说，显然让卡尔的行为惹怒了，“到房间里去，铺床，为过夜做好一切准备。”她向房间伸出手去。这正是几个小时以来卡尔一直想去的那个方向，他没说一句反对的话。这时，人们听见从巷子里传来劈劈啪啪许多玻璃摔成碎片的声音。卡尔抑制不住自己的好奇心，迅步跨到栏杆边上，急忙再次向下张望。对手们的一次打击，也许是一次决定性的打击，成功了，候选人的追随者们凭借着车灯的强光使全体公众至少可以看到竞选活动的主要场面并由此而将一切活动控制在一定的范围内，如今这些车灯一股脑儿都在同时被击碎，于是候选人及其负荷者周围是一片和大家一样的摇曳不定的灯光，这灯光突然扩散开来就像一片昏暗。现在人们连候选人大体在什么位置也说不出来了，一阵刚刚开始的同声齐唱的歌声，从下面，从桥那边渐渐逼近过来，更增添了黑暗的迷茫。

“我没有告诉你现在该干什么！”布鲁娜妲说，“赶快。我累了。”她添上一句，随后便将胳臂高高举起，致使她的乳房比平时隆起得更高。一直还搂着她的德拉马什，把她拉到阳台的一个角落里。鲁滨孙跟随着他们走去，他想把还放在那里的他吃剩的东西推到一边去。

这个有利的机会卡尔必须加以利用，现在没有时间去看下面了，街上的热闹他到了下面就可以看个够，比这儿楼上看得更清楚。他三步并作两步，急忙穿过亮着淡红色灯光的房间，但是房间锁着，钥匙已经拔掉。现在必须找到钥匙，可是谁有本事在这个杂乱无章的房间里找到一把钥匙呢，况且要在可供卡尔支配的这段短暂、宝贵的时间里！现在他本来已经可以到了楼梯上，在拼命奔跑了。可是如今他却在找钥匙！在所有能打得开来的抽屉里找，在桌子上乱翻，桌上凌乱地放着各种各样餐具、餐巾和一件不知什么已绣了几针的刺绣品；受到一把靠背椅的吸引，上面乱七八糟地放着一堆衣服，钥匙可能就在那堆衣服里，可是你休想找着它；最后便扑倒在那张果真散发着臭味的沙发榻上，在所有的角落和缝隙里摸索那把钥匙。后来他停止搜寻，愣愣地站在房间中央。布鲁娜妲一定把钥匙系在腰带上了，他暗自思忖，那上面挂着那么多东西，一切搜寻都是徒劳的。

卡尔胡乱拿起两把刀子，将它们插进门缝之间，一把上，一把下，构成两个相互分离的作用点。他刚用力一撬，刀口便折断。这正是他所希望的，残余部分更容易握住，他可以将它们更紧地插进去。于是，他伸直双臂，叉开两腿，竭尽全力，边发出呻吟声边撬门，同时仔细地注视着门。它顶不住多久的，从清晰可闻的门闩松动的响声上他愉快地认识到了这一点，这门闩松动得越慢，事情就越好办，千万不可让锁蹦掉，否则，他们在阳台上就会警觉起来，这锁必须慢慢地松开来，卡尔朝着这个目标小心翼翼地努力着，眼睛越来越逼近着锁。

“你们看。”他听见了德拉马什的声音。三个人全都站在房间里，帷帘已经在他们身后拉上，卡尔一定没听见他们进来，一看见刀子他的手便垂了下来。但是他根本就来不及说一句解释或道歉的话，因为德拉马什在一阵远远超出于对眼前这件事的狂怒的发作下——他那条已经解下来的睡袍带在空中划了一个大弧圈——向卡尔猛扑过去。卡尔猛一闪身躲过这一击，他本来完全可以把刀从门上拔出来并用它们来自卫的，但是他没有这样做，他弯腰、跃起，一把抓住德拉马什的宽大睡袍衣领，将它向上翻起，随后又将它提起来——这件睡袍对德拉马什来说实在是太大了——恰巧用衣领蒙住了他的脑袋，德拉马什猝不及防，起先胡乱挥舞双手，过了一阵以后才用拳头砸在卡尔的背上，但还不是砸得完全有效，而卡尔则扑向德拉马什的怀里，以便保护自己的脸部。卡尔忍受着这些拳击，尽管他痛得缩作一团，尽管打击越来越重，可是他怎么会忍受不了这打击的呢，他看到胜利就在眼前了嘛。双手抱着德拉马什的头，大拇指正好按在他的眼睛的上方，他将他朝着那一堆乱七八糟的家具推去并试图用脚尖将睡袍带缠住德拉马什的双脚，想用这个办法将他绊倒。

可是由于他必须全力以赴对付德拉马什，尤其是因为他感觉到此人的反抗越来越强烈，这个敌对的躯体越来越强劲有力地顶住他，所以他确实忘记了，他并非和德拉马什单独在一起。不过这一点马上就有人来提醒他，因为他的双脚突然不听使唤了，原来鲁滨孙已经在他身后扑倒在地上，大声喊叫着把他的双脚扒开。卡尔呻吟着松开了德拉马什，后者一个趔趄往后退了一步。布鲁娜姐叉开双腿，弯着膝盖胖墩墩地站在房间中央，目光炯炯地注视着事态的发展。仿佛她真的参与扭打似的，她重重地喘着气，用眼睛瞄准，慢慢向前挥动自己的双拳。德拉马什翻下自己的衣领，眼睛重又获得了光明，现在当然不再是扭打，而是一种单纯的惩罚。他抓住卡尔衬衣的前襟，几乎把他从地上提起来，鄙夷不屑地看也不看他一眼便使劲将他向着一只几步远处的柜子扔去，以致卡尔一开始还以为，他撞击在柜上而引起背部和头部的钻心的疼痛直接出自德拉马什之手。“你这个无赖！”他两眼震颤，眼前一阵发黑，却还听见德拉马什在大声嚷嚷。他精疲力竭昏倒在柜前时，“你等着瞧吧！”这句话还隐隐在他耳边回响。

当他苏醒过来时，他的四周一片黑暗，也许仍还是在深夜里吧，从阳台那边，一抹微弱的月光通过帷帘下面渗进房间。人们听到那三个睡者的平稳的呼吸声，其中最响亮的出自布鲁娜妲之口，她在睡觉时鼻孔里咻咻地出着气，一如她有时讲话时所做的那样；但是要判断出睡者们都各自在什么方向，这却不是一件容易的事，整个房间里都充满了他们的呼噜呼噜的鼻息声。他稍许审视了一下周围环境之后，卡尔才想到了自己，这时，他不禁大吃一惊，因为即使他觉得自己痛得完全蜷缩成一团，他却完全没有想到，他可以会严重受伤乃至流血。现在他头上有一个重荷，整个脸面、脖子、衬衫里面的胸脯都湿漉漉的好像有血。他必须到亮处去，以弄清楚自己的情况，也许人家已经把他打成残废了，那么，德拉马什就会很乐意把他一脚踢开，可是他以后该怎么办呢，以后他真的就没有前途了。他想起了大门通道里那个酒糟鼻小伙子，他用双手将脸捂住了片刻。

然后，他情不自禁地转身对着门，向门那边摸爬过去。不一会儿，他便用指尖触摸到一只靴子，后来又摸到一条大腿。这是鲁滨孙，除了他还有谁穿了靴子睡觉的？人家命令他横躺在房门口，以防止卡尔逃跑，可是难道他们不了解卡尔的伤势吗？眼下他根本不想逃跑。他只想到亮处去。既然他出不了门，那么，他也就只好到阳台上去了。

他发现餐桌不在晚上的地方，而是在一个显然完全不同的地方，卡尔当然小心翼翼地接近沙发榻，可是这沙发榻出人意外地空着，他在房间中央却撞上了一堆即便压得紧紧却仍然摞得高高的衣服、被子、帷帘、靠垫和地毯。起先他以为，这只是一小堆，就像他晚上在沙发上看到的那一堆，也许是那一堆滚落到地上来了，但是他继续往前爬时便惊讶地发现，那里堆放着整整一卡车这样的杂物，它们白天存放在箱柜里，如今大概是拿出来供过夜用的。他绕着这堆衣物爬行，不久便看清，整个这一堆合成为一种类似床铺的东西，他小心摸索了一阵后便确信，德拉马什和布鲁娜妲就安睡在这一堆东西的顶上。

现在他终于知道大家都睡在哪儿了，便赶快来到阳台上。这是一个完全不同的世界，于是，在帷帘的外面，他便很快站立起来。呼吸着夜晚的新鲜空气，沐浴着皎洁的月光，他在阳台走了几个来回。他看了看街上，街上一片寂静，酒店里还有音乐声传出来，但声音已经压得很低，门前一个男子在扫人行道，晚上在大众狂暴的喧嚷中，这条街上一个竞选候选人的狂叫简直无法与成千上万其他人的呐喊声区别开来，如今人们却清晰地听见扫帚在石子路面上的嚓嚓声。

相邻阳台上一张桌子的移动声引起了卡尔的注意，有人坐在那儿，正在学习呢。这是一个蓄着一小撮山羊胡子的年轻小伙子，他一边读书一边不停地捻着自己的胡子，嘴唇迅速活动着。他脸对着卡尔，坐在一张小小的摊满了书籍的桌前，他已经将那盏白炽灯从墙上取下来，将它夹在两大本书之间，受到了它那耀眼的灯光的充分照射。

“晚上好。”卡尔说，因为他自以为已发现那个年轻人朝他瞟了一眼。

可是这肯定是他搞错了，因为那个年轻人似乎压根儿还没看见他，将手放在眼睛上方，以便遮挡那强烈的灯光，看清是谁突然向他问好，由于始终什么也看不见，便高高举起那盏白炽灯，想用它也稍稍照亮一下相邻的阳台。

“晚上好，”然后他也说，用敏锐的目光朝那边看了片刻，然后补充说，“有什么事吗？”

“我打扰您了吧?”卡尔问。

“当然,当然。”那人说并将白炽灯重新放回原处。

诚然,说出这样的话来就是拒绝建立任何联系的意思,但是,尽管如此,卡尔却不离开他离此人最近的那个阳台角落。他默默地看着此人读书,翻书页,不时以闪电般迅速的动作拿起另一本书查阅着什么并不时往一个笔记本里作着笔记,记笔记时,他总是将脸惊人地低地垂向笔记本。

这个人莫非是个大学生?看那样子,他好像在研究什么学问。卡尔坐在家里父母的桌子旁边——这已经是好久以前的事了——写作业的情景跟这没有多大的差别,那时,父亲总是读报或记账和为协会料理信件来往事宜,母亲则做针线活,将线从衣料中高高抽出。为了不妨碍父亲,卡尔只把练习本和文具放到桌上,那些必不可少的书籍他都整理好放在自己左右两边的椅子上。那儿多么安静!多么难得有陌生人到那个房间里来!卡尔在孩提时代就总是喜欢观看母亲傍晚时用钥匙锁上住宅门。她决想不到,现在卡尔竟会落到试图用刀子撬开别人房门这步田地。

他学过的知识都有什么用呀!他全都忘记了;倘若要他在这里继续他的学业的话,他会觉得非常困难的。他回想起,有一回他在家里病了一个月;他费了多大的劲才把耽误的课程补上!现在,除了那本英语商业信函——教科书以外,他已经很久没有读过一本书了。

“喂,年轻人,”卡尔突然听人家在喊他,“您不能呆在别的什么地方吗?您直勾勾地往这边看,搅得我心神不定。半夜两点了,总可以要求在阳台上不受干扰地学习一会儿了吧。您要我为您做什么事吗?”

“您在学习?”卡尔问。

“是的，是的。”那人边说边利用这片刻荒废掉的学习时间重新整理了一下他的那些书。

“那我就不想打扰您了，”卡尔说，“我这就回房间里去。晚安。”

那人连吭都没吭一声，在排除了这一干扰之后，他突然敛一敛神又开始学习起来并将额头重重地支在右手上。

这时，卡尔刚到帷帘跟前，却回想起，他究竟是为什么出来的，他根本还不知道自己的伤势如何呢。是什么这么沉甸甸地压在他脑袋上？他伸手一摸，吃了一惊，那儿并不是如他在黑糊糊的房间里所担心的那样，是什么流血的伤口，那只是一块缠头布模样的、湿乎乎的绷带。从星星点点垂挂下来的残余花边可以推断出，它是从布鲁娜姐的一件旧衣服上撕下来的，兴许是鲁滨孙将它草草绑在卡尔的脑袋上了。只是，他忘了将它拧干了，于是乎，在他失去知觉的时候，那么多的水便顺着他的脸往下流，流到衬衫里，把卡尔吓了一大跳。

“您还一直在这儿呢？”那人眯起眼睛望着这边问。

“现在我可是真的就要走了，”卡尔说，“我本来只想到这儿来看样东西，房间里一片漆黑。”

“您倒是谁呀？”那人说，将钢笔放进在他面前翻开的书上，走到栏杆旁边，“您叫什么名字？您怎么到这些人这儿来的？您在这儿时间久了吗？您要看什么东西？您拧亮那儿您那盏灯呀，我就可以看见您了。”

卡尔把灯拧亮，却在答话前先把帷帘拉严实了，好让室内的人看不见丝毫亮光。“对不起，”然后他用耳语声说，“我这样轻声说话。假如里面的人听见我，我就又要挨剋了。”

“又要？”那人问。

“是的，”卡尔说，“刚才晚上我就和他们剋了一架。这儿我一定还肿起来一块了呢。”说着，他摸了摸自己的后脑勺。

“你们剋什么架呀？”那人问，见卡尔不马上回答便添上一句，“您受了这帮人的什么委屈，您只管放心对我说好了。因为我憎恨那三个人，尤其是您那位女主人。而且我简直感到惊奇，他们竟然会没有唆使您来攻击我。我叫约瑟夫·门德尔，是大学生。”

“对。”卡尔说，“他们倒是对我讲起过您，但没说什么坏话。您大概给布鲁娜妲太太治过一回病吧，对不对？”

“有这么回事，”大学生笑道，“沙发榻还有那股味道吗？”

“噢，还有。”卡尔说。

“这个我听了高兴，”大学生说，用手掠了一掠头发，“他们为什么打得您起包？”

“我们打了一架。”卡尔边说边思虑着，他该如何向大学生解释这件事。可是随后他却顿住，改口说：“我不打扰您吗？”

“第一，”大学生说，“您已经打扰我了，而我可惜又很神经质，需要很长时间才会安定下来。自从您在阳台上散起步来，我就再也学不下去了。不过第二，我在三点的时候总是休息一下。您放心讲好了。我也有兴趣听。”

“事情很简单，”卡尔说，“德拉马什要我当他的仆人。可是我不愿意。我恨不得晚上立刻就走呢。他不肯放我走，把门锁上了，我想撬开门，后来就扭打起来了。我真不幸，我现在还待在这儿。”

“您有别的工作了吗？”大学生问。

“没有，”卡尔说，“可是我不在乎这个，我只要能离开这儿就行。”

“您听着，”大学生说，“您不在乎这个？”两人都沉默了片刻。

“为什么您不愿意留在这些人身边呢？”大学生然后问。

“德拉马什是一个坏人，”卡尔说，“我从前就认识他。有一回我和他一起徒步行走了一天，后来幸好我不再和他在一起了。现在我倒要在他这儿当仆人？”

“要是所有的仆人挑选自己的主人都像您这样吹毛求疵，那还得了！”大学生似乎含着微笑地说，“您瞧，我白天是售货员，最低等级的售货员，说白了就是蒙特立百货商店里供差遣的仆人。这个蒙特立无疑是个恶棍，但是我对此并不介意，只有当支付给我的报酬太低的时候我才发火。您就拿我做榜样吧。”

“怎么？”卡尔说，“您白天当售货员，夜里学习？”

“是的，”大学生说，“没有别的办法。我什么办法都试过了，这种生活方式还是最好的呢。几年前我是个纯粹的大学生，白天和黑夜里都是，可是我几乎饿死，睡在一间肮脏破旧的棚屋里，身穿我当初的那身西装不敢到教室里去听课。但是这种情况已经过去了。”

“可是您什么时候睡觉呀？”卡尔惊奇地望着大学生问。

“嗐，睡觉！”大学生说，“睡觉我都是在学习完了以后才睡。暂时先喝点黑咖啡。”说罢，他转过身去，从书桌下拿出一只大瓶子来，将瓶里的黑咖啡斟进一只小杯子里，就像吃药尽量少感觉到药味那样把一杯咖啡一下倒进肚里。

“真是妙极了，这黑咖啡，”大学生说，“可惜，您离得这么远，我没法给您递过去一点。”

“我不喜欢喝黑咖啡。”卡尔说。

“我也不喜欢喝，”大学生笑道，“可是没有它我怎么能行呢。没有这黑咖啡蒙特立一刻也不会用我的，我总是对蒙特立说，我精力充沛，尽管此人当然不了解真情。我简直不知道，假如我不是在那里的斜面架里始终准备好和这只一样大的瓶子的话，我将会怎样照看好生意，因为我还从来没敢停止喝咖啡，可是，您完全可以相信我，我不久就会在斜面架后面躺下睡觉的。遗憾的是，人家猜到了，他们在那儿叫我'黑咖啡'，这是一句无聊的玩笑话，肯定已经损害了我的前程。"

"您的学业什么时结束呢？"卡尔问。

"进展缓慢。"大学生垂下头说。他离开栏杆，又在桌前坐下；胳膊肘支在翻开的书本上，用双手一掠头发，然后他说："可能还要一两年。"

"我也曾想上大学。"卡尔说，仿佛这个情况会赋予他得到更大的信任的权利似的，仿佛现在闷声不响的大学生已经对他证明了这一点似的。

"噢，"大学生说，情况不太清楚，不知道他已经又埋头读他的书了呢，还是只心不在焉地凝视着书本，"幸亏您放弃了上大学。我自己这几年来其实已经只是硬着头皮在上大学。从中我很少得到满足，前途更是渺茫。我会有什么前途呀！美国充斥着假博士。"

"我本来想当工程师的。"卡尔还急切地对着看似已经完全不专心了的大学生那边说。

"现在您却要给这些人当仆人了。"大学生漫不经心地瞥了他一眼说，"这当然使您痛心。"

诚然，大学生的这个结论是一种误解，但是大学生的这种误解也许对卡尔有用。所以他问："我可不可以也得到一份百货商店里的工作呢？"

这个问题使大学生完全抛开了他的书；他根本没想到，他可以帮卡尔找工作。"您试试吧，"他说，"要不您还是别试的好。我在蒙特立找到了一份工作，是迄今我一生中的最大的成功。倘若要我在上大学和我的这份工作之间作一选择的话，我当然会选择这份工作的。我努力学习，就只是为了可以不必去作这样的选择。"

"在那儿找一份工作有这么难哪。"卡尔更多地是自言自语地说。

"啊，您想什么呀，"大学生说，"在这里当区法官比在蒙特立当开门员还容易。"

卡尔沉默不语。这个大学生，此人比他有经验多了，此人出于某种卡尔尚还不清楚的原因憎恨德拉马什，相反，对卡尔则肯定不抱任何恶意，这个大学生竟说不出一句鼓励卡尔离开德拉马什的话来。而且他还根本不知道卡尔有受警察威胁的危险，他只有在德拉马什这儿才多少受到保护可以免受警察威胁。

"晚上您看见下面的游行了吧，对不对？如果不了解情况的话，就会以为，这个候选人，他叫罗伯特，很有希望当选，或者他至少在可供考虑之列，是吧？"

"我对政治一窍不通。"卡尔说。

"这是一个错误，"大学生说，"但是撇开这点不谈，您有眼睛和耳朵嘛。那个人毫无疑问曾经有过朋友和敌人，这一点您不会没有觉察到的。现在您想一想，依我看，这个人丝毫没有当选的希望。碰巧我知道他的底细，有一个住在我们这儿的人认识他。他不是一个无能之辈，按他的政治观点和政治经历来看，他恰好是区里合适的法官。但是没有人认为他会当选，他将和许多别人一样，堂而皇之地落选，他将会为竞选活动破费掉一笔钱，如此而已。"

卡尔和大学生相对默视了片刻。大学生点头微笑，用一只手揉了揉疲倦的眼睛。

“嗯，您还不去睡觉？”然后他问，“我也不要学习了。您看，我还有多少东西要学。”说罢，他迅速将半本书翻阅一下，为了让卡尔明白，还有这么多功课等着他去完成呢。

“那就晚安了。”卡尔一欠身说。

“有空您就到我们这边来坐坐，”大学生说，他已经又坐在桌子旁边了，“当然只是在您有兴趣的时候。这儿总是很热闹的。晚上九点至十点，我也有时间，可以和您说说话。”

“那么您是劝我留在德拉马什这儿啰？”卡尔问。

“一定留下。”说着，大学生就埋头读起书来，就仿佛根本不是他说了这句话；像是由一个比大学生的那个声音更深沉的声音讲出来似的，这句话还在卡尔的耳边回响着。他慢慢走向帷帘，还瞥了一眼大学生，只见大学生现在一动不动，为一片漆黑所包围，坐在他的灯光下，然后才溜进房间里去。他受到三个睡者联合鼻息声的接待。他沿墙寻找沙发榻，当他找到它时，他便心安理得地伸展四肢躺在它上面，似乎这就是他的惯常的床铺。既然了解德拉马什底细、熟谙当地情况并且又是一个受过教育的大学生劝他留下，眼下他也就没什么顾虑了。像大学生这样的崇高的目标他没有，谁知道，他在家里是否会成功地学完大学里的功课，如果这件事在家乡都似乎根本不可能实现，那么，谁也不能要求他在这儿异乡做到这一点。但是找到一份工作，作出一点成绩，让自己的成绩得到承认，他的这个希望肯定是更大了，如果他暂时接受在德拉马什这儿当仆人这份差使并在这个安全港里耐心等待有利时机的话。这条街上似乎有许多中、低等档次的办事处，一旦需要用人，它们在挑选员工方面也许不会过分挑剔。万不得已时，他倒也乐意当个商号里的听差，但是毕竟根本并不完全排除录用他去干纯粹办公室工作的可能性嘛，他也可以像他今天早晨穿过那些庭院时见到的那个职员那样，当个办公室职员坐在写字台前，无忧无虑地从敞开着窗户里眺望一阵街景。当他闭上眼睛时，他便安然地想到，他还年轻，德拉马什总有一天会放他走的；这个家看上去也确实不像是个永远不散的筵席。可是如果卡尔在一家办事处得到一份这样的工作，那么，他就别的事一概不管，他就要一心扑在办公室工作上，不想像大学生那样分散精力。如果有必要的话，他也愿意把夜晚的时间用在工作上，由于他商业知识贫乏，人家反正也会这样要求他的。他会一心只想着他所服务的那家商号的利益，乐意承担各种工作，甚至包括那些别的职员认为有失自己身份而不屑于去干的工作。他满脑瓜子都转悠着这些美好的决心，仿佛他未来的上司就站在沙发榻前并从他的脸上看出他的这些决心似的。

卡尔转悠着这样的念头入睡，只是在刚朦朦胧胧地进入半睡状态时，他才受到布鲁娜妲一阵大声呻吟的惊扰，她显然受恶梦的折磨，在自己的铺位上翻来滚去。

俄克拉何马[1]露天剧场

卡尔在一个街角上看见一张广告牌，上面写着："今天从早晨六点至午夜在克莱顿[2]赛马场为俄克拉何马大剧场招聘职工！俄克拉何马大剧场在呼唤你们！它只在今天呼唤，只呼唤一次！机不可失，时不再来！谁憧憬未来，谁就是我们的一员！每一个人都受欢迎！谁想当艺术家，请报名吧！我们剧院可以让每个人都有用武之地！谁选中了我们，我们当即在此向他祝贺！但须从速，赶在午夜前报到！十二点一切关闭，不再开启！谁不相信我们，谁就活该倒霉！到克莱顿来吧！"

广告牌前虽然站着许多人，但是它似乎没有引起人们多大的兴趣。有那么多的广告牌，广告牌没人信了。何况这张广告比一般的广告更令人难以置信。它主要是有一个大毛病，广告词中对报酬只字未提。哪怕报酬只要有那么一点儿值得一提，广告肯定就会提及的；它不会把最吸引人的东西忘掉的。艺术家没人愿意当，但是人人都愿意为自己所做的工作得到报酬。

但是对于卡尔来说，这则广告却有一个很大的吸引力。“每一个人都受欢迎”广告说。每一个人，当然也包括卡尔。他迄今为止所做的一切都被忘却，没有人会因此而指责他什么。他可以申请找一份工作，这不是卑贱低下的工作，这是人家可以公开招聘的工作！人家也会接受他的，这也是同样公开允诺了的嘛。他没有什么更高的要求，只想最终找到一个规矩正派的职业生涯的起点，而这里也许显示出了这个起点。哪怕广告上所有冠冕堂皇的话都是谎言，哪怕这俄克拉何马大剧院可能是一个小流动马戏团，它想招聘人，这就足够了。卡尔没有第二遍读广告，却又一次把“每一个人都受欢迎”这句话寻找出来。起先，他想步行到克莱顿去，但是那就要吃力地行走三个小时，于是他也许恰好就赶上听到消息说别人已经占去了所有可提供的职位。诚然，按广告牌上所说，待聘者的数目不受限制，但是所有这类征聘广告都是这样撰写的。卡尔认识到，他要么放弃应聘，要么就坐车去。他大略计算了一下自己的钱，不乘这趟车，手头的钱够他花八天，他将那些小硬币放在掌心里推来移去。一位已经观察他良久的男士拍拍他的肩膀说：“愿您去克莱顿多多走运。”卡尔默默点头，继续盘算着。但是他很快便当机立断，划出乘车需用的钱，向地铁走去。当他在克莱顿下车时，他马上听见许多喇叭的嘈杂声。那是一片乱糟糟的嘈杂声，那些喇叭互相不配合，吹起来毫无顾忌。可是卡尔听来并不觉得心烦，这倒是向他证明了，俄克拉何马剧院是一家大企业。但是当他走出站台，眺望眼前的整座设施时，他看到，一切都比他所能想象得出来的还要大，他不明白，一家企业怎么会仅仅为了招

① 美国南部的一个州。

② 美国的一个小城市。

聘人员就花费这么大的开支。赛马场入口处前搭了一个长而矮的平台，有几个妇女穿扮成天使模样，身上裹着白布，背上插着大翅膀，在平台上吹着长长的、闪着金光的喇叭。可是她们并不是直接站在平台上，而是每人都站在一个脚踏上，而这个脚踏却是看不见的，因为天使服中那飘动的长袍把脚踏全裹住了。由于那些脚踏都很高，有的可能高达两米，妇女们的形态看上去十分魁伟，只是，她们的小脑袋和魁伟的身材显得有点不相称，她们那松散的头发披在肩上，在大翅膀之间显得太短而且几乎滑稽可笑。为了不致显得形式单调乏味，人们使用了高矮不一的脚踏；也有很矮的女人，不比真人高出多少，但是她们身边的其他女人却耸立得很高很高，高得简直让人以为轻轻刮一阵风她们就有被吹倒的危险。所有这些女人都在吹喇叭。没有很多听众。在这些硕大的身形的映衬下，十来个小伙子在平台前小模小样地走来走去，仰脸望着那些妇女。他们相互指指这个女人或指指那个女人，可是他们似乎没有进去应聘的意思。只看见惟一的一个上了年纪的男子，他站得稍远些。他当即把他的妻子和童车里的一个孩子也带来了。那妇人用一只手扶住童车，她用另一只手搭在那男人的肩膀上。他们虽然欣赏这表演，但是人们看得出，他们感到失望。他们大概也期待着找到一个谋职的机会，可是他们对这样吹喇叭却感到迷惑不解。卡尔颇有同感。他走到那男人的身旁，听了一会儿喇叭，然后说："这里就是俄克拉何马剧场的接待处吧？"

"我也这么以为，"那男人说，"可是我们已经在这里等候了几个小时，除了喇叭声外什么也没听见。哪儿也看不见广告牌，哪儿也不见有人来公布什么，哪儿也没有人提供什么信息。"

卡尔说："也许人们等着多来点人呢。这儿确实人还很少。"

"可能是的。"那人说，他们又不吭声了。在嘈杂的喇叭声中听人说话，这也真难。后来妻子对她丈夫悄悄说了些什么，他点点头，于是她马上朝着卡尔喊道：“您不能到那边赛马场去问一问，招聘在哪儿进行呀？”

“能，”卡尔说，“可是我得越过平台，从天使们之间穿过去。”

“这有那么困难吗？”那女人问。

她觉得这几步路对卡尔来说轻而易举，可是她却不愿意派她的丈夫去问。

“那好吧，”卡尔说，“我这就去问。”

“您真是个大好人。”那女人说，她以及她的丈夫都和卡尔握手。

小伙子们走拢过来，以便从近处看卡尔怎样爬上平台。好像那些女人吹得更响了，这是在向第一个谋职者表示欢迎。可是卡尔恰恰从其脚踏旁边走过的那些女人却从嘴上放下喇叭，向一边弯下身子，注视着他的行踪。卡尔看见一个男人在平台的另一头焦灼不安地来回踱步，此人显然只等着人来，他就可以向他们提供他们希望得到的各种信息。卡尔正想向他走去，却听见有人在自己头顶上喊自己的名字。

“卡尔！”天使喊道。卡尔抬头望去，惊喜地笑了起来。那是法妮。

“法妮！”他边喊边向上挥手致意。

“你来呀！”法妮喊，“你别不声不响就从我身边溜过去呀！”说罢，她撩开长袍，露出脚踏和一道通往上面的狭窄的梯级。

“允许我上来吗？”卡尔问。

“谁要禁止我们互相握握手呀！”法妮边喊边愤怒地环顾四周，看是否已经有人要来下这个禁令。而卡尔却已经登上梯级。

“慢点！”法妮嚷嚷，“这脚踏和我们俩都会翻倒的！”可是没事儿，卡尔平安无事地登上最高一级。“你看，”他们相互问候完毕后，法妮说，“你看，我得到了一份什么样的工作。”

“这工作不错。”卡尔说，并环顾四周。附近的所有女人都发现了卡尔并吃吃地笑。“你几乎站得最高。”卡尔边说边伸出手去衡量别人的高度。

“你从地铁站一出来，”法妮说，“我马上就看见你了，但是可惜我在这里的最后一排，别人看不见我，喊我也不能喊。我虽然特别大声地吹喇叭，但是你没认出我来。”

“你们吹得都很蹩脚，”卡尔说，“让我吹吹看。”

“那敢情好啊，”法妮边说边把喇叭递给他，“可是你别打乱了合奏，要不人家会解雇我的。”

卡尔开始吹喇叭。他曾以为，这是一个制作粗糙的喇叭，专门用来吹嘈杂的喇叭声的，可是事实上这是一件几乎可以吹出任何一首优美乐曲的乐器。如果所有乐器都具有同样的质量，那么它们真是大大地被糟蹋了。卡尔不受别人的嘈杂声的干扰，大声吹出一首他在某家酒店里听到过的歌曲。他感到高兴，因为他遇到了一位老女友并且在这受到可以吹喇叭的特殊优惠，也许一会儿还能得到一份好的差使。许多女人停止吹奏，仔细倾听；当他突然停吹时，几乎只有不到一半的喇叭还在吹，完整的嘈杂合奏声渐渐地才又重新形成。

“你简直是个艺术家，”当卡尔将喇叭还给她时，法妮说，“让他们雇你当吹喇叭的吧。”

“难道也雇用男人吗？”卡尔问。

“是的，”法妮说，“我们吹两个小时。然后身穿魔鬼衣服的男人们便来接替我们。一半人吹喇叭，一半人击鼓，好看极了，整个服装道具压根儿就非常昂贵。我们的衣服不是也很漂亮吗？还有翅膀呢？”她顺着自己身上往下看。

“你以为，”卡尔问，“我也还会得到一份工作吗？”

“肯定会的，”法妮说，“这是世界上最大的剧场。多巧呀，我们又聚在一起了！当然这要看你干什么工作。即使我们俩都在这里受雇用，我们也很可能互相根本见不到面呢。”

“难道这整个剧院确实有这么大吗？”卡尔问。

“这是世界上最大的剧院，”法妮重复道，“我自己虽然还没有见过它，但是我的某些已经去过俄克拉何马的同事说，它几乎无边无际。”

“可是来报名的人不多。”卡尔指着下面的小伙子们和那个小家庭说。

“这是真的，”法妮说，“但是你想想，我们在所有城市都招募人，我们的招募队不停地旅行，而且这样的招募队还有许多个呢。”

“难道这个剧场还没有开张吗？”卡尔问。

“噢，是的，”法妮说，“这是一个旧剧场，但是它在不断扩大。”

“我感到奇怪，”卡尔说，“居然没有多少人争先恐后地来报名。”

“是的，”法妮说，“这真奇怪。”

“也许，”卡尔说，“这么一搞天使和魔鬼没把人吸引来，反倒把人吓跑了。”

“亏你想得出来！”法妮说，“不过这也有可能。你把这话去跟我们的头儿说吧，也许你这主意能帮他的忙呢。”

“他在哪里？”卡尔问。

“在赛马场，”法妮说，“在评判台上。”

“这也使我感到奇怪，”卡尔说，“招募为什么在赛马场上进行呢？”

“哟，”法妮说，“我们到处都作好最充分的准备，以迎接最拥挤的人群。赛马场地方宽敞，所有平时进行赌赛的小隔间里都设立了招募办事处。据说共有两百个各种各样的办事处呢。”

“可是，”卡尔嚷嚷，“俄克拉何马剧场有这么大的收入去维持这样的招募队吗？”

“这和我们有什么相干呢？”法妮说，“可是你去吧，卡尔，别耽误了事儿，我也又要吹了。无论如何也要想办法在这支招募队里谋一个职位，然后马上就来把这个消息告诉我。记着，我焦急不安地等着你的消息呢。”

她和他握手，提醒他下去时小心，又把喇叭搁到唇边，但是没看到卡尔安全到达下面地上就不吹。卡尔又把披巾铺在梯级上，使其恢复原样，法妮点头致谢，卡尔一边反复揣摩着刚才听到的话，一边向那个早已看见卡尔在上面法妮那儿并已走近脚踏来迎候他的男人走去。

“您想加入我们的队伍？”那人问，“我是这支招募队的人事科长，我欢迎您。”他不断像是出于礼貌似的微微向前弯下身子，一跳一蹦，虽然他没有离开原地，抚摩着自己的表链。

“谢谢，”卡尔说，“我读过贵公司的广告牌，如今按广告上的要求来报名。”

“非常正确，”那人赞许地说，“可惜这里并非每个人的态度都这么正确。”

卡尔想到，现在他可以提醒这个人注意，招募队的这些招人手段可能恰恰因其宏伟壮丽而失灵了。可是他没说，因为此人根本就不是招募队的头儿，况且，他根本还没被录用马上就提出什么改进工作的建议，这种做法不怎么可取。所以他只说："还有一个人在外面等着呢，他也想报名，是他派我先来打听情况的。现在我可以去把他叫来吗？"

"当然可以，"那人说，"多多益善嘛。"

"他还带着一个妻子和一个童车里的小孩。也要他们来吗？"

"当然，"那人说，似乎在笑卡尔的多疑，"所有的人我们都用得着。"

"我马上就回来，"说着，卡尔又跑回到平台边上。他向那对夫妇招手并大声说，所有的人都可以来。他帮着把童车抬到平台上，于是他们便一起走。那群小伙子看到这情景，互相商量了几句，便双手插在裤兜里，直到最后一刻还犹豫不决地、慢慢登上平台，终于跟着卡尔和那一家人走去。这时，正好有新的乘客从地铁车站里出来，他们一见那天使平台惊讶地抬起了胳膊。不管怎么说，谋职申请活动似乎变得更加活跃起来了。卡尔非常高兴，他高兴自己也许是第一个来这儿的人，那对夫妇忧心忡忡，提出各种问题，询问是否会提出很高的要求。卡尔说，他还不了解任何具体情况，但是他确实有这么一个印象，好像每个人都会毫无例外地被录用，说是他相信，大家完全可以放心。人事科长已经在向他们迎面走来，很满意来了这么多的人，他搓了搓手，向每个人都微微一鞠躬表示问好并将他们所有的人都排成一行。卡尔在排头，然后是那对夫妇，以后才是其余的人。当他们都排好队后——小伙子们起先挤成一团，乱过一阵后他们那儿才平静下来，喇叭声才停下，人事科长便说："我以俄克拉何马剧场的名义向诸位表示欢迎。你们来得早(可是明明已经快到中午了)，报名的人还不很拥挤，所以录用你们的手续很快就会办妥的。你们大家当然都带了身份证了。”

小伙子们立刻从衣兜里掏出一些证件来，拿着它们朝人事科长摇晃，那位丈夫捅了一下他的妻子，妻子当即从童车的羽绒被褥下掏出一整捆证件来。卡尔却什么证件也没有。这会妨碍他被录用吗？不过，卡尔凭经验知道，只要有一点决心，这类规定还是容易绕过去的。这不是没有可能。人事科长审视全排人，查明大家都有证明，由于卡尔也将手，当然是只空手，举了起来，他便以为，卡尔也证件齐全。

“就这样吧，”人事科长然后说并向那些现在就想马上要他检查证件的小伙子们挥了挥手，“现在到招募办事处去检查证件。你们已经从我们的广告牌上看到，我们可以录用每一个人。可是我们当然必须知道他迄今干过什么工作，以便我们给他安排一个合适的差事，发挥他的专长。”

“这可是一座剧场呀。”卡尔疑惑地思忖着并仔细地倾听。

“所以我们，”人事科长继续说，“在赛马经纪人小屋里开设了招募办事处，每一个办事处分管一类职业。现在你们当中的每一个人都把各自的职业告诉我，家眷一般来说跟着丈夫的职业走。然后我领你们到办事处去，在那里先检查你们的证件，然后再考核你们的专业知识，这只不过是一场非常简短的考查，谁也不必害怕。你们会在那里立刻被录用并将得到进一步的指示。让我们开始吧。这儿，第一办事处，牌上写着呢，只限于招工程师。你们中间也许有谁是工程师吗？”卡尔应声报名。他以为，正因为他没有证件，他就必须力争尽快办完一切手续，这小小的报名权他也是有的嘛，因为他是曾经想当工程师的呀。可是当那帮小伙子看到卡尔报名时，他们嫉妒了，也就都报了名；大家都报名。人事科长拉长了脸对小伙子们说：“你们是工程师？”这时他们才把手慢慢地放下来，而卡尔却不改初衷。人事科长虽然用怀疑的目光看着他，因为他觉得卡尔穿得太寒碜，也太年轻，不可能是工程师，但是他没说什么，也许是出于感激吧，因为至少在他看来是卡尔把这些应聘者领进来的。他仅仅是用邀请的手势向办事处那边指了指，卡尔当即走过去，人事科长则转过身去招呼其他人。

在工程师招聘办事处，有两位先生坐在一张方桌的两侧，比较着两份摆在他们面前的大表册。一个朗读，另一个在他那份表册上划线标出已读过的名字。当卡尔边问候边向他们跟前走去时，他们立刻将表册放到一边，拿出另外的大登记簿来并将它们打开。

显然只是记录员的那一个说：“请出示您的身份证。”

“可惜我没带在身上。”卡尔说。

“他没带身份证，”记录员对另一位先生说并立刻将这个回答登记在登记簿上。

“您是工程师？”然后另一个人问，此人似乎是办事处的领导。

“我现在还不是，”卡尔赶快说，“但是……”

“够了，”那先生出口更快，“那您就不属于我们这儿管。我请您注意标牌。”卡尔咬紧牙齿，那先生准是看出来了，因为他说：“不必担心。所有的人我们都用得着。”说罢，他把在栅栏之间无所事事地走来走去的仆人中的一个招呼过来，说：“您领这位先生到技术人员招募处去。”

仆人按字面的意义理解这道命令，拉住了卡尔的手。他们穿行于许多小隔间之间，卡尔已经在一个隔间里看见了小伙子中的一个，他已经被录用，正在和那里的先生们握手，向他们致谢。卡尔被领进一间招募处，在这间招募处里，正如卡尔已预料到的，事情的经过与第一间招募处的相类似。只是，由于人们听说他上过一所中学，人们就由此处把他送进曾上过中学者招募处。可是当卡尔在那儿说，他上过一所欧洲的中学，那儿的人也声明无权受理，让他到欧洲中学生招募处去。那是最靠边上的一个隔间，不仅比所有其他的都小，而且甚至还矮。把他领到了这儿来的那个仆人对这番长途跋涉和频频遭拒绝感到愤怒，他认为这全是卡尔一个人的过错。他不再等待提问，而是立刻扭头就走了。这个招募处大概也是最后的庇护所了。当卡尔一眼瞥见招募处主任时，他对此人酷似一个也许现在还在家乡一所实科中学教书的教授感到大吃一惊。诚然，正如很快就表明的那样，只在个别部分存在容貌的相似之处；但是那副架在宽大鼻梁上的眼镜，那部金黄色的、像一件珍玩那样保养得很好的络腮胡子，那微微弯曲的后背以及那总是出其不意爆发出来的响亮的噪声使卡尔惊讶不已了一些时光。幸好他也不必非常专心致志，因为这里办手续比在别的招募处简单多了。这里虽然也把他没有身份证登记在案，招募处主任称这是一种不可思议的疏忽，但是在这里占上风的记录员很快略过这一点，在主任提过几个简短的问题之后、正要提出一个比较重大的问题的时候就宣布卡尔已经被录用。主任张着嘴向记录员转过身去，记录员却作了一个最后总结性的手势，说了声“录用了”，并且也立即将这一决定登记入册。记录员显然是认为，是一名欧洲中学生，这已经就是某种十分可耻的事情了，所以谁声称自己是，旁人尽管可以放心地相信他的话。卡尔本人对此没什么好反对的，他向他走过去，想感谢他。但是当人们现在问他的名字时，他还迟疑了片刻。他没有马上回答，他羞于说出并让人登记上他的真实名字。只要他在这里哪怕只是得到最卑微的职位并圆满地履行职务，那时人们就可以知道他的名字，可是现在不行；既然他已经隐姓埋名这么久了，现在也大可不必泄露出真名来。由于他一时想不出别的名字来，所以他就说了个他在最近几个工作岗位上用的名字："内格罗"。

"内格罗？"主任问，摇摇头并做了一个鬼脸，仿佛卡尔现在已经达到了难以置信的顶点了。记录员也用审视的目光凝视了卡尔片刻，但是随后他重复了一遍"内格罗"，便将这名字登记上册。

"您记的不是内格罗吧？"主任斥责他道。

"是，是内格罗。"记录员心平气和地说，还做了一个手势，仿佛是在说，下面就是主任的事了。主任倒也克制住了自己，站起来，说："您被俄克拉何马剧场——"，可是下面的话他说不出口，他不能做违背自己良心的事，便坐下，说道："他不叫内格罗。"

记录员竖起眉毛，亲自站起来说："那我就通知您，您被俄克拉何马剧场录用了，现在让人来把您介绍给我们的领队。"

又喊来了一个仆人，这仆人将卡尔带到评判台。

在下面梯级旁边，卡尔看见了那辆童车，这时恰好那对夫妇也下来了，女人怀里抱着孩子。

"您被录用了吗？"那男人问，他比先前活跃多了，那女人也喜滋滋地望着他。当卡尔回答说，他刚才被录用了，现在去面见领队，那男人便说："我祝贺您。我们也被录用了。这似乎是一家好企业，当然人们不可能马上就了解全部内情，哪儿也都是这样嘛。"他们还相互道了一声"再见"，卡尔就登上评判台。他慢慢行走，因为上面那个小房间里似乎挤满了人，他不想挤进去。他甚至站住脚，眺望整座大赛马场，它向四面八方伸展出去直达远处树林。他陡生兴致，想看一场赛马，他在美国还从未有过这样的机会。小时候在欧洲，他曾被带去看过一场跑马比赛，但是什么也记不得了，只记得是母亲拉着他从那些不肯让路的人中间穿过去的。其实他根本还没看过赛马。这时他听见背后有台机器哒哒地响起来，他转过身去，看到在赛马时公布优胜者名字的仪器上现在正向上升起如下的字样："商人卡拉以及妻子和孩子。"原来这里正在向各办事处通知被录用人的名字。

这时恰好有几位先生手里拿着铅笔和笔记本，互相热烈交谈着从梯级上走下来，卡尔贴着栏杆，让他们走过去，随后便拾级而上，因为上面已经有空位子了。在用木头栏杆围起来的平台的一个角落里——整个平台看上去就像一座狭窄塔楼的平坦的屋顶——坐着一位先生，他的双臂沿着木栏杆伸出，一条白色绸带横贯胸前，上面写着："俄克拉何马剧场第十招募队领队"。他身旁的一张小桌上放着一台肯定也是赛马时使用的电话机，领队显然在介绍前就用它了解了每一个求职者的必要的情况，因为他起先根本不向卡尔提什么问题，而是对一位双腿交叉、手托下巴靠在他身边的先生说："内格罗，一个欧洲中学生。"仿佛此话一出口正在深深鞠躬的卡尔的事对他来说便已谈妥了似的，他顺着梯级往下看，看是否又有人上来，但是由于没有人上来。他有时就仔细倾听另一位先生与卡尔进行的谈话，但是通常都是俯视赛马场，用指尖敲打着栏杆。这些细嫩而有力、修长而快速活动着的手指不时吸引了卡尔的注意力，虽然他需忙着和另外那位先生周旋。

"您原先没有工作？"这位先生先问。这个问题，以及几乎所有他提出的其他的问题，都非常简单，完全不会使人为难，而且没有用插入提问来对回答进行复核；但是，尽管如此，这位先生却善于睁大着眼睛说出那些问题，前倾着上身观察它们的效果，低垂着脑袋听取并不时大声重复那些答话，他以这种方式赋予那些问题以一种特殊的意义，人们虽然并不懂得这种意义，但是，对它的预感却不免使人变得小心和拘谨。经常出现卡尔急切想收回已作出的答复、想用另一个也许会更受欢迎的答复去取而代之的情况，但是他一直还在克制着自己。因为他知道，这样动摇不定势必会给人留下多么坏的印象，况且答复的效果通常都是何等的难以揣摩。可是这当儿，他的被录用似乎已成定局，这一意识增强了他的信心。

他是否失业这个问题，他用一句干脆利落的“是的”作了回答。

“您最后受雇于哪儿？”那先生然后问。卡尔正要回答，那先生却举起食指，再次说：“最后！”

卡尔已经正确理解了第一个问题的意思，便一晃脑袋毅然决然回答说：“在一家办事处。”

这倒还是句真话，可是如果这位先生要求进一步了解办事处的性质，那么他就只好撒谎了。可是那位先生没有那样做，而是提了个轻而易举就可以完全如实加以回答的问题：“您在那儿满意吗？”

“不！”卡尔嚷嚷，几乎是打断了对方的话。卡尔斜眼一瞥，看到领队面带一丝微笑。卡尔后悔自己对最后这个问题回答得欠考虑，但是他实在经受不住引诱，所以情不自禁地就喊出了这个“不”字，因为在整个儿最后那段工作时期里他只有一个夙愿，只盼着会有某个陌生的雇主走来向他提出这个问题。但是他的回答可能还会带来另外一个不利情况，因为这位先生可能会问，他为什么不满意。然而，他没问这个，却问：“您觉得自己适合于干什么工作？”这个问题可能确实是个圈套，因为既然卡尔已经被录取当演员了，干吗还提这个问题呢？可是虽然他明明认识到了这一点，他却仍然可能会克制不住自己而声明，他觉得自己特别适合干演员这一行。所以他绕过这个问题，冒着会显得自己倔强的危险，说：“我在市里读了广告牌，因为那上面写着，剧场用得着每一个人，所以我就报了名。”

“这个情况我们知道。”那先生说，说罢就沉默不语并由此表明，他坚持他原先提出的问题。

“我已经被录用当演员。”卡尔犹豫不决地说，想让那位先生明白，最后的这个问题使他陷入了困难境地。

“这是对的。”那先生说，说罢又沉默不语了。

“不，”卡尔说，已经找到一个职位的全部希望动摇了，“我不知道，我是否适合演戏。但是我愿意努力，尽力去完成委派给我的一切任务。”

那位先生向主任转过身去，两人点点头，卡尔似乎回答对了，他又鼓起了勇气，振作起精神等待下一个问题。这个问题就是：“您本来想学什么专业？”

为了将这个问题表述得更准确——这位先生始终非常看重表述的准确，他补充说：“我是指在欧洲。”说罢，他将手从下巴放下，做了一个轻微的手势动作，仿佛他想以此同时暗示，欧洲多么遥远，在那里构思的计划多么无关紧要。

卡尔说：“我本来想当工程师。”这个回答虽然违背他的本意，在充分意识到自己迄今在美国的职业生涯的情况下重新提起他曾经想当工程师这件往事，这是荒谬的嘛——即便是在欧洲难道他就会当上工程师了吗？——但是他恰好一时找不到别的答案，所以就这么说了。

但是那位先生对这件事很认真，他对什么事都很认真。

“嗯，工程师，”他说，“您大概也不是马上能当得上的，不过也许您可以暂时先做些低级一点的技术工作。”

“当然。”卡尔说，他很满意，虽然他接受这个建议就从演员身份转到技术工人的行列中去了，但是他确实认为，他干这工作能干得更出色。况且，这一点他一再在心里默默念叨，做什么样的工作并不很重要，重要的是能在某个地方长期站稳脚跟。

“您身体强壮，干得了比较重的活儿吗？”那先生问。

“噢，是的。”卡尔说。

随后，那先生便让卡尔走近自己身边并摸一摸他的胳臂。

“这是一个身体强壮的小伙子。”然后他边说边拽住卡尔的胳臂把他拉向领队。领队微笑着点点头，仍然安坐着没有直一直身便把手递给卡尔说：“那我们就谈妥了。一切还要在俄克拉何马复核。您要为我们的招募队争光！”

卡尔鞠躬告退，然后他也想向另外那位先生告别，可是此人却仿佛自己的工作已经完全结束了似的，脸朝着天，已经在平台上来回踱起步来了。就在卡尔下去的当儿，梯级旁边的告示牌上升起告示：“内格罗，技术工人。”

由于这里的一切进行得井然有序，所以倘若告示牌上亮出他的真名，卡尔也不会再对此表示多大遗憾的了。甚至一切都安排得极其认真细致，因为还在梯级下端卡尔就已经受到一个仆人的迎候，此人将一条臂章系在他的胳臂上。卡尔随后抬起胳臂，想看清臂章上写着什么，这时，他看到，那上面一字不差赫然印着“技术工人”的字样。

可是不管卡尔会被带到哪儿去，他都想先告诉一下法妮，一切进行得多么顺利。但是令他感到遗憾的是，他从仆人那儿获悉，天使们和魔鬼们都已开赴招募队的下一个招募地点，为招募队第二天到达那儿做宣传去了。

“可惜，”卡尔说，这是他在这家企业所经历的第一次失望，“天使中有我的一个女友。”

“您会在俄克拉何马再次见到她的，”仆人说，“现在您来吧，您是最后一个了。”

他带领卡尔沿着方才天使们站过的平台的后侧走去；现在那儿只剩下空落落的脚踏了。但是事实证明，卡尔认为没有天使们的音乐就会有更多的人来求职的这个看法并不正确，因为现在平台前面根本就没有成年人了，只有几个孩子在争抢一根长长的白色羽毛，它可能是从一只天使的翅膀上掉落下来的。一个男孩将它高高举起，别的孩子们则想用一只手摁下他的头，用另一只手去抓那根羽毛。

卡尔指指那些孩子，仆人却目不斜视地说："您走快点吧，拖了很长时光您才被录用。莫不是人家有怀疑？"

"我不知道。"卡尔惊讶地说，可是他不相信会有这样的事。哪怕事情已经再明白也不过了，却总还会有人杞人忧天。但是当他们来到大看台，看到那副赏心悦目的景象，卡尔很快便忘掉了仆人的那句话。原来这个看台上有一张又大又长的条凳，上面铺着一块白布，所有被录用的人背对着赛马场坐在依次矮一级的条凳上并受到款待。大家都兴高采烈、情绪激昂，恰好就在卡尔作为最后一个悄悄在条凳上坐下的时候，许多人高举酒杯站起来，一个人向第十招募队领队祝酒，在祝酒词中称他为"谋职者之父"。有人让大家注意，说是大家从这儿看台上也能看见领队，果然大家都看见了在不太远处的评判台和那两位先生。于是，大家就向这个方向挥动酒杯，卡尔也拿起放在他面前的酒杯，可是不管他们怎样大声呼喊，不管他们怎样试图让人家注意自己，评判台上就是没有丝毫迹象表明人家看到了或者起码是愿意看到这欢呼喝彩的场面。领队依然靠在角落里，另外那位先生站在他旁边，手托着下巴。大家快快然又坐下，时不时还有人向评判台转过身去，但是不久人们便一心一意吃起这顿丰盛的饭来了；仆人们用盘子托着卡尔从来没有见过的大块禽肉、带着许多叉子的松脆喷香的烤肉穿梭往来，仆人们还一再给大家斟酒——大家几乎都没有察觉，大家都低着头吃自己碟子里的肉呢，酒杯里红葡萄酒溢流——谁不愿意和大家一起神侃，谁就可以看俄克拉何马剧场的风光图片，它们摞在长条餐桌的一端，可以互相传着看。然而，人们并不很在意这些图片，于是乎，传到卡尔，这最后一个人手里的，竟然只有一张图片。可是从这张图片可以推断出，所有图片一定都值得一看。这张图片照的是美国总统包厢。第一眼看上去，人们会以为这不是一间包厢，而是舞台，因为护墙成弓形向空荡的空间远远伸出。这道护墙的各个部分都是包金的。在各个像是用最精致的剪刀剪出来的小柱子之间并排安放着历届总统的嵌在圆形框架里的画像，其中一个长着一个显眼的塌鼻子，两片向外翻起的嘴唇，隆起的眼皮下嵌着一双呆滞、下陷的眼睛。包厢四周，从各个侧面和顶上，都有灯光照射；白色而柔和的灯光照亮着包厢的前部，而包厢的后部则在沿着整个边缘垂挂下来并用绳索绾着、闪耀着多层次红光起着皱褶的天鹅绒的后面，看上去就像一片幽暗的、闪着浅红色光的空间。人们几乎无法想象出这个包厢里的人是什么样子，一切看上去都显得很有自我意识。卡尔没忘记吃饭，但仍不时观看那张已被他放到他的碟子旁边的图片。

他巴不得最后至少能再看到一张其余的图片，可是自己去取他又不愿意，因为一个仆人用手摁住那些图片，次序是必须遵守的；所以他试图通观餐桌以断定，是否还有一张图片正在传过来。这时，他惊奇地发现——起先他根本不相信——在这些深深躬着腰吃饭的人当中有一张熟识的面孔：吉阿科莫。他立刻向他奔走过去。“吉阿科莫！”他喊道。

吉阿科莫一如既往，遇到意外事总腼腼腆腆，他放下刀叉站起身来，在条凳间的狭窄空间里一转身，用手抹了抹嘴，一看是卡尔便高兴得不得了，请卡尔坐到自己身边来，一会儿又自告奋勇要到卡尔座位那边去；他们互相有许多话要说，愿意永远待在一起。卡尔不想妨碍别人，所以大家应该暂时各自待在自己的位置上吃，这顿饭马上就要吃完，然后他们自然就要永远互相帮助。但是卡尔仍还待在吉阿科莫身旁，只是为了好好看看他。对往事的回忆一齐涌上心头！女厨师长在哪里？特蕾泽在干什么？吉阿科莫的模样几乎一点儿也没有变，女厨师长曾说他在半年内一定会变成一个体格强壮的美国人，这个预言没有应验，他和从前一样柔弱，面颊和从前一样凹陷，不过眼下它们倒是圆鼓鼓的，因为他嘴里嚼着一大口肉，正在把多余的骨头慢慢剔出来，然后将它们扔进碟子里。卡尔从他的臂章上可以看出，吉阿科莫也没有录用当演员，而是当电梯工，俄克拉何马剧场似乎真的用得着每一个人！入神地看着吉阿科莫，卡尔也离开自己的座位太久了。他正想返回去，这时人事科长过来，站到一张较高的条凳上，拍拍巴掌，作了一篇简短的讲话。这当儿，大多数人都站立起来，那些依然坐着、不肯停止用餐的人在别人的推搡下最后也被迫站了起来。

“但愿，”他说，卡尔这时已经踮着脚跑回到自己的座位，“诸位对我们的招待宴会感到满意。一般来说，人们都称赞我们这支招募队的宴会。遗憾的是，现在我不得不宣布宴会到此结束，因为送诸位去俄克拉何马的火车五分钟后就要开车。这虽然是一次长途旅行，但是诸位将会看到，诸位会得到很好的照料的。现在我把这位先生介绍给诸位，他负责照管诸位这趟旅行，诸位要服从他的安排。”

一位瘦削、矮小的先生爬上人事科长站立的那张条凳，他几乎都没有草草鞠一躬，而是立刻就神经质地伸出双手指点起来，他们大家应该怎样集合、整队和开拔。但是起初人们不听他的，因为被录用人当中那个方才致过祝酒词的人用手拍打桌子，开始致起一篇较长的感谢词来了，虽然——卡尔变得非常烦躁不安——方才已经说过，火车马上就要开了。但是演讲者竟丝毫也没注意连人事处长也不在听而是在给带队的人作种种指示，他侃侃而谈，历数端上来的每一道菜，对每一道菜发表一通评论，最后像作总结似的高呼："尊敬的先生们，他们就这样赢得了我们！"除了他所指的那些人以外，所有的人都笑了，可是这与其说是句玩笑话，毋宁说是句大实话。

这篇演说使他们付出了代价，现在他们不得不跑步去火车站。不过这倒也并不是很困难，因为——这一点卡尔现在才发现——谁也没有带行李；惟一的一件行李就是那辆童车了，它在这支队伍的最前面，在父亲的驾驭下，像悬浮着似的上下跳动着。可疑的无产者在这里汇集，并受到如此好的款待和照管！那个带队人对他们简直是关怀备至。一会儿他亲自用一只手抓住童车的操纵杆并举起另一只手给大家鼓劲，一会儿他到最后一排人的后面督促，一会儿他沿着队伍两侧跑，瞅准了队伍中个别跑得慢的人，挥动着双臂试图向他们表明，他们必须怎样跑才对。

当他们到达车站时，火车已经作好出发的准备。火车站上的人对这批人指指点点，人们听到种种叫喊声，诸如："这些人全都是俄克拉何马剧场的！"这剧场的知名程度似乎大大超过了卡尔所估计的，当然他也从来没有关心过剧场的事。这支队伍包乘一整节车厢，带队人比乘务员更急切地催大家快上车。他先察看每一个隔间，不时安排些什么，然后他自己才上车。卡尔碰巧得到一个靠窗的位置，把吉阿科莫拉到自己身边。就这样，他们俩紧挨着坐在一起，打心眼里都对这趟旅行感到高兴。他们在美国还从未这样无忧无虑地旅行过。当火车启动时，他们从窗户向外挥动双手，而他们对面的小伙子们则互相推推搡搡觉得这滑稽可笑。

他们行驶了两天两夜。现在卡尔才领悟到美国疆土的辽阔。他不知疲倦地向窗外张望，而吉阿科莫则一个劲地也往窗边挤，直到对面好玩牌的小伙子们对此感到腻烦，自愿把靠窗的座位让给了他。卡尔感谢他们——吉阿科莫的英语并非人人都听得懂，随着时间的推移，他们的态度变得友好多了，这也正是在旅伴当中常有的事，不过他们的友好态度也常常会成为累赘，因为譬如每逢他们有一张牌掉在地上，他们就在地上寻找，就使劲捏卡尔或吉阿科莫的大腿。然后，吉阿科莫便大声喊叫，每次都感到惊恐，抬起大腿，有一回卡尔试图猛踢一脚回敬他们，但是一般来说都默默忍受这一切。面对着外面的大千世界，对在这小小的、甚至开着窗户还烟雾缭绕的隔间里所发生的一切，人们也就不以为意了。

头一天他们穿行过一座高山，暗蓝色的悬岩以其尖尖的楔子向列车逼近，人们从窗户向外探身，徒劳地寻找着峰顶，幽暗、狭窄、被撕裂的山谷张开着，人们用手指头指引着那些山谷渐渐隐去的方向，宽阔的山涧在连绵起伏的丘陵上像巨浪一样匆匆涌来，夹带着万千汹涌的泡沫浪花，它们从火车驶过的桥下奔腾而过，它们离人如此之近，以致它们那凉丝丝的气息让你的脸冷得打战。

附录

1. 残 稿[①]

I

“起来！起来！”一大早，卡尔刚睁开眼睛，鲁滨孙就嚷嚷。门帘还没拉开，但是从透过空隙照进来的、均匀的太阳光人们看得出，现在已经是上午什么时候了。鲁滨孙急急忙忙、神色忧虑地走来走去，一会儿他拿着一条毛巾，一会儿提着一只水桶，一会儿拿着内衣、裤和衣服，每当他从卡尔身边走过，他都试图用点头来鼓励他起身，用高举手中恰好拿着的东西来表示，今天他还在最后一次替卡尔受苦，第一天早晨卡尔当然无法了解这项工作的种种具体内容。

但是不久卡尔便看到，鲁滨孙究竟在侍候谁。在一个用两只柜子与房间的其余部分隔开的、卡尔迄今还没见过的小间里，有人正在彻底大洗身。人们看见布鲁娜妲的脑袋，那裸露的脖子——头发恰好贴在脸上——以及脖颈儿的下端从柜顶伸出，德拉马什的不时举起来的手里拿着一块水柱四射的海绵，他就是用这块海绵给布鲁娜妲洗身、擦澡的。人们听见德拉马什向鲁滨孙下达的简短的命令，鲁滨孙不是通过那个现在已被堵塞住的、固有的入口往小隔间里递东西，而是凭借一个柜子和一面屏风之间的一个小小的缺口，他每次递东西时都得将胳臂远远伸进去、将脸扭向一边。

“毛巾！毛巾！”德拉马什嚷嚷。鲁滨孙这时正在桌子下面寻找别的什么东西，听了这声喊叫不由大吃一惊，正当他惊魂未定从桌子下面探出脑袋来时，只听里面又在喊：“水在哪儿，见鬼！”话音刚落，只见柜顶上便冒出德拉马什的那张愤怒的面孔。一切按卡尔的意见人们为洗身和穿衣只需要用一次的东西，在这里颠来倒去地要求并送来了许多次。总有一桶水坐在一只小电炉上加热，鲁滨孙总是一再地在远远叉开的两腿之间提着这桶沉甸甸的水向洗澡间走去。由于他要干的活儿很多，所以假如他并不总是严格执行这些命令，有一回，当又要求拿一块毛巾的时候，他干脆从房间中央的大睡铺上拿一件衬衫，将它团成一团从柜顶扔将过去，这些便都是可以理解的了。

但是德拉马什的活儿也不轻，也许他之所以对鲁滨孙怒气冲冲——他怒气冲冲的完全不理睬卡尔了——仅仅是因为他自己不能让布鲁娜妲感到满意。“啊！”她大喊一声，连一向无动于衷的卡尔听了也大吃一惊，“你弄得我好痛！走开！与其这样受罪，我还不如自己洗呢。现在我又抬不起胳臂来了。你这么压我，我难受极了。我的背上一定都是青紫块。当然，你不会告诉我的。等着，我要让鲁滨孙来给我看看，或者让我们那个小家伙来看。不，我不这样干，可是你

① 以下两篇残稿在 1994 年 11 月由费舍尔出版社出版的校勘本中被挪到了正文的末章。

也多少温柔点呀。你要体谅人家嘛，德拉马什，可是这样的话我可以每天早晨都反复说，你就是不肯体谅人。——鲁滨孙！”然后她突然大声喊叫，并在自己头顶上挥舞一条花边小裤衩。“来给我帮个忙，看看，我在遭什么罪，他称这种酷刑为洗澡，这个德拉马什！鲁滨孙，鲁滨孙，你在哪儿，你也没有心肝呀？”卡尔用手指默默给鲁滨孙一个暗号，示意他快过去，但是鲁滨孙垂下眼睛冷静地摇摇头，他自有主张。“你想干什么？”鲁滨孙俯身对着卡尔的耳朵说，“她不是这个意思。我只过去过一次，以后再也不去了。当时他们俩抓住我把我浸到浴盆里，差点没把我淹死。后来布鲁娜妲接连好几天指责我不要脸，她一再反复地说：‘现在你已经很久没和我一起洗澡了，’或者‘你什么时候再来看我洗澡？’我双膝下跪求过她几次之后，她才算作罢。这件事我决不会忘记。”

就在鲁滨孙这样讲着的当儿，布鲁娜妲一再地喊：“鲁滨孙！鲁滨孙！这个鲁滨孙哪儿去啦！”

虽然没有人来帮她的忙，甚至连一句答话都没有——鲁滨孙坐到卡尔身边，两个人默默朝柜那边望着，布鲁娜妲或德拉马什的脑袋不时在柜顶上方出现。尽管如此，布鲁娜妲仍在不停地大声责怪德拉马什。“可是德拉马什！”她嚷嚷，“现在我又一点儿也感觉不到你在给我洗澡。你的海绵哪儿去啦？你抓住它呀！要是我能弯腰，要是我能动弹得了，那该有多好！我就会做给你看，你该怎样给我洗澡。想当初在少女时代，我在科罗拉多父母那边的庄园里每天早晨都游泳，在所有我的女友当中最敏捷最机灵。可是现在！你什么时候才会学会给我洗澡呀，德拉马什；你来回转动海绵，使出好大的劲儿，而我却毫无感觉。如果我说你不要压伤了我，我这话的意思并不是说我愿意这么站着得感冒。你看我从浴盆里跳出来跑掉，我会这样做的！”

但是后来她没有实施这个威胁——其实她也根本就做不到这一点，德拉马什似乎由于怕她感冒而已经抓住她并将她摁进浴盆里，因为现在正发出强烈的劈劈啪啪的溅水声。

“你就会这样，德拉马什，”布鲁娜妲压低一些嗓门说，“每逢你做坏了什么事，你就来亲热，一个劲儿亲热。”出现了片刻的寂静。“现在他在吻她，”鲁滨孙扬起眉毛说。

“现在干什么活儿？”卡尔问。既然他已经决定留下，他也就要立刻履行自己的职责。他让不搭腔的鲁滨孙一个人在沙发榻上待着，开始将那个硕大的、漫漫长夜里在睡者的重压下还一直团成一团的床铺拆开，然后将这一大堆衣物一件件整理、码放好，这一堆东西大概已经好几个星期没整理了。

“去看看，德拉马什，”布鲁娜妲说，“我相信，他们正在乱扔我们的床。什么事我都得想着，我永远得不到安宁。你必须对这两个人更严厉点，不然，他们就为所欲为。”“这准是那小鬼在瞎卖力气了！”德拉马什嚷嚷，并且眼看就要从洗澡间冲出去了，这时卡尔已经把一切都从手里扔掉，但是幸好布鲁娜妲说：“别走开。德拉马什，别走开。啊，这水多热，这么洗洗就累了。待在我身边，德拉马什。”卡尔现在才真正看到，柜子后面水蒸气怎样不停地往上冒。

鲁滨孙大惊失色地将手放在面颊上，仿佛卡尔闯下什么祸了。“一切都保持原来的样子！”响起了德拉马什的声音，“你们难道不知道，布鲁娜妲洗完澡还要躺一个小时吗？简直乱弹琴！等我来收拾你们！鲁滨孙，你大概又在做梦了！你，我要你一个人对发生的一切负责。你要管束好那个孩子，这里不是按照他的脑袋瓜子来干活的。人家要点啥，你们总是啥也拿不来；没有什么事要干的了，你们又忙乎起来。你们随便爬到哪儿呆着，需要你们的时候再出来！”

但是这一切马上就被忘记了，因为布鲁娜妲在窃窃私语，疲惫无力，仿佛她被热水淹没了似的：“香水，拿香水来！”“香水！”德拉马什喊道。“快去拿呀！”是，可是香水在哪儿呀？卡尔看看鲁滨孙，鲁滨孙看看卡尔。卡尔发现，他必须独自一人来主持这里的一切事务，鲁滨孙不知道香水在哪里，他干脆躺倒在地上，不停地用两条胳臂在沙发榻下来回扒拉，可是什么也没扒拉出来，只扒拉出来一团团尘土和女人头发。卡尔先奔向紧靠门旁边放着的盥洗台，但是盥洗台抽屉里只有旧的英文小说、杂志和乐谱，一切都塞得满满的，你一旦把它们打开，就休想再把它们关上。“香水，”其间，布鲁娜妲还在唉声叹气，“多久才能拿来呀！我今天是否还拿得着我的香水呀！”布鲁娜妲这样不耐烦，卡尔自然哪儿也没法好好寻找，他只好凭肤浅的初步印象行事。柜里没有那瓶子，柜顶上压根儿就只有旧的小药瓶和软膏，其余的一切反正都已经送进洗澡间里去了。也许那只瓶子在餐桌抽屉里。但是在去餐桌的路上——卡尔只想着香水，别的什么也不想——他猛一下撞在终于已经放弃在沙发榻下寻找、朦胧意识到香水所在地而好像瞎了眼似地向卡尔跑过去的鲁滨孙身上。卡尔保持沉默，鲁滨孙虽然没停下脚步，但为了减轻疼痛，却持续不断、过于大声地叫喊起来。

“他们不找香水，倒打起架来了，”布鲁娜妲说，“这种混乱状况会把我整出病来的，德拉马什，我一定会死在你的臂弯里的。——我必须拿到香水，”然后她喊道，吃力地站了起来，“我无论如何也要拿到它！不给我把香水送来，我就不从这浴盆里出来，哪怕我得一直在这里待到晚上。”说着，她用拳头击水，人们听见水花四溅的声音。

可是餐桌抽屉里也没有香水，虽然那里净是布鲁娜妲的化妆用品，诸如旧粉扑、小胭脂罐、发刷、小鬈发和许多乱蓬蓬粘在一起的小玩意儿，但是那儿没有香水。鲁滨孙一边还一直在喊叫，一边在一个角落里将堆在那里的一百多只盒子和小匣子一个一个打开、翻寻，每打开一只便总有一半东西，大多是缝纫用具和信件掉到地上并且也就待在地上不动了；从他时不时用摇头和耸肩向卡尔所表示的意思来看，他也什么也没能找到。

这时，德拉马什身穿内衣从洗澡间里跳将出来，与此同时，人们听见布鲁娜妲在抽泣。卡尔和鲁滨孙不再寻找，望着德拉马什，他浑身湿透——他的脸上和头发上也在流水，大喊一声："现在你们快给我去找！"——"这儿！"他先命令卡尔，然后又"那儿！"命令鲁滨孙去找。卡尔真的寻找起来，而且还检查鲁滨孙已奉命找过的地方，但是他和鲁滨孙一样，也没找到香水，鲁滨孙寻找得比他还卖力，如今在一旁看着德拉马什，此人则踏着沉重的脚步从房间的一头到另一头走来走去，一定恨不得要把卡尔和鲁滨孙都痛揍一顿才解气。

"德拉马什！"布鲁娜妲喊道，"你至少来给我擦干身体呀！那两个人找不到香水了，只会把什么都搅得乱七八糟。让他们赶快别找了。马上停止！把手里的东西全撂下！什么东西也别再碰了！他们大概是想把这所住房变成狗窝。如果他们不停止寻找，德拉马什，你就揪住他们的衣领！可是他们还一直在干，刚才有一只盒子掉了。不要让他们把盒子拣起来，让一切原地放着，让他们从房间里出去！他们出去后上上门闩，然后到我这儿来。我泡在水里的时间太长，我的两条大腿全冷了。"

"马上就来，布鲁娜妲，马上就来！"德拉马什边喊边和卡尔以及鲁滨孙奔向单元门。但是在打发他们走以前，他委派他们去取早餐，如有可能就向别人给布鲁娜妲借一瓶好香水。

“你们这儿真是又乱又脏，”卡尔在外面过道里说，“早饭一拿回来，我们就开始整理。”

“要是我不这么病歪歪的就好了！”鲁滨孙说，“这样对待我！”鲁滨孙一定对此感到伤心：布鲁娜妲对已经侍候了她好几个月的他和昨天才来的卡尔丝毫不加区别。但是他咎由自取，卡尔说：“你必须稍许振作一下精神。”为了不致让他完全陷于绝望，他补充了一句：“就只干这一次活儿。我给你在柜后铺一个床位，等一切稍许理出点头绪来，你就可以整天躺在那儿，什么事也不用操心，很快就会恢复健康。”

“现在你明白我的身体怎么样了吧，”鲁滨孙说并把脸别转过去，不再看卡尔，以便自己独自咽下这口苦水，“可是他们难道会让我安心躺着的吗？”

“如果你愿意，这件事由我自己去跟德拉马什和布鲁娜妲谈。”

“布鲁娜妲会顾惜人吗？”鲁滨孙大喊一声，没向卡尔打一声招呼便用拳头撞开一扇门，他们刚走到这扇门的门口。

他们走进一间厨房，从厨房里那似乎急需修理的灶上黑色烟雾袅袅上升。昨天卡尔在走廊里见过的妇女中的一个跪在灶门前，用两只光手把大煤块放进灶火里，并从各个方向观察灶火的火势。她边干活边叹着气，她的这个跪着的姿势对一位老妇来说很不舒服。

“当然，这个讨厌鬼还来呢。”她一看见鲁滨孙便说，吃力地站起身来，手撑在煤箱上，关上灶门，这灶门把手她已用自己的围裙缠绕起来。“现在下午四点钟的时候”——卡尔惊讶地望着厨房里的挂钟——“你们还要吃早饭？你们这一伙！——坐下吧，”然后她说，“等到我有了空闲的时间再给你们准备吧。”

鲁滨孙拉着卡尔在门旁一张小板凳上坐下，对他悄悄说："我们必须听从她的安排。因为我们依赖于她。我们租了她的房间，她当然随时可以解除我们的租约。可是我们却不能换住房，我们该怎样把所有这些东西都运走呀，首先布鲁娜妲根本就搬不动。"

"这里这一层上就没有别的房间可找了？"卡尔问。

"没有人接受我们，"鲁滨孙回答，"整幢楼房里都没有人接受我们。"

他们就这样默默坐在小板凳上等着。那妇人在两张桌子之间、在一只洗衣圆木桶和灶台之间不停地来回奔走。从她的叫嚷声中人们得知，她的女儿身体不适，所以她不得不独自一人承担全部工作，服侍三十个房客，管他们的伙食。偏偏这炉子又有毛病，饭怎么也做不熟，熬着两大锅稠糊糊的汤，不管她如何频繁地用大汤勺翻搅，将汤舀起来让它从高处往下流，这汤就是熬不好，这一定全是火势不旺造成的，她就这样几乎坐在灶门前的地上，用拨火钩来回拨弄通红的煤块。厨房里烟雾弥漫，呛得她直咳嗽，有时她咳得非常厉害，她就抓住一把椅子，一个劲儿接连咳上几分钟之久。她时不时地说，今天她根本就不再供应早饭了，因为她既没有时间也没有兴趣做早饭。由于卡尔和鲁滨孙一方面得到了取早饭的命令，可是另一方面又没法强人所难，所以他们对这样的话不予回答，而是依然如故地默默坐着。

四周，椅子上和小板凳上，桌面上和桌子底下，还摆放着房客们的没洗过的早餐具，甚至一个墙角落地上也堆放着一些。其中有还剩余少许咖啡和牛奶的小壶，有些小盘子里还有残剩的黄油，从一只翻倒的大铁皮罐里饼干滚了出来。完全可以将所有这些东西配制成一份早餐，布鲁娜妲将对这份早餐无可非议，假如她不知道它的来源的话。卡尔正转悠着这个念头，向挂钟投去的一瞥也告诉他，他已经在这里等了半个小时，布鲁娜妲也许正在发火并挑动德拉马什去整治仆人，正在这个时候，这妇人边咳嗽边喊道——这当儿，她目不转睛地看着卡尔："你们尽管在这儿坐着，但是早餐你们是拿不到的了。两个小时以后你们倒是可以得到晚餐。"

"来，鲁滨孙，"卡尔说，"我们自己来配制早餐。""嗯？"那妇人说，歪斜着脑袋。"请您放明智点，"卡尔说，"您为什么不肯供给我们早餐？现在我们已经等了半个小时，这够长的了。大家一样都付钱给您的嘛，我们出的价肯定比所有其他人都好。我们这么晚吃早饭，这肯定给您带来不少麻烦，但是我们是您的房客，习惯晚吃早饭，您也得稍许照顾一下我们嘛。今天由于令爱有病您当然也有特殊困难，不过我们可以用这儿剩余的食品自己配制早餐，如果没有别的办法，如果您不给我们新鲜食品的话。"

但是这妇人却不想和什么人进行一场友好的交谈，她觉得，对于这几位房客来说，普通早餐的残羹剩饭就已经质量上乘了；可是另外一方面她也腻烦这两个仆人的软磨硬泡，所以就一把抓起一只杯子，将它顶住鲁滨孙的身体，过了一会儿鲁滨孙才哭丧着脸明白过来，原来这是要他拿着那只杯子去盛这妇人搜罗来的食物。她急匆匆地虽然在杯子里装进了一大堆吃的，但是它们整个儿看上去就像是一堆垃圾，不像可以端上餐桌的早餐。还在这妇人将他们推出去，他们弯着腰仿佛怕挨骂或挨揍似的急忙夺门而去的当儿，卡尔便已经从鲁滨孙手里拿走了那只杯子，因为他觉得杯子在鲁滨孙手里不够牢靠。

离开女房东家的房门足够远之后，卡尔便在走廊里坐下，将杯子放在地上，首先将杯子擦干净，将同属一体的东西收集在一起，就是说将牛奶倒在一起，将各种残剩黄油刮在一个碟子里，然后将所有使用过的痕迹抹掉，就是说将刀和匙擦干净，将已咬过的小面包切平整，这样就给整体以一种比较好看的形象。鲁滨孙对此颇不以为然并声言，早餐的模样一向都比这要难看得多，但是卡尔不听他那一套，并且为手指头脏兮兮的鲁滨孙不愿参与此项工作而感到高兴。为了安抚他，卡尔分给他几块饼干和一只原先装满巧克力小罐的一层厚厚的残渣，当然他同时也告诉他，他分得这一份就算是全部早餐了。

当他们来到自己寓所的门口、鲁滨孙二话没说就用手按住门把手的时候，卡尔止住他，因为还不清楚，他们可不可以进去。“当然可以进去，”鲁滨孙说，“现在他只是在给她梳头而已。”果然，在那间还一直没有通过风的、窗户都紧密遮蔽住的房间里，布鲁娜妲叉开着两条大腿坐在靠背椅里，站在她背后的德拉马什低垂着脸正在梳理她那一头虽短、却可能很蓬乱的头发。布鲁娜妲又穿上了一件非常宽松的连衣裙，不过这一回是淡红色的，这一件也许比昨天那件稍许短一些，至少人们看见那白色的、编结粗糙的袜子几乎一直伸到膝盖。布鲁娜妲对长时间的梳头感到不耐烦，用厚厚的红舌头在嘴唇间舔来舔去，有时候她甚至大喊一声：“啊呀，德拉马什！”完全挣脱开德拉马什，后者则高举着梳子心平气和地等着她把脑袋重新搁回来。

“时间拖得长了，”布鲁娜妲泛泛地说，她专门对卡尔说，“你必须动作敏捷些，如果你希望人家满意你的话。你别学好吃懒做的鲁滨孙的样。这会儿你们一定已经在什么地方吃过早饭了；我告诉你们，以后我不容许这样。”

这是很不公正的，鲁滨孙也摇头并翕动着嘴唇，当然没发出声音来，卡尔却认识到，人们只能用一个办法影响女主人，这就是让她毫不怀疑地看到自己所干的工作。所以，他从一个角落里拉来一张低矮的日本小桌子，铺上一块布，将带来的东西摆到桌面上。谁没见过这份早餐的来源，便会对这整体表示满意。可是除此之外，卡尔自己心里明白，这份早餐还是颇有些不尽如人意之处的。

幸亏布鲁娜妲饿了。她看着卡尔准备好这一切，朝他满意地点点头，她常常抢先用她那软乎乎、肥胖胖、可能立刻会把一切都压扁的手给自己抓一口吃的，从而妨碍了他的准备工作。“他干得不错，”她咂着嘴说并拉着德拉马什在自己身边一把圈手椅上坐下，德拉马什则将梳子插在她的头发里留待以后再用。德拉马什一看见这些吃的态度也和蔼了起来，两个都饿极了，他们的手在小桌上方来回交叉急速挥动。卡尔认识到，他在这里只要总是尽量多弄东西回来便可以让人感到满意，他回想起厨房里还有各种各样可吃的东西扔在地上，他便说道：“头回生，二回熟，下一回我会干得更好。”但是还在说这话的时候他便想起来，他正在对谁说话，他太过于就事论事了。布鲁娜妲满意地朝德拉马什点点头，赏赐给卡尔一把饼干。

Ⅱ 布鲁娜妲出行记

一天早晨，卡尔推着布鲁娜妲坐在其中的手推车从住房大门里出来。时光已经不再如他所希望的那般早了。他们取得一致意见，决定半夜便开始实施出行计划，以免在街上引起轰动，要是在白天这是难以避免的，尽管布鲁娜妲愿意很不起眼地用一大块灰布盖在自己身上。但运送下楼耗去了太多的时间。尽管有那位大学生的热心帮助，不过从这件事上也可以看出，大学生比卡尔身体虚弱得多。布鲁娜妲表现得很勇敢，几乎没有呻吟，想方设法减轻搬运者们的工作。但是没有别的好办法，人们只好每抬五个梯级就把她放下，以便停下来喘口气，同时也让她歇息片刻。这天早晨天气凉爽，楼道里冷风飕飕像是在地窖里，但是卡尔和大学生却汗流浃背，在休息的时候不得不每人各自拿起布鲁娜妲友好地递送上来的她那块灰布的布角擦脸上的汗。就这样，他们抬了两个小时才到达楼下，那辆小车从晚上起就一直放在那里。将布鲁娜妲抬进去也还相当费了一点劲，可是随后人们便可将整个这件事看作为大功告成，因为这辆车轮子高，推起来一定不难，现在只剩下一件令人担心的事了，这就是这辆车在布鲁娜妲的重压下可能会散架。不过，这个风险人们必须承担，人们没法带一辆备用车呀，尽管大学生倒是半开玩笑地自告奋勇说可以弄一辆并自己来推它。现在该向大学生告别了，这别离的场面甚至是很真挚的。布鲁娜妲和大学生之间的一切龃龉似乎已被忘却，他甚至旧事重提，为在布鲁娜妲患病的时候他曾侮辱过她而表示道歉，而布鲁娜妲却说，一切早已忘得一干二净并且已经大大得到补偿了。末了，她请求大学生务必拿她的一块钱留作对她的纪念，她费力地从她那些众多的衣裙里将那一块钱掏了出来。就布鲁娜妲有名的吝啬而言，这件礼物是很具有深意的，大学生得到它也确实很高兴，把这个硬币高高地扔向空中。后来他当然就只好在地上寻找，卡尔不得不帮他找，最后卡尔在布鲁娜妲的车底下找到了它。大学生和卡尔之间的告别当然简单得多了，他们只是互相握了握手，表示坚决相信，他们后会有期，到那时候至少他们之中的一个——大学生声称是卡尔，卡尔则说是大学生——会有所出息了，可惜迄今为止谁还都没什么出息。然后卡尔便鼓起勇气抓住车把手，把车推出大门。大学生一直望着他们离去的背影，直到他们的身影看不见时为止，而且还一边挥舞着一块布。卡尔不时往回点头示意，布鲁娜妲也恨不得转过身去，可是这样的动作对她来说太费劲了。可是为了使她能够作一次最后的告别，卡尔在街尾推着车转了一圈，致使布鲁娜妲也能见到大学生，大学生则乘机特别起劲地挥舞那块布。

可是随后卡尔便说，现在他们不可以再耽搁时间了，路途漫长，而他们又很晚才出发，比预计的晚多了。人们果然已经时不时看见马车以及去上班的行人，尽管人数很稀少。卡尔只是就事论事说了那句话，并没有其他的含意。布鲁娜妲却感情细致对这句话另有一番理解，便用她那块灰布把自己盖得严严实实。卡尔对此没有提出什么异议；用一块灰布盖住的手推车虽然很引人注目，但是比起没有遮盖住的布鲁娜妲来不知要少惹人注意多少倍。他推车推得非常小心；在拐过一个街角之前，他先察看下一条街的情况，若看上去似有必要甚至就让车停住，独自走出去几步，倘若他预见到会有某种也许是不愉快的遭遇，他便等候着，直至避过了风头，或者甚至另辟蹊径，完全走另外一条街。即便这样他也决不会有绕远道的危险，因为各种可能的道路他都已经事先仔细研究过了。当然也出现了一些虽然曾担心过，但是其细微末节却未曾料想到的障碍。就这样，在一条街上，在一条略微向上伸展、一览无余并且幸好空无一人的街上——一个卡尔急如星火试图加以利用的长处，从一座楼门的幽暗角落里突然走出来一个警察并且问卡尔，他这辆如此小心翼翼遮盖住的车里装的是什么东西。可是尽管他神情十分严肃地凝视着卡尔，当他掀开灰布，看见布鲁娜妲那张冒着热气、惊惧不安的脸时，他情不自禁地笑了起来。“嗯？”他说，“我本以为，你这里装着十袋马铃薯，现在就这么一个女人？你们去哪儿？你们是什么人？”布鲁娜妲根本不敢正眼看那警察，而只是一个劲儿盯住卡尔，显然是怀疑连他也救不了她了。但是卡尔有足够的与警察打交道的经验，他觉得整个儿这件事不再具有危险性。“小姐，您出示一下，”他说，“您拿到的证书吧。”“噢，好的，”布鲁娜妲说并开始以一种如此令人绝望的方式寻找起来，以致她势必让人觉得十分可疑。“这位小姐，”警察用怀疑中透着讽刺的口吻说，“找不到证书了。”“噢，会找到的，”卡尔心平气和地说，“这证书她肯定有，她只是不知道把它放到哪儿去了。”说罢，他开始自己去寻找，果然将它从布鲁娜妲的背后掏了出来。警察只是匆匆瞥了它一眼，“原来证书在这儿，”警察笑道，“这小姐是这样一位小姐？而您，小家伙，就管中间介绍和运输？您真的找不到更好一点的活儿干了？”卡尔只是耸了耸肩膀，这又是众所周知的警察干预。“好吧，一路平安，”警察见卡尔不搭腔便这样说道。警察的话可能带着蔑视，所以卡尔也不打招呼推起车来就走，警察的蔑视比警察的专心致志更好。

不一会儿，他遇到了一件可能更不愉快的事。原来是一个男人向他凑近过来，此人推一辆大牛奶壶车，极想了解卡尔车上灰布下面是什么。看不出来他和卡尔同路，然而他却一直待在卡尔的旁边，尽管卡尔时不时便出其不意地转换方向。起先，他满足于喊几声，诸如“你装的货一定很沉吧！”或“你装得不好，上面会有东西掉出来的！”但是后来他便直截了当地问：“你布底下装的是什么东西？”卡尔说：“这关你什么事？”但是由于这句话更加激起了那人的好奇心，卡尔最后就说：“是苹果。”“这么多苹果！”那人惊讶地说并且不停地重复着这句叹词，“这是整整一年的全部收成呢，”然后他说。“嗯，是呀，”卡尔说。但也许是他不相信卡尔的话，也许是他想气恼他，他走近过来，开始——一切都发生在行车过程中——戏谑似地将手向那块布伸出去，最后甚至竟敢拉扯起那块布来，布鲁娜妲受多大的罪！顾及到她的处境，卡尔不想和这个人争吵，便把车就近推进一座开着的楼门里，似乎目的地已到了似的。“我到家了，”他说，“谢谢你一路相送。”那人惊讶地在大门前停住脚步，望着卡尔的背影，卡尔则为形势所迫，镇定自若地开始穿越第一个庭院。那人没法再怀疑了，但是为了最后一次满足自己的幸灾乐祸心情，他停住自己的车，踮着脚尖跑步追上卡尔，使劲拽拉那块布，以致他几乎完全裸露出布鲁娜妲的脸来。“让你的苹果透透气，”他边走回去边说。连这种事卡尔也忍了，因为这最终使他摆脱掉了那个人。然后他就把车推到庭院的一个角落里，那里摆着几只大的空箱子，他想在那些箱子的掩护下对躺在灰布下的布鲁娜妲说几句安抚的话。但是他不得不长时间地劝说她，因为她哭得泪人儿似的，十分严肃地恳求他整个白天就待在这里，待在这些箱子后面，等天黑了才继续赶路。也许他单独一个人根本没法让她相信这样做很不合适，可是当有人在这堆箱子的另一头轰隆一声巨响将一只空箱子扔到地上，空荡荡的庭院里回声四起的时候，她吓了一大跳，吓得她不敢再说一句话，将布蒙住自己的脸。并且当卡尔当机立断立刻将车推将起时也许她还不胜欣喜呢。

现在街道上越来越热闹了，但是这辆车的引人注目的程度倒不像卡尔所担心的那么大。也许更明智的办法压根儿就是选择另外的时间进行运送。假如再要这样推车送人，卡尔就敢在中午时刻来加以实施。没有受到多大的纠缠，他终于拐进那条狭窄、昏暗的小巷，二十五号企业就坐落在这条巷子里。门口站着手拿怀表、眼睛斜视的管理员。“你老是这样不准时吗？”他问，“遇到各种麻烦事了，”卡尔说。“众所周知，这种事总是有的，”管理员说。“可是在这所房子里我们才不管这些呢。你记住这一点！”对于这类话语卡尔几乎不再认真去听，每个人都利用自己的权势，辱骂身份低下的人。人们一旦习惯了挨骂，它听起来跟钟的均匀敲打声就没有什么两样。然而，当他现在把车推进门厅时，比比皆是、不过却又是他意料之中的污秽倒着实让他吓了一跳。仔细一看，却又不是伸手可摸得着的污秽。门厅的石板地面几乎扫得干干净净，墙壁是新粉刷过的，人造棕榈树上只蒙着一点点灰尘，可是一切却显得油腻而恶心，让人觉得，仿佛什么都给使用坏了，仿佛再怎么整洁也没法把这弥补过来了。不管到哪儿，卡尔都乐意考虑，那儿什么工作可以加以改进，而立刻进行干预，不顾及这会招来也许是没完没了的工作，这该是何等的快乐。可是在这里他却不知道该怎么办才好。他慢慢揭下布鲁娜姐身上的那块布。“欢迎，小姐，”管理员忸怩作态地说，毫无疑问，布鲁娜姐给他留下了好印象。一旦布鲁娜姐看出这个意思，她是会马上利用它的，卡尔满意地把这看在了眼里。近几个小时里的种种忧虑统统一扫而光。

2. 原出版者后记

第一版后记

弗兰茨·卡夫卡的手稿没有标题。在谈话中他惯于称这本书为他的《美国小说》，后来又按单独出版的开头一章(1913)简单称之为《司炉》。卡夫卡怀着极大的兴趣创作这部作品，通常都在晚上写作，一直写到深夜，手稿纸上修改和删除之处少得惊人。卡夫卡意识到并且常常在交谈中强调这一点，即这部长篇小说比迄今他写过的全部作品都更乐观、更“光明”——在这方面我也许还可以说，弗兰茨·卡夫卡很喜欢读游记、回忆录；富兰克林传是他最喜欢读的书之一，他也喜欢将书中的一些章节读给别人听；他心头常常跃动着一种对自由和遥远的国度的渴望。在这期间，较长的旅行(超越法国和上意大利)他没有作过，是想象的曙光赋予这本冒险奇遇之书以其特殊的色彩。

完全出于人们意料之外的是，卡夫卡突然中断了这部小说的写作。小说一直未完成。从谈话中我得知，描写“俄克拉何马露天剧场”的现有的未完成的这一章是全书的最末一章，带有和解的色彩，这一章的引子卡夫卡特别喜欢，朗读得优美动听、扣人心弦。卡夫卡用谜一般的话面带笑容暗示，他那位年轻的主人公在这座“几乎是无边无际的剧场”里将会犹如通过美妙的魔力似的重新找到职业、自由、依靠，甚至还会找到故乡和双亲。

最后一章之前同样也缺了一些故事情节。有两篇较大的残篇，都是描写在布鲁娜妲处效劳的，但填补不了这个空白。这两个残篇作为补编收进本册，因为我着眼的是故事的大体轮廓，不是语文学方面的工作，这项工作可以留待后人去做。卡夫卡只对前六章划定了段落、定了篇名。

非常清楚，这部小说与他（按年月顺序）依次排列的《诉讼》和《城堡》有着内在的联系。这是卡夫卡留下的孤独三部曲。主题就是人的陌生感、孤寂感。《诉讼》中被告的处境——《城堡》中那个未受邀请的异乡人的状态——激荡着生活狂澜的《失踪者》中一个没有经验的孩子的无依无靠——这里是三个基本事实，它们那神秘的共同性通过卡夫卡的艺术清楚而象征性地、然而却往往根本不带通常的象征性语言并且用最朴素的现实用语显露了出来。所以，相互比较着去读，这三部长篇小说就容易读懂了，它们有着同一颗心灵。所有三部小说所探讨的都是个人进入人类社会的问题，而且，由于这涉及最崇高的公正，所以同时也是个人进入天国的问题。恰恰是谨慎善良和公正诚实的人所遭遇到的那种巨大的障碍被揭示出来了。在《诉讼》和《城堡》中，这些障碍占了上风——这使这两本书成了悲剧性的文献。在《失踪者》——小说中则相反，由于主人公的天真无邪和感人肺腑的质朴、纯洁，灾祸恰恰还刚刚受到控制。我们感觉到，这个很快就赢得了我们的全部的爱的善良孩子卡尔·罗斯曼定会冲破种种虚伪的友情和奸刁的敌意的阻力达到他的目的，在生活中经受住考验，证明自己是个规矩正派的人并和父母和解(在1927年7月15日第28期《文学世界》的一篇短文《克莱斯特和卡夫卡》中，我曾指出几个构成这一提法基础的几个主题)。但是这条通向这个目的地的道路却是荆棘载途。“如果对方没有善良的意愿，我就不可能为自己辩护，”这句在那次接受侍者总管审讯时说出来的话，在这里听起来也是充满悲伤和控诉性的，这个审讯场面与《诉讼》中所描写的审判程序真是何其相似乃尔。只是，这一回这场争取公正的斗争是心安理得地并且带着青年人的不屈意志进行的。徒劳的、常常受到讽刺、愚弄的寻找职务与《城堡》中的事件有着许多相似之处，所不同的只是，这里，在《失踪者》中，最后响起了那句拯救人的、虽然由于某些附带情况而显得并不完全充分有效的“被录用了”。

卡夫卡对待他的卡尔·罗斯曼不比对待那另外两个主人公更宽容些，那两个主人公的名字的首字母同样都是K.(——我)。因为在另外两部长篇小说中，在清澈的、不加修饰的表达方式的后面所蕴含着的，也并非如某些评论家所推测的，是作家的冷酷，而只是无限的严厉，与最细致的感情、赞赏最复杂的免罪因素以及无限同情紧密结合在一起的那种严厉。不过，人们的印象却是，仿佛卡夫卡在这部《美国》小说里，面对他刻画的正派、诚实、孜孜不倦的男孩行动更自由一些。他动情了，当他的毫无自卫能力的、无辜的主人公受到不公正对待时，他心痛欲碎。这本书中的有些场面(尤其是发生在市郊、我称之为“避难”的那些场面)势必会令人回想起卓别林的电影，回想起无比美妙的卓别林电影，这些电影当然还没有写出来——请大家不要忘记，这部小说最早出版的时候(战争之前!)，卓别林并不知名或者也许根本还没有登台演出呢。

很可能，恰恰是这部小说揭示了一条新的理解卡夫卡的道路——纯朴的、有同情心的人性的道路——很可能从这里出发，所有已出版的作品，尤其是另外那两大部遗作，不用作任何解释，自身就会显示出效果来。从我日益频繁地收到的信件和评论文章中我看到，卡夫卡毕生巨著的独一无二性及其令人肃然起敬的高度越来越受到人们的理解和热爱。——遗作中还包含两篇篇幅较大的未完成的中篇小说，这两篇小说的轮廓是清楚的，还有一篇戏剧小品，一套自成一体的论述罪恶与拯救这个主题的格言集，数量众多的断篇和一部内容丰富的日记，其中许多片断都塑造了最有效的人物形象。如果这一切全都刊印出来的话，卡夫卡就可能会展现出他那今天还完全未被人们意识到的重大意义。

马克斯·布罗德

〔1927〕

第二版后记

除了两处修改，是异文，不是增添，卡夫卡对《失踪者》——小说的原稿没有作什么重大的改动。惟有出自布鲁娜妲——插曲中的两个片断，以及最后一章故事的一个简短的延伸部，构成了附录的材料。

卡夫卡在世时出版的第一章完全没有改动，完全忠实于初次发表时的那个文本；其余部分有几处小的改动，以使全文与新版的语言协调一致。

马克斯·布罗德

〔1935〕

第三版后记

原稿不分章节。不过，第二本原稿卷首空白页上有卡夫卡手写的六章标题的总目录(连同页码)，我用它们给各章标上了标题。全书中只有《布鲁娜妲出行记》这个标题是卡夫卡自己标上去的。还应该补上一笔的是，卡夫卡在日记中提到这整部作品时用的是《失踪者》这个标题。

马克斯·布罗德

〔1946〕

诉　　讼

被 捕

一定有人诬告了约瑟夫 · K，因为一天早晨他没干什么坏事就被捕了。每天早晨八点左右给他送早餐的房东格鲁巴赫太太的厨娘这一天没露面。这种事还从未发生过。K 又等了一会儿，倚在枕头上看见住在他对面的那个老太太正以一种异乎寻常的好奇的目光打量着他，但是随后他便感到既诧异又饥饿，便拉了拉铃。立刻有人敲门，一个他在这所公寓里从未见过的男人走了进来。此人身材修长，却长得结结实实，穿着紧身的黑衣，这身衣服像旅行装那样有一些褶裥、口袋、带扣、纽扣和一条腰带，因此显得特别实用，虽然人们弄不清，这种衣服是用来做什么的。“您是谁？”K 问道，并立刻在床上半坐直身子。可是来人却没理会这个问题，仿佛人们必须忍受他的到来似的，他只是自顾自地说了句：“您拉铃了？”“安娜该给我送早餐来了。”K 说，并试图先缄默不语，通过仔细观察和认真思考来断定此人究竟是谁。但是此人没容他长时间打量自己，而是转身走到房门口，把门打开一条缝，对某个显然是紧挨着门后站着的人说：“他想让安娜给他送早餐来。”隔壁房间里随即响起一阵短促的笑声，从声音上听不出来，是不是有好几个人在笑。虽然这个陌生人并没从笑声中听出他会不会是早先就已经知道了答案，但是他仍然用一种禀告的口吻对K说：“这不可能。”“真新鲜，”说着，K就跳下床来，并迅速穿上裤子，“我倒要看看，什么人在隔壁房间里，让我这样受到打扰，格鲁巴赫太太该如何承担责任。”虽然他马上意识到，这句话他不该说出口，他这样做就是在一定程度上承认陌生人有监督权，但是他又觉得现在这已经无关紧要。陌生人至少是这样来理解这件事，因为他说：“您不愿待在这里？”“只要您不向我作自我介绍，我就既不愿意待在这里，也不愿意让您和我搭讪。”“我这是好意。”陌生人边说边自愿打开门。在隔壁房间里——K比自己的本意还更缓慢地走进这间房间——第一眼看上去情况几乎跟前一天晚上完全一样。这是格鲁巴赫太太的起居室，今天在这间摆满家具、覆盖物、瓷器和照片的房间里也许比平时稍多了一点空间。人们不是立刻就能看出这一点来，这主要是因为，房间里的主要变化是有一个男人在这儿，此人坐在打开着的窗口读一本书，现在他放下手中的书抬起头来。“您本应该待在您的房间里的嘛！难道弗兰茨没告诉过您？”“告诉了，您有什么事呀？”K说道，并把目光从这位新相识移向那个在门口站住、被称为弗兰茨的人，随后又把目光移回来。人们从这扇敞开的窗户又看见这个老妇人，她怀着高龄老人的好奇已经走到对面的窗户前，以便也可以继续观看这一切。“我要格鲁巴赫太太——”K说，并做了一个动作，仿佛他想挣脱这两个男人，而这两个人所站的位置却离他远着呢，他想走开。“不行，”窗口的那个人把书往一张小桌子上一扔，站起身来说，“您不可以走开，您被捕了。”“看来是如此，”K说，“为什么呢？”随后他问。“我们无须把这告诉您。到您的房间里去等着吧。诉讼程序已经开始了，您会在适当的时候了解到全部情况的。我这样和颜悦色地跟您讲话，已经是超越我的职权范围了。但是我希望，这话除了弗兰茨以外谁也没听见，他自己就违反规定对您和颜悦色。如果您今后在您的看守们那儿也继续这样交好运，那您就可以放心啦。”K 想坐下，但是这时他发现，除了窗口那把椅子，整个房间里没有一处可以供人坐的地方。“您还会发现，我们说的全都是真话。”弗兰茨边说边和另外那个人一道向他走去。后者比 K 高得多，经常拍他的肩膀。两个人察看 K 的睡衣说，现在他得穿一件差得多的睡衣，但他们会保管好这件睡衣，也会保管好他的其他内衣的。如果他的案子顺利了结，会把它们全都还给他的。“您还是把这些东西交给我们的好，别交给仓库，”他们说，“因为仓库里的衣物常常被侵吞，而且过一段时间人们就在那儿把所有的东西都卖掉，不管有关的诉讼程序是不是已经结束。这样的案子不知要拖多久，尤其是在最近！最后您倒是会从仓库得到变卖衣物的款项，可是首先这笔款项本身就已经很微薄，因为变卖时起决定作用的不是出价的高低，而是贿赂的多少；其次，按照经验，这种变卖而得的款项几经转手，年复一年地拖延，就会越来越少。”K 没怎么注意这些话，他并不高度关注他这种也许尚还拥有的对自己的衣物的支配权，他觉得弄清楚自己的处境要重要得多。可是在这些人面前他连思考都没法思考，第二个看守——他们只能是看守——第二个看守的肚子一再友好地紧靠着他。但是他抬头一看，便看到一张与这个肥胖的身躯极不相称的干枯、瘦削的脸，脸上长着一个向一旁扭曲的大鼻子，这张脸越过 K 的头顶同另一个看守交换着眼色。这究竟是些什么人？他们在谈什么？他们是哪个单位的？K 生活在一个法治国家，到处都很安全，所有法律都得到严格遵守，谁敢私闯他的家宅呢？他向来倾向于尽可能对一切淡然处之，在最坏的情况出现时才相信事态严重，并不事先为自己的未来操心，即便一切迫在眉睫。可是这里的这件事他觉得不对头，虽然人们可以把这件事整个看做一场玩笑，看做一场粗俗的玩笑，是银行里的同事出于不知什么原因，也许是因为今天是他的三十岁生日而给他开了这么一场玩笑，这当然是可能的，也许他只需对着看守们的脸随便怎么哈哈一笑，他们也会跟着一起笑起来，也许他们是街角的听差，他们看上去并非不像那些听差——尽管如此，这一回简直可以说从第一眼看见看守弗兰茨的时刻起他就已经下定决心，决不把他也许对这些人占有的这种最微弱的优势拱手相让。至于说到人们以后会说他没有幽默感，K认为这没有什么了不起的，可是他却分明回忆起——平素他倒是并没有从往事中汲取经验教训的习惯——几件本身并不重要的事——在处理这些事情时，他和他的朋友们不一样，他毫不顾及可能会有的后果，有意识地采取了不谨慎的态度并因此而受到了惩罚。不能再发生这样的事了，至少这一回不能让这样的事重演。这是一场喜剧，那他就要参加演出。

他还是自由的。“对不起。”他边说边快步从看守们之间穿过，走进自己的房间。“他似乎是理智的。”他听见身后有人说。一回到房间，他立刻拉开写字台的抽屉，抽屉里一切东西都摆放得整整齐齐，但是他在慌乱中却偏偏不能立刻找到他所寻找的身份证件。最后他终于找到了自己的自行车行车执照，拿着它就要去找看守，但转念一想又觉得这份证明分量太轻，于是他继续寻找，最后找到了出生证。当他又返回隔壁房间时，对面的房门恰好打开，格鲁巴赫太太正要走进来。但是K只同她打了一个照面儿，因为她一看见K便显露出尴尬的神情，一面道歉一面退了出去并小心翼翼地关上了门。“您进来呀。”K只勉强说出这句话来。但这时他拿着证件站在房间中央，还在看着那边那扇不再开启的门，听到看守们一声喊叫他才回过神来，发现看守们正坐在敞开的窗口那张小桌子旁边，并且——如K现在看清的——在吃他的那份早餐。“她为什么不进来？”他问。“她不许进来，”高个子看守说，“您已经被捕了。”“我怎么会已经被捕了呢？就这样被捕了？”“您又来了，”看守说，并把一片抹了黄油的面包往蜂蜜罐里蘸了蘸，“这样的问题我们不回答。”“你们必须作出回答，”K说，“这是我的证件，现在你们也让我看看你们的证件，特别是逮捕令。”“我的老天爷！”看守说，“您就是不能顺应您现在的处境，您似乎就是存心要无端地气我们，要知道，在您所有周围的人当中我们现在大概是对您最亲近的人了！”“是这么回事，您完全可以相信。”弗兰茨说，没把手里的那杯咖啡送到嘴边，而是用一种也许意味深长、却令人费解的目光久久地望着K。K不由自主地同弗兰茨交换了一下目光，但随后却拍拍自己的证件说：“这是我的身份证件。”“它们与我们有什么相干？”高个子看守已经在嚷嚷，“您表现得比一个孩子还坏。您想干什么？您同我们这些当看守的讨论证件和逮捕令，您以为您这样做就可以迅速了结您这桩该死的大案了吗？我们是低级职员，几乎不认得什么身份证件，除了每天看守您十个小时并为此得到报酬外，同您的案子毫无关系。这就是我们的身份。但是，尽管如此，我们却有能力了解到，我们为之效劳的高等行政机关在发出这样一份逮捕令之前是详细了解过逮捕理由和被捕者本人的情况的。在这方面不会出什么差错。我们的机关——据我所知，不过我只知道级别最低的职员——不是到老百姓当中去寻找罪责，而是如法律所说的被罪责所吸引并且不得不派我们看守外出执行勤务。这是法律。哪会有什么差错啊？”“这种法律我不懂。”K说。“那对您来说就更糟啦。”看守说。“这种法律也许只不过是存在于你们的头脑中。”K说，他想用某种方式摸透看守们的想法，使之向有利于自己的方向转化或者让自己的思想被他们采纳。但是那看守只是作出拒绝的表情说：“您会尝到这法律的滋味的。”弗兰茨插话说：“瞧，维勒姆，他承认，他不懂法律，可又声称自己无罪。”“你说得很对，可是我们什么事也没法让他理解。”另一个说。K不再搭理他们；我非得，他想，让这两个最低级的职员——这是他们自己承认的——用这一套胡言乱语把我搞得稀里糊涂的吗？他们在谈论他们根本不懂的事，他们只是因为愚蠢才显得自信。跟一个智力水平与我相等的人谈上几句，什么问题就会一清二楚，何苦跟这些人啰唆个没完。他在房间的空地上踱了几个来回，他看见那边那个老妇人把一个更老态龙钟的老头儿拉到窗口，她抱住那个老头儿。K必须结束这一场闹剧：“你们带我去见你们的上级。”他说。“如果他想见您的话，早了不行。”被叫做维勒姆的那个看守说。“我劝您，”他补充说，“到您的房间里去，保持镇静，等待对您作出处置。我们劝您别胡思乱想分散自己的注意力，您得集中精神，会向您提出严格的要求来的。您这样对待我们，辜负了我们对您的一片好意，您忘记了，不管我们是什么人，至少现在与您相比我们是自由的，这可不是一个小小的优势。尽管如此，如果您有钱的话，我们还是乐意从那边的咖啡馆给您买一份简单的早餐来。”

K默默站立了一会儿，没理这个建议的茬儿。如果他打开隔壁房间的门或者甚至起居室的门，这两个人也许根本不敢阻拦他，也许走极端倒是最简单的解决所有问题的办法。不过，他们或许真的会抓住他，而他一旦被撂倒在地上，现在他在某些方面对他们保持着的全部优势也就丧失殆尽。所以他宁可采取稳妥的解决办法，听凭事态自然发展。他回到自己的房间，无论是他，还是看守们，都没有再说一句话。

他扑到床上，从盥洗台上拿起一个漂亮苹果，这是他昨晚留下来准备早餐时吃的。现在它便是他惟一的早餐了，并且无论如何，正如他咬了第一大口时所确信的那样，比他通过看守们大发慈悲本可以得到的那家肮脏的通宵营业咖啡馆的早餐强多了。他感到舒服并且满怀信心，虽然今天上午他没到银行去上班，但是凭他在银行里担任的比较高的职位，这一点很容易得到谅解。他要说出真实原因来吗？他打算这样做。假如人家不相信他的话——在这种情况下这是可以理解的——那么他就可以让格鲁巴赫太太作证或者也可以让那边的那两位现在也许正在向窗口行进的老人作证。K 感到奇怪，至少从看守们的思路出发他感到奇怪：他们将他赶到这间房间里并让他独自待在这儿，在这里他有十种自杀的办法。不过同时他也在问自己——这一回是从自己的思路出发——他有什么理由要这样做。就因为这两个人坐在隔壁并截获了他的早餐了？所以自杀就是毫无意义的事了，即使他想自杀，由于这样做毫无意义，他也就下不了这个手了。假如看守们的智力不是这么迟钝的话，那么人们倒还可能会以为，出于同样的考虑他们也认为让他单独待着没什么危险。如果他们愿意，现在不妨来看一看，他是怎样走到一只他藏着一瓶好烧酒的小壁橱那儿，他是怎样先干了一小杯以弥补早餐的损失以及他怎样喝第二小杯给自己壮胆，他喝这第二杯酒纯粹是出于谨慎，是以防不测的。

这时，隔壁房间的一声叫喊吓了他一大跳，吓得他一个劲儿直用牙齿磕碰酒杯。“监督员叫您去！”有人叫喊。吓了他一跳的，仅仅是这声叫喊，这一声短促、不连贯、军令式的叫喊，他怎么也不敢相信这竟是看守弗兰茨发出的。这道命令本身很受他欢迎。“终于来了！”他应了一声，关上壁橱，立刻快步走进隔壁房间。那儿站着那两个看守，他们仿佛是在做一桩不言而喻的事情似的把他轰回了房间。“您是怎么回事？”他们嚷嚷，“穿了睡衣去见监督员？他会让人揍您一顿，我们也得一起挨打！”“别管我，见鬼！”已经被推回到衣箱旁边的K叫喊，“既然把我从床上拽起来，那就别指望我穿戴得整整齐齐。”“这无济于事。”看守们说，K一叫喊，他们便总是心平气和，甚至几乎忧愁起来，从而把他弄糊涂或使他恢复了几分理智。“可笑的礼节！”他咕哝着，却已经从椅子上拿起一件上衣并用双手撑住它一会儿，仿佛他是在让看守们判断这件上衣是否合适。他们摇摇头。“得穿一件黑上衣。”他们说。K当即把那件上衣往地上一扔说：“这还不是主要程序中的审讯嘛。”他自己也不知道，他说这话是什么意思。看守们笑了笑，但仍坚持原来的意见：得穿一件黑上衣。“假如因此而可以使事情快些了结，我倒也不在乎这个。”K边说边自己打开衣箱，在一大堆衣服里寻找了好久，找到了他那件最好的黑色衣服，一件因紧贴腰身曾在熟人当中几乎引起轰动的西装上衣，又另外挑出一件衬衫并认认真真穿起衣服来。他暗地里以为，由于看守们忘记了强迫他去洗澡他已经取得了加快整个进程的效果。他观察他们，看他们是否也许还会想起这件事来，但是他们根本没想到这一点，维勒姆倒是没忘记派弗兰茨去向监督员报告K正在穿衣服。

当他穿戴停当后，便不得不擦着维勒姆身体，从他前面穿过空落落的隔壁房间走进另一个房间，这间房间的两扇房门已经打开。K知道，自一些时候以来这间房间里便住着比尔斯特纳小姐，她是个打字员，她通常很早便去上班，很晚回家，跟K无非就是见面时互相打个招呼而已。现在那张小床头柜已经从她的床头那儿移到房间中央权当审判台，但见那监督员就坐在它后面。他跷着二郎腿，一条胳臂搭在椅背上。[1]

在房间的一个角落里站着三个年轻人，他们正在观看这位小姐的照片，它们插在一块挂在墙上的壁毯上。在开着的窗户的把手上吊着一件白色女式衬衣。对面的窗口上又趴着那两个老人，此时他们的阵容扩大了，因为在他们身后，远远高出于他们之上，站着一个穿一件衬衫的男子，前胸敞开着，此人正在用手指捻着他的带红色的山羊胡。"您是约瑟夫·K？"监督员问，或许只是为了把K的涣散的目光吸引到自己的身上吧。K点点头。"您对今天早晨的事一定很感到意外吧？"监督员一边问，一边用双手挪动着摆在床头柜上的不多几件物品：蜡烛和火柴，一本书和一个针线包，仿佛这是他审讯需用的物件似的。"当然，"K说，他心中顿时升起一股快意，他终于面对一个讲道理的人，可以和他谈谈自己的事情了，"当然，我感到意外，不过我并不感到十分意外。""不十分意外？"监督员问，他把蜡烛放到床头柜中央，把其他东西摆在蜡烛周围。"您也许误解了我的意思，"K赶紧说，"我是说……"K顿住并寻找一把椅子。"我可以坐下吧？"他问。"这不是通常的习惯。"监督员回答。"我是说，"于是K不再作间歇地说，"诚然，我感到十分意外，但是，一个人在世上活了三十年，独自闯荡，历经坎坷，对意外的事就有了心理准备，不把它们看得太重。尤其不会把今天这件事看得太重。[2]""为什么尤其不把今天这件事看得太重呢？""我不想说，我把整个儿这件事看做一场玩笑，我认为，所采取的这种种动作似乎规模太大，不像是开玩笑。想必是公寓里的全体人员，还有你们全体人员也都参与进来了吧，这恐怕就超出一场玩笑的界限了。所以我不想说这是一场玩笑。""完全正确。"监督员说，并察看着火柴盒里还有多少根火柴。"但是，另一方面，"K接茬说并把脸转向所有的人，甚至巴不得转向那三个看照片的人，"但是，另一方面，这件事也不可能有什么了不起的。我是从这里得出这个结论的：我被控告了，但是我没能发现一丁点儿可以让人控告我的罪行。不过这也是次要的，主要的问题是，我被谁控告了？哪个机构审理我的案子？您是公职人员吗？没有一个人穿制服，如果人们不想把您穿的衣服”——说到这里，他把脸转向弗兰茨——“称之为制服的话，这只是一套旅行装呀。我要求澄清这些问题，我确信，把这些问题弄清楚之后我们便能客客气气地互相道别了。”监督员把火柴盒拍倒在桌上。“您大错特错了，”他说，“这里这几位先生和我对您的案子来说完全是无足轻重的人物，我们甚至对此案一无所知。我们完全可以穿最正规的制服，您的案情也不会因此而变坏一丁点儿。我也压根儿不能告诉您，说是您被人控告了，或者更确切地说，我不知道，您是不是被人控告了。您被逮捕了，这是对的，更多的我就不知道了。[3]也许看守们胡说了些什么别的话，那也只是胡言乱语而已。但是即使我不回答您的问题，我仍还可以劝您，您就别去想我们以及人家将会对您怎么样，您就多想想您自己吧。您别这样大肆喧嚷您觉得自己无罪，这扰乱了您在其他方面给人留下的并不怎么太坏的印象。您也根本就应该少说话，您方才所说的所有的话，哪怕您只是讲了几句话，我本来也都是可以从您的态度上判断得出来的，况且这些话也绝不是什么于您特别有利的话。”

K愣愣地看着监督员。他在这里接受一个也许比自己更年轻的人的说教？他为自己的直言不讳而受到申斥？对于他被捕的原因以及谁下达的逮捕令他什么情况也了解不到？他情绪激动，不受任何人阻拦地走来走去，挽起袖口，触摸胸脯，掠正自己的头发，从那三个人身旁走过，说：“这毫无意义嘛。”这三个人顿时便向他转过身来并和蔼可亲、但却严肃认真地看着他，而他则终于又在监督员的桌前站住。“检察官哈斯特勒是我的好朋友，”他说，“我可以给他打个电话吗？”“当然可以，”监督员说，“但是我不知道，这会有什么意义，多半是，您有一桩什么个人私事要和他谈吧。”“什么意义？”K叫嚷，与其说感到恼怒，不如说感到惊讶。“您到底是谁？您希望有意义，却在表演这出最没有意义的戏？这难道不荒唐吗？这几位先生先是突然闯进我的家里，现在他们在这里悠闲地坐着或站着并让我在您面前作高超的骑术表演。既然我据称已经被捕，那么给一位检察官打电话还会有什么意义吗？好吧，我不打电话了。”“打吧打吧，”监督员一面说，一面向放着电话机的前室伸出手，“请打吧。”“不，我不想打了。”K边说边向窗口走去。那一伙人还在窗口，似乎只是由于K已经走近窗口他们的平静观看才稍稍受到了一些扰乱。两位老人想站起身来，但是他们背后的那个男子安慰他们。“那边也有这样看热闹的人。”K对监督员大声叫喊并用食指指着外面。“离开那儿。”他朝那边喊叫。那三个人也就立刻后退几步，两位老人甚至还躲到那个男子的身后，那个男子用自己的魁梧身体挡住他们，并且，按他的嘴部动作来判断，此人说了几句因距离远而听不明白的话。但是他们没有完全离去，而是似乎在等待时机，以便悄悄地重新凑近窗口来。“死乞白赖，纠缠不休！”K转身回到房间里说。监督员可能同意他的意见，K瞥了他一眼，自以为看出来了。但是也可能是他根本就没注意听，因为他把一只手紧紧压在桌面并且似乎在比较手指的长短。那两个看守坐在一只蒙着一块花布的箱子上搓着膝盖。那三个年轻人双手叉腰，漫无目的地东张西望，像在一间被遗忘的办公室里那样安静。“嗯，我的先生们，”K大声说，一瞬间他觉得，仿佛他肩负着全部责任似的，“从你们的神态上看来，我的事情可能已经了结了。我认为，我们最好还是不要再去考虑你们的所作所为是对还是不对，我们互相握一握手言归于好了结了这件事吧。如果您也同意我的意见，那就请——”说着，他向监督员的那张桌子那边走去并向他伸出手。监督员抬起眼来，咬着嘴唇并看着K伸出的手；K还一直以为，监督员一定会表示赞同。但是此人却站起来，拿起一顶放在比尔斯特纳小姐床上的硬圆帽，用双手小心翼翼将它戴上，就像人们在试戴新帽时所做的那样。“您觉得这一切多么简单！”他对K说，“您认为，我们应该言归于好了结这件事？不行，不行，这确实不行。不过，话又说回来，这并不就是说，您应该悲观失望。不，干吗呀？您只是被捕了，如此而已。我奉命通知您这件事，我已经这样做了并且也已经看到，您是怎样对待这件事的。今天就到此为止，我们可以就此告辞，当然只是暂时。您现在一定想去银行吧？”“去银行？”K问，“我原本以为，我已经被捕了呢？”K带着一丝执拗问，因为虽然他的握手提议未曾被接受，他还是觉得——尤其自从监督员站立起来以后——自己越来越不依赖于这些人了。他戏耍他们。他打算在他们离去时跟随他们到大门口并建议他们将自己逮捕。所以他又问了一遍：“既然我被捕了，我怎么可以去银行呢？”“原来如此，”已经走到门口的监督员说，“您误解我的意思了。您被捕了，没错，但是这不应该妨碍您从事您的职业呀。您的正常的生活方式也不应该受到妨碍嘛。”“那么这种被捕就不是很糟糕。”K说道并向监督员走过去。“我从来也没有认为这有什么糟糕的。”此人说。“这样看来似乎连通知被捕也不是很必要嘛。”K一边走过去一边说。其他人也已经走过来。现在大家都聚集在门口的一小块地方。“这是我的职责。”监督员说。“一种愚蠢的职责。”K不妥协地说。“也许是吧，”监督员回答，“不过我们不想用这样的谈论来浪费我们的时间。我猜想您是愿意去银行的。由于您计较遣词用语，所以我补充一点：我不强迫您去银行，我只是猜想您愿意去。为了给您提供方便并让您尽可能不引人注目地到达银行，我让这里这三位先生，您的同事，听候您的差遣。”“什么？”K叫喊着并愣愣地看着这三个人。这些木讷寡言、脸色苍白的年轻人，在他的记忆中还一直只是在看照片的一伙年轻人，他们果然是他银行里的公职人员，但不是同事，这过分抬举他们了，证明监督员也不是无所不知、无所不晓，他们只是银行里的低级职员。K怎么会没看出来呢？想必他一定是完全被监督员和看守们吸引住了，以至于竟然没认出这三个人来！呆板地摆动着双手的拉本施泰纳，头发金黄、眼睛凹陷的库里希以及面带讨人厌的、由一种慢性肌肉抽搐症引起微笑的卡米纳尔。“早上好，”过了一会儿K说，并向这几位得体地鞠着躬的先生们伸过手去，“我根本没有把你们认出来。现在我们上班去吧，好吗？”这几位先生笑笑咧咧地一个劲儿直点头，好似整个这段时间里他们一直在等着这一刻的到来，只是当K想起帽子落在房间里的时候，他们才鱼贯而行去取帽子，可以看出这显然是一种窘迫的举止。K静静地站着，从那两道敞开着的门望着他们的背影，最后面的那个当然是漫不经心的拉本施泰纳，他只是动作优雅地小跑了几步。卡米纳尔递过帽子，而K则不得不——顺带说及，这在银行里也常常是必要的——明确告诉自己：卡米纳尔的微笑不是有意的，他根本不会有意地微笑。随后，看上去压根儿不知道自己有过的格鲁巴赫太太在前室给这一行人打开寓所大门，而K则一如往常那样低头看了一眼她的围裙带，它完全不必要地深深嵌进她的强壮的身躯。在楼下，K手拿着怀表决定叫一辆出租汽车，免得不必要地去扩大已经是半小时的误点。卡米纳尔到街角那儿去叫车，另外两位显然试图给他消遣解闷，库里希突然指了指对面的宅门，那个金黄色山羊胡子高个子男人恰恰出现在门口，而且在最初的一瞬间对自己此刻显现出全身感到有点儿窘迫，所以当即退回到墙根，靠在墙上。老人们大概还在楼梯上。K 气恼库里希让他注意这个人，他自己以前已经见过这个人，他甚至曾预料到这个人会出现。“别朝那边看！”他脱口而出，根本没在意用这样一种口吻对有独立人格的人说话多么引人注目。不过也没有必要对此进行解释了，因为这时正好汽车开过来，大家便钻进汽车，车开走了。这时 K 回想起，他根本没看见监督员和看守们离去，监督员当初遮住了他看那三个职员的视线，而如今那三个职员又遮住了他看监督员的视线。这没显出他多么机智果断，于是 K 拿定主意，今后要对自己的举止行为多加审察。然而他还是情不自禁地转过身并朝前向汽车后篷弯下身去，以便也许还能看见监督员和看守们。但是他立刻又回转过身来，舒舒服服地靠在汽车的一个角落里，连哪怕只是寻找某个人的尝试也没作。虽然从表面上看不出来，其实他现在倒需要听人讲几句安慰话，但是如今几位先生似乎累了，拉本施泰纳从右边，库里希从左边看着车外，只有卡米纳尔脸上挂着痴笑准备听候吩咐，可惜对这副笑容开玩笑是于情所不容的。

先与格鲁巴赫太太后与比尔斯特纳小姐谈话

这年春天，K习惯于以这样的方式打发晚上的时光：下班后，只要有可能——通常他总是在办公室里坐到九点钟——他便独自一人或和职员们一道散一会儿步，然后去一家啤酒店，在那儿和大多是上了年纪的人一道在一张固定餐桌旁边一直坐到十一点钟。但是这种安排也有例外，譬如说，银行经理邀请K乘汽车去兜风，或者到经理的别墅去共进晚餐，这位经理很器重K的工作能力和忠诚可靠。此外，K每周一次到一个名叫埃尔莎的姑娘那里去，她夜间在一家酒吧间当女招待，一直要工作到第二天凌晨，白天只在床上接待来访者。

但是这天晚上——白天工作紧张，加上许多人对他的生日表示尊敬和友好的祝愿，因此一天很快就过去了——K打算马上就回家。白天几次短暂的工作休息时间里，他都曾想到过这件事；不知道是怎么回事，总觉得，早晨发生的事件已经把格鲁巴赫太太的整个寓所搅得一塌糊涂，他必须恢复寓所里的正常秩序。但是这种秩序一旦得以恢复，那么，那些事件留下的痕迹将烟消云散，一切又步入原有轨道运行。特别那三个职员是没有什么可让人害怕的，他们重又淹没在银行巨大的职工群中，看不出他们有什么变化。K曾好几次把他们单独或一起叫到自己的办公室里来，不为别的，只为观察他们；他总是能够满意地让他们离去。[4]

晚上九点半，他回到自己的寓所，在大门口碰到一个年轻小伙子，叉开双腿站在那儿，叼着烟斗。“您是谁？”K立刻问道，由于过道昏暗，看不太清楚，他把脸凑近小伙子。“我是看门人的儿子，先生。”小伙子回答，一边从嘴里拿下烟斗并让出道来。“看门人的儿子？”K问，用手杖不耐烦地敲着地面。“先生有什么吩咐？要我去把父亲叫来吗？”“不，不，”K说，他的声音中带着宽恕的味道，仿佛小伙子做了什么坏事，而他却原谅了他，“没事。”说着，他朝前走去，但在他跨上楼梯以前，他再次转过身来。

他本可以径直回到自己房间去，但由于他想跟格鲁巴赫太太谈一谈，所以他便当即敲她的房门。她正坐在桌旁补一双袜子，桌上还有一堆旧袜子。K漫不经心地表示歉意，说是这么晚了还来打扰她，可是格鲁巴赫太太很客气，请他不必介意，说她一向很愿意与他谈话，他很清楚地知道自己是她最好的、最守规矩的房客。K往四下里看了看这房间，房间里又完全恢复了原来的样子，早晨放在靠窗小桌上的早餐餐具也已经全部拿走了。女人家的手不声不响地做许多事呀，他心里说，换了他也许会当场就把那些餐具打碎，反正是决不会拿出去的。他用怀着某种感激的心情看着格鲁巴赫太太。“为什么这么晚了您还在干活？”他问，这时，他们俩都已坐在桌旁，K不时地把一只手伸进那堆袜子里去。“活儿太多，”她说，“白天，我的时间都交给了房客；要整理我自己的东西，就只有在晚上了。”“今天我一定是额外给您添了一件很不寻常的活儿。”“怎么啦？”她情绪有些激动地问，活计在她怀里停了下来。“我是指今天早晨到这里来的那几个人。”“啊，是这么回事，”她说，并且又恢复了平静，“这没有给我添什么特别的麻烦。”K默默地看着，她又拿起那只袜子来缝补。“她似乎对我谈这件事感到奇怪，”他想，“她好像不认为我谈这件事是对的。这样我倒非讲讲这件事不可了。我只能同一个老太太谈这件事。”“是添麻烦了，这肯定添麻烦了，”他接着说，“可是这种事情不会再发生了。”“不会了，这种事不会再发生了。”她肯定地说并几乎是神情忧郁地对K笑了笑。“您真的这样认为吗？”K问。“是的。”她小声说，“不过首先您别把这件事看得那么严重。世界上什么事不会发生呀！K先生，既然您这样对我坦诚相见，那么我也可以向您坦白承认：我曾在门后偷听了一会儿，那两个看守也给我讲过一些事。这关系到您的前程，我心里确实挂念着这件事，也许超越了我的本分，因为我不过是个女房东。噢，我听到了一些事，但是我不能说这是什么特别糟糕的事。不。您虽然被捕了，但不是像小偷那样被捕。如果像小偷那样被捕，那才糟呢，但这种被捕……我觉得有点儿高深莫测，假如我说了什么蠢话，那就请您原谅，我觉得这有点儿高深莫测，这种事我不懂，但是我也不是非弄懂不可。”

“格鲁巴赫太太，您说的根本不是什么蠢话，至少我也部分同意您的看法，只是我对整个事情的判断比您更敏锐，并且我简直认为这连什么高深莫测的事都不是，而是我认为这根本就什么也不是。我被突然袭击给搞懵了，如此而已。假如我睡醒后就起床，没有让安娜不来给弄糊涂，也不顾有什么人会挡住我的去路，假如我立刻就到您这儿来，那么这一回我就会破例地在厨房用早餐，我就会让您到我的房间里去给我把衣服取来，简短说，我就会头脑冷静，就不会发生后来的那些事，种种事变也就会被消灭在萌芽状态。可是我毫无思想准备。譬如在银行里我就有思想准备，这样的事在那儿是不可能发生在我的身上的，我在那儿有一个自己的听差，电话分机和直线电话就放在我面前的写字台上，不断有人来，有客户和职员。况且主要是在那儿我总是有公务在身，所以就专心致志，在那儿碰上一桩这样的事，这恐怕简直会让我感到愉快的。现在事情已经过去了，我原本不想再谈这件事，只是您的看法，一位明智的妇女的看法我愿意听一听，如今我非常高兴，我们在这个问题上看法一致。但是现在您得把手伸给我，这样一种一致必须通过握手加以确证。”

她会同我握手吗？监察员没有和我握手，他边想边用不同于先前的目光，审视着这个妇人。她站了起来，因为他也已经站起来了。她有些拘束，因为K所说的话她没全听明白。可是这一拘束，她也就说了她根本不愿意说、并且也根本不合适的话：“您别把事情看这么严重，K先生。”声音有些哽咽并且自然也就忘了握手。“我才不会把事情看得严重呢。”K突然神情疲惫地说，他认识到这个妇人的全部赞同意见都是毫无价值的。

走到门口时他还问：“比尔斯特纳小姐在家吗？”“不在，”格鲁巴赫太太说并且在干巴巴告知这一情况时怀着一种迟到的明智的同情笑了笑。“她去看戏了。您找她有什么事？要我转告她什么吗？”“噢，我只是想同她说几句话。”“可惜我不知道她什么时候回来，如果她去看戏，总是回来得很晚。”“这没有什么关系，”K说，将低垂的头扭向门口，就要离去，“我只想向她道歉一声，今天我使用了她的房间。”“这没有必要，K先生，您考虑得太周到了，小姐根本就不知道这件事，她一早就出去还一直没回家，一切也都已经整理好了，您不妨自己去看看。”说着，她打开比尔斯特纳小姐的房门。“谢谢，我相信是这样。”K说，但他还是走到敞开着的房门口。月光静静地照进这间黑暗的房间。可以看得出来，一切东西确实已放回原处，那件衬衫也不再吊在窗把上，床上的枕头看上去高得出奇，有一部分被月光照着。“小姐常常晚回家。”K说并看着格鲁巴赫太太，好像她对此负有责任似的。“年轻人都是这样！”格鲁巴赫太太用抱歉的口吻说。“当然，当然，”K说，“但是事情可能会搞得过火的。”“会的，”格鲁巴赫太太说，“您说得很对，K先生。也许甚至在这件事上您也说对了。我当然不愿意说比尔斯特纳小姐的坏话，她是个可爱的好姑娘，和气、正派、一丝不苟、勤勤恳恳，我很欣赏这一切，但是有一点是真的，她应该更加自重一些，更加自制一些。这一个月我已经在僻静的街上看见她两回，每一回都跟不同的男人在一起。这使我很为难，上帝有眼，K先生，这件事我只讲给您听，可是我难免也要跟小姐本人谈这件事的，顺便说一句，这并不是仅有的一桩让我对她产生怀疑的事。”“您完全想错了，”K说，怒气冲冲地并且几乎无法掩饰自己的怒气，“您显然误解了我对小姐的看法，我不是这个意思嘛。我甚至真诚地告诫您，别去给小姐说什么，您完全搞错了，我很了解小姐，您说的话没一句是真的。再者，我也许多管闲事，我不想阻止您，您想对她说什么您就说什么吧。晚安。”“K先生，”格鲁巴赫太太用请求的口吻说并急忙跟着K走到他的门口，他已经把门打开了，“我根本还不想和小姐谈，我当然还要先继续观察她，我只把我知道的情况推心置腹地告诉您。设法维护这幢公寓的名声，归根到底这必定是符合每一个房客的利益的，我的所作所为没有什么别的用意。”“名声！”K从门缝里大声说，“如果您要维护公寓的名声，那您就得首先让我搬走。”说罢，他将门砰的一声关上，不再理睬一阵轻轻的敲门声。

但是由于他毫无睡意，便决定保持清醒头脑，乘此机会也看一看比尔斯特纳小姐什么时候回来。也许到时候也有可能——尽管这样做不合适——还和她交谈几句。他伏在窗台上，闭上疲惫不堪的双眼，一时间甚至想到要惩罚格鲁巴赫太太，说服比尔斯特纳小姐和他一道搬出去。但是他立刻觉得这样做太过分，他甚至怀疑自己是因为今天早晨的事情才想到要搬家。再没有比这种想法更荒唐的了，而且这主要是毫无用处的、可鄙视的呀。[5]

当他看外面空荡荡的街道看得腻烦了的时候，便把那扇通往前室的门稍稍打开一点，躺在沙发榻上，使自己在沙发榻上立刻就能看见每一个走进寓所来的人。他吸着雪茄烟安安静静地在沙发榻上一直躺到大约十一点钟。这时他坚持不住了，便稍稍走进前室，好似他这样做会使比尔斯特纳小姐快些回来。他并不特别渴望见到她，甚至记不清楚她是什么模样，但是现在他想和她谈谈，他感到恼火，她因自己的晚回来把不安和混乱也都带进这一天的结尾中来了。他今天没吃晚饭，本来打算去看埃尔莎也没去，这些也都是她的过错。这两件事当然还都能弥补，只要他现在到埃尔莎受雇的那家酒吧去就行了。待会儿同比尔斯特纳小姐谈过话后他也还是要这样做的。

十一点半多一点，楼梯间传来脚步声。在前室沉浸在思索中，仿佛这是他自己的房间似的在那儿大声来回踱步的K赶紧跑到自己房间的门后。是比尔斯特纳小姐，是她回来了。她一边锁上大门，一边因为觉得冷而用一条丝巾裹紧她那狭窄的肩膀。不一会儿她就会走进她自己的房间，深更半夜的，K当然不能闯进去了。所以他必须现在同她搭话，可是真糟糕，他没开自己房间里的电灯，如果他从黑暗的房间里冲出去，那就像是拦路抢劫，至少会把她吓一跳。他无可奈何，又因为机不可失，情急之下便在门缝里轻轻喊了声：“比尔斯特纳小姐。”那声音听起来像请求，不像唤人。“有人在这里吗？”比尔斯特纳小姐问，睁大眼睛向四下张望。“是我。”K边向前走边说。“噢，原来是K先生！”比尔斯特纳小姐笑道。“晚上好！”她向他伸过手去。“我想同您说几句话，您看现在可以吗？”“现在？”比尔斯特纳小姐问，“非得现在吗？这有点儿奇怪，是不是？”“从九点钟起我就一直在等您。”“噢，我在看戏，我不知道您在等我。”“我想跟您说的是今天才发生的事。”“好吧，我原则上不反对，只不过我累得连站都站不住了。您到我房间里来待几分钟吧。我们总不能在这儿谈话吧，我们会把大家吵醒的，这会让我感到难堪的，倒不是为别人着想，而是为我们着想。您在这里等着，我去开房间里的灯，然后您把这里的灯关掉。”K照办了，但随后还等了片刻，比尔斯特纳小姐才从自己房间里又一次小声邀请他进去。“您坐吧，”她指着那张无靠背矮沙发说，她自己则直挺挺待在床柱边上，虽然她曾说过她累了；连她那顶虽小但却插满了鲜花的帽子她也没摘下。“您有什么事呀？我确实很想知道。”她略微交叉着双腿。“您也许会说，”K开口了，“事情没有这么紧迫，非要现在谈不可，可是……”“开场白我一概不听。”比尔斯特纳小姐说。“那我讲起来就更容易了，”K说，“今天早晨您的房间有点儿被弄乱了，在某种程度上是由于我的过错，是几个陌生人违背我的意愿干的，不过我刚才说了，是由于我的过错，所以我要请您原谅。”“我的房间？”比尔斯特纳小姐问，她不看房间，而是审视着K。“事情是这样的，”K说，这时他们两个的目光第一次相遇，“究竟是怎么搞的，这本身不值一提。”“却是真正有意思的。”比尔斯特纳小姐说。“不。”K说。“好吧，”比尔斯特纳小姐说，“我不想打听别人的秘密，如果您坚持认为这没有什么意思，那我也就没什么好说的了。您请我原谅，我很乐意原谅您，尤其是因为我没发现一点儿搞乱的痕迹。”她摊开双手按在自己的髋部，在房间里走了一圈。在别着照片的壁毡旁她站住脚。“您看，”她叫喊起来，“我的照片果真全被弄乱了。真讨厌。这么看来是有人非法进入我的房间了。”K一边点头一边暗暗咒骂那个名叫卡米纳尔的职员，那个人从来也不能克制自己那种乏味的无意义的活泼好动习性。“真奇怪，”比尔斯特纳小姐说，“我竟被迫禁止您本应自己禁止自己去做的事，也就是说，我不在的时候您不能进我的房间。”“我向您解释过了，小姐，”K说着也走到照片前，“随便乱动您的照片的不是我；但是既然您不相信我的话，那我就不得不告诉您：调查委员会带来了三个银行职员，其中的一个很可能动过这些照片，以后有机会我会把他从银行里辞退的。”“是的，这里是来过一个调查委员会。”K又补充了一句，因为小姐用询问的目光看着他。“为您而来？”小姐问。“是的。”K回答，“不。”小姐笑着嚷嚷。“是为我而来，”K说，“难道您认为我是无罪的？”“嗯，无罪……”小姐说，“我可不愿意马上就作定论，这样做也许后果严重，而且我也不了解您，马上就派一个调查委员会找上门来，这想必已经是一个有严重罪行的犯人啦。可是由于您又是自由的——至少从您的镇静中推断出您不是从监狱里逃出来的——所以您不可能犯过这样的罪行。”“是呀，”K说，“可是调查委员会却可能已经了解到要么我是无罪的，要么我不像原先估计的那样有罪。”“当然，有这个可能。”比尔斯特纳小姐非常留神地说。“您瞧，”K说，“您在法律事务方面没有很多经验。”“是的，我是没有经验，”比尔斯特纳小姐说，“我也曾常常对此感到惋惜，因为我什么都想知道，恰恰是法律事务使我很感兴趣。法庭有一种特殊的吸引力，对吗？不过，我肯定将会在这方面充实我的知识，因为我下个月就要到一家律师事务所当秘书。”“这很好，”K说，“那在我的诉讼过程中您就可以多少给我一点帮助。”“这有可能，”

比尔斯特纳小姐说，“为什么不呀？我乐意运用我的知识。”“我说这话也是当真的，”K说，“或者至少是一半当真的，像您一样。请律师嘛，这个案子未免太小了点，但是一个顾问我还是很需要的。”“噢，可是如果要我当顾问，那我就得知道，这是怎么一回事？”比尔斯特纳小姐说。“麻烦就麻烦在这里了，”K说，“这个我自己也不知道。”“那您是在拿我开玩笑了，”比尔斯特纳小姐失望至极地说，“完全没有必要选择这种半夜三更的时间开这样的玩笑。”说罢，她便从照片那儿走开，他们已经一起在那儿站了很久了。“可是不对，小姐，”K说，“我不是开玩笑。您怎么就不相信我的话呢！我知道的我都已经告诉您了。甚至我告诉您的比我所知道的还多，因为那根本就不是调查委员会，我之所以这样称呼它，是因为我找不到别的合适的名称。根本就没有调查什么，我只是被逮捕了，不过是被一个委员会逮捕的。”比尔斯特纳小姐坐在矮沙发上，又笑了起来，[6]“那是怎么回事呀？”她问。“可怕。”K说，但是他现在根本不在想这件事，而是完全让比尔斯特纳小姐的样子给攫住了，她的一只手托着腮——胳膊肘撑在沙发垫子上——另一只手慢慢抚摸着自己的臀部。“这太笼统了。”比尔斯特纳小姐说。“什么太笼统了？”K问。然后他回想起什么并问道：“要我把经过情形表演给您看一看吗？”他想活动一下身体，可并不想离去。“我已经累了。”比尔斯特纳小姐说。“谁叫您回来得这么晚的。”K说。“到头来倒是我受到责备了，我这也是活该，因为我本不应该再让您进来的。事实已经证明，没有这个必要嘛。”“有这个必要，这一点您现在才会认识到，”K说，“我可以把这只床头柜从您床头移过来吗？”“您怎么啦？”比尔斯特纳小姐说，“您当然不可以这样做！”“那我就不能表演给您看啦。”K气愤地说，仿佛这一来人家就使他蒙受巨大损失似的。“好吧，如果您表演要用，那您就把这只小柜挪开吧，”比尔斯特纳小姐说，过一小会儿又轻声补充了一句，“我太累了，所以连不该允许的我也允许了。”K把床头柜放到房间中央并坐在那小柜的后面。“您必须对角色的分配有个正确的概念，这是很有意思的。我是监察员，那儿箱子上坐着两个看守，照片那儿站着三个年轻人。窗把上挂着——我只是顺便提一下——一件白衬衫。现在开始。对了，我忘记我了，我是最重要的角色，我站在这儿这张茶几前面。监察员逍遥自在地坐着，跷起二郎腿，手臂在这儿坐椅背上垂下来，一个独一无二的粗鲁汉子。现在真的开始了。监察员好像必须叫醒我似的喊叫，他简直是吼叫，如果我想让你明白这是怎么回事，那可惜我就也必须吼叫，顺便说及，他这样声嘶力竭吼叫的，仅仅是我的名字而已。”笑着倾听的比尔斯特纳小姐把食指放在嘴上，示意K不要吼叫，但是已经太晚了，K完全进入了角色，他拉长了声音喊“约瑟夫·K！”，这声音并没有响得像他形容的那么可怕，但这喊声确实相当厉害，以至于它竟然在突然发出之后似乎才渐渐在房间里散布开去。

这时，隔壁房间有人敲了几下房门，声音响亮，清脆且有规律。比尔斯特纳小姐脸刹地白了，把手放在心口上。K尤其大受惊吓，因为他一时间还没有能力去想别的什么事，他一门心思只想着早晨的事件和这姑娘，他要把那些事表演给这姑娘看。他刚回过神来，便一下子蹿到比尔斯特纳小姐身边并拉住了她的手。“别害怕，”他耳语道，“一切由我来应付。可是这会是谁呢？这儿隔壁只是一间起居室，里面没有人睡呀。”“有人睡了，”比尔斯特纳小姐附在K的耳朵上说，“从昨天起，格鲁巴赫太太的一个侄儿就睡在这里，一个上尉。恰好没有别的房间空着。我也把这件事给忘了。您偏要这样大声吼叫！我为这事感到很难过。”“根本没有这个必要。”K说并且就在她靠回到沙发垫上的当儿吻了吻她的额头。“走开，走开，”说着，她急忙又坐起身来，“您走吧，您走吧，您要干什么，他在门口听着呢，他全听得见，您这是在折磨我！”“等您稍许平静下来一点我才走，”K说，“到房间的另外那个角落里去吧，我们在那儿说话他听不见。”她听凭他把自己领到那边。“您不必多虑，”他说，“这件事对您来说虽然是不愉快的，但决没有什么危险。您知道。格鲁巴赫太太——她在这件事情上起决定性作用，尤其是因为上尉是他的侄子——简直对我尊敬已极，我说的每一句话她都绝对相信。况且，她也依赖于我，因为她向我借过一笔不小的款子。您可以找出各种理由来解释我们为什么待在一起，您的每一个建议只要有点儿说得过去，我都接受，我保证可以让格鲁巴赫太太不仅表面上接受您的解释，而且真心诚意地相信它。对我您大可不必宽容。如果您想散布传闻说是我袭击了您，那么，格鲁巴赫太太就会听到这种说法并相信它，但却不会失去对我的信任，她实在是太眷恋我了。”比尔斯特纳小姐缄默不语地、有些垂头丧气地看着地面出神。“格鲁巴赫太太干吗不可以相信我出其不意地访问了您呢。”K补充说。他看着她的头发，那一头分开的、发圈很低、束得很紧的略带红色的头发。他以为她会抬头看他，但是她保持着原来的姿势说：“请您原谅，使我大受惊吓的是那阵突如其来的敲门声，我倒不怎么害怕上尉在场会有什么严重后果。方才您吼叫过后是那样安静，这时响起了敲门声，所以我吓了一大跳，我也正好坐在门口，敲门声几乎就在我身旁。我感谢您的建议，但是我不接受。我可以对我房间里发生的一切承担责任，而且向每一个人承担责任。我感到奇怪，您竟然没有注意到，在您的建议中含有一种对我的侮辱，当然您的用意是好的，这我当然承认。但是现在您走吧，让我一个人待着，我现在比方才更需要安静。您原来只要求几分钟的时间，现在已经拖延成半个多小时啦。”K 抓住她的手，接着又抓住她的手腕。“可是您不生我的气吧？”他说，她挣脱他的手，回答说：“不，不，我从不生任何人的气。”他又去抓她的手腕，这时她让他抓住自己的手腕并就势带着他向房门走去。他下定决心要走了。可是到了门边，他好像没想到这儿会有一扇门，他又站住了；比尔斯特纳小姐利用这个时机，挣脱开手，打开了门，溜到走廊里并从那儿轻声对 K 说：“劳驾，您过来呀。您看——”她指着上尉的房门，门下边露出一线灯光，“他开了灯，正在拿我们取乐。”“我来了。”K 说，说着便跑过去，抓住她，吻她的嘴，接着又吻遍了她的脸，就像一只干渴的野兽用舌头尽情地吸吮一潭终于找到了的清泉。最后他吻她的脖子，把嘴唇贴在她的喉头处，他让嘴唇久久紧贴在那儿。上尉房间里传来一下声响才使他抬起头来。“现在我要走了。”他说，他想叫一声比尔斯特纳小姐的洗礼名，可是他不知道。她疲惫地点点头，已经转过去半个身子了还好像懵然不知似的把手伸给他让他亲吻，随后就低头走进自己的房间。此后不久，K 便躺在自己的床上。他很快就睡着了，入睡前他还考虑了一会儿自己的举止行为，他对此感到满意，但感到奇怪，他居然并不是十分满意，由于上尉的缘故他很是替比尔斯特纳小姐担心。

初 审

K接到电话通知，说是下星期天将对他的案子进行一次短时间的审理。人们让他注意：如今这些审讯将定期进行，即使也许不是每周一次，也将会频频进行。说是从一方面来说，迅速了结这桩案子对大家都有好处，从另一方面来说，案子必须彻底认真地进行审理，但由于审理案子须花费巨大精力所以又不可拖延太久，所以人们才选择了这种快速连续、但又简短的审讯方式。所以人们确定了星期天作为审讯的日子，以免妨碍他的业务工作。说是人们预料到他会同意这样安排的，如果他希望换一个日子，那么人们将会尽量满足他的愿望。说是譬如审讯也可能会在夜间进行，但这时K一定精力不够充沛。总之，如果K不反对的话，人们就将审讯日暂时定在星期日。说是不言而喻，他是一定会出庭的，这用不着别人再提醒。人们将他应当去的那幢房子的门牌号码告诉了他，那是市郊一条偏僻街道上的一幢房子，K还从未去过那个地方。

K接到这个通知后没有答话就挂上了电话听筒。他马上就决定星期天按时去，这当然是躲避不了的，案子已经开始审理，他必须打这场官司，这次初审也应该是终审。他还若有所思地站在电话机旁，这时他听到背后传来副经理的声音，他想打电话，却让K挡住了路。“坏消息？”副经理随口问了一声，并不是想了解什么情况，而是想让K离开电话机。“不，不。”K说，让在一旁，可是并不走开。副经理拿起电话听筒，一边等待接通线路一边从听筒上说：“一个问题，K先生，星期天早晨您肯赏光乘我的帆船一块儿去玩吗？有一大批人呢，其中肯定也有您的熟人。比如就有检察官哈斯泰勒。您来吗？您来吧！”K试图注意副经理所说的话。这件事对他来说并非不重要，因为他和副经理从来都不是很相投，现在副经理邀请他，这是他这方面的一个和解姿态，并且表明，K在银行里的地位已经变得多么重要，银行里的这位第二号人物觉得他的友谊或者至少他的不偏不倚态度多么有价值。这一邀请是副经理的一种屈尊就下的姿态，尽管它只是在等接通电话的时候从电话听筒上随口说出来的。但K，不得不马上让他受第二次屈辱，K说：“谢谢！可惜星期天我没时间，我已经有约会了。”“真可惜。”副经理说，说罢就转过身去对听筒说话，电话刚刚接通。电话交谈时间不短，但是K却心不在焉地在这段时间里一直站在电话机旁。直到副经理一声铃响挂断电话时，他才吓一跳，只是为了对自己无所事事站在一旁略表歉意才说了声：“刚才有人给我来电话，要我到什么地方去，但人家忘了告诉我几点钟去。”“您就再问一问吧。”副经理说。“这不是什么很重要的事。”K说，尽管这样一说使他方才所说的本身就已经有毛病的表示歉意的话更显漏洞百出。副经理一边走开，一边还在说着别的事情，K勉强搭着茬儿，但心里却在想：最好还是星期天上午九点去那儿，因为在工作日里所有法庭都是在这个钟点开始审理案子。

星期天是阴天，K 十分疲倦，因为头天晚上他参加一次聚餐活动在饭店里一直待到深夜，他差一点没睡过头。没有工夫多加考虑，也没有工夫去整理他这一星期里想到的各种计划，他急匆匆穿上衣服，早餐也没有吃，便奔赴人家向他指明的郊区。真是怪事，虽然他没有什么时间东张西望，他还是遇见了那三个参与了他的案件的职员：拉本施泰纳、库里希和卡米纳尔。前两个乘一辆电车在 K 的面前驶过，卡米纳尔却坐在一家咖啡馆的露台上，恰好在 K 从一旁经过时好奇地从栏杆上探出身来。大概大家都在望着他的背影并感到奇怪：他们的上司怎么会步行的；是某种执拗阻止他乘车，在他这个案件上他厌恶任何一种哪怕是最微不足道的外来的帮助，他也不想麻烦任何人，不想因此而让任何人哪怕只是模模糊糊地了解什么情况，而且他也毕竟对贬低自己身份准时赶到调查委员会那儿丝毫不感兴趣。不过，现在他还是匆匆赶路，希望尽可能在九点钟到达，虽然人家根本就没有告诉他确切的时间。

他本来以为，那栋房子必有某种标志——到底是什么标志，他心里没谱——或者门前有一种特殊的活动，老远就能让人识别出来。可是尤利乌斯街——那栋房子就在这条街，K 在街口站了一会儿——两边几乎都是一模一样的房子，全是高高的、灰色的、穷人居住的出租公寓。因为是星期天早晨，所以大多数窗口都有人，卷起衬衫袖子的男人靠在那里抽烟，或者小心而亲热地抱着小孩倚在窗边。其他窗口高高地堆放着被褥，一个女人的头发蓬松的脑袋在被褥上方匆匆一现。人们隔着街道你呼我喊，一阵这样的呼喊正好在 K 的头顶上引起一阵哄笑。在这条长长的街道两旁有规则地分布着一些小杂货店，它们位于街面以下，但都有台阶通到店门口，女人们在这些店铺里进进出出或者站在台阶上聊天。一个卖水果的小贩正对着上面的窗口叫卖他的货品，一不留神，推着的小推车差点没把K撞倒。正在这时，一台在生活水准较高的市区已经服役期满的留声机开始发出刺耳的响声。

K朝这条街道的深处走去，脚步缓慢，好似他如今已经有时间或者好似预审法官正从某个窗口看着他并且知道K已经来到。现在是九点刚过。那所房子相当远，占地几乎可以说大得异乎寻常，特别是正门高大而宽敞。这个大门显然是分属于各仓库的运货车用的，这些仓库现在上着锁，它们围着这座大院并且门上有公司的招牌，其中一些公司的名字K从银行的业务往来中曾见过。一反常态仔细研究着房子的外表，他竟也在大院门口站了一会儿。他近旁的一只板条箱上坐着一个光着脚的男人，正在读报。两个男孩在一辆手推车上摇荡。一个穿宽松睡衣的瘦弱的年轻姑娘站在水泵前，在水流进她的水桶的当儿一直往K这边看着。在院子的一角两扇窗户之间系着一根绳子，绳子上已经晾晒着衣服。一个男人站在下面，叫喊几声指点着干活。

K转身走向楼梯，想去预审室，但是又停了下来，因为除了这道楼梯外，他看到这院子里另外还有三道楼梯，而且院子尽头好像还有一条通向第二进院子的小过道。他为人家没把房间位置给他说清楚生气，人们对他采取的确实是一种特别马虎或冷漠的态度，他一定要大声而明确地指明这一点。最后他还是登上第一道楼梯，脑海中不禁想起看守维勒姆的话：法庭受罪责吸引。由此可以推断出，审讯室肯定就在K偶然选中的这道楼梯上。

他上楼时妨碍了许多孩子，这些孩子在楼梯上玩耍，在他穿过他们的行列时孩子们气呼呼地望着他。“下回我再来，”他心里说，“我就得要么带糖果哄他们，要么带根手杖揍他们。”刚要上二楼时，他甚至不得不等了一会儿，等一颗弹子停止滚动。这时，两个一脸成年无赖相的小男孩揪住了他的裤子。假如他要把他们甩开，他就一定会给他们带来身体上的痛苦，他怕他们叫喊起来。

到了二楼，他才真正开始寻找起来。因为他不能直接问预审委员会在哪里，所以编造了一个细木工兰茨——这个名字是他忽然想到的，因为格鲁巴赫太太的侄儿，那个上尉就叫这个名字——并且就想挨家挨户打听，是否有一个叫兰茨的细木工住在这里，趁此机会朝这些房间里看一眼。但是结果表明，这件事做起来一点儿也不费劲，因为几乎所有的房门都敞开着，孩子们跑进跑出。一般都是一扇窗户的小房间，做饭也是在这样的房间里。有些妇女抱着婴儿，用空着的手在灶上干活。未成年的女孩子，看上去好像只系着一条围裙，奔前跑后一个劲儿忙碌着。所有的房间里床上都还躺着人，躺着病人或还在睡觉的人或在那儿和衣伸展四肢的人。K 敲房门关着的住户并询问，一个名叫兰茨的细木工是否住在这里。通常都是一位妇女开门，听了他的问话，便转身去问屋里的人，那屋里人从床上欠起身来。"这位先生问，是不是有一个叫兰茨的细木工住在这儿。""细木工兰茨？"那人在床上问。"是的。"K 说，虽然预审委员会毫无疑问决不会设在这里，因此他的任务已经完成。许多人以为 K 急切想找到细木工兰茨，思索良久，说是有一个细木工，可是不叫兰茨，或者举出一个名字，跟兰茨略微有点谐音，抑或他们向邻居打听或是领着 K 到远处的另一家，他们认为那儿可能住着这样一个从二房东那儿租房的房客，或者是那儿有人会比他们自己提供更确切的消息。最后，K 几乎再也不必自己动嘴问了，而是以这样的方式被人领着走遍了所有各个楼层。起先他还觉得自己的这个计划很实用，这时他对此感到十分懊丧。在六楼前他决定不再寻找，辞别了一个要继续带他上楼的热情的年轻工人，便走下楼去。可是他一想到这次全部行动徒劳无功，心中不免十分恼火，于是他再次返回，敲了敲六楼第一家的房门。他在这小房间里看到的第一件东西，是一只大挂钟，时针已指向十点。“一个叫兰茨的细木工住在这儿吗？”他问。“请进。”一个长着一双亮晶晶黑眼睛的少妇说，她还在一只桶里洗小孩衣服，这时便用一只湿淋淋的手指着隔壁房间开着的门。

K以为走进一个会场了。各色各样的人——谁也不理会这个进来的人——挤满了这间中等大小、有两扇窗户的房间，紧挨着天花板下面是一圈楼座，同样也挤满了人，他们只能弯着腰站在那儿，头和背都顶着天花板。K觉得太气闷，便又走了出去并对那位也许错误理解了他的意思的少妇说：“我打听的是一个细木工，一个叫兰茨的人？”“是呀，”妇人说，“您请进去吧。”K本来也许不会听从她的话，要不是那妇人向他走过去，抓住门把手说：“在您之后我就得把门关上，再也不让人进去了。”“很明智，”K说，“可是现在里面就已经挤得满满的了。”但是话音刚落，他便又走了进去。

从在门后闲谈的两个男人——其中一个用远远向前伸出的双手做着点钱的动作，另一个紧紧盯住他——之间走过时，有一只手向K抓去。这是一个面色红润个头矮小的男孩。“您来，您来。”他说。K听任他领着，事实表明，在杂乱拥挤的人群中照样还留着一条狭窄的通道，它很可能把人群分成两派；这种猜测果然不错，K在左边和右边的头几排里几乎没看到一个人把脸向他转过来，而是只看见一些人的后背，那些人只对自己的那一派的人讲话和做手势。大多数人都穿黑衣服，穿下摆松松地垂下的老式节日长外衣。只有这种衣服使K迷惑不解，否则他就会认为这里在举行一次地方性政治集会。[7]

K被领着走向会议厅的另一端，在一座很矮而同样也挤满人的讲坛上横向摆着一张小桌子，桌子后面，靠近讲台边缘，坐着一个矮矮胖胖、喘着粗气的男人，他正在和一个站在他后面的人——此人把臂肘撑在椅背上，交叉着双腿——一边哈哈大笑一边闲谈着。有时他挥动胳臂，仿佛他在把某人画成漫画。那个把K领来的男孩为他禀报颇费了一番劲儿。他已经两次踮着脚尖试图禀报什么，都没有引起台上那个人的注意。后来讲坛上那些人当中有一个让那人注意那个男孩，那个人这才向男孩转过身去并弯下身子听男孩轻声报告。听罢报告，他掏出怀表，很快地看了K一眼。“您本应该在一小时又五分钟以前到的。”他说。K想回答什么，但是他没时间，因为那个人刚讲完话，会议厅的右边便响起一片咕哝声。“您本应在一小时又五分钟以前到的。”这人提高嗓门又说了一遍并且也向下朝会议厅扫了一眼。这咕哝声也立刻变得更响了，由于此人再也不说出什么才算慢慢平息下来。现在会议厅里比K进来时安静多了。只有顶层楼座上的人还在继续发表自己的意见。上面光线昏暗、烟雾和尘埃弥漫，但是人们还是能看得出来，那些人的衣着比下面的人更差。有些人带来了软垫，他们把它们放在头和天花板之间，免得擦伤自己的头皮。

K决定多观察少说话，因此他也不想为自己所谓的迟到进行辩护，只说了句：“不管我迟到不迟到，现在我来了。”会议厅右边又响起一阵掌声。“容易争取过来的人。”K想，但又为会议厅左半部分的沉默感到不安，这左半部恰好在他背后，那儿只有零零星星的鼓掌声。他考虑，他该说些什么话才能一下子把大家都争取过来，或者，如果这一点做不到，至少暂时也把其他的人争取过来。

“是呀，”那人说，“但是我不再有义务现在来审问您。”——又是这咕哝声，但这一回意义模糊，因为那人一边挥手制止众人一边继续说——“然而，今天我还是要破例地这样做。可是下一次不许这样迟到了。现在您上来吧！”有人从讲坛上跳下来，给K腾出一个位置，他当即跳了上去。他紧紧地挨着桌子站着，他身后的人实在太多，他必须使劲挺住，要不然他恐怕会把预审法官的桌子，也许连同预审法官本人都从讲坛上挤下去。

可是预审法官却不操这份心，而是相当舒坦地坐在自己的椅子上，在对他背后的那个人说完最后一句话之后便去拿一本小记事簿，这是他桌上的惟一的一样东西。它类似学校里的练习本，旧了，由于经常翻阅已经走了样。“那么，”预审法官一边翻阅那本记事簿，一边用一种确认的口吻对K说：“您是油漆匠？”“不，”K说，“我是一家大银行的襄理。”这个回答引起下面右边那派人一阵哄堂大笑，笑得那样开心，以至于K也不由得跟着笑了起来。人们用双手撑住膝盖，笑得像咳嗽猛烈发作时那样直抖身子，甚至楼座上也有几个人笑了起来。恼羞成怒的预审法官对下面的人大概无能为力，便试图找楼座上的人发泄怒气，他跳起来，威吓他们；他那两道平时不太起眼的浓眉在眼睛上方拧成粗黑一团。

但是会议厅左边还一直寂静无声，人们在那儿站立成行，把脸转向了讲坛，既静静地听着上面的谈话，也静静地听着另一派的吵嚷，他们甚至容忍他们行列里的个别人或和另一派采取共同行动。左边那一派的人——他们在数量上要少一些——从根本上看来也许跟右边那一派的人一样无足轻重，但是他们举止安详，这反倒使他们显得城府很深。K现在开始讲话了，他深信，他是代表他们的观点讲话的。

“您问我，预审法官先生，我是不是油漆工，您的这个问题——其实您根本就没问，而是直截了当地就这么称呼我了——是很典型的，它很能说明对我进行的这场诉讼的全部性质。您可能会反驳说，这根本就不是什么诉讼，您这话说得很对，因为只有我承认这是诉讼，它才是诉讼。但是我现在暂时承认它是诉讼，可以说是出于同情吧，如果人们想重视它的话，那么除了同情以外，就没法对此采取别的态度。我不说这是一场潦草马虎的诉讼，但是我想，我已经向您提供了这个名称，您是个有自知之明的人嘛。”

K 顿住，低头扫视了一下会议厅。他所说的话是尖锐的，比他的本意更尖锐，但句句在理。这本应激起阵阵掌声的，然而厅里一片寂静，人们显然在紧张地等待着他说下去，也许这寂静正孕育着一场情感总爆发，它将了结这一切。让人感到心烦的是，会议厅那头的门现在开启，也许已经干完活了的那位年轻洗衣妇女走进来，尽管小心翼翼却还是吸引了几个人的目光。只有预审法官让 K 直接感到高兴，因为他似乎立刻被这些话击中了要害，迄今为止他一直站着倾听，因为他遭到 K 的这席话的突然袭击时，他已经为斥责楼座上的人站立了起来。现在他利用这个间歇慢慢坐下，仿佛他不想让这被人发现似的。也许是为了平静一下自己的神色吧，他又拿起那本小记事簿。

“这没有用处，”K 继续说，“预审法官先生，您的记事簿也可以证实我所说的话。”对于在这个陌生的集会上只听到他自己的心平气和的话颇感满意，K 甚至壮着胆子一把从预审法官手中把那个小本夺了过来，仿佛怕弄脏了自己的手似的用指尖捏住中间的一页将这小本高高拎起，致使写得密密麻麻、污点斑斑、边上已经发黄的纸片向两边挂下去。“这就是预审法官的记录，”说罢，他把这本子往桌上一扔。“预审法官先生，您尽管继续读它好啦，这本账簿我真的不怕，虽然我不能接近它，因为我只能用两个指头捏住它。”这时，预审法官拿起那本落到桌上的小本子，试图稍稍将它整理一下并打算重新翻阅它。

第一排的那些人的脸都如此紧张地对着 K，以至于他眼睛朝下向他们那边看了一会儿。全都是上了年纪的男人，有几个胡子花白。他们也许是能够影响全体与会者的关键人物，即便眼看预审法官受羞辱全体与会者也仍然保持着无动于衷的状态，自K讲话以来他们就已经陷于这种状态之中。

“我的遭遇，”K继续说，声音比刚才小了一点，他一再试图观察第一排人的面部表情，这使他的讲话显得有些漫不经心，“我的遭遇，只是一种个别情况，作为这样的事例并不很重要，因为我并不把这事看得很严重，但是这却体现了一种诉讼程序，现在正在对许多人执行这种诉讼程序。我在这里大声疾呼是为了这些人，不是为我。”

他不知不觉地提高了嗓门。什么地方有人高举起手来鼓掌并高呼：“好啊！为什么不呀？好啊！好极了！”第一排里不时有人捋一捋胡子，没有人因为听到这呼喊声而回过头去。K也不重视这叫喊声，但却受到鼓舞；现在他根本不再认为有必要让所有的人都鼓掌，如果大家普遍开始考虑这件事，哪怕只是有时经说服争取到一个人，这也就足够了。

“我不想当演说家赢得喝彩，”K顺着这一思路说，“我大概也没有这个能耐。预审法官先生的口才一定好得多，这是他的职业嘛。我要做的，仅仅是将一种公共的弊端诉之于公众。诸位听着：我是在大约十天前被捕的，对被逮捕这个事实本身我一笑置之，但是现在不是谈论这个的时候，我是清晨在床上被捕的，也许人们得到命令——按照预审法官方才所说的话，这并非完全不可能——要逮捕某个跟我一样无辜的油漆匠，但是人们却选中了我。隔壁房间被两个粗暴的看守占了，倘若我是个危险的强盗，人们也不会采取更周密的防范措施的。况且，这些看守都是道德败坏的家伙，他们喋喋不休地对我唠叨，他们想接受贿赂，他们想用花言巧语骗取我的衣服，他们先是当着我的面厚颜无耻地吃光了我的早餐，然后就要钱，说是要去给我买一份早餐。这还不够。我被带进第三个房间去见监察员。这是一位我很敬重的女士的房间，我不得不眼睁睁看着这间房间为了我的缘故但却在我没有过错的情况下因看守和监察员的在场而被弄脏。保持平静不是一件容易做到的事。但是我做到了，我完全心平气和地问监察员——如果他在这里的话，他一定会出来证实这一点的——我为什么被捕。这位监察员回答什么呢，这位监察员，他坐在我刚才提到的那位女士的椅子上，那副呆笨、傲慢的神态我至今还历历在目。诸位，他基本上什么也没回答，也许他确实什么也不知道，他逮捕了我，他对此感到满意。他甚至还干了另外一件事，把我银行的三个低级职员带进了那位女士的房间，他们一个劲儿触摸那位女士的照片，把它们弄得乱七八糟。这几个职员的在场当然有另外一个目的，他们可以像我的女房东及其女佣那样把我被捕的消息传播出去，损害我的声誉，尤其是在银行里动摇我的地位。可是这一切全都落空了，连我的女房东，一个普普通通的人——我愿意在这里很荣幸地说出她的名字，她叫格鲁巴赫太太——连格鲁巴赫太太也相当明智地认识到：这样的一种逮捕无足轻重，不会比缺少管教的男孩在街头搞的恶作剧更有意义。我再说一遍，整个儿这件事尽是给我带来了不愉快和暂时的烦恼，可是这难道不是本来也可能会造成更严重的后果的吗？”

说到这里，K 顿住并朝缄默不语的预审法官看了一眼，他以为看到了此人正在用眼色给人群里的某个人传递一个信号。K 微微一笑，说道：“我这儿旁边的这位预审法官先生刚才给你们中间的某个人传递了一个秘密信号。看来你们中间有人受这儿台上支配。我不知道，这个信号是要让人鼓掌呢还是让人嘘我，现在我既然提前泄露了这件事，那么我从而也就是完全有意识地不想去了解这个信号的意义。这件事对我来说完全是无所谓的，我现在公开授权预审法官先生对那儿台下他的那些花钱雇来的人大声发出指令，大可不必传递什么暗号，比如他不妨可以说：‘现在嘘！’下一回又说：‘现在鼓掌！’”

预审法官尴尬或是不耐烦地在座椅上蹭来蹭去。他背后的那个人——方才他曾与此人交谈过——又向他俯下身，也许是一般性地鼓励鼓励他，也许是给他出了一个具体的主意。台下，人们都小声、但热烈地交谈起来。早先似乎持完全相反意见的这两派融合在一起，一些人用手指指着K，另一些人指着预审法官。房间里的雾气讨厌至极，它甚至使人无法看清站在较远处的人。楼座上的人的情况一定尤其糟糕，他们不得不一面胆怯地斜看着预审法官，一面小声向会议参加者们提问，想了解详细情况。回答的人用手掩着嘴，同样压低着嗓门。

“我马上就要讲完了，”K说，因为没有铃，便用拳头敲桌子；受到这响声的惊吓，预审法官和他的顾问的脑袋顿时便分开了，“这件事整个儿与我不相干，所以我能够心平气和地评论它，至于你们，倘若你们把这个所谓的法庭当做一回事的话，你们听听我的讲话，你们就会得益匪浅。你们要对我所说的话交换看法，这件事我请你们还是以后去做吧，因为我现在没有时间，我马上就要走了。”

大厅里立刻安静了下来，K已经完全控制了会场。人们不再像开始时那样乱吵乱嚷，甚至连鼓掌也没了，但是人们似乎已经被说服，或者眼看就要被说服了。

“毫无疑问，”K很小声地说，因为他对全场聚精会神听他讲话感到高兴，在这一片寂静中响起一阵低吁轻叹声，它比最热烈的掌声更富有刺激性，“毫无疑问，在这个法庭的所作所为的背后，就我这个案子而言也就是在逮捕和今天的审讯的背后，存在着一个庞大的机构。一个机构，它不仅雇用了可贿赂的看守、傻里傻气的监察员和最大优点就是稀里糊涂的预审法官，而且还豢养了一批高级的和最高级的法官，这些人手下还拥有一大帮不可或缺的听差、书记员、警察和其他助手，也许甚至还有刽子手，我并不忌讳这个词儿。那么，我的先生们，这个庞大机构的意义何在呢？它就在于：逮捕无辜的人并对他们提起无意义的并且往往就像在我这种情况下那样无结果的诉讼。既然全部都是这样毫无意义，官员们的贪赃枉法行为如何避免得了呢？这是不可能的，这一点连最高级的法官哪怕是为了洁身自好也做不到。所以看守试图偷被捕者身上的衣服，所以监察员闯进别人的家里，所以不是让无辜的人受审讯而是在大庭广众面前侮辱他们的人格。看守们曾给我讲过存放被捕者衣物的库房，我本来想看看这些库房的，看看经过贪官污吏洗劫之后，还剩余下来的被捕者们用辛勤劳动挣来的东西是怎样在那儿霉烂腐败的。”

这时 K 的话被大厅那一头发出的一声尖叫打断，他用手给眼睛遮住光，为了能看个清楚，因为黯淡的日光使室内的雾气带上白色而且刺眼。原来是那个洗衣妇，K 在她一进来时就看出她可能是个扰乱会场的祸根。现在她是不是有过错，人们无法判断。[8] K 只看见一个男人把她拉到门旁的一个角落里并在那儿把她紧紧搂在怀里。但是尖声喊叫的不是她，而是那个男人，他张大着嘴巴，眼睛看着天花板。在两个人的周围围上了一小批人，近处楼座上的人似乎对 K 带到会场来的严肃气氛这样被中止感到兴奋。K 的第一个反应是想马上奔跑过去，他也以为，大家都一定巴不得恢复那儿的秩序并至少把那一对逐出会场，可是他面前的第一排的人坚如磐石，没有一个动弹，没有一个人给 K 让路。恰恰相反，人们挡住他，老人们纷纷伸出胳臂，一只手——他没有时间转过头去看——一把从后面揪住他的衣领，这时 K 实际上已然顾不上那一对，他觉得，他的自由受到限制，人们是认真看待逮捕的；于是他毫无顾忌地从讲坛上跳了下去。这一下，他面对面地站在了这一群人的面前。他对这些人判断得不对吗？

他过高估计了自己演说的效果？他讲话的时候他们是在装假，既然他得出这些结论来所以现在他们装假装够了？瞧瞧周围这些人的脸！小黑眼睛溜溜地转来转去，面颊耷拉着，像喝醉酒的人那样，长长的胡子又硬又稀疏，如果去抓它们，那就会觉得抓的是爪子，不是胡子。可是在胡子下面——这是K的真正的发现——在外衣衣领上都有大小不等、颜色各异的徽章在闪闪发光。可以看得出来，所有的人都别着这样的徽章。大家都是一伙的，表面上分右边一派和左边一派，当他突然转过身去时，他看见预审法官衣领上别着同样的徽章，那预审法官正两手搁在膝上心平气和地看着下面。“原来如此！”K叫喊，向空中挥动着双臂，他如梦初醒，“我看出来了，你们全都是公职人员，你们就是我方才抨击过的那帮贪官污吏，你们挤到这儿来了，当听众和密探，你们假装分成派别，一派鼓掌考察我，你们想学习人们应该怎样引诱无辜者上钩。好吧，我希望你们没有白来这里一趟，要么你们已经谈论过有人希望你们为无辜的人辩护，但是要么——让我说话，不然我就揍你，”K对一个已经挤到他跟前的哆哆嗦嗦的老人叫喊，“但是要么你们真的已经学到了什么本事。我祝你们事业有成。”说罢，他迅速拿起他那顶放在桌子边上的帽子，在一片寂静中，至少是在一片万分惊讶的寂静中挤到大门口。但是预审法官似乎比K还敏捷，因为他在门口等着他呢。“等一等。”他说，K站住，但不看着预审法官，而是看着门，他已经握住了这门的把手。“我只想提请您注意，”预审法官说，“今天您已经——这一点您可能还没有意识到——自愿错过了庭审调查无论如何总会给被捕者提供的有利时机。”K对着门大笑。“你们这帮无赖，”他叫喊，“我会来审讯你们这帮家伙的。”说着，他打开门，急匆匆奔下楼去。他身后响起一片又活跃起来了的会场的嘈杂声，大会大概开始按大学生方式讨论所发生的事件了。

在空荡荡的审讯室里 大学生 办公室

在接下来的那个星期里，K日复一日等待再次传讯，他不敢相信自己拒绝受审已被认可。直到星期六晚上，所盼望的通知仍还没送到，于是他认为，他们准是不下通知而让他在同一时间去同一所屋子再次出庭受审。所以他在星期天又去那儿，这次他径直走上楼梯，走过过道。几个记得他的人在各自的门口向他问好，但是他不用再跟别人打听了，不一会儿便来到审讯室门口。他敲门后，门马上就开开，门边站着那个熟识的女人，他看都不看她一眼，便想直接走进隔壁的那间房间。“今天不开庭，”那女人说。“为什么不开庭？”他问，他对这话有些不大相信。那女人便打开隔壁房间的房门让他看。房间里确实空寂无人，空荡荡的看上去比上个星期天还凄惨。讲台上那张桌子仍像上次那样摆着，桌上放着几本书。“我可以看看那几本书吗？”K问，并不是出于什么特别的好奇心，而只是为了既然来了就不要一无所获。“不行，”那女人说，随手又把那扇门关上，“这是不允许的。那几本书是预审法官的。”“啊，原来是这样，”K点点头说，“那几本书大概是法律全书，这种司法制度的特征就是：人们不仅无辜被判罪，而且被判了罪自己还不知道。”“是那么一回事。”那女人说，她并不完全了解他说的话。“好吧，既然这样，那我还是走吧，”K说。“要我向预审法官转告什么吗？”那女人问。“您认识他？”K问。“当然认识，”那女人说，“我丈夫就是法庭听差。”现在K才注意到，上次来时这个房间里只放着一只洗衣木盆，如今它已变成一间布置得很像样的起居室了。那女人觉察到他的惊讶，便说道：“是呀，我们住在这儿不付房租，但是在开庭的日子必须把这个房间腾出来。我丈夫这差使有一些不利的地方。”“我对这个房间不感到很惊讶，”K说，恶狠狠地瞪了她一眼，“倒是对您已结过婚我感到吃惊。”“也许您是指上次开庭时发生的那件事吧，我扰乱了您的讲话了。”那女人说。“当然是指那件事，”K说，“今天事情已经过去，几乎已经被忘记，可是当时却使我非常恼怒。现在您自己说您是个已婚的妇女。”“当时您的讲话被打断，这对您没有什么坏处。后来他们还曾对您的讲话作出很不利的评价。”“也许吧，”K想转移话题，“但是这不能为您的行为辩解。”“所有认识我的人都原谅我，”那女人说，“那个当初搂抱过我的人，长期以来一直在追我。一般来说我也许没有什么吸引力，但是我对他有吸引力。我简直没有办法，连我的丈夫也只好听之任之了；要保住饭碗，他就得忍气吞声，因为那个人是大学生，很可能将来会掌握更大的权力。他一直在追求我，他前脚刚走，您这后脚就来了。”“这和这里的一切别的事都很相配，”K说，“这件事不让我感到奇怪。”“您大概想改善这里的一些状况吧？”那女人慢悠悠地、谨慎地问，好像她说的话对她和对K都有危险似的。“这一点我已经从您的讲话中推断出来，我个人很喜欢您讲的那一席话。不过我只听了其中的一部分，开头部分我没听着，结尾部分那阵子我跟那个大学生躺在地板上。”“这里的情况真叫人感到恶心。”过一会儿她说并抓住了K的手：“您以为您改善得了这里的状况？”K微微一笑，稍稍转动一下在她柔软手掌里的他那只手。“其实，”他说，“我并不是像您所说的是到这儿来改善这儿的状况的；假如您把这话告诉预审法官，您就会受嘲笑或受处罚。我本来确实也不会自愿干预这类事情，我原本也决不会因为这种司法制度需要改善而彻夜难眠。但是由于我据说被捕了——因为我被捕了——我就不得不干预这里的事，而且是为了我的缘故。但是如果我在这方面也能对您有什么用处的话，我当然很乐意效劳。不仅仅出于仁爱，也因为您也能帮助我。”“我怎么帮助您呀？”那女人问。“譬如您现在就可以让我看看桌上的那几本书。”“这好办。”说着，那女人一把拽住他就走。这是几本已经翻破了的旧书，一本书的封面几乎已经中心开花，一片片纸片只由细线勉强粘连在一起。“这里什么都脏兮兮的。”K摇摇头说，那女人用她的围裙至少揩掉了表面上的尘土，好让K伸手去拿那几本书。K翻开最上面的那本，一看是一幅猥亵的画面。一个男人和一个女人赤身裸体坐在长沙发上，绘画者的卑劣意图十分清楚，但是他的绘画技巧拙劣至极，所以只看见一个男人和一个女人，肉囊囊地从画面上凸显出来，直挺挺地坐着，因用错了透视画法两人艰难地相互转过身来。K不再往下翻阅，而是只打开第二本书的扉页，这是一本名叫《格蕾特如何受丈夫汉斯折磨》的长篇小说。“这就是人们在这里研读的法律全书，”K说，“要我受这种人的审判。”“我会帮助您的，”妇人说，“您愿意吗？”“您真能帮助我，您不会使自己陷入危险境地？您方才还说，您丈夫得看上司的眼色行事。”“尽管如此，我还是愿意帮助您，”妇人说，“来，我们得谈一谈。您别再谈我的危险了，我只在我想害怕危险的时候才害怕危险。您过来。”说着，她指了指讲坛，要他挨着她在台阶上坐下。“您有一双乌黑漂亮的眼睛，”他们坐下后，她端详着K的脸说，“人家说我的眼睛也很美，可是您的眼睛美多了。而且上次您一走进这儿，马上就引起了我的注意。正是因为您的缘故，我后来才到这间会议室里来，否则我决不会这样做，在一定程度上甚至是禁止我做这种事的。”“原来如此，”K心中暗想，“她主动给我送上门来，她跟这里所有的人一样堕落，她腻烦了这里的法庭官员，这可以理解嘛，所以她就欢迎任何一个陌生男人，恭维他眼睛漂亮。”想到这里，K默默地站了起来，好像他已经把刚才的想法大声说了出来，从而已经向那女人表明了自己的态度。“我不认为您能帮助我，”他说，“真要帮助我，就得与高级官员们有关系。可是您一定只认识一大堆在这里鬼混的低级职员。这些人您一定很熟悉，您大概也可以让他们为您办些事，这个我不怀疑，但是您能让他们办成的最最重大的事对于我的案子的最终结果也都完全是无足轻重。可是您却会因此而失去几个朋友的宠爱。我不愿意这样做。您还是同这些人继续保持迄今为止的友好关系吧，我觉得这种关系对您来说是不可缺少的。我说这话不无遗憾，因为，就算也是为了报答您的恭维吧，我也喜欢您呀，尤其是当您像现在这样神情忧伤地看着我时，您更显得可爱，不过您大可不必这样。您属于我必须与之进行斗争的那个团体，而您却舒适地置身在他们中间，您甚至爱那个大学生，如果您不爱他，您也至少是宁要他不要您的丈夫。这一点从您的谈话中很容易听得出来。”“不，”她大声说，她依然坐着，只是伸手去抓K的那只没有足够迅速地抽走的手，“您现在不能走，您不能带着对我的错误看法走。您真的能忍心现在就走吗？我真的就这么一文不值，您硬是不肯行行好，在这儿再待一小会儿？”“您误解我的意思了，”K说，并坐了下来，“如果您真心要我待在这儿，我是乐意这样做的，我有时间嘛，可是我来这儿是希望今天会开庭呀。我刚才说的那些话，我只是想请求您别为我的案子去费什么心思。可是即便对这件事您也大可不必见怪，您想一想，我对案子的结果一点儿也不在乎嘛，我对判决只会一笑置之。假如这案子果真会有一个了结的话，我很怀疑这一点。我倒是认为，由于官员们的懒惰或健忘或者也许甚至由于他们害怕，这桩诉讼案已经中止或者不久就要中止。不过也可能是：人们希望得到一笔较大的贿赂，便虚张声势要继续审理这个案子，完全徒劳，我今天就可以把话挑明，因为我不贿赂任何人。您或许能帮我一个忙，去告诉那个预审法官，或者随便哪一个愿意传播重要消息的人，说是不管那些人施展什么巧妙的诡计，我决不向他们行贿。他们就死了这个心吧，这话您可以去公开告诉他们。不过人们也许自己就已经觉察到这一情况，即使他们还没有觉察出来，我也毫不在乎人们现在是否会了解这一情况。只是这些先生们倒因此而可以省掉一些工作，当然我也因此可以省掉一些不愉快，可是我却愿意承担这种不愉快，我知道，每一桩不愉快同时就是对别人的一个打击。会发生这样的事的，我会想办法的。您究竟认不认识那个预审法官？”“当然认识，”妇人说，“我主动提出要帮助您，我首先就想到了他。我不知道他只是一个低级官员，但是既然您这么说，这话可能是真的。尽管如此，我还是认为他向上呈送的报告也还是有一些影响的。他写那么多的报告。您说官员们懒惰，不是个个都偷懒吧，尤其是这个预审法官一点儿也不懒，他写报告写得很勤。譬如上星期天，审讯一直进行到傍晚。大家都走了，但是预审法官待在审讯室里，我只好拿盏灯给他，我只有一盏厨房用的小灯，可是他却对它感到满意，立刻动手写了起来。这时候，我丈夫也回来了，那个星期天他刚巧休息，我们搬来家具，重新布置我们的房间，后来又来了几个邻居，我们点着蜡烛聊天，我们把那个预审法官给忘了，后来我们就睡觉了。突然在半夜里，准是深更半夜了，我醒过来，我看见预审法官站在床边，他用手遮着灯，不让灯光照在我丈夫身上，这么谨慎真没有必要，我丈夫睡得沉着呢，即使灯光照着他他也醒不了。我吓得差点喊出声来，可是预审法官很客气，劝告我要小心谨慎，悄悄告诉我说，他一直写到现在，现在他来把灯还给我，说是他将永远不会忘记他看到的我睡觉时的模样。我说这些话只是想告诉您，预审法官确实写许多许多报告，尤其是写关于您的报告，因为对您的传讯当然是星期天庭审的主要项目之一。这样的长篇报告不会完全没有什么意义的。但是除此之外，您也可以从这件事情上看出，预审法官正在追求我，我恰恰现在在这初级阶段——他准是现在才注意到我了——能够对他施加巨大影响。我现在也还有别的证据，可以证明他很看重我。昨天他让那个大学生——他很信任此人，此人是他的同事——送给我一双丝袜，说是为了感谢我打扫审讯室，可是这只是个借口，因为这项工作是我应该做的，我丈夫为此而得到报酬。这丝袜很漂亮，您看，”——说着，她伸出双腿，把裙子撩到膝盖上，自己也端详起这双袜子来——“这是双漂亮袜子，可是实在太精致了，不适合我穿。”

她突然顿住，仿佛安慰他似的把她的手放在K的手上，悄悄地说：“别出声，贝托尔德在瞧咱们呢！”K慢慢抬起眼来。审讯室门口站着一个年轻男人，他个头矮小，两条腿不太直，试图通过一部稀疏、带红色的短络腮胡子——他不住地用手指抚摩它——显出自己的威严。K好奇地打量他，这是他所遇见的学习这门陌生法律的第一个大学生，现在他在某种程度上来说尚还默默无闻，但有朝一日也许会飞黄腾达，爬上高位。而大学生却似乎对K毫不在意，只是暂时不再拈胡子，伸出一个指头向妇人示意要她过去，并走到窗口，妇人向K俯下身并小声说："您别生我的气，我求您啦，您也别认为我是坏人，我现在得去他那儿，到这个模样可憎的人那儿去一下，您看他那罗圈腿。我马上就回来，然后，如果您带我走，我就跟您去，您愿意去哪儿，我就去哪儿，您要我做什么，我就做什么，我会感到非常快活的，如果我能尽可能长时间离开这儿，当然最好是永远离开这儿。"说罢，她还抚摩了一下K的手，便一跃而起，奔向窗口。K不由自主想拉住她的手，但抓了个空。这妇人确实在引诱他，他思量再三也找不出充足的理由抵御这种诱惑。她是法庭对他设下的圈套，这个瞬间出现的疑虑被他毫不费力地排除在外。她能用什么办法使他落入圈套呢？他不是始终都一直自由自在的吗，他不是能够，至少只要是涉及他，立刻打碎这整个法庭的吗？难道他不能有这么一点点的自信吗？她的施助提议听起来态度诚恳，也许并不是毫无价值。要对预审法官和他的帮手进行报复，也许没有比他把这女人从他们手里夺过来、据为己有更合适的途径了。于是说不定就会发生这样的事：预审法官费尽心机写完关于K的谎话连篇的报告后深更半夜发现妇人的床是空的。之所以是张空床，是因为她是K的人，是因为窗口的这个女人，用粗糙、笨重衣料做成的深色连衣裙里的这个丰腴、灵巧、暖呼呼的肉身完全只属于K。

他以这样的方式排除了对这妇人的疑虑之后，便觉得窗口的这阵窃窃私语未免持续得太长久了，他先用手指节骨随后就用拳头敲击讲台。大学生从女人肩头上迅速朝K瞥了一眼，但没理会他，反而更使劲挤压她并搂抱住她。她低垂下脑袋，仿佛她在注意听他说话似的。他趁她弯下身来在她的脖子上响亮地吻了一下，却基本上没中止说话。K从中看出，大学生确实按妇人所诉说的那样对她专横跋扈，K

便站起来，在房间里来回踱步。他斜眼瞥了一下大学生，琢磨他如何才能尽快把他打发走，而显然受到K的来回踱步——它已暂时演变成跺脚——骚扰的大学生这时说："如果您不耐烦，您可以走人。您本来早就可以走了嘛，没有人会惦记您的。是的，您甚至早就应该走人，而且我一进来你就该立刻走人。"无名怒火可能在这一席话里尽情发作出来了，但是其中无论如何也包含着未来的法官对一个不讨人喜欢的被告讲话时的那种傲慢。K贴近他身旁站住，微笑着说："我不耐烦，这是真的，可是消除这种不耐烦的最简单的办法，就是您离开我们。但是如果您也许是来学习的——我听说您是大学生——那么我乐意给您腾出地方，和这妇人一道离开这儿。您还得学习许多东西才能当上法官。我虽然还不很了解你们的司法制度，但猜想，光有您已经厚颜无耻地很善于述说的那一套粗暴话语，还是远远不够的。""真不该让他这么自由自在到处乱跑，"大学生说，仿佛他想向那女人解释K的侮辱性的话，"这是一次失策，我已经把这话告诉过预审法官。在审讯间歇期间至少应该让他待在自己的房间里。预审法官有时候不可理解。""废话，"K边说边向妇人伸出手去，[9]"跟我来。""噢，原来是这么回事，"大学生说，"不行，不行，您不能把她带走。"说着，他以一种令人难以置信的力量把她抱起来，躬着背、温情脉脉地仰视着她向门口奔去。某种对K的恐惧之情是不会被认错的，尽管如此，他仍然还敢激怒K，他用空着的那只手抚摩并紧压妇人的胳膊。K在他身旁跟着紧跑了几步，打算抓住他并在必要时扼住他的咽喉，这时那女人说道："没办法了，预审法官让他来接我，我不能跟您走啦，这个小丑八怪，"她边说边用手抚摩大学生的脸，"这个小丑八怪不放我走。""您不愿意脱身。"K大声叫喊，把手放在大学生肩上，那大学生张嘴就要咬那只手。"不，"妇人大声说并用双手推开K，“不，快别这样，您想到哪儿去了！这会把我毁了的。您放开他，噢，请您放开他吧。他只是执行预审法官的命令，把我抱到他那儿去。”“那您就走吧，我再也不愿意见到您啦。”K因大失所望而愤怒地说，使劲一推那大学生的后背，大学生一个踉跄，但随即因庆幸自己没跌倒而抱着他的负荷蹦得更高了。K慢慢跟着他们，他认识到，这是他同这些人较量中的第一次毋庸置疑的失败。当然根本就没有什么理由要因此而感到心虚胆怯，他之所以遭到失败，仅仅是因为他主动寻衅。假如他待在家里，过他平常那种生活，他就会比这些人中的任何一个都强上千百倍，就能够一脚踢开任何一个挡住自己道路的人。他想象，譬如一旦这个可怜巴巴的大学生，这个自以为了不起的娃娃，这个罗圈腿络腮胡跪在埃尔莎的床前并合着双手乞求垂青，这将会是个多么滑稽可笑的场面。这种设想使K非常高兴，他当即决定，今后一有机会就要把大学生带到埃尔莎那儿去。

由于好奇，K还急忙奔到门口，他想看看，那女人被抱到哪儿去了，大学生总不会抱着她走到大街上去吧。事实证明，他们没走多远。就在房门对面，一道狭窄的木楼梯大约通往阁楼，那道楼梯拐了一个弯，所以人们看不见它的尽头。大学生抱着那女人走上楼梯，已经走得很慢且气喘吁吁，因为他经这一阵奔跑体力不支了。妇人向楼下的K挥手致意，并试图通过上下耸动肩膀向他示意她被劫持不是她的过错，不过这个动作中并不含有许多的遗憾。K神情呆板地看着她，像看一个陌生女人似的，他既不愿显示他感到失望，也不愿显示他轻易就可以克服这种失望情绪。

那两个人已经消失不见，可是K还一直站在门口。他一定认为，那女人不仅欺骗了他，而且说是她被抱到预审法官那儿去也完全是一套骗人的鬼话。预审法官是不会在阁楼上坐等的。只要人们也看着这道木楼梯，它就不说明任何问题。这时，K 发现楼梯口旁边有一张小纸条，便走过去，读上面那儿童般的、不熟练的字迹："此楼梯通往法院办公室"。原来法院办公室就设在这所出租房子的阁楼上？这可不是一个能够引起人们尊重的机构，而一个被告一想到这个法庭资金多么短缺，它竟把办公室设在这么一个地方，这地方本身就属于最贫穷者行列的房客们扔弃无用的零碎杂物的地方呀，一个被告一想到这些，心里也就踏实了。当然也不排除这样的情况：人们有足够的钱，但是这钱被法庭官员们挥霍掉了，没有用在司法业务上。根据 K 迄今为止积累的经验，这甚至是很有可能的；如果真是这样的话，法院的这种不光彩勾当虽然会让被告瞧不起，但是从根本上来说，这总比一个确实贫困的法院更让被告放心一些。现在 K 也明白了：在第一次传讯时，人们不好意思把被告带到阁楼上来，宁可到他的寓所去纠缠他。K 的地位比法官优越多了，那法官坐在这阁楼上，而他自己则在银行里有一间带接待室的宽敞办公室并且能够透过大玻璃窗往下观看热闹的市中心广场。诚然，他没有额外收入，他不贪污不受贿，也不能让差役抱个女人到办公室里来，不过，这种东西，至少在这辈子，K 心甘情愿放弃之。

K 还在站着看这张告示，这时一个男人顺着楼梯走上来，从开着的房门朝起居室里看了看，人们也能从那起居室看到里面的审讯室。末了，他问 K 刚才是否在这里看见过一个女人。"您是法庭听差，对吗？"K 问。"是呀，"那男人说，"啊，原来是这样，您就是被告 K，现在我也认出您来了，欢迎您。"说罢，他把手伸给 K，K 却根本没料到这一点。"可是今天没说要开庭呀。"听差见 K 沉默不语便又说道。"我知道。"K 边说边打量法庭听差的便服，那件便服上除了几颗普通的纽扣外，还有两颗镀金的纽扣，这是表明他公职的惟一标志，似乎是从一件旧军大衣上拆下来的。“刚才我和您妻子说过话。现在她不在这儿。大学生把她抱到预审法官那儿去了。”“您瞧，”法庭听差说，“他们总是把她从我这儿抱走。今天是星期天，我没有什么差事要干的，可是为了把我从这儿支开，就派我去通知一件完全无关紧要的事。而且他们派我去的地方不是很远，所以我还抱有希望，我只要路上走得快一点，我也许还能及时赶回来。我便拼命奔跑，到了派我去的那个机关，对着门缝大声传达我的通知，我跑得上气不接下气的，人家大概几乎没听清我说些什么；我又跑回来，但是那大学生行动比我还快，当然他的路程也比我的短，他只需从这道通向阁楼的楼梯上跑下去。我若不是寄人篱下，我早就在这儿墙根把大学生压扁了。就在这儿在这告示旁边。我一直在做着这样的梦。他被紧紧地压在这儿地板稍上一点的地方。摊开了双臂，叉开了手指，罗圈腿扭成一圈，四周血迹斑斑。但是迄今为止这只是梦想。”“没有别的办法吗？”K笑着问。“我不知道还有什么别的办法，”法庭听差说，“现在情况更糟了，迄今他一直只是把她抱到自己那儿，而现在，正如我早已预料到了的，他也把她抱到预审法官那儿去。”“难道在这件事上您妻子根本就没有过错吗？”他问，在提这个问题时他不得不控制住自己的感情，因为即便现在他仍感到很嫉妒。“当然有过错，”法庭听差说，“她甚至要负主要责任。她曾眷恋过他。至于他，他死皮赖脸地追求所有的女人。单在这幢房子里，他就曾经被五户人家撵出来过，都是他偷偷溜进去的，整幢房子里就数我妻子最漂亮，而我偏偏又不能反抗。”“既然这样，那确实没有别的办法了。”K说。“为什么没有呀，”法庭听差问。“那大学生是个胆小鬼，如果他要来碰我的妻子，就得狠狠揍他一顿，揍得他再也不敢这样做。可是我不可以这样干，别人又不帮我这个忙，因为大家都怕他的权势。

只有像您这样的人才可能去做这件事。”“为什么是我呀?”K惊奇地问。“您被控告了。”法庭听差说。“是呀,”K说,“所以我就得更加小心,因为虽说他也许不会影响这个案子的诉讼结果,但是他看来会影响预审。”“对,没错,”法庭听差说,好像K的看法和他自己的看法都同样正确。“可是一般来说我们这儿不受理毫无希望的诉讼案。”“我不同意您的看法,”K说,“不过这不应该妨碍我有机会去教训教训那个大学生。”“那我真是非常感谢您了。”法庭听差有些拘谨地说,他似乎实际上并不相信他的这个崇高愿望能实现。“说不定,”K继续说下去,“还有另外一些官员,也许甚至所有的官员都应该受到同样的对待。”“是的,是的。”法庭听差说,仿佛K说的是不言而喻的事情似的。然后,他露出一副信任的神态望着K,至此他虽然一直和蔼可亲却也从未露出过这种信任的目光;他补充说:“人们就是一直在造反嘛。”但是这谈话似乎让他感到有点儿不舒服了,因为他突然中止谈话,他说:“现在我得去办公室报到。您愿意一起去吗?”“我去那儿没什么事可干的。”K说。“您可以看看办公室。没有人会注意您的。”“值得一看吗?”K犹豫不决地问,但却很想一起去。“唔,”法庭听差说,“我想,您会感兴趣的嘛。”“好,”K最后说,“我一起去。”说罢,他便比法庭听差更快地奔上了楼梯。

他进门时差点跌倒,因为门后还有一个梯阶。“对公众的情况人们不怎么体谅。”他说。“人们根本不体谅,”法庭听差说,“您看这儿的这间等候室。”这是一条长穿廊,一扇扇制作粗糙的门从这里通往阁楼的各科室。虽然没有透光的窗户,但也不是漆黑一团,因为某些科室靠穿廊这一边没有划一的木板墙,只有伸展到天花板的木栅,光线可以透过这些木栅照射进来,透过这些木栅人们也可以看到一些职员，他们坐在桌边写东西或站在木栅旁边透过空隙看穿廊里的人。也许是因为星期天的缘故吧，穿廊里人很少。他们看上去个个循规蹈矩。他们几乎彼此保持着一定的距离坐在穿廊两边的两排长木椅上。大家全都穿戴得马马虎虎，虽然大多数人按其脸部表情、行为举止、胡子式样和许多几乎无法确证的细节属于较上层的阶级。因为没有衣帽钩，他们可能效法别人的榜样，把帽子全都放到木椅下面。坐在靠近门口的那几个人一看见K和法庭听差，便站起来致意；其他人看到这种情况，以为自己也必须致意，所以大家在这两个人走过时都站立了起来。他们从不站得笔直，背躬着，膝屈着，他们像街头乞丐那样站立。K等候稍微落在他后头的听差并说："他们想必多么谦卑啊。""是的，"法庭听差说，"他们是被告，您在这儿见到的，全是被告。""真的？"K说。"那他们就都是我的同类啦。"于是，他转身向着一个离他最近、身材高大修长、头发几乎已经灰白的男人。"您在这里等什么？"K客气地问。可是这句意料不到的问话却使那个人感到不知所措，这越发让人感到难堪，因为这显然是一个精于人情世故的人，在别的地方他一定很善于控制自己的情绪，不会轻易放弃他拥有的那种对许多人的优势的。可是在这里他却不知道该如何回答一个如此简单的问题，他朝其他人望过去，仿佛他们有义务帮助他似的；仿佛若没有这种帮助那就谁也不能要求他作出回答似的。这时，法庭听差走过来，安慰并鼓励那个人说："这位先生只是问问，您在等什么。您回答呀。"也许他可能熟悉的这种法庭听差的声音更有效："我在等——"他刚张口便又顿住。显然他选择了这个开头，以便完全精确地对提问作出回答，可是现在却找不到下文了。几个等候的人走近过来，围住这几个人，法庭听差对他们说："走开，走开，不要挡道。"他们往后退了几步，但没退回到原先的座位上。这当儿，那个被询问的人已经定下神来，甚至面带一丝笑意地回答说："我一个月前呈送了有关我的案件的举证申请，现在在等结果。""您似乎很花气力。" K 说。"是呀，"那人说，"这是我的案件嘛。""不是每一个人都和您有一样的想法，" K 说，"譬如我也被控告了，可是，老实说，我既不送什么举证申请也没干任何诸如此类的事情。难道您认为有这个必要吗？""我不太清楚。"那人又用完全没有把握的口吻说；他显然以为 K 在和他开玩笑，他原本大概由于害怕犯什么新的错误是很想完全重复他先前的那个回答的，但是一看到 K 目光中流露出来的那种不耐烦，他便只说："至于我，我提出了举证申请。""您大概不相信我被控告了。" K 说。"噢，相信，当然相信。"说罢，那人往旁边走了几步，但是这答话没有信任，而是只有恐惧。"您不相信我的话？" K 问，说着便不知不觉受到此人低声下气模样的挑动而一把抓住他的胳膊，似乎他要强迫此人相信。但是他不想弄痛他，所以也只轻轻碰了碰他，但是，尽管如此，那人却大声喊叫起来，仿佛 K 不是用两个指头，而是用一把炽热的钳子夹住了他似的。这一声可笑的叫喊最终让 K 大倒胃口。人家不相信他被控告，这岂不是更好，也许人家甚至还会以为他是法官呢。于是他临别时果真紧紧地抓住他，把他推回到长椅上，便扬长而去。"大多数被告都很敏感。"法庭听差说。现在几乎所有等候者都在他们身后围住了那个似乎已停止喊叫的人，似乎在向他仔细打听这个事件的始末根由。这时一个守卫向 K 迎面走来，主要从一把佩剑上认得出他是守卫，那剑鞘，至少从颜色上看，是用铝制成的。K 感到好奇，甚至伸手去摸了摸。守卫是听到叫喊声才过来的，他打听究竟出了什么事。法庭听差试图说几句话安慰他，可是守卫却声言，他还得亲自去查看查看，敬了个礼便走了，他的步伐急促，步幅却很小，大概由于关节痛迈不开步吧。

K不再理会他和穿廊里的那一群人，尤其是因为他在穿廊的大约中间的位置看到了从一个没有门的口子向右拐弯的可能性。他问法庭听差往这边走对不对，听差点点头，K便真的朝那边拐去。让他感到讨厌的是，他总是走在法庭听差前面一两步，至少在这个地方这可能会给人以一种印象，好像他是被押送来的。所以他频频等候法庭听差，可是此人马上就又落在后头。为了结束这种不愉快的场面，K最后说道："这里的情景我已经看到，现在我要走了。""您还没有全看到呢。"法庭听差丝毫不含恶意地说。"我并不想什么都看，"K说，他确实感到累了，"我想走了，怎么走出去呀？""您还不至于已经迷路了吧，"法庭听差惊异地问，"您从这里一直走到拐角的地方，然后往右拐，顺着过道往下一直就到门口了。""您同我一起走吧，"K说，"您给我指指路，我会走错路的，这里的通道太多。""就这一条路，"法庭听差如今已带有责备口吻地说，"我不能再同您一起走回去，我得去汇报情况，我已经让您耽误了许多时光。""您同我一起走。"现在K厉声重复说，仿佛他终于揭穿了听差在说谎。"您别这么嚷嚷，"法庭听差悄声说，"这儿到处都是办公室。如果您不愿意独自走回去，那就再同我一起走一小段路，或者您待在这儿，等我报告完了以后，我就再和您一起走回去。""不，不，"K说，"我不等，您现在就得和我一起走。"K根本还没有仔细在他现在所处的这个地方往四下张望过，现在四周许多扇木门中的一扇打开了，他这才朝那边望去。一个姑娘大概听到了K的大声说话声，她走过来问道："这位先生有什么事？"人们看见她身后远处还有一个男人在半明半暗中走近过来。K看了一眼法庭听差。此人曾说过没有人会管他的，如今却已经来了两个人，不一会儿所有的官员都会注意上他，都会要他解释他为什么到这儿来。惟一可以叫人理解和接受的解释是，他是被告，想知道下一次审讯的日期，可是他又恰恰不愿意作这种解释，尤其是因为这种解释也不合乎事实，他只是出于好奇才来的，或者是——这种解释更说不出口——他要查明这种司法制度的内部是不是和外部一样令人厌恶。看样子，他的这个猜测是对的，他不想继续探究下去，迄今他所看到的情况已经让他感到相当憋闷，恰恰现在他不在状态，不想去面对一个高级官员，这样的高级官员也许会在每一扇房门的后面出现。他想走，和法庭听差一起走，不得已时就独自离去。

但是他的缄默伫立一定颇为引人注目，姑娘和法庭听差果真那样望着他，仿佛在下一分钟里他准会发生某种变化，他们想不失时机地观看这一变化。而在门口则站着 K 方才在远处见到过的那个男人，他牢牢地抓住低矮的门上的横梁，踮起脚尖微微晃荡，像一个不耐烦的观众。可是姑娘却首先看出 K 那样的举止行为一定是有些感到不舒服，她搬过来一把椅子并问："您要不要坐下？" K 立刻坐下，把两肘撑在扶手上，以便获得一个更好的支撑点。"您有一点头晕，对吗？"她问他。这时她的脸就近在他的面前，她的脸上流露出某些女人恰好在其妙龄时期特有的那种严肃表情。"您不要为此感到担忧，"她说，"这在这儿不是什么大不了的事。几乎每一个第一次来这儿的人都会这样突然感到头晕。您第一次来这儿吧？就是这样，没有什么大不了的事。太阳火辣辣地直射在这儿的屋顶支架上，灼热的木架使空气带有十分浓重的霉味。所以这个地方不很适合当办公室，尽管它在别的方面很有长处。至于说到空气，那么，每逢大批诉讼各方人士相聚的日子，这样的日子几乎天天都是，这儿就几乎闷得透不过气。如果您此外还想到，这儿还晾着许多衣服——人们不能完全禁止住户晾衣服——那么，您也就不会因有点儿不舒服而感到奇怪了。但是人们最终会很好地习惯这空气的。如果您第二次或第三次来这儿，您就几乎再也不会感到空气沉闷了。您已经觉得好些了吗？”K没有回答，他感到太不好意思，因这突然发作的头晕自己不得不听任这儿的人的摆布。而且，由于他现在已经知道了他感到不舒服的原因，他没有因此而感到好受一些，而是有点儿感到更难受了。姑娘立刻觉察到这一情况，便拿起一根靠在墙上的带钩的棍子，用它把K头顶上的一扇小天窗捅开，以便让K呼吸到一些新鲜空气。可是掉进来许多炭黑，姑娘只得立刻又关上天窗，用自己的手帕擦拭掉K手上的煤灰，因为K太疲倦，自己干不了。他巴不得可以一直安安静静地坐在这里，等到恢复了足够的体力再走，人们越少关照他，他也就可以走得越早。可是这时姑娘却在说：“您不能待在这里，您在这儿挡了人家的路。”——K用目光问，他在这里挡了谁的路——“如果您愿意，我就带您到病房去。”“请您帮我个忙吧。”她对门口那男人说，那人立刻走近过来。可是K不愿意去病房，这恰恰正是他想避免的事，他不愿意再跟着别人走，他走得越远，情况就一定更糟糕。“我已经能走了。”所以他就说，并颤巍巍地站立起来，坐着舒舒服服的一时竟难以站立。可是过一会儿他便支撑不住。“这不行。”他边摇摇头说边叹着气重新坐下。他想起了那个听差，此人无论如何也能轻易就带他出去的，但是此人似乎早已离去，K从站在他面前的姑娘和男人之间望过去，却见不到那听差的踪影。

“我以为，”那男人说，他衣着讲究，一件下摆有两个长尖角的灰色背心尤其惹人注目，“这位先生的不舒服源于这里的空气，因此最好的，也是他最有希望的做法是，不是先把他送进病房，而是干脆领他离开这些办公室。”“说得对，”K叫了起来，高兴得几乎打断了此人的话，“我一定就会马上好起来，我也并不是虚弱得不得了，只需有人扶我一下就行，我不会给你们添许多麻烦的，路也不远嘛，你们只需把我领到门口，然后我就在楼梯上坐一会儿，便立刻就会恢复过来，我根本就没有这种头晕的毛病，这一次我自己都感到很奇怪。我也是公务员，习惯办公室空气，但是这里的情况似乎太糟了，你们自己就这么说。麻烦您稍许扶我一下，我头晕，我若独自站起来，我会感到不舒服的。”说罢，他抬高肩膀，以方便那两人来挽他的胳膊。

可是那个男人不接受这个邀请，而是仍将双手悠然地插在裤兜里，大声笑了起来。“您看，”他对姑娘说，“我说对了吧。这位先生只是在这儿觉得不舒服，不是一般的不舒服。”姑娘也嫣然一笑，但却用指尖轻轻敲了敲那男人的胳膊，仿佛他跟K开的玩笑太过分了似的。“可是您怎么啦，”那男人一边笑个没完一边说，“我确实愿意领这位先生走出去。”“那好哇。”姑娘说，她点了一下她的娇小的头。“您别太介意这笑声，”姑娘对K说，这时K又神情沮丧地呆视着前方，似乎不需要什么解释，“这位先生——我可以介绍您吧？”（那位先生挥手表示同意）“——这位先生是咨询处职员。他给等候的当事人提供他们所需要的咨询。由于民众不太了解我们的司法制度，所以要求咨询的人很多。他有问必答，您如有兴趣，不妨当场试试。但是这不是他惟一的长处，他的第二个长处是衣着讲究。我们这些工作人员都认为，咨询处的职员不断地并且总是首先与当事人打交道，所以必须衣着讲究，以便给人留下第一个好印象。可惜我们其他的人，正如您从我身上可以看出的，都穿差劲的、老式的衣服。为衣着去费什么心思也没什么意义，因为我们几乎一直都待在办公室里，我们也睡在这里。但是正如已经说过的，我们认为咨询处职员穿漂亮衣服是必要的。但是由于我们的管理科在这方面有些特别，它不供给漂亮衣服，所以我们就募捐——当事人也捐赠——我们给他买了这身漂亮衣服，还给他买了别的衣服。现在一切都已齐备，可以给人一个好印象了，可是他这一笑又把事情办砸了，把人吓着了。”“是这么回事，”那位先生用讥刺口吻说，“可是我不明白，小姐，您为什么把我们所有的这些内部秘密告诉，或者说得更确切些，强加给这位先生，因为他根本就不想知道这些秘密。您只要看看，他坐在这儿的这样子，他显然在想他自己的事呢。”K懒得去反驳，姑娘的意图大概是好的，她大概是想给他消闲解闷，或者使他有可能集中自己的精神，但是这方法不对头。“我必须向他解释您的笑，”姑娘说，“这笑声会侮辱人。”“我以为，如果我最后领他出去，比这更严重的侮辱性言行他也会原谅的。”K不吭声，连眼皮也没抬一抬，听凭这两个人像议论一个物件那样议论他，这甚至正中他的下怀。但是他突然感到自己的一条胳臂上搁上了咨询处职员的手，另一条胳臂上搁上了姑娘的手。“起来吧，您这个虚弱的男人。”咨询处职员说。“我非常感谢你们两位。”K又惊又喜地说，慢慢站起来并自己把这两个人的手移到他最需要支撑的地方。“看起来，”姑娘对着K的耳朵小声说，“好像我特别想替咨询处职员说好话似的，可是人们完全可以相信这话，我只想说实话。他不是个狠心肠的人。他没有义务带领有病的当事人离开这儿，可是您看到，他还是这样做了。也许我们中间没有一个人是狠心的人，也许我们大家都愿意帮助别人，可是作为法院的职员我们很容易给人以心狠、不愿帮助人的印象。我简直吃尽了这种苦头。”“您要不要在这里坐一小会儿？”咨询处职员问，他们已经在穿廊里，恰好就在K早先曾与之攀谈过的那个被告的面前。K在他面前几乎感到惭愧，方才他直挺挺地站在他面前，现在得两个人扶着他，他的帽子让咨询处职员托在他那叉开的手指头上，头发蓬乱，披散在他那汗津津的额头上。但是这位被告似乎对此毫无察觉，他谦恭地站在咨询处职员面前，而咨询处职员却并不理会他；他一味地为自己来这儿进行辩解。“我知道，”他说，“我的举证申请今天还不会有结果。但是我还是来了，我想我可以在这儿等候嘛，今天星期天，我有时间，我在这里不妨碍别人。”“您大可不必为此事辩解，”咨询处职员说，“您的细心周到很值得称道，您在这里虽然不必要地占了地方，但是，尽管如此，只要不给我添麻烦，我根本就不会阻止您详尽地了解您的案子的进展情况。如果人们见过那些玩忽职守的人，就会学会耐心对待像您这样的人。您坐下吧。”“他多会跟当事人谈话。”姑娘悄悄说。K点点头，可是他马上发火了，因为咨询处职员又在问他：“您要不要在这里坐下？”“不，”K说，“我不要休息。”他用尽可能明确的语气说了这话，可是其实要是坐下来他会觉得很舒服的，他就像是晕船了。他以为自己是在一艘船上，海面波涛汹涌。他觉得，仿佛海浪正在冲击木墙，仿佛从穿廊尽头咆哮着涌来滚滚巨浪，仿佛穿廊在上下颠簸，两边的等候着的当事人在上下沉浮。越发令人不可理解的是搀扶他的姑娘和男人的那种平静。他只好听凭他们摆布，他们一撒手，他就得像一块木板那样倒下。从他们的小眼睛里来回忽闪着犀利的目光。K没有同他们一起走步，却感觉到了他们的均匀的步伐，因为他几乎是一步一步被架着走的。最后他发现他们在对他说话，可是他听不懂他们在说什么，他只听见一片喧闹声，其中一个声音高昂，持久不变，就像汽笛在响。“大声点。”他低垂着头悄声说并感到惭愧，因为他知道，尽管他听不明白可他们却已经说得够响的了。这时终于像他前面的墙断裂了似的有一阵凉风向他迎面吹来，他听见身边有人在说：“他先是要走，但是后来上百次地告诉他出口在这里，可他不动弹了。”K发现他站在大门口，那姑娘已经把大门打开。他觉得，他全身的力气仿佛一下子又恢复过来了。为了预先尝一尝自由的滋味，他立刻踏上一个阶梯并从那儿辞别正向他弯下身来的他的陪同人员。“谢谢。”他一再重复着说，一再和两个人握手，直到他自以为看出他们习惯办公室空气受不了从楼梯那儿刮来的比较新鲜的空气时才放手。他们几乎无法答礼，倘若不是K很快把门关上了的话，那姑娘也许会跌倒在地上。后来K还默默地站立一会儿，借助一面小镜子理了理头发，捡起掉在楼梯第二级上的帽子——可能是咨询处职员扔在那儿的——然后就奔下楼去，步伐是那样轻快和矫健，以致连他自己也对这突然的变化几乎感到害怕。他一向健康状况良好，还从未遇到过这样意想不到的情况。难道他的身体要造反，因为毫不费劲地经受住了旧有的考验所以就要对他进行新的考验吗？他不完全否定有机会找医生看看这个念头，但是无论如何他也要——在这一点上他能够自己给自己出主意——在所有今后的星期天上午过得比这个星期天上午更有意义些。

鞭笞手

几天后的一个晚上，K走在隔在他的办公室和主楼梯之间的那条走廊上——这一回他几乎是最后一个回家，只是在收发室里还有两个勤杂工在一盏白炽灯的黯淡光线下干活——他突然听见从一扇房门后面传来阵阵哀叹声，他一向以为那只是一间堆放废品的小房间，不过他自己从未进去看过。他惊讶地停住脚步，再次仔细倾听，以便确定自己有没有听错，寂静了一会儿，可是随后确实又传来叹息声。起先他想叫一个勤杂工过来，人们也许得有一个见证人吧，但是随后他便为难以抑制的好奇心攫住，猛地一下把门推开。他猜得不错，这是一间堆放废品的贮藏室。门栏后面堆放着一捆捆废弃的旧印刷品，翻倒的陶制空墨水瓶。而在贮藏室里则站着三个男人，弯着腰站在这间低矮的房间里。一支固定在一个架子上的蜡烛给他们一些亮光。“你们在这里干什么？”K问道，由于激动话说得很快，但声音不大。其中的一个人显然支配着另外两个人，首先把目光引到自己身上，此人穿一件较深色的皮外套，从脖子直至胸脯以及全部胳臂都裸露着。他不回答。但是另外两个却嚷嚷："先生！我们应该挨鞭笞，因为你在预审法官那儿告发了我们。"这时K才看出这两个人确实是看守弗兰茨和维勒姆，还看出第三个人手里握着一根鞭子，要鞭笞他们。"唔，"K边说边盯住他们，"我没有告发过谁，我只是说了我寓所里发生的事。你们的行为举止倒也不是无可指摘的嘛。""先生，"维勒姆说，而弗兰茨则显然企图在他身后躲避第三人，"要是您知道我们的工资多么微薄，您就会对我们有比较好的看法了。我得养家糊口，这位弗兰茨要结婚，得想方设法糊弄点钱，光靠工作弄不到钱，即使很卖力气也不行，您的几件好衣服诱惑了我，当然是不准许看守这样干的，这是不对的，可是衣服归看守所有是传统老规矩，一直是这样做的，相信我的话吧；这也可以理解嘛，人都这么不幸了，要被逮捕，这些东西还有什么用呀。可是你若把这事捅出来，那么看守就一定会受惩罚。""你们现在说的，我以前并不知道，我也没有要求惩罚你们，我是要维护一个原则。""弗兰茨，"维勒姆对另一个看守说，"我不是跟你说过这位先生没有要求惩罚我们嘛。现在你听见了吧，他压根儿就不知道我们必须受惩罚。""你别让这样的话打动了你的心，"第三个人对K说，"惩罚是正确的，而且也是不可避免的。""别听他的，"维勒姆说，方才只是为了将那只曾挨了一鞭的手赶快放到嘴边去才中止了自己的话，"我们之所以受惩罚，仅仅是因为你告发了我们。否则我们不会出什么事的，即使人们知道我们干了些什么事，我们也不会出事。这能叫做公道吗？我们两个，尤其是我，当看守多年来一直忠于职守。你自己想必也得承认，从官方的观点来看我们是看守得好的——我们都有晋升的希望，不久一定也会当上鞭笞手，跟这个人一样，他运气真好，从来没有人告发过他，因为这样的告发确实是很罕见的。可现在，先生，一切全完了，我们的前程给断送了，我们将不得不干比看守还要低下得多的活。此外，我们现在还得挨这疼痛难忍的鞭笞。”“这鞭子抽下去会痛得这么厉害吗？”K边问边端详鞭笞手在他面前挥动着的那根鞭子。“我们得完全脱光自己的衣服。”维勒姆说。“啊，原来是这样。”K说道并仔细端详鞭笞手，他像水手那样给太阳晒得黑黑的，长着一张野性的、容光焕发的脸。“没有办法使这两个人免挨鞭子吗？”他问他。“没有办法，”鞭笞手微微一笑摇着脑袋说。“脱掉你们的衣服。”他命令看守们。对K他则说：“他们的话你别什么都信。他们怕挨鞭子已经给吓傻了。譬如这儿这位，”他指着维勒姆说，“他所说关于他可能会有的前程的话，这简直可笑。你看，他多肥——头几鞭下去根本伤不了他这一身肥肉的皮毛——你知道他是怎么变得这么肥胖的？他有把所有被捕人的早餐都吃光的习惯。他不也吃光了你的早餐吗？喏，我把话说明了。但是像他这样一个大腹便便的人是永远也当不了鞭笞手的，这是完全不可能的事。”“也有这样的鞭笞手。”正在解自己的裤腰带的维勒姆断言说。“不！”鞭笞手一面说，一面用鞭子狠狠抽向他的脖子，他吓了一大跳，“没要你听别人讲话，要你脱衣服。”“如果你放他们走，我会好好酬谢你的。”K说，没再看一眼鞭笞手——这种事最好由双方垂下目光来进行——便掏出了自己的钱包。“你大概是要事后也告发我吧，”鞭笞手说，“好也让我挨鞭子。不行，不行！”“你放聪明些吧，”K说，“假如我要这两个人受惩罚，我现在也就不会来把他们赎出去了。我完全可以把这儿的门一关了事，不想再看见和听见什么并回家去。可是我现在没这样干，我反倒当真想释放他们。要是我知道他们会受到惩罚或者哪怕只是可能会受到惩罚，那我也就决不会说出他们的名字来了。因为我根本不认为他们有过错，有过错的是这组织机构，有过错的是这些高级官员。”“正是这样。”看守们嚷嚷，顿时脱光的脊背上又挨了一鞭子。“假如你在这里鞭打一位高级法官，”K说，边说边把又要举起来的鞭子压下去，“那么我就决不会阻止你打他，相反，我还会给你钱，让你调养好身体干这件好事。”“你说的这一番话，听起来完全可信，”鞭笞手说，“可是我不接受贿赂。我是被雇来揍人的，所以我揍人。”看守弗兰茨也许希望K的干预会有好结果因而迄今一直相当克制，这时他只穿裤子便走到门口，跪下紧紧抓住K的胳膊，悄声说：“如果你不能使我们两人都得到宽大处理，那就至少想想办法释放我呀。维勒姆比我年纪大，无论从哪方面来说都比我经打，几年前他也已经挨过一次轻微的鞭笞处罚，可是我的名誉还没有受过损害，只是受了维勒姆的怂恿才做出这样的事来，好事坏事他都是我的师傅。我那可怜的未婚妻正在下面银行门口等结果，我真是羞愧难言。”说着，他用K的衣服擦他那张眼泪汪汪的脸。“我不等了。”鞭笞手说，用双手抓住鞭子便朝弗兰茨抽去，而维勒姆则蹲在一个角落里偷偷地观看着，没敢转动一下脑袋。这时响起一阵弗兰茨发出的喊叫声，浑厚而恒定不变，它似乎不是来自一个人的口中，而是发自一件受拷打的乐器，它响彻整个走廊，整幢房屋里的人一定都听见了，“别喊叫。”K嚷嚷，他克制不住自己，他一边紧张地朝着勤杂工准会闻声赶来的那个方向窥望，一边推弗兰茨，没使太大的劲，但还是用了相当大的力气，推得这个昏头昏脑的人当即倒下，抽搐着用双手在地板上乱抓。但是他却没逃脱鞭打，他在地上也照样挨鞭子，他被抽打得在地上翻滚，而鞭梢则有规律地一上一下跃动。远处已经出现一个勤杂工，在他身后几步远处还有第二个。K急忙砰地关上了房门，走到一扇院落窗户的窗口并将窗户打开。喊叫声已经完全停止。为了不让勤杂工走近过来，他高声说：“是我。”“晚上好，襄理先生，”他们也大声回答。“发生什么事了？”“没有，没有，”K 回答，“只是一条狗在院子里叫。”见那两个勤杂工还没走开，他便添上一句：“你们还是干你们的活儿去吧。”为了可以不必与勤杂工交谈，他便探身窗外。当他过一会儿又往走廊里观看时，他们已经走了。但是 K 却依然待在窗口，贮藏室里他是不敢去了，家里他也不愿意回去。这是一个四四方方的小院落，他朝这院落望去，四周都是办公室，现在所有的窗户都已经是黑糊糊的，只有最上面的一排窗户映现出月亮的反光。K 试图使劲用目光搜索院落里一个黑暗的角落，那里横七竖八堆放着几辆手推车。令他感到烦恼的是，他没能阻止鞭笞，但是他没能阻止住，这并不是他的过错，倘若弗兰茨没有叫喊—— 一定是打得很痛，但是一个人在关键时刻必须克制自己——倘若他没有叫喊，那么 K 就，至少很可能就还会找到办法劝服鞭笞人。既然全体最下层的官员都是混账东西，为什么干这个最无人性的行当的鞭笞人偏偏还会是例外呢，K 也分明看到，一看到钞票他的眼睛闪耀出多么明亮的光，他之所以认认真真进行鞭笞，显然仅仅是为了可以再稍稍提高一点贿金。K 倒不会吝啬几个钱的，他确实想让那两个看守脱身。既然他如今已经开始与这种腐败的司法制度进行斗争，那么，不言而喻，他也要从这方面进行干预。但是在弗兰茨开始喊叫的那个瞬间，一切自然全都完了。K 不能容忍勤杂工们以及也许还有其他人等闻声过来并当场拿住他，发现他正在和贮藏室的那一伙人商谈。确实任何人也不能要求他作出这样的牺牲。假如他想要这么干的话，那也有更简单的做法，那就是 K 自己脱光衣服，顶替看守挨鞭笞。不过，话说回来，鞭笞人肯定不会同意他当替身的，因为且不说他这样做没捞到什么好处，他这是严重渎职呀，而且很可能是双重渎职，因为 K 在诉讼期间对于法庭的所有职员来说必定是不可侵犯的。[10] 当然啰，在这方面可能也有可通用的特别条款。不管怎么说，除了关上房门以外，K 没有任何别的办法，虽然即便是现在对于 K 来说也根本就不是因此而就把任何危险都排除了。他还在最后推了弗兰茨一下，这是令人遗憾的，他只能用情绪激动来加以开脱。

他听见从远处传来勤杂工的脚步声。为了不引起他们注意，他关上窗户，朝主楼梯那边走去。在贮藏室门口他站了一会儿，仔细倾听。里面寂静无声。那个人可能已经把看守们打死了吧，他们完全在他的控制之下嘛。K 已经伸出手去抓那门把，但随即又把手缩了回来。他是帮助不了任何人的了，勤杂工们必定马上就会过来。但是他暗自发誓还要把这件事提出来，要力所能及地让那些真正有罪的人，那些高级官员们——他们之中还没有哪个敢在他面前露面呢——受到应有的惩罚。当他顺着银行的露天台阶往下走的时候，他仔细观察所有的行人，但是即使在较远的周围地带也没见有什么姑娘在等人。可见说什么他的未婚妻在等他，这是弗兰茨的一个情有可原的谎言，他扯这个谎仅仅是为了引起较大的同情。

到了第二天，K 也还不能忘怀看守们；他上班时心不在焉，为了完成工作定额不得不在办公室里比前一天多待了一会儿。当他下班回家又从贮藏室旁边走过时，他像是出于习惯似的又打开那扇房门。他看到的不是臆想中的一片黑暗，而是另一幅景象，他简直不知所措了。一切都没有变化，跟他前一天晚上开门时看到的一模一样。门栏后面的一捆捆印刷品和墨水瓶，拿着鞭子的鞭笞手，还完全穿着衣服的看守，架子上的蜡烛，看守们开始诉苦并大声说："先生！"K 立刻砰地一下关上门并用两个拳头敲门，仿佛这一敲，门就关得更严实了。他几乎哭着奔到勤杂工们那儿，他们平静地在复印机旁工作并停下了手头的活儿。"快把贮藏室清扫干净，"他嚷嚷，"我们简直埋在垃圾堆里了。”勤杂工们答应第二天就去清扫，K点点头，现在天色已晚，他不能强迫他们动手，虽然他本来有这个想法。他坐下待了一会儿，以便将勤杂工们在自己身边留住一些时光；他乱翻几份复印好了的文件，以为这样就可以给人以他在审查文件的印象，然后便疲惫地、漫不经心地走回家去，他看出，勤杂工们是不敢和他一起同时离去的。

叔叔 莱妮

一天下午——当天的函件即将发出，K 正忙得不可开交——K 的叔父卡尔，一个乡下小地主，从两个来送文件的办事员之间挤进办公室。一些时候以前想到叔叔会来他曾吓一跳，这时看见他来了他倒不感到吃惊了。叔叔一定会来，对于 K 来说这在大约一个月以前就已经是确定无疑的事了。当时他就以为已经见过他，想象他微微弯着腰，左手拿着那顶压扁了的巴拿马草帽，右手老远就向他伸出来，莽莽撞撞地越过写字台把手伸过来，打翻了写字台上所有挡道的东西。叔父总是匆匆忙忙的，因为他脑子里总是萦绕着这样一个不幸的想法：既然他总是只在首都逗留一天，他就得设法办完他打算要办的所有事情，此处也不可以放过机会谈话或做生意或玩耍。他曾是 K 的监护人，所以 K 有一种特殊的义务，要尽可能帮助他安排好这一切活动，还得留他过夜。他习惯称他“乡下幽灵”。

打过招呼后——他没有时间应 K 邀请在安乐椅上坐下来——他立刻要 K 同他私下里谈一谈。“这是必要的，”他费劲地打着嗝儿说，

“谈一谈我才好放心。” K 当即将办事员打发出去并指示他们别让任何人进来。“我听到什么了，约瑟夫！”当他们单独在一起时叔父大声说，坐到写字台上，看也没看一眼便随手拿了一些文件垫在屁股底下，以便坐得舒服一些。K 沉默不语，他知道会有什么事，但是，紧张工作之后突然放松了下来，他浑身既舒坦又疲乏，便透过窗户放眼对面临街的那一面，从他坐着的地方，他只能看见那儿的一个小三角形地段，两个商店橱窗间的一块空荡荡的房屋墙壁。“你在看窗外，”叔父高举双臂嚷嚷，“天哪，约瑟夫，告诉我。这是真的吗，这能是真的吗？”“亲爱的叔叔，” K 回过神来说，“我根本不知道，你要我说什么。”“约瑟夫，”叔父警告说，“据我所知，你一直是说实话的。你是要我把你刚才说的话理解成为不好的征兆吧。”“我猜想到，你要说什么，” K 顺从地说，“你大概听说有关我的诉讼的事了。”“是这么回事，”叔父慢慢地点了点头说，“我听说有关你的诉讼的事了。”“听谁说的？” K 问。“埃娜写信告诉我的，”叔父说，“她同你没有来往，可惜你不怎么关心她，尽管如此她还是了解到了这件事。今天我收到了信，当然马上就来了。没有别的原因，可是这似乎是一个有充分理由的原因。我可以把信里涉及你的一段话念给你听听。”说着，他从皮夹子里掏出那封信。“就是这封信。她写道，‘约瑟夫我已经很久没见了，上个星期我去过一回银行，但是约瑟夫公务繁忙，没有让我进去；我几乎等了一个小时，后来只好回家，因为我有钢琴课。我本来很想和他谈谈，也许以后会有机会的。在我生日那天，他给我送来了一大盒巧克力，这是他的一片心意。当时我忘记写信把这件事告诉您了，现在您问我，我这才想起来了。巧克力，您是知道的，在膳宿公寓里立刻就被吃了，人们几乎没意识到有人给自己送巧克力了，巧克力就已经吃个精光。但是关于约瑟夫，我还要给您说几句，已经说过，在银行里人家没让我去见他，因为他正在和一位先生谈话。我安静地等候了一会儿以后，便问一位办事员，谈话是否还要延续很久。他说，有这个可能，因为这涉及对襄理先生的一桩诉讼案。我问，这是什么诉讼案，他有没有搞错，但是他说，他没搞错，这是一桩诉讼案，而且是一桩严重的诉讼案，但是更多的情况他就不知道了。说是他自己很想帮襄理先生一把，因为这位襄理先生是个很好、很公正的人，但是他不知道该从何入手，说是他只盼望着很有影响力的人物会来关照他。肯定会有人来关照他的，最后会有好结果的，但是眼下，他从襄理先生的心境上看得出来，情况不妙。我当然并不把这一席话看得过于严重，也设法安慰了那个头脑简单的办事员，禁止他对别人讲述此事并以为这全都是瞎说。尽管如此，亲爱的父亲，如果你下次进城，还是打听一下这件事情吧，你很容易就可以了解到详细情况，如果确有必要，你也不难请你那些有影响力的熟人帮帮忙。但是万一没有这个必要——这是极其可能的——那么，这至少也可以让你的女儿不久就有机会可以拥抱你，这一定会让你的女儿感到高兴的。’真是个好孩子。”叔父念完信后说，同时擦去眼睛里的几滴眼泪。K点点头，由于最近碰到许多麻烦事他完全把埃娜忘掉了，甚至她的生日他也忘了。那盒巧克力的故事显然是编造出来的，仅仅是为了使他免遭叔叔和婶婶的谴责。这很令人感动，从现在起他想定期给她送戏票，这作为报答肯定是不够的，但是去膳宿学校并同一个17岁的小女中学生交谈，他现在觉得这不合适。“现在你说什么？”叔父问，他因这封信而忘掉了一切的仓促和纷扰，似乎还要把信再念一遍。“是的，叔叔，”K说，“这是真的。”“真的？”叔父嚷嚷，“什么是真的？这怎么会是真的？什么诉讼案？不会是一桩刑事诉讼案吧？”“一桩刑事诉讼案。”K回答。“你要吃官司了，却居然还安安稳稳地坐在这儿?”叔父大声说，他的声音越来越高了。“我越安稳，对结果就越有利，”K疲惫不堪地说，“你什么也别怕。”“我不放心，”叔父大声说，“约瑟夫，亲爱的约瑟夫，想想你，想想你的亲戚，想想我们的好名声吧。你迄今一直是我们的光荣，你不可以成为我们的耻辱。你的态度，”他歪斜着脑袋望着K，“我不喜欢，没有哪个身体尚还强健的无辜被告采取这样的态度的。你赶快告诉我，这是怎么回事，好让我帮你一把呀。当然是银行的事吧?”“不是，”K边说边站起来，“可是你说话声音太响了，亲爱的叔叔，办事员很可能站在门口听着呢。这令我感到难堪。我们还是走吧。我会尽我所能回答你的所有问题的。我心中有数，我有责任向家里人说明情况。”“对，”叔父叫喊，“很对，快说，约瑟夫，你快说吧。”“有几件事我还得交代一下。”K说道并打电话叫他的代办来，不一会儿代办走了进来。情绪激动的叔父用手向他示意，是K让他来的，其实这本来就是毫无疑问的事。K站在写字台前，小声向那个冷静而注意地倾听着的年轻人解释手头各种各样的文件，哪些在他不在时还必须在今天办完。叔父惹得人心烦意乱，最初他瞪大眼睛，神经质地咬着嘴唇站在一旁，其实没怎么注意听，但是他那副倾听的模样就已经相当让人心烦了。可是后来他便在房间里来回踱步，一会儿在窗口一会儿在一幅画前站住脚，而且总是突然发出各种叫喊声，譬如:“我完全无法理解”或者“现在告诉我这会有什么结果”。那个年轻人装作什么也没听见似的，心平气和地听完K委办的事，也在笔记本上写上几句，对K也对叔父鞠了一躬便走了，但是这时叔父恰好背对着他，两眼望着窗外并伸出双手把窗帘揉成一团。门还没完全关上，叔叔便嚷了起来:“这个木头人终于走了，现在我们也可以走了。终于可以走了!”可惜没有办法说服叔父别在前厅里谈有关诉讼案的问题；前厅里闲站着几个职员和办事员，副经理也正好穿过前厅。“好吧，约瑟夫，”叔父一边开口说，一边微微一举手回答着四周站着的人的鞠躬致意，“现在你老老实实告诉我，这是桩什么诉讼案。”K说了几句不知所云的话，也微微笑了一笑，到了台阶上他才向叔叔解释，说是他不愿意在那些人面前公开谈论此事。“是呀，”叔父说，“那现在就谈吧。”低垂着脑袋，将一支雪茄猛吸了几口，他仔细倾听着。“首先，叔叔，”K说，“这根本就不是一桩普通法院受理的诉讼案子。”“这就糟了。”叔父说。“怎么啦？”K看着叔父说。“我是说，这就糟了。”叔父又重复了一遍。他们站在通向街道的露天台阶上，由于看门人似乎在偷听，K便拉着叔叔往下走。他们被淹没在街上熙熙攘攘的人群中。叔父挽住了K的胳膊，不再那么急切地打听那桩诉讼案子，他们甚至默默无言地走了一会儿。“可是这是怎么发生的呀？”叔父终于突然站住发问，在他后面行走的人吓得急忙避开。“这样的事情不会突如其来的，有一个日积月累的过程，一定有过一些蛛丝马迹，你为什么不写信告诉我。你知道我得为你的一切操心，我在某种意义上仍还是你的监护人嘛，直至今天我一直为此而感到自豪。现在我当然也还会帮助你，只不过就是现在诉讼已在进行之中，就很难帮忙了。反正最好的办法是，你现在请几天假，到我们乡下那儿来。你也有点儿瘦了，现在我看出来了。你可以在乡下调养身体，这有好处，你面临着即将到来的紧张诉讼。而且这样一来，你在某种程度上就摆脱了法庭。在这里，他们有着各种各样的权力手段，只要有必要他们就会随心所欲地运用它们来对付你；可是到了乡下他们找你就得要么派人来，要么写信、打电报、打电话对你施加影响。这自然会削弱影响，虽然不能使你脱离困境，但却可以让你松一口气。”“他们可能会禁止我离开此地。”K说，听了叔父这一席话他有点儿心动了。“我不认为他们会这样做，”叔父若有所思地说，“他们不会因你的出走而丧失多大的权势。”“我本以为，”K边说边挽起叔父的胳臂，以便使他无法站住不动，“你比我更不重视整个儿这件事，现在你自己却把这件事看得这么严重。”“约瑟夫，”叔父大声说并想挣脱他，以便可以站住，可是K不让他站住，“你变了，你一向有一种很好的理解能力，难道现在你恰恰就没有了吗？你想输掉这场官司吗？你知道这意味着什么吗？这意味着你彻底完蛋。你所有的亲戚跟着你一起完蛋或者至少极大地蒙受耻辱。约瑟夫，振作起精神来。你的漠不关心态度真要使我发疯了。看你这样子，我几乎就要相信这句俗语：‘打这样一场官司，意味着已经输掉了这场官司。’”“亲爱的叔叔，”K说，“感情冲动无济于事，对你无济于事，对我也无济于事。靠感情冲动打赢不了官司，请你也略微尊重一下我的实际经验，一如我一向并且现在也很尊重你的经验，尽管它们使我感到意外。既然你说家庭也会受到这场官司的连累——就我这方面来讲，这一点我完全不能理解，但这无关紧要——所以我愿意在各方面都听从你的。只是我认为，即使按你的观点，躲到乡下也没什么好处，因为这将意味着逃跑和自知有罪。此外，我在这里虽然受到更多的纠缠，但是我也能自己更好地对付这个案子。”“对，”叔父用一种仿佛他们现在终于互相接近了的口吻说，“我之所以提这个建议，仅仅是因为我看到你若待在这里你的冷漠态度便会危及这个案子，倒不如由我来代替你把这件事情担当起来。但是如果你愿意自己全力以赴打这场官司，那当然就要好得多。”“在这一点上我们可以算是意见一致了吧，”K说，“那么现在你有什么建议吗，我首先该干什么？”“这件事我当然还得好好考虑考虑，”叔父说，“你想想，现在我几乎已经不间断地在乡下待了二十年，这方面的嗅觉不灵了。同一些也许比较了解这里情况的著名人士的各种重要关系已经自动疏远了。我在乡下有点儿孤陋寡闻，这你是知道的。碰上这样的事情时人们自己才觉察到这一点。你的案件部分也出乎我的意料，即使我奇怪地在读了埃娜的信后已经隐约猜到这类事并在今天一看见你就几乎完全明确地知道了这件事。不过，这无所谓，现在最重要的是不要耽误时间。”还在说着话的时候，他就已经踮起足尖，招手叫来一辆出租汽车，一边大声向司机说了一个地址，一边一头钻进汽车并随手把K也拽了进去。“我们现在去找胡尔德律师，”他说，“他是我的同学。你一定也知道他的名字吧？不知道？这可就奇怪了。作为辩护人和穷人的律师，他的名气可大了，我之所以特别信任他，是因为他是个值得信赖的人。”“无论你做什么，我都没意见。”K说，虽然叔父处理事情仓促和轻率使他感到不快。以被告的身份去找一个替穷人说话的律师，这并不是一件很令人愉快的事。“我不知道，”他说，“在这类案件中还可以聘请律师。”“当然可以，”叔父说，“这是不言而喻的。为什么不可以？现在你把迄今所发生的事全讲给我听听，好让我做到心中有数。”K立刻开始讲述，没有隐瞒任何细节，他的极端坦率是他能允许自己作出的惟一的一种抗议，抗议叔父的这一观点：这诉讼案是一大耻辱。比尔斯特纳小姐的名字他只捎带着提起过一次，但是这并不有损于他的坦率，因为比尔斯特纳小姐与这桩诉讼案没有关系。他一面讲述，一面从车窗往外看，发现他们现在正驶近那些法院办公室所在的那个郊区，他提醒叔父注意这一情况，但是叔父觉得这一巧合没什么特别异乎寻常的。出租车在一幢深色房屋前停下。叔父立刻按了按底层第一户人家的门铃。在他们等候的期间，他露出一口大板牙笑着悄悄说：“八点钟，当事人一般不会在这时候来访。可是胡尔德不会见怪的。”门上的观察孔里出现两只大黑眼睛，看了看这两位客人，就消失不见了，可是门没开。叔父和 K 互相证实这一事实：确实曾见过两只眼睛。“新来的女仆，怕见生人。”叔父说，又敲了敲门。那双眼睛再次出现，现在人们几乎可以认为那双眼睛眼神忧伤，但是这也许只是一种错觉，是那盏没有罩的煤气灯造成的，它在离他们头顶很近处亮着，发出强烈的嗞嗞声，可是光线却很黯淡。“开门，”叔父一边用拳头敲门一边嚷嚷，“是律师先生的朋友。”“律师先生病了。”他们身后有人小声说。小过道另一头的一扇房门门口站着一位穿睡衣的先生，压低嗓门告诉他们。由于久等而怒气冲冲的叔父闻声猛地转过身去嚷嚷：“病了？您说他病了？”并几乎是气势汹汹地朝那男人走去，仿佛那人就是疾病。“人家已经开门了。”那人指着律师的门说，提起他的睡衣，走了。房门确实已经打开了，一个年轻姑娘——K 认出了那双微微凸起的黑眼睛——系一条白色长围裙站在穿堂里，手里拿着一支蜡烛。“以后早点开门。”叔父说，姑娘行了个屈膝礼，叔父却根本没回礼。“来，约瑟夫。”然后他就对正慢慢从那姑娘身旁挤过去的 K 说。“律师先生病了。”由于叔父径直朝一扇房门奔过去，姑娘便说道。K 还在惊奇地注视那姑娘，而这时她却已经转过身去又把大门关上，她长着一张圆圆的娃娃脸，不仅双颊和下巴，而且两鬓和额头也是圆溜溜的。“约瑟夫。”叔父又喊了一声，他问姑娘：“是心脏病吗？”“我想是的。”姑娘说，她抢先拿着蜡烛走在前头并打开房门。在烛光还没照到的一个角落里，一张蓄着长胡子的脸从床上抬起来。“莱妮，谁来了？”律师问，烛光刺眼，他还没认出来客是谁。“阿尔贝特，是你的老朋友。”叔父说。“啊，是阿尔贝特。”说罢，律师又向后倒在枕头上，仿佛在这位来访者面前没有必要强打精神似的。“情况真有这么严重？”叔父在床沿上坐下问，“我看不见得。你发作了一次心脏病，像前几次那样，很快就会过去的。”“也许吧，”律师小声说，“不过这一次比以往哪一次都厉害。我呼吸困难，根本睡不着觉，身上一天比一天没劲。”“噢，”叔父用他那只大手将那顶巴拿马草帽使劲压在膝上说，“这坏消息。有人好好护理你吗？这房间里也是这么凄凄惨惨的，这么黑糊糊的。上次来过这儿后，我很久没来了，当时我觉得情况还比较好。你这儿的这位小姑娘精力也不是很旺盛，或许她是装作这个样子。”姑娘还一直拿着蜡烛站在门旁，从她那闪烁不定的目光来推测，她与其说是在看叔父，倒不如说是在看K，即使现在叔父在谈论她时，也是如此。K靠在一把安乐椅上，这把安乐椅是他拉到姑娘身旁来的。“谁若是病得像我这个样子，”律师说，“谁就得有平静的心境。我不觉得凄惨。”过一小会儿他又添上一句：“莱妮对我护理得很好，她是个好姑娘。”[11] 可是这不能让叔父信服，他对这位女看护显然抱有成见，他现在对病人的话倒是没回答什么，却用严厉的目光注视着女护理员的一举一动，看着她走到床前，把蜡烛放在床头柜上，向病人俯下身去并在整理枕头时同病人悄声说话。他几乎忘记了对病人的顾惜，站起来，在女护理身后走来走去，假如他从后面抓住她的衣裙并把她从床边拉开，K是不会感到奇怪的。K自己则静静地看着这一切，律师的生病甚至有点儿正中他的下怀；叔父对他的案子表现出来的过分热心他无法抗拒，现在用不着他出力，这种过分热心便遭到了挫折，这正是他所愿意看到的。这时，也许只是为了伤害女看护，叔父说道：“小姐，请让我们单独待一会儿，我要和我的朋友商谈一件个人的事情。”女护理从病人上方远远俯过身去，正在铺平靠墙那边的床单，听了这话只是转过头来，心平气和地说：“您看，主人病成这样，他不能商谈什么事情。”这与叔父的因愤怒而断断续续、随后又流畅起来的话形成鲜明对照。她也许只是图省事才重复了叔父使用过的字眼，但是不管怎么说，即使是一位不参与其事的人也可能会把这理解为反唇相讥，而叔父则自然像被黄蜂蜇了一下那样地跳了起来。“混账东西。”叔父说，因情绪激动咕噜咕噜的口齿还相当不清楚，K吃了一惊，虽然他曾料到会出现类似情况，他向叔父奔过去，显然是想用双手捂住他的嘴。可是幸好病人在姑娘身后抬起身来，于是叔父便在脸上现出一副忧郁的神态，仿佛他正在吞下什么让人感到恶心的东西似的，随后他便用较为平静的口气说：“我们当然也还没有丧失理智。假如我所要求的事根本办不到，我就不会提出来了。现在请您走吧。”女护理直起腰来站在床边，转过身来正面对着叔父，她用一只手，一如K自以为看到的那样，抚摩着律师的手。“你可以当着莱妮的面谈任何事情。”病人用一种明显的恳求的口气说。“这事与我无关，”叔父说，“这不是我的秘密。”说罢，他转过身去，仿佛他打算就此撒手不管了，但却还给予短暂的考虑的时间。“那么这事与谁有关呢？”律师有气无力地问，又躺了下去。“与我的侄子有关，”叔父说，“我也把他带来了。”他介绍说：“襄理约瑟夫·K。”“噢，”病人用热烈得多的口吻说并向K伸出手去，“请原谅，我根本就没有看见您。”“你走吧，莱妮。”然后他对也根本不再抗拒的女看护说，并同她握了握手，好像要同她分别很久似的。“这么说来，”他终于对叔父说道，这时叔父已经心平气和地走近床边，“你不是来探望我这个病人，而是有事来找我。”那样子，仿佛一想到这是探望病人，律师迄今一直全身瘫痪了似的，而这会儿他看上去却有了精气神了。他一直一定是相当吃力地撑着一个胳膊肘子并一再捋他那把胡须中心的一绺胡须。“这个小妖精一走，”叔父说，“你的气色就好多了。”他顿住，悄悄说：“我敢打赌，她一定在偷听。”说着，他奔到门口。可是门外一个人也没有，叔父回来，并不感到失望，因为他觉得她的不偷听是一种更恶意的行为，但是他在心里想必是感到恼怒的。“你错怪她了。”律师说，并没有进一步为女看护辩护。也许他想以此表明，她不需要别人为她辩护。但是他用关切得多的口吻继续说：“至于令侄的案子，如果我的精力能够担负这项极其艰难的任务，我当然感到不胜荣幸；我很担心，我将力不从心，不过我会尽力而为的。如果我的精力不够，还可以请别人助我一臂之力。老实说，我对这桩案件很感兴趣，我不忍心放弃参与此案的一切机会。如果我的心脏挺不住了，那么，为这个案子作出牺牲，这至少也是值得的。”这一番话 K 一句也没听懂，他望着叔父，希望从他那儿得到说明，但是叔父手里拿着蜡烛坐在床头柜上——已经有一只药瓶从那儿滚到地毯上——对律师所说的一切都点头，对一切都表示同意，有时还瞥 K 一眼，要求 K 也表示赞同。也许叔父早先就已经向律师谈过这桩诉讼案了？可是这是不可能的，早先已经发生的一切都说明这绝不可能。“我不明白——”所以他说。“是啊，也许我误解您的意思了吧？”律师同 K 一样惊奇和困惑地问。“我也许太性急了。您究竟要同我谈什么呢？我想是谈您的诉讼案吧？”“当然，”叔父说，随后就问 K，“你要干什么？”“是啊，可是您是从哪儿了解到我和我的诉讼案的情况的呢？”K 问。“啊，原来如此，”律师笑道，“我是律师嘛，我同司法界有来往，人们谈论各种各样的诉讼案，比较引人注目的案子，特别是如果涉及一个朋友的侄子，我更是牢记在心。这没有什么奇怪的。”“你要干什么？”叔父再次问 K，“你很是心神不定。”“您同这些司法界的人有来往？”K 问。“是呀。”律师说。“你像孩子那样提问。”叔父说。“不同我业内的人来往，我同谁来往呀？”律师添上一句。这话听起来无可辩驳，K 无言以对。“您是同司法大楼里的那家法院，不是同阁楼上的那家有来往吧。”他本想这样说，但却没能强令自己真的把这话说出口来。“您得想一想，我从这样的交往中也为我的当事人谋取很大的好处，而且好处是多方面的，我不便经常谈论这种事。当然现在由于有病我有点儿受到妨碍，但是，尽管如此，法院里的好朋友仍然来看望我，我还是了解到一些情况。也许比某些身体健康整天待在法院里的人了解到更多的情况。譬如现在就恰好有一位好朋友在这儿。”说着，他指了指房间里一个黑暗的角落。“在哪儿？”K吃了一惊，几乎粗暴地问。他疑惑不定地往四下里看了看。小蜡烛的光远远照不到对面墙上。那儿角落里果真有什么东西动了一下。借着叔父现在高高举起的蜡烛的烛光，可以看见那儿一张小桌子边上坐着一个上了年纪的男人。他大概根本就没有呼吸，他这么久坐在那儿居然一直没被人发觉。现在他慢吞吞地站起来，显然对自己被人发现感到不满。看那样子，就仿佛他想用像小鸟儿翅膀那样扑动着的双手抗拒一切介绍和寒暄，就仿佛他决不愿意因自己在场而打扰了别人，仿佛他在恳请重新回到黑暗之中并忘却他的存在。可是如今人们再也不能给予他这个特权了。“所以你们出其不意来访使我们感到意外，”律师一边解释说，一边向那位先生招手，鼓励他走过来，而后者则迟缓地、犹豫地四下张望着、但却带着某种威严照办了，“法院办公室主任先生——啊呀，对不起，我没有作介绍——这是我的朋友阿尔贝特·K，这是他的侄儿、襄理约瑟夫·K，这是法院办公室主任先生——法院办公室主任先生真够朋友，他特意来探望我。这样一次探望的价值只有知道法院办公室主任先生工作多么繁忙的知情人才能正确判断。百忙之中他还是抽空来看我，我支撑着虚弱的身体，我们平静地交谈着，我们虽然没禁止莱妮放来访者进来，因为没料到会有人来访，但是我们却认为，我们应该单独谈话的，可是后来你用拳头砸门来了，阿尔贝特，法院办公室主任先生就把椅子和桌子挪到这个角落里，可是现在看来，我们也许应该，这就是说如果存在这样的愿望的话，我们也许应该一起来谈谈一件与大家有关的事情，我们可以很好地重新靠拢过来。法院办公室主任先生。”他一点头，卑下地一笑，指着床边的一张扶手椅说。“可惜我只还能待几分钟，”法院办公室主任客气地说，叉开两腿坐在椅子上并看了看表，“我职务在身。不过，我不愿意错过机会，结识我的朋友的一位朋友。”他朝叔父微微一点头，叔父对这位新相识似乎很满意，但天生不会表达谦恭的情感，对法院办公室主任的这一番话报之以尴尬但却爽朗的笑声。真不雅观！K能够冷眼旁观这一切，因为谁也不去注意他，法院办公室主任既然已经被叫出来，他便习惯成自然似的接过对谈话的控制权，而律师——他开始时的身体虚弱也许仅仅是用来赶走这位新来的客人的——则用手兜住耳朵，注意地倾听着，叔父作为执烛人——他把蜡烛放平在自己的大腿上，律师不时忧心忡忡地瞥他一眼——很快便摆脱了窘迫，只还在心醉神迷地欣赏法院办公室主任的这一套言辞和他边讲话边作的那种轻柔的、波浪形的手势。K靠在床杆上，他也许甚至受到法院办公室主任故意怠慢，仅仅是充当老先生们的听众而已。此外，他也不太清楚他们在谈什么，他一会儿想到女看护，想到叔父对她的粗暴态度，一会儿想到他是否曾经见过这位法院办公室主任，也许甚至是在他初审的庭审会上。哪怕他也许搞错了，这位法院办公室主任如果坐在庭审参加者的第一排，坐在那些留着稀疏胡子的先生们中间也是最合适不过的。

这时穿堂里传来一阵像是瓷器打碎的响声，大家不由得仔细倾听起来。“我去看看是怎么回事。”K边说边慢慢走出去，仿佛他还在给别人机会，好让别人拦住他。他刚走进穿堂，正要在黑暗中辨清方向，便有一只小手搁在了他那只还抓着门的手上，那只小手比K的手小得多，它随即将门轻轻关上。是女护理，是她等候在这里。“没事，”她悄悄说，“我只是往墙上扔了一只盘子，好把您引出来。”K拘谨地说：“我也曾惦记着您。”“那就更好啦，”女护理说，“您来。”他们走了几步，来到一扇毛玻璃门前，女护理在K的前面把门打开。“您进来呀。”她说。这显然是律师的办公室。月光现在只照亮着两扇大窗户的每一扇边上一个小四方块地板，借助这月光人们能够看到，办公室里摆着沉甸甸的旧家具。“到这儿来。”女护理指着一把深色雕花靠背椅说。K一面坐下，一面打量这间屋子，这是一间又高又大的房间，这位穷人律师的当事人在这里一定会觉得十分孤独。K以为自己看到了来访者迈着细碎的步子向那张硕大无比的写字台移近过去的情景。[12] 可是随后他便把这遗忘，两眼只盯着女看护，她紧挨着他坐着，几乎把他挤得顶住了扶手。“我本以为，”她说，“您会自己出来找我，用不着我喊您。这件事来得真蹊跷。起先，一进来时您不住地看我；后来，您却让我好等。”“哎，您就叫我莱妮好啦。”她还迅速而突然地添上一句，仿佛，一刻也不可耽误了这次谈话的时光似的。“好哇。”K说，“但是至于说到蹊跷不蹊跷，莱妮，这是容易解释的。首先，我得听老先生们的饶舌，我不能无缘无故溜出来；其次，我不是个厚脸皮，而是个腼腆的人，而您，莱妮，您确实看上去也不是那种很容易让人家赢得您好感的人。”“不是这么回事，”莱妮说，把胳臂搭搁在椅扶手上并看着K，“可是您刚才不喜欢我，现在大概也不喜欢我。”“喜欢不喜欢，这没什么了不起的。”K闪烁其辞地说。“噢！”她嫣然一笑并且因K的这句话和这声轻轻的感叹而获得了某种优势。所以K沉默了片刻。由于他已经习惯了屋子的黑暗，现在他能够看清各种摆设了。挂在房门右侧的一张大画像特别引他注目，他向前弯下身子，想看得更清楚些。画上是一个穿法官长袍的男子。他坐在一把大法官座椅上，靠背椅的镀金层耀眼地从画面上凸显出来。这幅画的独特之处是，这位法官不是安详而威严地坐在那儿，而是将左胳臂紧紧压住靠背和扶手，可是右臂却完全悬空，只用手抓住扶手，仿佛他马上就要猛烈地、也许是愤怒地一转身跳起来，说些什么决定性的话，或者甚至宣布一项判决。可以想象，被告大概就在台阶的底部，铺着黄地毯的最上面的几级台阶已经可以在画面上看到。“也许这是我的法官。”K 用一个指头指着画说。“我认识他，”莱妮一边说，一边也抬眼朝那幅画看去，“他常来这儿。这是他年轻时的画像，可是他根本不可能跟画像有任何相似之处，因为他几乎是个小矮个儿。尽管如此，他却让人在画上大大拔高自己的身材，因为他跟这里所有的人一样，极其爱虚荣。可是我也爱虚荣，您根本不喜欢我，对此我很不满意。”对她最后这句话 K 没有作出回答，他只是搂住莱妮，把她搂紧，她默默地把脑袋倚在他肩上。但是对她的其余的话他却作出反应说：“他是什么级别？”“他是预审法官。”她说，一把抓住 K 的那只搂着她的手，抚弄着他的手指头。“又只是个预审法官，”K 失望地说，“高级官员们躲起来了。可是他却坐在大法官座椅上。”“这全是瞎画的，”莱妮说，她把脸贴到 K 的手上，“其实他坐在一把厨房椅子上。一条旧鞍被折叠好了铺在椅子上。难道您就得老是想着您的诉讼案吗？”她慢吞吞地又添上一句。“不，完全不是这样，”K 说，“我大概甚至是对这桩诉讼案想得太少了。”“您的错误不在这方面，”莱妮说，“您太不肯让步了，我这是听人说的。”“这是谁说的？”K 问，他感到她的身体贴在他的胸脯上并俯视她那头浓密的卷紧的黑发。“假如我说了这个，那我就泄密太多啦，”莱妮回答，“请您别打听名字，您别再犯您这个错误啦，您别再这么不肯让步了，对这个法院人们是无法反抗的，您得认罚。下一次有机会您就认罪了吧。只有这样，您才有可能溜脱，只有这样才行。然而，没有别人的帮助，您想认罪还没法认；不过，您不必为这种帮助担忧，我自己就愿意帮您这个忙。”“您很熟悉这个法院和法院里必不可少的种种欺诈行为。”K边说边把她抱到自己膝盖上，因为她把他挤压得太厉害了。“这就好了。”她说，她在他膝盖上坐好，抚平裙子，拉直衬衫。然后，她伸出双手搂住他的脖子，头往后一仰，久久地注视着他。“那么如果我不认罪，您就不能帮助我了吧？”K试探着问。我在招徕女帮手，他几乎惊奇地在想，先是比尔斯特纳小姐，然后是法院听差的妻子，最后是这个小女护理，此人似乎对我怀有一种难以理解的热情。瞧她坐在我膝头上这样子，仿佛这是她惟一合适待的地方！“帮不了，”莱妮缓缓地摇着头回答说，“那我就帮不了您的忙。可是您根本就不想得到我的帮助，您对此毫不在乎，您固执，不接受别人的意见。”“您有情人吗？”过一会儿她问。“没有。”K说。“哦，您有。”她说。“有，确实有，”K说，“您想一想，我否认了她，身上却甚至还揣着她的照片。”在她的请求下，他拿出埃尔莎的照片给她看，她蜷曲在他的膝头上仔细观看这张照片。那是一张瞬间抓拍的照片，是在跳完一支旋转舞后拍的，她喜欢在酒店里跳这种舞，她的裙子还带着旋转的褶皱绕着她飞舞，她把两手叉在腰上，挺直着脖子，欢笑地望着一边；她在对谁笑，照片上看不出来。“她的腰束得很紧，”莱妮说并指出她认为可以看得出束得很紧的地方，“我不喜欢她，她不灵活，而且粗野，但是也许她对您温柔、体贴，这一点从照片上可以看得出来。这样高大、强壮的姑娘往往什么也不会，只会温柔、体贴。她会为您牺牲自己的生命吗？”“不会，”K说，“她既不温柔、体贴，她也不会为我牺牲自己的生命。迄今为止我也既没要求她这样也没要求她那样。对了，我甚至还没像您这样仔细端详过这幅照片。”“这么说来，您根本就不是很在乎她，”莱妮说，“她根本就不是您的情人。”“是我的情人，”K说，“我不收回我说过的话。”“现在就算她是您的情妇吧，”莱妮说，“但是假如您会失去她或者把她换成别的什么，譬如换成我，您是不会很惦念她的。”“那当然，”K笑着说，“这可以想象嘛，可是与您相比她有一个大的优点，她对我的诉讼案一无所知。如果她知道一些情况，她也不会想到要这样做的，她不会试图劝说我迁就的。”“这不是什么优点，”莱妮说，“如果她没有别的优点的话，那我就不丧失勇气。她有什么身体上的缺陷吗？”“身体上的缺陷？”K问。“是呀，”莱妮说，“我就有这样的小缺陷，您瞧！”说着，她张开她右手的食指和中指，它们之间的那层薄皮几乎一直延伸到短指头最上面的那个关节。黑暗之中K没有马上看清她想让他看什么，所以她就把他的手引过去，让他去摸。“奇妙的自然景观，”K说，看过整只手后添上一句：“一只多漂亮的爪子！”莱妮怀着一种自豪的心情观看，K怎样惊讶地一再将她的两个指头掰开又合拢；直至最后，他匆匆地吻了她一下，才将她松开。“哦！”可是她立刻就嚷嚷，“您吻我了！”她急急忙忙、张着嘴爬起来跪在他的膝头上，K几乎是惊慌失措地抬眼向她望去，由于现在她跟他挨得很近，她身上便散发出一股像胡椒粉那样的强烈刺激性的气味，她搂住他的脑袋，向它俯下身去，咬和吻他的脖子，甚至咬住他的头发。“您看中我了，”她不时嚷嚷，“您瞧，您还是看中我了！”这时她的膝头滑脱，她轻轻喊了一声几乎摔到地毯上，K一把将她抓住，想及时扶住她，却被向她那边拽下去。“现在你属于我啦。”她说。

“这是大门钥匙，你什么时候想来就来吧。”这是她说的最后一句话，在他离去时还有一个漫无目的的吻击中他的后背。当他走出大门时，外面正下着蒙蒙细雨，他想朝街道的中心走去，以便也许还能在窗口看见莱妮。这时叔父从一辆汽车里冲出来，这辆汽车就停在屋前，K心不在焉根本就没有发现它。叔父一把抓住他的双臂，把他朝大门推去，仿佛他要把他钉牢在那儿似的。“好小子，”他大声说，“你怎么能干出这种事来！你的案子本来是有希望的，这下全让你给搞砸了。你居然和一个娼妇鬼混，况且这个小娼妇是律师的情妇，你一待就是好几个小时。你竟连借口也不找一个，毫不隐讳，不，你明目张胆，跑到她那儿，待在她那儿。而在这期间，为你费尽心力的叔父，应该争取过来为你办事的律师，尤其是法院办公室主任，这个可以在现阶段左右你的案子的大人物，我们却坐在一起。我们想商量，我们该怎样帮助你才好，我得对律师赔小心，此人又得对法院办公室主任赔小心，而你本来完全应该至少助我一臂之力的嘛。可你却待在外面。事情终究是隐瞒不住的，人家都是彬彬有礼、圆滑世故的人，他们不谈论此事，他们体谅我，可是最后他们也克制不住自己，而由于他们不能谈论这件事，他们便沉默不语。我们默不作声地坐了好几分钟，仔细倾听着，你是否终于会回来，一切都枉费心机。法院办公室主任待的时间已大大超过了他的原计划，他终于起身告辞，显然因未能帮助我而对我表示同情，还面露令人不可思议的亲切神色在门口等了一会儿，然后他才离去。他当然为他离去而感到高兴，我已经憋闷得透不过气来啦。这一切对患病的律师影响更强烈，我辞别他时，这个好人，他根本说不出话来了。你很可能为他的彻底崩溃作出了贡献，正在加速这个人的死亡，而你却正需要这个人的帮助。你让我，让你的叔父在这儿冒着雨等候好几个小时，你摸摸，我都浑身湿透了。”

律师 工厂主 画家

一个冬日的上午，外面天色昏暗，下着雪。尽管时间还早，K却已经极其疲倦地坐在他的办公室里。为了至少可以防止受下属的骚扰，他已经指示听差别放任何人进来，说是因为他有一件重要的事情要办。但是他不办事，而是坐在沙发椅里旋转，慢慢推开写字台上的几件东西，但随后就下意识地把整条胳膊伸出搁在桌面上，耷拉着脑袋一动不动地坐着。

这桩诉讼案一直萦绕在他心头。他经常想，他是否应该写一份辩护词呈交法庭。他要在其中简述自己的生平，每涉及一个较重要的事件就解释，他出于什么理由这样做了，按他现在的看法这种行为方式该受摒弃还是赞同以及他能够举出哪些理由来说明他的这种或那种行为。比起本身也并非无懈可击的律师的口头辩护来，这样一份辩护词的长处是毫无疑问的。K根本就不知道律师做了些什么事；反正没做多少事，整整一个月里他一直没召见过他，在从前进行的任何一次谈话中K都不曾有过这样的印象：这个人能给他帮大忙。尤其是他几乎根本就没询问他的情况。这方面是有许多情况需要询问的呀，提问是最重要的事。K有这样的感觉：仿佛他自己能够提出所有在这方面必须提出的问题。而律师却相反，他不问，他一味地自己讲述，或者默不作声地坐在他对面，十有八九是由于耳背而身子略微向写字台前倾，捻他那把胡子中间的一绺胡须并低头看着地毯，也许那恰恰正是K和莱妮躺过的那块地方。他不时给K提出空洞的劝告，就像人们劝告孩子那样。既无用又无聊的话，最后结账时K不会为此付一个子儿的。在律师觉得已经把他羞辱够了之后，通常就开始又稍许鼓励他一下。许多类似的案子，然后他就说，他已经完全或部分地赢过，那些案子即使实际上也许不像这个案子这么艰难，但表面上看来似乎更加毫无指望。说是这儿抽屉里有一份这类案件的目录——他边说边敲桌子的一只抽屉——可惜那些文件他不能给人看，因为这涉及公务秘密。但是，尽管如此，他从所有这些案件中所获得的丰富经验现在自然对K有好处。说是他自然立刻就已经开始工作，第一份抗辩书几乎已经拟好。它很重要，因为辩护的第一个印象往往决定着整个诉讼过程。可惜的是，这一点他必须提请K注意，有时会发生这样的事：法庭上根本不宣读第一份抗辩书。说是人们简简单单将它们归档了事，还说什么，目前传讯和审查被告比一切书面文字更重要。如果提交抗辩书的人催问，那么人们就会补充说，你判决前要收集一切材料，人们自然会审阅所有相关案卷，其中也包括这第一份抗辩书。说是可是遗憾的是这一点也往往做不到，第一份抗辩书通常会被放错地方或者完全丢失，即使它被一直保存到最后，它也很少会被宣读，这一点律师当然只是道听途说得知的。说是这一切令人遗憾，但是并非完全没有道理，说是希望K不要忽视审讯不是公开进行的，如果法庭认为有这个必要，审讯也会公开进行，但是法律并未明文规定公开审讯。因此法院的文件，尤其是起诉书是不让被告和被告的辩护律师读到的，所以人们一般不知道，或者至少不十分清楚地知道，第一份抗辩书应该反驳哪些指控，所以它其实可能只是偶然含有某些对案件有意义的内容。只有在审问被告过程中各项指控的内容及其依据清楚地显现出来或者可以被猜测到的时候，人们才能拟定真正有针对性的、论证充分的抗辩书。在这种情况下辩护律师自然处于一种十分不利和困难的地位。但是连这也是存心的。因为辩护不是真正受法律许可，而是仅仅受容忍，甚至在有关的法律条文是否应该被理解为容忍这个问题上还存在着争议。所以严格地说来根本就没有受法院承认的律师，所有这些以辩护律师身份出庭的人从根本上来说都只是不合格的律师。这当然对整个这个阶层产生了贬谪的影响，说是如果 K 今后有机会去法院办公室，他不妨去看看律师办公室，开一开眼界。说是一看到那帮人在那儿待在一起，他十有八九会吓一跳。分配给他们的那间低矮、空小的房间就已经显示出法院对这些人的蔑视。室内只靠一扇小天窗采光，这扇小天窗位于这样一个高度：如是有人想看看窗外，他就得先找个同事，让同事把他驮在背上；他的脑袋刚一伸出去，一只离脸面很近的烟囱里的烟，便会扑进他的鼻子并熏黑他的脸。这间房间的地板上——只是为了再举一个例子说明这种状况——一年多以来就一直有一个窟窿，不是大到可以让一个人掉下去，却也足以可以让你陷进一整条大腿。这间律师办公室在阁楼的上面一层，如果一个人陷进去，他的大腿就会向下垂进阁楼的下面一层，而且正好垂进当事人等候的过道里。人们在律师圈子里说这种状况极不体面，这话说得并不过分。向行政管理部门提出的申诉不见丝毫成效，可是律师们若要自费对房间的结构作任何改动，这却是严格禁止的，但是这样的对待律师的态度也是有其理由的。人们想尽量排斥辩护律师，一切要让被告自己来承担。这种观点从根本上来说不坏，但是若是从中得出结论，认为被告在这家法院打官司不需要辩护律师，那就大错特错了。相反，律师在哪家法院也不如在这家法院必不可少。因为诉讼程序一般来说不仅对公众，而且也对被告保密。当然只是尽可能地保密，但是这种可能性是很大的。因为被告也不了解法院文件，而要从审讯中推断出法院掌握了什么材料，这是十分困难的，而对于被告来说这尤其困难，因为被告抱有成见，有各种各样的忧虑，它们会分散他的注意力。这时辩护律师就介入进来。一般来说，辩护律师不可以出席审讯，所以他们必须在审讯后，而且尽可能在审讯室门口就向被告打听审讯情况并从这些往往已经很模糊不清的报道中提取对辩护有用的材料。但是这并不是最重要的事情，因为用这个办法人们不能了解到许多情况，当然这里跟别处一样，一个能干的人会比别人摸到更多的情况。尽管如此，最重要的依然还是律师的各种个人关系，辩护律师的主要价值就在这里。说是如今 K 想必已经从自己的亲身经历中发现，法院的基层机构并非完美无缺，有玩忽职守和贪污受贿的人，严密的司法系统因此就在一定程度上存在着漏洞。多数律师就是钻了这个空子，依靠贿赂刺探情报，文件失窃的事时有发生。不可否认，用这种办法可以暂时为被告取得一些甚至是惊人的好结果，这些小律师们也因此就趾高气扬起来，招引新的委托人，可是这对案件的进一步发展不是没有任何意义便是没有任何好处。可是只有诚实的个人关系才真正有价值，而且是与地位较高的官员的个人关系，这里当然只是指低级别上的地位较高的官员。只有这样，诉讼过程才能受到影响，这种影响虽然起先只是不显著的，但是以后就越来越明显。这一点当然只有少数律师能做到，说是在这一点上 K 的选择是十分明智的。也许还只有一两个律师能够证实自己有跟胡尔德博士类似的那种关系。这些人不为律师办公室里的那一伙操心，和他们也毫无关系。说是与法院官员们的联系倒更紧密了。说是胡尔德不必总是去法院，不必在预审法官的接待室里等候他们偶然光临，不必看他们的脸色行事取得一个往往只是虚假的成功或者连这个也得不到，这一切都不必。说是K已经亲眼看到，官员们，其中不乏地位相当高的官员，他们亲自来，热心提供情况，坦率的或者至少是容易解释的情况，商谈案子的下一步进程，在个别情况下也能被人说服，乐意接受别人的意见。不过，恰恰是在后面这一点上，人们不可以太过于信任他们。他们可以用很确切的口吻说出他们的有利辩方的新打算，可是他们也许话音刚落便走进他们的办公室，为次日的审讯作出一项法院决议，这项决议恰恰包含相反的内容，也许对于被告来说比他们声称已完全放弃了的他们的那个最初的打算还要严厉得多。这一点人们自然是无法抗拒的，因为两个人之间私下里说的，也就仅仅是两个人之间私下里说说而已，不是官方的结论，尽管辩护律师并非在别的方面也得力求保持这些先生们的恩宠。说是另一方面，这当然也是对的，先生们并非仅仅出于博爱精神或出于友好情感与辩护律师，当然只是与内行的辩护律师进行联系，在一定程度上他们倒是也需要辩护律师。说是这里正好暴露出一个法院组织的弊端，它一开始就规定审讯秘密进行。官员们与民众缺少联系，对于普通的中等程度的案件他们应付裕如，这种案件几乎是自动地顺利展开，只需时不时地得到一个推动，可是面对十分简单的案件和特别复杂的案件他们往往束手无策，他们夜以继日、持续不断地被禁锢在他们的法律条文里，所以就不懂得人情世故，而这正是他们在办理这样的案件时不能缺少的。于是他们就来向律师讨教，一个听差在他们身后抱着通常十分机密的案卷。人们怎么也想不到竟然会在这扇窗户旁边见到某些先生，看到他们正神情忧郁地望着外面的街道，而这时律师则坐在写字台前研读案卷，以便能够给他们出一个好主意。说是再者，人们恰恰是在这样的场合下可以看到，这些先生们具有何等的敬业精神，他们如何因遇到他们按自己的本性无法克服的障碍而陷入深深的绝望之中。说是干他们这一行一般也不容易，人们不可以冤枉他们，以为他们这一行容易干，法院职务上的等级望不到尽头，升迁无止境，即使是业内人士对这也感到深不可测。说是一般来说法院的诉讼程序对低级官员也是保密的，因此他们几乎无法完全摸清他们所经办的案件的今后的进程，他们接触到一个案件时，往往既不知道它的来龙，也不了解它的去脉。所以人们能够从研究各个诉讼阶段、最终判决及其理由中汲取的教训，这些官员们都觉察不到。他们只可以过问法律为他们划定的那部分审判程序，对于案件的进展，亦即对于他们自己的工作的结果，他们所了解的情况往往比辩护律师还少，因为辩护律师一般来说直至审判终结一直与被告保持着联系。这就是说，他们也可以在这方面从辩护律师那儿了解到某些有价值的情况。说是假如K对一切心中有数，知道官员们脾气暴躁，有时对当事人态度蛮横无礼——每个人都有这种体会——那么，K也就不会大惊小怪了。说是所有的官员都神经过敏，即使他们看来好像内心平静。小律师们当然尤其深受其害。譬如有人讲了下面这则故事，看样子是真的。一位年老的官员，一位心地善良、性情温和的先生，一桩棘手的案子他研究了整整一天一夜——这些官员确实比任何人都勤奋——这个案子特别因律师的呈文而变得错综复杂了。将近天亮时，经过了二十四小时十有八九不是很有成效的工作之后，他走到大门口，埋伏在那儿，把每一个想进来的律师推下楼去。律师们聚集在下面的楼梯平台上商量对策。一方面，他们本来就无权进去，所以在法律上很难对这位官员采取什么行动，他们必须如已经提及的那样小心从事，不去激怒官员们。但是，另一方面，每一个不是在法院度过的日子对他们来说都是虚度时光。最后他们一致同意对这位老先生采取疲劳战术。他们一再派出一位律师，此人奔上楼去，作了一番当然尽可能是消极的抵抗后便听任自己被推下楼来，然后由同事们把他接住。这种情况持续了大约一个小时，后来通宵工作本已精疲力竭的老先生实在支撑不住，便回到他的办公室里。楼下的人起先还不敢相信，他们先派出一人到门后去，看看那儿是否确实没有人了。然后他们才进去，多半是连牢骚也不敢发一发。因为律师们——连最小的律师也至少部分了解情况——绝对不会有要在法院引进或贯彻什么改良的意思，而与此同时——这是很典型的——几乎每一个被告，甚至头脑相当简单的人，都在一开始打官司时马上就想到了改良建议，从而往往也就浪费了时间和精力，这些时间和精力用在别的方面可能更有效。说是惟一正确的做法是，顺应现行的状况。即使有可能改良一些个别部分——不过，这是一种痴心妄想——人们充其量也只是为未来的案件取得了一些成果，但却会使自己遭受莫大的损失，因为人们引起了一直是报复心极强的官员们的极大注意。千万别引人注目！保持冷静态度，即使这十分违背你的心意！要认识到，这个庞大的法院机构在一定程度上永远处于悬浮状态，人们若是在自己的位置上独立自主地改变什么，他就会使自己站不住脚，就会自己栽倒，而这个庞大的机构却很容易在别处——一切都有联系的嘛——找到补偿，平衡这个小故障并保持不变，如果说它不是——甚至多半会是这样——变得更封闭、更全神贯注、更严厉、更凶恶的话。说是人们应该放手让律师干工作，不要去干扰他。指责是没有多大用处的，尤其是如果人们不能充分阐明指责的理由的话，说是K由于自己对法院办公室主任的态度而对自己的案子损害了多少，这一点却是必须说一说的，说是这位很有影响的人物已经快要从那些有可能为K帮忙的人的名单中除去。即便是简单介绍案情他也明显地故意不听。说是在某些方面这些官员就像孩子。他们往往会为一些无关紧要的小事——可惜K的态度不属于这类小事之列——而大动肝火，他们甚至会连好朋友也不理不睬，如与他们不期而遇便回避他们并在各方面想方设法与他们对着干。但是后来，他们一下子又出人意料地、莫名其妙地让一则微不足道的笑话——人们之所以敢于讲这则笑话，是因为一切似乎毫无希望了——逗得开怀大笑并和好如初了。说是同他们打交道是件既困难又容易的事情，在这方面几乎没有什么原则。说是有时候事情实在蹊跷，一个普通人凭自己的经历居然能了解这么多的情况，人们在这里居然还能在工作上取得一些成绩。当然也会有令人沮丧的时刻，这是每个人都会有的嘛。这时，人们以为取得了最微不足道的成绩，这时人们觉得仿佛只有一开始就确定了要有好结果的案子才取得了好的结局，没有别人帮助结果也一样会是这样，而所有其他案子却全输掉了，尽管你四处奔走，费尽辛劳，取得了令人欣喜的种种微小的虚假成功。可是后来人们就觉得什么都不可靠了，针对某些问题人们根本就不敢否认，人们恰恰是通过别人的帮助而把按其性质会顺利进展的案子引上了邪路。这也是一种自信，但是这是剩余下来的惟一的东西了。每逢律师们突然被剥夺办理一个案件的权利，而这个案子他们已进行得相当深入并取得了令人满意的成果，这时他们就会爆发出这样的感情——当然这仅仅是感情爆发而已。这大概是一个律师会遭遇到的最糟糕的事。他们的办案资格是不会让被告给撤销的，这种事决不会发生，一个被告一旦已经聘用了某位律师，那么，不管发生什么情况，他就必须和他在一起。既然他已经请人帮忙了，他怎么还维护得了自己的独立呀。所以说，这种事不会发生，但是有时大概会发生这样的事：案情起了转折，律师无法再过问这案子了。案子和被告以及所有的事情都不让律师过问。在这种时候，同官员们的关系再好也无济于事了，因为他们自己也什么都不知道。案子已经进入这样一个阶段：别人再也帮不上忙，常人难以接近的法庭在审理这案子，律师连被告也联系不上。于是，有一天人们回到家里，发现自己的桌上放着那众多自己苦费心机、满怀希望写成的抗辩书，它们被退回来了，因为它们不可以被转用到案情的新阶段，它们是一堆废纸。这时，官司还不见得就已经打输了，完全不是，至少不存在可以作出这种假设的确切根据，人们仅仅是不再知道任何案情，而且再也了解不到任何情况的了。幸好这种情况极为罕见。说是即使K的案子是这种情况，它暂时也还离这样一个阶段远着呢。所以说，在这方面律师还是有很多机会去做工作的，这些机会将会被充分利用，对此，K完全可以放心。说是抗辩书如已提及的那样没呈递，不过这件事也不急，比这重要得多的，是同权威官员们进行磋商，这些磋商已经举行过了。成果大小各异，这一点应该坦率承认。说是最好暂时别透露具体细节，这样做只会对K产生不利影响，使K产生过分乐观或过分忧闷的情绪，只有一点应该说一说，这就是：一些人已经发表了有利的评论并表示乐意相助，而另一些人则曾讲过不太有利的话，却没有拒绝帮助。所以说，总的来看，结果是很令人高兴的，只是人们不可以从中得出什么特别的结论，因为所有预备性会谈都是以相似的方式开始的，只有进一步的进展才会显示出这些预备性会谈的价值。无论如何现在还没有受到任何损害，如果还能排除种种障碍把法院办公室主任争取过来——已经为此目的作了各种安排——那么，整个儿这件事，用外科医生的话来说，就是一个干净的伤口，人们尽可放心地等候今后的事态发展吧。

类似这样的长篇大论，律师讲起来滔滔不绝。每次来访，这些话便重复一遍。总是有进展，但是从来都不能告知是什么样的进展。一直在撰写第一份抗辩书，可是它老写不完，这往往在下一次来访时被证实是一大优点，因为说是最近这个时机——这是人们无法预料到的——对递交抗辩书很不利。K 有时听他说话听得精疲力竭，便表示意见说，即使所有的困难全都考虑在内，案情进展得也实在太缓慢。每逢这种时候律师总是回答说，案情进展得根本不慢，但是假如 K 及时向律师求助的话，那么人们也许就会进展得更快。但是遗憾的是这让他给耽误了，说是这一耽误也还将会带来更多的不利，不只是暂时的不利。

惟一可以令人欣慰地中断这种访问的，是莱妮，她总是善于巧作安排，在 K 在场时给律师送茶来。然后，她站立在 K 的身后，假意观看律师如何怀着一种贪婪向茶杯深深弯下身子倒茶和喝茶，而暗地里她却让 K 捏住自己的手。房间里一片寂静。律师喝茶，K 握住莱妮的手，莱妮有时壮着胆子轻轻抚摩 K 的头发。“你还在这儿呐？”律师喝完茶后问。“我等着把茶具拿走。”莱妮说，于是还有最后一次握手，而律师则抹了抹嘴，带着新的精力规劝起 K 来。

律师要达到什么目的呢，他想安慰人还是想让人丧失信心？K 不知道，但是他不久便认为有一点是可以肯定的，这就是，他没有把辩护托给可靠的人。律师所讲述的可能全都是对的，尽管这是显而易见的：他想尽量突出自己并且很可能还从未经办过如他所认为的 K 这样的大案。但是不断强调与官员们的个人关系，这却依然令人起疑。难道利用这些关系就只是为了替 K 谋取好处？律师从不忘记说明，这只是些低级官员，是些处于从属地位的官员，案件的某些转折很可能对他们的升迁具有重要的作用。莫非他们是在利用律师，以便促成这样的对被告自然总是不利的转折吧？也许他们并不是在审理每一个案件时都这样干，这是确定无疑的，这是不太可能的，以后又会有一些案子，在办理这些案子的过程中他们会让律师获得一些好处作为对他的工作的回报，因为他们一定也在乎维护他的声誉使其不受损害。但是如果情况确实如此，那么在K的这个案件中他们将以哪种方式干预呢，据律师说，这个案件是一个十分棘手、十分重要的案件，它一开始就引起法院的高度重视的呀？不用费多大心思便能猜想到，他们将会做些什么。这种征兆人们已经能够从以下情况中看到：第一份抗辩书还一直没有递交上去，虽然案子已经拖了几个月。按律师的陈述一切均处于起始阶段，这当然很适宜于麻痹被告并使被告继续处于无依无靠状态，随后便突然向他宣布判决或者至少向他作出如下通知：预审已经在对他不利的情况下结束，本案将转呈上一级法院审理。

K必须亲自干预，这是绝对必要的。恰恰在极度疲倦的状态中，就像在这个冬日上午他在脑海里胡思乱想的时候，这一信念挥之不去。先前他曾对这个案件抱有的轻蔑态度已经失效。假如他是独自一人在这个世界上的话，他很容易就可以藐视这场官司，不过话又得说回来了，要是那样的话，这场官司压根儿也就不会发生了。可是现在叔父已经把他拽到律师这儿来了，家庭方面的因素也在起作用。他的职位不再完全不受此案进展的影响，他自己就曾不谨慎地怀着一种无法解释的得意对熟人谈及过这桩诉讼案，另外一些人则不知通过什么途径知道了这件事，他和比尔斯特纳小姐的关系似乎随着案子而在起伏波动——简言之，是接受还是拒绝这桩案子他几乎已经不再有这种选择的余地了，他置身于这桩诉讼案中并不得不进行反抗。如果他感到疲倦，那么情况就糟了。

不过，暂时还没有理由过分忧虑。他很有本事，在相当短的时间内便在银行里谋到了他的这个高级职位并备受众人赞赏地保住了这个职位，现在他只需将这种使他在这方面获得成功的能力稍稍用在这桩案子上，那么，毫无疑问，这就一定会有好结果。如果想取得什么成绩，那么最要紧的是一开始就排除任何他可能有罪的想法。没有什么罪责。这场官司无非是一笔大的交易而已，他经常为银行谋利做过这种交易，一种按常规潜伏着种种危险的交易，就是要防止这些危险嘛。为了这个目的，人们自然就不可以怀着有罪的想法，而是必须尽量牢牢记住自己的利益。从这个观点出发，很快，最好今晚就撤销律师的代理资格，也就是不可避免的事了。虽然按照他的说法这种做法有点卑劣，大概很伤害人的感情，但是 K 不能容忍自己对本案所作的种种努力遇到也许由自己的律师造成的障碍。但是律师一经摆脱，那就得立刻递交抗辩书并尽可能天天催促他们审阅它。要达到这个目的，像别人那样坐在过道里并把帽子放到椅子下面，这对 K 来说自然是不够的。他自己或妇人们或别的跑腿的就得天天缠住那些官员，迫使他们不再透过木栅栏看着过道，而是在他们的桌旁坐下来研究 K 的抗辩书。这种努力人们决不可以放弃，一切必须组织好并有监督，这一回法院就算碰上一个懂得维护自己权益的被告了。

可是即使 K 敢于实施这一切，撰写抗辩书的困难也是极其巨大的。早先，大约还在一个星期以前，他只能怀着一种羞耻感想到他有朝一日可能会被迫自己动手草拟一份这样的抗辩书，至于这件事也可能困难重重，这一点他却根本没想到。他回想起，有一天上午，他有一大堆工作要做，他却突然把一切工作推到一边，拿起笔记簿，想试验性地起草这样一份抗辩书的提纲，也许就把它提供给行动迟钝的律师使用。恰恰就在这个时刻，经理室的门突然打开，副经理哈哈大笑着走了进来。这在当时令 K 感到十分难堪，虽然副经理当然不是笑抗辩书，对此他一无所知，而是笑一则他刚刚听到的交易所趣闻，一则需画一幅图才能让人理解的趣闻，于是这位副经理便向K的桌子俯下身，用K的那支他从他手里拿过来的铅笔在那页原本打算写抗辩书的笔记簿上画了一幅画。

今天K不再有任何羞耻感，抗辩书非写不可。如果他在办公室里十有八九没有时间写它，那么，他就得夜晚在家里写。如果夜晚的时间也不够用，那么他就得请假。千万别半途而废，不仅做生意，而且干任何的事，就都是最愚蠢的举动。而写抗辩书却是一项几乎没完没了的工作。不一定非得是个很胆小怕事的人，一般人很容易就会这样认为：拟成一份抗辩书，这几乎是不可能的事。并非由于懒惰或诡计多端，律师无法独自拟成抗辩书，而是由于不知道现在的诉状，更不知道可能还会有什么别的指控，所以整个一生中的种种最微不足道的行为和事件都得一一加以回忆、描绘和全面审查。本来嘛，这样一项工作多凄惨呀。它也许适宜于陶冶退休后孩子气的脾性并帮助他度过漫长的时光。可是现在，K需要把全部思想集中在工作上，他尚处于上升阶段，已经对副经理形成一种威胁，每一个钟点都在飞快地流逝，他想像年轻人那样享受这短促的夜晚时光，可是现在，在这个节骨眼儿上，他却要开始撰写这份抗辩书。他又一次思潮起伏哀叹起来。几乎是不由自主地，只是为了结束这种状态，他伸出指头去摸通到接待室里去的电铃按钮。他边摁按钮边看了看表。十一点，他在幻想中度过了两个小时，一段漫长、宝贵的时光，并且自然比先前更疲乏了。不过时光总算没有白白浪费掉，他作出了决定，它们可能弥足珍贵。听差送来了一些信件和两张名片，有两位先生已经等候K多时了。他们恰好是银行的极为重要的客户，本来是决不应该让他们久等的。为什么他们在这个极不合适的时刻来呢？然而，先生们似乎在关闭着的房门后面反问：为什么勤勉的K占用最佳的办公时间办私事呢？对过去的事感到了厌倦并厌倦地等待着未来的事的K，他站起来，准备接待第一位来访者。

这是一位身材矮小、性格开朗的男人，一位工厂主，K很了解这个人。他对打扰了K办重要公务表示抱歉，而K则对他让工厂主久等表示抱歉。但是在表述这种歉意时他就已经用上了十分机械的口吻和几乎虚假的声调，工厂主若不是完全专注于商谈业务本来是一定会觉察到这一点的。工厂主反倒急急忙忙从一个个口袋里掏出各种账册和表格，将它们摊在K面前解释各个项目，纠正一个小小的计算错误——虽然这样粗略地看一看，他照样还是发现了这个错——提醒K记住大约一年前他曾与他达成一笔相似的交易，顺便提及，这一回另一家银行不惜在谋求这一笔交易时作出重大牺牲，说罢就沉默不语，打算听取K的意见。K在开始时也确实曾注意倾听这位工厂主的讲话，想到这是一笔重要交易他也心情激动。只可惜好景不长，听了不多一会儿他便走了神，后来听到工厂主发出较响的叫喊声还点了一会儿头，但是最后连头也不点了，只是一味地盯着那颗光秃的俯伏在文件上的脑袋并暗自寻思，这位工厂主什么时候会认识到自己的长篇大论全是白费口舌。当他终于沉默不语时，K起先确实以为，他之所以停住不讲，是为了让自己有机会承认自己没有能力听人说话。但是他却遗憾地从显然很想听到答复的工厂主的紧张的目光上看出，这场业务洽谈必须继续进行下去。于是他便像接到一道命令那样低下头，开始用铅笔在文件上慢慢移来移去，他间或停住，凝视一个数字。工厂主猜想K大概有不同意见，也许那些数字确实不确切，也许它们不是关键，总之，工厂主用手遮住那些文件，还向K贴近过来重新开始对这笔交易作一般性说明。“事情难办。”K说，撅起嘴唇，由于那些文件，那惟一可以理解得了的东西被遮住了，便没精打采地向扶手跌落下去。当经理室门打开，副经理不很清晰地、像蒙着一层纱似的出现在那儿时，他甚至只是略微抬一抬眼睛。K对此事未加进一步思索，而是仅仅密切注视那令他感到十分欣喜的直接效果。因为工厂主立刻从椅子上一跃而起并向副经理奔跑过去，可是K却巴不得能让他跑得快十倍，因为他担心副经理又会消失不见。这是不必要的担心，先生们相遇，互相握手并一起向K的写字台走来。工厂主抱怨他提出的那笔交易没怎么引起襄理的热情，他边说边用手指着在副经理的注视下又向那些文件俯下身去的K，随后，那两个人便靠在写字台上，工厂主开始游说起副经理来；这时K便觉得，仿佛两个在他的想象中个头大得了不得的男人正在他的头顶上就他本人进行谈判。他小心翼翼向上转动眼睛，试图慢慢弄明白他头顶上正在发生什么事，他看也没看，一把便从写字台上拿起一份文件，将它放在手心，边站立起来边将它渐渐向先生们抬将上去。他这样做时并没有什么明确的想法，他只是觉得，假如他一旦拟就这份可以完全解除他的罪责的重要抗辩书，他就一定会采取这样的态度的。聚精会神地参与了谈话的副经理，他只是粗略地看了看那份文件，根本没审阅它，因为襄理觉得重要的东西，在他看来并不重要。他从K手中拿过那份文件，说道："谢谢，我全知道了。"说罢，他又从容不迫地将它放回到桌上。K也斜着眼睛愤懑地看着他。可是副经理却浑然不觉，或者，如果说他察觉了的话，也因此而只是受到鼓舞。他时不时地哈哈大笑，有一次回答了一句敏捷而俏皮的话使工厂主陷于明显的困境，但是他立刻让他摆脱这困境：他对自己提出反对意见，最后邀请他到那边他的办公室里去，说是他们可以在那里把这件事情办完。"这是一件很重要的事情，"他对工厂主说，"这个我完全明白。至于这位襄理先生，”——即便在说这话时他其实也只是在对着工厂主说——“我相信，如果我们把这件事接过来为他代劳一下，他一定会很乐意的。办这件事需要冷静考虑。可是今天他似乎负担过重，接待室里也有几个人已经等了他几个小时了嘛。”K总算还有一定的自制力，他不去理睬副经理，只是转过脸去对工厂主友好而又呆板地微微一笑，此外他根本没进行任何干预。他像一个柜台后面的小伙计那样略微向前弯下身子双手撑住写字台并眼睁睁看着，那两位先生一面继续谈着话一面把桌上的文件收起来并消失在经理室里。工厂主在门口还转过身来，说是他还不告辞，他当然要来向襄理先生报告会谈成果，说是他也还有另一件小事要通知他。

K终于一人独处了，他根本不想再接见任何别的来访者，他只是模模糊糊地意识到，这真令人感到愉快，外面那些人以为他还在和工厂主洽谈业务呢，由于这个原因没有人，连那个听差也不会走进来的。他走到窗口，坐在窗台上，一只手抓住窗把手，朝外面的广场望去。雪还一直在下，天气还根本没有转晴。

他久久地这样坐着，不知道自己究竟为什么事担心，他只不时地从肩头略带惊恐地朝接待室门投去一瞥，他错误地以为听到那儿有响声。但是没有人来，所以他放下心来，走到洗脸池边，用冷水洗了把脸，清醒了一下头脑便回到他的窗户座位上。如今他觉得自己接管自己的辩护事宜的这个决定比他原来所想象的更加关系重大。在他把辩护委托给律师期间，这案子就基本很少牵涉到他，他从远处观察过它，几乎没有直接为此案所触及，他愿意在什么时候就可以在什么时候查看他的案子的进展情况，但是只要他愿意他也可以随时脱身。现在却相反，如果他要自己来为自己辩护，他就得至少在此刻受制于法院，这件事若办成功了将来他就可以完全和最终获得解脱，但是为了获得这种解脱，眼前他无论如何就得承担比迄今为止大得多的风险。如果说他曾想对此表示怀疑的话，那么，今天与副经理和工厂主的会晤便已经使他们充分相信了相反的事实。他是怎么坐在那儿的，仅仅由于决心自己替自己辩护就已经完全昏昏沉沉的了？可是事态以后会怎样发展？一天天的日子他怎么过？他会找到那条冲破重重困难通向美好结局的途径吗？细心认真的辩护不意味着——一切其他的事都毫无意义——细心认真的辩护不同时意味着必须尽量与所有别的事务隔绝吗？这一点他能成功地挺住吗？他在银行里能这样做吗？这不只是拟写抗辩书的问题，拟写抗辩书也许请几天假就够了，虽然恰好是现在请假要承担大的风险。这关系整个诉讼过程，难以估量打这场官司要花多长时间。在 K 的生涯中突然冒出了一个多大的障碍呀！

现在他要为银行干活？——他朝写字台上看了一眼——现在他要接待来访者并和他们洽谈业务？就在他的案件还在继续审理的时候就在上面阁楼上法院的官员们埋头研读这个案件的材料的时候，他要料理银行的业务？这看上去岂不就像一种刑罚，它受法院认可、与这案件有关联并伴随着它？人们在银行里评价他的工作时会考虑到他的这种特殊处境吗？绝不会的。[13] 他的案子在银行里并不是完全没有人知道，虽然还不很清楚，谁知道和知道多少。但是谣言显然还没有传到副经理那儿，否则人们就一定会已经明显地看到，他是如何对 K 丝毫不讲情面充分利用这一形势的。那么经理呢？他肯定对 K 怀有好意，一旦他听说这个案件，他一定会鼎力相助，设法减轻 K 的一些负担，但是他的这些意愿一定实现不了，因为 K 迄今所构成的那种均势开始被削弱，经理现在也就越来越受到副经理的影响力制约。此外，那副经理也在充分利用经理健康状况不佳以加强自己的权势。那么 K 还有什么指望呢？他转着这些念头，也许只会削弱自己的反抗能力，但是不自己蒙骗自己、尽可能认清当前的形势，这也是必要的。

没有什么特殊的原因，只是为了暂时还可以不必回到写字台跟前去，他打开了窗户。窗户很难打开，他不得不用双手旋动窗把手。窗户一打开，顿时便有一股混杂着烟尘的迷雾通过洞开的窗户涌进房间并使房间里充盈着一股淡淡的焦煳味。一些雪花也飘了进来。“愁煞人的秋天。”工厂主在K身后说，他从副经理那儿来，已经悄悄走进了房间。K点点头并神色不安地看着工厂主的公文包，生怕此人会从那公文包里掏出文件，向K通告与副经理洽谈的结果。但是工厂主却顺着K的目光看去，拍拍他的公文包，没有打开它就说道：“您想听听，结果怎么样。还算可以。这笔买卖的成交合同几乎已经在这包里了。一个讨人喜欢的人，你们的这位副经理，但绝不是个好对付的人。”说罢，他哈哈大笑，摇晃K的手，想也让他笑起来。但是现在K又起了疑心：工厂主居然不想让他看文件，他也觉得工厂主的话没有什么可令人发笑的。“襄理先生，”工厂主说，“您大概受这天气的折磨。您今天一脸闷闷不乐的神色。”“是呀，”K揉着太阳穴说，“头痛，家里有点烦心的事。”“很正确，”工厂主说，他是个急性子，没法平心静气听人说话，“每人都有一本难念的经。”K不由自主地朝房门跨了一步，仿佛他想把工厂主送出门去似的，可是此人却说：“襄理先生，我还有一件小事要告诉您。我很担心，恰恰在今天我拿这事打扰您也许不合适，但是我最近已经拜会过您两次，每次我都把这事给忘了。如果我再拖延下去，它很可能就完全失去意义了。那样的话就可惜了，因为我要告诉您的事从根本上来说也许并非毫无价值。”K还没来得及答话，工厂主就已经向他走过来，用指节骨轻轻敲了敲他的胸脯，小声说道：“您在打官司，对不对？”K退回去并立刻嚷道：“这是副经理告诉您的？”“啊，不，”工厂主说，“副经理怎么会知道呢？”“那么您？”K问，他已经镇静多了。“我间或从法院听到一些消息，”工厂主说，“我要告诉您的消息，就是我从那儿听来的。”“这么多的人跟法院有联系！”K低下头说并把工厂主让到写字台跟前。他们又像方才那样坐下，工厂主说道：“可惜我能够告诉您的消息不是很多。不过在这类事情上哪怕最微不足道的情况人们也不应该忽略。此外，我也很想用某种方式助您一臂之力，尽管我的帮助尚还很微薄。迄今我们一直是有业务往来的好朋友，对吗？嗯，没错。”K想就他今天洽谈时的态度道歉，但是工厂主不容人打断自己说话，把公文包向上移到腋窝下以显示他急着要走并继续说道：“我从一个叫蒂托雷里的人那儿听说您的案子。这是个画家，蒂托雷里只是他的艺名，他的真名我根本就不知道。已经有些年头了，他偶或到我的办公室里来，给我送来几幅小画，我收下这些画总是给他——他几乎是个乞丐——一点施舍。画倒是都不错，野外风景什么的。这些交易——我们对此已习惯了——进行得很顺利。可是有一段时间他来得太频繁了，我责怪他，我们交谈起来，我很想知道，他老靠画画如何能维持生活，于是我惊讶地得知，他的主要收入来源是画肖像画。他说，他为法院工作。我问为哪家法院。于是他给我讲开了法院的事。您一定可以很好地想象，我对他讲述的这些事情感到多么惊讶。打那以后每次他来访我都会听到法院里的一些新闻，就渐渐了解到法院的一些内幕。诚然，蒂托雷里饶舌，我不得不常常挡开他，不单单是因为他肯定也撒谎，而主要是因为一个像我这样的生意人被自己生意上的烦心事几乎压得喘不过气来，哪还会有多少精力去过问别人的事。但是，这只是顺便说说的。也许——现在我这样想——蒂托雷里能帮您一点儿忙，他认识许多法官，即使他自己没有多大影响力，他也能给您提供建议，告诉您该如何对付各色各样很有影响的人。即使这些建议本身不起决定性作用，依我看，如果它们为您采纳，它们还是会有重要意义的。您几乎是个律师嘛。我总是习惯说：K襄理几乎是个律师。噢，我不为您的案子担心。可是现在您愿意去见见蒂托雷里吗？有我的介绍他一定会对您鼎力相助的。我确实以为，您应该去。当然不一定今天，有空就去一次。当然啰，您千万不要——这一点我要说清楚——由于恰恰是我给您出了这个主意所以就觉得有义务真的也去见蒂托雷里。不，如果您认为并不是非要见蒂托雷里不可，那就最好还是完全别去理会他。也许您已经胸有成竹，蒂托雷里只会干扰您的计划。不，那您当然就千万别去。让这样一个家伙给自己出主意，这确实也很有些勉强。您看着办吧。这是介绍信，这是地址。"

K失望地接过介绍信并将它塞进口袋。即使在最有利的情况下，这封介绍信可能给他带来的好处也要比工厂主了解他的案情和画家继续传播这个消息所造成的损害小得多。他几乎强迫自己才对已经在向门口走去的工厂主说了几句致谢的话。"我会去的，"他在门口辞别工厂主时说，"或许。由于我现在很忙，我给他写封信，请他到我办公室里来一下。""我知道的，"工厂主说，"您会找到最好的解决办法的。不过，我以为，您最好还是不要邀请像这个蒂托雷里这样的人到银行里来跟他谈这个案件。凭空就把信交给这样的人，这也并非总是一件有利可图的事。可是您一定对这一切已经深思熟虑过了，您知道您可以做些什么。"K点点头，把工厂主送出接待室。但是尽管表面显得平静，他在内心却对自己感到十分惊骇。说是他要给蒂托雷里写信，这话他其实只是说说而已，是为了向工厂主表示他看重这封介绍信并立刻考虑与蒂托雷里会晤的可能性，可是假如他认为蒂托雷里的援助有价值，他也就会毫不犹豫地真的给他写信了。然而，这样做可能会带来的种种危险，他却经工厂主这一提醒才认识到。难道他对他自己的判断能力确实已经如此不可以信赖了吗？既然他有可能通过一封信去邀请一个不三不四的人到银行里来，在与副经理只有一门之隔的地方，就自己的案子向这个人讨主意，难道他就有可能——甚至很有可能——也忽略了其他危险或者正在铤而走险？并非总是有人站在他身边，会来告诫他的。恰恰是现在，在需要他全力以赴的时候，那种他迄今从未有过的对他自己的警惕性的怀疑却在他心头油然而生。难道说他在处理业务工作时遇到的困难如今也在诉讼中露出苗头了吗？不过现在他根本不再明白，他怎么竟然会愿意给蒂托雷里写信并邀请他来银行。

他还在对此不住地摇头，这时听差走到他身边，让他注意坐在接待室一把长椅子的三位先生。他们等候K的接见已经等了很久了。现在趁听差在与K讲话，他们都已经站立起来，每一个人都想利用一个有利的时机，抢在别人前头同K搭讪。既然银行方面的人如此毫无顾忌，让他们在这里的接待室里耽误时间，他们也不想再讲什么顾忌了。“襄理先生。”其中的一个已经在说。但是K已经让听差取来大衣，他一边在听差的帮助下穿大衣，一边对所有的三个人说：“对不起，我的先生们，可惜我现在没有时间接待你们。请你们多多原谅，我要料理一桩紧急的公务，必须马上离开这儿。你们自己已经看到了，我已经给耽搁了多长时间了。可否劳你们大驾，明天或别的什么时候再来呀？或者我们可不可以打电话商谈业务？或者您现在也许可以向我简短地说一说，您有什么事，然后我给您一个详细的书面答复。不过，最好还是您下回来。”K的这些建议使如今完全白等了的这几位先生听了大为惊讶，他们面面相觑、目瞪口呆。“这么说，你们大家都同意啦？”K问，他已经向听差转过身去，那听差也把帽子给他拿来了。从敞开着的K的房间的房门人们看到，外面雪越下越大了。所以K把大衣领子向上翻起，扣紧颈脖子上的纽扣。

这时，副经理正好从隔壁房间走出来，笑眯眯看着K身穿大衣与那几位先生商谈并问："您现在要走了，襄理先生？""是的，"K挺直了身子说，"我有一件公务要办。"可是副经理已经向那几位先生转过身去。"那么诸位先生，"他问，"我相信，你们已经等了很久。""我们已经取得一致意见。"K说。但是这时那几位先生不再畏缩，他们围住K并解释说，假如他们的事情不重要，不是非得现在而且非得当面详谈的话，他们也就不会等上好几个钟头了。副经理听他们说了一会儿，也看了看手里拿着帽子、正在掸干净那上面一些地方的尘土的K，然后说道："诸位先生，有一个很简单的解决办法。如果你们愿意将就着和我商谈，我很乐意代替襄理先生承担此项任务。我们跟你们一样都是生意人，知道正确地评价生意人的时间。你们愿意进来吗？"说着，他打开通往他的办公室接待室的房门。

副经理多么善于将K现在万般无奈不得不放弃的一切占为己有啊！可是K所放弃的是不是超出绝对必须了呢？就在他怀着不明确的和如他不得不承认的很渺茫的希望去找一个陌生画家的当儿，这儿他的声望却正在遭受无可挽回的损害。再脱下大衣，至少给自己赢回那两位不得不还在隔壁等候的先生，这样做原本很可能会好得多的。K本来也许也会试图这样做的，倘若他不是现在在自己的房间里看见了副经理的话。K看见他在书架上寻找什么东西，书架就好像是他自己的似的。当K愤慨地走近门口时，他大声说道："啊，您还没走呐。"副经理向他转过脸来，脸上许多条绷紧的皱纹显示的似乎不是年龄而是力量，他立刻又开始寻找。"我找一份合同的副本，"他说，"公司的代理人说，那份材料在您这儿，您不想帮我找一找吗？”K迈出一步，可是副经理却说：“谢谢，我已经找到了。”说着，他拿着一大包材料又回到他的房间里，那包材料里不仅有那份合同副本，而且肯定还有许多别的东西。

“现在我敌不过他了，”K暗自思忖，“但是只要我的个人困难一解决，他就会知道我的厉害的，他会尝到苦果的。”这么一想放宽了一点心，K便委托为他开着通往走廊的门等了很久的听差有空向经理报告，说是他去办一件公务。一想到现在可以专心致志地为自己的案子奔走一番了，他便几乎兴高采烈地离开了银行。

他立刻乘车去画家那儿，画家住在跟法院办公室所在地完全相反方向的市郊。这是一个更贫穷的地区。房屋更黑暗，一条条胡同全是污物，在融化的雪上缓缓四处漂流。在画家居住的那所房屋里只有一扇大门开着，另一扇下面靠墙的地方却有一个裂开的缺口，K走过去时，正好有一股令人作呕的、黄澄澄的、冒着热气的污水从缺口里涌流出来，一只老鼠为躲这股臭水逃进近处一条阴沟里。下面楼梯口一个小孩趴在地上哭，但是由于从大门另一侧一家白铁铺传来震耳欲聋的敲打声，孩子的哭声人们几乎听不见。白铁铺的门开着，三名伙计围着不知一个什么工件站成半圆形，正在抡起大锤敲打。一大块白铁皮挂在墙上，投下一片灰白色的光，落在两个伙计之间，照亮了脸面和工作围裙。K对这一切只是匆匆一瞥，他想尽快了结这里的事，只想说几句话向画家探询一下情况，便立刻返回银行。只要他在这里获得哪怕一丁点儿成功，这也还会对他今天在银行的工作产生好影响。到了四楼他不得不放慢自己的脚步，他气喘吁吁，楼梯和楼层都高得出奇，画家住在顶层的一个阁楼间里。空气也令人窒息，没有通风口，狭窄的楼梯两边被墙围住，几乎到了顶上才间或有几扇小窗户。恰恰就在K停下来喘口气的时候，几个小女孩从一间房子里跑出来，笑着急匆匆奔上楼梯。K慢慢跟随她们而上，追上其中的一个绊了一跤落在别人后面的女孩，在他们并排上楼时问她："有一个蒂托雷里的画家住在这里吗？"那姑娘看上去还不满十三岁，有点儿驼背，她用胳膊肘捅了他一下，从一旁抬眼向他望去。年轻和身体有缺陷都未能阻止她道德已经完全败坏。她连笑都没笑一下，而是一本正经用敏锐的、邀请的目光望着K。K装出没有注意她的态度的样子，问道："你认识画家蒂托雷里吗？"她点点头，反问道："您找他有什么事？"K似乎还想趁机赶快了解一点蒂托雷里的情况："我想让他给我画像。"他说。"让他画像？"她问，过分地张大了嘴，用手轻轻拍打K，仿佛他说了什么极其令人惊异的或不相宜的话了似的；她用双手撩起她的本来就已经很短的小裙子，尽快地奔走在其他几个女孩子的身后，她们的叫喊声已经模糊不清地消失在高处。但是在下一个楼梯拐弯处K却又碰上了所有的姑娘。她们显然已从驼背女那儿了解到了K的意图，所以在等候他。她们站在楼梯的两边，贴着墙，以方便K在她们之间穿过，她们用手抚平自己的围裙。所有的脸面也和这夹道人墙一样显示出一种混合着孩子气和放荡的神态。在这些姑娘们——她们现在笑哈哈地聚拢在K的身后——的最前面的是驼背女，她担任向导。多亏了她，K才马上就找对了路。他原本想一直继续上楼，但是她却告诉他，说是他得走一道分岔出来的小楼梯才能找到蒂托雷里。这条通往他那儿的楼梯特别狭窄，很长，没有拐弯的地方，可以一眼望到尽头，顶端直接被蒂托雷里的房门封死。这扇门因一个斜对着它开出的小天窗而跟楼梯的其余部分相比显得相当明亮，它由一些未油漆粉刷过的木板组合而成，上面用粗毛笔红颜色描画着蒂托雷里的名字。K及其随从们刚走过这道楼梯的半截，上面，显然由杂沓的脚步声而引起，房门微微开启，一个多半只穿一件长睡衣的男人出现在门缝里。“噢！”他看见这一群人来时这样喊了一声，随即便消失不见了。驼背女高兴得拍起手来，其余的女孩子们则催促K快往前走去。

但是他们还没有向上走去，上面画家就一边用力把房门完全打开，一边深深一鞠躬邀请K进屋。但是女孩子们却被他挡在门外，他一个也不让她们进去，虽然她们百般请求并竭力试图不得到他的允许也要强行挤进去。只有驼背女孩成功地从他伸出来的胳膊下面钻了过去，但是画家追上她，抓住她的衣裙，使她急速旋转了一圈，然后就在门口把她放到姑娘们那儿去，那些姑娘们在画家离开自己的岗位的时候竟没敢跨过门槛。K不知道，他该如何评价整个儿这件事，因为看样子似乎一切都是在友好融洽的气氛中发生的。门口的姑娘们一个挨着一个伸长了脖子，向画家大声说些各种K听不懂的打趣的话，而在驼背女孩一出溜从他手中逃脱时，画家也笑了。然后他关上门，再次向K一鞠躬，和他握手并自我介绍说：“画家蒂托雷里。”姑娘们在门外窃窃私语，K指着房门说：“您似乎在家里很受人喜爱呀。”“啊，这些野丫头！”画家边说边徒劳地试图扣紧脖子上的睡衣纽扣。而且他还光着脚，只穿一条宽松的淡黄色亚麻布裤子，用一条腰带系住，腰带的长长的尾梢随意地晃来晃去。“这些野丫头真的成了我的一个负担，”他继续说，这时他不再去摆弄他的睡衣，因为睡衣上的最后一个纽扣刚被扯下，他搬来一把椅子，硬是要K坐下。“我曾经给她们当中一个——她今天不在——画过一次像，打那以后大家就缠住我了。如果我自己在这儿，只有我允许，她们才进来，但是我一旦出门了，那就总是至少有一个丫头来这儿。她们配了一把我的房门钥匙，彼此之间互相借用。人们简直无法想象，这多么令人讨厌。譬如我带着一位要我画像的女士回家，用我的钥匙打开房门，看见驼背女孩在那儿小桌子旁边，看见她在用画笔抹红自己的嘴唇，而她负责看管的她的那些小弟弟小妹妹们则在房间里四处游荡，把房间的每个角落都弄得脏兮兮的。或者，就拿我昨天晚上才碰到的事来说吧，我夜晚回家——请您考虑到这一情况原谅我的状况和房间里的凌乱——那就是说我夜晚回家，想上床睡觉，这时有什么东西拧了一把我的大腿，我往床底下一看，便又拉出来这样一个丫头。为什么她们这样缠住我，我不知道；我不想招引她们，这一点您方才可能已经看到了。当然这样一来我的工作也受到妨碍。要不是这间画室免费供我使用的话，我早就搬走了。”这时，门外一个声音轻柔而胆怯地在说：“蒂托雷里，我们可以进来了吗？”“不可以。”画家回答。“我一个人也不可以？”那声音又问。“也不可以。”画家边说边走到门口，把门锁上。

这当儿，K往四下里看了看这间房间，他自己恐怕决不会产生这样的想法：人们可以把这间简陋的小房间称作画室。房间的长和宽几乎都不超过两大步。地板、墙壁和天花板，全都是木板拼成的，木板之间有狭窄的缝隙。K对面的墙边放着一张床，床上堆放着各种颜色的被单和被褥。房间中央的一个画架上有一幅画，画面用一件衬衫罩住，衬衫的袖管耷拉到地上。K的身后是窗户，透过窗户人们在迷雾中看不远，只能看见邻居白雪皑皑的屋顶。

钥匙在门锁上转动的声音使K想起，他原本打算很快就离去的。所以他从口袋里掏出工厂主的信，边把它递给画家边说：“我通过这位先生、您的这位熟人了解了您的情况，是听从了他的建议来的。”画家匆匆读完信，把它扔到床上。倘若工厂主不是非常肯定地说过蒂托雷里是他的熟人，是一个靠他施舍过活的可怜人，那么，人们现在确实会以为，蒂托雷里不认识工厂主，或者至少是记不得他了。而且现在画家在问："您是要买画呢，还是要让我给您自己画像？"K 惊讶地望着画家。究竟信里写了些什么话呀？K 曾以为这是不言而喻的事：工厂主在信里告诉画家 K 到这里来不为别的，只为了解他的案子的进展情况。他到这儿来根本就是太匆忙、太欠考虑了！可是现在他得用某种方式回答画家的问话，于是他就眼睛盯着画架说："您正在画一幅画？""是的，"画家说，并把挂在画架上的那件衬衫扔到床上，盖住了那封信。"这是一幅肖像画。一件很不错的作品，不过还没有全部完成。"这个偶然事件对 K 有利，谈论法院的机会简直是呈献在他面前了，因为这显然是一个法官的肖像。况且它与律师工作室的那幅画惊人地相似。这里这幅画画的虽然是一个完全不一样的法官，是一个蓄着一部浓密黑络腮胡子的胖男人，胡子从两侧远远向上延伸直至面颊，那幅画是油画，这幅则用粉画颜料淡而柔和地勾画而成。但是其余的一切均相似，因为在这幅画上法官也是正想气势汹汹地从被他扶住扶手的太师椅上站起来。"这是一个法官嘛。"K 马上就想这样说，但随后又暂时把这话咽了回去并向这幅画走过去，好像他要细细研究这幅画似的。他不知道站立在太师椅靠背上方中间位置的一个高大的人物形象是什么人，便问画家那是谁。"这个人物还得稍许再加加工。"画家回答，从一张小桌子上拿来一支彩色粉笔，在这个人物的边缘涂上几笔，但却并没有因此而让 K 看清楚这是谁。"这是正义女神。"画家终于说道。"现在我已经认出来了，"K 说，"这里是蒙住眼睛的绷带，这里是天平。可是脚后跟上不是有翅膀，她正处在运动之中吗？""是的，"画家说，"我必须按委托人的要求这样画，这其实是正义女神和胜利女神二位一体。""这样结合可不太妙，"K 笑道，"正义女神必须站稳双脚，否则天平摇晃，就不可能作出公正判决了。""在这方面我听从我的委托人的意见。"画家说。“是呀，当然啦，”K说，他不想用这句话去得罪任何人，“您把这个人物画成这样，好像它真的站在太师椅上。”“不，”画家说，“我既没有见过这人物也没有见过这把太师椅，这一切全是编造出来的，但是我该画些什么，这是有人向我交代的。”“噢？”K问，他故意装着没完全听懂画家的话，“这可是一个法官呀，是一个法官坐在法官席上嘛。”“是的，”画家说，“但是这不是高级法官，他也从来没有在一把这样的太师椅上坐过。”“可是却让人把自己画成这样庄严肃穆的样子？他坐在那儿简直像个法院院长。”“是呀，这些先生们爱虚荣，”画家说，“可是他们的上司允许他们把自己画成这样。给每个人都详细规定好了，他可以把自己画成什么样。可是遗憾的是人们恰恰不能按照这幅画来评价服饰和坐椅的细节，粉画颜料不适宜画这样的画。”“是呀，”K说，“真奇怪，怎么会用粉画颜料画的。”“法官愿意这样，”画家说，“这是要送给一位女士的。”这幅画的景象似乎激起了他的创作热情，他挽起袖子，拿起几支笔，而K则看到了随着笔尖的颤抖，法官头部周围随即出现一个发红的光圈，向外散射，到了画面边缘便成了细细的线条。这个光圈渐渐地像一种装饰品或显赫地位的标志围住脑袋。但是在正义女神形象的四周，除了有一种不显著的色彩变化以外，画面依然明亮，在这种明亮的烘托下人物形象显得特别醒目，这个形象几乎不再像正义女神，但是也不像胜利女神，它现在看上去完全像狩猎女神。画家的工作吸引住了K，使他忘记了时间。但是最后他终于责备自己：他已经在这里待了这么久，却基本上还没为自己的案子做任何事呢。“这位法官叫什么名字？”他突然问。“这个我不可以说。”画家回答，他深深地向画面俯下身，显然冷落了他的这位起先曾受他热情接待的客人。K认为这画家情绪变化无常，感到很恼火，因为他因此而耽搁了时间。“您大概是法院的中介人吧？”他问。画家立刻放下笔，直起身来，搓了搓手，笑眯眯地看着 K。“有话您就直说吧，”他说，“您想了解一些法院的情况，这也在您的介绍信里写着呢。您先谈论我的画，这是为了赢得我的好感。但是对此我并不介意，您不可能知道我不喜欢这样做嘛。噢，别这样！”当 K 想说些不同意见时，他厉声拒绝说。随后他继续说：“另外，您的意见完全正确，我是法院中介人。”他顿住，仿佛他想让 K 有时间来回味这个事实。这时人们又在门外听见女孩子们的声音。她们多半是挤在锁眼四周，也许人们也能透过缝隙向房间里张望。K 不想为自己作什么辩解，因为他不愿意分散画家的注意力，但是他也不希望画家过分自负并从而使自己变得可望而不可即，所以他问：“这是一个官方承认的职位吗？”“不是。”画家简短地说，仿佛经这么一问别的话他都说不出来了似的。但是 K 不想让他沉默不语，便说道：“唔，这样不被承认的职位往往比被承认的更有权威。”“我的情况正是这样。”画家皱起眉头点点头说。“昨天我和工厂主谈过您的案子，他问我，我愿不愿意帮助您，我回答说：‘那人可以到我这儿来一下嘛，’我为这么快就在这里见到您而感到高兴。这案子似乎很让您感到伤心，对此我当然根本不感到奇怪。您要不要先把大衣脱掉？”尽管 K 打算只在这里待很短的时间，画家的这一建议还是很受他欢迎。他渐渐感到房间里的空气闷热了，他已经不时地用惊奇的目光向角落里一只毫无疑问没生火的小铁炉子看了几眼，房间里的闷热是无法解释的。就在他脱下大衣并且还在解开上衣纽扣的当儿，画家表示歉意地说：“我必须有个暖屋子。这儿很舒适，对吗？在这一点上这个房间的位置是很有利的。”K 听了没吭声，但是让他感到不舒服的其实不是暖和，而是这沉闷的、几乎妨碍呼吸的空气，这个房间大概已经很久没通风了。对于 K 来说，这种不舒适的程度还由此而增强了：画家请他坐在床上，他自己则坐在画架前房间里惟一的那把椅子上。此外，画家似乎误解了K为什么只坐在床沿，他请K坐舒服一些，看到K迟迟疑疑便亲自走过去，硬是要他坐到床里的枕头上去。然后他返回到他的椅子上，这才终于提出了第一个实质性的问题，这个问题让K把一切别的事情忘得一干二净。“您是无罪的吗？”他问。“是的。”K说。回答这个问题简直让他感到高兴，尤其是因为这是对一个不担任公职的人说话，不承担任何责任。还没有哪个人曾这样坦率地问过他。为了尽情享受这种愉快，他还添上一句：“我完全是无罪的。”“噢。”画家说，他低下脑袋，似乎在思索。他突然又抬起头，说道：“如果您是无罪的，那这案子就很简单。”K脸色阴沉下来，这个所谓的法院中介人讲起话来像一个无知的孩子。“并不因为我无罪这案子就简单了，”K说。他勉强笑了笑并慢慢地摇了摇头。“这取决于许多细微之处，法院就沉迷于其中。到头来它会无中生有地给人罗织莫须有的罪名。”“是呀，那是当然，”画家说，仿佛K不必要地扰乱了他的思路，“可是您确是无罪的吧？”“那还用说，”K说。“这是最重要的事，”画家说。他不受反对的理由的影响，然而尽管他态度坚决却不清楚，他是出于信念还是只是由于漠不关心才这样说话。K想着先确定这一点，所以说道：“您对法院的了解肯定比我深切得多，我知道的情况不多，也就只是我从各方人士那儿听到的那些。但是在这一点上大家的意见是一致的：法院轻易不提出控告，它一旦控告谁，那么它就对被告有罪坚信不疑，就很难改变这个信念。”“很难改变？”画家边问边将一只手向空中一挥，“法院决不会改变自己的信念。如果我在这里把所有的法官并排画在一块画布上，而您则在这块画布前为自己辩护，那么，您就将会比在真的法庭上获得更多的成功。”“是呀，”K自言自语，他忘记了自己原本只想探听画家的虚实。

一个女孩又在门外问了起来："蒂托雷里，他不马上就走呀？""别说话，"画家对着门口嚷嚷，"你们没看见我在和这位先生谈话呀。"但是那姑娘没就此罢休，而是问道："你要给他画像？"当画家没回答时，她还说："请你别画他，这么一个丑八怪。"接下去是一阵乱哄哄听不清楚的、表示赞同的叫喊声。画家一下子蹿到门口，把门打开了一条缝——人们一眼看见姑娘们伸出的一双双表示请求的合着掌的手——并说道："如果你们不安静，我就把你们都扔下楼去。坐在这儿楼梯上，安静点。"大概她们没马上照办，所以他不得不发号施令："在楼梯上坐下！"这时她们才安静下来。

"请您原谅，"画家又回到K身边时说。K几乎连看也没向门口看一眼，他完全让画家决定，他要不要以及如何为他辩护。现在他也几乎没活动一下身体，这时画家向他俯下身，为了不让外面的人听见就附在他耳朵上悄悄说："这些女孩子也是法院的人。""是吗？"K问，将脑袋扭向一边，盯住了画家。但是此人却又坐到他的椅子上，半开玩笑半作解释地说："一切全都属于法院。""这我倒还没有注意到，"K简短地说，画家的这句一般性评语使刚才那句说姑娘的话失去了一切令人不安的成分。尽管如此，K还是瞪着那扇门望了一会儿——姑娘们现在正静静地在门外楼梯上坐着呢。只有一个姑娘将一根麦秆从木板的缝隙里塞进来并慢悠悠上下晃动它。

"您似乎还不了解法院的全貌，"画家说，他远远地叉开了双腿，用脚尖拍击地板。"不过既然您是无罪的，您也就用不着了解法院的全貌。我一个人就能让您脱身。""您打算怎么干呢？"K问。"方才您自己就说过，法院对证据充耳不闻。""只对在法庭上提出的证据充耳不闻，"画家说，他伸出食指，仿佛K没注意到其中的微妙差别似的。“但是在公开庭审的后面，就是说在会议室里，在走廊里或者譬如也在这间画室，人们在这方面所作的种种尝试，那就又是另外一回事了。”画家现在所说的话K不再觉得那么不可信了，其实这倒是跟K也从别人那儿听说的很一致的。没错，这甚至是很有希望的。如果如同律师所陈述的那样，法官们确实很容易为私人关系所左右，那么，画家与这些爱虚荣的法官们的关系就特别重要，是无论如何也不能低估的，那么，画家就是K渐渐在自己周围聚集起来的一批帮助者中很得力的一个。人们曾在银行里夸奖过他的组织才能，现在，他待人处世全得靠自己，这正是考验他的组织才能的一个极好的机会。画家观察着他作的解释对K产生的影响，然后就带着某种忧心忡忡的神态说：“您不感到奇怪吗，我讲起话来几乎像个法学家？是不断与法院的先生们打交道，对我产生了这样的影响。我当然从中获益匪浅，但是艺术家的激情却大部分丧失掉了。”“您第一次是如何与那些法官们拉上关系的呢？”K问，他想先赢得画家的信任，然后再让他为自己办事。“这很简单，”画家说，“我继承了这种关系。我父亲就是法院画家。这是一个世袭的职位。人们不能任用新人担任这个职位。因为为画各种不同级别的官员制定了各种不同的、必须严格保密的规则，除了特定的几家人以外别人根本就不知道这些规则。譬如那儿的抽屉里就有我父亲画的图样，我从来没有让谁看过。但是只有谁知道这些图样，谁才有能力画法官。然而，即使我把它们丢了，光是我脑子里就还记着这么多的规则，所以没有人能与我争夺这个职位。每一个法官都想让人把自己画得跟老一辈的大法官一样，这一点只有我能做到。”“这是值得羡慕的，”K说，他想到了他在银行里的地位，“所以您的地位是不可动摇的？”“是的，是不可动摇的，”画家骄傲地耸耸肩膀说，“所以我也能够敢于间或帮助一个可怜的人儿打官司。”“那您是怎样帮助的呢？”K问，仿佛他不是刚才被画家称之为可怜的人儿的那个人。但是画家不使自己分心，而是说：“譬如就您的案子而言，因为您完全是无罪的，所以我将采取如下措施。”一再提及他无罪已经使K感到讨厌起来。有时他觉得，仿佛画家这样说是以诉讼的良好结局为他提供帮助的前提，这样一来这种帮助当然就失去意义了。尽管满腹疑团，K却还是克制自己，没有打断画家的话。画家的帮助他是不想放弃的，他已经下定了这个决心，而且他也觉得这种帮助根本就不比律师的帮助更可疑。K喜欢画家的帮助甚至远远甚于律师的帮助，因为这种帮助显得更不怀恶意，更坦率。

画家把他的椅子朝床边挪了挪，压低了嗓门继续说：“我忘记先问问您，您希望哪种解脱。有三种可能性，即真正的无罪开释，虚假的无罪开释和拖延。真正的无罪开释当然最好，只是我对这种解决方式施加不了任何影响。依我看根本就没有哪个人能对真正的无罪开释施加影响。在这个问题上起决定性作用的十有八九只是被告的无罪。由于您是无罪的，所以您确实有可能完全依仗您的无罪。但是那样的话，您就既不需要我也不需要任何人的帮助。”

这一有条有理的陈述起初使K目瞪口呆，但是后来他跟画家一样小声地说：“我认为，您的话自相矛盾。”“何以见得了？”画家耐心地问，微笑着向后一靠。这副笑容在K心头唤起这样的感觉：好像他即将揭露的不是画家说的话中的，而是诉讼程序自身中的矛盾。但是，尽管如此，他还是不退缩并说道：“方才您曾发表过这样的意见：法院对证据充耳不闻，后来您又把这局限于公开庭审，现在您甚至说，无罪的人在法庭上不需要帮助。这已经是一个矛盾？此外，您也曾说过，人们能够通过个人关系影响法官，但是现在您却否认您所称的真正的无罪开释可以通过个人关系的影响而谋得。这是第二个矛盾。”“这些矛盾容易澄清，”画家说，“这里谈到的是两件不同的事情，这就是法律明文规定的事和我个人体验过的事，您别把这两者混为一谈。在法律条文中——我当然没读过——一方面当然明文规定无罪者无罪开释，但是另一方面那里却没有明文规定法官能够受人影响。但是我所经历的恰恰与这相反。我没听说过什么真正的无罪开释案例，但却听说过许多施加影响的案例。当然存在着这样的可能性：在所有我所知道的案例中没有一个被告是无罪的。可是这岂不是难以想象的吗？这么多案例中没有一个无罪的被告？小时候我就认认真真的听父亲讲，当时他常在家里讲审案的事，到他画室里来的法官们也讲法院里的事，在我们这个圈子里大家根本不谈别的事，我一有机会可以自己到法院去，我便总是充分利用这种机会，无数个案件我都曾在其各重要阶段仔细倾听过并尽可能地关注案件的进展情况，可是——我不得不承认——没见过一个真正的无罪开释案例。”“竟然没有一个无罪开释案例，”K 说，仿佛他在对自己和对自己的希望说话似的，“但是这却证实了我对法院已有的看法。所以从这方面来看这也是没有意义的。仅有的一个刽子手就可以顶替整个法院。”“您不可以一概而论，”画家不满地说，“这只是我的经验之谈而已。”“这就足够了嘛，”K 说，“或许您听说过早先时期的无罪开释案例？”“这样的无罪开释案例，”画家回答，“据说曾经有过。只是证实起来很难罢了。法院的终审判决是不公开发表的，甚至连法官们也都不得而知，所以只保存下来了一些有关旧时代案例的传闻。诚然，这些传闻多数提供了无罪开释的实例，人们可以信其有，但是证实却是无法证实的了。尽管如此，人们却大可不必忽视它们，它们肯定具有某种真实性，它们也很美好动听，我本人就曾画过几幅以这样的传闻为内容的画。”“单纯的传闻改变不了我的看法，”K说，“人们总不能也在法庭上援引这些传闻吧？”画家笑了。“不行，不能做样子的，”画家说。“那么谈论这些传闻也就毫无用处。”K说，他愿意暂时接受画家的全部意见，虽然他认为它们未必真实可信，虽然它们与别的报导有抵触。现在他没有时间去审查画家听说的一切是否真实或者甚至去驳斥它们，他说服画家以某种哪怕不是决定性的方式帮助他，这已经是达到了极点了。所以他说：“那么我们就撇开真正的无罪开释不谈吧，可是您还曾提及其他两个可能性。”画家说：“可是在我们谈这之前，您要不要把外衣脱掉。您一定觉得热了。”“是呀，”K说，他迄今没注意别的，光注意听画家的解释了，一经提醒天气热，他额头上竟直冒汗，“真热得有点受不了了。”画家点点头，仿佛他很理解K的不舒服。“不能把窗户打开吗？”K问。“不能，”画家说，“那只是一块固定住的玻璃板，没法打开。”现在K才意识到，整个这段时间里他一直在希望画家或他会突然走到窗前并用力打开窗户。他作好了思想准备，即便是烟雾他也要张嘴吸上几口，在这里完全与空气隔绝的这种感觉使他头晕眼花。他用手轻轻拍了拍身边的羽绒被，用微弱的声音说：“这不舒服，不利于健康。”“噢，不，”画家为他的窗户辩护说，“由于窗户不能开，所以，虽然这只是一块薄玻璃，它比双层玻璃窗还更保温。但是如果我想通风——这不是很必要，因为木板间的缝隙处处都透风——我就可以打开我的房门中的一扇或者甚至两扇都打开。”K听了这番说明感到一丝欣慰，便往四下里看了看，想找到那第二扇门。画家注意到了这一情况，便说：“门在您背后，我不得不用床堵住它。”现在K才看到墙上有扇小门。“这里什么都太小，和一间画室很不相称，”画家说，仿佛他想抢先说出K的责难，“我必须尽量适应环境。门前放张床，这位置自然很不合适。譬如我现在正在画的这位法官总是从床边这扇门进来，我也给了他一把这扇门的钥匙，我不在家时他也就可以在这画室里等我。可是他通常都是清晨我还在睡觉的时候来。床边的这扇门一开，我当然总是从酣睡中惊醒过来。要是您听见清晨他从我床上爬过去时我咒骂他的那些话，您就会失去对法官的一切敬畏之情。我当然可以拿走他的钥匙，但是这样只会使事情变得更糟。人们不费吹灰之力就可以撞开这里的任何一扇门。”在整个儿说着这一席话的期间 K 都在考虑他要不要脱上衣，但是最后他终于认识到，他若不脱他就没有能力再在这里待下去，所以他脱掉上衣，但却把它放在膝盖上，以便可以谈话一结束立刻重新把它穿上。他刚把上衣脱下，一个女孩子便嚷嚷：“他已经把上衣脱了。”人们顿时便听见，所有的女孩子都挤到缝隙那儿，要亲自看个究竟。“姑娘们以为，”画家说，“我要给您画像，所以您才脱衣服。”“原来如此，”K 只是略显喜色地说，因为尽管他现在只穿衬衫坐在那儿，他却没觉得比先前舒服多少。他几乎气呼呼地问：“您方才怎么称呼另外那两种可能性的？”他已经又把名称给忘记了。“虚假的无罪开释和拖延，”画家说，“您选择其中的哪一个，这就在您了。两者都可以通过我的帮助而获得，当然不是不付出辛劳，在这方面的区别就是：虚假的无罪开释要求付出集中的短时的努力，拖延则要求付出微小得多的、但却持久的努力。那么就先说无罪开释吧。如果您希望选择这个可能性，那我就把您的无罪证明写在一张纸上。这样一种证明书的文本是我父亲传给我的，完全无懈可击。我拿着这份证明文书到我认识的法官们那儿走一圈。我大约这样着手进行：我正在给这个法官画像，今晚他来坐着供我画像，我就把这份证明文书拿给他看。我让他看证明文书并告诉他，您是无罪的，我为您的无罪作担保。但是这不是单纯表面上的，而是一种确实有约束力的担保。”画家的目光中流露出像是责备的神色：K竟然想让他承担作这种担保的重责。“这倒是不错嘛，”K说，“法官会相信您，但还是不真正无罪开释我？”“正如我已经说过的，”画家回答，“况且也不一定每个法官都相信我，譬如有的法官会要求我带领您本人去见他。那时候您就得跟我一起去一趟。不过在这种情况下案子就已经赢了一半，尤其是因为我当然事先会详细向您交代，对有关法官您该如何应对。碰上那些一开始就——也会发生这种事的——拒绝我的法官，那情况就糟了。这些人我们不得不放弃，虽然我会不遗余力作多次尝试，可是我们也可以放弃他们嘛，因为有些法官在此案中并不能起决定性的作用。如果我为这份证明文书征集到足够数目的法官签名，我就带着这份证明文书去见正好在对您提起诉讼的那个法官。也许我会征集到他的签名，那时一切还会进展得比平时稍快些。但是一般来说根本就不会再有多少障碍了，对于被告来说那就是到了可以满怀信心的时刻了。这事真奇怪，但却是真的：人们在这段时间里比宣告无罪后更充满信心。现在不需要特别操劳了。法官拿到了有一批法官签字的证明文书，就能够放心地宣告您无罪，在办完各种手续后自然会给我和其他熟人面子，毫无疑问会把这件事办了的。到时您就离开法庭，就自由了。”“那时候我就自由了，”K迟疑着说。“是的，”画家说，“但是只是虚假的自由，或者说得更确切些，是暂时的自由。因为我的熟人们都是最低级的法官，他们没有最终宣告无罪的权力，只有最高法院，这个对您、对我和对我们大家都完全不可企及的法院才有这个权力。那儿的情况怎么样，我们不知道，顺带说一句，我们也不想知道。免除起诉这个大权我们的法官们都没有，但是他们却有脱离起诉的权力。这就是说，如果您以这个方式被宣告无罪，那就是暂时撤销了对您的控告，但是这控告也继续悬在您的头顶，上级命令一下来它马上就会生效。由于我与法院保持着如此良好的关系，所以我也能够告诉您，在法院的办事规章中真正的和虚假的无罪开释之间的区别是如何纯粹在表面上显示出来的。如果是真正的无罪开释，那么案件卷宗就应该全部注销，它们从诉讼程序中全部消失，不仅诉状，还有答辩状甚至包括无罪判决书都被销毁，一切都被销毁。虚假无罪开释就不一样。卷宗没有任何别的变化，不过是增加了无罪证明文书、无罪开释证书和无罪开释理由说明而已。但是除此以外卷宗依然留在诉讼程序之中，一如法院办公室的不断来往所要求的那样，全部文件被逐级送交上级法院，又逐级发回低级法院，就这样带着大小不一的振幅、带着大小不一的停顿来回往返着。这些路线是难以捉摸的。从外表看来，它有时给人以这样的印象：一切早已被遗忘，整套文件已丢失，无罪开释是完美无瑕的无罪开释。一个知道内情的人是不会信以为真的。文件没有丢失，法院不会遗忘任何事情。有一天——谁也没有料想到——某个法官会拿起这些文件来仔细阅读，发现此案的诉状仍还有效并立即下达逮捕令。在这里我假设了在虚假的无罪开释与新的逮捕之间有一长段时间，这是有可能的，我知道有这样的案例，但是同样也有这样的可能性：无罪开释的人从法院回到家里，家里却已经有专人在等着又要逮捕他了。那时，这自由自在的生活自然也就结束了。”“诉讼重新开始？”K几乎不信地问。“那还用说，”画家说，“诉讼重新开始，可是又跟从前一样存在着获得虚假无罪开释的可能性。人们又得全力以赴，决不可以松劲。”最后这句话画家也许是看到了K情绪有些颓丧才说的。“可是难道，”K问，仿佛他现在想抢在画家之先揭露某些秘密似的，“获得第二次无罪开释不比获得第一次无罪开释难吗？”“关于这一点，”画家回答，“谁也不敢说死。您大概认为由于是第二次逮捕法官就会受影响作出不利于被告的判决？情况并非如此。法官们在宣布无罪开释时就已经预料到这次逮捕。那就是说，这种情况几乎不产生任何影响。但是由于无数其他的原因，法官们的心情以及他们对案件的司法判断能力可能已经变了，所以为争取第二次无罪开释所作的努力必须适应变化了的情况，一般来说必须跟第一次无罪开释之前所作的努力具有同样的力度。”“但是这第二次无罪开释又不是盖棺定论，”K说，他不以为然地把头别了过去。“当然不是，”画家说，“紧随第二次无罪开释之后的是第三次逮捕，第三次无罪开释之后是第四次逮捕，如此等等。虚假无罪开释本身就含有这个内容。”K沉默不语。“您显然觉得虚假无罪开释对您不合适，”画家说，“也许拖延更符合您的情况。要我给您讲讲拖延是怎么回事吗？”K点点头。画家叉开双腿在他的椅子里向后一靠，睡衣完全敞开着，他把一只手伸了进去，抚摩胸脯和两侧。“拖延，”画家说，瞪眼对着前面望了一会儿，仿佛他在寻找一个完全恰当的解释似的，“拖延就是诉讼长久地被保持在最低级的诉讼阶段。为了达到这一目标，被告和他的帮手，但尤其是帮手就得同法院不断保持个人接触。我再说一遍，它不像获取虚假无罪开释，不必耗费那么大的精力，但却必须保持大得多的警觉性。人们不可以与案子失去联系，就得每隔一定的时间并且此外在遇有特殊情况时去见有关的法官，千方百计地讨好他。如果人们与这位法官没有私交，那么，就得通过相识的法官去影响他，而且还可以因此而放弃了直接会谈。如果人们在这方面没有耽误任何事情，那么，可以有足够的把握认为这个案子不会超出它的最初级阶段。案子虽然不停止，但是被告几乎像自由了那样不会被判决。与虚假无罪开释相比，拖延有这样的好处：被告的前途不是那么捉摸不定，他可以免受突然被逮捕的惊吓，不必提心吊胆，生怕不得不譬如恰恰在他的其他方面的情况最不适宜打官司的时候承受与谋求虚假无罪开释联系在一起的劳累和不安。不过，拖延对被告也有某些不容低估的不利之处。我这么说并不是认为被告就永远不会自由了，从真正的意义上来说被告即便在获得虚假无罪开释时情况也不是这样的嘛。这是另外一种缺点。诉讼是不会在不是至少存在着表面上的理由的情况下停止下来的。所以在诉讼过程中必须对外做出某种样子。所以有时候就得作出一些安排，被告就得审讯，案件就得审理，如此等等。案子就是还得在人为划定的小圈子里继续办下去。这当然会给被告带来某些麻烦，不过您也不要把它们想象得太糟糕。一切只是表面文章嘛，譬如审讯就只是很短很短的，如果你没有时间或没兴趣去，你可以请假，你甚至可以和某些法官一道长期预约审讯时间，本质上仅仅是这么一回事：由于你是被告，你就不时去见见你的法官。”就在说最后这几句话的当儿，K就已经把上衣搭在胳膊上并站了起来。“他已经站起来啦。”外面门口立刻就有人嚷嚷。“您这就要走啦？”画家问，他也站了起来。“一定是这空气把您从这儿赶跑了吧。这使我很为难。我本来也还有些话要告诉您。我不得不把话说得很简短。但是我希望我的话您都听明白了。”“噢，是呀，”K说，由于使劲强制自己倾听，他脑袋都痛了。尽管有了这句表示确认的话，画家还是把一切又概述一遍，仿佛他想在临别时安慰一下K似的：“两种方法有一个共同点：它们阻止被告受判决。”“但是它们也阻止真正的无罪开释，”K小声说，仿佛他为看清了这一点而感到害臊似的。“您抓住了事情的本质了，”画家赶忙说。K把手放在他的大衣上，可是连要不要穿上衣这个决心他都还没下定。他真巴不得能把一切都包在一起并拿着这包衣服就跑出去呼吸新鲜空气。姑娘们也未能促使他穿衣，虽然她们过早地已经在互相嚷嚷，说是他在穿衣服了。画家很想用某种方式来解释K的心情，所以他说："您大概还没有对我的建议作出决定。我赞同您这种做法。我本来甚至还会劝阻您立刻作出决定的呢。各种优点和缺点都是极细微的。人们必须仔细权衡利弊。当然，人们也不可以耽误太多时间。""我不久就会再来，"K说，他突然下定决心穿上上衣，把大衣搭在肩头，急忙向门口走去，这时姑娘们在门外开始叫喊起来。K自以为透过房门看见了在喊叫的姑娘们。"但是您必须履行诺言，"画家说，他没跟着K走，"否则我就去银行自己打听情况。""您把门打开吧，"K说并用劲拽门把手，他从反作用力上觉察到，姑娘们在外面握紧着那门把手呢。"您想让姑娘们把您缠住吗？"画家问，"您还不如走这扇门。"说着，他指了指床后那扇门。K同意，转身回到床边。但是画家没有开门，却爬到床下并从下面问："稍等片刻。您要不要还看一幅画，这幅画我可以卖给您？"K不想失礼，画家确实关心他并答应继续帮助他，由于K的健忘还一直没谈过如何支付酬劳，所以现在K不能拒绝他，就要看画，虽然他心急如焚，想赶快离开这间画室。画家从床下掏出一堆没装框的画来，它们蒙着厚厚一层灰尘，当画家试图吹去最上面那幅画上的尘土时，这股尘土便久久地在K眼前旋转使K喘不过气来。"一幅荒野风景，"画家边说边把画递给K。上面画着两棵纤弱的树，彼此离得远远的，矗立在灰茫茫的草地上。背景是绚丽多彩的夕照。"美，"K说，"我买，"K不假思索，话说得如此简短，所以他对画家没有见怪，又高兴地从地上拿起第二幅画来。"这儿这幅是与这幅画配对的，"画家说。它可能是存心当做姊妹作画的，可是与第一幅画看不出一丁点儿区别呀，这里是树，这里是草，那里是夕照。但是K不介意这个。"这些风景真美，"他说，"我买两幅，把它们挂在我的办公室里。""您似乎喜欢这个题材，"画家边说边拿上来第三幅画，"正好我这儿还有一幅类似的画。”可是它并不类似，而是一幅完全一样的旧荒野风景画。画家充分利用这个机会卖旧画。“这幅我也要了，”K说，“这三幅多少钱？”“这个问题我们以后再谈，”画家说，“您现在急于要走，我们还有联系嘛。再说，您喜欢这些画，我感到高兴，我会把这床下的画全交给您的。全是荒野风景，我画过许多荒野风景。有些人不喜欢这样的画，因为它们的格调太沉闷，可是另外一些人恰恰就喜爱这沉闷的格调，您就属于这类人。”但是K现在没有心思去听乞丐画家的职业上的经验之谈。“您把所有的画包装好，”他打断画家的话，大声说，“明天我的听差来取画。”“没有这个必要，”画家说，“我希望，我可以给您物色一个搬运工，他马上和您一起走。”说罢，他终于从床上俯过身去，打开了房门。“您大胆地踩在床上吧，”画家说，“每一个来这儿的人都这么干的。”其实，画家不这样要求，K也会毫无顾忌地踩上去的，他甚至已经将一只脚踏在羽绒被子上了，这时他从敞开的房门往外看了看，把那只脚又收了回来。“这是怎么一回事？”他问画家。“您惊讶什么？”画家诧异地反问，“这是法院办公室。您不知道这里是法院办公室？几乎每一间阁楼上都有法院办公室，为什么这里偏偏就没有呢？我的画室本来也是法院办公室，可是法院把它提供给我使用了。”K对自己也在这里发现法院办公室并不感到很吃惊，他主要是对自己、对自己在法院事务方面的无知感到吃惊。他觉得，时刻准备着，不打无准备的仗，左边身旁站着法官时决不莫名其妙地向右看，这是被告的基本行为准则——他偏偏一再违背这个基本准则。一条长长的过道在他面前伸展开去，过道里吹来一阵风，与这里的空气相比画室里的空气是清新的。过道两边摆放着长凳，同审理K案的那个法院办公处的情形完全一样。似乎有布置办公室的详细规定。眼下到这里来办事的当事人不是很多。一个男人半躺着坐在那儿，他在长凳上用胳臂捂住了脸，似乎在睡觉；另一个男人站在半明半暗的过道尽头。K 从床上跨过去，画家拿着画随后跟上。不一会儿他们就遇见一个法院勤杂工——K 现在已经从金纽扣上认得出所有的法院勤杂工，他们的便服上普通纽扣的下面都有这个金纽扣——画家嘱咐勤杂工带着画送 K 回去。K 走起路来有些摇摇晃晃，他用手帕捂住嘴。他们已经走近过道出口，这时姑娘们向他蜂拥而来，这一劫他还是没逃过。她们显然已经看见画室的第二扇门已经打开，就绕道从这一边闯了过来。“我不能再送您啦，”看到姑娘们冲来，画家笑着说，“再见！您别考虑得太久！”K 连头都不回，看也没看他一眼。在街上，K 上了向他驶过来的第一辆出租马车。他很想摆脱那勤杂工，他那颗金纽扣不住地引起他的注目，虽然别人多半谁也不会注意到它。勤杂工尽心尽职地还想坐到马车夫的高座上去，但是 K 把他赶了下来。K 到达银行门口时，早已过了中午时分。他巴不得能把这些画丢弃在车上，可是又怕在什么时候还得用它们来应付画家。所以他就让人把它们拿到他的办公室里，将它们锁在写字台最下面的抽屉里，以便至少在最近几天里将它们撤到安全的地方，不让副经理看见。

商人布洛克 解聘律师

K终于下定了决心要撤销律师的代理资格。这样做是否对，这种疑虑虽然无法消除，但是对有必要这样做，这信念却占了上风。这个决定在他想去见律师的那一天使K大大降低了工作效率，他做起事来特别慢，他不得不在办公室里待了很久，已经十点多了他才终于来到律师家门口。在按门铃前，他还考虑了，打电话或写信解聘律师是否更好些，亲自上门当面交谈总不免会让人感到十分难堪。尽管如此，K最终还是不愿意放弃面谈，换了任何一种别的方式律师就会默不作声或说几句冠冕堂皇的话接受解聘，若不是莱妮也许能探听到一些情况，K就永远也不会知道，律师对解聘抱什么态度以及按律师的并非不重要的意见这一解聘会给K带来什么样的后果。但是如果律师坐在K对面，如果他突然获悉自己被解聘，那么，即使律师城府颇深，K还是能够很容易地从他的脸上和举止行为上得知他想知道的全部情况。这样的事甚至并非完全不可能：他被说服，相信还是让律师替自己辩护的好；于是，他就收回对律师的解聘。

像往常一样，在律师门上按的第一次铃声是不会有反应的。“莱妮真应该快一点来开门，”K想。不过这已经是一个优点啦：这一回没有不相干的人来管闲事，没有像通常那样，有一个穿睡衣的人或别的什么人来插一手。K一面第二次按门铃，一面回过头去朝另外那扇门看了看，但是这一回那扇门也一直关着。律师门的窥视孔里终于出现两只眼睛，不过不是莱妮的眼睛。有人用钥匙开门上的锁，但还暂时顶住了门，回过头去朝屋里喊了声“是他”，然后才完全把门打开。K已经靠在了门上，因为他已经听见自己身后另一家寓所门上钥匙在锁眼里急速转动的声音。所以当他面前的这扇门终于打开时，他简直是一下子冲进穿堂并且还看到莱妮——开门人的那一声警告就是喊给她听的——身穿内衣在房间之间的过道里一溜烟奔跑过去。他盯着她的背影看了一小会儿，然后回过头去看开门人。这是一个矮小、干瘦的男人，蓄着一部络腮胡子，他手里拿着一支蜡烛。“您在这里干事？”K问。“不，”那人回答，“我不是这里的人，律师只是我的代理人，我来这儿是为了办一桩诉讼案。”“没穿上衣？”K一挥手指着这人衣冠不整的模样问。“啊，请原谅，”那人说着并用蜡烛照了照自己身上，就好像他第一次看见自己这副模样。“莱妮是您的情妇？”K直截了当地问。他略微叉开了两条腿，双手拿着帽子在背后互握着。就凭拥有一件结实的外衣他就已经觉得自己比这个干瘦的矮个子优越得多。“噢，天哪，”那人伸出一只手吃惊地挡在脸前否认道，“不是，不是，您想到哪儿去啦？”“看来您的话是可信的，”K微笑道，“尽管如此——您来吧。”他一挥帽子向他示意让他走在自己的前面。“您叫什么名字？”K边走边问。“布洛克，商人布洛克，”小矮个儿说并在作这番自我介绍时向K转过身来，但是K却不让他站住。“这是您的真名吗？”K问。“当然，”那人回答，“为什么您有怀疑？”“我想，您可能有某种理由隐瞒您的名字，”K说。K感到自己十分的自由自在，一般来说，在异地他乡与身份低微的人谈话，对一切涉及自身的事闭口不谈，只是镇定自若地谈论别人的事，从而抬高他们的身价，但也可以随意冷落他们——一般来说，只有在这种时候，人们才会有这种感觉。到了律师办公室门口便站住，他打开门，对已经顺从地继续往前走了的商人说：“别这么急着走！您照照这儿。”K以为莱妮可能藏在这儿，他让商人照遍了每个角落，但是房间里空无一人。在法官肖像前K从后面抓住商人的裤子背带把他拽回来。“您认识这个人吗？”他用食指指向高处问。商人举起蜡烛，眯起眼睛向上看了看，说道：“这是一个法官。”“一个高级法官？”K说，并走到商人的侧前方，以便观察这幅画像给他留下什么印象。商人用赞赏的目光向上望去。“这是一个高级法官，”他说。“您没有多大眼力，”K说，“在低级预审法官中他是最低级的一个。”“现在我想起来了，”商人放下蜡烛说，“这话我也已经听说过了。”“那是当然啦，”K说，“我忘啦，您当然一定已经听说过了。”“可是为什么呢，为什么呢？”商人一边问，一边让K用双手推着向门口走去。到了外面过道里，K说：“您知道吧，莱妮藏在哪儿啦？”“藏？”商人说，“不，她可能在厨房，在给律师做汤吧。”“这话您为什么没有马上就说呀？”K问。“我本来是想带您去的呀，可是您又把我叫回来了。”商人回答，像是让这些互相矛盾的命令给搞糊涂了。“您自以为很机灵吧，”K说，“那您就领我去吧！”K还从未去过厨房，它很大，设备齐全。光是炉灶就比一般的大两倍，其余部分看不清楚，因为现在只有挂在门口的一盏小灯照亮着厨房。莱妮像往常那样系着白围裙站在火炉灶边上，往坐在一只酒精炉上的锅里打鸡蛋。“晚上好，约瑟夫，”她瞥了他一眼说。“晚安，”K边说边用一只手指了指一把放在旁边的椅子，让商人坐在那上面，商人遵命坐下。但是K却贴到莱妮的身后，从她的肩头俯下身去，问道："这个人是谁？"莱妮用一只手搂住K，另一只手在搅拌汤，她把他向前拉到自己身边，说道："这是一个值得怜悯的人，一个可怜的商人，一个名叫布洛克的人。您瞧他那样子。"他们俩回过头去看了看。商人坐在K指定他坐的那把椅子上，他已经把蜡烛吹灭，现在不需要烛光了。他用手指把烛芯捻灭，以免产生烟雾。"方才你身穿内衣，"K说并用手把她的脑袋又转向炉灶。她不吭声。"他是你的情人？"K问。她想去拿那只汤锅，但是K抓住她的双手并说道："你回答！"她说："到办公室里来，我全讲给你听。""不，"K说，"我要你在这里讲。"她勾住他的脖子，就要吻他，可是K却把她推开并说道："我不要你现在吻我。""约瑟夫，"莱妮恳切而直率地盯住K的眼睛说，"你总不会吃布洛克先生的醋吧。""鲁迪，"随后她便向商人转过身去说，"来帮帮我吧，你看，我受怀疑了，别摆弄蜡烛啦。"人们也许会以为，他一直没留神听，可是他却完全知道内情。"我也不知道，他怎么会吃起醋来的。"他不太应答如流地说。"其实我也不知道是怎么回事，"K面带微笑望着商人说。莱妮哈哈大笑，趁K不注意挽住他的胳膊，悄悄说："现在别去理睬他，你看到了，他是个什么样的人。我曾略微照顾过他，因为他是律师的一个大主顾，没有别的什么原因。那么你呢？你今天就要同律师谈话吗？他今天病得很厉害，但是如果你愿意，我就去为你通报。今晚你在我这儿过夜，一言为定。你这么久没到我们这儿来啦，连律师都曾询问过你。别忽视了这案子！我也要把我了解到的许多情况告诉你。现在你先把你的大衣脱了吧！"她帮助他脱大衣，给他摘下帽子，拿着衣帽跑进穿堂将它们挂好，然后又跑回来，看汤煮好了没有。"我该先为你通报呢，还是先把汤给他端去？”“先为我通报。”K说。他感到恼火，他原本打算就他的案情，尤其是他的解聘律师这件没把握的事同莱妮好好商谈一下，但是由于商人在场，他再也没有这个兴致了。可是现在他认为他这件事太重要，这个矮个子商人也许会横插一杠，那他也顾不得这么多了。所以他又把已经到了过道里的莱妮叫回来。“还是先把汤给他端去吧，”他说，“让他恢复恢复体力，好有精神和我谈话，他有这个必要。”“您也是律师的一个当事人，”像是为了确证似的商人从角落里小声说。可是人家没买他这个账。“这与您有什么相干？”K说，而莱妮则说：“你别多嘴。”“那我就先把汤给他端去吧，”莱妮对K说并把汤倒在一只盘子里，“那就只需担心一件事：他很快就会睡着，吃完东西后他很快就入睡。”“我将要对他说的话会让他保持头脑清醒的，”K说，他不住地想暗示，他有重要的事要和律师商谈，但想让莱妮问他，那是什么事，然后再征求她的意见。但是她只是一丝不苟地执行已下达的命令。当她端着汤从他身旁走过时，她故意轻轻捅他一下，悄声说：“他一喝完汤，我马上给你通报，好让我尽快地又得到你。”“去吧，”K说，“去吧。”“你友好一点嘛。”她在门口端着汤再次完全转过身来说。

K望着她离去的背影，解聘律师这件事总算最后决定下来了，他不再能够就这件事先和莱妮谈谈，这样也许更好。她根本不了解事情的全貌，一定会劝阻，这一回很可能也会真的不让K解聘律师，他就会仍然处于惶恐不安之中，经过一些时候他最终还是会将他的决心付诸实施，因为这个决心完全无懈可击。但是这个决心越早被付诸实施，遭受到的损失就越少。说不定商人在这方面能提供点参考意见。

K转过身去，商人一看见K转过身来，便立刻就要站起来。“您坐着，”K边说边把一把椅子拽到他身边，“您已经是律师的一位老当事人了吧？”K问。“是的，”商人说，“一个很老的当事人。”“他已经为您辩护了多少年啦？”K问。“我不知道，您这话是什么意思，”商人说，“在商业法律事务方面——我有一家粮食商号——自我接管这家商号以来律师就一直是我的辩护人，也就是说有二十多年了，在我自己的这桩案子上——您大概就是指这个案子——他也是一开始就是我的辩护律师，已经有五年多了。”“是的，远远超过了五年了，”随后他补充说并掏出一只旧皮夹子，“这里我全记着呢，您要是愿意，我可以告诉您确切的日期。很难什么都记在脑子里。我的案子也许已经持续得比这还长久，我妻子死后不久它就开始了，这就已经超过五年半了。”K向他挪近过去。“律师也承办普通的法律事务？”他问。K觉得法院和法学的这种结合很令人感到安心。“当然，”商人说，接着又悄声对K说：“人们甚至说他办理这些法律事务比办其他事务更能干。”但是话一出口，他便似乎对所说的话感到后悔，他把一只手搁在K的肩上，说道：“我求您啦，您别出卖我。”K拍拍他的大腿以示安慰并说道：“不，我不会出卖人的。”“因为他是很记仇的，”商人说。“他肯定不会做什么亏心事来加害一个如此忠诚的当事的，”K说。“噢，会的，”商人说，“他一冲动起来，就不分青红皂白，况且我其实对他也并不忠诚。”“怎么个不忠诚法？”K问。“我可以把这个秘密告诉您吗？”商人疑惑地问。“我想，您但说无妨。”K说。“嗯，”商人说，“我将把部分内容告诉您，但您也得告诉我一个秘密，这样我们在律师面前就互相摆平了。”“您很小心谨慎，”K说，“可是我将告诉您一个秘密，这个秘密可以让您完全放心。您对律师有什么不忠实行为？”“除了他以外，”商人迟迟疑疑地并且用一种仿佛承认做了什么见不得人的事情的语气说，“我还有别的律师。”“这不是什么大不了的事嘛，”K有点儿失望地说。“在这儿这就是，”商人说，自披露了自己的秘密后他便呼吸艰难，但听了K的这句话就对K更信任了。“这是不允许的。最最不允许的就是，除一名正式律师外也还聘用没有营业执照的律师。而我却偏偏干了这样的事，除他以外我还聘了五个没有营业执照的律师。”“五个！”K嚷嚷，单是这个数字就使他大吃一惊，“除这个外五个律师？”商人点点头：“我还正在和第六个磋商。”“可是您要这么多律师干吗？”K问。“我全都需要，”商人说。“您不愿意向我解释？”K问。“愿意，”商人说，“首先我不想输掉我这场官司，这是不言而喻的。所以凡是对我有用的我都不敢忽视。即使在某种情况下得益的希望十分渺茫，我也决不予以摒弃。所以我把我所拥有的一切都用在这场官司上了。譬如我从我的商号里抽走了全部资金，从前我的商号的办公室几乎占了一层楼，今天后排房屋里的一个小房间就足够了，够我和一个学徒在那儿办公的了。这种衰败不仅应归咎于抽走资金，而且也还应归咎于我的精力的损耗。如果一个人想为自己的案子做点什么事，那么他就很少还能顾得上别的事了。”“那就是说，您自己也同法院打交道？”K问，“我恰恰就想了解一些这方面的情况。”“这方面的情况我只能略微谈谈，”商人说，“起初我也试着这样做过，但是不久我就又放弃了。这太耗费精力，而且成效不大。自己到那儿去打交道去商谈已经证明至少对我来说是完全不可能的。光是坐在那儿等候就得耗费很大精力。您自己就知道，办公室里的空气多污浊。”“您怎么知道我去过那儿？”K问。“您从等候室里穿过去的时候，我正好在那儿。”“真是巧极了！”K大声说，他完全被吸引住了，完全忘记了商人先前的可笑模样。“原来您见过我！我从等候室走过时，您在那儿。是的，有一回我是从那儿穿过。”“这不是什么偶然碰巧的事，”商人说，“我几乎天天去那儿。”“现在我大概也得经常去那儿啦，”K说，“只不过就是我也许再也不会像当初那样受到十分光荣的接待啦，所有的人都站起来。人们大概以为我是个法官。”“不，”商人说，“我们当初是向那个法院听差致意。您是个被告，这一点我们都知道。这样的消息传播得非常快。”“这个我们已经知道了，”K说，“但是后来您也许觉得我态度高傲。大家没有谈论这件事？”“没有，”商人说，“正好相反。但是这都是蠢事。”“什么样的蠢事？”K问。“您为什么问这个？”商人气恼地问，“您似乎还不了解那儿的人，您也许会不正确地理解这件事。您得明白，在这一诉讼程序中会一再谈到许多事情，凭一般理解力人们不足以理解这些事，人们简直是太疲倦了并为许多东西所分心，作为顶替人们就转而求助于迷信。我在说别人，但我自己根本就不比人家强。譬如有这样一种迷信，说是可以从被告的脸上，尤其是从嘴唇的斑纹上看出案子的结局。这些人曾断言，说是从您的嘴唇推断您一定会在不久被判刑。我再说一遍，这是一种可笑的迷信并且在大多数情况下也已经完全被事实驳倒，但是如果人们生活在那些人中间，你就很难不为这些人的意见左右。您想想吧，这种迷信能够产生多大的影响。您曾在那儿与一个人攀谈，对吗？可是他几乎回答不了您的问话。自然有许多原因，把那儿的人弄得不知所措，但是您的嘴唇的模样却也是原因之一。事后他曾说，他以为从您的嘴唇上也看到了他自己将要被判刑的预兆。”“我的嘴唇？”K问，掏出一面小镜子就照了起来。“我看不出我的嘴唇有什么特别的呀。您看呢？”“我也看不出什么，”商人说，“根本看不出什么来。”“这些人真迷信，”K大声叫喊。“这话我不是说过了吗？”商人问。“他们经常互相往来，交换各自的看法吗？”K说，“迄今为止我一直完全置身事外。”“一般来说他们并不互相来往，”商人说，“这恐怕是不可能的事，有这么多的人。也很少有共同的利害关系。如果有时候在一些人中间出现了对一种共同利害关系的信念，那么，这种信念也很快会被证明是一个错误。对法院是没法采取什么共同行动的。每个案子都单独审理，这是最细心最认真的法院。所以采取共同行动人们就将一事无成，只有单独一个人有时会在暗地里取得一些成果；只有当成果已经取得了的时候，别人才会得知；没有人知道事情的来龙去脉。所以没有什么共同的行动，人们虽然有时在等候室里碰到一起，但是很少在那里商谈什么事情。迷信的看法历来就有并且简直是在自动增加。”“我看见了等候室里的那些先生，”K说，“我觉得他们的等候是无济于事的嘛。”“独立采取行动才无济于事呢。我已经说过，现在除了这一个以外我还有五个律师。人们就会以为——我自己首先这样以为——现在我可以把这案子完全托付给他们了。于是这种看法是完全错误的。比起只有一个律师的时候来，现在我更不能把案子托付给他们了。您大概不明白这个道理吧？”“不明白，”K说，为了不让商人讲得太快便把手放在他的手上以示抚慰，“我只想请您略微讲慢一点，这都是一些对我来说很重要的事情，我听不太懂您的话。”“多亏您提醒我，”商人说，“您是个新手，是个年轻人。您的案子半岁，对不对？是呀，我已经听说了。一个这么年轻的案子！可是这些事情我已经考虑过无数遍了，对我来说它们是世界上最最理所当然的事。”“您的案子已经大有进展，您一定很高兴吧？”K问，他不想直截了当地问，商人的案情进展如何。但是他也没有得到明确的答复。“是呀，我已经把我的案子滚动了五年之久，”商人垂下脑袋说，“这是个不小的成就。”说罢，他沉默了片刻。K侧耳倾听莱妮是否来了。一方面他不愿意她来，因为他还有许多事要问并且也不想让莱妮看到他和商人谈得这么热乎，可是，另一方面，他感到恼火，她明知他在这儿却还在律师身边待这么久，远比端汤所需时间长久得多。“我还清楚地记得那时的情况，”商人又开了腔，K立刻聚精会神，注意倾听，“那时我的案子跟现在您的案子大致一般年龄。当时我只有这位律师，可是对他不是很满意。”“在这里我了解到所有情况，”K在心中暗想并忙不迭地点头，好像他这样做就能鼓励商人说出一切值得知道的情况。“我的案子，”商人继续说，“没有进展，虽然举行过几次庭审，每次庭审我也都出席了，我收集了材料，把我的全部账本交给法院——后来我知道，这样做根本没有必要——我一再来找律师，他也呈递了好几份抗辩书——”“好几份抗辩书？”K问。“是呀，当然。”商人说。“这一点对我很重要，”K说，“在我这件案子上他还一直在撰写第一份抗辩书。他还什么都没干呢。现在我明白了，他极度地冷落了我。”“抗辩书还没写好，这可能有种种正当的理由，”商人说，“况且，我的抗辩书倒呈递上去了，可是后来情况表明，它们根本毫无价值。由于一位法院公职人员的好意我自己甚至曾读过一份抗辩书。它虽然深奥，但实际上毫无内容。首先是写了许多拉丁文，我看不懂，然后是好几页一般性的向法院的呼吁，接着就是对某几个法官的谄媚奉承，对这些法官虽然没有指名道姓，但明眼人一看必定猜得着他们是谁，再往后便是律师的自我吹嘘，他在法院面前奴性十足，卑躬屈膝到了极点，最后是对一些老案例的分析，据称它们与我的案子相似。诚然，就我所能理解的而言，这些分析是做得非常仔细的。我也不想就凭这对律师的工作作出评价，我读过的那份抗辩书也只是好几份中的一份，但是，不管怎么说，我现在要说的，就是我当时看不到我的案子有什么进展。”“您想看到什么样的进展呀？”K问。“您问得很好，”商人笑道，“在这样的诉讼程序中人们很少能看到进展。但是当初我不知道这种情况。我是商人，当初我的商人意识比今天浓厚得多，我要有具体的进展，整个案子总该有个结局，或者至少得按正常程序发展。可是实际上却只有传讯，它们往往具有相同的内容；我的回答就像背祷文；法院听差每星期到我这儿来好几次，到我的商行里来，到我的寓所里来，或者到别的他们能找到的地方来，这当然是惹人心烦的(今天至少在这方面情况好多了，电话联系少扰人得多)，有关我的案子的谣言也开始在我的有业务往来的朋友们中间，但尤其是在我的亲戚们中间传播开来，所以我从各方面受到损害，但是没有哪怕只是初审即将在最近举行的丝毫迹象。我就去找律师，向他抱怨。他虽向我作长篇解释，但却断然拒绝按我的意思采取行动，说是谁也不能对确定庭审日期施加影响，在一份抗辩书中催促这么办——如我所要求的那样——简直是闻所未闻的，将会使我和他身败名裂。我想，这位律师不愿意或没有能力做的事，另一个会愿意做、有能力做。于是我就物色别的律师。我愿意立刻预先说明这一情况：没有哪个人曾要求确定主审日期或达到了这个要求的，这确实是——不过有保留，我还会谈到这个保留——不可能的，所以在这一点上这个律师没有蒙我；但是，话说回来，我还找了别的律师，对此我也没什么可感到遗憾的。您可能也已经从胡尔德博士那儿听到了一些关于没有营业执照的律师的情况，他很可能曾给您把他们描绘得很可鄙，他们确实就是那样的人。不过，他在谈到他们并拿自己和他的同事们去跟这些律师作比较时，他总是犯一个小错误，我愿意顺便也让您注意一下这个错误。他总是把他那个圈子里的律师称之为‘大律师’，以示区别。这是错误的，当然啦，每个人都可以随便在自己的头衔前加个‘大’字，但是在这件事情上起决定作用的仅仅是法院惯用语。按法院的习惯说法，除了无营业执照的律师以外，还有小律师和大律师。然而，这位律师和他的同事们却只是小律师，而大律师们——我只听说过，从未见过——比之于小律师在级别上却要比这些小律师比之于那些受鄙视的无营业执照的律师高得多。”“大律师们？”K问，“谁是大律师呀？我们怎么找到他们呀？”“原来您还从未听说过他们，”商人说，“几乎没有一个被告在听说过他们之后会不在一段时间里对他们心存幻想的。您还是别受这样的诱惑了吧。谁是大律师，我不知道；找他们，是根本找不到的。我不知道有什么案例可以肯定地说是经他们干预过的。他们为某些案子辩护，但是人们无法通过自己的意志让他们这样做，他们只为他们愿意为之辩护的案子辩护。但是他们关心的案子必定是已经超越了低等法院的。另外，最好还是别惦记着他们，否则你就会觉得与别的律师进行的商讨、他们的建议以及他们的帮助都令人厌恶、毫无用处，我自己就有过这样的体会：人们情愿抛弃掉一切，在家里躺到床上睡大觉，对什么都不闻不问。但是这当然又是最愚蠢的做法，即使躺在床上你也得不到长久的安宁。”“那么您当初没有想着大律师们？”K问。“不是很久，”商人说，他又微微一笑，“可惜人们是无法完全把他们忘记的，夜晚更是滋生这样的念头的好时机。可是当初我希望马上见成效；所以我就去找无营业执照律师。”

“你们坐在这儿互相挨得好近啊。”莱妮嚷嚷，她端着盘子回来，在门口站住。他们确实紧挨着坐在一起，稍一转动身子他们的脑袋就得相撞，商人不仅个头小，而且还弓着背，他迫使K也得低低地佝偻着身子才能听清楚他讲的每一句话。“再等一会儿，”K不耐烦地对莱妮嚷嚷，急促地颤动着他那只还一直搁在商人手上的手。“他希望我给他谈谈我的案子，”商人对莱妮说。“谈吧，谈谈吧，”莱妮说。她与商人说话时态度亲切，却也带几分倨傲，这令K感到不快；他现在已经看出，此人确有某种价值，起码他有经验，他善于传授经验。莱妮多半对他评价不正确。他恼怒地在一旁看着，莱妮现在从商人手中拿走在整个这段时间里他一直紧握着的那支蜡烛，用她的围裙擦干净他的手，随后便在他身边跪下，以便刮去滴在他裤子上的蜡烛油。“方才您想给我谈无营业执照律师。”K说，他二话没说就把莱妮的手推开。“你这是干吗呀？”莱妮问，轻轻朝K拍了一下并继续干她的活儿。“是呀，谈无营业执照律师。”商人边说边仿佛在考虑似的摸了摸额头。K想帮他一下，便说：“您希望立刻取得成效，所以就去找无营业执照律师。”“完全正确。”商人说，但却不继续说下去。“他也许不愿意当着莱妮的面谈论此事。”K想，便克制现在就要急于听到下文的焦灼心情，不再继续催逼他。

“你给我通报了吗？”他问莱妮。“当然，”莱妮说，“他在等你。现在你别管布洛克，你以后也可以跟布洛克谈的，他待在这儿。”K还在犹豫。“您待在这儿？”他问商人，他希望让商人自己作出回答，他不希望莱妮像谈一个不在场的人那样谈商人，今天他对莱妮一肚子怒气。又只是莱妮在回答：“他常常睡在这儿。”“睡在这儿？”K嚷嚷，他以为商人在这儿仅仅是等候他，而他则将迅速完成与律师的商谈，随后他们就将一起离去并彻底地、不受干扰地商谈一切事宜。“是的，”莱妮说，“约瑟夫，不是每个人都像你，随便什么时候都可以见律师。你似乎对律师抱病还在夜晚十一点接待你根本不感到惊异。你认为你的朋友们为你所做的事都是理所应当的。你的朋友们或者起码是我乐意这样做呀。我不指望得到别的酬报，也不需要别的酬报，我只要你喜欢我。”“喜欢你？”开头的一瞬间K在心中暗想，后来他才这样考虑：“说实在的，我喜欢她。”尽管如此，他却不顾一切地说：“他接待我，因为我是他的当事人。如果当事人去见律师还需要别人帮助，那么，我每走一步都得哈腰作揖啦。”“他今天火气可真大，对不对？”莱妮问商人。“现在我给晾在一边啦。”K暗中思忖，他甚至几乎对商人发起火来，此人居然接过莱妮那句不礼貌的话茬说：“律师接待他还出于别的原因。他的案子比我的更有意思。但是此外，他的案子处于开始阶段，所以大概还没有弄得很糟，所以律师还愿意过问这个案子。以后情况就不一样了。”“是呀，是呀，”莱妮笑哈哈望着商人说，“他真会瞎说！他的话，”她转过身来对K说，“你可千万别相信。他虽然是个好人，但却多嘴多舌。也许律师也正因为如此而不喜欢他。不管怎样，他只是在心情好时才接待他。我已经下过很大工夫，要改变这种局面，但是这不可能。你想想，有时候我给布洛克通报，可是他却在通报后的第三天才接待他。但是如果布洛克在传见他的时刻不在场，那么，一切就完了，就得重新为他通报。所以我允许布洛克在这里睡觉，已经发生过律师深更半夜按铃要接见他的事。所以现在布洛克在夜晚也做好了准备。不过，如今却又发生这样的事：如果情况表明布洛克在这儿，有时候律师就撤销传见他的委托。”K疑惑地向商人瞥了一眼。此人也许因羞惭而精神涣散，他点点头，像方才与K讲话时那样坦率地说：“是的，以后人们就会非常依赖他的律师。”“他只是假意发发牢骚，”莱妮说，“他很喜欢睡在这儿，这是他经常这样向我承认的。”她向一扇小门走过去，把它推开。“你要看看他的卧室吗？”她问。K走过去，从门槛上向这间低矮、没有窗户的房间里望去，一张狭窄的床把整个房间都占满了。人们得翻越过床杆才能登上这张床。床的上端是墙上的一个凹陷处，那里整整齐齐地摆放着一支蜡烛、墨水瓶和笔，以及一扎纸，多半是诉讼文件。“您睡在女佣的房间里？”K向商人转回过身去问。“是莱妮让我住在这儿的，”商人回答，“这个房间很实惠。”K久久地望着他；他对商人的第一印象也许是正确的。

经验他有，因为他的案子已经拖了很久，但是他为这些经验付出了高昂的代价。突然，商人的这副模样K再也看不下去了。“让他上床睡觉去吧，”他对莱妮大声说，莱妮则似乎根本不明白他的意思。可是他自己却想到律师那儿去，他要通过解聘不仅摆脱律师而且也摆脱莱妮和商人。但是他还没走到门口，商人便小声小气叫住他：“襄理先生。”K一脸怒气地转过身来。“您忘记您的诺言了，”商人说并从他的座位上作出恳求状向K伸展开四肢，“您还要告诉我一个秘密呢。”“没错，”K说，他也瞥了注目看着他的莱妮一眼，“那么您就听着吧：不过这几乎已经不是什么秘密了。我现在就到律师那儿去，我要解聘他。”“他解聘他，”商人嚷嚷，从椅子上跳起来并高举双臂在厨房里走来走去。他一再嚷嚷：“他解聘律师。”莱妮马上就要向K扑过去，但是商人把她拦住了，她气得用双拳猛揍了他一下。随后她双手还紧握着拳头便去追K，但是K已经领先一大段距离。莱妮追上他时，他已经走进律师的房间。他几乎已经随手把房门关上，但是莱妮伸进一只脚使一扇门开着，一把抓住他的胳臂，想把他拉回去。但是他使劲一捏她的手腕，疼得她“哎哟”一声不得不把他放开。她没敢立刻闯进房间，而K则乘机用钥匙锁上了房门。[14]

“我已经等您很久啦，”律师在床上说，把一份他就着一支蜡烛的光读过的文件放在床头柜上，随即戴上一副眼镜，他透过镜片盯着K。K没有道歉，直截了当地说道：“我一会儿就走。”律师没理会K的这句话，因为它不是道歉的话，他说道：“今后我不再在这么晚的时刻接见您。”“这正合我意，”K说。律师疑惑地望着他。“您坐下，”他说。“那我就恭敬不如从命啦，”K说，把一把椅子拉到床头柜旁边并坐下。“我觉得，您好像把房门锁上了，”律师说。“是的，”K说，“这是为了莱妮的缘故。”他不打算袒护哪个人。但是律师却问："她又缠您了吗？""缠我？"K问。"是呀，"律师说，他笑了，发作起一阵咳嗽，待这一阵咳嗽过去后又笑了起来。"您大概已经发觉她缠上您了吧？"他边问边拍拍K的手，K心不在焉地把这只手撑在床头柜上了，现在他迅速把这只手抽回。"您并不看重这件事，"律师见K沉默不语便说道，"这样更好。否则我也许就得向您道歉啦。这是莱妮的一个怪癖，顺便提一下，我早就原谅她这个怪癖了，假如您不是现在把房门锁上，我也就不会谈它的。这个怪癖，本来我根本用不着向您作解释的，但是您这样困惑不解地看着我，所以我就向您解释解释吧，这个怪癖是这样的：莱妮觉得大多数被告都漂亮。她眷恋他们，爱他们，倒也似乎为他们所爱；为了给我解闷，只要我允许，有时她就把这些事讲给我听。我对整个这件事并不感到惊奇，您却似乎感到很惊讶。如果人们眼力不错，他就会发现被告确实往往是漂亮的。这当然是一种奇特的、带有某种自然科学性质的现象。诚然不是说因为受控告就会出现一种明显的、可以精确确定的相貌变化。但是，这跟别的诉讼案的情况确实不一样，大多数被告依然保持着他们惯常的生活方式，如果有一个为他们办事的好律师就不会因打官司而受到很大妨碍。尽管如此，那些在这方面有经验的人照样能够在广大人群中把被告一个一个认出来。从什么上？您会问。我的回答将不会使您感到满意。被告就是最漂亮的人嘛。不可能是罪责使他们变得漂亮了，因为——我作为律师至少必须这样说——不是所有的被告都有罪，也不可能是未来的处罚现在就已经让他们变漂亮了，因为并不是所有的人都会受到惩罚，所以原因只能在于这桩对他们提起的诉讼案，这桩以某种方式黏附在他们身上的诉讼案。诚然，在漂亮的人儿当中也有特别漂亮的人。但是所有的人都漂亮，连布洛克，这个倒霉的可怜虫也漂亮。"

K在律师讲完时表现得很镇静，他甚至对最后几句话异乎寻常地点了点头并以这样的方式亲自向自己确认了自己的原有的看法：按照这个看法，律师总是并且这一回也是这样试图通过泛泛地讲述一些不着边际的话来分散他的注意力，转移他对律师为K的案子做了些什么具体工作这个主要问题的视线。律师分明觉察到，这一回K对他进行比往常更强烈的抵抗，因为现在他沉默不语，以便给K以自己讲话的机会，后来由于K依然不吭声便问道："您今天到这儿来是有什么特别的事吧？""是的，"K边说边用手稍许遮挡一下耀眼的烛光，以便把律师看得更清楚些，"我是想告诉您，从今天起我不要您为我辩护了。""我没有听错您的话吧，"律师问，在床上半坐起身子并用一只手撑住枕头。"我想您没有听错，"K说，他挺直身子严阵以待般地坐在那儿。"那么我们也可以谈谈这个计划嘛，"片刻过后律师说。"这不再是什么计划，"K说。"也许吧，"律师说，"但是，尽管如此，我们还是不要操之过急。"他使用"我们"这个词儿，仿佛他不打算释放K似的，仿佛他当不成他的辩护人至少还想当他的顾问似的。"一点儿也不是操之过急，"K边说边慢慢站起来并走到他的椅子的后面，"这是认真考虑过的，也许甚至考虑得太久了。这个决定是不可更改的。""那您就允许我再说几句话，"律师一边说，一边掀开被子，坐到床沿上。他那两条赤裸着的长着白毛的大腿冷得直发抖。他请K把沙发上的一条毯子递给他。K拿来毯子并说："您完全没有必要这么受冻。""这件事相当重要，"律师说，他用被子裹住上身，然后用毯子裹住双腿，"您的叔父是我的朋友，我也渐渐地喜欢上您了。我坦率地承认这一点。我没有什么不好意思的。"老人的这些动感情的话K很不爱听，因为它们迫使他作更详尽的解释，他本来是很想避免这样做的。此外，一如他在内心公开承认的，它们使他动摇不定，虽然它们倒也决不能取消他的决定。“我感谢您的这一番友好情意，”他说，“我也承认，您很关心我的案子，只要您觉得对我有利，您总是尽力而为的。然而，最近我得到了这样的信念：这是不够的。我当然决不会试图让您，让一个如此年长得多、有经验得多的人相信我的观点；如果说我有时候不由自主地作了这样的尝试的话，那么，请您原谅我，但是这案子，如您自己所说的，相当重要；按我的信念现在必须采取比迄今为止强有力得多的措施来干预这个案子。”“我理解您，”律师说，“您着急了。”“我没有着急，”K有点儿生气地说，不再怎么理会他说的话，“我和我的叔父第一次来登门拜访您的时候，您也许已经注意到，我没怎么把这案子挂在心上，如果人们不是带着某种强制提醒过记住它，我就完全把它忘掉了。但是我的叔父坚持要我让您当我的辩护人，我这样做了，为了讨他的喜欢。人们原本可以期望，[15]我如今打这场官司可以比以前容易些了，因为人们让律师当辩护人，就是为了推卸掉一点打官司的负担。但是，情况恰恰相反。从来没有这样的，自从您为我辩护，从这时候起，我就为这案子操碎了心。当我独自一人时，我没为我的案子采取任何措施，但是我几乎感觉不到有什么压力，现在好啦，我有了一个代理人，一切条件已具备，可以采取什么措施了，我不住地、越来越迫切地期盼着您采取行动，可是您没有采取预期的行动。诚然，我从您那儿了解到各种有关法院的情况，也许这是我从别人那儿根本了解不到的。但是这对我来说是不够的，现在这案子简直是在暗地里日益向我逼近过来。”K把椅子推开，两手插在上衣口袋里直挺挺站在那儿。“从案情进展的某一个时刻起，”律师小声和平静地说，“就不会再有什么重大的新鲜事了。多少个当事人在案件的类似阶段类似您这样站在我面前，讲过类似的话呀。”“那就是，”K说，“所有这些类似的当事人跟我一样做得对嘛。这根本驳不倒我。”“我不是想用这些话来驳倒您，”律师说，“但是我还想添上一句：我原本指望您会比别人更有判断力，特别是因为我让您了解到了许多有关法院和我的工作的情况，我一般是不向当事人透露这么多情况的。现在我不得不看到，尽管如此，您对我还是不够信任。您真让我费心。”律师在K面前多么低声下气！完全不顾身份和地位，而恰恰在这个问题上这身份和地位是最敏感的呀。他为什么这样做？看样子，他是个业务繁忙的律师，而且是个富有的人，他既不会在乎失去收入也不会在乎失去一个当事人。况且他病病歪歪的，自己就应该考虑到，这是减轻他的工作负担嘛。尽管如此，他还是这么牢牢抓住K。为什么？这是对叔父的私人感情呢，还是他真的认为K的案子非常特殊并希望要么为K，要么——这个可能性永远也不能排除——为法院里的朋友显示自己在这方面的才能？不管K怎样毫无顾忌地用审视的目光打量他，从他本人身上愣是看不出任何迹象来。人们几乎会以为，他故意摆起一副深沉的面孔在静候他这一席话的效果。但是他显然对K的沉默作了太有利于自己的解释，因为现在他继续说道：“您一定已经觉察到，我虽然有一间大办公室，但却没雇助手。从前情况不是这样的，有一段时期，那时有几个年轻的法学家为我工作，今天我一个人单独干。这一方面与我的事务所的变化有关联，因为我越来越局限于您这一类型的诉讼案件，另一方面也与我对这些诉讼案件所获得的越来越深刻的认识有关联。我发现，如果我不想对我的当事人和对我接受的任务犯罪，我就决不可以把这项工作交给别人。但是一切工作都亲自去干的这个决定却产生了必然的结果：我不得不几乎回绝所有请求代理诉讼的申请，我只能对让我特别感到揪心的申请让步——如今有相当多的可怜虫，甚至就在我身边，他们拼命争夺我放弃的每一项业务。而且，我积劳成疾。但是，尽管如此，我并不对我的决定感到懊悔，有可能是我本应该回绝比我实际上所回绝的更多的代理诉讼申请，但是我完全热衷于那些已承接的案件中，这却已经被证明是完全必要的并且已经收到了成效。有一回我曾发现一篇文章很精辟地论述了代理普通诉讼案件和代理这类诉讼案件之间的区别。文章中有这样的话：一类律师用一条细线把它们的当事人牵向判决，而另一类律师却立即把他们的当事人举到肩上并把他扛向判决并且不把他放下，还扛着他继续往前走。就是这么回事。但是如果我说我从不后悔做这项重要工作，这就并不完全正确。如果这项工作，像在您这个案子中这样，完全被曲解了，那么，那么我几乎就要后悔了。”K没有被这一席话说服，反倒变得不耐烦了。[16] 他不知怎么地以为从律师的口气中听出，如果他让步他将会有什么后果，那一套敷衍塞责的话又会老调重弹，又会搞出抗辩书正在进展，法官们的情绪已经得到改善，同时也会指出工作所面临的种种巨大困难——总之，那些陈谷子烂芝麻会被翻出来，以便又用不明确的希望去蒙骗K，用不明确的威胁去折磨K。这种情况必须防止，所以他说：“如果您仍然代理我的诉讼事务，您打算为我的案子做些什么。”律师甚至忍受这个侮辱性的问题并回答说：“继续做我已经为您做过的事。”“我早就知道了，”K说，“但是现在任何别的话都不必再说。”“我将再作一次尝试，”律师说，仿佛不是K而是他遭遇到了这种让K恼怒的事，“因为我猜想，您之所以受到引诱不仅错误评价我的法律顾问能力而且也采取您这种通常的态度，是因为尽管您是被告人们还是待您太好了，或者说得更正确些，人们漫不经心地，表面上漫不经心地对待您。后面这种情况也是有其原因的；带着镣铐往往比自由自在好。但是我倒想让您看看别的被告受到什么样的待遇，也许您会从中吸取教训。现在我就把布洛克叫来，您把房门打开，坐到床头柜旁边这儿来。”“好吧。”K说并做了律师要他做的事；他总是愿意学习。但是他还是问了一句，以防不测：“您已经知道我不要您为我辩护了？”“知道了，”律师说，“但是您今天就可以撤销这个决定。”说罢，他又向后躺在床上，把被子一直拉到下巴那儿并向墙壁转过身去。然后，他按铃。

几乎在铃声响起的同时，莱妮出现了，她试图用迅捷的目光弄清楚发生了什么事；K平静地坐在律师的床边，这使她感到放心。她面带微笑向凝视着她的K点点头。“去把布洛克带进来，”律师说。可是她没去带他，而是只走到门口，喊道：“布洛克！到律师这儿来！”然后，也许是因为律师仍然面朝墙躺着，对一切都不闻不问吧，她悄悄溜到K的椅子的后面。从这时起她便一直搅扰他，她从椅子靠背上向前俯下身或者用双手自然是很轻柔和小心地掠过他的头发和抚摩他的面颊。最后，K试图阻止她这样做，他抓住她的一只手，她抗争了几下也只得作罢。

布洛克立刻应声走来，但却在门口站住，似乎在考虑，他该不该走进去。他竖起眉毛，垂下头，仿佛他在仔细倾听，让他来见律师的命令会不会重复。K本来是会鼓励他进来的，但是他已经打定主意不仅和律师而且和这里寓所里的一切一刀两断，所以就一动也没动。莱妮也没吭声。布洛克发现，至少没有人会赶他走，便踮着脚尖走进来，绷紧着脸，双手局促不安地背在背后。他让房门开着，以便随时可以撤退。他顾不上看一眼K，而是始终只盯着那蓬松的羽绒被，躺在被子下的律师则一点儿也看不到，因为他紧紧贴住了墙。但是这时人们却听见了他的说话声：“是布洛克吗？”他问。这个问题简直是给已经向前移动了一大段距离的布洛克当胸一拳，后来又给他后背一拳，他踉踉跄跄，深深弯着腰站住并说：“我听候吩咐。”“你有什么事？”律师问，“你来得不是时候。”“不是叫我来的吗？”布洛克问，与其说是问律师，还不如说是问自己，把双手持于前护住自己并准备跑开。“是叫你来的，”律师说，“尽管如此，你还是来得不是时候。”过一会儿他添上一句：“你总是来得不是时候。”自从律师说话以后，布洛克便不再盯着那张床，而是怔怔地望着某一个角落并且只是仔细倾听着，仿佛说话人的样子太刺眼，他看见了会受不了的。可是听人说话也不易，因为律师对着墙说话，而且说得又轻又快。“您要我走吗？”布洛克问。“既然你已经来了，”律师说，“你就待着吧！”人们简直会以为，律师不是满足了布洛克的愿望，而是譬如用棍棒威胁他，因为现在布洛克真的浑身颤抖起来了。“昨天，”律师说，“我见到了第三法官，我的朋友，我渐渐把谈话引到你身上。你想知道，他说了些什么吗？”“噢，请讲。”布洛克说。由于律师没有马上答话，布洛克就又请求了一遍并俯下身去，仿佛他想下跪似的。可是这时K大声呵斥他：“你干什么？”他嚷嚷。由于莱妮曾想阻止他叫喊，他便也抓住了她的第二只手。他不是出于爱情才使劲抓住她，她也不住地呻吟并试图挣脱他的双手。但是布洛克却因K的这一声叫喊而受到了惩罚，因为律师问他：“谁是你的律师？”“您是我的律师，”布洛克说。“除了我呢？”律师问。“除了您，谁也不是。”布洛克说。“那么别人的话你就一概不要听从。”律师说。布洛克完全承认这是个正当要求，他狠狠地瞪了一眼K并向他猛烈摇动脑袋。假如人们把这种举止行为翻译成言语，那么，这就是粗暴的谩骂。K居然曾经想同这个人友好地谈论他自己的案子！“我不再打扰你啦，”K往椅子里一靠说，“你跪下或用四肢爬行，随便吧，我才不操这份心呐。”可是布洛克颇有自尊心，至少是在K面前，因为他挥舞着双拳向他走去，他竟敢当着律师的面这样大声嚷嚷：“您不可以用这样的口吻同我说话，这是不允许的。您为什么侮辱我？况且还是在律师先生面前，他只是出于怜悯才容忍我们俩，容忍您和我待在这儿？您并不比我好到哪儿去，因为您也被控告了，也要打官司。但是如果您尽管如此仍还是个绅士的话，那么，我同样也只是个绅士，或许还是个更体面的绅士呢。我希望别人，尤其是您也像对待绅士那样对待我。但是如果您以为自己受到了优待，您可以平静地坐在这里，平静地听别人说话，而我则如您所说，用四肢爬行，那么，我提醒您记住这句古老的箴言：对于嫌疑犯来说动比静好，因为静止者可能永远不知不觉地待在一个称盘里，连同他的罪行一起被称出重量来。”K 什么话也没说，只是定睛注视着这个不知所措的人。在最后这一个小时里他发生了多大的变化呀！是这桩案子来回折腾他，让他分不清敌我了吗？难道他看不出律师在故意羞辱他，这一回无非是为了在 K 面前夸耀自己的权势，从而也许也让 K 俯首帖耳？但是如果布洛克没有能力看出这一点，或者如果他非常惧怕律师，看出这一点对他也无济于事，那么，他怎么会又如此机敏或如此大胆，竟敢蒙骗律师，向他隐瞒他除他以外还让别的律师为自己工作。他怎么敢攻击 K 呢，要知道 K 是能够立刻泄露他的秘密的呀。但是他还有更胆大妄为的呢，他走到律师的床前，居然也在那儿数落起 K 来了：“律师先生，”他说，“您听说了吗，这个人是怎么同我讲话的。他的案子才有数得清的几个小时的历史，而他却就要指导起我这个已经打了五年官司的人来了。他甚至骂我。他什么都不懂，却骂我，骂我这个曾竭尽我的微薄力量仔细研究过礼节、义务和法院习俗的人。”“别管别人的事，”律师说，“做你觉得正确的事。”“说得对，”布洛克说，仿佛他在给自己鼓气似的，他匆匆斜眼一瞥便紧挨着床跪下。“我已经跪下了，我的律师，”他说。但是律师沉默不语。[16] 布洛克用一只手小心翼翼抚摩被子。在现在笼罩着的一片寂静中，莱妮挣脱K的双手说道："你把我弄痛了。放开我。我到布洛克那儿去。"说着，她走过去并在床沿上坐下。布洛克对她的到来感到很高兴，他立刻做出生动而无声的暗号央求她替他向律师说情。他显然急切需要律师提供的信息，但是也许只是为了这个目的：好让他的其余的律师充分利用这些信息。莱妮很明了对付律师的办法，她指指律师的手并努起嘴作亲吻状。布洛克马上吻了律师的手并在莱妮的要求下把这个动作重复了两遍。但是律师还一直没吭声。这时莱妮向律师俯下身，当她这样伸开四肢时，她的身体的优美曲线便显现出来；她向下深深凑近他的脸抚摩他那长长的白发。这迫使他作出了回答。"我在犹豫，不知道该不该把这件事告诉他，"律师说。人们看到，他略微摇了摇头，也许是为了更多地享受莱妮的手爱抚吧。布洛克低垂着脑袋仔细倾听，仿佛他这样倾听触犯一个戒条似的。"你为什么犹豫呀？"莱妮问。K觉得，仿佛他在听一次练熟了的谈话，这种谈话已经重复过多次，它还将重复多次，它只能对布洛克来说不失去其新奇魅力。"他今天态度怎么样？"律师以问作答。莱妮在对此发表意见之前，先低头看了看布洛克并观察了一会儿，他如何向她举起双手并作哀求状搓动双手。最后，她严肃地一点头，向律师转过身去并说道："他既安静又勤奋。"一个老年商人，一个留着长胡子的男人，乞求一个年轻姑娘为自己求情。不管他有什么隐情，在旁人眼里看来他丝毫没有理由可以这样做。他几乎是在侮辱旁观者的人格。K不明白，律师怎么会想到要通过上演这一场戏来争取他。如果说律师没有在以前就已经把他吓走的话，通过展示这一幕情景也会把他吓跑的。由此可见，律师的方法——幸运的是K还没有足够长久地遭受这种方法的毒害——就这样产生了效果，它让当事人最终忘掉了整个世界，只希望在这条错误的道路上很难地走向案子的终点。这就不再是当事人，这是律师的狗。假如律师命令他像爬进狗舍那样爬到床底下去并从那儿狂吠乱叫，他会欣然从命的。就好像K受到委托要详细记下这里所讲的每一句话，向上级告发并作出书面报告似的，他露出审视和轻蔑的目光倾听着。“他整天都干了些什么？”律师问。“为了不让他妨碍我干活，”莱妮说，“我把他关在女佣的房间里，他通常都待在那个地方。透过小窗我能够不时看到他在干什么。他总是跪在床上，把你借给他的那些文件摊开在窗台上看。这给我留下了好印象；因为窗户只是朝着通风井开的，几乎透不进什么光线来。尽管如此，布洛克还是在读，这向我表明，他多么听话。”“听到这样的话我感到高兴，”律师说，“可是他也读懂了吗？”在进行这一番交谈的过程中布洛克一直不停地嚅动嘴唇，显然他在表述他希望从莱妮那儿得到的答话。“对此我当然不能，”莱妮说，“作出明确的回答。反正我曾看到他在认真读文件。他整天都在读同一页，用指头指着一行一行地读，每逢我向他望去，他总在唉声叹气，仿佛他读起来很费劲。你借给他的那些文件大概很深奥。”“没错，”律师说，“当然很深奥。我也不认为他会读懂什么。它们不过是要让他感到我为了给他辩护而进行的这场战斗多么艰难。我为谁进行这场艰难的斗争？说起来简直可笑——为布洛克。他也应该学会懂得这意味着什么。他不间断地仔细阅读了吗？”“几乎没有间断，”莱妮回答，“只有一次他请求我给他水喝。于是我从小窗递给他一杯水。后来，八点钟时我把他放了出来，给了他一点吃的。”布洛克瞥了K一眼，仿佛这里正在讲述他的光荣事迹，这必定也会给K留下印象似的。现在他似乎满怀希望，行动比较自如了，跪着的双膝在地上蹭来蹭去。所以这就格外引人注目：听了律师的下面这些话他惊呆了。“你称赞他，”律师说，“但是正是这一点让我感到难以开口说话。因为法官表示了不利的看法，对布洛克本人和对他的案子都不利。”“不利？”莱妮问，“这怎么可能呢？”布洛克露出十分惶恐的神色望着她，仿佛他相信她有能力现在还可以使早已讲出口来的律师的话朝对他有利的方向转变。“不利，”律师说，“甚至我一谈起布洛克，他心里就感到不痛快。‘您别谈布洛克。’他说。‘他是我的委托人。’我说。‘您让人利用了，’他说。‘我不认为他的案件已经毫无希望，’我说。‘您让人利用了，’他又说一遍。‘我不这样认为，’我说。‘布洛克在诉讼中是努力的，一直很关心他的案子。他几乎住在我那儿以便及时了解案子进展情况。这样的热心人确实少见。他这个人的确不讨人喜欢，举止粗俗，脏兮兮的，但是在打官司方面却是无可指摘的。’我说无可指摘，我有意夸大其词。他随后就说：‘布洛克仅仅是老练而已。他积累了很多经验并且善于拖延诉讼。但是他的无知大大胜过他的老练。要是他知道他的案子还根本没开始审理，连开庭审理的铃声还没摇响，他会怎么说。’安静，布洛克，”律师说，因为布洛克正晃动着双膝要站起来，显然想请求律师作解释。现在这是第一次律师直接对布洛克说了一番详尽的话。他低着头用疲倦的目光半漫无目的、半向着布洛克望去，在这一目光的注视下布洛克又慢慢往回跪下。“法官的这种看法对你根本没有什么意义，”律师说，“别听到每一句话就吓一大跳。如果再这样，我就什么话也不告诉你。我每讲一句话，你就用这样一种眼神看着我，好像现在就要宣判你的死刑。这儿在我的委托人面前亏你好意思！你也在动摇他对我的信任。你要干什么？你还活着，你还受到我的保护。毫无意义的恐惧！你曾经在什么地方读到过：某些案件的终审判决是由任意一个人在任意一个时刻意外作出的。这是千真万确的，当然要有许多条件；但是，同样千真万确的是，你的恐惧让我感到反感，我认为这是缺乏必要的信任。我说了什么了？我复述了法官的看法。你知道，围绕着诉讼程序出现大量不同的观点让人感到讳莫如深。譬如这位法官认为诉讼程序从这一刻开始，而我却认为从另一个时刻开始。一种意见分歧，如此而已。按旧习惯在诉讼的某个阶段要摇铃。按照这位法官的看法诉讼这才开始。现在我不能把一切与这相左的看法都告诉你，告诉你你也不会明白，你只要知道有许多不同看法就够了。”布洛克在下面神情尴尬地用指头掠着床前小地毯的皮毛，因法官的话而引起的恐惧让他暂时忘却了自己对律师应有的恭顺，于是他只想到自己，反复琢磨着法官的话。“布洛克，”莱妮用警告的口吻说并拽着他的上衣领子往上提了提。“现在别去扯毛皮，好好听律师说话。”

在大教堂里

K受委托带领银行的一位意大利老主顾——此人对银行来说很重要并且是第一次在这个城市逗留——参观几处名胜古迹。这是一项任务，要在别的时候他一定会认为这是一项光荣任务，但是现在，在他勉强才能维持自己在银行的声望的时候，他很不情愿地接受了这项任务。他从办公室抽走的每一个钟点都使他忧虑。他虽然远远不能再像从前那样利用办公时间，有些时光只是装模作样白白耗费掉了，但是如果他不在办公室里，他就会更加忧心如焚。于是他就自以为看到一直埋伏以待的副经理时不时走进他的办公室，坐到他的写字台前，查阅他的文件，接待那些多年来几乎已经成了K的挚友的客户，离间他们与他的关系，甚至也许还揭露差错。现在K在上班时总是觉得自己从四面八方受到这种差错的威胁，他不再能够避免这些差错。所以一旦哪怕是以表彰的方式委派给他一趟业务出差或者甚至一次短途旅行——最近这样的任务完全意外地增加了——他便很容易有这样的猜测：人们想暂时把他从办公室里支开并检查他的工作，或者至少是人们以为他在办公室里是个可有可无的人物。这些差事中的大多数他原本都可以不费什么周折推辞掉的，但是他不敢这样做，因为，哪怕他的担心只有那么一丁点儿的根据，推辞这差事也会意味着承认自己心存恐惧。由于这个原因他故作镇静地接受这样的差事。有一次要他作一次两天之久的艰辛公差旅行时他甚至没说自己正患重感冒，生怕人家会以正值秋季阴雨连绵为由不让他作这趟旅行。当他带着剧烈的头痛出完差回来时，他便得知，他已被指派第二天去陪那个意大利老主顾。这一回要拒绝的诱惑是很大的，尤其是人们给他安排的这一差事并不直接与业务有关，对这位老主顾履行这项社交义务本身无疑是相当重要的，但是对 K 来说并不重要，因为 K 分明知道，只有通过工作中的成绩他才能维护住自己的地位，如果这一点他做不到，那么即便他甚至出人意料地迷倒了这个意大利人，这也完全是没有价值的。他一天也不愿意被排除在工作之外，不再能返回工作岗位的担心太大了，一种担心，他明明知道这种担心被夸大了，但是这种担心还是使他憋得透不过气来。当然在这种情况下几乎不可能杜撰出一个可以接受的反对意见，K 对意大利语虽然不是很精通，但总算还过得去。但是决定性的因素则是，他从早年起就掌握一些艺术史方面的知识，这一点之所以以极其夸大了的方式在银行里变得众所周知，是因为 K 曾当过一阵子——而且也只是出于业务方面的原因——保护市名胜古迹协会会员。而如今这位意大利人——一如人们道听途说获知的——是个艺术爱好者，所以选择 K 当他的陪同是顺理成章的事。

这是一个下着大雨，刮着狂风的早晨，K 满怀着对他面临着的这一天的恼怒七点钟就已经走进办公室，以便趁客人还没全部占用他的时间之前至少料理完几件事。他很疲倦，因为昨天晚上他花了半夜时间啃一本意大利语语法书，以便做些准备，窗户——最近他惯于过于频仍地坐在这窗口——比写字台对他更具有吸引力，但是他顶住了，他坐下来工作。可惜这时恰好听差走进来并报告说，是经理先生派他来看看襄理先生是否已经在这里；说是如果他已经在这里，那就请他到那边的会客室里去，说是那位从意大利来的先生已经在那儿了。“我这就去，”K说，把一本小字典塞进口袋，将一本为接待这位外国人而准备的城市游览手册夹在腋下，便穿过副经理办公室走进经理办公室。他庆幸这么早就来上班并能立刻供支使，这或许是谁也不曾当真料想到的。副经理的办公室自然还是空落落的，像在深夜里那样，多半是也曾让听差把副经理召到会客室里来，但是没把副经理召来。当K走进会客室时，两位先生从高背安乐椅里站起来。经理露出亲切的笑容，他显然对K的到来感到非常高兴，他立刻作介绍，意大利人使劲握住K的手并笑着称不知哪个人是习惯早起的人，K不太明白他指谁，况且这是个奇特的词儿，过了一会儿K才猜着这个词儿的意义。他不着边际地寒暄了几句，意大利人听了这几句话又哈哈大笑起来，他还多次神经质地用手捋他那浓密的蓝灰色髭须。这胡子显然洒过香水，人们几乎禁不住要走近去闻一闻。当大家落座后，简短的开场白开始时，K颇感不快地发现，他只听懂意大利人的片言只语。如果他完全从容不迫地讲话，他便几乎完全听得懂他的话，但是这只是很少出现的例外情况，多数情况下都是话语如泉水般从他嘴里涌出来，他摇头晃脑，谈笑风生。但是在这样讲着的时候他往往会说起某种方言来，这种方言对K来说不再有一丁点儿意大利语的味道，但是经理却不仅听得懂，而且还会讲，这当然是K原本可以预料到的，因为这位意大利人生于南意大利，而经理则也曾在那儿待过几年。总之，K认识到，他已经失去了与意大利人彼此沟通的大部分可能性，因为此人的法语也很难听懂，胡子也遮住了嘴唇的动作，而看到嘴唇的动作本来也许可以有助于理解的。K开始预料到会有许多麻烦，他暂时不再费心去听懂意大利人的话——有轻易就能听懂他讲的话的经理在场，他大可不必费这个劲——他只限于闷闷不乐地观察他，看他如何舒适而安逸地坐在安乐椅里，看他如何频频地拉扯他那件轮廓鲜明的短上衣以及他有一次如何抬起双臂和关节松动的双手试图描述什么东西，而K则无法理解他想描述什么，[18] 虽然他躬身向前密切注视着那两只手。最后，先前的那种疲倦在闲散的、只是机械地用目光注视着他们讲来讲去的K身上产生了影响。有一次他突然惊骇地，幸好尚还及时地发觉自己心不在焉地正要站起身来转身就走出去。意大利人终于看了看表，猛地跳了起来。他辞别了经理之后，便向K这边挤过来，他靠得那么近，K不得不把自己的座椅往后挪了挪，才使自己有一点活动的余地。经理一定是从K的眼神上看出K因听不懂意大利语而陷入困境，便介入到谈话中来，而且做得十分巧妙和委婉，让人觉得他似乎只是附加上几个小建议，而其实他却是把意大利人一个劲儿打断他所说的一切向K作了最简略的说明。K从他那儿获悉：意大利人暂时还有几件业务要处理，可惜总的来说他也只有很少的时间，他也不打算匆匆忙忙把所有的名胜古迹都看一遍，他已经决定——当然只是在K同意的情况下，一切都取决于他——只参观大教堂，但要认认真真地参观。说是他为能够在一位如此博学和和蔼可亲的人——这是指K，指充耳不闻意大利人，一心一意只迅速了解经理的话的K——的陪同下进行这一参观而感到无比高兴，他请他——如果他觉得这个时间合适——两个小时后大约十点到达大教堂。说是他本人希望在这个时刻一定能够到达那儿。K回答了几句相应的话，意大利人先和经理，然后和K，然后又和经理握了握手，并在两人的护送下，一边向他们半侧着身，一边还一直不停地说着话向着门口走去。然后，K还和经理在一起待了一会儿，经理今天气色特别不好。他觉得自己得向K道个歉并说——他们亲近地站在一起——起先他打算自己陪意大利人去参观，但是后来——他没进一步说明原因——他决定还是让K去。说是如果他不是一开始马上就听懂意大利人的话，那么，他大可不必因此而感到惊诧，很快就会听懂的，即使许多话他压根儿就听不懂，这也没什么关系，因为对于意大利人来说自己的话被人听懂并不怎么太重要。说是况且K的意大利语极好，他办理这件事一定游刃有余。说罢，便把K送走了。K从词典里抄录出他导游大教堂需用的一些冷僻单词，度过他尚有的一些闲暇的时光。这是一项极其烦人的工作，听差们送来邮件，办事员来请示各种问题，看到K正忙着办事便在门口站着，但是K不回答他们的询问他们就不离去，副经理不失时机地打扰K，频频地进来，从他手中拿起那本词典，显然完全漫无目的地翻阅一通，甚至一些客户们会在门开启时在半明半暗的接待室里露面并迟迟疑疑地鞠躬，他们想促使别人注意自己，但却对他们是否被人看见没有把握——这一切都围绕着K，围绕着他这个中心运动，而这时他自己则在编排他需要的单词，然后查阅词典，然后抄录出来，然后练习它们的发音并在最后试图记熟它们。但是他先前那种良好的记忆力似乎已经完全离他而去，有时他对使他付出这番艰辛劳动的意大利人极为恼怒，他气得把词典往纸堆里一塞下定决心不再做准备，但是随后他却认识到，他总不能一句话也不说同意大利人一道在大教堂里的艺术品前面走来走去，于是他怀着更大的恼怒又把词典掏了出来。

恰恰在九点半他正要出去的时候，有人打来了一个电话，莱妮祝他早晨好并向他问安，K匆忙致谢并说明，他现在不可能和她交谈，因为他得去大教堂。“去大教堂？”莱妮问。“是呀，去大教堂。”

“干吗去大教堂呀？”莱妮问。K试图向她简要地解释几句，但是他刚一开口，莱妮便突然说：“他们在迫害你。”K受不了自己没有要求也没有料想到的同情，便说了两句道别的话，但是他却在把听筒挂上时半对自己半对他不再听见的那位远处的姑娘说道：“是呀，他们在迫害我。”

但是现在时间已经晚了，几乎已经存在他不能及时赶到的危险。他坐汽车前去，在最后一刻他还曾回想起那本纪念册，早晨他没机会把它交出，所以他现在随身带着它。他把它搁在膝盖上，一路上一直心神不定地敲击着它。雨变小了，但空气潮湿、阴冷和幽暗，人们在大教堂里将看不见多少东西，但是由于长时间站立在冰凉的瓷砖上，K的感冒在那儿一定会加重。

大教堂广场上空无一人，K回忆起，他在儿提时代就注意到这个狭小广场的房屋里几乎所有的窗帘都是放下来的。碰上今天这样的天气，这当然比平时更可以理解。大教堂里似乎是空落落的，自然谁也不会想到现在要到这儿来。K走过两个侧殿，他只遇见一位老妇人，她裹着一条厚厚的头巾跪在一尊圣母像前并凝视着那尊像。后来他还远远地看见一个一瘸一拐的教堂杂役消失在墙门后面。K是准时来的，他走进教堂时刚好钟敲十下，可是意大利人还没到。K走回到大门口，在那儿犹豫不决地站了一会儿，随后便在雨中绕大教堂走了一圈，看看意大利人会不会在哪个旁门门口等候。哪儿也不见他的人影。莫不是经理把时间理解错了？谁能正确理解得了这个人的话呀。但是不管发生什么情况，K无论如何也得至少等他半个小时，由于他累了，他就想坐下来，他又走进大教堂，在一个台阶上发现一小块地毯碎片，便用脚尖把它踢到近处的一张长椅前面，把身上的大衣裹紧，把衣领竖起来，坐了下去。为了消磨时间，他打开那本游览手册，翻阅了几页，可是不一会儿就只得停下来，因为光线太暗，他抬头一看，近处侧殿里的东西他几乎一样也分辨不清楚了。

远处主祭坛上一大片三角形烛光闪烁，K不敢明确地说他是否先前已经见过这烛光。也许它们是现在才点着的。教堂杂役们出于职业习惯走路时脚步都放得很轻，人们听不到他们的脚步声。当K偶然回过头去时，他看到身后不远处同样燃着一支又高又粗牢牢地缚定在一根柱子上的蜡烛。这虽然很好看，可是要照亮大多挂在幽暗的旁边小祭坛上的那些圣坛画像，这点亮光是远远不够的，它反而使它们显得更暗了。意大利人没有来，这既是失礼行为，同时也是明智之举，本来就什么也看不见，充其量只能借助K的手电筒一英寸一英寸地观看几幅画像。为了试验一下用手电筒能看到些什么，他向近处一座小祈祷室走去，登上几个台阶来到一道低矮的大理石护栏边上；他从护栏上向前俯下身，用手电筒照亮圣坛画像。这盏长明灯在画像前扰人地飘浮。K第一眼看到的，部分猜到的，是一个身穿甲胄的魁梧骑士，绘在画面最外面的边缘上。他倚着他的剑，这把剑已经被他插在他面前光秃秃的地上——地上只在有些地方露出几根草茎。他似乎在仔细观察发生在他面前的一件事。令人惊异的是，他竟这样站住，并不走近过去。也许是派他站岗的。已经很久没有观赏过画像的K对这个骑士端详良久，虽然他不得不频频眨巴眼睛，因为他受不了手电筒的彩光。当他随后用手电筒照看画像的其余部分时，他发现，这原来是一幅普通的基督入墓图，而且这是一幅近作。他把手电筒放进口袋，又回到他的座位上去。

如今十有八九已经不必等候意大利人了，但是外面一定下着大雨并且由于这里不像K想象得那么冷，他便决定暂时待在这里。他身旁是大布道坛，它那圆形小华盖上斜放着两个空落落的金十字架，它们的顶端互相交叉着。护墙的外壁和由外壁至立柱的通道由一簇簇绿叶组成，小天使们把手伸进簇叶丛中，有的活泼有的安静。K 走到布道坛前，从各方面仔细端详它，石雕十分精细，簇叶间和簇叶后的深黑像是被俘获被捉住了似的，K 把他的手放进一个这样的缺口，随后就小心翼翼触摸这石头，迄今他一直不知道有这么一座布道坛。这时，他偶然发现一个教堂杂役站在最近一排长凳后面，此人穿一件耷拉下来的皱巴巴的黑上衣站在那儿，左手拿着一只鼻烟壶并在打量它。“这个人要干什么？”K 想，“他对我起疑心了？他要小费？”但是当这位教堂杂役发现自己受到 K 的注视时，他就用右手——他的两个指头间还夹着一撮鼻烟——向某一个不明确的方向一指。他的举止几乎让人无法理解，K 还等了一会儿，但是教堂杂役不停止用手指着什么并还用点头加强这手势动作。“他究竟要干什么？”K 小声问，他不敢在这里大声嚷嚷。但是随后他便掏出钱包，沿着最近那排长凳向那人走去。然而此人立刻用手做了一个拒绝的动作，耸耸肩膀并一瘸一拐地走了。K 在儿时曾试图用一种与这种急促跛行相类似的步法模仿骑马动作。“一个稚气的老头儿，”K 想，“他的智能只够干干教堂杂役。看到我站着他便站住的那副模样，他在窥伺我想不想继续往前行走。”K 微笑着跟随老头儿穿过整个侧殿几乎一直走到主祭坛的顶端，老头儿不停地指着什么，但是 K 故意不转过身去看，这种指示没有别的目的，只为了使他发现不了老头儿的行踪。最后他真的不尾随他了，他不想过分吓着他，他也不想把这个人物完全吓走，因为意大利人说不定还会来呢。

当他走进中殿寻找他那个放着游览手册的座位时，他看到一个柱子边上几乎紧挨着唱诗班座位处有一个小布道坛，简简单单用光秃、灰白的石头雕成。它小得从远处看上去就像一个用来置放一尊雕像，如今尚空着的壁龛。布道牧师当然无法从护栏后退一满步。此外，布道坛的拱形石头华盖起始点低得出奇，这个华盖虽然没有任何装饰，却这样成弧形向上攀升，致使一个中等身材的人在那儿不能站直，而是必须一直从护栏上方向前弯下身子。整个结构像是为了折磨布道牧师，真是不可理解，既然有了那座高大而装饰精巧的布道坛，人们还要这座布道坛干什么呢。

倘若不是如同人们在讲道前不久惯常所预备好的那样，在上面缚住一盏灯的话，那么K也一定不会注意这个小布道坛的。难道现在要讲道了吗？在这个空荡荡的教堂里？K顺着那台阶向下望去，那台阶紧贴着柱子通向布道坛，它很狭窄，仿佛它不是供人使用，而是只用来装饰柱子的。但是布道坛下面，K惊异得笑了，果真站着牧师呢，他手扶着栏杆，正准备走上去并朝K看去。然后，他微微一点头，K赶忙画十字和鞠躬，其实他早该这样做了。牧师轻轻一跃，快速短步登上布道坛。真的要开始布道了吗？也许教堂杂役并不是头脑完全不正常，他是在设法把K引到布道牧师这边来，这在这空落落的教堂里当然是极其必要的。此外，在什么地方的一尊圣母像前还有一位老妇人，她也该来听布道呀。既然是要布道，为什么不先奏管风琴。可是那架管风琴依然没有动静，只是高高在上在黑暗中依稀闪烁着亮光。

K在琢磨，他要不要现在就赶快离开这儿，如果他现在不这样做，那么在布道期间他休想溜掉，他就不得不一直待着听布道，他损失掉这么多的办公时间，他早就不再负有责任去等候那个意大利人，他看了看表，十一点。可是难道真的要布道吗？K独自一人能代表教区吗？怎么样，如果他是个陌生人，只想参观教堂，那又会怎样呢？说到底，他也无非就是个陌生人罢了。想起来觉得这真是荒谬：在一个工作日的上午十一点钟，天气又这么恶劣，居然要布道。牧师——

此人毫无疑问是牧师，一个脸面光滑黝黑的年轻人——显然只是登坛去熄灭那盏错点着了的灯。

但是情况却不是这样，牧师反倒在检查灯火并把灯光还旋亮了一点，然后他慢慢向护栏转过身去，用双手抓住前方有棱角的胸墙镶边。他这样站立了一些时候，不转动脑袋地向四周环视。K 已经往后退了一大截路并用两肘靠在最前排教堂长椅上。他模模糊糊地看到那个驼背教堂杂役像是已完成任务似的平静蜷伏在某个无法明确说出的地方。现在大教堂里笼罩着一片寂静！但是 K 必须打破这寂静，他不打算留在这里。如果牧师有义务在一个规定好的时刻不顾客观情况如何进行布道，那么就让他布道好啦，没有 K 的支持这件事也会办成，正如同 K 的在场肯定增加不了布道的效果一样。于是 K 就慢慢移动脚步，踮着脚尖摸着长椅走去，然后走上宽敞的主道，也在那儿不受干扰地行走着，只有石头地面在轻盈的脚步下发出的响声，拱顶微弱而不间断地反复发出有规律的脚步的回声。当 K 在那儿也许在牧师的注目下独自穿行在空落的长椅之间的时候，他感到有点儿孤单。他也觉得大教堂的高大简直到了人类尚可忍受的极限。当他来到他原先的座位那儿时，他简直是一刻也没停留一把抓起落在那儿的那本游览手册就走。他几乎已经离开长椅地带，正向长椅和大门之间的那个空荡地段走近过去，这时他第一次听见了牧师的声音。一个洪亮威严、训练有素的声音。它响彻准备吸纳它的大教堂！但是牧师呼唤的不是本教区的教徒，这是一清二楚的，没有回避的余地，他在喊："约瑟夫·K！"

K 一愣，望了一望眼前的地面。暂时他还是自由的，他还能够继续往前走，从离他面前不远的小黑木门中的一扇溜出去。这正意味着，他没听懂，或者他虽然听懂了，但却不愿理睬它。但是如果他转过身去，他就被缠住了，因为这就等于他承认他听明白了，他确实就是那个被叫唤的人，而且他也愿意听从牧师的话。假如牧师再喊一次，K一定会就此离去，可是由于K等候良久四周依然一片寂静，他便稍稍转过头去，因为他想看看，牧师现在在干什么。他和从前一样安静地站立在布道坛上，但是可以明显地看出他已经觉察到了K的转头动作。假如现在K不完全转过身去，那么这就会是玩小孩捉迷藏游戏。他转过身去，牧师挥动指头叫他走过去。由于现在一切都可以公开进行了，他便索性迈大步——他这样做也是出于好奇，也是为了尽快了结这件事——急速朝布道坛走去。他在头几排长椅那儿站住，可是牧师觉得这距离还太远，他伸出手，用弯得很低的食指指了指紧挨布道坛前的一处地方。K也听从这个指令，他在这个位置上必须远远向后弯下身子才能看见牧师。"你是约瑟夫·K。"牧师说，他从护栏上举起一只手做了个不明确的动作。"是的，"K说，他想到，从前他总是多么坦荡地说出自己的名字，一些时候以来这名字便成了他的一个累赘，现在连第一次同他见面的人也知道他的名字。首先作自我介绍，然后才相识，这有多好呀。"你被控告了，"牧师特别小声地说。"是的，"K说，"人家已经把这件事告诉我了。""那么你就是我要找的人啦，"牧师说，"我是监狱牧师。""啊，原来如此，"K说。"我让人把你叫到这里来了，为了跟你谈谈。""我不知道，"K说，"我到这儿来，是为了陪一个意大利人参观大教堂。""别谈这无关紧要的事啦，"牧师说，"你手里拿着什么？是一本祈祷书吗？""不是，"K回答，"这是一本市名胜古迹游览手册。""你把它放下，"牧师说。K使劲把它一扔，它顿时便翻开，带着压皱的书页在地板上拖过一段距离。"你知道吗，你的案子情况不妙？"牧师问。"我也觉得是这样，"K说，"我已经尽了很大的努力，但迄今毫无成效。不过，抗辩书我还没准备好。”“你以为结局会怎么样？”牧师问。“从前我以为，案子一定会有好结果，”K说，“现在我有时自己就对此有怀疑。我不知道结果会怎么样。你知道吗？”“不知道，”牧师说，“可是我担心结果将不妙。有人认为你有罪。你的案子也许根本不会超越一个低级法庭。人们至少暂时认为你的罪行已经得到证实。”“可是我是无罪的，”K说，“这是个误会。一个人压根儿怎么会有罪呢。在这里我们大家都是人嘛，都是一样的人呀。”“这是对的，”牧师说，“可是有罪的人通常都这么说。”“你也对我怀有成见？”K问。“我对你没有成见，”牧师说，“我感谢你，”K说，“可是所有其他参与审理这桩案子的人都对我怀有成见。他们也促使不参与此案的人产生这种成见。我的处境越来越困难。”“你误解了实际情况，”牧师说，“判决不是一下子突然作出的，诉讼程序渐渐转入判决。”“原来如此，”K说着并低下了头。“下一步你要为你的案子做些什么？”牧师问。“我还要寻求援助，”K说并抬起头想看看牧师怎样看待这件事，“有一些可能性我还没有利用。”“你寻求太多的外来援助，”牧师不以为然地说，“尤其是女人方面的。难道你没发现，这不是真正的援助。”“我有时，甚至常常可以认为你这话说得对，”K说，“但是你这话并非总是对。女人很有权力。如果我能够促使几个我认识的女人共同为我效劳，我就会获得成功。尤其是现在这个法院，它的法官们几乎全是好色之徒。你只要让预审法官看一眼远处的一个女人，他就会撞倒审判桌和被告，不失时机地扑向那个女人。”牧师向护栏低下头，布道坛的华盖似乎现在才把他压弯下来了。外面是什么鬼天气啊？不再是阴暗的白日，已经全黑下来了。没有哪怕只是一丝微光透过大窗户上的彩色玻璃照亮黑暗的墙壁。而恰恰是在现在这个时候，教堂杂役竟开始一支一支地熄灭主祭坛上的蜡烛。“你生我的气吗？”K问牧师，“你也许不知道，你为一家什么样的法院服务。”他没有得到回答。“这只是我的经验而已，”K说。上面依然一直寂静无声。“我不想冒犯你，”K说。这时，牧师冲着下面的K叫喊：“难道你看不见两步路远的地方？”这是愤怒叫喊，但是同时也是由这样一个人发出的叫喊：这个人看见某人正在摔倒并且由于他自己受了惊吓所以就不谨慎地，不由自主地喊叫了起来。

接着，两个人长时间沉默不语。牧师肯定看不清下面一片黑暗中的K，而K却借着那盏小灯的光亮看得清楚牧师。牧师为什么不下来呢？布道他没有布呀，而是仅仅告诉了K一些情况，如果他严格重视这些情况，那么它们多半对他弊大于利。可是K分明觉得牧师的良好愿望是毋庸置疑的，如果他下来，他就不是不可能同他达成一致，他就不是不可能从他那儿得到一个决定性的、可接受的劝告，这个劝告譬如倒不会告诉他如何可以对诉讼施加影响，而是将会告诉他人们如何才能逃出诉讼重围，人们如何才能绕过它，人们如何才能生活在诉讼之外。一定存在着这种可能性，K在最近常常想到它，但是如果牧师知道一个这样的可能性，那么，如果人们为此请求他的话，他也许就会把它透露出来，虽然他自己正是法院的人，虽然在K攻击法院时他曾压抑了自己的温和的天性、甚至大声呵斥了K。

“你不想下来吗？”K说，“现在没布道呀。下到我这儿来吧。”“现在我已经可以来了，”牧师说，他也许为他的喊叫而感到后悔了。他一边把那盏灯从钩子上拿下来，一边说：“方才我不得不先隔着一定的距离同你说话。否则我太容易受影响，我就会忘记我的职责。”

K在下面阶梯旁边等候他。牧师在往下走时就已经从一个上面的梯级上向他伸出手来。“你能抽出一点儿时间给我吗？”K问。“你需要多少我就给你多少，”牧师边说边把那盏小灯递给他，让他拿着它。即便是在近处，他的本性中的某种庄严肃穆也没消失。“你对我很友好，”K说。他们并排在昏暗的侧殿里走来走去。“在所有法院的人的当中，你是个例外。我对你的信任，甚于比对我所已经认识的他们中的任何一个都多。同你我可以坦诚直言。”“你别作错误估计，”牧师说。“我会错误估计什么呀？”K问。“你错误估计法院，”牧师说，“在法律书籍的所有的序文中都谈到这种错觉：在法律的大门前站着一个守门人。一个从乡下来的人走到这个守门人跟前，请求让他进入这法律的大门。可是守门人说，他现在不能让他进去。那人想了想，随后就问，那么以后他是否可以进去。‘这是可能的，’守门人说，‘但现在不可以进去。’由于法的大门跟通常一样敞开着，守门人又走向一边了，那人便弯下身子从大门向里面张望。当守门人发现这一情况时，他便笑道：‘既然你很想进去，你不妨就不顾我的禁令试一试。但是你记住：我是有权势的。我只是最低级的守门人。但是一个一个大厅的门口都站着守门人，权势一个比一个更强大。那第三个人的模样就连我也都不敢正视一眼。’这样的困难是那个乡下人所不曾料想到的，法的大门应该对每个人并且随时都敞开着的呀，他这样想。但是当他现在仔细打量穿皮大衣的守门人，看着他那个又大又尖的鼻子，那部又长又稀又黑的鞑靼胡子的时候，他便决定还是等一等，等得到允许后再进去。守门人给他一张矮凳，让他在门边坐下。他日复一日、年复一年地坐在那儿。他作了许多要求准许进入的尝试，并用自己的方式请求守门人。守门人常常盘问他几句，向他询问他家乡的情况以及许多其他方面的情况，但是那都是些如大人物们所提的冷冰冰的问题，而最后他总是又告诉他，他还不能让他进去。那人为作自己的这趟旅行配备了许多物品，他倾其所有，其中不乏很有价值的东西，去贿赂守门人。守门人虽然一一都收下，但每次总是说：'我收下它们，只是为了使你不至于认为你耽误了什么事。'在这许多年里那人几乎一刻不停地观察着守门人。他忘记了别的守门人，这第一个守门人似乎是他进入法的大门的惟一障碍。他诅咒这个不幸的偶然事件，在头几年里大声嚷嚷，后来他老了便只是嘀嘀咕咕。他变得傻里傻气的了，而由于他在多年研究守门人的过程中也已经熟识了他皮领子里的跳蚤，就请求跳蚤们助他一臂之力，使守门人改变主意。最后，他的视力减退了，他不知道，他周围的世界真的变暗了呢，还是只是他的眼睛在欺骗他。但是现在他分明在黑暗中看到了一束光亮，它永不熄灭地从法的大门里射出来。他将不久于人世。临死前，整个这段时间里的全部经验在他头脑里会集成一个他迄今还未曾向守门人提出的问题。他向他招手示意，因为他不再能够直起他那僵硬的身体。守门人不得不向他低低地俯下身去，因为他们之间身材高度上的差别已经发生了大大不利于那乡下人的变化。'你现在还要知道什么呀，'守门人问，'你真不知足。''所有的人都在追求法，'那个人说，'在这许多年里除了我以外怎么就没有一个人要求进去的呢。'守门人看出此人已是濒死之躯，为了让他那渐渐消失的听觉还能听清楚，守门人对他大声吼叫：'这儿这道门别人谁也进不了，因为它是专为你而开的。现在我去把它关上。'"

"原来是守门人欺骗了那个人，"K立刻就说，他被这则故事深深吸引住了。"不要急于下结论，"牧师说，"不要不假思索就接受别人的看法。我按照原文的字句给你讲述了这则故事。其中没有一句话说这是欺骗。""可是这是明摆着的，"K说，"你的第一个解释完全正确。守门人在说出这个打破僵局的消息时，这个消息对那人已是无济于事了。""早先没有问他呀，"牧师说，"也得想想嘛，他只是个守门人，而作为守门人，他已经履行了自己的职责。”“为什么你认为他已经履行了自己的职责？”K问，“他没有履行职责。他的职责也许是挡开所有的陌生人，可是这个人，大门专门为他而开的这个人，这个人他原本应该放他进去的呀。”“你不太尊重原文，更改了这则故事，”牧师说，“故事里守门人对进入法的大门作了两个重要解释，一个在开始，一个在结尾。其中的一个称：‘他现在不能让他进去。’而另一个则称：‘这座大门只为你而开。’假如这两个解释之间有矛盾，那么你就说对了，守门人欺骗了那个人。可是这里没有矛盾。相反，第一个解释甚至预示了第二个解释。人们几乎可以说，守门人许诺将来有可能让那个人进去，他这样做超越了自己的职责范围。那时候他的职责似乎仅仅是拒绝那个人的要求，许多文本解释者确实对守门人作了那个暗示感到惊讶，因为他似乎酷爱精确性并恪尽职守。多年来他一直没离开自己的岗位，直到最后才关上大门，他非常了解自己的工作的重要性，因为他说‘我是有权势的’，他敬重上司，因为他说‘我只是最低级的守门人’，他在履行职责时不讲情面，不徇私情，因为说是那人‘用自己的方式请求看门人’，他不多嘴多舌，因为在这许多年里他如故事中所说只提‘冷冰冰的问题’，他廉洁奉公，因为每接受一件礼物他都说‘我收下它，只是为了使你不至于认为你耽误了什么事’，最后是他的外貌也表明他是个迂腐的人，又大又尖的鼻子，又长又稀又黑的鞑靼胡子。会有比这更忠于职守的守门人吗？可是在守门人身上还掺入了别的性格特征，它们对要求进入的人十分有利，它们至少使我们领会到：他会超越自己的职责范围作出那个未来可能性的暗示。因为不容否认，他有点儿头脑简单，与此相关地有点儿自以为是。即使他关于他的权力、关于别的守门人的权力以及关于他们那甚至对他来说不可忍受的模样所说的话——我是说，即使所有这些话本身也许都正确，他说这些话时的那种方式也依然表明，他的理解力因头脑简单和自以为是而受到损害。解释者们对此作如是说：正确理解一件事情和误解这同一件事情并不完全互相排斥。但是无论如何人们必须看到，不管那种单纯和自负也许显得多么微不足道，它们还是会削弱对大门的看守，这是守门人性格上的缺陷。另外，守门人似乎天生是个和蔼的人，他决不是一直摆公职人员的架子。一开始他马上就开玩笑，他不顾禁止入内的明文规定邀请那人进去，后来他不是把他打发走，而是如同所说的那样给他一张矮凳，让他在门旁边坐下。这些年里他耐着性子忍受那人的种种请求，一次次盘问，收下礼物，他宽宏大度地允许那人在他身边大声诅咒这个不幸的偶然事件让守门人在这里把守大门——所有这一切都可以让人推断出他是动了同情心了。不是每一个守门人都会这样行事的。最后，他还在人家一个暗示下便向那人深深俯下身去，以便给他以最后提问的机会。只有一种轻微的不耐烦——守门人知道一切行将结束——在这句话中显露了出来：'你真不知足。'有些人在作这类解释时甚至走得更远，他们认为，'你真不知足'这句话表达出一种友好的赞赏，这种赞赏当然不无居高临下的成分。总之，守门人的形象跟你所想象的不一样。""这则故事你知道得比我详细、比我早，"K说。他们沉默了片刻，随后K说："那么你认为那个人没有受欺骗？""别误解我的意思，"牧师说，"我只是向你介绍对这个问题的各种看法。你不必过分重视别人的看法。文本是恒定不变的，种种看法往往只是绝望情绪的一种流露。在这件事上甚至有一种说法认为受骗的恰恰就是守门人。""这是一种颇有深意的看法，"K说，"这有什么根据呢？""根据就是，"牧师回答，"守门人的单纯。人们说，他不了解法的内部情况，而是只了解他不得不一再巡视的大门前的那条道路。他对法的内部情况的印象被认为是天真的，而且人们以为，他自己就害怕他想恐吓那个人的那种东西。是的，他甚至比那人更惧怕那种东西，因为此人无非就是想进去罢了，即使听说了内部的可怕的守门人，也不改初衷；而守门人则相反，他不想进去，至少人们没听说他想进去。别人虽然说，他一定已经去过内部，因为他已经受雇用为法律服务，而他只能是在内部接受雇用的。对此可以回答说，他也可能是由于内部的一个口头任命而被指定为守门人的，他恐怕至少没去过内部深处吧，因为第三个看门人的模样他一看就要受不了的嘛，但是此外也没说，在这许多年里除了对守门人的一句评语以外他还曾对内部讲述过什么。可能是禁止他这样讲的，可是关于这个禁令他也只字未曾提及过。根据上述种种情况人们得出结论：他对内部的外观和含义一无所知并且对此有错觉。但是对那个乡下人据说他也有错觉，因为他是此人的下级，却不知道这一情况。他把此人当做下属看待，这一点人们从许多迹象上看得出来，这许多迹象你大概还记得。但是他确实是他的下级，这一点按照这种看法据说同样也是显而易见的。首先，自由的人位居于受约束的人之上。而那个人确实是自由的，他可以去他想去的任何地方，只禁止他进入法的大门，而且禁止他的只是一个人，守门人。如果说他在门旁矮凳上坐下并终生待在那儿的话，那么，这是出于自愿，故事中没有谈到强制。而守门人却受职务的约束离不开他的岗位，他不可以到外地去，但是从种种迹象看来他也不可以走进内部，即使他想进去也不可以。此外，他虽然为法服务，但是只为这座大门服务，就是说也只为这个人服务——这座大门是专门为他开设的嘛。也是由于这个原因他位居于他之下。可以这样认为：他在许多年里、在他的全部大好年华里只是做了徒劳无益的工作，因为据说有一个人，一个成年男子要来，所以守门人就得长期等候，直至他的目标得以实现，而且那个自愿来的人要他等多久他就得等多久。但是服务的终结也取决于这个人生命的终结，所以他直到最后一直是位居于他之下。并且一再强调指出，守门人似乎对这一切一无所知。但是在这件事上看不出有什么显眼的地方，因为按这种说法守门人还有一个严重得多的错觉，这个错觉涉及他的服务。因为他最后谈到大门并且说‘我现在去关门’，但是开始的时候说是法的大门一如既往敞开着，可是如果大门永远敞开着——永远，这就是说不受大门专门为之开设的那个人的寿命的影响——那么，守门人也就不能去关门。大家的意见在这方面有分歧：守门人宣告他将去关门是不是仅仅是想给予一个答复呢，还是想强调他的工作职责或者是想在最后一刻还让那人感到懊悔和忧伤。但是许多人一致认为：他将不能把大门关上。他们甚至认为，他至少在最后在知识方面也位居于此人之下，因为此人看见了从法的大门里射出来的亮光，而守门人却分明背对着大门站着，而且也没说一句表示他觉察到了变化的话。”“说得有根有据，”K说，他暗自把牧师所作说明中的一些话小声重复了一遍，“说得有根有据，如今我也认为守门人受骗了。但是我并没有因此而放弃了我原来的意见，因为两者部分一致。守门人看得清楚还是受骗，这并不十分重要。我说了，守门人受骗。如果守门人看得清楚，人们就会对此怀疑，但是如果守门人受骗，那么他的错觉就势必会波及乡下人。那么守门人虽然不是欺骗者，却头脑简单至极，必须立刻将他解雇。你得考虑到，守门人怀有的错觉无损于他一根毫毛，但却使乡下人受到极大的损害。”“在这一点上有相反的意思，”牧师说，“因为有些人说，这则故事并没有授权任何人来评论守门人。不管我们认为他是怎样的一个人，他反正是一个法的仆人，所以是属于法的，所以不是一般人所能评论得了的。人们也不可以认为，守门人也位居于乡下人之下。即使由于自己的职责而被束缚在法的大门上，这也比自由自在生活在世界上强得多得多。乡下人才来求见法，守门人则已经在那儿了。他是受法雇用的，怀疑他的尊严就是怀疑法。”“这个意见我不同意，”K摇着头说，“因为如果人们同意这个意见，人们就得认为守门人说的全是真话。但是这是不可能的，这一点你自己就曾详细论证过。”“不，”牧师说，“人们不必认为一切都是真的，人们只需认为这是必不可少的。”“悲观的意见，”K说，“谎言变成了普遍准则。”[19]

K最后终结性地说了这句话，但这并不是他的终审裁定。他太疲倦了，不能对这则故事的全部结论作出判断，故事提供给他的也都是些不寻常的思路，不真实的事物，更适宜于供法官们进行讨论的题目，不适宜于他，这则简单的故事变得古里古怪的了，他想摆脱它，而现在显得十分温柔体贴的牧师则表示容忍并以沉默的态度对待K的评论，虽然这与他自己的看法肯定不一致。

他们默默无言地继续走了一会儿，K紧紧挨着牧师，在黑暗中却并不知道自己置身于何处。他手中的那盏灯早已熄灭。有一回一个圣徒的银立像正好在他面前只闪烁了一下银光，便立刻又消失在黑暗中。为了使自己不至于依然完全依赖牧师，K便问他：“我们现在不是到了大门附近了吗？”“不，”牧师说，“我们远离大门了。你就要走吗？”虽然正好现在K没想到要走，他却还是立刻就说：“是啊，我得走了。我是一家银行的襄理，有人在等我，我只是来陪一陪外国客户参观大教堂的。”“唔，”牧师边说边把手递给K，“那你就走吧。”“可是我独自一人在黑暗中找不到路呀，”K说。“你向左走到墙那儿，”牧师说，“然后别离开墙沿着墙继续往前走，你就会找到出口。”牧师才走出几步，K就已经很大声地喊叫起来：“请稍等片刻。”“我等着呢，”牧师说。“你不是对我还有什么要求吗？”K问。“没有，”牧师说。“方才你对我真友好，”K说，“你全都给我解释了，可是现在你让我走，仿佛你对我毫不在意似的。”“你得走了呀，”牧师说。“那好吧，”K说。“你要明白这个道理，”牧师说，“你首先要明白，我是谁。”“你是监狱牧师，”K边说边向牧师走近过去，他并非像所说的那样必须立刻返回银行，他完全可以继续留在这里。“我是法院的人，”牧师说，“我为什么要对你有什么要求呀。法院对你没有任何要求。你来它就接待你，你走它就让你走。”

结 局

K 三十一岁生日的前夕——晚上九点左右，大街上寂静的时候——两个男人走进 K 的寓所。身着男式小礼服，脸色苍白，身体肥胖，头戴好像不可移动的礼帽。在寓所大门口为谁先进入稍许客套一阵之后同样的客套在 K 的房门前在较大的规模上又重复了一遍。虽然没有通知这些客人要来拜访他，K 却还是同样身穿黑礼服坐在房门口的一把椅子里并在慢慢戴上紧紧裹着手指的新手套，一副等待客人来访的神态。他立刻站起来并好奇地端详着来访者。“你们是来找我的？”他问。来人点点头，一个用手中的礼帽指指另一个。K 在心里暗想，他等候的是另一个客人呀。他走到窗口，又看了看那昏暗的街道。对面临街的窗户几乎也都是黑糊糊的，许多窗户的窗帘已经放下。在楼层的一扇有亮光的窗户里两个小孩在窗栅栏后面玩耍并且小手互相探摸，他们还没有能力挪动身体离开原来的地方。“他们派年老的次要演员来传唤我。”K 在心中暗想，他往四下里看了看，想再次证实自己的这个想法。“他们试图以公平合理的方式来对付我。”K

突然向他们转过身去并问："你们在哪个剧院演戏？""剧院？"其中的一个男人抽搐着嘴角求教于另一个。另外那一个神态像一个正在设法克服倔强的有机组织的哑巴。"他们没做好被提问的思想准备。"K在心里嘀咕，他去取自己的帽子。

在楼梯上两人就想挽着K的胳臂，但是K说："等到了街上再说，我没有病。"但是一到大门口他们马上就挽住了K的胳臂，而K则还从未和另外的人以这样的方式行走过。他们将肩膀紧紧顶在他的肩膀的后面，不把双臂弯起来，而是伸直了手臂扭住K的胳臂，在楼下他们以一种训练有素的、非常熟练的、使人无法抗拒的方式抓住K的双手。K直挺挺地在他们之间行走，他们三个人现在结成这样一个统一体：假如有人打了他们之中的一个，就是他们全都挨了打。这是一个几乎只有无生命的东西才能构成的统一体。

尽管这样被夹紧着走起来很困难，到了街灯下K还是频频试图看清他的陪同者们的面貌，方才在昏暗的房间里不可能看清楚。也许他们是男高音，一看到他们那肥胖的双下巴他心中暗想。他们那干干净净的脸庞使他感到恶心。人们简直还可看见那只进行清洗的手，它擦了他们的眼角，它擦拭了他们的上唇，它刮去了下巴上的皱纹。

当K发现这一情况时，他便站住，于是其他两人也站住。他们站在一个开阔、空无一人、装饰着花坛的广场的边缘。"他们为什么偏偏派你们来！"他不是在问，而是在喊叫。那两个人似乎无言以对，他们垂下空着的胳臂等候，就像病人想休息时的护理员。"我不走了，"K试探着说。那两人不必对此作出回答，他们不松手并试图架着K走，这就足以说明问题，但是K反抗着。"我不再需要花费许多力量，我现在要孤注一掷，"他心中暗想。他突然想到苍蝇扯断细腿挣脱粘胶杆的情景。"这两个人将会有繁重的工作要做。"

这时，比尔斯特纳小姐在他们前面正从一个地势较低的小胡同里顺着一道阶梯向广场走上来。究竟是不是她，不是很有把握，不过相像的程度却是很大的。[20] 可是K也并不在乎这是不是一定就是比尔斯特纳小姐，重要的是他立刻就意识到他的反抗毫无意义。他反抗，他现在给这两个制造麻烦，他现在在防守中还试图享受生命的余晖，这些都不是什么英雄壮举。他走动起来，他此举给那两人带来的那种快乐还有点儿感染了他自己。现在他们容许他来定前进的方向，而他则按比尔斯特纳在他们前面所行走的路线来确定这个方向，倒并不是因为他想追上她，倒并不是因为他想尽量长久地看到她，而是仅仅是为了不忘记这告诫——她对他来说意味着的这个告诫。“我现在能做的惟一的一件事，”他在心里嘀咕，他的步伐和另外三个人的步伐的均匀一致证实了他的想法，“我现在能做的惟一的一件事，就是保持清醒头脑直至最后。我总想长出二十只手来抓住这个世界，而且是为了一个无法让人赞同的目的。这是不对的，难道要我表明连这桩历时一年之久的诉讼案也没能够让我记取教训吗？要我作为一个理解迟钝的人离开人世吗？要我让人背后议论我，说我在诉讼开始时想结束它，现在诉讼快结束时又想重新启动它？我不希望人家说这样的话。我感谢人们派遣这两个半聋半哑、不明事理的人陪伴我走上这条路，感谢人们任凭我对我自己说这必不可少的话。”

这时小姐已经拐进一条小胡同，但是K已经不需要她了，他听任他的陪同者们摆布。如今这三人完全协调一致地在月光下走过一座桥，现在那两位心甘情愿地对K作出的每一个小动作让步，当他稍稍向栏杆转过身去时，他们也齐刷刷向那边转过去。月光下闪烁、波动的河水被一个小岛分成两岔，小岛上树和灌木的叶子像被挤在一起似的堆积成堆。一堆堆树叶的下面蜿蜒着小石子路，但此刻K看不见它们；小石子路边有舒适的长椅，在某些个夏季里K曾在那上面伸开四肢舒适地躺卧过。“我根本就不想站住，”他对他的陪同者们说，因他们的热心殷勤而感到羞愧了。其中的一个似乎在K的背后轻声责备了一下另一个，怪他误解了K的意思而站住了。然后他们继续往前走。

[21] 他们穿过几条向上伸展的小胡同，胡同里间或有警察站立或行走，时而在远处，时而近在咫尺。一个留着浓密髭须的警察，手握着军刀故意似的向这几个并非完全不可疑的人走过来。那两人停住，警察似乎就要张嘴了，这时K便使劲拽着那两位往前走。他不时小心翼翼地扭过头去，看警察是否跟上来。当他们拐过街角避开了警察的视线时，K便奔跑了起来，那两位不得不也气喘吁吁地一起奔跑。

他们就这样迅速出了城，在这个方向上城市与田野相连接，中间几乎没有过渡地带。一个小采石场，既孤零又荒凉，坐落在一幢还完全带有城市气息的房屋的附近。那两人在这里站住，不知是他们一开始就已经选定了这个地方呢，还是他们已经精疲力竭，不想再走了。现在他们放开默默等待着的K，摘下礼帽，边往四下里打量这采石场边用手帕擦额头上的汗。皓月当空，它那皎洁与宁静是任何别的亮光都无法与之比拟的。

就谁来执行下几项任务客气地谦让了一番之后——两个男人似乎接受任务时没分工——其中的一个便向K走去并脱下他的上衣、背心，最后又脱下他的衬衫。K不禁冷得直打哆嗦，于是那个男人便在他背上轻轻拍了下，以示安慰。然后，他把衣服整整齐齐叠好，就好像这些衣服虽然不是在近期内，但将来总还会有用的。为了不使K一动不动地受夜晚寒风的侵袭，他一把抓住他的胳膊，拉着他少许来回走动走动，这时另外那个男人则在采石场上寻找一个合适的地点。后来他找到了，他便一招手，另外那个顿时便把K带了过去。这个地方靠近开采面，那儿有一块采下来的石头。两个男人让K在地上坐下，把他靠在那块石头上，让他的头枕在那上面。不管他们多么煞费苦心，不管K向他们表现出多大的迎合迁就，他的姿势总是显得很不自然，很别扭。所以其中一个便请另一个给他一点儿时间让他单独安排K的躺卧姿势，但是即便如此情况也没得到改善。最后，他们就听凭K躺在那里，这时他躺卧的姿势甚至一点都不如原来的姿势好。然后，其中的一个男人解开自己的小礼服，从一个挂在绑在背心上的腰带上的刀鞘里拔出一把又长又薄、两面开刃的屠刀，把它高高举起并在月光下检查刀锋。又开始令人讨厌地礼让起来了，一个把刀从K的头顶上递给另一个，这一个又把它从K的头顶上递回去。现在K分明知道，当这把刀在他头顶上飘来荡去的时候，他应该自己抓住它，将它刺进自己的身体。但是他不这样做，而是转动尚可自由活动的脖子，向四下里张望。他不能完全经受住考验，他不能替当局做所有的工作，承担这个最后错误的责任的，是那个拒绝给他为此所必需的残余力量的人。他的目光落在那幢与采石场邻接的房屋的最高一层上。灯光一闪处，只见那儿一扇窗户的两个窗扇突然分开，又高又远处一个身材瘦小的人猛地一下探出窗外并远远地伸出双臂。这是谁？一个朋友？一个好人？一个有同情心的人？一个愿意帮助的人？是单独一个人？是所有的人？还有人愿意帮助？有反对意见，人们把它们给忘了？肯定有这样的反对意见。逻辑性虽然是不可动摇的，但是它抗不住一个愿意活着的人。他从未见过的那个法官在哪里？他从未进入过的那个高等法院在哪里？他举起双手，叉开十指。[22]

但是其中一个男人的双手扼住了K的咽喉，而另一个则把刀刺进他的心脏并把刀在那里转了两下。K 在弥留之际尚还看到，紧挨着他脸面前那两个男人面颊贴着面颊互相依靠着在观看这一判决。“像一条狗！”他说，就好像，他人虽死羞耻感却犹存。

比尔斯特纳的女友[①]

在随后的一段时间里K没有可能同比尔斯特纳小姐哪怕只谈不多几句话。他想方设法试图接近她，可是她总会一一加以防止。他一下班马上就回家，在自己的房间里不开灯坐在长沙发上并一个劲儿地注视着穿堂里的情况。一旦女用人走过并关上这间似乎空无一人的房间的房门，稍过片刻后他就站起来，又把房门打开。早晨他比平时早一个小时起床，以便也许在比尔斯特纳小姐去上班时能单独碰上她。但是这些尝试没有一个奏效。然后他就给她往办公室和寓所各写了一封信，试图在信中再次为自己的态度辩解，表示愿意赔礼道歉，答应再也不越出她为他规定好的限度，请求给他一个机会，让他与她谈一次，尤其是因为只要他不事先与她商谈，他在格鲁巴赫太太那儿也将一事无成。最后，他通知她，说是这个星期天他将整天在自己的房间里等候她发出一个信号，或答应满足他的请求，或至少向他说明她为什么不能满足这个请求，虽然他已经允诺要在一切方面听从她的安排。这些信没有退回来，但是也没有回信。相反，星期日有了一个相当不含糊的信号。K 一早就从锁眼里发现穿堂里有异常动静，不一会儿情况就明了了。一位法语女教师，她是德国人，叫蒙塔克，一个身体柔弱、脸色苍白、有点儿跛行的姑娘，迄今为止一直是自己住一个房间，她如今迁居到比尔斯特纳小姐的房间里来了。人们接连数小时看见她吧嗒吧嗒地拖着脚在穿堂里穿行。总是还忘了一件衣服，或一块小桌布，或一本书，得专门去取来，搬进这新的寓所。

当格鲁巴赫太太把早饭给 K 送来时——自从她大大惹怒了 K 以来，连最微小的服务她也不让女佣干了——K 再也不能克制自己，五天来第一次与她攀谈了起来。“今天穿堂里怎么这样吵闹？”他边斟咖啡边问，“这不能停下来吗？偏偏要在星期天搞大扫除？”虽然 K 没抬头去看格鲁巴赫太太，他还是发现她如释重负般地舒了口气。就连这几个语气严厉的问题也被她理解为原谅或原谅的开端。“不是大扫除，K 先生，”她说，“只不过是蒙塔克小姐搬到比尔斯特纳小姐这儿来住，她把自己的东西搬过去。”她不再说什么，而是等着看 K 如何看待这件事，他会不会允许她继续说话。可是 K 在考验她，若有所思地用调羹搅咖啡，沉默不语。随后他便抬头向她望去并说道：“您已经放弃原有的在比尔斯特纳小姐事件上的怀疑了吧？”“K 先生，”专门等着这个问题的格鲁巴赫太太嚷嚷并把合拢的双手向 K 伸过去，“您把不久前一句随便说说的话看得这么严重。我没有一丁点儿想伤害您或随便哪个人的意思。您认识我相当长久了嘛，K 先生，总不会连这也不相信的吧。您根本就不知道最近这几天我遭受多大的痛苦！我居然会诬蔑我的房客！而您，K 先生，您居然会信以为真！居然说我可以解除您的租约！解除您的租约！”发出最后这声叫喊时她已是泣不成声，她撩起围裙捂住脸，大声呜咽起来。

“您别哭呀，格鲁巴赫太太，”K 说道并朝窗外望去，他只想着比尔斯特纳小姐，想着她把一个陌生姑娘安置到自己的房间里了。“您别哭呀，”他转身回房，见格鲁巴赫太太还一直在哭，便又说了一遍，“当初那句话也不是就对我怀有那么大的恶意嘛。我们相互误解了对方的意思了。这种事也会发生在老朋友身上的。”格鲁巴赫太太把围裙挪动到眼睛下面，以便看清，K是否真的已经和解。“好啦，就这样了，”K说，按照格鲁巴赫太太的态度可以推断出上尉没有泄露任何情况，所以他大胆添上一句：“难道您真的以为，我会为了一个陌生姑娘与您结仇？”“可不是嘛，K先生，”格鲁巴赫太太说，这是她的不幸，她只要心里一感到舒畅，便立刻就会说些不着边际的话，“我一直在考虑：K先生为什么这样关心比尔斯特纳小姐？他为什么为她而责备我，虽然他知道任何一句恶意的话都会使我失眠？我没说这位小姐什么话呀，无非只是说了我亲眼目睹的事。”K对此不吭一声，他本应该在张嘴说第一句话时就把她从房间里轰出去的，可是他不愿意这样做。他便悠然自得地喝咖啡，让格鲁巴赫太太感受到自己在这里是多余的。人们又在外面听见蒙塔克小姐的蹒跚的步伐，她在穿越整个穿堂。“您听见了吗？”K用手指着房门问。“是呀，”格鲁巴赫太太叹息说，“我想帮助她，也想让女佣人帮助她，可是她固执己见，什么她都要自己搬。我对比尔斯特纳小姐感到惊异。我常常感到我有蒙塔克小姐这样的房客是个累赘，可是比尔斯特纳小姐却甚至让她住进自己的房间。”“您根本不必操这份心，”K边说边压碎杯里剩余的糖，“难道您会因此而受到损害吗？”“不会，”格鲁巴赫太太说，“其实我是很欢迎的，我因此而空出一个房间，我可以把我的上尉侄儿安顿在那儿。我早就担心，最近几天我不得不让他住在隔壁起居室里，他可能打搅您了。他不太顾惜别人。”“哪儿的话呀！”K说着并站了起来，“根本谈不上这个嘛。您似乎认为我过分敏感因为蒙塔克小姐这样走来走去——现在她又走回来了——我忍受不了。”格鲁巴赫太太感到自己无能为力。“K先生，要我去告诉她，让她推迟搬运其余物件吗？如果您愿意，我马上就去告诉她。”“可是她要搬到比尔斯特纳小姐这儿来呀！”K说。“是呀。”格鲁巴赫太太说，她不完全明白K的意思。“既然如此，”K说，“那她就必须把她的东西搬过去。”格鲁巴赫太太只点了点头。这种默默的无可奈何，表面看上去无非就只像执拗，它更惹K生气。他开始在房间里从窗户到房门来回踱步，从而使格鲁巴赫太太失去了离去的可能性，而本来她十有八九是想离开这儿的。

K刚刚又一次踱到房门口，便听见有人敲门。是女佣，她来禀报，说是蒙塔克小姐想同K先生说几句话，她就请他到吃饭间去，蒙塔克小姐在那儿等着他呢。K若有所思地听女佣说话，随后他便转过身向大为吃惊的格鲁巴赫太太投去几乎是讥讽的一瞥。这一瞥似乎在说，K早就预料到蒙塔克小姐的这一邀请，它跟他在这个星期天上午不得不从格鲁巴赫太太的房客那儿所遭受到的折磨很相配。他让女佣回去回话，说是他马上就去。然后，他走到衣箱跟前，去换一件上衣，他只提出一个请求，算是对正在对那个纠缠不休的女人小声发着牢骚的格鲁巴赫太太作了回答：请她把早餐餐具撤走。“您几乎一口也没吃呀，”格鲁巴赫太太说。“啊呀，您把它撤走吧，”K嚷嚷，他觉得，仿佛蒙塔克小姐已经掺入一切事物之中，让什么东西都变得令人讨厌了。

他穿过穿堂时朝关着的比尔斯特纳小姐的房门看了一眼。可是他没有被邀请到那儿去，而是到吃饭间去，他敲也没敲一下便一下推开吃饭间的门。

这是一个很长但很窄的单窗房间。那儿空出的地方很少，人们只能在门那一边的角落里斜着放置两个橱柜，其余的地方则完全被长餐桌所占据，那餐桌从房门近处起一直伸展至大窗户前，那窗户因此也就不好接近。桌子上已经摆好餐具，可供许多人用餐，因为星期天几乎所有的房客都在这里吃午饭。

K 走进来时，蒙塔克小姐从窗户那边沿着桌子的一边向 K 迎过来。他们互相默默致意。然后蒙塔克小姐就说，跟通常一样不寻常地直起了脑袋："我不知道您是否认识我。" K 皱起眉头望着她。"当然认识，"他说，"您在格鲁巴赫太太这儿已经住了好些日子啦。""但是据我所知，您不太过问膳宿公寓里的事，"蒙塔克小姐说。"是的，" K 说。"您不坐下来呀，"蒙塔克小姐说。他们俩把餐桌最远一头的两把椅子拉出来，互相面对面坐下。但是蒙塔克小姐立刻又站起来，因为她把自己的小手提包落在窗台板上了，她去取它。她拖着腿穿过整个房间。当她微微挥动着小手提包又回来时，她说："我只想受我女友委托同您讲几句话。她本想自己来，可是今天她有点儿不舒服。她请您原谅她，请您听我替她传话。除了我要对您说的话以外，她也没什么别的话要对您说。相反，我以为，我甚至还能对您说得更多一点，因为我相对来说是个局外人。您不也这样认为？""有话就请说吧！" K 回答，看到蒙塔克小姐的眼睛一个劲儿盯着自己的嘴唇他颇感厌烦。她自以为这样一来就已经对他首先想说的话有了一种控制力。"比尔斯特纳小姐显然不愿意批准我的请求亲自同我进行谈话。""是这么回事，"蒙塔克小姐说，"或者不如说根本不是这么回事，您把事情说得特别尖锐。一般说来，谈话既不是被批准，也不是不被批准。但是可能发生人们认为谈话不必要的情况，现在的情形正是这样。现在听了您的意见之后我可以坦诚直言了。您曾书面或口头约我女友进行一次谈话。可是我的女友知道——我至少得这样认为——这次谈话会涉及什么内容，所以出于我不知道的原因她确信，假如真的进行这一谈话，这将对谁都不会有什么好处。另外，昨天她才完全泛泛地给我谈及此事，她说，您一定也并不重视这次谈话，因为您只是由于一个偶然事件才想到了这样一个主意，即便没作特别的解释您自己也会认识到整个儿这件事毫无意义，现在认识不到，很快也就会认识到。我回答说这可能是对的，但是我还是认为为了充分澄清问题最好还是给您一个明确的答复。我自告奋勇承担这项任务，犹豫片刻后我的女友向我让步了。不过我希望我也是按照您的意愿在行事，因为即便在这件最微不足道的事情上的最小的疑惑不定也总是折磨人的，既然在这件事情上这样做人们轻易就能消除这种疑惑不定的心态，那么，最好还是立刻就这样做。”“我感谢您，”K 立刻说，慢慢站起来，望着蒙塔克小姐，从桌面上望过去，然后从窗户向外面望去——对面那幢房屋沐浴在阳光里——并向门口走去。蒙塔克小姐跟随他走了几步，仿佛她对他言犹未尽似的。但是两个人在门口都不得不朝后退，因为房门开启，兰茨上尉走了进来。K 第一次在近处见到他。这是一个身材高大、四十岁左右的男人，胖乎乎的脸晒成棕褐色。他微微一鞠躬，算是他向 K 行了礼，然后就向蒙塔克小姐走去，恭敬地吻她的手。他的举止很大方。他对蒙塔克小姐的彬彬有礼的态度与 K 对待她的态度形成鲜明对照。尽管如此，蒙塔克小姐似乎并不生 K 的气，因为她甚至想——如同 K 自以为觉察到的那样——把他介绍给上尉。但是 K 不想被人介绍，他会既不能对上尉也不能对蒙塔克小姐表现出友好态度的，对他来说吻手礼已经把她与这样一些人联系在一起：这些人表面上极其心地善良、不谋私利，骨子里却不愿意让他接近比尔斯特纳小姐。然而 K 却自以为不仅认识到了这一点，他也认识到，蒙塔克小姐选择了一种虽好而双刃的手段。她夸大比尔斯特纳小姐与 K 之间的关系的意义，她尤其夸大这次要求进行的谈话的意义并同时试图把事情说成仿佛是K在夸大一切。她搞错了，K不想夸大任何事情，他知道，比尔斯特纳小姐是个小打字员，她不会长久反抗他的。在这方面他故意根本不计及他从格鲁巴赫太太那儿了解到的有关比尔斯特纳小姐的情况。他一边几乎不打招呼离开这房间，一边考虑着上述这一切。他想马上走进自己的房间，可是他在自己身后听到从吃饭间传来的蒙塔克小姐的一阵短促的笑声却使他产生了这样一个想法：他也许可以给两个人，给上尉和蒙塔克小姐来一个出其不意。他往四下里看了看并侧耳倾听，四周哪个房间里是不是会有什么干扰，到处都是一片寂静，只听见从吃饭间传来的谈话声以及从通往厨房的过道里传来的格鲁巴赫太太的声音。时机似乎有利，K走到比尔斯特纳小姐房间的房门口并轻轻敲门。由于丝毫没有动静，他便又敲了一下，但是房间里始终没有人吭声。她在睡觉？抑或她真的不舒服？抑或她之所以假装不在，仅仅是因为她猜想这么轻轻敲门的只能是K？K认为她假装不在，便大力敲门，由于敲门未果最后竟小心翼翼打开了房门，心中不无做了亏心事的感觉。房间里没有人。此外，这房间跟K见过的几乎完全不一样了。靠墙一张挨一张摆放着两张床，房门旁边的三把椅子上堆放着连衣裙和内衣，一只柜子柜门敞开着，比尔斯特纳小姐大概就在蒙塔克小姐在吃饭间里对K进行规劝的时候走的。K对此并不感到很惊愕，他几乎就不曾期望这么轻易地就遇上比尔斯特纳小姐，他几乎只是为了要对抗蒙塔克小姐才作此尝试。但是令他感到尤为难堪的是，在他重新关上房门的时候，他看见蒙塔克小姐和上尉在敞开着的吃饭间房门口闲谈。他们也许自K打开房门以来就已经站在那儿了，他们避免给人一种印象，好像他们在观察K，他们轻声交谈并只是像人们边谈话边心不在焉地东张西望那样用目光注视K的一举一动。但是这些目光却沉甸甸地压在K的身上，他急忙沿着墙走进自己的房间。

检察官

虽然K长期在银行工作熟知人情世故，颇有处世经验，他却仍然觉得和他一起参加聚会的那一伙人极其令人起敬，他从不否认自己属于这一伙聚会的人中的一员，这是他的莫大光荣。这一伙聚会的人几乎清一色全是法官、检察官和律师，也允许几个相当年轻的公职人员和律师助理参加聚餐会，但是他们只是坐在桌子的最下端并且只在有特殊的问题向他们提出时才可以加入辩论。但是这样的提问往往只有取悦聚会者这一个目的，而通常坐在K旁边的检察官哈斯特勒则尤其喜欢以这样的方式羞臊那些年轻人。每逢他将那只毛茸茸的壮实大手在桌子中央叉开并向桌子下端转过身去，大家就全部竖起耳朵听着。每逢随后那儿一个人接过这个问题，但是根本识不透问题的意思只是盯着自己啤酒杯发愣或是不说话，只是一个劲儿咂舌头或是更有甚者——这是最糟糕的——滔滔不绝地发表一种错误的或者未经认证的意见，每逢这种时候，上了年纪的先生们便总是在他们的座位上面带微笑转动身子，他们似乎现在才感到舒心适意了。只有他们才有资格进行真正严肃的、有专业水平的谈话。

K是由一位律师，由银行的法律顾问带进这个社交圈里的。曾经有过一段时期，K必须同这位律师在银行里长时间进行商谈直至晚上很晚的时候，于是碰巧他就与律师一起在他的聚餐会上吃晚饭并对这个社交聚会感到了兴趣。他在这里见到的净是有学问的、有声望的、在某种意义上有权势的人物。他们试图解决艰难的、与寻常生活只略微有一些联系的问题并为此而费尽心力：这就是这些人的休闲方式。如果说他自己当然只能略微参与的话，那么他却获得了可以了解许多情况的机会，这迟早也会在银行里给他带来好处，此外他还能与法院建立起个人关系，这种关系总是有用的。但是这一伙聚会的人似乎也乐意容许他与会。作为商务专家的他很快便受到赏识，他在这类事务上的意见被认为是——即使并非完全不带讥讽成分——某种不可辩驳的看法。这样的情况并不罕见：两个对一个法律问题有不同看法的人要求K对事实情况发表自己的看法，于是K的名字便会在双方辩论中再次出现并且在进行最抽象的研讨时也一直被引用，而K则早已不再能够理解那些抽象讨论了。不过，许多情况他渐渐弄明白了，尤其是因为他身边的哈斯特勒是个好顾问，此人也友好地跟他亲近。K甚至常常在夜晚陪伴他回家。但是他长久习惯不了臂挽臂地在这个巨人身旁行走，此人可以完全不引人注目地把他藏在他那件骑自行车时穿的斗篷里。

但是随着时间的推移，他们相聚在一起时，所有受教育程度、职业、年龄方面的差别变得模糊不清了。他们互相交往，就好像他们早就是老相识了，如果说在他们的关系中表面上看来有时一个人占优势，那么，这个人不是哈斯特勒，而是K，因为他的实际经验往往受到应有的重视，它们是直接获得的，在法庭审讯中永远得不到这些经验。

这一友谊自然在聚餐会上很快传扬开了，是谁把K引进这个社交聚会的，这几乎已逐渐被忘却，反正是哈斯特勒在庇护K；如果K坐在这里的资格受到怀疑，他完全可以倚靠哈斯特勒。可是这样一来K就具有了一个特别优越的地位，因为哈斯特勒既令人可敬又令人可畏。他的法律思维的雄辩和机敏虽然很值得钦佩，可是在这方面许多先生与他不相上下，不过他为自己的观点辩解时那咄咄逼人的气势却是无人可与之匹敌的。K有这样的印象：哈斯特勒在不能说服他的对手时便至少使对手恐惧，他那个伸出的食指就把许多人吓退了。于是就好像对手会忘记：他是在熟人和同事的圈子里，大家只是在讨论理论问题，实际上他不会出什么事的——可是他哑然不语，鼓足了勇气才敢摇一摇头。这是一幅几乎令人感到难堪的景象：对手坐得远远的，哈斯特勒认识到，隔着这么一段距离无法达成一致意见，他便把盛有饭菜的盘子往回一推，慢慢站起来，要亲自去探望此人。于是近处的人便低下头来，察看他的脸色。当然这只是相当罕见的事情，主要是他几乎只是在讨论法律问题时情绪才会激动起来，而且主要是在讨论涉及他自己审理过或正在审理的诉讼案这样的法律问题的时候。如果不牵涉这样的问题，他就和蔼可亲、心平气和，他的笑容是亲切的，他就是个嗜好吃喝的人。甚至会发生这样的事：他根本不听一般性的谈话，向K转过身去，将胳臂搭在K的椅子靠背上，向他小声询问银行的情况，然后自己谈他自己的工作，或者讲述他相识的女人们的事，这些女人给他制造的麻烦几乎跟法院制造的一样多。人们没有看见他跟参加聚会的人中另外哪个人这样谈话的，如果人们有求于哈斯特勒，人们果真常常——通常是要设法与一位同事和解——先找K，请他从中斡旋，而他则总是乐乐呵呵、轻松裕如地进行斡旋。他并不利用他在这方面与哈斯特勒的关系，他压根儿对所有的人都很有礼貌、很谦虚谨慎，而且他善于——这比礼貌和谦虚更重要——正确区分诸位先生职务上的级别并按其不同级别区别对待每一个人。哈斯特勒当然在这方面一再开导他，惟独这些规章是哈斯特勒自己在最激烈的辩论中从不违背的。所以他对桌子下端的那些年轻人，那些几乎还根本没有级别的人，也总是只说些一般性的话，仿佛他们不是单个的人，而只是聚集在一起的一个群体。但是恰恰是这些先生们向他表示最大的敬意，每逢他十一点左右站起身要回家时，便总是马上有一个人过来，帮他穿上厚大衣，另一个人深施一礼给他开门并且当然也还紧紧握住门，如果 K 在哈斯特勒后面离开房间的话。

早期 K 陪哈斯特勒走一段路或后者也送 K 一程，而后来这样的夜晚则通常都以哈斯特勒请 K 同他一起去进他的寓所并在他那儿待一会儿而告终。然后他们还喝烧酒抽雪茄坐上那么一个小时左右。哈斯特勒十分钟情于这样的夜晚，即使在留一个名叫海伦妮的女人在家过夜的几个星期里，他也都不愿意放弃这样的夜生活。那是一个不很年轻的胖女人，皮肤略呈黄色，黑色鬈发蜷缩在她的脑门儿四周。起先 K 只看见她躺在床上，她通常相当不顾廉耻地躺在那儿，惯于读一本分册出版的长篇小说，并不过问男人们的谈话。在时间已经晚了时，她才伸开四肢，打哈欠并也把她的一册长篇小说向哈斯特勒扔过去，如果她以别的方式无法把注意力引到自己身上的话。于是哈斯特勒便微笑着站起来，K 就告辞。可是后来哈斯特勒厌烦海伦妮了，她便严重地干扰这种会晤。她总是穿戴得厚厚实实地等候这两位先生，而且通常穿一件礼服，她大概以为这件衣服很贵重，很合身，可是它其实是一件穿旧了的舞会女礼服，挂在衣服上当饰物的几排长流苏尤其让人感到不舒服。这件衣服的确切模样 K 根本就不知道，他在一定程度上拒绝正眼看她。在她扭动腰肢在房间里走动或坐在他身旁的时候以及后来当她的地位越来越保不住，情急之下甚至试图通过以挑逗K使哈斯特勒顿生妒意的时候，他便总是接连好几个小时半低垂着眼睛坐在那儿。这只是一时情急，不是恶意的行为：她裸露着圆滚滚、胖乎乎的脊背伏在桌面上，将她的脸挨近K并想以这样的方式迫使他抬眼向上看。她这样做仅仅是达到了使K后来拒绝去哈斯特勒家的目的，而当他一些时候以后又去那儿时，海伦妮已经彻底被打发走了，K承认这是理所当然的事。这一个晚上他们在一起待的时间特别长，他们在哈斯特勒的提议下结成兄弟情义，又是抽烟又是喝酒的，K在回家的路上几乎有点儿昏眩了。

恰恰在第二天上午，经理在银行里在进行一次商务洽谈过程中发表了一个意见，说是他认为昨晚看见K了。说是如果他没有弄错的话，K臂挽臂同检察官哈斯特勒在一起行走。经理似乎觉得这件事十分奇怪，所以他——当然这也符合他一向办事严谨的作风——说出了那座教堂的名字，说是他就是在那座教堂边上水井附近遇见他们的。说是他简直是在描写一种幻景，他实在不能用别的方式来表达自己的感受。于是K便向他解释说，检察官是他的朋友，他们昨晚确实曾从教堂旁边走过。经理惊讶地一笑，要K坐下。这是让K感到经理可爱的那些时刻中的一个，是这个体弱有病连声轻咳、工作繁忙责任重大的人从内心对K的幸福和他的前途表示出某种忧虑的时刻，一种忧虑，人们按对经理有过类似体验的其他职员的特性能够称这种忧虑为冷酷和浅薄，它无非是一种有效的手段，可以以两分钟的代价将很有价值的职员拴住好几年——这也是可能的嘛，K在这样的时刻敌不过经理。也许经理同K说话跟同别人说话时的方式也有点儿不一样，因为他不忘记他自己的上级地位，以便以这样的方式与K相处——在平常的业务交往中他倒是有规律地这样做了的——但是此刻他似乎恰恰忘记了K的地位了，像跟一个孩子那样或者像跟一个无知的年轻人那样跟他说话——这个年轻人才在谋一个职位并由于某个不可思议的原因激起了经理的喜悦之情。K当然是既不会容忍别人也不会容忍经理本人以这样的方式对自己说话的，倘若他不是觉得经理的关怀是真心实意或者倘若不是至少这种关怀的可能性——一如它在这样的时刻向他显示的那样——完全使他着迷了的话。K知道自己的弱点。也许这个弱点的原因就在于：在这方面他身上确实还有某种孩子气，因为他从来没有得到过英年早逝的父亲的关怀，不久就离开了家，与其说总是招引、还不如说总是拒绝了母亲的抚爱。她半失明地仍还住在外省那座没有变化的小城镇上，最近他曾在大约两年前看望过她。

“对这一友谊我根本就一无所知。”经理说，一丝淡淡的亲切的笑意缓和了这句话的严厉语气。

去埃尔莎那儿

一天晚上，K 刚要走，便有人打来电话，要他立刻到法院办公室去。电话里说是，有人告诫他别不服从。说是他的那些闻所未闻的话，什么审讯毫无用处，没有结果而且也不可能有结果啦，什么他不会再去了啦，什么他不再理睬电话或书面邀请并要将信使赶出门外啦——所有这些话都已记录在案并且已经使他遭受许多损害。说是他干吗不愿意顺从呀？人家难道不是不惜时间和代价力求把他的错综复杂的案子理出个头绪来吗？他要从中作梗、迫使人们采取迄今一直未曾施加于他的强制手段吗？今天的传讯是最后一次尝试。说是他爱怎么着就怎么着，不过他得明白，高等法院不是好惹的。

K 已经通知埃尔莎今晚去拜访她，出于这个原因他就已经可以不去法院，他为可以以此为由不到庭辩解而感到高兴，即使他当然决不会作这样的辩解，而且十有八九就算他今晚没什么别的事也不会去法院的。他总算意识到自己的合法权利，在电话里提了他不去会发生什么事这么一个问题。“人们会有办法找到您的。”对方回答说。“我会因为我不自觉自愿去而受到惩罚吗？”K问，怀着对他将会听到的话的期待而微笑了。“不会的，”对方回答。“好极了，”K说，“那么我还有什么理由要听从今天的传讯呀。”“人们通常不促使法院使用暴力手段。”那个变得更微弱、最后渐渐消逝的声音说。“他们不这样做才真正可惜呢，”K边往外走边这样想，“我倒要见识一下所谓的暴力手段。”

他毫不犹豫地坐车去埃尔莎那儿。舒适地靠在车厢的角落里，双手插在大衣口袋里——气候已经转凉——他眺望熙熙攘攘的街道。他怀着某种满意的心情想到，万一法院真的行动起来，他就会给法院制造不小的麻烦。他没有表示明确的意见，说明他去法院还是不去。所以法官正在等候，也许甚至整个法庭都在等候，只有K将特别令人失望地不到庭。他不为法院所动，坚定不移地去他想去的地方。一瞬间他竟疑惑不定，不知他是否心不在焉地把法院的地址告诉马车夫了，所以他就大声向他说了一遍埃尔莎的地址。马车夫点点头，没有对他说过别的地址。从这时起，K便渐渐忘记法院，对银行的种种想法又像从前那样完全涌上他的心头。

同副经理的斗争

一天早晨，K感到自己比平时更精力充沛、更有抵抗能力。他几乎没想到法院。但是如果他想起来，他也觉得，仿佛这个完全望不到边际的大机构很容易就会在某一个隐蔽的、在黑暗中才触摸得到的把手上被抓住、拔掉和打破。他的这种异乎寻常的状态甚至诱使K邀请副经理到他的办公室里来共同商谈一桩已积压了一些时候的业务。每逢遇到这样的情况副经理总是装作好像他与K的关系在最近几个月里丝毫没有变化。他像从前经常与K竞争时那样从容不迫地来了，他从容不迫地倾听K的讲述，作一些亲切的、甚至同志式的简短插话以显示自己的关切并且只是以下述方式——可是人们又决不可以认为他存心这样做——把K弄糊涂。他在讨论主要的业务问题时不让自己分心，简直是彻头彻尾完全专心致志于这件事情上了，而K的思想则面对这个尽职的榜样立刻四散漫溢开来并迫使他毫无反抗地听凭副经理处置这桩业务。有一回情况竟如此糟糕，致使K最后只看到，副经理突然站起来并默默无言地走回到他自己的办公室。K不知道发生了什么事，可能是谈话已经实实在在地结束了吧，但是也可能是副经理之所以中断了谈话，是因为K无意之中得罪了他，或者是因为他胡说八道了，或者是因为副经理认为K没注意听他说话，心里想着别的事已是毋庸置疑的事实了。但是甚至可能是K作出了一个可笑的决断，或者是副经理已经诱使他作出了这个决断，现在他急于实施它以损害K的利益。此外，人们不再提及这件事，K不愿意让人回忆这件事，副经理依然城府很深。不过，暂时也没有再出现什么明显的严重后果。但是，无论如何，K没有让这件事给吓住，只要一有合适的机会，只要他有点儿精气神，他就会站在副经理房门附近，要去他那儿或邀请他到自己这儿来。没有时间像过去那样躲着他了。他对于很快取得决定性成功，从而一下子使自己摆脱所有忧愁并自动恢复同副经理旧日的关系不再抱任何希望。K认识到，他不可以放弃，他若退缩，那么，也许实际情况就是，他就有危险，就可能再也前进不了了。不可以让副经理以为K已经了结了，不可以让他带着这样的信念心安理得坐在他的办公室里，必须让他心里感到不踏实，必须让他尽可能经常地感受到K活着并且像所有活着的人那样有朝一日会展现出新的能力让人大吃一惊，即使今天他显得没有任何危险。虽然K有时心中暗想，他使用这种方法只不过是为了维护自己的荣誉罢了。他一再把自己的弱点暴露给副经理，加强副经理的权欲感，使其有可能进行观察并严格按具体情况采取相应措施：这样做其实不可能给他带来什么好处。但是K根本没法改变自己的态度，他自欺欺人，他有时坚定地相信，正是现在他可以放心地与副经理较量，一件件不幸的经历并未让他吸取教训，他十次尝试没有做成的事，他以为能在作第十一次尝试时做成，虽然一切事的结果总是一概于他不利。每逢他在这样一次会晤之后精疲力竭、汗流浃背、脑袋空空留下来时，他便总是不知道，促使他趋近副经理的是希望还是绝望，但是下一回便又完全明白无误地只是希望在促使他急急忙忙走到副经理的门口。

今天的情况也是这样。副经理立刻走进来，然后在门旁站住，按一种新养成的习惯擦他的夹鼻眼镜，先仔细打量K，然后——为了不致太招眼地与K打交道——也仔细打量整个房间。就好像他在利用这机会检验他眼睛的视力似的。K顶住这目光，甚至微微一笑并邀请副经理坐下。他自己则一屁股跌坐在他的靠背椅里，把椅子尽量向副经理挪近过去，立刻从桌上拿起必要的文件，开始报告情况。起先副经理似乎没怎么注意听。K的写字台的桌面四周有一道低矮的雕花栏杆。整个写字台做工十分精细，木质栏杆也结实牢固。但是副经理装作好像恰恰现在发现有一处松动了似的，并用食指向栏杆砍去，试图以此来消除这个毛病。K就想中止报告情况，可是副经理不让，因为据他所说，这一切他正在仔细倾听，而且他完全听懂了。但是就在K暂时无法迫使他作出具体说明的时候，栏杆却似乎需要受到特殊处置，因为副经理现在掏出自己的小折刀，拿起K的直尺当垫杠并试图撬起栏杆，大概是为了随后可以较容易地把栏杆捶得更深些。K已经把一个相当新颖的建议列入他报告的内容，他指望这个建议会对副经理产生一种特殊的影响。当他现在谈到这个建议时，他简直是欲罢不能，他对自己的工作完全着迷了，或者不如说他非常喜欢这种越来越少有的意识：他在这儿银行里还有所作为，他的思想有力量为他辩护。也许这种自我辩护的方式甚至不仅在银行里，而且在诉讼中也是最好的方式，也许优于任何一种他已经尝试过或正在计划中的别的辩护方式呢。由于急于讲话，K根本就没有时间特意去把副经理的注意力从修理栏杆中移开，在宣读建议的时候他只用空着的那只手像抚慰人似的抚摩了两三次栏杆，以便以此——这一点他自己几乎都不确切知道——向副经理表明：栏杆没有毛病，即使有毛病，眼下注意听人说话也比修理栏杆更重要，而且也更正经。可是副经理干这桩手工活儿，一如这种情况在活泼好动、只从事脑力劳动的人身上常有的那样，越干越起劲了，一截栏杆真的被撬起来，现在要将小柱子门重新塞进原有的窟窿里去。这比所有迄今已干过的活儿都更艰难。副经理不得不站起来并试着用双手将栏杆压进桌面。可是不管使多大的力气，栏杆就是压不进去。K在宣读过程中——他将许多自由发挥的话掺入其中——只是模糊地感觉到副经理已经站起来了。虽然他几乎一直密切注视着副经理的这项业余工作，他却还是以为副经理的动作也与他作的报告有某种联系，于是他也站起来，他用指头压在一个数字下面，把一份材料向副经理递过去。但是副经理这时已认识到，双手的压力不够大，于是他当机立断一个屁股蹲儿坐在栏杆上。现在倒是成功了，小柱子门咔嚓进入窟窿眼里，可是匆忙中一根小柱子折裂，上层的细木条在一处地方折断。“这木头真糟，”副经理懊恼地说。

房 屋

K曾试图在不同场合了解在他的案件上发出第一份通知的那个公务机关在哪里，他这样做起先并没有什么明确的意图。这一情况他没费多大周折便了解到了，蒂托雷里和沃尔夫哈特听他一问都把那房屋的确切号码告诉了他。后来，蒂托雷里微微一笑——他总是愿意这样笑对秘密的、没有提交他评定的计划——对他提供的情况作了补充说明：他声言，这个公务机关恰恰最微不足道，它只说别人要它说的话，只是那个大检察机关的最外围的机构，而那个检察机关则当然是当事人所不可进入的。所以如果人们对这个检察机关有什么要求——当然总会有许多要求，但是说出这些要求，这并非总是明智之举——那么，人们当然就必须求助于那个所说的下级公务机关，然而人们既不会因此而渗入这个真正的检察机关，也不会在什么时候把自己的要求向那儿传递过去。

K已经了解画家的为人，所以他不反驳，也不继续打听情况，而只是点点头，获悉了所说的话。一如最近常常感受到的那样，他又觉得蒂托雷里在折磨人方面实在不亚于律师。区别只在于：K没有完全受蒂托雷里摆布，什么时候愿意什么时候就可以轻易摆脱他。此外，蒂托雷里很健谈，甚至饶舌，即使过去比现在更健谈，更饶舌，最后就是，K分明也能够从他那方面来折磨蒂托雷里。

在这个案件上他在这样做，常常用那样一种语气谈那幢房屋，就好像他对蒂托雷里隐瞒什么情况似的，就好像他已经与那个公务机关建立了关系似的，就好像可是这些关系还没有发展成熟，公之于众就会有危险似的。但是如果随后蒂托雷里试图敦促他说出详情，K就突然岔开话题，长时间不再谈论此事。他为这些小小的成功感到高兴，然后他便以为，他对这些接近法院的人有了更深的了解，他已经可以与他们周旋，几乎是自己混迹于他们之间，至少暂时对情况有了较全面的了解，知道了是什么使他们能够在一定程度上登上法院的第一个台阶。如果他最后终于失去他在这儿下面的职位，这会怎么样？然后那儿也还有一种得救的可能，他只需溜进这些人的行列，如果说过去他们由于自己职位低微或由于别的原因在他的案件中帮不上他的忙的话，那么现在他们可以接纳并隐匿他嘛，甚至，如果他考虑周到，行动机密，他们就根本无法抗拒，只好以这样的方式为他服务，蒂托雷里尤其无能为力，他现在已经成为此人的亲近熟人和行善施主了嘛。

K并不是天天为这样的和类似这样的希望所陶醉，一般说来他仍还保持头脑清醒并避免忽略或跳过任何困难，但是有时候——通常是晚上下班后完全精疲力竭了——他用白天发生的最微不足道、而且意义模糊的事件来安慰自己。随后他通常就躺在办公室的长沙发上——不在长沙发上躺一小时恢复体力，他便无法离开办公室——在脑海里把他观察到的景象一幅幅拼接起来。他并不严格局限于与法院有关联的人，在这里的半睡半醒状态中所有的人都挤进来，于是他就忘记了法院的一大堆工作，他觉得，仿佛他是惟一的一个被告，所有其他人都像法院职员和法官那样在一座法院大楼的走廊里乱哄哄地走来走去，连最迟钝的人也都低着头将下巴抵着胸脯，撅起嘴唇，凝视的目光中流露出充满责任感的沉思。于是格鲁巴赫太太的房客们便总是作为一个封闭的群体出现，他们头挨着头像在齐声控告那样张着嘴巴站在一起。他们之中有许多陌生人，因为K很久以来就一直丝毫也不过问住宿公寓的事情。但是由于这众多陌生人的缘故，他就不乐意与这一群体深入交往，不过有时候他到那儿去找比尔斯特纳小姐，他又非得和他们打交道不可。譬如他匆匆看一眼这一群人，两只完全陌生的眼睛突然向他闪亮并阻截他。后来他找不到比尔斯特纳小姐，但是当他随后为了避免犯错误而再次寻找时，他恰恰在那一群人的中间找到了她，她的双臂搂着身边的两个男人。这没有给他留下什么印象，主要是因为这一情景不是什么新东西，而仅仅是对一张海滨浴场的照片的不可磨灭的回忆罢了，他曾在比尔斯特纳小姐的房间里见过那张照片。可是这一情景总还是驱使K离开这一伙人，即使他也还时常返回这里，他也只是漫无目的地大步流星在法院大楼里行走。他总是对各房间很熟悉，偏僻的过道，他可能从未见过，可他却感到一点儿也不陌生，仿佛它们向来就在他自己的寓所里似的。一个个具体细节异常清晰地一再印入他的脑海，譬如一个外国人在前厅漫步，他穿得像一个斗牛士，腰部有像插过刀子的凹痕，他那件极短的、紧箍在身上的小上衣由浅黄色粗线花边编织而成，而且此人一刻也没停止漫步，不停地让K欣赏自己。K弯下身子蹑手蹑脚地绕着他走，使劲睁大着眼睛惊奇地注视他。他熟悉所有花边的花纹，所有有缺陷的流苏，所有小上衣上的皱褶，可是看起来还没个够。或者他早已看够了，或者说得更正确些，他从来就不曾想看，可是他欲罢不能。“外国人在搞什么化装舞会呀！”他心中暗想，把眼睛睁得更大了。他一直跟随着这个人，后来他才在长沙发上辗转反侧，把脸压进皮面。

看望母亲途中

吃午饭时他突然想起，该去看望母亲了。如今春天几乎已经过去，这也就是他已经三年没见她了。当初母亲曾要求他在他过生日的那一天去她那儿，他也曾克服了某些障碍满足了这个要求，甚至答应她以后每年都在她那儿过生日，这个诺言他当然已经两次没兑现了。不过，现在他倒是不想等到他过生日才去看望她，虽然再过十四天便是他的生日，而是立刻就要动身前往。他虽然考虑到，没有什么特殊的理由恰恰现在就要去，相反，他每隔两个月定期从一位表兄那儿获得的消息比从前任何时候都更令人感到欣慰。这位表兄在那座小城拥有一家商店并经管着 K 寄给母亲的钱。母亲的视力虽然快要完全丧失，但是他根据医生的见解两年前就料到了这个结果，而她的一般健康状况则变得更好了，各种老年人的病痛不是增强而是减弱了，至少她诉说得少了。按照表兄的意见，这也许与以下情况有关联：最近这几年以来——K 在他看望母亲时就已经几乎怀着厌恶觉察到了它的轻度征兆——她变得极度虔诚了。表兄在一封信里曾很形象地描述说，老太太从前行走都很困难，现在却在星期天领她去教堂时在他搀扶下相当稳健地大步向前行走。这位表兄的话 K 可以相信，因为他通常胆小怕事，每次来信一般都是报忧不报喜。

但是不管怎么说，K 现在已经打定主意要去。最近，除了其他令人不愉快的事情，他还发现自己身上有某种忧伤，一种要向所有自己的愿望让步的毫无根据的努力——唔，在这件事情上这种坏习惯至少是为一个善良的意图服务的。

他走到窗口，敛一敛神，随后又立刻让人撤去饭菜，派用人去格鲁巴赫太太那儿，告诉她他要出门并把他的手提包拿来，说是请格鲁巴赫太太把她觉得必不可少的东西装进手提包里。然后，他向屈纳先生交代了他不在时要办的几件业务上的事情，这一回几乎没有对这样的情况生气：屈纳先生以一种已经变成习惯的无礼举止把脸转向一边接受委托，仿佛他十分清楚地知道他该干什么并认为这种委托只是走走过场。最后，他去经理那儿。他向经理请两天假，说是因为得去看望他的母亲，这时经理当然问，是不是 K 的母亲病了。“没病，”K 说，没作进一步解释。他站在房间中央，双手交叉在背后。他皱着眉头考虑。也许他做启程准备仓促了？留在此地不是更好吗？他要去那儿干什么？难道他是由于过分感伤才要去那儿？由于过分感伤在这里可能耽误了什么重要的事情，一个应该抓住的机会，在案子已经表面上平静了几个星期，他几乎没得到任何确切的消息之后，这样的机会是每一天、每时每刻都可能出现的呀？况且他不会吓着了老太太的吧，他当然没有这个意思，但是这种事很容易会违背他的意愿发生，因为现在正在发生许多违背他意愿的事。母亲根本不盼望他去。从前表兄在来信里每隔一定时间就重复母亲的急切邀请，现在已经很久没这样邀请了。所以他不为母亲的缘故而去，这是清楚的。但是如果他怀着某种希望为了自己的缘故而去，那么他便是一个十足的傻瓜并且在那里终于陷于绝望并为自己的愚笨而得到报应。但是仿佛所有这些疑虑不是他自己的本意，而是仿佛别人试图强加于他似的，他不改初衷，依然要去。这期间，经理已经偶然地或者——更有可能是——由于特别顾及K的情面而向一张报纸弯下身去。现在他也抬起头来，一边站起身来一边向K伸出手，祝他一路顺风，没再提什么问题。

然后K还在自己办公室里来回踱着步等候听差，几乎是默不作声地挡开了好几次进来打听K出行原因的副经理，当他终于拿到手提包时便立刻下楼奔向那辆已经预订好的马车。他已经踏上楼梯，职员库里希居然在最后一瞬间在楼上出现，手里拿着一封已经开始写了的信，他显然想请K对怎么处置此信作出指示。K虽然挥手让他走开，但是这个淡黄色头发大脑袋的人理解迟钝，竟误解了这个手势，挥舞着信纸冒着生命危险连蹦带跳向K急追而来。K恼怒至极，就在库里希在露天台阶上追上他时一把将信从他手里夺过来并将它撕碎。当K随后在车里转过身去时，多半还一直没认识自己的错误的库里希仍还站在原来的地方并目送马车离去，而在他身旁的看门人则深深拉低帽子向他致意。原来K仍还是银行最高级职员之一，他想否认这一点，看门人也不会答应他的，而母亲则甚至不管怎么解释总认为他是银行经理，并且多年来一直这样认为。她认为他是不会沉沦的，他的威望也没有受到损害。也许这是一个好的兆头：他恰恰在出发前了解到，他还一直可以从一位甚至与法院有联系的职员手中夺过一封信并不表示任何歉意就将它撕碎。在库里希那苍白的胖乎乎的面颊上刮两记响亮的耳光，这件他很想干的事，他当然是决不可以干的。

原著出版说明

这个袖珍版的文本与校勘本卡夫卡集的文本相符。不规则的标点符号和有时异常的拼写法可能起先会令人感到惊诧，然而它们是以在印刷中也保留手稿文字形态、通过尽可能贴近手稿保持所呈献文本的真实性这个原则为依据的。这意味着，以陈旧的规则、区域性的形式或作者的特征为依据的反常现象也被保留下来了。只有在遇到明显的书写错误和类似的给阅读明显地和不必要地造成困难的反常现象时才对文本进行修正。（在校勘版的考异资料卷中将对文本的修正作充分说明。）

文本复制遵循最后可辨认状态的作者手稿。它既包括已完成章节，也包括流传下来的未完成篇章。这个版本里没有卡夫卡删掉的段落。（可以在校勘版各分册异文目录上找到它们。）

由上述校勘版中的文本呈献原则而产生出这样的情况：只有当篇章标题出自卡夫卡之手时它们才被重新标出。为了便于找到包含在这一袖珍版其余各册中的以及在手稿中未加标题、被卡夫卡在别处冠以标题或被提及或根据其印刷历史以一个并非来源于卡夫卡的标题为人们所熟悉的篇章，这二卷里附有一份指明篇章相应出处的目录。

出版者的插入成分在这个版本中均用斜体标出；在少数情况下，某些无把握的异文用斜方括号标出。①

① 为了方便阅读，译文未作相应处理，篇章出处目录也没有译出。

附录

1. 作者删去的段落

［1］ 看来讯问只进行一会儿，K想，讯问一会儿还是可以的。我要是知道是哪个当局为了我居然会在一件对它来说毫无希望的事情上如此虚张声势就好了。整个这件事确实是虚张声势。用三个人来对付我，把两个别人的房间搞得乱糟糟的，那儿角落里还站着三个年轻人，在看比尔斯特纳小姐的照片。

［2］ 有人对我说——我记不得是谁了——，这是一件很奇妙的事：人们早晨醒来，一般来说会发现一切东西像头天晚上一样还在原来的地方。至少人们在睡眠中以及在梦中看来是在一种跟醒着完全不一样的状态之中，所以那个人说得完全正确，得有一种极大的机智果断，或者更确切地说，一种立即驱散睡意的能力，在一定意义上可以说是才能一睁开眼睛在头天晚上放下的同一个地方抓住一切存在的东西。醒来的那一刹那因而是一天中最有风险的时刻；一旦度过了这个

时刻，人们并没有从原地被人带往别的什么地方，那么，他一整天就平安无事了。

［3］ 您知道，初级职员总是比上司知道得多。

［4］ 他恰恰因此就有助于他们对他自己个人进行观察，进行这种可能是委派给他们的观察；他觉得这种想法是一种十分可笑的幻想，他不由自主地用手摁住额头，以便恢复知觉。“再有几个这样的想法，”他自言自语，“你就是一个地地道道的傻瓜啦。”但是随后他越发强烈地发出他那有点儿嘎嘎的说话声。

［5］ 一个士兵迈着一名哨兵的均匀而有力的步伐在屋前走来走去。如此说来屋前也有一名岗哨了。K不得不深深地向前弯下身子，以便看清那士兵，因为这士兵沿着墙根行走。“哈啰，”他朝士兵喊，但没有大声到足以让此人听见。此外，事实不久便表明，士兵只是在等候一个女用人，她到对面一家酒馆买啤酒去了，现在正出现在酒馆灯火通亮的门口。K向自己提出这个问题：他是不是已经哪怕只是短暂地以为这哨兵是来看守他的；他无法回答这个问题。

［6］ “您真叫人无法忍受，不知道，您说这话是不是严肃认真的。”“这并非完全不正确，”K怀着一种与一个漂亮姑娘闲谈的喜悦说，“这并非完全不正确，我严肃认真不起来，所以不得不试着开玩笑地说严肃的事和引人发笑的事。但是我的被捕却是当真的。

［7］ “政治性地方集会”原本叫“社会主义集会”。

［8］ K只看见她的解开了钮扣的衬衫垂下来围住了她的腰，一个男人把她拉到门口的一个角落里并在那里紧紧搂住她那只穿着汗衫的上身。

［9］ 就在K就要去握住那女人虽畏畏缩缩、但明白无误向他移近过来的那只手的时候，大学生的话引起了他的警觉。这是一个饶舌的、自负的人，也许人们能够从他那儿得到有关对K提出的控告的确切消息。但是如果K得到了这些消息，那么他毫无疑问就能够一下子，一挥手让所有人大吃一惊地立刻结束这全部诉讼程序。

［10］ 是的，甚至可以肯定地说，即使有金钱贿赂他也会拒绝这个建议的，而且他大概就会双重地侵犯了K，因为K在诉讼程序期间对于诉讼程序的所有职员来说必定是不可侵犯的。

［11］ 这一赞扬也没让姑娘受到感动，更有甚者，现在叔父说出下面这番话时，似乎也没给她留下多大的印象："也许吧。但是，尽管如此，我还是要尽可能今天就给你派一个护士来。她不称职，你可以解雇她，可是你行行好，用她试试吧。你在这里生活在这样的环境中，这样冷冷清清的，你会毁了的。""这里并不总是像现在这样冷清，"律师说。"只有在我必须接受时，我才接受你的护士。""你必须接受，"叔父说。

［12］ 几乎占了房间整整一面墙的写字台放在靠近窗户的地方，这样摆放的结果，就是律师背对着房门，而来访者则作为一个真正的闯入者得穿过整个房间才得以看见律师的脸，倘若这位律师比如

心情不好，不想向来访者掉过头来的话。

［13］　不，K 甭指望会从尽人皆知这桩诉讼案中得到一丁点儿好处。人家不起来当法官并盲目而匆忙地判决他，也至少会试图侮辱他，因为这是一件轻而易举的事。

［14］　房间里很暗，窗前可能挂着厚厚的布窗帘，所以就不透光。刚才一溜小跑 K 还没缓过劲来，他不假思索，跨出几大步。然后他才站住并发现自己根本不再知道自己置身在房间的什么地方。律师反正已经睡了，他的呼吸声人们听不见，因为他习惯用羽绒被蒙住头睡觉。

［15］　……就仿佛他在等被告的生命征象，……

［16］　“您跟我说话不坦率，您从来也没有跟我坦率说过话。所以如果您至少依您看被人误解了，您也没有什么可以抱怨的。我是坦率的，所以不担心会被人误解。您已经把我的案子据为己有，仿佛我是完全自由的似的，但是现在我几乎觉得，仿佛这件案子您不仅办得糟糕，而且仿佛您没认认真真做什么事，却还想向我隐瞒真相，好防止我介入，有朝一日好趁我不在场在什么地方作出判决。我不说您曾想做这一切事……”

［17］　现在嘲笑布洛克恐怕是很诱人的。莱妮利用 K 精神涣散，因双手被 K 抓住便用胳膊肘撑住椅背并轻轻摇晃起 K 来，K 起先没在意，而是看着布洛克如何小心翼翼掀开被子一角，显然是为了寻

找律师的手，他想吻这双手。

［18］　……至少乍一看来以及在不知道他在说什么的情况下人们会以为这是喷水池里落水的声音。

［19］　说完这，他便顿住；他注意到，现在他已经谈论并评介了一则传奇，他根本没读过记述了这则故事的著作，他也不清楚那些说明。他已被卷进一种他完全陌生的思维进程之中。牧师像所有其他人一样吗，他只愿意对 K 的案子作些暗示，也许借此引诱他并最后不吭声了？一心想着这些事，K 忽略了这盏灯，它冒起烟来了，直到烟雾熏着了他的下巴，他才发现。于是他就试图把灯火拧小些，一拧灯却灭了。他站住，四周黑糊糊的，他根本不知道，他置身在教堂里什么地方。由于他身边也一片寂静，他就问："你在哪里？""这里，"牧师说并抓住了 K 的手。"你为什么熄灭了灯火？来吧，我带你去圣器室，那儿有一盏灯。"

他可以离开这座真正的大教堂，这使他感到高兴，这座高大、空旷、一眼望不到尽头的厅堂使他心情沉重，他已经多次意识到它的无用。向上望去，每次都只是黑暗从四面八方向他迎面扑来。他拉着牧师的手急步行走在他身后。

圣器室里亮着一盏灯，它比 K 手里拿着的那盏还小。它也挂得很低，几乎只照亮圣器室的地面，这圣器室虽小，但很可能和教堂本身一样高。"到处都这么黑，"K 边说边用手捂住眼睛，仿佛他睁大眼睛使劲熟悉周围环境睁得眼睛都疼了。

［20］　她的眉毛像是按上去的，不受行走动作影响地上下晃动。

［21］ 他们穿过几条向上伸展的胡同，胡同里一些地方有警察站着或行走，一会儿在远处，一会儿在近处。一个浓密胡子警察，手握国家给他的腰刀刀柄，像是有意地走近这一群并非完全不可疑的人。“国家在向我提供帮助，”K 在其中一位先生的耳边小声说。“怎么样，我要不要让这桩诉讼案带上国家法律的色彩？说不定我还得为诸位先生辩护为国家打官司呢！”

［22］ ……有异议吗，人们已经忘记了的异议？肯定有这样的异议。逻辑虽然是不可动摇的，但是它不抵制一个想活着的人。法官在哪儿？高等法院在哪儿？我有话要说。我举起双手。

2. 《诉讼》第一版后记(1925)

卡夫卡对待自己的创作和每一篇公开发表的作品所持的态度，就像他的全部人生言论那样独特而有深意。他在处理这件事情时所解决的那些问题，因此也必须仍然是发表他的每一件遗作的准绳，这些问题的严肃性是怎么估计也不会过高的。下面这一情况应该是有助于对这些问题至少作出近似正确的评价的：

几乎所有卡夫卡已发表的作品都是我巧施计谋和劝诱说服后从他那儿拿到的。这跟他在人生漫长的各时期多次因自己的写作(他当然总是只说“涂鸦”)而感到莫大幸福并不矛盾。谁能有幸听到他在小范围内以感人的热情、以一种决非哪个演员能具备的充满活力的节奏朗诵他自己的散文，谁就也会直接感受到隐藏在这种作品背后的真正的抑制不住的创作乐趣和激情。尽管如此，他还是不愿意发表自己的作品，个中的原因首先在于某些伤心的经历，它们导致他自我阻碍，从而也导致他对自己的作品采取虚无主义的态度；但另一个与此无关的原因则在于这样的事实：他用最高的宗教的标准来衡量这些作品（当然不曾这样说出来过），而这些作品却是从种种困惑中迸发出来，它们当然不能符合这种标准。可是，尽管如此，他的作品原本还是可以成为许多追求信仰、本真、心灵完美健康的人的得力助手的：这一点可能对他来说并不重要，因为他本人就在以极端认真的态度为自己寻求正确的道路，首先要为他自己，不是为别人提供忠告。

我个人就是这样来解释卡夫卡对他自己的作品所采取的否定态度的。他常常谈到“虚伪的手，它们向一个正在写作的人伸过来”——也谈到，已写就的以及甚至已发表的东西动摇他今后的写作。他的一册书出版之前，总有许多阻力要克服。尽管如此，他还是对印好了的装帧精美的书并且偶尔也对它们所产生的效果感到由衷的高兴；有的时候，他用简直可以说是赞许的目光打量自己和自己的作品，从来也不是完全不带讽刺意味，但那是友好的讽刺；在这种讽刺的后面隐藏着这个不屈不挠追求最高境界的人的巨大激情。

在弗兰茨·卡夫卡的遗物中没有发现正式的遗嘱。在他的写字台里的许多文件的下面压着一张折叠起来的、用墨水写的纸条，上面有我的地址。纸条上写着下面这样的话：

最亲爱的马克斯，我最后的请求：我的遗物（也就是书箱里、衣柜里、写字台里、家里和办公室里，或者可能放上什么东西以及你注意到的随便什么地方）中的全部日记、手稿、书信、绘画，别人的和我自己的等等一切东西，一点不剩地、未经阅读地予以焚毁，你或别人拥有的一切文字或绘画同样予以焚毁，你可以以我的名义去向别人索求这些东西。至于别人不愿交给你的那些信件，他们至少应该自行负责焚毁。

你的弗兰茨·卡夫卡

经仔细寻找，又发现一张用铅笔写的、褪了色的、显然较旧的纸片。纸片上写着：

亲爱的马克斯，这一次我也许再也不能起床了，生了一个月肺热症后，完全有可能转成肺炎，甚至连我要把这些话写下来，这肺炎都不肯答应，尽管如此我还是尽力而为。

鉴于这种情况，这里我写下我对我所写的全部作品的遗愿：

所有我写过的作品中，只有这几本书还行：《判决》、《司炉》、《变形记》、《在流放地》、《乡村医生》以及短篇小说《饥饿艺术家》(那几册《观察》可以留下，我不想让人花气力将它们捣烂做纸浆，但是再版就免了吧)。我说那五本书和那个短篇小说还可以，那意思并不是说我希望它们再版，流传后世，相反，假如它们完全遗失，那倒是符合我本来的愿望的。只不过就是，既然它们已经存在了，如果有人乐意保存它们，我也就不加阻止罢了。

而此外我所写的一切东西(刊印在期刊上的，手稿或书信)，只要可以搜罗得到，或者可以通过书信索讨得到(大多数人的地址你都知道，主要就是……尤其别忘了几本笔记本，里面有……)——所有这一切都要毫无例外地，最好未经阅读过地

（我不阻止你看一看，不过我希望你最好还是不看，但是无论如何也不可以让别人看）——所有这一切都要无例外地予以焚毁，这件事我请求你尽快去办。

弗兰茨

如果说我见到了这些断然发出的指令仍还拒绝去做我的朋友要我做的这件赫洛斯特拉特[①]式的事，我这样做是有非常充分的理由的。

其中的一些理由不必拿出来公开讨论。不过我可以告诉大家的这些理由，照我的看法，也就已经足以使大家理解我的这个决定。

主要的理由是：一九二一年我换工作的时候，我对我的朋友说，我已经立下遗嘱，请他帮我毁掉我写的一些东西，审阅另外一些东西，等等。卡夫卡当即一边指着那张后来在他的写字台里找到的用墨水写的纸条，一边说："我的遗嘱很简单——请你焚毁一切。"我现在还清楚地记得我当时所作的回答："如果你当真指望我做这件事，那么我现在就告诉你，我是不会满足你的要求的。"整个谈话是用我们之间惯用的开玩笑的口气进行的，但玩笑口气中也暗藏一种严肃认真的态度，这是我们在进行这种谈话时往往互相心知肚明的。确信了我的拒绝是严肃认真的，弗兰茨就势必会指定另一个遗嘱执行人，如果他自己作出的这一安排是他的无条件的、绝对的真诚想法的话。

我并不感激他使我陷于这一严重的内心矛盾的境地，这种境地他一定会预见到的，因为他知道我对他的每句话都怀有一种狂热的崇敬

① 赫洛斯特拉特：希腊人，图名心切，烧毁狄雅娜神殿，以求扬名。这里是说马克斯·布罗德没有效仿赫洛斯特拉特。

心情，他也知道，在我们的二十二年从未出现过阴影的友情中又是这种崇敬心情使我从未扔掉过一张小纸条、他寄来的一张明信片。——但愿“我并不感激”这句话不会被误解！与我应该归功于这位是我整个精神生活的真正支柱的朋友的这种无限的福祉相比，一种哪怕是多么严重的内心矛盾算得了什么！

其他一些理由是：弗兰茨自己并没有遵从铅笔字纸片上的指令，因为他后来明确地同意把《观察》的部分篇章在一家报纸上刊登，同意发表另外三个中篇小说，他自己把这三个中篇同《饥饿艺术家》合成一集，交由“施米德”出版社出版。另外，作出这两项安排的时候正是我的朋友的自我批评倾向达到顶点之时。但是在他生命的最后一年里他的整个生活起了一种未曾预料到的、新的、幸运的、积极的变化，它缓解了这种自我憎恨和虚无主义。——再者说了，回想起过去每发表卡夫卡的一个作品我都要同他进行激烈的斗争，有时简直是强求硬讨，我现在作出出版他的遗作的决定就显得容易多了。不过，想当初他在事后还是对发表这些作品表示谅解，而且比较满意。——在作者死后发表时，一些作者原先的主观想法毕竟就不成立了，比如发表作品会动摇他今后的写作啦，它会勾起对自己难堪的生活经历的回忆啦。卡夫卡不愿发表自己的作品是同他的为人处世问题密切相关的（现在这已经不再是个问题，这让我们感到无比悲痛），这一点除了从许多谈话中，还可以从下面这封给我的信中看出：“……几部长篇小说我没加进去。为什么要重提旧日的劳累？只是因为我迄今没有将它们烧毁吗？……但愿我下次来时会将其烧毁。保存这样的‘甚至’艺术上也不成功的作品意义何在？意义就在于人们希望这些片断会拼成一个整体，某些上诉法院，我处于困境时就可以在法庭上捶胸顿足表示悔恨。我知道这是不可能的，我从那儿得不到帮助。那么我该拿这些东西怎么办呢？难道要让这些不能帮助我的东西也还来损害我吗，这是势在必行，明摆着的呀！”

我分明感觉到，这番话有些娓娓动听，它可以禁止感情特别细腻的人发表他的作品。但是我认为我有责任抵制细腻感情的这种非常悦耳动听的诱惑。在这方面起决定性作用的，当然不是迄今已发表的作品，而完全仅仅是这一事实：卡夫卡的遗著中有最最美妙的珍宝，即使用他自己的作品来衡量它们也是珍品。我不得不真诚地承认，光是文学和伦理价值这一条就足可以（即使我对卡夫卡的遗嘱的法律效力没有异议）使我用一种我无法抗拒的精确性明白无误地作出我的决定。

可惜弗兰茨·卡夫卡自己已经执行了他的一部分遗嘱。我在他的住所找到了十大本四开本笔记本——只有封面，里页已全部销毁。此外，（据可靠的报告）他还烧毁了好几个本子。住所里只有一小捆纸张（大约一百条有关宗教问题的格言），一篇自传初稿，此篇文字目前仍还未发表，还有一堆杂乱纸张，我现在正在整理。我希望这些纸张中会有几篇已完成或几近完成的短篇小说。另外有人还交给我一个动物中篇小说和一本绘画速写本。

因此，遗作的最宝贵部分就是那些躲过了作者的怒气并被撤到了安全地带的作品。这就是三部长篇小说。《司炉》，这篇已发表的短篇小说，构成这一部以美国为背景的长篇小说的第一章，这部长篇小说的最后一章也在，所以它恐怕就不会有重大缺陷。这部长篇小说在死者的一位女友处；另外两部——《城堡》和《诉讼》——我分别在一九二〇年和一九二三年得到，这是一件真正令我感到欣慰的事。这些作品将会显示出弗兰茨·卡夫卡的真正意义在于长篇叙事体裁的创作上，而迄今为止人们一直都能够颇有几分道理地认为他是小型体裁的专家和大师。

但是这些大约可合成四卷遗著版的作品远不是卡夫卡奇妙个性光芒的全部。如果说目前还没有想到要出版他的书信集的话，要知道他的每一封信都具有跟卡夫卡的文学作品一样的朴实和紧凑，那么，人们不妨可以在小范围内及时着手收集一切作为这个独一无二的人的言论留在人们记忆中的东西。这里仅举一例：多少现在令我大失所望地在卡夫卡的住所里再也找不到的作品，我的朋友曾经给我朗读过或者至少部分朗读过，部分给我讲过它们的计划！他曾经告诉过我多么令人难忘的、多么奇特的、多么深刻的想法！我要尽我的记忆力、我的精力之所能，决不让任何东西再丢失了。

长篇小说《诉讼》的手稿我在一九二〇年六月拿到手并在当时立刻整理好。手稿上没有书名。可是卡夫卡在谈话中总是称这部长篇小说为《诉讼》。分章及每章的标题均来源于卡夫卡。各章次序的编排我就完全凭自己的感觉了。然而由于我的朋友曾经把这部小说的大部分手稿给我朗读过，所以我在整理稿子时我的感觉是可以以记忆为依据的。——弗兰茨·卡夫卡曾把这部长篇小说视为未完成的作品。在现有的这末一章之前还对这桩神秘诉讼案的几个阶段作了描写。但是由于按照作者口头表述过的看法这场官司永远不会一直打到最高法院，所以在某种意义上说这部长篇小说根本就是无法完成的，这就是说可以无穷尽地续写下去。已完成的各章，同完整的最后一章放在一起来看，这部作品的内容和形态无论如何都是清楚的，如果谁事先并不知道作者原来还想继续写下去的话(他把它搁置下来，因为他转向另一种生活氛围)，他就几乎感觉不到这部作品有什么缺陷。——在整理这部小说的一大堆手稿时，我只限于将已完成的各章同未完成的各章分开。我把未完成的章节留在遗著版的最后一卷里，它们不包含任何同故事情节发展有重要关系的内容。这些断片中的一个被作者本人加上《梦》的标题收进《乡村医生》中。已完成的各章经过整理集成此书。未完成的章节中我只用了显然已接近完成的一章，稍稍调换了四行字的位置，作为第八章编在这本书里。——对正文我当然没作任何改动。我只是将许多缩写字改写成全称(例如把 F. B. 改写为“比尔斯特纳小姐”，把 T. 改写为“蒂托雷里”)，同时更正了一些小错漏，这显然仅仅由于作者未对这部作品作过最后审阅而留在手稿上了。

马克斯·布罗德

3.《诉讼》第二版后记(1935)

与如今已成为历史的第一版相比，卡夫卡这部伟大的未完成长篇小说有着不同的意义，受到不同的法则的支配。当时是要展示一部独特的、令人诧异的、没有完成为整体的文学作品；因此一切会突出未完成性质的、增加困难的因素全都避免了。今天，由于这部作品一年年展现出自己的广阔前景，尤其是由于各门科学、神学、心理学和哲学，都深深被它吸引住了，就应该尽可能地为出版一个有不同版本中不同文句的校勘本作好前期准备工作。

一种卡夫卡语文学的难度异乎寻常地大。因为虽然卡夫卡的语言只能用黑贝尔和克莱斯特的德语来衡量，卡夫卡的语言中略微混杂有布拉格的方言，此外还有一般奥地利的遣词用字和语调成分，这依然还是具有一种特殊的、不可或缺的魅力。所以这个版本虽然试图使标点符号、语言表达方式和句法结构与德语一般用法一致起来，但仅限于这同作者特有的语言节奏显得协调一致的范围内。这种做法的最后一道工序不是语法，而是一再反复大声朗读有关的句子和段落，一直读到证明分句分段完全正确为止。

由于现在这样面貌的这份手稿当时并非供付印用的，就是说原本作者还要进行最后的审阅，所以对被他删掉的段落也没有完全的定论：某些片段在再次审阅后有可能被重新采用。然而作者在小说上下文上的意向还是受到充分尊重的；那些可以充实形式和内容的被删除的部分已被收在附录中，并增补了出第一版时因太不完整而不得不被删去的几章。

另外，与第一版相反，在许多地方词序以及同一个词在同一个句子里两次或多次使用都忠实于原文保留下来了，只要原则上不是完全可以肯定是作者的疏忽。只有手稿上十分明显的错误才予以改正。

第一版的第八章在结尾处稍稍调换了四行字的位置。这四行文字如今已按其原来的上下文关系放了回去，这一章跟在原文中一样，以未完成的形态出现。

马克斯·布罗德

4. 《诉讼》第三版后记(1946)

在再次审阅手稿时这一点显得并非不可能：卡夫卡曾打算把现在标为“第五章”的这段情节当作第二章。卡夫卡虽然把各章都标上了标题，但没标出号码。我从实际情况出发，按上下文进行了整理，另外也根据特有的线索，例如在新的一章开始的同一页上一个章节的结尾语句的重复，这必定是原来的形态。后来卡夫卡把各章互相分开了，并每一次都在每章结尾附上已提及的结尾语句，用的是混杂有许多缩略语的手写体，往往也用他个人特有的速记法。所以这样的重抄段落至少证明，有这样的标记的各章原本是前后承接的。这种前后承接关系按作者的意图应该继续存在还是取消，就只好永远存疑了。

马克斯·布罗德

5. 马尔科尔姆·帕斯莱伊[①]的补充说明(1993)

一九一四年八月，他的婚约被解除之后不久，卡夫卡开始创作长篇小说《诉讼》。“今天我并不是像两年前那样完全受到保护并沉浸于写作，”他在八月十五日写到，“至少我获得了一种观念，我的有规律的、空洞的、疯疯癫癫、单身汉式的生活是有理由的。”在头两个月内写下了整整两百页手稿，但是随后写作便停顿了下来；当四个月后，一九一五年一月底，卡夫卡最终将这部处于未完成状态的长篇小说搁下的时候，添加上去的几乎还不到一百页。

作者认为作品中惟一值得发表的部分是“在大教堂里”那一章里的所谓的“守门人故事”或“传奇”。这个在他心中引起一种特殊的“满足感和幸福感”的章节在他生前曾被冠以“在法的前面”的标题多次发表。对这部未完成小说本身他并不满意：“大肆张扬这样的‘甚至’在艺术上不成功的作品有什么意义？”一九一八年初他在致他的朋友马克斯·布罗德的信中写道，后者曾向他要这份手稿。幸好布罗德持有不同意见；在一篇一九二一年发表的文章里他宣布《诉讼》为“卡夫卡的最伟大的作品”。

当布罗德随后于一九二五年将这部小说作为卡夫卡遗著中的第一部作品出版时，他理所当然地给人以这部小说已完成的印象，主要通过以下方式：他删除显然未完成的章节。这些章节虽然渐渐被收进布罗德的后来的版本，但是在二十世纪三十年代和四十年代使这部小说享誉世界的外文译文却一直还遵循着那个避开了“一切会显露未完成性质的因素”（布罗德的第二版后记）的版本。

卡夫卡以一种不能反映他性格特征的方式写了这部小说。本来从一九一二年起他便习惯于不作预先计划从一个简洁的事件出发严格“按线形”展开故事，致使主要情节终于逐步确定下来。这样一种创作方法当然在写作每一部较长的作品时都有误入歧途的危险。譬如在创作早先写成的长篇小说《失踪者》时他就曾抱怨“小说从他身边向四处扩散”。在写作长篇小说《诉讼》时，他在写完开头一章之后立刻就提前写下了最后一章；这一回这个业已确定的目标可以直截了当地迫使小说规划出一条通往目标的道路了。但是主人公被逮捕和被处决之间的故事卡夫卡也没有真正“按线形”加以展开，而是把它当做一系列单独章节，或者说得更确切些，当做一系列这样一些章节的开端，这些章节——作为约瑟夫·K苦难历程的各个阶段并且在情节上常常相当松弛地互相连接在一起——按并不总是与各事件的先后次序相符合的顺序产生。卡夫卡，一再在各个不同的段落闯入小说中，时而把这一个，时而把另一个已开始的章节向前推进，时而引进一个新的章节，致使他总是手中捏着好几条线索，他试图交替着编织这些故

---

① 马尔科尔姆·帕斯莱伊（Malcolm Pasley），1993年《卡夫卡文集》校勘版出版者，本译本即根据此版本译出。

事。他似乎从根本上看来选中了一个“局部建筑体系”，如同他在他的后来的短篇小说《中国长城建造时》所描述的那样。不过，归根到底，在小说每一章的内部他还是对他那卓有成效的摸索前进、即兴发挥式文段展开原则保持了忠诚的。

这部小说用十册四开本小册子写成，卡夫卡部分地也用这种册子写别的短篇小说或日记。然后他就将分散记下来的各小说段落从这些小册子里采集出来，以便将分离在各单个章节的部分汇编成手稿。他运用两种不同的方法来保存这样形成的卷帙，至于运用哪一种，这就要看是已结束的章节还是结尾尚未显现的章节。与这一作者所作的手稿页分派法相适应，这个版本的《诉讼》文本各组成部分分成两组：“正文”和“未完成章节”。（关于这两组内部文字段落排列问题请参看一九九〇年出版的《诉讼》校勘本的考异资料卷。）

在某种程度上尚还非正式的手迹特性在这个版本里保留下来了。不作任何尝试去纯化或润色手迹篇章，这正是这个版本跟自一九三五年以来遵循“使标点符号应用法、文风和句法结构与一般德语习惯用法相适应”（第二版后记）这个原则出版的布罗德版本最显著的区别所在。

最后应该特别提一下：这里撤掉了两处不合适的勘正。第一处涉及约瑟夫 · K 的处决过程。

……现在他们容许他来定前进的方向，而他则按比尔斯特纳在他们前面所行走的路线来确定这个方向，倒并不是因为他想追上她，倒不是因为他想尽量长久地看到她，而是仅仅是为了不忘记这告诫——她对他来说意味着的这个告诫。“我现在能做的惟一的一件事，”他在心里嘀咕，他的步伐和另外三个人的步伐均匀一致证实了他的想法，“我现在能做的惟一的一件事，就是保持清醒头脑直至最后。”

在这里，布罗德将数字“三”校勘成“二”，这一改关系重大，因为它在这个关键的段落贬低了比尔斯特纳小姐对约瑟夫 · K 的重要性。第二处是在“在大教堂里”那一章里勘正了一处时间说明，卡夫卡在那一章里写道：

K 是准时来的，他走进教堂时刚好钟敲十一下，可是意大利人还没到。

布罗德将此句的“十一”——显然又是以为这是作者笔误——改为“十”。然而，那个令人不安的“时间下滑”却是被判断错了，它不仅在这一章里，而且也已经在“初审”那一章里暗示了由公开领域向私人经历领域的这一过渡。按照约瑟夫 · K 的“私人计时方式”，确实是十点：他在大教堂里待了一小时后，他自己的表才(一如作家小心翼翼叙述的那样)指向十一点。这是在卡夫卡的作品中一再出现的一个动机，不仅出现在他的文学作品中，而且也出现在他的书信和日记中。譬如在他的短小散文作品《一篇短评》中就有这样的描写：

当我把一只塔楼大钟与我的表比较时，我发现，时光已经比我猜想的晚得多……

还有一次，他在日记中(《日记》，第三卷，1914—1924)记下这样几句话：

钟表不相吻合，内部的钟表以一种恶鬼似的或着了魔的或无论如何非人的方式疾驰，外部的钟表断断续续按它寻常的步伐行走。

正是在创作“在大教堂里”这一章的时期，卡夫卡以令人吃惊的方式直接引用了“私人时间”这个隐喻，这可以从下面这一则一九一五年一月二十四日的日记中看出：

我决不放松我对奇异的、只适宜于我的写作的那种生活的追求，他（菲里斯·鲍威尔）不顾一切无声地请求要过平常的生活，舒适的寓所，关心工厂的事，丰盛的饭菜，晚上十一点以后睡觉，有暖气的房间，把我的一个季度以来一直走快半小时的钟表调整好。

图书在版编目(CIP)数据

失踪者·诉讼 /(奥)卡夫卡(Kafka, F.)著;张荣昌译.
—上海:上海译文出版社,2012.8(2023.6 重印)
(卡夫卡小说全集)
ISBN 978-7-5327-5756-5

Ⅰ.①失… Ⅱ.①卡…②张… Ⅲ.①长篇小说—小说集—奥地利—现代 Ⅳ.①I521.45

中国版本图书馆 CIP 数据核字(2012)第 036066 号

Franz Kafka
DER VERSCHOLLENE · DER PROZEß
Fischer Taschenbuch Verlag

失踪者·诉讼
[奥] 卡夫卡 著 张荣昌 译
责任编辑/裴胜利 装帧设计/张志全

上海译文出版社有限公司出版、发行
网址:www.yiwen.com.cn
201101 上海市闵行区号景路159弄B座
山东韵杰文化科技有限公司印刷

开本 890×1240 1/32 印张 16 插页 5 字数 330,000
2012 年 8 月第 1 版 2023 年 6 月第 2 次印刷
印数:7,001—9,000 册

ISBN 978-7-5327-5756-5/I·3404
定价:69.00 元